【五霸之首 号令天下】

大齐春秋

郭大均

郭大均 著

中国海洋大学
出版社

图书在版编目(CIP)数据

大齐春秋 / 郭大均著. -- 青岛：中国海洋大学出版社，2019.4
ISBN 978-7-5670-2070-2

Ⅰ.①大… Ⅱ.①郭… Ⅲ.①长篇历史小说—中国—当代
Ⅳ.①I247.5

中国版本图书馆 CIP 数据核字(2019)第 018368 号

出版发行	中国海洋大学出版社		
社　　址	青岛市香港东路 23 号	邮政编码	266071
出 版 人	杨立敏		
网　　址	http://pub.ouc.edu.cn		
电子信箱	coupljz@126.com		
订购电话	0532-82032573(传真)		
责任编辑	王　晓	电　　话	0532-85901092
印　　制	北京虎彩文化传播有限公司		
版　　次	2019 年 8 月第 1 版		
印　　次	2019 年 8 月第 1 次印刷		
成品尺寸	170 mm×240 mm		
印　　张	38.25		
字　　数	600 千		
定　　价	150.00 元		

序

三千年前,姜子牙(吕尚)帮助周武王灭商之后,被首封于齐地营丘,建立了齐国。齐国煮盐垦田,富甲一方,兵甲数万。传至齐桓公时,已经是疆域广袤、濒临大海的泱泱大国和强国,迅速成为春秋五霸之首,从而号令天下。

齐国何以能迅速在东方崛起,齐都临淄何以成为当时东方最大城市,何以涌现出如齐桓公、管仲、鲍叔牙和"大齐五杰"这些人才,何以从西周到东周影响整个天下局势?这些虽有一定的史料记载,但或因文字简略,或因语焉不详,都留下了不少的空白和悬念。对于广大读者而言,对齐国历史进行详尽著述、通俗一点的文学作品显然是非常需要的。

正是在这个意义上,郭大均先生《大齐春秋》长篇历史小说的推出,很是适时,十分重要,也令我甚感欣慰。

中国方块象形字起源于原始图画,在世界上形成极早。文字详细记载中国历史从三千年前开始,而这正是姜子牙辅助姬姓诸侯国灭商兴周,并主导他的分封国大齐发展和兴盛的时期。姜子牙的民本思想,贯彻到了齐国的后世。

不过,那时对历史之记载是支离破碎的,文字又非常令人费解。在这个信息化时代,人心躁动、世情喧嚣。郭大均先生能沉下心来,用三十多年时间,先后阅读和研究了三十多种古籍,把历史记载中的只言片语连缀起来加以升华,并多年闭门不出,夜以继日地创作出这部一百零一回的历史小说,还改编为四十集同名电视连续剧剧本,不得不说是填补了对大齐这段历史进行开发并详细阐述的空白,是对中华历史乃至世界历史文化开发的一大贡献。

春秋时期五霸之首齐国,虽然在华夏最先称霸,但这个称霸的"霸"字与现在霸权主义的"霸"字却不是一个概念。"霸政"是一种社会形态和制度,那时的称霸本来是被叫作称"伯"的。在秦之前,中国夏、商、周三朝,其实是华夏众多诸侯国的联盟。当本来的朝廷强大时,"政由王室出",帝王是说了算的,但当其辖下的诸侯国逐渐强大起来时,则"政由诸侯出",帝王和王室就成了摆设、招牌或傀儡,真正说了算的,就是所谓称伯天下的"诸侯长"了。

齐桓公作为诸侯之长,在春秋时期首先称伯(霸),九会诸侯、三匡王室、一统天下,号令华夏各诸侯国。因此,《大齐春秋》所写的就不只限于齐国,而是大齐统摄下的整个一段中华历史。对这段历史的开发和详述,具有重大意义!

大齐虽然统治天下,但却"不以兵车"(孔子语),即不是靠对他国的战争与杀伐,而是靠务实创新发展起自身,保护华夏各诸侯国不受外来侵犯,安定他们的国内秩序,促进和帮助其经济文化的发展,给中原万民带来幸福和安康。

这与我国以民为本、改革开放、富民强国、经济一体化、命运共同体的理念是高度契合的。郭大均这部作品,也是对解读与开发中国历史文明、弘扬优秀传统文化、古为今用、以史为鉴、增强社会主义正能量的重要贡献。

历史小说不同于其他题材的虚构小说,虽然也可以有所演绎,但关键之处必须真实,比如年代、地点、人物和主要事件等,所谓"小事不拘,大事不虚"。《大齐春秋》正体现了作者这一严谨的治学精神,其所写都是有史料依据的。

这与那种哗众取宠、沽名钓誉,对历史进行肆意杜撰或戏说的做法形成了鲜明对比。例如有些宫斗剧,是很少有史料佐证的。画鬼魅易,画牛马难,这正是郭大均这部长篇历史小说的长处之所在。

这部长篇小说不但还原了历史,而且有很强的故事性和可读性,更具有很高的文学艺术性和存史性。书中历史脉络清晰,叙事全面周延,人物刻画精准,遣词用句妥帖,且文法规范、语言流畅、通俗易懂、引人入胜,还充满了深邃的智慧和哲理,让人读后掩卷长思、寻味无穷。

大齐号令天下故事情节的跌宕起伏,不亚于《三国演义》。不过,明清名著的诞生,是建立在之前盛行说唱大鼓书等艺术创作和再创作基础上的,而郭大均这一创作,属于没有任何先例可以借鉴的原创,这真是十分难能可贵的啊!

文学创作提倡创新,历史小说也不例外。该书根据古代人物的不同身份和特点,在语言表达上分别称为"说""曰""道";在文中插上评语和注解为一体的"评注"等。这都是对文学的一种与时俱进的创新。

作者郭大均曾在当地党政研究部门担任过市委市政府的业务高参,十分熟悉经济运作规律,被许多大企业和地方聘为顾问。但他仍全身心投入到了默默无闻的文学创作中,已经取得了很多优秀的成果。他呕心沥血、废寝忘食,又坚持写出了如此长篇巨著。其锐意进取和无私奉献精神,实在令人可钦可佩!是以欣然为这部好书作序,并向读者予以郑重推荐。

中国当代文学研究会会长　白烨

2019 年 1 月 23 日晚于北京朝内

【五霸之首　号令天下】

自序

　　四大文明古国，中国乃为其一。华夏历史悠久，堪称世界之最。齐鲁文化渊源，影响遍及寰宇。大齐超前智慧，逆袭世界千年。治国理政经验，无价历史瑰宝。

　　纵观中国历史，许多君主为了防止臣民造反，都主张"君君臣臣、父父子子"那一套循规蹈矩的儒家说教，而作为当时姬周异姓国的齐国，其理念正好与儒家相反，乃是法家的变革思想和民本思想。

　　有历史学家认为，"历史上唯一能与当今治国理念相契合的，就是大齐这段非同寻常的辉煌史，可惜至今还没有进行系统地开发"。

　　本历史小说从姜子牙（吕尚）出世写起，彼时距今已三千多年！

　　在中国历史上灭商兴周、改朝换代的巨大变革中，姜子牙起到了决定性的作用。他也因立下了首功而被首封在华夏东方的齐国为君。

　　齐国乃是姬周王朝的异姓国，在当时诸侯林立背景下，齐太公姜子牙首次提出了"天下乃天下人之天下，非一人之天下"的重要民本思想，对后世产生了极其深远之影响。

　　齐国故地出去做官的宋朝人范仲淹挥毫写下"先天下之忧而忧，后天下之乐而乐"，不能不说是受到了家乡传统民本思想的熏陶。中国民主革命先行者孙中山当年高举反封建大旗，更是直接振臂高呼姜太公的上述名言，并喊出了"天下为公"的民本口号。至于当今，就更是提倡以民为本了。

姜太公在齐国热爱黎民百姓，因其俗、简其礼，举贤尚功，通商工之业、便鱼盐之利、辟荒野之田、极女工之巧，使大齐经济文化得到了长足发展，给老百姓带来了实惠。他被后世尊为兵战之师、百业之宗、众神之祖。

那时的吴国人延陵君季札欣赏了《齐风》之后说："美哉，泱泱乎，大风也哉！表东海者，其姜太公乎？国未可量也。"

当时，各诸侯国史官的纪史都叫"春秋"，"春秋"二字遂成历史的代名词。但是，大多数诸侯国的春秋史书都已散轶，唯独重视文化的鲁国把其史书保存了下来。此书同时记载了与鲁国有联系的那些诸侯国的历史事件。人们根据该书所记载的年代，称之为春秋时期。

齐国最鼎盛的年代，就是齐桓公成为春秋五霸之首的时候。他作为诸侯长、诸侯之伯，在众多贤臣的鼎力辅佐下，依靠强大之国力，尊王攘夷、抗击外侵、保护华夏、号令天下。

他还敞开国门、发展经济、以法治国，主张各诸侯国和平相处、互通有无、共同抵御夷邦的侵略。这保护和促进了中原各诸侯国经济文化一体化发展和命运共同体的形成，得到了后世高度评价。

这与我国当今治国理政观念高度契合，具有重大的历史意义和现实意义。

被尊为圣人的孔子说，"齐桓公九合诸侯，不以兵车，管仲之力也""霸诸侯，一匡天下，民到如今受其赐"。

他还说："齐桓公正而不谲，晋文公谲而不正。"即是说，齐桓公作为诸侯长，非常正派，对各诸侯国不使诡计，不行报复；而晋文公作为诸侯长，靠避乱韬晦之计和事后对别国的报复而称霸一时，这是不正派的。因之，晋国霸业寿命很短。随后，霸主地位被楚国夺走。

墨子说："昔者桓公去国而霸诸侯，文公出走而正天下。"就是说，齐桓公躲到莒国，却返国为君，称伯诸侯；晋文公为避乱出逃天下，最后跑到齐国，受到齐国的影响和帮助，亦返国为君，得以称伯。

汉高祖刘邦说，"王者莫高于周文，伯者莫高于齐桓"。

司马迁在《史记》中说:"吾适齐,自泰山属之琅邪,北被于海,膏壤二千里,其民阔达多匿知,其天性也。以太公之圣,建国本,桓公之盛,修善政,以为诸侯会盟,称伯,不亦宜乎?洋洋哉,固大国之风也!"

三国的诸葛亮,自比齐国的管仲。

曹操另有一首《短歌行》,专门赞颂齐国的霸业,诗中说:"齐桓之功,为霸之首。九合诸侯,一匡天下。一匡天下,不以兵车。正而不谲,其德传称。孔子所叹,并称夷吾(管仲),民受其恩。"

列宁和毛泽东都曾称赞中国的改革家和法家,比如商鞅和王安石,可梁启超说,齐国管仲作为改革和法家的鼻祖,比王安石要早得多并落实到了实践中。

毛泽东称赞,"齐桓公九合诸侯,定立五项条约"。

在一定意义上说,齐国丞相管仲是最早的经济学家、法学家、政治家和改革家。齐国是以人为本、法家思想和富民强国、维护华夏经济文化一体化发展以及促进中原各诸侯国命运共同体形成的先行者。

历史学家顾颉刚概括齐国称霸天下的历史时说:"周平王的微弱,郑庄公的强暴,使得中原诸侯国化作一盘散沙,而楚人的势力这般强盛,戎狄的驰骋又这等自由,夏、商、周以来积累千余年的文化动摇了。齐桓公处于如此艰危的时局,靠着自己的国力和一班好辅佐,创造出'霸'的新政来,维持了华夏的经济和文化,使各国人民在这均势小康的机构之下,慢慢作内部的发育,扩充智慧,融合情感,整齐国纪,划一民志。所以,霸政行了百余年,文化的进步真是快极了,战国时代灿烂的建设便是孕育在那时的。这真是中国历史上一个该被注意的人物……黄河上游的姬姓大国,而且有大才干的君主晋文公接踵齐桓公而起,担负起了第二度尊王攘夷的责任。"

晋文公姬重耳回国担任国君之前,他们一行数人投奔到齐国达五年之久。齐桓公为姬重耳选定了贤惠的齐女季姜作为夫人,并为他们提供了优越的生活条件和学习环境。姬重耳后来回国为君,学习和效仿齐桓公的所作所为,这才成为继大齐之后的新一代霸主。

晋文公霸主地位又先后被楚国、吴国和越国所代替。但是,他们无一不是传承了齐桓公的衣钵。至于秦国之崛起,那就是到了数百年之后的战国时期了。

春秋战国时,大齐靠保护和发展华夏的经济文化被誉为东帝;后来秦国靠征伐和杀戮自称为西帝。

大齐最先称霸天下之实践,写就了一首波澜壮阔、绚丽多彩的宏伟史诗,体现了内政外交理念的超前智慧。这不愧是中华民族乃至世界三千年以来的无价历史瑰宝!

笔者作为一名长期在故齐地市级机关工作的党政干部,曾在研究部门从事研究党的方针政策和治国理念的工作,《大秦帝国》历史电视连续剧播出后,有了一种压力感和使命感。

为了响应党和国家关于开发中华优秀传统文化以及以史资政、修身励志,从历史中发现真理、明确方向、坚定道路、吸取力量的号召,在过去三十年阅尽三十多种古籍资料的基础上,夜以继日,废寝忘食,奋斗多年,终于写成了这部一百零一回的历史小说,并且改编成了四十集同名电视连续剧剧本。目前,该电视剧正在寻觅有眼光的投资方和制片人。

齐国故地的有关省市原领导都对本书给予了积极鼓励。当地淄博市委市政府,尤其是市委宣传部和市文联、市文化和旅游局、市委党史研究院(市地方史志研究院)的领导同志都对本创作给予了大力支持和帮助。

他们认为,要完成这一具有开创性的写作,作者必须精通古文,能从古籍中寻找历史依据,必须善于创作,必须熟悉党的方针政策,必须熟悉故齐国的风土人情和地形地貌。

笔者一生从事文字工作,出版过若干文学作品并获得奖项。过去曾因文字成果突出,先后被多次记功,并获得各级各种官方奖项45次以及更多的社团奖项。

笔者长年在机关从事研究工作,熟知时代潮流、党的方针政策。

笔者在齐国故地工作,对齐国历史和风土人情以及地形地貌都十分熟悉。

诸葛亮的饰演者、著名演员唐国强看到本书的初稿后说:"身为齐地人,对家乡历史了解甚少。此书所写齐国作为春秋五霸之首,号令天下,遵循以民为本、华夏一体的故事情节,不亚于《三国演义》。诸葛亮的表率和老师,原来是我们齐国的管仲啊!"

感谢中国当代文学研究会会长、当代权威文学评论家和著名作家白烨先生为本书写序,《光明日报》文学专访和评论家舒晋瑜女士和著名演导人员唐国强、王大功等的关心和支持,《管子学刊》原总编陈书仪和现总编于孔宝、齐文化学者吕明强和齐文化研究基地首席专家宣兆琦等提供宝贵参考资料并担任历史顾问,著名古代人物画画家于受万先生以二十余幅精作为本书插图,中国小楷书法家协会主席王铸先生题写本书概要。

感谢当代国窑华光国瓷科技文化有限公司董事长、齐鲁文化名家苏同强先生策划出版了本书并决策慷慨资助,山东贝亿建设发展有限公司董事长、泰山领军人才吕胜军先生在吕尚(姜尚)后裔中传播本书,文友王宗年、郭能勇、刘统爱、袁增成、张竟成、蓝马、王光英、单联国、宗利华、冯彦伟、陆存锐、张晋、宋艳等人对本书出谋划策、设计、打字或校稿。

郭大峰

2018 年冬于齐国故地淄博

目录

【五霸之首　号令天下】

【五霸之首　号令天下】

第一回　受秘籍学得玄机　小姜尚浴火重生

话说三千多年前,正是商朝武乙、文丁和帝乙以及西方诸侯国姬周的太王、季王执政时期,在华夏东海的万顷浩瀚碧波间,一轮红日喷薄而出,普照华夏大地,给万物带来了生机。此时此刻,东海之滨,金秋时节,一个婴孩落地而生。这人名叫姜尚(吕尚),字子牙,号飞熊。后来,他依靠西方诸侯国姬周,高举当时变革旗帜,改变了华夏历史,推翻了殷商王朝的统治,奠定了周朝八百年之基业。他给华夏万民带来了福音,更带来了其封地大齐的优良治国之策,使其后世齐桓公最先成为诸侯之长,称伯(霸)天下,谱写了一段波澜壮阔、气势磅礴之大齐春秋史。姜子牙被后人顶礼膜拜,奉若神明,视为天下兵战之师、百家之宗和众神之祖。欲知详情,且听笔者道来。

那时,在东海之滨的一个村落内,有户姜姓人家。他家深宅大院,良田百顷,家境殷实。

正当金色八月,秋高气爽,一轮红日从东海升起之时,姜家深宅大院里传来一阵非同寻常的婴儿啼哭声。一个新的生命呱呱坠地,姜家添了第三个男儿。

这孩子转眼长到了上学的年龄,姜家老爹对他说:"我准备为你聘一位私塾先生。"

小儿求学心切,就恳求父亲:"这正是孩儿所盼望的,还望爹爹早日给我请过来。"

不数日,姜家所聘私塾先生前来报到。只见这人仙风道骨,美髯飘逸。新学童还以为是天神下世,遂问道:"我听人说,天上有太上老君,神山有元始天尊。今天,莫不是这两位老人家有一位下凡或仙游来到了我们家吗？"

先生笑笑，手抚学童的头说："孩子，神仙都是人们想象出来的。你看那传说中的任何神仙，都得有肉身。这说明世上的肉身之人，都是有可能成为神仙的。人刻苦学习和修炼，文能提笔安天下，武能上马定乾坤，为黎民百姓谋幸福，俯仰无愧于人间，就会受到尊崇，被人说成最终得道成仙了。"

学童点点头，赞成老师的说法。

当时，学生除"名"外，还要有个"字"，合称名字。姜老爹对先生说："就请先生给孩子起个学名和字吧。"

只见先生捻须思考良久，曰："我看这孩子志向高远，有上进之心，就叫他姜上吧。"

姜老爹说："我族中，有名叫'上'的，不可重名，请先生再换个名吧。"

先生曰："'尚'和'上'近意，不妨叫他姜尚。"

姜老爹又请先生为姜尚取个字。

先生对姜老爹曰："甲骨文中，有一个字叫'牙'，乃'禾'字一捺反升其上也，象征万稼繁盛、欣欣向荣。听您说此子生于红日初升之时，太阳乃万禾生长之本，万民幸福之源。依老夫之见，这孩子可以'牙'为字。此名是希望该子如同初升的太阳，给天下苍生带来温暖和幸福，其意深远无比啊。为便于称呼，可叫'子牙'。'子'者，师也。"

姜老爹听后高兴，小姜尚闻之欢喜。

那姜尚姜子牙在先生教诲下，勤奋好学，经常提出一些令先生都想不到的问题。比如，三皇五帝为何受人尊崇啦，朝代为何更替，如何带兵打仗，如何治国安民，如何使天下黎民衣食无忧，等等。

姜尚在私塾学会了识文解字。某日，姜老爹把姜尚带至家中的藏卷阁，只见阁内木架上，层层叠叠摆满了镌刻有文字的甲骨和龟背。

姜尚问老爹："此乃何物？"

姜老爹说："我家之祖乃华夏炎帝神农氏。他与黄帝轩辕氏并称我华夏炎黄之祖。世人都说自己是炎黄子孙。在大禹之时，我祖伯夷助其治水有功，遂被封为四岳总管，又先后被封在吕地和申地为君。因此，又有人称我们为吕氏、申氏。我先祖重视对古代典籍的保管与钻研，尽管几经迁徙，但从来都把保护这些典籍，视为头等大事。此古籍未曾让世人见过，今我把其交于你。你要好好钻研这些典籍，以求学到其中的真谛。这既可利于你当世所用，又可通过你传至后人。"

姜尚如获至宝，对其父说："孩儿想将此众多古籍，先后分类搬至先生面前，让其指点迷津，辅导我学习，不知可否？"

姜老爹说："你需去问先生，他可识得甲骨文。"

第二天，姜尚来见老师，问："家父让我问您，可识得甲骨文吗？"

老师说："为师自小就研究那甲骨文，深知其意。"

姜尚回到家来，对父亲曰："老师精通甲骨文。"

姜老爹说："那就让先生指点你，但不可再让另外的人见到这些古籍。"

姜尚十分高兴，遂按摆放的次序，搬了一类甲骨文古籍来到老师面前。

老师眼前一亮，震惊地说："此乃华夏唯一传世之宝笈。世人多欲见之，遍寻无果，不想却在我徒儿这里。"

姜尚问："这些甲骨文，有这等神秘？"

老师说："待我教徒儿将此学懂弄通，你就知道它的珍贵了。"

随后，姜尚在老师指点下，先后分类分批地全部研读了这些秘笈宝典，顿觉自己学富五车、才高八斗、经纶满腹，深知天下兴亡之理和带兵打仗之法以及治国安民之策。

某日夜间，姜尚正在熟睡，朦朦胧胧做了一个梦。他梦见从那东海仙山祥云缭绕、仙气氤氲之处，走来一位仙风道骨的老者，后面还跟了一个骑白鹤的童儿。细看那老者，酷似自己的老师。老者捻须曰："贫道是东海无量山元始天尊也！今特下山来召尔为徒，你可愿否？"

姜尚在梦中满口答应，只听老道又说："我徒已熟读了世间的宝典秘笈，但还未得到玄妙之天机。贫道欲将天道之理传授于我徒，让你重整天下秩序，重封上天诸神。但你必须受我三昧真火之炼、凤凰涅槃、浴火重生。"

姜尚正欲追问师傅,却突然被一阵惊叫声震醒。他一骨碌下床,急开房门,却见自家院内火光冲天。姜尚同家人和村民全力救火,将大火扑灭后,却见家中房屋大多被烧毁。姜尚急去看那藏书之阁,但见那些甲骨龟贝,亦被烧成焦骨残片。

侥幸的是,全家只有姜尚所住房屋未被烧着。劫后余生,姜尚只好把父母安置在自己房内暂且度日。姜尚有两位兄长,俱已娶妻生子,置办了别业。他们见父母被姜尚安排妥当,遂辞别二老,各回自己家中去了。

姜尚见遭此烈火洗劫,正应了梦中原始天尊之谶言。忽又想起天尊在梦中对他说,要把天道之理授予自己。他便信以为真,欲到东海仙山寻那神仙。

姜尚把夜间所梦之事详细告诉了父亲,曰:"元始天尊夜间托梦于我,所言让孩儿受三昧真火之炼,浴火重生之事,已经应验。他当时还说欲授我天道之理,孩儿就一心想前去拜访师傅。"

姜老爹一听,觉得姜尚所读那些典籍的道理,就是天道之理,也是天机,遂说:"神仙都是人们想象出来的,有些就是受了梦的启发。你梦见那道人从虚无缥缈处而来,可要到哪里去寻他呢?"

姜尚说:"精诚所至,金石为开。神在心中,心中有神。孩儿即使找不到他,也要去试试。爹爹可知东海之上何处有仙山吗?"

姜老爹说:"听说从我家沿海向北,有数处沿海的名山半岛,分别叫作琅琊山、成山头、芝罘岛、蓬莱仙岛。这些山上都建有道士或术士作法的殿宇。又听说在海内有座长山岛。我儿一心欲去寻仙问道,不妨沿海边到这些地方去走走。即便是寻不见师傅,长长你的见识,也是件好事。"

姜尚见父亲应允,无比高兴。姜老爹说:"我儿临行前,须先去拜见你的先生,看他能否同意。"

于是,姜尚急去拜见恩师。老师说:"天地合一,人神共主。人欲寻神,神欲寻人。我徒去到那些仙山,寻得高人,多增加些知识和本领,是好事啊。"

姜尚当即就想出发。姜老爹说："我儿若寻遍人们说的这些地方，路途遥远，时日旷久。你空手而去，总不能去喝那西北风吧。要带上足够的盘缠，也好遇店填腹、逢村住宿。"

姜老爹为姜尚凑集了若干盘缠，打成一个包裹，系于姜尚之身，也好让他出去闯闯江湖，长长见识。

姜尚带了盘缠，沿海向东北方向而行，去往父亲所说的那些沿海仙山。一路上，他了解了沿路之风土人情，熟知了各地的地形地貌。

这几个地方均有道士或术士居集的处所，其中不乏多才多艺之高人。姜尚通过和他们交流，学到了不少高深的神通之术，尤其是精通了那占卜算卦之法。

姜尚向这些人询问那元始天尊的下落。这些人说："元始天尊也罢，太上老君也罢，都是人们的想象。人们在沿海岛屿寻他不见，就有人说他在那虚无缥缈的东海瀛洲仙岛上，也有人说他在那横亘天地的天姥山上。但这都是人们编出来的神话。你还是要先回到现实，脚踏实地，自己争取去当个让人们崇拜的神仙吧。"

姜尚不死心，遂又在蓬莱租了一艘渔船，在渔人的驾驭下，乘船来到了海内的长山岛。他看那长山岛时，似人们所说的瀛洲仙境。可他走遍了整个岛屿，却也没有见到那所谓的天尊。于是，他相信了那些朋友的说法，不再寻找，打道回府，返回了家乡。

姜尚把沿途所见所闻先告诉了爹爹，又去告诉了恩师。他们见姜尚一路收获颇丰，也都感到欣慰。

一日，姜老爹对姜尚说："家中前遭火灾，影响了正常生计，使我们家境维艰。我儿自小读书，经纶满腹，又去了那神山仙岛学了更多的知识。可你既不会持家，又不会种地。你若想实践学到的治国安邦之法，施展自己的经天纬地之才，就必须到现实社会中去闯荡，进一步接受磨砺。你要去那些繁华之地，最好是殷商都城朝歌，才能得以施展。"

这也正是姜尚的想法，于是他满口答应。姜老爹和夫人就又搜寻家里劫后所余的散银碎玉、官制贝币，再打成一个包裹系在姜尚身上，让他去自谋前程。

姜尚辞别父母、恩师和兄嫂，背着盘缠，意欲径直向西到朝歌去。

姜老爹闻其欲走西路，就指点姜尚："由此直接向西，中间隔着泰沂山区。此处山高林密，无路可走。我儿欲去朝歌，必须先向北行，到达泰沂山区与北部平原交界的平坦地带，再转向西行，才能到达。"

姜尚感谢父亲的指点，遂按其所指之路向北方而行。他一路之上，白天赶路，夜晚住进客栈，凭着盘缠买点粗食淡饭充饥，昼行夜宿，一路观光，饱览山河风光，倒也十分惬意。

第二回　变乞丐益都入赘　错种麦马氏逐夫

　　且说姜尚这离家北行之路,西有高山,东有丘陵,乃是山中草寇和江洋大盗常常出没的地方。就在他行至第三日时,突然从路边窜出一伙强盗将其围住,使姜尚惊吓不小。强盗说:"留下你背的包裹,权作买路之钱,就放你过去。如若不然,砍了你的脑袋,钱财也还少不得归于我们。"

　　姜尚想:"识时务者为俊杰,知进退者为英雄。"于是,他乖乖地解下了自己的盘缠包裹,毕恭毕敬地交给了那伙强人,气氛立即缓和了下来。

　　强人中有一壮年之人,见姜尚气宇轩昂,相貌不凡,非同常人,就问:"你是何方人士,欲去何处?"

　　姜尚答曰:"我家住在由此向南二百里的东海之滨,乃日出之地。因家遭失火之灾,房屋多被烧毁,家境陷入困窘。我自小饱览群书,既不会持家又不会种地。老父遂让我去到商都朝歌,寻得良机,兴许能谋得一官半职。"

　　壮年强人说:"我等为盗,实乃那商朝官府赋税繁多、横征暴敛所逼。我等将家中粮食纳税殆尽,交不起后增的赋税,官吏就将我们用绳索捆了,去充当苦役,过那奴隶的日子。在路上,我们趁官吏瞌睡,彼此相助,反手解开了对方捆手之绳索。于是,我们揭竿而起,将那些酷吏杀死。我等违背了天条,并无生路,这才相聚为盗。你若将来到了朝歌,能见到殷商那昏王,就替我们诉诉冤屈吧。"

　　姜尚曰:"若侥幸有这种机会,我一定将你们为盗的缘由以达上听。"

壮年强人又说:"你的盘缠,也是我们的救命之钱,不好归还于你。但我可以提醒你,此去朝歌千里迢迢,你在路上定会冻饿而死。我看你不如暂且去由此向北三百里的益都之地,先行谋生,待日后有了盘缠,再去朝歌为宜。"

姜尚曰:"古籍中说,三皇五帝时,帝位实行禅让,大禹把帝位禅让给了伯益。三年后,伯益又把帝位禅让给了大禹的儿子夏启。夏启念伯益高风亮节,又念其辅佐大禹治水有功,就把益都这个地方封给伯益作领地。伯益在此建城立邑,就叫作了益都。我先祖伯夷与伯益同为协助大禹治水的功臣,先后被封在吕、申等地,主管天下四岳。我到了益都,说不定还能续上先祖的关系呢。"

众强人听姜尚所言,知道他乃协助大禹治水的功臣贵胄之后,不禁刮目相看。壮年强人提出给姜尚留下少许盘缠,让他能到达益都。谁知,姜尚坚决不受,对众强盗拱手曰:"既然此盘缠乃你们救命之钱,那我姜尚就等于捐赠给你们了。此处到益都并不遥远,我在路上向那些富裕人家讨口饭吃,也就到了。"

就这样,生于富裕之家的姜尚,自降世以来第一次变成了乞丐。他一路白天或讨饭,或摘食路边野果和野菜充饥;夜晚就宿住在那野村的房檐之下。他凭着一股年轻人的血气,毅然来到了益都城。

姜尚到城内官府去续那先祖的关系,谁知官府之人却说:"什么伯夷伯益的,这些八辈子前的祖宗事,我等一概不知。要拉关系,你去找你那先祖伯夷吧。"

姜尚见世道炎凉,人心不古,也就打消了这个念头。在益都城内,他身无分文,只好继续行乞。

某日,姜尚正在闹市求食,就听有人说:"年纪轻轻又身强力壮,不图自食其力,却在大街乞讨,真叫人厌恶。"

一席话说得姜尚顿觉无地自容,面色涨红,心想:"这人所言有理,可我要想出力,既无田产,又无业肆。这便如何是好啊?"

这时,他见街上有人在自己头上插一根莠草,胸前悬有明码标价木牌,蹲在路边自卖其身,去给富人之家充当苦力。姜尚遂一顿足,曰:"我便学了这些人，也在头上插根莠草，自己把自己变卖了吧。"于是，他照那些苦力的模样，也插草加入卖身之列。

一位老者路过苦力市场，见到姜尚说："我看你这娃子，身强力壮，目光炯炯，乃是个睿智之人，又文质彬彬，像个饱学之士，不像那穷人出身。老朽觉得你自卖，去干那苦役，恐有失身份，太可惜了。"

姜尚曰："我乃贵族之后，本来家道殷实，曾聘师延教，熟读古籍。谁料天降火灾，烧毁我家大部分房屋，使家业维艰。我本欲去商都朝歌谋点出路，不想半路被那饥民抢去了盘缠，这才暂且来益都乞食。因受人讥讽，无奈自卖自身。此举实非我愿，还请老丈指点出路。"

老丈问："你家居何方，兄弟几人？"

姜尚曰："我家居东海之滨，有两位兄长，俱已成家立业。"

老丈说："这就好了。"

姜尚问："好了什么？"

老丈说："我在城郊的乡下有一个街坊，姓马。他家没有儿子，只有一女。老两口欲为女儿觅一倒插门女婿，也好承继家业，为其养老送终，以续香火。但倒插门女婿必须家有兄弟，不能是独子。不可为了女家，而断男家之香火。既然你是兄弟三人，就没了忌讳。老夫看你身强力壮，相貌堂堂，足以顶嗣。我有意把你介绍到马家，入赘为婿。不知晚生意下如何？"

姜尚闻听，觉得即便当倒插门的养老女婿，也比自卖要强之百倍，遂一口应允了。

姜尚随那老者来到马家。马家夫妇听了老街坊的介绍，又问了姜尚的家世、经历和志向。姜尚一一作答，引得那二老笑逐颜开，当即应允，遂为女儿和女婿选就吉日，举行了婚礼。

待到进得洞房，姜尚战战兢兢，不敢去揭那新娘盖头。谁料那新娘却自己一把将盖头掀去，露出了那云遮雾罩间的庐山真面目。姜尚仔细看时，见那女人虽是一般相貌，却也双目有神、落落大方，且行为敏捷、干脆利落。

新娘见姜尚乃一彬彬君子，相貌堂堂，气度不凡，甚是欢喜。遂将姜尚引入寝帐，共效那鱼水之欢。

过了几年，姜尚与马氏先后生了三个儿子和一个女儿。

姜尚作为倒插门女婿，主持家务。这时，他们已是八口之家，只把那马家多年积蓄的粮食，吃得精光。到了秋后，马氏对姜尚说："你在我家多年坐吃山空，现余粮无多，又无余资再雇佣劳动力。只好委屈夫君，到咱家田内，亲躬劳作，侍弄好庄稼，多打粮食。这样，才能上养父母，下养儿女啊。"

姜尚曰："我妻言之有理，为夫本当为之。只是我姜尚自从来到这个世上，除在私塾苦读诗书外，未曾下过地、干过活。不但不懂得顺应农时、侍弄庄稼，而且连庄稼的名字，我大都叫不出来呢。"

马氏说："这些我都知道，但夫君乃是绝顶聪明之人。俗话说，'没吃过猪肉，还没见过猪跑吗'？你不妨去找邻里那些种庄稼的行家里手，请教一下他们，向人家学习学习种地的技巧。"

姜尚曰："为妻说得是。我这就去登门拜访，讨教一下别人。"

姜尚找到一位善于种地的农人，向其请教曰："老哥，眼下正值秋后，应该种植哪种庄稼呢？"

邻里农人说："秋后适宜种植小麦。"

姜尚问："赶在哪个节气种植最好呢？"

农人说："白露早，寒露迟，秋分种麦正适时。"

姜尚曰："秋分种植小麦，很快就到了那数九严冬，岂不是会把小麦冻死在地里吗？"

农人说："到了数九寒天，小麦之芽就不再生长，而是躲在地里冬眠，待来年开春后才会生长。"

姜尚曰："那到开春再种，不也是一样吗？"

农人说："这过冬小麦，体内积蓄了数月在地下的营养，春天会根长苗壮，抽穗早，结粒饱满。如果春天再种，那叫春小麦，其产量低于冬小麦，且成熟晚，妨碍土地的二茬耕作，影响全年的收成。"

姜尚曰："我这点常识都不懂，让老哥见笑了。"

农人说："不知者不为怪也，这有什么可笑的呢？"

姜尚问："种小麦时，种子埋于地下多深为好呢？"

农人说："大约四指左右。"

姜尚又问："小麦间距多远为好呢？"

农人说："大约半步之遥。"

姜尚取得了真经，就回家向马氏要了麦种，带了一件铜制耕作用具，来到了马氏之田。他按照行家的说法，左右前后各隔半步，刨穴将麦种一粒粒埋入地内。不到一天工夫，姜尚就把马家的麦田全部种完了。

姜尚喜滋滋地回到家中，向马氏报捷。马氏听姜尚说他很快就种上了小麦，心中自是高兴。

转眼过了春节，到了春分，小麦已经返青。一日，马氏提了菜篮去挖野菜，也好以此让一家人勉为充饥。她见别人家的麦田里，一行行麦苗茂盛成长，又见那田间路旁、莺飞草长、春意浓浓、生机勃勃，于是自己心旷神怡，兴致盎然。她信步来到了自己家的地边，却只见那田地里的麦苗，稀稀疏疏，好不萧条！

马氏不见则罢，一见则怒从心中起，火自胆边生。她气冲冲回到家来，质问姜尚："你这该死的。种麦时说是去请教了明白人，那明白人就是这样教你种小麦的吗？"

姜尚曰："为夫是严格按照明白人的指点去种的。"

马氏说："我这就同你去问问他，他家也是这样种小麦的吗？"说罢，不容分说，拉了姜尚去找人家算账。

来到邻里家，马氏哭着说："你老哥号称种地的行家里手，可你去看看，教我丈夫种的小麦是啥样子。"

农人言道："我教得没有差错啊，连种麦的深度和间距都说了啊。"

马氏说："那为何稀稀疏疏，不见众多的麦苗呢？"

农人道："我教得是不错，可能是你丈夫种得有错。"

马氏说："这话从何说起呢？"

农人道："一定是你丈夫错把行播当成了穴种，把那行距当成了株距。"

马氏转向姜尚说："此话当真？"

姜尚曰:"看来是为夫理解错了,怨不得人家邻里老哥。"

马氏闻此,先是号啕大哭,后又哽哽咽咽地说:"本想找个倒插门女婿,能顶起我马氏家业,养活一家老老小小。谁想竟找了这样一个不会种地、坐吃山空的废物。他不但吃光了我们马家的余粮,还祸害得我们今年没了小麦收成。他这不是要诚心饿死我们一家人吗?我们马家要这样的丧门星干什么呢?"

姜尚觉得无地自容,心存愧疚,被马氏连打带踹拉回了家。

虽说那马氏为人心地善良,脾气却十分暴躁。她回到家中,怒气不消,就说:"我爹娘无眼,良莠不分,招来了你这样一个窝囊废。俗话说,'嫁汉、嫁汉,穿衣吃饭'。你不会种地,无法养活我们一家老小,还要你有何用呢?把你留在我们家,不是白添了一张吃饭的嘴吗?"

姜尚辩解曰:"我入赘你家,当时就是为了在此有碗饭吃,以便等待时机,前去朝歌谋求大事。我姜尚岂是侍弄田地、种那五谷杂粮之人呢?"

姜尚不辩解还好,越这样辩解,那马氏的气就越大,遂破口大骂:"你这个连田地和庄稼都侍弄不了的废物,还想到商都朝歌去侍奉君王,这不是白日做梦吗?我虽是一介女流,但自小就学得那稼穑之理。既然你不会下地耕作,那我这个当妻子的,就只好替自己的男人去下地了。但是从今以后,你去朝歌谋你的'大事',我做我的农家婆,咱们各奔前程,互不相干。你走了之后,还省得我再养活着你。"

姜尚认为去朝歌的时机尚未成熟,本不愿离去。他正在面朝屋门外犹豫之时,就感到自己背上遭到了频频击打。回头看时,却见是那马氏拿了一把竹制扫帚,对其一阵乱抢,欲把他轰出家门。

姜尚见马氏逐夫的主意已决,就反身夺下了扫帚,对马氏深鞠一躬,感谢她家收留自己多年,又感谢马氏为他生儿育女,传宗接代。

马氏见丈夫被打,还这样文质彬彬,毕竟是夫妻一场,丈夫离去,她也自觉孤独,于是眼圈发红,掉下泪来。

姜尚曰:"妻把我赶走,让我去朝歌。但是路途遥远,你不会忍心让我在路上饿死吧?就请你给为夫准备一些路上食宿用的盘缠吧。"

马氏逐夫

马氏遂到自己父母面前，将欲把姜尚赶走的事情告诉了二位老人。二老亦觉得姜尚确实懒惰无能，但自从其入赘后，一直将其视如己出。听女儿要赶姜尚远去朝歌，也不免产生了留恋之情，反倒劝女儿把姜尚留下。

马氏说："我与他有夫妻之情，本舍不得让他走，可他不是下地干活养家糊口那块料。姜尚志存高远，我看还是让他走吧。说不定日后能谋个一官半职的，光耀我马氏祖宗呢。"

二老见女儿主意已决，便也拿出了些准备养老的钱，交给马氏，让她再凑上些私房钱，给姜尚当盘缠。

姜尚见盘缠凑齐，就准备第二天西去朝歌。当天晚上，他顾不上与马氏行那分别之好，只在房内踱来踱去，思考翌日的行程。他想："眼下殷商举政无方、君昏吏酷，苛捐杂税名目繁多，横征暴敛，民不聊生。如此下去，岂有不亡之理呢？虽然其气数快尽，但仍在苟延残喘。听人说，朝歌之西的诸侯国姬周，君主仁慈，抚老养幼，爱民如子。因其政治清明，多有天下贤者前去归附。我姜子牙多年夜观星象，见朝歌方向不断有陨星流落，又见那更远的姬周都城丰邑之上有巨星升起，群星随升。看来，将来殷商必亡，姬周必兴。我若想在这个变革之年做出一番大事，少不得要领兵打仗。我何不利用这次去朝歌的机会，在途经的那些军事要地之所在，去顺便考察一番呢？"

第二天，姜尚与妻子马氏同去跪拜二老，祝他们身体安康。然后，姜尚告别二老而行。马氏将丈夫送至十里之外，与姜尚挥泪而别。

评注：这就是古人说"姜尚乃东方逐夫"的原因。

第三回　厨屠为生遇不顺　子良逐臣改算命

公元前1088年之后，正是商朝帝乙和商纣王殷辛以及周西伯姬昌执政时期。那时的黄河在商朝国都朝歌不远处拐了一个大弯。在其转弯处有两大渡口，即棘津渡口和孟津渡口，还在渡口处形成了两座繁华的城邑。这都是重要的军事战略要地。姜尚有意在未到达朝歌前，先在这两处逗留，一为做点生意糊口；二为通过四方来人调查殷商和姬周的情况；三为在此绘制军事地图，以备后用。

姜尚按事前思考好的行动路线，首先来到了作为军事要地的黄河渡口棘津。但见这渡口，船只众多，车马云集，人丁兴旺。姜尚在一小客栈租房住了下来。他随即到棘津码头派生的小镇上，去查看情况。

回到客栈，姜尚遇到了同来住店的一个老乡，是位教书先生。经互相攀谈，姜尚知道了这人也是从东方海滨过来的，就问：“先生缘何来到棘津呢？”

东方老乡说：“我有一门生，名叫子良，在朝歌当了大官。是他给我写信，并捎给我盘缠，让我一路观光，最后再到朝歌观国都之盛，是以在此歇脚。”

老乡问姜尚：“你人到壮年，不在家安居乐业，跑到这棘津来干什么呢？”

姜尚曰：“我来到此处，是为了能了解天下大势，以酬我报国之志。”

老乡说：“要了解当下大势，必须借助众人之口，尤其是那些为官当差之人。要见这些人总得有个地方。依我看，你最好的办法就是在此开一家饭肆。”

姜尚曰：“我带的盘费所剩不多，仅够租赁一个饭棚，无钱再来雇佣厨师。"

老乡说:"这就只能由你亲自下厨了。这样,也便于你调适众人口味。饭菜做得好吃不好吃,要亲自品尝,才能及时改进啊。"

姜尚觉得这老乡言之有理,于是就在棘津繁华之处,租了一个饭棚,亲自下厨,开起了饭肆。姜尚在此接来送往,倒也接触了不少明白人,了解了一些他想知道的情况。

这棘津为交通要道,虽然繁华,但也招来了那些以乞讨为生的难民。姜尚自小有仁爱之心,知道民能载舟、亦能覆舟之道理。他心中有民,就见不得难民沦落至此。于是,他拿出粥饭施舍给这些贫民乞丐。

众乞丐见有施舍的好人,果腹之物伸手可得,于是互相传开,一时间饭肆即被乞丐们包围了。姜尚施舍太多,招架不住,无力负担,就减少了对乞丐们的施舍,这却引来了乞丐们的围攻漫骂。某日,一伙饿极了的难民来到饭肆,并不谈施舍,就像饿狼扑食一样冲了进来,把饭肆内已有的饭菜抢吃一光。

这时,姜尚所剩的盘缠花费殆尽,已经无力继续经营饭肆,也就只好关门。那位在此暂住的东方老乡,知情后对姜尚说:"你既然开了善行之始,若无力再行此举,怕是会遭到那些乞丐们的进一步追逐和围攻。老朽正欲换个地方,多观些风情,要再去黄河的孟津渡口。你不妨与我一同去,一则避免乞丐们的纠缠,二则多见些世面,三则我们也好互相有个照应。"

姜尚知道,黄河孟津渡口的军事地位比棘津还要重要。于是,他欣然与这位老乡同行,向孟津赶去。来到孟津,见这里比棘津更为繁盛。

姜尚对老乡曰:"您老先生有当大官的学生照应。我姜尚到此无依无靠,得再另谋生路。"

老乡说:"老朽见你身强力壮,我看不妨开个屠牛的作坊。这样,既能接触到那些官老爷,又能避开乞丐们的纠缠。因为眼下肉食者都是那些当官有钱的人。乞丐们只求有口残汤剩饭,可也不会向你索要那生牛肉吃啊。"

姜尚觉得有理,就向老乡暂借了一些钱,租了一处破败的草棚,去集市买了一头半死不活的老牛,做起了屠牛的生意。有时,他也顺便杀头猪。经营期间,果然有许多孟津的官吏、士绅前来购买牛肉和猪肉。姜尚遂又更多地了解了一些天下大事,尤其是商都朝歌和姬周丰邑的情况。根据对众多信息和资料的汇集、研判,姜尚在一张较大牛皮内侧,画出了殷商天下诸侯国的布局图。他又在另一张牛皮的内侧,画出了商都朝歌和姬周丰邑等城邑较为详细的情势图。

有道是,同行是冤家。孟津原来那些屠宰点的人,见姜尚买卖红火,抢了自己的生意,砸了自己的饭碗,就造出谣言说:"姜尚专到集市去买那些便宜的病牛、病猪,甚至还到乡间去收购死牛、死猪。他宰杀出的这些肉,会使人致病,害人不浅。"此言一出,孟津所有的屠宰点无不以讹传讹。

俗话说,"谣言千遍假亦真"。于是乎,姜尚的屠宰处一时无人问津、门可罗雀,只好再一次关门破产。他把剩余的牛肉以低价变卖,又把牛棚转让给了别人,换得了一些钱财,还给了那位老乡。

姜尚对老乡曰:"你去朝歌,一路走走停停、停停走走,沿途观光,已饱览了大好河山。我看咱俩一起,共同去那目的地朝歌吧。"老乡早有此意,就携同姜尚,一起奔那朝歌而去。

不数日,他们来到朝歌,但见楼阁林立,行人如织,市面繁华。此时,这位东方老乡欲去找他的学生子良。

老乡觉得姜尚在朝歌举目无亲,难以立足,就说:"老朽去见门生子良,不妨带你共同前往。看看我那当官的学生,能不能给你安排个差事。"

姜尚闻言,自是高兴,就说:"东海老乡一路关照,现在还要把我引荐给您的学生谋取差事,子牙实在是感激不尽啊。"

他们在朝歌向人打听清楚后,一起来到了老乡门生子良的官邸。尽管学生已是高官,可是见到老师,不但毕恭毕敬,而且十分亲切。寒暄后,子良问老师:"先生所带这位壮年人是谁呢?"

老乡曰:"乃我一路同行之人,他欲来朝歌谋个差事。一路上,我见他举止不凡、知识渊博,就想带给门生你,看看能不能在你这里派他个差事。"

子良说："既然老师认定是人才，推荐于我，就让他在我府上当个家臣吧。"

此话一出，当老师的脸上有光，更是令姜尚喜出望外。

姜尚当了子良的家臣。主上让他管理府上钱粮之用度。可他姜尚心系国家大事，不擅长管理这些钱粮。他在益都当养老女婿时，连个家事都管不好，怎能管好官府的事呢？再说，他心中有民，可怜穷人，每当有穷人在官府门前讨要钱粮时，姜尚总是背着主人，悄悄对他们慷慨施舍。

过了不久，子良就发现府上钱粮越来越少。他不知道是姜尚对贫民的施舍所致，还以为是姜尚私吞了呢。

子良对住在这里的老师，言明自己的怀疑。老师说："据我一路观察，这姜尚绝不是那种中饱私囊的贪财之人。老夫估计另有原因。他在棘津时，因开饭肆施舍乞丐们而破产。他现在管理着门生的众多钱粮，岂能不再去施舍穷人呢？钱粮减少，说不定与此有关。"

子良说："可我这里是官府，而不是乞丐和难民们的救助所啊。以门生之见，这人不可再用了。否则，他把我的钱粮都救济了穷人，我就变成穷人了。"

那东方老乡吃住在学生家里，处处靠门生照顾，不便再过多要求学生。虽然他内心同情姜尚，但也无可奈何，只好听任子良把姜尚这位家臣赶出了府门。

姜尚被逐出了府门，却见那位东方老乡追出门外，对姜尚说："我和你一路同行，还剩了些盘缠，就送给你了。你可在朝歌城内租一处客栈，暂且栖身。这一路上，我见你学识甚广，又见你对周易八卦颇有研究，精通占卜算命之术。你可以此为业，做个算命先生。但凡算命者，多为官宦之人，以问仕途之沉浮、未来之前程。这样，你就可借此机会再接触上层，说不定能得到新的机遇。"

这也正合姜尚本人的想法。于是，他谢过老乡赠钱之恩，在朝歌租了一间房子，穿了那东方术士的道服，举着一面阴阳八卦图饰，做起了算命先生。因姜尚学识渊博、阅历丰富，又受了那前人古典秘籍的启示，还学了占卜算命的道术，就善解人意。他察言观色、揣摩人心、因势利导、相机而言，因此所算之卦无不灵验。此事很快传开，尤其是那些为官之人，更是奔走相告。人们对姜尚肃然起敬，认为他乃神仙降世，遂称："此人是上界善知命运的天孙星弟子，天孙星让其下凡到尘世来拯救众生。"

　　对姜尚的这一神化，使其所居之处车马云集，贵胄群至，令姜尚应接不暇。

第四回　姜神仙枉劝商纣　杀二公煮子啖父

话说姜尚在朝歌算命，被人称为姜神仙时，正逢那荒淫无道的商纣王当政。这时，商纣王的叔父殷比干在朝廷辅佐商政。

你道那商纣王是何等人？但见他威风凛凛，体魄雄壮，有手擒猛虎之力；能言善辩，思路敏捷，言辞足以抵挡所有忠臣的劝谏和修饰自己的所有错误。他经常向群臣炫耀其能，向天下黎民宣扬其威，以为人人都在其智能之下，个个都是他胯下之马。且他又沉湎于酒色，宠爱众多美女，喜欢靡靡之音。他还不听劝阻，在无休止的狩猎中，踏坏田地里的青苗，使粮食欠收。他横征暴敛，以充国库，更遍寻那天下狗马奇物、珍禽异兽，放置于宫室之内，以供观赏。他不信鬼神，不受任何约束，以酒为池、悬肉为林。更不堪者，竟让男男女女脱光衣服，在酒池肉林间相互追逐，群淫、滥淫，博其一笑。他的这些倒行逆施和荒淫无耻，受到了天下诸侯和万民之责骂。

殷比干恨铁不成钢，就规劝商纣王收敛。谁想，这位纣王叔父却被商纣王反驳得无言以对。姜尚是天降神人的说法，越传越广，传到了辅臣殷比干耳中。他想："既然我规劝纣王无果，何不去借那天上下凡的神人，以占卜算卦为名，进王宫来规劝他一番呢。"

某日，姜尚正在为人占卜算命，却听棚外一阵车声喧嚣、骏马嘶鸣、人声鼎沸。他急忙出去察看，但见一位身穿高官服饰的人向他走来。只听人群中有一位高喊道："此乃商纣王之叔，殷商辅臣殷比干大人也。"

姜尚闻言，立即跪拜比干曰："不知王叔大驾光临，有失远迎，还请恕罪。"

比干立即将姜尚扶起，说："姜神人，您不必客气。我比干来此，是有求于你的。"

姜尚问："大人对小民有何求呢？"

比干说："此处人多嘴杂，耳目众多，不是说话的地方。待我把你带至我的府邸，再做计较。"

姜尚辞了前来占卜算命的众人，让他们暂时四散回家，待日后再来。他遂坐上比干的马车，随其而去。到了比干府上，来至一处别无他人的小室。比干对姜尚言明了欲借他这位活神仙之口，规劝天子，让纣王改邪归正的想法。姜尚会意，点头应允。

翌日上朝，比干带着算命先生姜尚进王宫来见商纣王。比干对纣王说："此人占卜算命，无一不准，人道是天上神仙下世。今特推荐于我王，让姜神仙也为您占个卜，算上一卦吧。"

商纣王斜眼打量姜尚一番，遂对他说："我王叔说你是神仙，占卜观命无一不准，那寡人就先测测你的见识吧。你是如何看待寡人的天下呢？"

姜尚对曰："天下乃天下人之天下，非我王一人之天下也。"

商纣王说："胡说。天下明明是老子的天下，你怎么能说是天下人的天下呢！既然你说是天下人的天下，那你这一刁民知道该如何治国吗？"

姜尚对曰："凡治国者，要以民为本，仁政当先。"

商纣王说："一派胡言。只有用严法酷刑才可安定乱民，从而治理好他们。你这刁民怎么能懂得治民的法度呢？"

姜尚对曰："治民要张弛并重，刚柔兼济，依法而行。"

商纣王闻听姜尚之言与自己格格不入，就对比干说："这等刁民，岂知治国理政的道理呢？他不过是自诩为神仙，骗人几个钱财罢了。你把他引来见我，却为何意？让他速速给我滚出王宫。"比干见纣王震怒，知道再劝无益，就领着姜尚退出了宫外。

这商纣王从来听不得别人规劝，但听了姜神仙这番话，也触动了自己的第六根神经。他下意识地感到，大概天下诸侯及其群臣和百姓们对他的意见很大，心中就想："我何不借姜神仙的这番劝诚，也为属下办点好事呢。若要给天下黎民以恩惠，必须通过各国诸侯去实现。我不妨选

【五霸之首　号令天下】

几个最大的诸侯国,对其诸侯加封晋爵,以示恩德。"

第二天上朝,商纣王下令,让殷商最大的三个诸侯国之君来商都朝歌觐见天子。你道那三位诸侯是谁,原来是周西伯姬昌、九国之侯、鄂国之侯。不久,三人如期而至,叩拜纣王。

商纣王说:"前日,我王叔比干为寡人请来一位算命先生,人称神仙降世。他劝寡人要行善积德,为民赐福。寡人以为要做成这些事,必须靠尔等诸侯。为了激励你们,寡人准备将尔等的侯爵、伯爵晋升为公爵,可并称三公。"三人少不得跪拜谢恩。

那称作九国的九侯,见商纣王赐其为公,不禁感激涕零,飘然自得。他回去后想:"既然天子这样看重我、抬举我,臣下也要对天子表示点谢意才行。商纣王喜爱美色,那是路人皆知。我宫中有一绝世美女,甚是招我喜爱,我欲与她行那云雨之事,她从来没有顺从过,大概是嫌我相貌丑陋。天子商纣王伟岸英俊,若将此女献于他,此女岂不是如鱼得水?这不但能让天子喜爱宠幸,而且此女也必当满足纣王的淫欲。这样,我一则讨了纣王的好,二则送走此女之后,也眼不见心不馋,落得个清静。"

九侯把美人送进朝歌王宫,那商纣王一见,即刻魂不守舍,喜溢心间。他遂又赐了九侯若干宝物,将可人儿留在了身边。谁料这女子有天生的自我封闭之症,即便是天子,也不让其碰自己一下。商纣王发怒,问那美女:"你被九侯送来之前,也是这样的吗?"

美女说:"正是因为贱妾不顺从九侯,他这才把我献给天子您的。"

商纣王闻听大怒,说:"原来是九侯这小子给寡人泼来了一股祸水啊。他把自己这个欲食不得的脏物和桀骜不驯的妖物推给本王,让本王可望而不可及,无端妄添苦恼。这厮犯了大逆不道的欺君之罪,我必须让他试试寡人那刑罚的厉害。"

于是,商纣王派人传达王命,把那九侯召进王宫。纣王见到他,大骂曰:"你这贼子,把你欲占而不得的剩女推给寡人,让寡人蒙受难堪,你该当何罪?若不把尔剁为肉酱,岂能解我心头之恨呢?"

九侯正欲辩解,那商纣王岂容分说。于是下令让人把九侯推出,施以醢(hǎi)刑,即把其剁为肉酱。

同时被封公的鄂侯闻之,觉得同僚献美女本是好意,反遭醢刑,就自恃为三公之一,去找商纣王辩理。商纣王一生从未服人,哪容得别人辩理,怒曰:"你这小小一国之侯,被寡人恩赐为公,就忘了那天高地厚,竟敢来教训寡人!尔等胆大妄为之徒,若不斩杀,岂不被天下人耻笑?前面我欲杀一儆百,现在你又逼我杀二儆千,寡人要对你施以重于九侯刑罚的脯刑。"

商纣王遂令武士们将鄂侯绑出,施行脯刑,即不但将其剁成肉酱,还要把他的肉酱晒为肉脯,摆于王宫两侧,以警示天下诸侯和宫中的群臣。

事后,商纣王也感觉自己的所作所为确实过分,就又派出亲信,去天下各地刺探各国诸侯对此事的反应和看法。他特别派心腹之臣崇侯虎,去观察那周西伯姬昌的言行。崇侯虎来到丰邑,在周西伯府上,试探姬昌对纣王连杀两位公爵之臣的态度。

周西伯姬昌闻听商纣王把刚封的三公残杀了二公,不免兔死狐悲,怕再遭覆辙。于是,他噤若寒蝉。崇侯虎追问其到底有何感想,逼得姬昌只好叹了一口气,遂转言他事,回避正题。

崇侯虎无奈,只好回来把姬昌的表情禀告了商纣王。纣王说:"他长叹一声,就隐藏了对寡人的无奈和不满。他现隐忍不发,若等到其爆发出来,岂不是要置寡人于死地而后快吗?"商纣王遂下令让崇侯虎带兵前去姬周,把周西伯姬昌抓获,囚禁于羑(yǒu)里这个地方,让其与世隔绝,反省自己的叛逆之心。

商纣王为了探究姬昌的心境,又下令将其长子伯邑考拘来朝歌。纣王试探伯邑考说:"尔对你父下狱有何看法?"

伯邑考乃仁孝之子,少不得为父哭诉冤屈。商纣王心想:"若我杀了姬昌,将来这厮继承了姬周的公爵之位,岂能不为他父亲报仇呢?我不如先杀了伯邑考这个祸根,即便将来把姬昌放出,也让他没了长子继位。"

商纣王还萌生了一个更加残酷的恶念,他想:"父子之间,心有灵犀。待我把这厮杀死之后用锅煮熟,将其肉汤赐给姬昌,看他喝了有何表现。"

这个残暴绝伦的商纣王,派人把伯邑考杀死,将其肉煮熟后,把肉汤赐给周西伯姬昌。姬昌虽不知就里,但食用后立时吐出,大叫一声"不好",旋即晕倒在牢房里。

所派之人把这一情况报告给商纣王,商纣王不禁哈哈大笑:"我把九侯剁成了肉酱,把鄂侯晒成了肉干,姬昌均不表态。这下我杀了他的儿子,以其子之肉啖之,他竟如此敏感。可见那两位公爵对他来说,不如亲生儿子重要啊。"

第五回　太公望渭水垂钓　周西伯拜师婚子

且说姬周有位辅臣名叫散宜生。他见国君和太子落难至此，恨不能生啖那商纣王之肉，但权在昏王之手，事不由己。于是，他突然想起一事，说："听人言讲，在那朝歌有位占卜算卦的先生，人称活神仙。我不妨微服去见此人，看看这位神仙有没有办法拯救我王及姬周。"

散宜生乔装打扮成商人模样，前来朝歌，直奔那活神仙算命之处。他交上算命钱财，让此人支走前来算命之众，然后悄悄说："实不相瞒，我乃姬周辅臣散宜生也。今商纣王无道，囚我主于羑里，还无端杀害我家太子，又以其子之肉喂其亲父，真残暴绝伦，蛇蝎心肠，禽兽不如。今我想救出明主，苦不得法。人称先生为神仙，可赐我良法乎？"

姜尚曰："将欲取之，姑先予之。这商纣王最喜欢的就是狗马奇物、稀世之宝、倾国美女。您可设法寻得上述之物，再加上姬周靠近殷商的良田百顷，一并进献这贼。这贼得了以上三宝，必会放了那周西伯姬昌。如果赎人之物超过了商纣王预期，引起这贼疑心，可对他说，'贡献姬周宝物和土地之目的，是为了换取其废除酷刑，树立德望'。"

散宜生闻计，立即返回丰邑，照计而行。

当散宜生以姬周辅臣的名义，将上述赎人之物和献地之册交到殷商王宫时，商纣王说："尔等不但将寻得的这些北夷宝马、灵犬、麋鹿和骊戎美女，献于寡人，大快吾心，而且还要献给寡人良田百顷。这些赎身之物中，有一样就可赎姬昌之罪。今送数倍之礼，却是为何？"

散宜生知商纣王起了疑心，顿时吓出一身冷汗，突然想起姜尚的嘱咐，就对纣王说："加倍献礼，是为了让大王能宽松刑罚，仁德天下也。"纣王听后，转疑为喜。于是立即下旨，放了那姬昌。

话说姬昌回到姬周之都丰邑。散宜生将自己乔装打扮访得姜神人，受其指点救出主公之事，述说一遍。姬昌说："这位姜神仙善算通神，但不知其是否有治国之策。若他有治国之策，我姬周自当重用之。"

散宜生曰："是否有治国之策，需我主亲自访之。"

姬昌说："眼下，朝歌臣民识我者甚多，我不便微服亲往。"

散宜生曰："那姜神人在朝歌名气也很大，每日算命之人应接不暇，其中就有商纣王的臣子。不但我主微服前访不妥，那神人也不便前来丰邑。"

姬昌说："这如何是好？"

散宜生曰："因耳目众多，我主不能前访；姜神仙作为朝歌名人，也不宜来我丰邑。微臣觉得，不如在两地选一中间地带，约期相见。"

姬昌说："那选在何处为好呢？"

散宜生曰："朝歌与我丰邑中间是渭水。渭水有一支流，叫磻溪。磻溪与渭水交汇处，有一座钓鱼台。待微臣扮作百姓，再去见那姜神人，让他以垂钓为名，离开朝歌，去到钓鱼台。是时，我主以到渭水之滨狩猎为名，去到磻溪那钓鱼台。若在那里相见面谈，最为妥当。"

姬昌说："那就请爱卿再辛苦跑一趟吧。"散宜生遂领命而去。

散宜生进得朝歌，直奔那姜神人算命处，悄悄见到姜尚，对他言明了周西伯姬昌要与其面谈的想法，并说明去到渭水磻溪钓鱼台之缘由。

姜尚表示赞同，遂约定了会见日期，让散宜生速回丰邑奏报姬昌。姬昌听那姜神仙应允会面，心中大喜。

当天晚上，姬昌做了一个梦。他梦见自己的祖父姬亶父从梦中飘然而至，说："孙儿此去渭水狩猎，所得猎物非龙非螭（chī），非虎非罴（pí），所得乃成就我大周千年基业之辅臣也。"

姬昌在梦中，还见有一飞熊附于其背，让他数着步伐驮行向前。姬昌遂驮飞熊数着步伐前行，当数到八百零八步时，就再也走不动了。姬昌在梦中，又让第二子姬发，再驮那飞熊数着步伐前行，当走到四十八步时，姬昌就从梦中醒来了。

评注：因为大周从姬周到西周和东周，前后延续了808年，传了

48 位王侯。后人遂编出该梦，一谶此事。

到了约定见面的日子，只见那姜神人头戴道士之冠，身着阴阳八卦术士之服，一手拿了算命招牌，一手举了五尺钓杆，独自一人徐徐来到钓鱼台。他寻了一块高处的临河巨石，盘膝端坐其上，在那钓杆一端系上丝线和钓鱼之钩，向后一甩，复又反甩至河中。动作干脆麻利。

这时，另有一位钓鱼老者，也到此垂钓。这人在离姜尚不远处，亦端坐一石台，甩杆而钓。

那老者接连钓上三条鱼儿，却见姜尚一无所获。等他仔细观看姜尚那鱼钩时，却见离河面足足有三尺之高，不禁问道："请问这位钓友，你把鱼钩悬于河面三尺之上，难道鱼儿能跳出河面三尺之高，自己找死咬你的钓钩吗？"姜尚端坐如故，并无反应。

老者又把目光移到这人的钓钩上，却见这钓钩竟是一枚直钩，说："老朽一生未闻，能用直钩钓到鱼儿的。"还见姜尚仍无反应。

于是，老者以为姜尚是疯癫之人，遂收起钓竿，提着装有几条鱼儿的鱼篓，离姜尚更远些。

就在这时，只见一群围猎骑士簇拥着一辆战车而来。车上站着一位神采奕奕的官人。这人来到离姜尚垂钓不远处，走下车来。只见有人跪拜说："请我主随微臣而行。"跪拜之人正是散宜生。

散宜生将周西伯姬昌领至姜尚之侧，却见姜尚并不回头，仍在专心垂钓，只不过问了一声："来者可是周西伯吗？"

周西伯答道："正是姬昌。"

姜尚曰："既是明主来访，还请坐在一旁。我们借钓鱼论政如何？"

姬昌依言坐在了姜尚之旁，说："我来拜访贤者，不是来钓鱼的呀！"

姜尚曰："拜访贤者，无非为商讨天下大势和治国理政之策。"

姬昌说："正是此意。"

姜尚曰："今商纣王无道，怨声四起，变乱在即。您周西伯不可随波逐流，乱了方寸。要像我钓鱼一样，稳坐钓鱼之台，静观其变。看似钓鱼，实为隐忍，就像我今天以钓鱼为名，实乃钓您周西伯一样。若明主同我齐心钓鱼，将来钓得的乃是灭商兴周的大业啊！"

【五霸之首 号令天下】

姬昌听言,知姜尚已是在借题发挥,谈论天下大事了,遂拱手说:"先生真乃神人降世也。"于是,他端坐在姜尚之旁,向人借来一副钓竿,与姜尚并坐而钓。

姬昌说:"这下咱俩并坐而钓,借钓论政,还请神人继续指点。"

姜尚曰:"眼下,天下各诸侯国,最强莫过于姬周。因此,也成了商纣王殷辛最为关注之处。这次将您先囚后放,实乃神佑姬周。但殷辛之虑未消,必然会继续关注姬周的动向。您自此要假装不过问那殷商天下之事,就像专心钓鱼一样,只关心一件事就成了,那就是在姬周勤政爱民,钓得民心。"

姬昌称善,继续问政。

姜尚又曰:"姬周要像这潭水,表面平静,下面则暗流涌动。你要韬光养晦,悄悄招兵买马,整训军士,以备后用。"

姬昌再次称善,又继续问政。

姜尚曰:"商纣王并未解除对姬周的疑忌。你需假装殷勤,带头给其纳贡,并号召天下诸侯仿而效之,方保姬周无虞。"

这时,只见姬昌"呼"的一声站起,双拳合拱,拜姜尚说:"我姬周太公姬亶父,日前托梦给我,说他生前所盼望的圣贤神人就要降于我姬周。今听姜神人之言,乃我太公盼望已久之人也。自此以后,我要称您为'太公望',并拜为太师,助我灭商兴周。"

直到这时,姜神仙才报了姓名,说自己姓姜,名尚,字子牙。

姬昌说:"前日梦中,有飞熊附于我身,您不妨就号为飞熊吧。"

二人遂收了渔具,并排而行,同上了周西伯战车,相携往丰邑而去。

这一幕,被那远处之钓鱼老者看见,虽未能听见两人的谈话内容,却见这二人交谈一番后,那"疯癫"钓鱼人随周西伯而去,于是若有所思,恍然大悟,说:"原来,这人在这里钓的不是鱼,而是姬周之伯、天下明主啊。真乃智者钓鱼,愿者上钩!"

姜尚随周西伯进得周都丰邑,来到姬周王宫。只见那姬昌进入别室,沐浴三遭,换上绘有凤鸣岐山画饰的吉祥袍服,登上宝座,召来文武群臣,向他们介绍了姜尚。众臣对这姜神人刮目相看,齐呼:"真乃姬姓太公所望之圣人也！"

周西伯姬昌说："我今欲拜姜尚为太师，担任姬周丞相，位居三公之首，众卿以为如何？"

散宜生遂带头高呼："拜姜神人为太师和丞相，乃我姬周之幸、众臣之幸、万民之幸也！"

就这样，姜尚成了姬周一人之下、万人之上的太师兼丞相。

周西伯说："不知姜太师原籍为何处，家中还有什么人吗？"

姜尚曰："我原籍在东海之滨，后在那东方益都之城谋生。现在我的父母都已经因年老过世了，但在益都有我的夫人、岳父岳母以及四个子女。"

周西伯说："我这就派人去到益都，把太师的夫人、岳父岳母以及子女们接到丰邑来。"姜尚自是感激不尽。

周西伯问："不知太师有几子几女？"

姜尚曰："微臣有三子一女。"

周西伯又问："不知太师之女，是否已嫁人？"

姜尚曰："嫁女须有父命，现我未曾准许，岂能嫁人？"

周西伯说："既然太师之女未曾嫁人，能嫁给犬子姬发吗？"

姜尚曰："今与我主共谋大业，能成姻亲之好，乃姜尚之愿也。"

于是，姜尚之女邑姜就嫁给了姬周新任太子姬发。他们夫妇先后生了两个儿子，长子取名姬诵，次子取名姬叔虞。后人尊称邑姜为圣母。

周西伯在姜尚辅佐下，对外结交诸侯，对内安抚黎民，使姬周政治清明，民心大悦。

某日，姬周相邻的虞国和芮国为争夺边界产生了矛盾。两国诸侯不愿也不敢去找那昏王殷辛评判，就慕名相约来到姬周，让姬昌和姜尚从中给予裁决。

姜尚曰："为让我主公正评判，需派姜尚前去实地调查。待查明实情，方可仲裁。"周西伯称善，二诸侯赞同。

姜尚遂去那虞、芮争执的边界，进行了详尽调查。回来后，将实情奏报周西伯姬昌。姬昌听后，遂作出公正裁决。虞、芮两国诸侯表示甘愿服从。自此以后，各国诸侯有争端之事，都来丰邑找姬昌和姜尚裁决。因无人去找那昏庸的商纣王，殷商政权就被架空了。

其后，姜尚对周西伯说："我姬周之北以游牧业为主的崇国、密须国等夷狄之国，常常犯我中原。我主可奏报商纣王，就说愿替商天子讨伐那侵犯殷商之地的北夷之国。若商纣王允许，这是借王命以伐北夷，实现我姬周强盛的大计啊。"

周西伯照计而行，果然在商纣王允许之下，灭了那崇国、密须国等夷狄之国，扩大了姬周疆域，壮大了姬周的国力。

这时，周西伯姬昌因操劳过度，身患疾病离开了人间。临终前，他把灭商兴周的大业托付给了姜太师。其太子姬发继位，是为周武王。

第六回　纣王无道宠妲己　太公力主灭殷商

且说有一次，商纣王带了众多兵将，打猎来到了一个氏族部落，迎面见到一只画在牛皮上的九尾之狐。纣王问部落之人："这九尾之狐怎么讲？"

部落之人答曰："我等是有苏氏部落，此乃我们氏族之图腾也。我们的首领姓苏，其居住之处离此不远，大王可去见他。"

商纣王来到苏姓首领之家，见有一女娃，约十五六岁。只见她乌云叠鬓、杏眼桃腮、柳腰窈窕，恰如那三月梨花带春雨，不亚于那九天仙女下瑶池，更疑似那月里嫦娥离玉宫。又见她转秋波展双弯凤目，眼角里送的是娇滴滴万种风情。

商纣王立时被这美女迷得垂涎三尺，魂飞体外，遂问："她是何人之女？"

首领曰："乃是我女，名叫苏妲己。"

商纣王说："寡人欲纳你女儿为贵人，立为王妃，你可愿意否？"

首领闻听，喜曰："能受龙恩宠幸，乃我有苏氏之幸、妲己之幸、我族九尾狐图腾之幸也。"

商纣王遂重赏了那有苏氏首领，顾不上打猎，将那妲己挽至车中，抱于怀内，急回朝歌去了。

自从得了苏妲己这个心肝宝贝，商纣王不分昼夜，与其耳鬓厮磨，日夜淫乐，更没了那治国理政之心。为了讨得苏妲己欢喜，他在朝歌兴师动众，耗资无算，修建了专供他和妲己玩乐的玉阙琼台。因其中放诸多珍贵麋鹿，遂取名为鹿台。

自此，凡朝中大事，商纣王唯苏妲己之言是听，听不进众臣之谏，更听不得不同声音。

商纣王荒废朝政，引起了天下诸侯和臣民们的不满。纣王一则为了镇压反对他的人；二则为了显能，讨那苏妲己欢喜，就对妲己说："为了严惩天下反贼，也让爱妻观刑取乐，寡人今想出了两个新刑种。"

苏妲己问："不知是哪两种新玩法？"

商纣王说："这第一种，是把一个大铜鼎从中间生火，将其四壁烧红。然后，把那有罪之人的身体贴到鼎上，活活烧烫而死。"

苏妲己道："我看可叫它炮烙之刑。"

商纣王又说："这第二种，是在地上挖一个大坑，抓来万条毒蛇，放于其中。将那罪人推入此坑，让万虫缠死、咬死。"

苏妲己道："既然以万虫放入坑中，可把万和虫叠成一个虿(chài)字，叫作虿池。"

商纣王说："爱妻观看寡人发明的这些惊世绝伦刑罚时，也能长一下见识，受一下刺激，别寻一番欢乐。"

在施行这等灭绝人性的酷刑时，商纣王总要叫上苏妲己，一同观看。谁料这苏妲己面如桃花、心如钢刀，亦是禽兽不如。她不但没有一丝怜悯之情，反而哈哈大笑。

这事被姬周臣民们知道后，姜尚曰："如此惨无人道、惊世骇俗的暴行，岂能不引起万民之怨、天下之恨呢？看来这殷商，定是要毁在商纣王殷辛的手上了。"

后来，有民谣曰："姬昌垂钓得圣贤，纣王打猎遇狐颜。圣贤兴周助姬昌，狐颜媚王灭殷商。"

这时，周武王对姜尚说："您乃我父王任命的太师，辅佐姬周有功，使我们的国力越来越强大，您当然更是我的太师。您又是我的岳父，自此以后，我当称呼您为'师尚父'。"

太师姜尚对周武王曰："当年，仅仅因为你父周文王闻商纣王之酷刑，面有不悦之色，就引来了祸灾。他叹了一口气，就引起了商纣王的猜忌，疑其存有反心，遂把文王因于羑里。为了检测文王之心，又无端将你长兄伯邑考杀死，并将其煮成肉酱，以哝文王。文王吃了亲子之肉，立即呕吐不止,心中痛不堪言。是我建议寻得良狗骏马、金银财宝、倾国美女,加上姬周的肥田百顷,贿献给那昏王,这才换得文王平安归来。"

姜太师又曰:"文王被放回丰邑,先是梦中闻得凤鸣于岐山,以为是天降祥瑞。后来他又按凤凰所鸣方向,在散宜生的安排下,到渭水之滨访我姜子牙于垂钓之处。交谈间,文王见我与他志趣相投,所见略同,就屈身拜我为姬周之太师。在我辅佐下,姬周实力渐强,又行仁义于天下,受到天下诸侯和万民之拥戴。他们都盼望姬周之仁政能取代商纣之暴政。我们要准备灭商兴周,替文王雪耻,为伯邑考报仇啊。"

周武王说:"不过,大臣弑君、诸侯反王,历来被称为大逆不道啊。"

姜太师曰:"岂谓弑君?我们杀的是祸国殃民之贼子。岂谓反王?我们反的是逆天而行之大盗。"

周武王说:"听尚父一言,心中豁然洞开,我伐纣之心决矣。"

不久,探子来报,说:"现那商纣王在朝歌荒淫日甚。"

周武王问姜太师:"现在是伐纣的时机吗?"

姜太师曰:"非也!纣王如此,但其大臣未变。有贤士相助,殷商当前不可伐。"

过了一段时间,探子又来报:"商纣王不听忠谏,竟然挖出了他王叔辅臣比干的内脏,以观其心之黑白。比干惨死。"

周武王问姜太师:"此时可是伐纣的时机了吗?"

姜太师曰:"不是。比干虽死,纣王仍有贤臣。"

再过了一段时间,探子又来报:"商纣王因辅臣箕子忠谏而震怒,将箕子囚于圄圄。"

周武王又问姜太师:"这可是伐纣的时机了吧?"

姜太师曰:"仍然不是。囚臣事小,然民心事大。要看其民心如何。"

就在这时,殷商的太师和少师两位辅政大臣,不满商纣王统治,双双抱着殷商的礼乐之器,抛弃殷纣来奔姬周。

周武王遂问姜太师:"现在可是伐纣的好时机了吧?"

姜太师曰:"非也!其臣虽叛,其民若顺,仍不可伐。"

过了一段时间,探子又来报:"商纣王堵塞言路。他派出侦探,发现民众有敢议论朝政者,一律格杀勿论。"

周武王问姜太师:"现在是伐纣的时机了吧?"

姜太师曰:"然也。商纣王堵塞言路。须知防民之口,甚于防川。防之益甚,堤决益速。此时,商纣王只有疏民之口才是上策,但这昏君不懂,必会引得民怨沸腾,众叛亲离。此乃灭商之良机也!"

周武王问:"如何抓住这一良机呢?"

姜太师曰:"灭商靠一国之力不行。要告知天下诸侯,历数纣王之罪,达成共识,齐心协力,一起举事。"

周武王说:"不妨举行一次盟会。尚父以为选在何处为好呢?"

姜太师曰:"孟津乃军事要地。我曾在那里进行过考察,此处交通便利,可选在这里。"于是,周武王遂派人通知天下诸侯,同去孟津盟誓。

周武王说:"多国盟誓,我们要有个讨纣檄文。此文就由太师亲手来撰写,叫作《太誓》吧。"姜太师受命,遂一气撰成此誓。

届时,共有大小八百诸侯前来孟津与会。周武王对众诸侯宣读《太誓》,只听誓中曰:"万世昏君,纣王无道。滥设酷刑,杀害无辜。酒池肉林,唯女是宠。赤裸乱淫,堕落无耻。射猎成瘾,杀生为性。践踏庄稼,致民绝收。偏幸妲己,祸国殃民。炮烙虿池,惨绝人寰。搜刮天下,珍禽狗马。横征暴敛,鱼肉黎民。不择好音,靡靡之乐。强词夺理,文过饰非。堵塞言路,不听忠谏。十恶不赦,天道当灭。八百诸侯,共誓同伐!"

众诸侯听完《太誓》,共曰:"商纣王早该被伐矣!"姜太师见此,当即就欲率诸侯之兵前去伐纣。

周武王对姜太师私语:"此次,我乃小试诸侯之心耳。今观各国诸侯,其心不差。但我觉得尚不是伐纣的最佳时机,要先让各国诸侯暂且回去,进一步厉兵秣马,待时机成熟,再次同心,就能一举灭那殷商了。"

姜太师问周武王:"机会难得,机不可失,失不再来。我王这时为何临阵犹豫了呢?"

周武王说:"我觉得时机并未成熟,是以推迟伐纣。"

时隔不久,有探报曰:"未等我们出兵,那东夷各国就已经反了商纣王。商纣王闻讯,就派出了殷商的过半兵力,前去镇压。"

周武王对姜太师说:"现在朝歌城内兵力减少,是伐纣的大好时机。但我尚未得到上天之吉兆。我想退而思之,思战之能胜否,卜之能吉否,天之能赐否。"

姜太师曰:"得众人之心,以伐商纣无道之君,则不战就能知胜矣。以贤良而伐不屑之王,则不卜就能知吉矣。替天行道,则不问鬼神,即知天命矣。"

公元前1045年,周武王决定择日伐纣。他命人找来占卜的巫师,以测凶吉。

那占卜巫师以数枚龟贝之壳和祝巫之签,摆起周易八卦之图势,予以推演。半晌,巫师起身惊曰:"巫祝之结果,下人不敢言讲。"

周武王说:"尽管直言,恕尔无罪。"

巫师曰:"实乃大凶之卦。"

周武王胆怵,急问太师。

姜太师曰:"天下大事、国家兴亡、万民祸福,这些朽木腐骨岂可知之。这些,都是我姜尚当年玩腻了的把戏,不可为信!"他遂将那些龟贝神签焚而毁之。

这样,周武王就下定了决心,遂以姜太师为军师,号令天下诸侯,皆带上兵将和战车,再次来到孟津。是时,众诸侯共聚集了数万兵力、数百战车,共同誓师出征。

誓师完毕,军师姜太师率先锋军前行,周武王率后队军从之。

联军行至半途,突然狂风四起。一时间飞沙走石,天昏地暗,日月无光。周武王追上姜太师,说:"天象不吉,不是好兆头。我看还是暂且回军吧。"

姜太师曰:"此乃天神催我军速行,哪来的不吉之说呢?"周武王闻言,无以应对,只好率军继续从之。

再行不过数里,又见阴云滚滚,顷刻布满上空。一时间遮天蔽日,阴霾沉沉。周武王又觉不吉,再欲班师回朝。

姜太师曰:"上天布云,为我三军遮蔽烈日。此乃祥兆也,何来不吉?"

又行数里,只见风雷大作,暴雨倾盆而至。片刻间,三军将士皆被淋透,好似那落汤之鸡。周武王又道不吉。

姜太师曰:"天公为我三军洗尘,激我将士之志,乃是祥瑞之兆也。"

三军来到姬周与殷商的界河,欲渡船而过,却见一阵大风把船之桅杆吹断。周武王又惊呼不吉。

姜太师曰:"上天欲我战船疾发,催意甚急,致使桅杆折断。众将士可划桨行船。此乃催我奋进之意,焉有不吉?"遂令三军划桨渡河。

渡河之后,渡船被一阵狂风卷入江心,顺流漂向远方。周武王又道不吉。

姜太师曰:"上天绝我后退之路,命我等背水一战、义无反顾、勇往直前。此乃必胜之兆,更无不吉!"

三军背水再行,来至一座山下。只见地动山摇,乃罕见之地震。周武王再言不吉。

姜太师曰:"改朝换代,乃地动山摇之举,说明商纣王已是穷途末路,面临山崩地裂之厄运。此更是大吉之兆!"

事已至此,周武王见没了退路,唯有前行,也就只好顺了姜太师的说法,反过来对众诸侯和群臣言道:"当寡人渡河之时,见有白肚之鱼翻于船内,又有赤色之鸟降于船头。鱼翻白肚,乃示殷商灭亡;赤鸟登舟,乃我姬发登基之兆。此乃天降殷商于我大周也。"

于是,他转而信心倍增,王气大振。

周武王遂将后队跃为前队,指挥那八百诸侯国的联军,来到离殷商都城不远一个叫牧野的地方安营扎寨。他们在这里生火做饭,磨刀亮剑,准备翌日进攻朝歌,灭那商纣王。

第七回　借偶像奇计兴周　恩天下诸侯佩服

却说商纣王得知姬发带领诸侯国联军前来讨伐他，不禁哈哈大笑曰："小小姬发和些许诸侯小国，能有几多之兵？他们趁寡人派大部兵力征伐东夷，就以为城中无人，伺机反我。可我朝歌还留有十几万大军和数千辆战车呢！"于是，急派亲信崇侯虎乘战车率领大军前去抵挡。

崇侯虎来到牧野，却见从姬周军师姜子牙所率军中，闪出一辆华盖豪车。上站之人，正是周西伯姬昌。他以手直指殷商都城，怒目而视。众诸侯以为是周西伯姬昌神灵下世，于是群情激昂、士气大振，纷纷指挥部下，迎战崇侯虎。殷商将士见之，亦信以为真，惊慌失措，军心涣散。

有大将对崇侯虎说："军情有变。周西伯姬昌在人间现世，带领周军会同众多诸侯国之军，前来报商纣王当年囚身灭子之仇。灭商兴周，岂不是天意使然？"

崇侯虎说："当年周西伯姬昌被纣王所囚，认为是我告状诬陷了他。周军若胜，我只有死路一条。因此，我们必须奋战到底！"

言罢，崇侯虎带领手下部将接战联军。姜子牙亦率联军众将士迎上前去。两军混战，大战了三个回合。那崇侯虎为免遭周军胜利后被杀之祸，意欲死里逃生，就抖擞精神，顾不得沙场上腥风血雨，做垂死挣扎，顽抗到底。崇侯虎正在与周军将领正面厮杀时，却不想自己背后一阵巨疼，随即滚落到马下。

原来是那些殷商将领，深恨商纣王的暴虐，盼望姬周联军早日获胜，立那德高望重的周西伯为王。见崇侯虎负隅顽抗，于是他们反戈一击。紧随崇侯虎身后的一位将军，从背后下手，刺了崇侯虎一剑，让其见了阎王。

于是，殷商将领纷纷下马，齐拜姜子牙曰："我等愿归降周西伯，追随贤公反戈一击，讨伐那大逆不道的商纣王。我们愿做前导，引领您和联军将士，直捣商都朝歌。"

商纣王以为自己派出了十几万大军和数千辆战车，又有亲信崇侯虎率领，可不费吹灰之力，就能消灭叛军。他自觉稳操胜券，并未作失败打算，还在鹿台与苏妲己和另一位爱姬饮酒作乐呢，根本就没将此事放在心上。就在这时，却听探马急报曰："大事不好！我十几万将士，看见周西伯姬昌降世前来讨伐我王，就纷纷倒戈，反当了叛军的向导。他们已经兵临城下了！"

商纣王闻言，惊出一身冷汗，急将苏妲己和另一爱姬藏于鹿台宫殿之中。他亲自披挂上马，率领王宫护卫之兵杀出城去。战不几回合，纣王和其护卫之兵不是对手，只好败退回城。

这时，城内仕民亦行倒戈，竟将朝歌四面城门打开，放姜太师和周武王率领的诸侯国联军入城。

此时，各国诸侯和殷商归降的军民，均提出欲拜见周西伯姬昌。

谁知姜太师却曰："子牙所奉之人，实为周西伯姬昌木雕尊像。我欲借他的神威，号召众位追随灭商之贤者，同仇敌忾，以求伐纣成功。"

众人皆道："姜太师作战，计谋超乎寻常，兵不厌诈，以假乱真，出人意料，真乃用兵如神也。"

联军入城，朝歌仕民皆跪于街旁，观瞻联军之威仪。这时，只见太师姜子牙居于战车之上，威风凛凛，仙风道骨，虎踞鹰趾，白须飘逸，傲视天下，眼观前方，不视其后，手握青铜兵符，徐徐往城内而来。

众人问一旁那位被商纣王罢免的前外交大臣商容："来者可是周武王吗？"

商容曰："非也！此人是姬周的太师，乃周文王渭水所聘神仙道人姜子牙也！亦是本次伐纣的主谋和军师。"

随后，又见一稳健中年之人居于战车之上，手捧典册，不断俯视路边臣民，频频颔首，亦缓缓而来。

众百姓又问商容："此人可是周武王吗？"

姜子牙助周灭商

商容曰:"非也!此乃周公,是周武王之四弟,名曰姬旦。他修定文王之周礼,礼贤下士,为人谦恭,乃武王之左辅也!"

其后,又见一年轻之人,神采奕奕,手持大印,亦乘车缓缓而来。

众百姓又问商容:"此人可是周武王吗?"

商容曰:"非也!此乃召公,是周武王同父异母的庶弟,名曰姬奭(shì)。他精明强干,善于应变,乃武王之右辅也!"

最后,又见一壮年之人,脸庞棱角分明,龙眉凤眼,身着凤鸣岐山图饰龙袍,手无寸铁,拱抱双手,不忧不喜,面无表情,庄重威严,亦乘车缓缓而来。

众百姓再问商容:"这人可是周武王吗?"

商容曰:"然也!他名叫姬发,乃周文王次子。周文王长子伯邑考被商纣王杀害后,他被立为太子,娶姜子牙之女邑姜为夫人,生王子姬诵和姬叔虞。周文王驾崩后,他继了王位,号为周武王。他依靠岳父姜子牙,继承父志,来灭殷商。"

再说那商纣王,见联军入城,自觉大势已去,遂逃上鹿台,抱着殷商传国金宝玉玺,身着蟒袍玉衣,将豪华寝宫引燃,自焚于其中。

周武王派人搜寻到了商纣王尸体,弯弓搭箭,射中那昏君之尸。又亲举利剑,斩其首级,悬于大旗旗杆之上,以示臣民。

这时,有军士来报,说在鹿台亭阁中发现了商纣王之妃苏妲己及其另一位姬妾自杀后的尸体。原来,她们见商纣王引燃寝宫自焚,就跑到宫外,在一亭阁上悬梁自尽了。周武王命人将尸首抬出,又亲举宝弓,连发两箭,射中这二人之尸。周武王又命人割下她们的首级,分悬于两面小旗旗杆之端,立于商纣王首级两侧,再示万民。

周武王率众诸侯从鹿台来到殷商王宫,只见稀世珍宝、黄金翠玉摆满宫内。有大臣建议道:"此乃我姬周的战利品,当使人装车运回丰邑。"

周武王问太师姜尚:"尚父以为当否?"

姜太师曰:"不可!此等财宝,乃天下之财宝也。众诸侯随我王伐纣,战利品应归天下诸侯。"周武王遂令周公姬旦记录在册,将财宝尽分于各国诸侯。

众诸侯齐拜周武王说:"武王真乃仁君也!非为爱财之庸辈,我等佩服。"

这时,众军士又从宫内搜出上百名美女,带至周武王面前。又有大臣曰:"天将殷商赐予我王,这些纣王佳丽,应归我王享用。"

周武王又问太师姜尚:"还问尚父,此事当否?"

姜太师曰:"不可!这众多美女,都是纣王从天下各处强征而来,应各归原地,交其父母兄弟,另嫁良人为妻,以延黎民后嗣。"武王遂又令周公姬旦登记造册,由其家乡之诸侯将她们带回。

各国诸侯见之,又纷纷议论道:"周武王真乃仁君也!非为爱色之庸辈,我等更是佩服了。"

于是,众诸侯共同将周武王拥至大殿王座,一起跪拜说:"我等皆愿臣服于大周,唯武王之命是从。"

这时,只见那两个助纣为虐的殷商辅臣蜚廉和恶来,各自抱了先前贪污的殷商宝器,欲献宝赎罪。

周武王又问姜太师:"此二人献宝,罪可免否?"

姜太师曰:"纣王殷辛之过,多因这两人谄媚怂恿所致。今来献贪贿之宝,说明他们不但是媚王误国的佞臣,而且是贪污受贿的贼子,罪上加罪。此等恶人不杀,无以儆当今和后世。"

于是,周武王下令说:"将这两个恶贼,推出去斩了。"这二人无话可说,只好听凭被武士推出,引颈受死。

又有数位殷商遗臣前来拜见周武王。周武王问道:"纣王所敛天下之粮,今藏于何处?"

有殷商遗臣道:"均在钜桥粮仓。"

周武王遂让周公姬旦前往钜桥粮仓,将商纣王所敛天下之粟还予各国诸侯,让他们运回国去,分还给黎民百姓。各国诸侯更是山呼万岁。

周武王又问:"现殷商忠臣箕子被囚于何处?"

又有遗臣道:"我愿领人去箕子所囚之处,将其带来拜见大王。"武王遂派召公姬奭,跟随商之遗臣,一同去请箕子。

周武王又问:"殷商之忠臣王叔比干,被埋于何处?"

再有遗臣道："微臣愿领人去看比干墓。"周武王又派另一王弟跟随，带人前去祭拜比干，并要求数倍增高比干之墓。

各国诸侯又齐曰："武王真乃仁君也！能将仁爱之心给予亡国之臣，况我等追随其伐纣的各诸侯国君民呢？"

周武王说："今天下大势已定，全靠众诸侯协力，随我共举义兵，灭了祸国殃民的商纣王与妖姬苏妲己。自此以后，殷商更名为大周，推行周礼，教化天下。现我命你等各回本国，勤政爱民，为万民造福。"于是，众诸侯对新君周武王行三拜九叩之礼。然后，他们各引所属之军，回本国而去。

这时，又有商朝遗臣曰："殷商天下已归大周。我殷商宗庙祭有商汤、盘庚等圣君神位，不知新王如何对待？"

周武王再问姜太师："尚父以为该如何对待才好呢？"

姜太师曰："商汤、盘庚皆一心为民，对华夏有功。我大周不但要保护其庙，而且我王还要亲率众臣前去祭拜。"周武王准奏。

周武王率众臣前来祭拜殷商太庙，毕恭毕敬，极尽虔诚。

这时，殷商太庙内一位祭祀之官曰："昔我殷商之祖商汤立国时，铸有天下第一铜鼎，象征天下大权。今天下大权已归于周，可将该鼎移于姬周太庙。"

周武王还问姜太师说："尚父以为当否？"

姜太师曰："此鼎虽是天下大权之象征，但其祭在殷商太庙，却未能镇住殷商江山，已非吉祥之物。我王若不想重蹈殷商覆辙，就不要把此鼎移于姬周太庙。可把此物移于姬周东方的洛邑之城。将来，可在那里建立大周陪都，将其置于陪都的行宫之内。以便我王驾临时观看，常思殷商覆灭的教训。"周武王又准奏。

第八回　周武王分封天下　姜子牙树榜封神

且说朝歌事情处理完毕后,周武王班师回到周都丰邑。翌日,武王临朝。

太师姜子牙以丞相兼军师身份,对周武王说:"今我大周推翻了殷商,我王已经君临天下。要将丰邑改称为丰京,定为国都。因丰京规模略小,臣建议在丰京附近的镐地,再建一处新的城区,可名曰镐京。两京可并称为'丰镐'。同时,请我王派右辅召公姬奭前去经营东边的洛邑,用以作为大周之陪都。"周武王欣然准奏,遂下旨依太师之言而行。

自此,人们遂将丰镐称为西京,将洛邑称为东京。

过了数日,周武王又临朝,对太师姜子牙说:"为推翻商纣王殷辛,各路诸侯及寡人之臣子,或以良言谏我,或以良策献我,或以全力助我,或以生命殉我。如今大事已成,尚父认为应如何褒奖他们呢?"

姜太师曰:"死者封神,活者封侯,以彰天下。"

周武王问:"尚父觉得如何分封为好呢?"

姜太师曰:"活者封侯,需我王亲封;死者封神,可交由我姜子牙。"

周武王说:"不但死者可以封神,生而功显者,尚父亦可封之为神。"

姜太师曰:"我王得了天下,莫忘华夏之先贤。要在天下先封其后裔,以彰我先贤为华夏发展前赴后继之德。然后,再封兴周灭商有功的王室成员及文武大臣。一则为了褒奖其功,二则为了便于对大周天下的分散就近治理。"

周武王召来大周太史官,让其查明先贤们的后裔之所在。

太史官奏曰:"焦地多神农氏炎帝之后,祝地多轩辕氏黄帝之后,蓟地多尧帝之后,陈地多舜帝之后,杞地多大禹之后。"

周武王说:"那就封这些先贤后裔中的长者为当地诸侯,分别称其为焦国、祝国、蓟国、陈国、杞国。殷商虽亡,然其先祖商汤有德于华夏,不可让其绝祀,就让商纣王殷辛的太子殷禄父,聚集其遗民,重新立国,继承殷商之香火。国名可从我周武王与商祖盘庚中各取一字,定为'武庚'。意在我周武王之时,让其效法祖宗盘庚的盛世,使先祖商汤之治再兴,并可仍以朝歌为都城。为了帮助殷禄父治国,特把我三弟姬鲜,封于武庚东邻的管地,名为管国,可称其本人管叔鲜;将我五弟姬度,封于武庚南边的蔡地,名为蔡国,可称其本人蔡叔度;将我八弟姬处,封在武庚之北的霍地,名为霍国,可称其本人霍叔处,并旨令他们三人在武庚朝堂为卿,号曰'命卿',是为监国,可称为'三监'。准许他们世袭传承,辅佐殷禄父及其后裔治理好武庚之民。"

姜太师曰:"我王不能只封前朝及其辅佐,也要封赠那些为建立大周朝而前赴后继的姬姓祖宗们,给其以谥号。"

周武王说:"这正合寡人之意,就把我曾祖父周太公姬亶父谥为大周之太王,把我祖父姬季历谥为大周之季王,把我父亲西伯侯姬昌谥为大周之文王。"

对华夏先贤后裔和姬周祖宗或分封或赠以谥号后,周武王说:"以上所封之地和周祖用过的谥号,不可重复封赠。其他未封之地,尤其是华夏那些边远之地,均可分封,以利对天下之治理。"

姜太师曰:"接下来,请我王量功而封周室姬姓族人和大周的功臣勋将吧。"

于是,周武王又让太史官取来华夏城邑之草图,观望良久,然后下旨:"兴周灭商,尚父乃是首功,又原是东方海滨之人。寡人就封尚父为东方之侯,建都于营丘,叫作'齐国',以寓尚父与姬周'齐'心灭商兴周之意。我四弟周公姬旦,功次于尚父,与尚父乃为我左右之臂也。你们二人又情投意合,乃为莫逆之交,那就把距营丘不远的曲阜封予周公姬旦。曲阜和营丘均临近日升鱼出的东海。当太阳初出海面时,鱼跃于日上,日升于鱼下。取鱼在上,日在下之意,那就叫作'鲁'国吧。我的庶弟姬奭,功排第三,寡人将其封在营丘之北的燕地,名为燕国,可称其本人燕召公姬奭;将我六弟姬振铎,封在曹地,名为曹国,可称其本人曹叔振铎;将我七弟姬武,封在郕地,名为郕国,可称其本人郕叔武;我九弟姬封,十弟姬载尚且年少,待成年之后,再作分封。"

周武王又补充说:"现今天下初定,殷商时所封的诸侯国和其遗民并未全部臣服于我大周。再加建周之初,寡人政务繁多,更需辅佐之臣。太师、周公和召公三人虽被封国,但仍要留在丰镐协助我执政。待日后天下安定,再赴封国就任国君之职也为时不晚。你们可先派自己的后辈代行前往封国,予以暂行治理。"

周武王姬发封侯完毕,对姜太师说:"寡人封号、封侯已经完毕,那就请师尚父您来封神吧。"

姜太师曰:"须我王派人摆下神案和树立封神之榜。"

周武王准奏,下旨让人把神案摆好,把封神榜树好,并在神案上点上香火,在案前的八卦炉内点燃祈祷之符。

这时,只见姜太师朝神案和神榜跪拜三遭,说:"我姜子牙知道主宰天下者,有多位神仙,其中最重要的是天、地、兵、阴、阳、月、日、时这八位神主。天主乃众神之首,万物之主,黎民百姓谓之老天爷。炎黄二帝乃华夏之共祖,应封为天主;大周兴起自周太王开始,乃大周万始之主,应封为地主;昔东方蚩尤,乃兵战之圣,被黄帝轩辕氏打败,但仍不失其英雄本色,可封为兵主;我文王创周易八卦之术,主阴阳之事,可封为阴主;太阳升起于东方,使天下大白,可封我主武王为阳主;我女儿邑姜,佐夫有方,又育有太子姬诵和王子姬叔虞这两个龙胎凤子,周人称之为圣母,可封为月主;太子姬诵,乃蒸蒸日上者,可封为日主;周公姬旦,辅佐我王,善于审时度势,不忘四时稼穑,可封为时主。"

周武王问:"尚父封我曾祖父和父亲以神位,为什么不封我祖父呢?"

姜太师曰:"当年姬周的太王王子甚多。太王之所以将王位传给季王,实乃为了以季王为跳板,传位于贤孙姬昌也。季王上承其父,下传其子,本身建树不多,虽未被封神,然上有地主之神庇护,下有阴主之神相佑,已是非神即神了。"周武王释然。

随后，周武王说："尚父封了这八主，您就主宰了众神，应封自己为八主的上神或神主之神才是。"

姜太师曰："我王让我分封众神，本身就主宰着众神，还用当什么上神和神主之神吗？"周武王听其言之有理，就点头认可了。

周武王命周公姬旦把姜太师所封众神位载入封神之榜，派人去周室太庙请来周太王和周文王之神位，又让人刻制炎黄二帝和蚩尤的神位，一并摆于神案之上。然后，周武王亲率众臣行三拜九叩之礼，求众神庇佑。

礼毕，周武王对姜太师说："炎黄二帝、蚩尤、太王、文王已被封为神主。他们现为天下之神，非我姬姓一家之神。其神位所居之处，要遍于天下才是。身为天下之神，应居于仙山神丘才行。"

姜太师曰："在我被封东方齐国营丘的淄河旁，有座牛山。牛山之下，有天齐之渊。那里山清水秀，万物繁盛，可作为天主所居之处，将其神位安置在那里。"

周武王立即派人策马向东，将天主神位送至天齐渊去了。

姜太师曰："东岳泰山之南，乃东方圣地曲阜。可在泰山脚下，曲阜之北的梁父丘，建地主之庙，供奉其神位。"

周武王命人奉地主神位，前去办理。

姜太师曰："东夷首领蚩尤，英勇善战，力大无比，当年与黄帝大战于中原，不幸中计而亡。其家乡乃东平陆监乡，可在那里建蚩尤庙，将兵主之神位安置在那里。"

周武王又命人奉兵主神位，前去办理。

姜太师曰："东方三山岛，乃阴气所居之地。可把文王阴主之神位安置到那里。"

周武王又命人奉阴主神位，前去办理。

姜太师曰："至于我王和其他人之神位，均需在百年之后才能再作安置。"

周武王说："百年之后那是自然，但尚父也要先给选个日后要去的地方。"

姜太师曰:"若我王百年之后,应将您阳主之神位放置于东海齐国东北的芝罘岛。"周武王大喜。

姜太师又曰:"我女邑姜百年后,可将其圣母月主之神位安置在芝罘西北的蓬莱仙岛。"周武王亦赞成。

姜太师再曰:"太子姬诵百年后,可将其日主之神位安置于东海的成山头,那里是白日升起的地方。那时,可用成山头的'成'字,谥其为周成王。"周武王也允许。

姜太师最后说:"周公姬旦百年之后,可将其时主之神位安置于我姜子牙的老家,即齐鲁之东的琅琊山,以示我与周公的齐鲁之好。古人说,'这里乃是四时所始之地'。"周武王也同意。

这时,周武王说:"在兴周灭商过程中,有无数将士在战场上捐躯。尚父也应封之以神位才是。"

姜太师应命,曰:"今封阵亡的首位将军为东岳泰山天齐仁圣大帝,次位将军为南岳衡山司天昭圣大帝,第三位将军为中岳嵩山中天崇圣大帝,第四位将军为北岳恒山安天玄圣大帝,第五位将军为西岳华山金天愿圣大帝。"

周武王又命人奉其神位,前去安置。

随后,姜太师又封了雷神、水神、火神、瘟神、痘神、星神、太岁、天王、哼哈二将和碧霞元君等众神。

周武王问:"尚父现封有多少位神仙?"

姜太师曰:"计有三百六十四位。"

周武王问:"寡人听你所封星神最多,共有多少?"

姜太师曰:"天上繁星最多,足以按星座封神,共有二百七十一位。"

周武王说:"尚父夫人马氏,乃我岳母,现已过世,也请尚父封她个星座吧。"

姜太师曰:"我当年在益都,因贫困潦倒,衣食无着,经人介绍到他马家做了倒插门的养老女婿。虽与马氏生儿育女,但因我不会种地,她拿了扫帚把我赶出家门。如此彪悍之妇,岂能封神?"

周武王听了,很是无奈,又说:"我岳母虽悍,然所生之女温存无比、德才兼备,秉承了尚父之德,现为寡人之妻。她不但为我生了太子姬诵和王子姬叔虞,而且助夫得法,教子有方。看在我妻的面子上,就给我岳母封个神位吧。"

姜太师曰:"那就封其为扫帚星吧!"

周武王说:"这下,尚父就封了二百七十二位星神。一共封了三百六十五位神仙,正应了我华夏黄历每年的天数。"

事毕,周武王又说:"现今,商也灭了,周也兴了,功也奖了,神也封了。自此以后,天下遂得安宁,要马放南山、刀枪入库、偃旗息鼓,以享太平。"

评注:以上所封天主等八位神主所居之处,后来有七处都成了大齐的地盘。只有一处,即地主之神所居的梁父丘,在泰山南边的鲁国。因此,后人才有祭泰山又祭梁父之说,此乃为顺祭地神也。

公元前 1042 年,大周建国不久后,周武王因过度操劳患病而英年早逝,少年太子即姜子牙的外孙姬诵继位,是为周成王。

第九回　平武庚周公正名　论治国齐鲁不同

却说周成王姬诵少年时,由他的外祖父姜太公和叔父周公姬旦、召公姬奭三人辅佐朝政。

此刻,周武王在世时实际上是派去监视武庚首领殷禄父却美其名曰武庚辅臣的管叔鲜和蔡叔度,私下会面。管叔鲜对蔡叔度说:"五弟,我兄武王辞世,太子姬诵年少。现四弟周公姬旦在朝辅政,独揽大权。我担心他日后会篡夺成王之位,自立为王。"

蔡叔度曰:"三兄您长于四兄姬旦,按说应由您来辅佐成王,执掌朝政。四兄是你的弟弟,凭什么要僭越您呢?"

管叔鲜说:"当年,四弟姬旦和武王的岳父姜子牙,共同助我大周伐纣,两人情投意合,沆瀣一气。武王受那姜子牙指使,就把姬旦留在了周室辅政。"

蔡叔度曰:"同时留在周室辅政的,不是还有召公姬奭吗?"

管叔鲜说:"当年武王派他去经营东都洛邑。现姜子牙指使外甥成王姬诵,不让召公姬奭回来。"

蔡叔度曰:"这就更使那姬旦肆无忌惮了。"

管叔鲜说:"要想制止姬旦专权,我们还要联合作为监视武庚'三监'之一的八弟霍叔处。"

蔡叔度曰:"我这就去把八弟找来,咱们弟兄三人共同商量一下这件事吧。"

霍叔处被找来后,说道:"我的见解与二位兄长颇有相同之处。"三人遂在一起密谋了对付周公姬旦的办法。

管叔鲜说:"为制止姬旦专权,光靠我们这'三监'还不行,还要派人去洛邑,告知召公姬奭,把姬旦专权的消息透露给他。"

蔡叔度曰:"我们还要派人去王室,提醒周成王姬诵,让他对姬旦心中有数。"

于是,这"三监"派出心腹,骑快马赶到了洛邑,把他们写的联名信交给了召公姬奭。姬奭阅信后,亦十分怀疑和担忧。于是他就飞马赶回了丰镐的王宫,一观周公姬旦的动向。

三监还派人去丰镐的王宫,告诉周成王这件事。周成王亦十分担心,就与刚回王宫的召公姬奭一起商量对策。二人也想不出好法子,成王说:"我外祖父姜太公,在朝辅政。他老人家乃我姬周异姓,又年已古稀,是绝不会有篡权之心的。他肯定有制止我四叔姬旦篡权的办法。"召公姬奭同意成王的想法。

于是,二人就到太公姜子牙的府上,将上述想法,告诉了姜太公。

姜太公听后,长叹:"他们这些人,是以小人之心度君子之腹啊!"

成王问:"外祖父这话怎么讲呢?"

姜太公曰:"就在前天,有人去丰镐的神庙,重塑那祈福之神。他们不经意在神座的暗龛内发现了一纸祈文,不知是何等机密,就送来让我看。我见那祈文上写道,'今我王兄为顺应天意,灭商兴周,积劳成疾,久治不愈。祈祷人姬旦,乃我王四弟。为了华夏大周之事业,唯请神尊能让我替兄受死。姬旦身为大周辅臣,肝脑涂地,万死不辞。还望神尊念我作为武王臣下的一片赤子之心,圆我姬旦之愿'!"

周成王问:"祈文现在何处?"

姜太公曰:"就压在我的案头上。"遂索取祈文让成王看。

周成王看后,泪流满面,万分动情地说:"我四叔为了大周的事业,在无人知道的情况下,暗地祈祷,愿替我父去死。其耿耿忠心,无以复加。他怎么能去抢夺我的王位呢?"

召公姬奭看了祈文,亦十分惭愧地说:"我听信小人谣传,误解了周公姬旦,实在是忠奸不分、是非混淆、黑白颠倒得很呀!"

姜太公建议一起去找周公姬旦,向其吐露真情。周公姬旦听大家原原本本叙说一遍,亦不无动情地说:"知我者,太公姜子牙也。我姬旦赤胆忠心,苍宇可鉴,若有半点瑕疵,上天诛之。"

姬诵和姜太公、周公姬旦、召公姬奭都明白了其中的是非曲直,遂达成了一致,决定不理睬这帮小人的无端怀疑。

管叔鲜他们三人见离间之计不成,又凑在一起密谋。管叔鲜说:"我们三人欲制止姬旦专权,赶他下台。结果适得其反,更加强了他的地位。他大权在握,岂能饶恕我等先前之所为?"

蔡叔度和霍叔处问:"这如何是好啊?"

管叔鲜说:"一不做,二不休。眼下只有一个办法。"

那两人急问:"却是何法?"

管叔鲜说:"我们不妨去找那武庚当家人殷禄父,怂恿他们起兵反了姬周。待重新夺得天下,就将姬周改为武庚。但事前要和殷禄父盟约,一旦得手,要仍让我们三人在朝作为武庚的辅政大臣。这样,我们既除了那姜子牙、姬旦和姬诵这些对手, 又能实现我们辅政天下的雄心壮志。"

三人找到殷禄父,对其进行策反。殷禄父说:"前者,你们姬姓家族推翻了我们殷商。今你们三位辅政大臣欲弃暗投明,反了周室,帮助我殷商复国,乃我梦寐以求之愿也。寡人岂有不应命之理?"

于是殷禄父集结武庚之兵,在"三监"的帮助下,兴师叛周,欲打进丰镐,再度改朝换代。

姜太公得知武庚谋反,对周公姬旦曰:"武王派得这武庚'三监',反倒怂恿殷商残余势力谋反我大周。如果他们得逞,我们不但多年心血付之东流,而且会死无葬身之地。因此,必须兴我大周举国之兵,并联合随我大周灭商的各诸侯国,共同举兵,平定叛乱。"

周公姬旦说:"兴兵打仗,师叔作为丞相兼军师是内行,而我姬旦是外行。这次统兵作战,还要靠您这位前辈,重振往日雄风,再赴战场。"

就这样,周成王的外祖父姜太公不顾年事已高,与周公姬旦共同领兵,数日之间,就把武庚的叛乱镇压了。武庚首领殷禄父和其辅臣之一的管叔鲜被杀。武庚的另一辅臣蔡叔度被削去了爵位。霍叔处是从犯,被放回了其封地。这时,天下方宁。

此刻,姜太公特别邀请周公姬旦来到自己的府上。双方落座后,太公离开自己座位,欲给周公姬旦沏茶。周公姬旦见状,立即站起,主动为姜太公沏茶、倒茶。

姜太公对周公姬旦曰:"你们大周的先祖乃是黄帝轩辕氏,因其出生于姬水,就以姬为姓。轩辕的帝位传至帝喾时,生了儿子周后稷姬弃。后因姬弃分管农事有方,世人遂称之为农业之神。他因农事之功被分封在岐山之地,号为姬周。姬周传至文王姬昌,姬昌号为周西伯。我姜姓先祖乃炎帝神农氏,因其出生在姜水,遂以姜为姓。传至我的祖宗伯夷,被大禹任命为华夏四岳的主管。伯夷因帮助大禹治水有功,先后被封在吕、申等地为君。后世的分支,就或以封地为吕氏,或以封地为申氏。有人叫我姜尚,我本名叫吕尚。"

周公姬旦说:"反正我们都是炎黄子孙、华夏的同胞。"

姜太公曰:"现在你我有缘,被分封在东方的相邻之国。远亲不如近邻,往后齐、鲁要亲如一家,互相帮助,互不侵犯。你对治理鲁国有何打算呢?"

周公姬旦说:"现今天下未稳,成王又年轻。我作为成王的叔父,辅佐其政,怕是难以脱身。实在走不开,就让我的长子姬伯禽前去代行治理吧。"

姜太公问:"你想嘱咐伯禽如何治理鲁国呢?"

周公姬旦说:"师叔是前辈,又是旷世奇人,乃我姬周之祖太公所盼望的人才,号为'太公望',又有多年辅佐我父王和王兄的经验。我正想请教您如何治理齐国呢!"

姜太公答曰:"举贤而尚功。"并解释说,"举贤者,要发现和重用人才,不能计较过去的出身;尚功者,要倡导务实,干出实绩。总之,要唯才是举,奖勤罚懒,以法度治国"。

周公姬旦听后,脸色有点难看,皱着眉头说:"如果不看出身,人不分贵贱、辈不分尊卑,唯才是举、唯绩是论,岂不打乱了周礼的秩序?到时君之不君,臣之不臣;父之不父,子之不子。怕是齐国后辈会养成恶习,引出弑君弑父之后果。如此下去,齐国后世必有被弑杀之君!"

评注：这话真叫周公姬旦说对了。齐国后世果然出了若干弑君的事件。姜太公的后代被更有能力的田完后代篡夺了王位，把姜齐变成了田齐。

姜太公曰："这要看后世的德行和能力。如果后辈不肖，百姓不拥护，被更有德行和能力的人取而代之，为百姓多做好事、善事，也许并不是件坏事。"

周公姬旦语塞，沉默良久，缓缓谈了自己对治理鲁国的打算。他不无郑重地说："晚辈对伯禽说，我乃文王之子、武王之弟、成王之叔，身份是高贵的。但为了换取人心，在有人求见时，如果我正在洗头，宁可三次提起头发；如果我正在吃饭，宁可三次吐出口中的食物，也要先去接待客人。以此践行我大周的礼贤下士，遂使天下归心。你作为我的儿子，到了鲁国，不能因为是一国之君，就骄傲自满，懈怠国政啊！"

周公姬旦又说："我嘱咐伯禽，在鲁国要'尊尊而亲亲'。让君是君，臣是臣；父是父，子是子；贵是贵，贱是贱。要看出身、看成分，守规矩、不越线。只有信守周礼之人才能用，不越周礼之事才能办。总之，就是要以先王制定的周礼来治理国家。"

姜太公听后，亦皱起了眉头，不无担忧地说："这样墨守成规，不思改革和变通，人才岂能得到重用，经济岂能得到发展，国力岂能逐步强盛？我担心你这些治国理念，会让鲁国止步不前，造成经济和军事的弱势。说不定你的后辈，要靠拢我那强大起来的齐国呢！"

评注：此事也被姜太公说准了。日后鲁国的经济、军事实力相对落后，不得不多年依附强大起来的齐国，受到齐国的长期钳制甚至欺负。

第十回　因其俗五月安齐　繁礼节三年报政

上回姜太公和周公姬旦在府邸谈论齐和鲁两国治理的不同观念后,姜太公曰:"我岁数渐大,怕以后难以赴国。且天下未稳,营丘东边的殷商所封莱夷之国,窥视中原。我早一点回我的东海老家,也好为大周建立东部屏障,以保卫中原啊。"周公姬旦赞成,起身告辞。

周公姬旦走后,姜太公收拾必备行装、挑选随身兵卒,准备择日奔赴齐国。

作为中央政权的西周王室,对封侯派出去的异姓功臣勋将们放心不下,都要从姬姓家族中选择两位亲信,随赴封国,号为"命卿"。他们分割封国的土地,世袭传承,名为辅佐,实为监国。当时,姓、氏分开,同姓并不同氏。周成王命姬姓的一位高氏之臣和一位国氏之臣为"命卿",随姜太公一同前去齐国。按周礼规定,诸侯到了封国,自己只能再任用一卿,且必须在二位"命卿"的地位和权力之下。

筹备数日,姜太公与高氏、国氏两位姬姓监国命卿,祭拜天地,向周成王行三拜九叩辞行之礼,然后带了册封文书、护卫兵丁和家眷,启程向东赴国。

一路上,他们昼行夜宿,倒也悠然自得、不慌不忙。某日行至一方馆所,听人说此地离营丘还有两日的路程。住进馆所,大家先是吃饱喝足,然后饲马草料、饮马浆水、卸马之鞍,去各自房内倒头而睡了。

人老觉少,又有心事,姜太公难以入睡。他闲步来到馆外的官修驿道,但见一伙商人自东向西而来。姜太公迎上前去,打听东边的情况。

来人见是一位皓首老者,就劝曰:"您老人家不要往东走了,那边即将发生战争。营丘东边的莱国之侯,正带领兵丁向西逼近淄河,欲渡河来抢占营丘。"

姜太公说明自己并非局外闲散之人，而是受封去营丘赴职的齐国之君。

众商人说："既然如此，您还有闲心在此逛游，哪有去齐国担当君主的样子呢？须知机不可失，时不再来呀！"

姜太公一听，二话没说，立即返回馆所，把大伙从睡梦里拽起，匆匆整饬鞍饰。他翻身上马，顾不得年老体衰，鞍马劳顿。众人快马加鞭，两天的路程，只用一夜急行，就在黎明之前赶到了营丘。

只见营丘东邻淄河的东岸，早已隐隐约约布满了莱夷之兵，且已寻得船只准备天亮渡河。姜太公捏了一把汗，想来后怕。若不是逆行之商人透信，晚到一天，营丘就不保了。

姜太公会同高、国二卿，速入营丘城，遂安排随行人员，紧急散入城内街巷，以大周王朝封国国君的名义，动员黎民百姓紧急参战。营丘兵民一呼百应，迅速汇聚在淄河西岸，手持青铜兵器，严阵以待。

天大亮后，莱侯派几艘小船载兵渡河，先为试探。先头船只所载的几位兵丁，已靠岸登陆。说时迟那时快，只见几位营丘兵民手持刀戈，围住登陆敌兵，一阵刀砍剑刺，把那几人送去见了阎王。

莱侯见事不妙，只好鸣金撤兵。其后，莱侯又数次带兵侵犯营丘，均被姜太公率众击溃。

姜太公曾指挥千军万马，打败商纣王十几万大军，怎惧这种小小的莱兵阵势。

他见营丘黎民战斗英勇，就问："你们身为百姓，为何如此不怕牺牲，英勇抗敌呢？"

众黎民说："莱夷之兵到此，无非烧杀抢掠，祸害我辈。我们群龙无首，早盼有一位能人降世，组织我们抗敌，保卫家园了。今姜太公到此，真天赐神助，拯救我辈于万劫之中。"

城内百姓听说姜太公乃周天子派来的封国之君，少不得三拜九叩。又听说他是东海老乡，神机妙算，熟知兵法，能指挥和调遣神兵天将。百姓将其视若神明，无不对之肃然起敬，甘愿俯首听命。

齐民迎太公

随后，营丘临时地方自治官吏殷勤为新主安排了住所，收拾了议事厅堂。众人齐聚厅堂，跪拜新君，愿听从吩咐和调遣。

只见姜太公向大家拱手而拜，曰："我姜子牙来到封地，会勤政爱民，因袭大家的习俗，简化烦琐的礼仪，凡事都要讲求效率。要通商工之业，便鱼盐之利，极女工之巧，使黎民幸福。"

消息一经传出，营丘远方的黎民百姓，也纷纷前来归附齐国。这使齐国的人气空前兴旺。

姜太公数次击退了莱国的侵犯，使殷商所封的这个莱国暂时不敢再侵犯营丘。

国氏命卿对姜太公说："没了外部干扰，我们就可以精心治国了。"

姜太公曰："非也。我们挡住了殷商所封的莱国之侵犯，只是排除了外部干扰。现在齐国内部，还有人自诩是殷商遗民，不肯服从我们的管治。要想排除内部干扰，就必须让这些人面对现实、认清形势、与时共进。"

高氏命卿说："的确如此，现国内自诩是殷商遗民的大有人在。营丘有个土著首领，名叫营汤。其名中，所谓营者，是指营丘；所谓汤者，是指商汤所建殷商之国。这名中就含有是营丘土著之民和殷商遗老遗少之意。而且这营汤骄奢淫逸、横行霸道、无恶不作，营丘黎民深受其害，对其怨愤极大。我们来到营丘之后，他不仅不服管治，还造谣生事，处处与我们作对。"

姜太公曰："这种黑恶势力和黑恶之人不但下害黎民，更是上抗王命，必须将其绳之以法。"

高氏命卿说："我这就派人将其抓来，斩首示众，以平民怨，惩罚其抗旨之罪。"姜太公准许。

过了不久，高、国二位命卿又来见姜太公。

国氏命卿对姜太公说："在我大齐，有这样两个兄弟，一个叫狂矞，一个叫华士，皆是当地有影响力的人物。他们说，'早在夏商之时，我们的祖辈就在这里耕种劳作，自养自足，既不伤害当政者，当政者也管不着我们。我们就像那独立王国，与外界无干。他周武王只凭一句话，就让那姜子牙来管治我们。我们就是不服从,他岂耐我何'！"

姜太公曰:"这名义上看是无政府之主张, 但实质上是在保护殷商留给他们的特权,是在与我们今后要推行的制度相对抗。要想在营丘站稳脚跟,就必须要扫除这些地方势力,平掉其山头。"

高氏命卿说:"依我之见,可以从这些个典型人物入手,先'革'了他们的命。"

姜太公曰:"他们不服我等统治,与我们对着干,惩治其中的顽固分子,势在必行。不过,要先礼后兵,以体现我们的仁爱与宽恕之心。"

高氏命卿问:"那具体该怎么办呢？"

姜太公曰:"你先带上礼品去见狂矞和华士, 就说我姜子牙欲请他俩来营丘担任官职,协助我执政,以求同心同德,共同振兴齐国,造福万民。"

高氏命卿遂带着礼物,去见狂矞和华士。送上礼物后,他对二人说明了姜太公之意。谁知狂矞却说:"自五帝之后,历经夏、商两朝,都未曾在此设立官府。这里天高皇帝远,我们祖祖辈辈与世无争,从不与官府打交道。我们日出而耕,日落而归,繁衍生息,世代传承。那周武王姬发,只凭一句言语,就想让你们来统治我等？我辈不服。"

高氏命卿回到营丘,将此情况报告了姜太公。

姜太公曰:"这次不行,那就再去一次。你要向他们说明,若他们肯服从领导,起到表率作用,那不仅会得到重赏,而且更会受到重用;若其冥顽不化,继续与我们作对,那就是抗旨不遵,当后果自负。"

高氏命卿只好硬着头皮,又去见那狂矞和华士。谁知这二人更加逆反,竟直接将高氏命卿拒之门外,不予接见。被迫无奈,高氏命卿只好将姜太公之意拟成文告,张贴在其家门口。文告中,限定他们在半月之内,遵照姜太公之意,到营丘官府报道。

又等了半月,仍不见这二人来见姜太公。营丘地方乡绅见此,也愈发不服管理。更有甚者,还有地方乡绅殴打了齐国的办差人员。

高、国二位命卿又面见姜太公说:"看来,虽然杀了营汤,却仍没达到杀一儆百之效。"

姜太公曰:"现在不是我们官逼民反,而是他们绅逼官杀了。"

于是,姜太公召集群臣,曰:"地方反动势力逼我们再次杀一儆百。寡人觉得杀人是件大事,因此不敢自专,特请你们前来共同商量。"

众大臣早已知道了这些政令不通、抗旨不遵事件,就齐声奏曰:"若不杀一儆百,在我们大齐施政无望矣。"

姜太公听了众人意见,也就只好忍痛下达旨令,将这二人以倒行逆施、抗旨不遵之罪,斩杀于市曹。

这事传到鲁国,姬伯禽立即写信给丰镐,将此事报告了父亲周公姬旦。周公姬旦见信,立即派人骑快马赶来齐国,以要施行仁政为名,予以劝说。

姜太公对来人曰:"我们施行仁政,是对黎民百姓的仁政,而不是对这种反对派的仁政。你回去告诉周公姬旦,就说我对这二人已经斩首。我这一招,已起到了对反动派的震慑作用。现齐国已无人敢于阻止我大齐的行政了。"

一日,姜太公与高、国二位命卿在厅堂议政。

姜太公曰:"我们来到营丘,治理齐国天下,对黎民百姓必须要实行仁、德、道、义之政。"

高卿问:"仁政怎讲?"

姜太公曰:"仁民也。天下非一人之天下,乃天下人之天下也。同天下之利者得天下,擅天下之利者失天下。顺民之意,为民谋利,民心就能归附,国家就会大治;逆民之意,与民争利,就会丧失民心,导致亡国。所谓仁政者,就是要根据天时地利,使百姓务农桑之业而不夺其时,用他们男耕女织的辛勤劳动,换来财富和幸福;对百姓要薄赋敛不匮其财,罕徭役不使其劳;要存养天下鳏、寡、孤、独,赈赡祸亡之家,从而充分调动百姓的劳动积极性和仁爱之心。此谓之仁政。仁政所在,天下归之。"

国卿问:"德政何解?"

姜太公曰:"治吏也。为政清明,官吏不苛不贪,薄赋减役,俸禄有节,不以私害公。赏赐不加于无功,刑法不施于无罪。不因喜以赏,不因怒以诛。害民者有罪,进贤举过者有赏。不荒废对后宫的管理,不听信妻妾之谗言。上级对下级要透明,下级对上级要忠诚。不修宫室以费钱财,不建游乐台池以累黎民,不雕刻文饰以显政绩。官无多藏腐粮,国无饥饿流民。此谓之有德。国无德不兴,人无德不立。德政之国,人心归之。"

高卿又问:"何为有道?"

姜太公曰:"国魂也。善为政者,免人之死、解人之难、救人之患、急人之急。驭民如父母之爱子,如兄之爱弟;见其饥寒则为之忧,见其劳苦则为之悲;赏罚如加于自身,赋敛如取于己家。此爱民之道也。要为百姓谋福祉,与他们同好同恶、同忧同乐,身先其中。此谓之有道。有道之政,万民来归。"

评注:后世齐地人范仲淹的"先天下之忧而忧,后天下之乐而乐"、孙中山的"天下为公"、共产党人的"以民为本",无不是姜太公"天下非一人之天下,乃天下人之天下"的历史传承。

国卿又问:"义者何也?"

姜太公曰:"国风也。凡人都希望生存,不希望死亡。为了他们的生存,不顾自己,勇于担当,敢于牺牲,救人于危难,谓之义。有义之国,万民颂之。"

姜太公又曰:"治国要从大处着眼,谋及全局,大智大谋,不可拘泥于繁文缛节。要举贤任能,提倡建功立业,教导百姓干大事、求大利,不可因小而失大。当今天下,男子在外耕作,女子赋闲在家,实在可惜。在我们齐国,要对男女一视同仁,动员女子从事纺织、制衣、饲养等业。这等于增加了半数的劳动力,创造财富就会更多。这样,齐国就可在天地间站稳脚跟,兴旺发达。还要在齐国倡导上下之间、百姓之间信守承诺和约定,使社会和谐;要倡导感恩,孝敬长辈,善待亲人,形成亲善友爱的人际关系;当政者也要依法遵规来管理万民,平衡天下,使社会安定,政权巩固;要顺应规律,积极变革,因势利导,使民富而国强。"

高、国二卿拍手叫好,遂按姜太公之意治理齐国。

评注:齐国乃倡导妇女参加劳动,从在家赋闲中解放出来,实现男女平等的先行者,也是提倡社会公德的先驱。

不到五个月,周公姬旦在丰镐见快马东来,一位信使递上姜太公向王室汇报安顿齐国之呈文。周公姬旦惊曰："姜太公赴国,安顿事宜何其速也? "

开启呈文,但见姜太公报曰："吾简齐国君臣礼,因民俗而为之。俗之所欲,因而予之;俗之所否,因而去之。民心为上,民意为天,民多归焉。施政事半功倍,是以国安。"

越三年,姬伯禽始报安鲁之情。周公姬旦曰："呈报何其迟也? "

开启呈文,但见伯禽报曰："我在这里严格执行周礼。凡是周礼所倡,则予倡之;凡是周礼所禁,则予禁之。我整肃鲁国秩序,要求臣民们都要改变风俗。君叫臣死,臣不得不死;父叫子亡,子不得不亡。总之,我让鲁国臣民,一切都要循规蹈距,依礼而行,不可越雷池一步。比如,对死去的父母,都要守孝三年以后,才能再去工作。是以为迟。"

此事传到姜太公耳内,太公叹曰："呜呼,鲁后世北面事齐矣! 如果办事不简便、不易行、不讲效率,不合民俗,不附民心,老百姓就不会靠近。我们齐国实行因俗简礼,顺应民意,讲求效率且平易近民,民必归之。因此,日后必是齐强鲁弱,鲁国必北面臣服于齐国也"。

第十一回　受特权东败莱夷　齐丁公留朝率军

话说某日，周公姬旦在朝堂对周成王姬诵说："我们大周四方，有殷商的遗老遗少及其大小封国。他们很多像莱夷一样，不听周室调遣，趁中原各诸侯国立足未稳，伺机侵占土地、掠夺财物。我们周室结束灭商和平叛武庚叛乱不久，精力疲惫，又鞭长莫及。可让势力强大起来的诸侯国，代王室讨伐他们附近那些敢于违礼的造反者。我看，就把东方的讨伐大权交给齐国吧！"

周成王觉得有理，就派辅政大臣、九王叔卫康公姬封，带上一双专为姜太公做的鞋，去齐国传达王命。

姬封到齐国后，对姜太公宣旨曰："周成王让我向您这位他的外祖父姜太公宣布，穿上此履，'东至海、西至河、南至穆陵、北至无棣。五侯九伯，实得征之'！"姜太公跪拜谢恩，领旨纳履。

姜太公得了王命，首先想到的就是东征莱国。

高氏命卿说："现我大齐被周成王授权征伐和安定东方诸国。我们先伐与我齐国争夺营丘的莱国，师出有名。应集中我齐国军队，准备好粮草，向东直抵莱国之都。"

姜太公曰："不可。莱国的主要侵犯对象是我齐国，必然会在齐莱交界之处，设置重兵。倘若从正面进攻，即使战胜了莱国，我齐国付出的牺牲和代价也会很高的。"

国氏命卿问："那太公认为应怎么个打法？"

姜太公曰："你们两位命卿，可分别统兵一支，皆要轻装简从。一支向北，沿北部不毛之地，绕道至莱国之都的后侧；另一支沿淄河向南，绕道南部山区，亦到达莱都后侧。两军会师后，从后侧突袭莱国之都。莱国的眼睛向来往西盯着齐国，不会注意其东部后院。你们此去，等于突然从其后院杀出，出其不意、攻其不备，必获全胜。"

高、国两位命卿照计而行。过了不到一个月，姜太公就见两位命卿提了莱侯的首级，回国报捷。两卿说："我主用兵，胜似神仙。迂回包抄、背后袭击之战法，使我等从东向西势如破竹、形同卷席，不但得了莱侯首级，而且打下了莱国西境。莱之西地已尽归我们齐国了。"

时隔数年，呼风唤雨，操劳一世，年过百岁的姜太公病倒了。虽经多方调治，终因年龄过大，未能痊愈。某日凌晨，家人前去看望姜太公，只见他手握自己的兵书，溘然与世长辞了。

姜太公长子姜伋从父亲手上取下兵书，扶尸大哭。姜太公满堂子孙，都哭成一片。齐国群臣闻之，也赶来治丧，个个涕泪俱下，悲不自恃。哭罢，家人遂按照姜太公生前嘱咐，将其衣冠埋于牛山之下、天齐渊之侧，是为姜太公"衣冠冢"。

随后，姜伋继为齐国第二任君侯，是为齐丁公。

齐丁公姜伋与家人及其群臣又按周成王早先的王命，将姜太公的尸体包裹严密，装殓于棺木之内，抬上战车，派骑兵护卫，火速返葬周都丰镐。

周成王见外祖父返葬，回到了大周国都丰镐，亦是十分悲痛，泣不成声。他断断续续对众臣们说："灭商兴周，全靠寡人的外公。他老人家生在东海之滨，死后返葬周都，要在我大周为其选一处下葬的好去处才行。"

辅臣周公姬旦说："大周陪都洛邑北边的邙山，土质优良，表面呈为黄色，虽深挖不知其底，但可见五彩之土。葬于此处，等于人在五彩之上，上覆黄土为冢，乃皇天后土之意。且黄土覆盖墓上，雨水不易泄漏，可保墓内之人千秋万代。"

周成王问："叔父怎么知道黄土盖墓就能不漏水呢？"

周公姬旦曰："此地多有贫穷人家，盖屋无钱买瓦，在房顶以木板支撑，上覆一层北邙之土，就能代替屋顶之瓦，使屋内不漏。是以知之。"

辅臣召公姬奭亦曰："这样，姜太公生于东方苍茫大海之滨，死后葬在西方的邙山。在陪都洛邑，称这里为北邙山。他可称得上是人生最好的起始和终结了！"

评注：后世说，人生最好的起点与终点，乃"生在苏杭，葬在北邙"。此说盖来自姜太公"生在苍茫，葬在北邙"之先例和说法。

周成王又说："昔者，对于做出大贡献之贤人，死后都要给以谥号。谥号之说，失传已久。今从我外祖父姜太公起，寡人就恢复此旧制。凡大周和各诸侯国有作为的王君或其大臣，死后皆可给以谥号，以示褒贬。我外祖父姜太公，乃我先祖姬太公盼望之人才。我祖文王访其于渭水之滨，拜为太师兼丞相，遂被称为'太公望'。我外祖父不负众望，规劝我父武王勇往直前，义无反顾，不得退却。这才推翻殷商，建立了我大周王朝。作为兴周灭商之首功，他被封为齐国之侯。我父武王又拜托他遍封天下众神。寡人想来想去，觉得其谥号就叫太公为好。为与我大周姬太公相区别，可称之为姜太公或齐太公。"

周公姬旦和召公姬奭共同说："大周丞相兼军师姜尚被封为姜太公或齐太公，开我大周谥号之始，这是十分应该的。"

评注：唐太宗李世民尚武兴文，对姜太公十分尊崇，追谥其为"武圣"，要求凡是军事将领都必须读《太公兵法》。后世帝王又敕令天下州郡，各建一座姜太公庙。每当发兵出师或选拔武举、委任将领时，都要先到姜太公庙拜谒姜子牙，并先后加封姜子牙为"武成王"和"昭烈武成王"等。姜子牙被历朝历代视为兵家之祖和战神之圣。他的兵书《六韬》以及此书衍生的《三略》，被称为兵圣之书。黎民百姓更是把姜子牙视为驱赶妖魔和规避邪恶的上天之神。

姜太公灵柩返葬周地邙山的葬礼结束后，齐丁公姜伋去丰镐周王宫向周成王姬诵辞行。

周成王说："您当舅舅的，常年跟随在我外祖父姜太公身边，受其言传身教。我意欲让你回朝，封你为虎贲氏将军，做我的军队主帅，赞襄大周军务。"

齐丁公姜伋说："舅舅很愿意留在周都辅佐您。但您外祖父刚刚去世，请允许我暂回齐国，将太公身后之事安排妥当后，再返回周都，赞襄我王的军务。"成王准许。

齐丁公姜伋返回齐国,秉承其父理念,重整朝纲,制定和完善了今后的治齐方略以及法律法规。随后,他对两位姬姓命卿说:"成王让我回来料理完太公后续之事,就要返回周都丰镐,承继我父之职,担任大周军队主帅,赞襄成王军务。我走后,齐国的政事就拜托给您二位,以高卿为主,国卿为副,暂行摄政,代我治理齐国。"

高、国二卿,立即下拜齐丁公姜伋曰:"身为齐国命卿,替我主管理好齐国,乃我俩份内之事,就请我主放心地赶赴周都,协助成王办理天下大事吧。"

齐丁公姜伋遂向他们告别,乘战车西赴周都丰镐而去。西行月余,齐丁公来到了周都丰镐。他晋见成王说:"臣子姜伋来向我王报道。"成王自是高兴,设宴为其接风洗尘。

就在这时,华夏东方和南方传来敌情谍报,说是先前殷商所封的那些东夷、淮夷之邦,包括薄姑、奄夷等国,意欲联合五国之兵反叛周室,入侵中原。

周成王在朝堂与周公姬旦、召公姬奭以及军师齐丁公姜伋,共同商议平定东夷和淮夷叛乱之事。

周成王说:"由寡人亲率两军,由你们三卿各率一军。我们分头去剿灭这五国的乱贼。"

齐丁公姜伋说:"不可。我父姜太公在世时,主张每逢战争,要凝聚力量,占据优势,以多胜少、以强治弱,才能稳操胜券。军队就像人的手,散开是为十指。十指并拢握紧,就是双拳,力量就大了。若先消灭敌之一部,敌人的整体实力就变小、变弱了。因之,我王不可分军伐夷,而应集中兵力,先伐其一国。获胜后,再乘胜逐个伐之。"

周成王和周召二公听军师姜伋言之有理,就都予以赞成。于是成王亲率这五军兵力,前有军师姜伋出谋划策,左有周公姬旦、右有召公姬奭相助,分乘战车,率军先集中伐那东夷的薄姑国。

这薄姑国是齐国的北邻。薄姑国之侯,突然听说周成王在其军师姜伋参赞下,亲率大军前来征伐平叛。仓促间,薄姑之侯给意欲共同造反的其他四国之侯写信,请求他们速派军队前来救援。他心想,趁周军立足未稳,不妨率军给他个下马威,先杀杀其锐气再说。于是,他披挂上阵,亲率薄姑举国之兵,出城迎战。迎出城门,遂与大周之军展开了生死之斗,竟将周军杀得向西仓皇溃逃。薄姑侯见此,哈哈大笑,说:"想不到姬周之军,竟这般不堪一击。"

薄姑侯正得意忘形之时,就听得身后和两侧鼓声震天,杀声撼地,姜伋所设的伏兵包抄掩杀而来。这时,先前那貌似败逃之兵亦回身冲杀过来。这时,薄姑侯才知中了姜伋的诈败之计。但他被紧紧围在包围圈内,哪得逃脱?不过一个时辰,薄姑侯与其举国将士,就被杀了个片甲不留。

那造反的另外四国,接到薄姑侯的告急文书,急派军队前来相救,但为时已晚。见大周之军已占领了薄姑城,他们也就只好各回本国而去了。

周成王率众卿进得薄姑城,登上薄姑王宫大殿,群臣祝贺。成王说:"这次东征首战告捷,多亏我的舅氏军师之计。薄姑靠近齐国,寡人就把这一战利品赐给舅氏的齐国吧。"丁公姜伋闻言,立即下拜谢恩。

随后,齐丁公给营丘的守国命卿高氏和国氏飞传一信,让他们速来薄姑城,接受成王的馈赠,并派人来此治理。

大周之军在薄姑城休整数日后,周成王又在齐丁公姜伋的参谋下,率军转向南方去讨伐平叛另外那四个夷邦之国。果然不出姜伋所料,大军每到一国,敌酋闻风丧胆,弃城而逃,没费多大气力,就平定了奄国等淮夷之邦。大周之军声震东夷和淮夷之地,中原以东和以南的叛乱,就此平息了。周成王遂同文武众臣率军回到了周都丰镐。

周成王在周、召二公和齐丁公姜伋的辅佐下,秉承大周文武二王之志,开始了成康二王之治,逐步实现了成康盛世。

过了若干年,周、召二公因年龄渐大,先后去世。周成王励精图治,操劳国政,在其当政二十多年后,亦因病而亡。

临终前,周成王把舅氏齐丁公姜伋叫到卧榻之旁,握着丁公的手说:"我儿王太子姬钊,年轻懦弱,又无执政经验,还请舅氏多多教诲和引导。"周成王托付完王太子之事,溘然长逝。众臣遂拥立姬钊为天子,是为周康王。

周成王治丧期间,齐丁公姜伋始终不离姬钊左右。年轻的周康王对大周的众卿说:"我等多为姬姓子孙,皆应对成王行子侄守丧大礼。需选一位外姓之臣,为我姬姓家族操办丧事。"

经过一番议论,姬姓之臣达成共识说:"外姓之人为我姬姓家族操办丧事,朝中非齐丁公姜伋莫属。"于是,齐丁公姜伋被推举为成王治丧的总管,指挥成王姬姓的孝子贤孙们,举行了丧葬仪式。

治丧完毕,齐丁公以大周军师的身份,引领太子姬钊和众臣同到周祖太庙告祭姬姓先祖。姜伋令人将太庙所藏文王编著的《周礼》和武王、成王的治国诰命取出,交与姬钊,让他带回王宫,仔细观看并牢记在心。

周康王仍然留齐丁公姜伋为其辅臣。他依靠姜伋,继承父业,行前辈之政,以民为本,为天下黎民办了不少好事。于是,天下仕民都说,"周康王虽自我建树不多,但他能传承祖上优良治国之策,并任用齐丁公姜伋等贤臣,在大周实行成康之治,促进实现了成康盛世"。

第十二回　兄让弟位传慈母　里通外国贼姜静

　　且说齐丁公姜伋晚年从周都丰镐回到了齐都营丘，对其长子曰："父王欲按照周礼，立你为储君，将来继承我的侯位。"

　　其长子说："若论聪颖睿智，我不如二弟姜得。再者，他的优势还在于多年跟随在父亲身边，受到父亲之教诲，有许多治国理政的见识。父王不妨立他为太子，待您百年之后，让我二弟接替您的侯位。只求父王能把西边的崔地，赐给我作为食邑。我愿在那里自食其力，过不与世争的平民日子。"

　　齐丁公见长子态度坚决，就根据其意，让次子姜得为太子，把崔地封给了长子作为其食邑。

　　齐丁公把第二个儿子姜得叫来，说："你兄长执意要把太子之位让给你。待我百年后，你继承了侯位，要不辜负父兄的期望，好好治理咱们齐国啊。"

　　姜得自是感激不尽，说："兄长高风亮节，将太子之位让于我。我姜得将来决不会辜负父王和兄长的期望。"

　　齐丁公曰："为了便于区别我姜姓后裔的分支，你的后代凡继承君位者，延用姜姓。其他可以我的谥号作为丁氏，以丁为姓。"

　　齐丁公又对姜得曰："你三叔一直是齐国的军队统帅，长年镇守营丘。我要把离营丘不远的穆丘之地，封给其作为食邑。可称你三叔为丘穆公，他的后人可以丘为姓氏。"

　　这时，姜太公的三个儿子，或为周武王夫人邑姜之兄，或为邑姜之弟，皆被周成王称为舅氏。因此，齐国就被大周称作舅氏之国。

　　齐丁公去世后，姜得继为齐国第三任君侯，是为齐乙公。

历史演化,自有它的规律和归宿。正所谓"祸兮福之所倚,福兮祸之所伏"。很难说丁公长子没继承侯位是他的遗憾。因崔地为其食邑,他遂以封地为氏,形成了崔氏家族。正是因为让出了国君之位,他才得以在崔地专心教诲子孙,使后代出现了不少治国人才。其中,崔杼曾作为战国时期的齐国丞相,一度掌握着齐国大权。崔氏后世在华夏先后出现了二十三位丞相级的人物。

姜太公之姜姓,繁衍兴旺,人才辈出。因世代受到分封,遂以封地为氏,分出若干姜姓旁氏。譬如,吕氏、申氏、丁氏、丘氏、崔氏、卢氏、齐氏等。姜姓的分支二百有余。

评注:这些姓氏中,出现了很多历史名人和现代知名人士,其中就有若干国内外的知名企业家。齐都故地临淄每年主办的齐文化节,都有大批姜姓或姜姓旁氏的后人前来参加。正是他们中的若干企业家慷慨捐赠,才进一步完善了姜太公祠、丘穆公祠、齐桓公墓、管仲纪念馆、晏婴墓等。这促进了对齐国故都若干历史遗迹的保护、重建与完善,吸引着全国乃至全世界的游客前来领略和体会齐文化的博大精深。

齐乙公姜得的第一个儿子出世后,夫人让乙公为其取名。乙公说:"我太公和先公治国,均以民为本,要求我等要爱民如子。爱子者,莫过于慈母。我看就叫他姜慈母吧。"

姜慈母被定为太子。齐乙公去世后,他继位为齐国第四任君侯,是为齐癸公。齐癸公元年,正逢周穆王元年。这二人同年执政,都执政五十五年,并且同年而逝。

且说周穆王在出巡西域时,遇到了贼寇,因秦国之祖嬴造父为穆王驾车,疾行千里,使穆王脱离了危险。因救驾有功,嬴造父被周穆王封在赵地,遂为赵氏,其封地被称为赵秦。

后来,周穆王积蓄大周的力量,兴兵征伐犬戎之夷,大获全胜而回,遂使大周威震众夷之国。

齐癸公姜慈母执政期间,不负父亲乙公姜得的期望,人如其名,爱民如子。他去世后,其太子姜不辰继位为齐国第五任君侯,是为齐哀公。

在姜太公百年后,先后又有多任君侯相继执政。其中在姜太公的玄孙辈中，出现了三任国君，即齐哀公姜不辰、齐胡公姜静、齐献公姜山。

齐国第五任君侯齐哀公姜不辰继位后，他那同父异母的弟弟姜静，为篡夺君位，上演了一系列你死我活的残酷争斗。正是这个谥号"胡"公的胡来，使谥号"哀"公的同父哥哥哀莫大焉。他挑拨纪侯，譖(zèn)齐哀公于周懿王，使哀公冤死于烹刑。自此，齐国陷入了复仇的内乱外战中。

齐哀公姜不辰的异母弟弟姜静见其兄登基为君，就在父王齐癸公的太王妃宫内，与其生母共语。只见那太王妃虽容颜未衰，但一脸凶相；那姜静贼眉鼠眼，五短身材。

姜静说："母亲，我父王去世后，您花的心血都白费了。虽然父王对您承诺得很好，但临终前没有确定由我继承侯位。因此，大臣们就按长子继位的规矩，推举王后所生那个笨太子姜不辰承袭了侯位。这真叫人扫兴，我从小就看不惯姜不辰那呆头呆脑的窝囊样儿。他继承了侯位，我下定决心不与他共事。"

太王妃说："儿啊，你这就想错了。不在其位，不谋其政。你不与他共事，就会远离王宫和大臣们，就不能掺和他们那些事儿了。你又怎么会有机会顶了他的侯位呢？俗话说，'将欲取之，必先予之'呀！"

姜静闻听，心领神会，立即给母亲叩头说："孩儿幼稚，不如母亲高瞻远瞩、深谋远虑。看来，我不但要与他共事，而且要'共事'得越深越好。"

翌日，姜静穿戴整齐，毕恭毕敬来到了王宫，与百官一起为哀公叩头，俨然一副顺民的模样。

齐哀公早已听说，姜静曾通过其生母即父王癸公的王妃，替其争求侯位。眼下见姜静默认了现实，前来朝拜，自是十分欢喜。

齐哀公随即下旨："共事亲兄弟、上阵父子兵。我要让姜静王弟在朝辅政，协助寡人。"

齐哀公的用意，表面上是让姜静待在朝班，实质上是为了就近监视其动静，防止他私下胡来。不想，这却正中了姜静的下怀。

姜静在朝，口是心非、言不由衷。朝聚朝散，一切按部就班，一时竟也找不出什么篡位的由头。他心中闷闷不乐，一副失魂落魄的样子。

若干年后，在太王妃宫内。姜静说："母亲，现在生米已成熟饭，代位之事怕是遥遥无期。如果想夺取王位，宫廷之内无人支持我。"

太王妃闻听，招手示意让姜静靠近，以手护嘴附耳曰："眼下我们齐国南与鲁国、东与纪国为邻，号称东方三雄并立，且三方势均力敌。如果内部没有支持的，就只能依靠外部之力了。鲁国人守礼，不敢轻举妄动，我儿可依靠纪国。"

姜静听后，心知肚明。这也正合他本人的想法，母子俩一拍即合。姜静低声说："纪国乃我姜姓同姓之国。孩儿这就想办法去结交纪国之侯。"

姜静回到自己府邸，搜罗奇珍异宝，装了满满两马车。第二天天不亮，他就带了这两车财宝，神不知鬼不觉出了营丘城，渡过淄河，悄悄溜进纪国疆域，来到了纪国国都鄑邑的纪侯王宫。

纪侯听说齐哀公之弟到访，早已迎出宫外。一阵寒暄，纪侯见姜静身后跟了两辆马车，就问："王弟来车何意，车内载有何物？"

姜静躬身下拜说："我姜静久慕您纪侯英名，早就想与您结交。今特备稀世玩物，也好向您交个见面礼。"

姜静遂挥手让随从揭开车盖。但见金闪闪、银灿灿、黄里透白、霞光四溢，好两车耀眼的宝物。纪侯早迷得双眼合成缝，脸颊现红潮，连称姜静高抬自己，并谢声不绝。

纪侯携了姜静的手，同步进入王宫。落座后，纪侯首先发话说："我也早闻姜静老弟的才能。您主动找上门来，与我结交，我蒙情不尽。不过我知道，无功不受其禄。今王弟到此，想必有要紧的事情相托吧。"

姜静听纪侯这么一说，也就想打开天窗说亮话，却见纪侯身边围了许多文武大臣和侍卫，有些不便，欲言又止。纪侯心中明白，立即把大家全部呵退了。

宫内只剩纪侯和姜静二人。姜静将座位搬近纪侯，附耳小声说："不瞒王兄，先父癸公去世前，曾答应我生母，废掉姜不辰，立我为太子。只是他老人家死得突然，未完成夙愿就驾崩了。姜不辰按常规继了王位，但他治国无能，使国力衰竭、民不聊生，又不知节俭，整日沉醉于酒池肉林,迷恋行猎杀生。他嫌齐国的面积不够大,涉猎的范围不够广,正在整饬军队,想一举吞并你们纪国。齐国臣民都希望您出兵主动反击,废掉这个乱内祸外的昏君。到时,我们愿作您的内应。"

纪侯听罢,脸色突变,惊曰:"自姜太公封国以来,你们齐国经过百多年姜太公治国方略的承袭和发展,国力渐强。我纪国国力不如齐国,兵力不如齐军。弱国向强国兴兵,岂不是以卵击石吗?"

姜静听此,给纪侯鼓气说:"王兄在外,愚弟在内。里应外合,事无不成。还求王兄审时度势,早下手为强。"纪侯仍沉默不语。

姜静心想:"说其国力不足,无非是哭穷。是否嫌我送的礼物还不够重呢?"

于是,他又进一步说:"愚弟在齐国,身为癸公之子、姜不辰之弟,倒也有些家产。过几日,我再给您送来两车黄金和白银之类,也好添补一下军费。"

姜静当即返回齐国, 对母亲说:"只要能借助纪国兵力, 推翻姜不辰,让我继位,齐国的一切就都是咱们的了。莫说送些金银财宝,就是赔上些土地,也是值得的。"

在太王妃赞许下, 姜静将母亲宫中和自己府邸所藏的黄金白银悉数凑出,又装了整整两马车,仍趁天色不亮,悄悄出了营丘城,复又来到了纪侯王宫。

纪侯听说姜静又来,知是又送来金银财宝,心内高兴,少不得又迎出宫外更远些。二人见面,话语似前。姜太公曾说,"重赏之下,必有勇夫"。这下,纪侯终于答应出兵帮助姜静了。

第十三回　齐哀公因谮遭烹　齐胡公罪魁祸首

上回说到，纪侯答应出兵，可他只不过是找了一些游兵散勇，骚扰一下齐国的边境，最多抢掠些边民的财物而已。

有大臣将此事禀告齐哀公。齐哀公天性厚道，不屑一顾地说："只不过是纪国的一些游兵散勇来抢点东西罢了，无需大惊小怪。令边防将士们加强防备就是了。"

过了一段时间，姜静见纪国只是骚扰边境，并算不上真正的出兵，就托心腹之人，悄悄给纪侯送去一封信。内曰："姜静再拜纪侯王兄。前日所托之事，姜静已在齐地联络各种力量，准备就绪，只待王兄大军到来，就能里应外合，一举逼那姜不辰让位。弟若登上王位，你我两国就是一家，莫说齐国的金银财宝，就是珍贵的齐国土地，只要王兄喜欢，弟也不吝用来报答您的扶位大恩。弟情之切切、诚意恳恳，翘首企盼王兄率兵速来，以免夜长梦多，失去良机，对您纪国不利。"云云。

纪侯看完信，这才不得不找大臣们商量出兵之事，但遭到了文官们的一致反对。其中有一位彪悍将军，出班奏曰："末将愿率本部之兵，征伐齐国。"纪侯见有人响应，就命其率领辖下士卒袭击齐国，并立即给姜静回了信，让其从内部接应。

姜静见到回信，喜出望外，难掩激动之情。遂召集齐国几个小地方的亲信，组成了一伙乌合之众，手持兵器，潜伏在纪国军队必经之处，予以接应。

当时，各诸侯国之间互相戒备，都会派出刺探情报的探子。纪国这位将军的举动，早被齐国派到纪国的探子看在眼里。探子立即溜回齐国，将此事密报给齐哀公。

齐哀公得知，即刻部署军事力量，派得力将军率兵应战。还没等纪国军队进入齐国境内，齐军就主动出击，在纪国的土地上一举歼灭了这股敌人。

姜静未敢露面，就地解散众亲信，旁若无事般回到了王宫，俨然一副与世无争的样子，还假惺惺地骂了纪侯几句"自不量力"之类的屁话。

齐哀公人虽憨厚，但狗急了跳墙、牛急了咬人，这下可被纪侯惹火了。他随即在王宫召集文武大臣，发誓要举全国之力、兴全国之兵，务必一举讨灭敢于挑衅的敌人。

退朝后，姜静只好又派心腹之人，急赴纪国，送去了他的通报密信。纪侯阅信后，吓得面如土色、浑身颤抖、冷汗横流。他转念又恨那姜静，为了一己私欲，把纪国拉入火坑，给他带来灭顶之灾。

纪侯立时召集文武大臣，商量对策。

一文官出班奏曰："齐国来犯，我们是抵挡不住的。但他们是冲着我王您来的，依臣之见'惹不起还躲不起吗'，我看我王还是先躲一躲吧。"

纪侯说："事到如今，也只好如此了。但当年周天子已给予了齐国对东方诸国的讨伐大权，怕是无人敢收留寡人。这便如何是好呢？"

该大臣眉头一皱，计上心来，答曰："我看最好的去处，就是您以诸侯的身份，躲到周天子周懿王姬囏(jiān)那里去。"

纪侯说："若天子问我'你不在纪国治理国家，跑到我这里来干什么呢'？寡人如何回答。"

大臣对曰："目前周室衰微，很多诸侯已不去朝拜纳贡。当下掌权的周懿王，最怕就是像齐国这样强大的诸侯国造他的反。我王去后，莫提齐国欲伐我纪国之事，就说齐国集结重兵，想向西打到周都，夺他周懿王的大权。您还要说是刚刚探知消息，就立即专程来向大周天子通风报信的。"

纪侯听后，如获重生，立即带了护卫兵丁，绕过齐国地界，一路向西，直奔周都丰镐。他见到了周懿王，无非照计而行，添油加醋，如此这般。这把个周懿王气得青筋暴跳、口歪鼻斜、两眼冒火。

周懿王说："当下，强大起来的诸侯国越来越拿我这个周天子不当回事。寡人早就觉得，总有一天他们会造反。到时，我将像商纣王那样，死无葬身之地。与其受制于人，不如先下手为强。我要先治治这个想造反的齐哀公，杀一儆百，以达到震慑之目的。"

纪侯听罢，心内窃喜，遂又给周懿王出了些坏主意。事过一日，却见周懿王在王宫大堂中安了一口蒸煮猎物用的大铜鼎。鼎下备有一大堆烧火用的干木柴，大有商纣王炮烙之刑的架势。众人不解其意，又不敢多问。

又过一日，周懿王在王宫召集文武百官。只见他阴沉着脸，恨恨地说："有的诸侯国渐渐强大，而我大周却相对衰弱。有些诸侯已经不来朝见我，更不用说按周礼给天子纳贡了。趁目前多数诸侯国还听我的招呼，你们列个名单，以寡人的名义，派人去下通知，就说以下个月的今日为期，召他们来丰镐，我有十分重要的事情要和他们商量。"

那些尚且维护周朝统治的诸侯国接到通知，认为周懿王请诸侯去开会商量天下大事，是对自己的看重。于是，多数如期而至，其中当然也包括不知实情的齐哀公。

到了约定开会之时，诸侯齐聚王宫。周懿王登上天子宝座坐稳。众诸侯和王公大臣们一起行三拜九叩之礼。礼毕，只见懿王忽地站了起来，无比威严地说："大家能来拜见寡人，寡人幸甚。眼下有的诸侯国，尤其那些与我大周异姓的诸侯国，自恃国力强盛、兵多将广，竟想起兵造反，夺我大周江山。"

官内一片唏嘘："是谁这么大胆，敢造周天子的反？"

只见周懿王一挥手，早已埋伏在宫外的武士们，身着盔甲，蜂拥而至，直奔齐哀公而来。哀公没有任何思想准备，只好束手就擒，被他们五花大绑。

齐哀公疾呼："懿王，你这是何意？我齐国可是历来尊重您周天子的呀！"

周懿王冷笑数声，立时把那报信的纪侯叫了出来，令他当场作证。纪侯从未见过这阵势，知道事情不妙。为了不落欺君诬告之罪，只好硬着头皮，把齐哀公厉兵秣马之事，绘声绘色地重复了一遍。

齐哀公辩曰："那是你纪侯兴兵犯我，我欲讨伐于你。与周天子有何干呢？"

纪侯朝向周懿王说："不想被他反咬一口，请天子明鉴。"

周懿王想杀一儆百的决心已定，哪容得齐哀公辩说，遂下令对其实行烹刑。

众人这才知道了宫中所设大铜鼎之用意。齐哀公见状，被这突如其来的厄运惊得目瞪口呆，不知所措。这无异于晴天见霹雳、白日遇厉鬼，吓得他放声大哭，连声喊冤。

这时，也有部分诸侯跪地为齐哀公求情。周懿王背对众人，厉声喝令手下："立即执行！"

面对必死，人已无惧。齐哀公收起哭声，高呼："在你们祖宗周文王时，千方百计搜罗天下瑰宝和美女，外加自己封国的宝贵土地，献给那商纣王，说是用以换取对酷刑的废除。今懿王你要把我活活烹死，与当年商纣王的醢、脯、炮烙、虿池等酷刑又有何异呢？"

周懿王又是一阵冷笑，对众诸侯说："没有这种酷刑，岂能震住你姜不辰这样的乱臣贼子？大家都给我看好了，千万不要再走他这条谋反的死路。"于是，他再次喝令执行。

众行刑人不容齐哀公分说，一起把他抬起，投入鼎内水中。早有行刑人在鼎下点上了火。哀公在鼎内被煮得疼痛难忍，他上下乱翻，挣扎数下，就活活惨死了。

众诸侯见状，一个个大惊失色，被吓得瞠目结舌。稍一回神，多数顾不得向周懿王告别，就纷纷溜出王宫，寻到自己来时的车马，或登车或跨马，飞奔自己的封国去了。

周懿王姬囏，用酷刑恐吓的手段，企图压服诸侯。这正说明了当时周朝统治者的色厉内荏、外强中干，证明其威望和号召力已是每况愈下。从此，各诸侯国对周懿王敬而远之，不敢靠近。西周天下分崩离析、烽烟四起，逐步结束了周天子号令天下的历史，开始了由强大起来的诸侯国先后称伯，即称霸而号令天下的历史。

纪侯诬告的结果，客观上影响了周朝的威望，把西周进一步推向了下坡路。同时，也结下了齐国与纪国的百年仇恨。后来，齐国灭掉了纪国，替齐哀公报了仇、雪了恨。

齐哀公被烹杀后，纪侯当然极力劝说周懿王封齐国的内奸姜静成为新君，是为齐胡公。这造成了齐国近四十年之动乱，给后人留下了深刻的历史教训。

却说在齐太后宫殿，齐哀公同母弟姜山火急火燎地跑到母后面前，双膝跪倒，泣不成声地说："母后，刚刚传来噩耗。我王兄应周懿王之请，前去周王宫聚会。不知什么原因，当着众诸侯的面，周懿王竟把他活活烹死了。还听说早就跑到周王宫的纪国之侯，力劝周王封姜静为齐侯。"这真是晴天霹雳，翻天覆地，一夜剧变了。

太后闻听，泪如泉涌，号啕大哭。哭罢，她扶起儿子姜山，哽咽着说："儿啊，此事表面上看虽是祸出周懿王，但是根在纪侯。必是因两国争斗，纪侯挑拨齐国与周王室的关系，造谣诬陷你哥，酿成了如此惨祸。"

姜山说："母后，纪国成了我们齐国的头号仇敌。我要让后世子孙永远记住，不灭纪国，就算不得我姜姓之后！"

太后说："儿啊，纪国当灭、纪侯当杀，但这恐怕还不是酿成惨祸的最终原因。当年，姜静之母为王妃时，非常受宠。她经常在你父王耳边吹枕头风，欲让其子姜静接任太子之位。怎料你父王因急病而逝，没来得及废长立庶，他们就对此耿耿于怀。姜静不甘心在你兄手下称臣，定是使了手段，挑拨纪侯。要不然，纪侯怎会不顾周礼'子代父位'的规矩，推荐你哥这个庶出之弟承袭王位呢？"

姜山听罢，若有所悟，恨恨地说："母后，孩儿发誓，只要我一日不死，必会为我王兄报仇雪恨。"

第十四回　报冤仇你死我活　娶贤妻必齐之姜

姜静虽然挑拨纪侯让王兄齐哀公因谮(zèn)遭烹，当上了齐国第六任君侯，但其心中极不踏实，总感觉自己身边危机四伏，正可谓害人气短、做贼心虚。他寝食难安，坐卧不宁。

夜里，姜静做了一个噩梦，梦见被五花大绑的齐哀公，带着浑身上下被烹煮的燎泡创伤，踹门而入，后面跟着姜山等太后的嫡系亲人，个个青面獠牙，手持兵器，向他杀来，并连声高喊报仇雪恨。姜静被惊醒，吓出了一身冷汗，心想，当下唯一的好办法就是迁都，尽快离开营丘这个鬼地方。

翌日，姜静临朝，向大臣们提出迁都之事。有位大臣说："自太公封国以来，始终定都营丘。迁都有违祖制，不合适。"

一位姜静的亲信大臣，熟知主人的作为和想法，就出班跪奏："臣闻树移死、人移活。营丘城作为国都一百五十多年，经多代治理，已是五业兴盛、人满为患。依微臣之见，将国都迁到一个新地方，就会另外带起一座城池，这是利国利民的盛世之举。"

姜静遂问群臣："你们都说说，我们迁都到何处为好呢？"

又有一位姜静心腹之臣，出班奏曰："微臣想到一个迁都的好去处。由营丘向西北不过百里，是薄姑城。该城早就被以我齐侯丁公为主将的大周东征之军攻下，成王已封给了我大齐。那里原野广袤、良田千顷、土地肥沃，便于吸引和养育四方来集的黎民百姓。况且薄姑城曾作为殷商时东夷薄姑的国都，宫殿、官衙一应俱全，便于居住和办公。迁都到那里，可谓事半功倍。且有利于日后我大齐向西、向北扩张发展，岂不是一举多得吗？"

姜静听后，正中下怀，连声称善，遂决定择日迁都薄姑城。

却说姜山在朝班之内，听姜静要迁都到外地，不禁心中暗喜。退朝后，他直奔母后宫殿而来。姜山未来得及跪拜，就急切地对母亲说："我们的机会终于来了。今在朝堂，姜静这小子已决定迁都薄姑。这为我们在营丘联合各方力量，积蓄军事实力，提供了机会。等我把这些都准备好，就率兵杀进薄姑。那时，就是姜静的死期！"

太后闻之，自然也是喜出望外，嘱咐儿子要韬光养晦，伺机而动。

虽说姜静为了夺权，对纪侯说了很多贬诋齐哀公的话，但真实的齐哀公是宽怀大度、平易近人、善待黎民的，在百姓中颇有威望。

姜山在营丘城散布说："姜静迁都，说明哀公被烹与其有直接关系。他心中有鬼，怕被报复，不敢待在营丘，才跑到了薄姑。有确凿消息，他为了夺取王位，极尽污蔑之能事，对外勾结纪侯，引纪国之兵犯我齐国。未达目的，他又蛊惑纪侯到周天子那里诬告我齐国要造反，才使我们的哀公平白无故地被周懿王活活烹死。"

人们一传十、十传百，个个义愤填膺。营丘城内兵民一致、上下齐心、同仇敌忾，充满哀兵必胜的正义激情。

过了若干年，姜山他们经过长期准备，实力越来越大。某日，占卜大吉。于是，姜山率领数量远远超过姜静的武装力量，从营丘誓师出发，杀奔薄姑城而去。

这些年来，姜静在薄姑忙于整饬城池、重修宫殿和官衙。他养尊处优、脑满肠肥、不思进取，并未料到姜山的这一军事行动。

姜山他们把城池团团围住，又派人对城内喊话，历数姜静的大逆不道。姜静在此贪图享乐，横征暴敛，祸害黎民，百姓早已怨声载道。听了这些喊话，他们更恨透了姜静。于是不战自退，甚至反戈一击。有人更是冒死打开城门，让姜山他们一拥而入。

姜山他们杀到新王宫。姜静负隅顽抗，带领守宫卫士予以抵挡。那姜山众人，个个对姜静恨之入骨，人人都堪称那敢死勇士。双方展开对战。此时你死我活，但见刀光剑影，血肉横飞，好一阵厮杀。很快，姜静的手下就败下阵来，四散逃命。

【五霸之首 号令天下】

姜静见事不好，奔出宫外。他晕头转向，分不清是敌是我，见有一骑马的将军，情急中一剑把那骑马之人杀死。他随即夺马跨鞍而逃，姜山等人见之，亦紧追不舍。来到护城河边，姜静见吊桥早被姜山派人吊了起来。他欲策马越河而过，但那马因畜龄尚幼，气力不足，只跳到河中心。姜静就连人带马掉入水中，均被活活溺死了。

打捞上姜静尸体，姜山手握宝剑，双眼圆瞪冒凶光、怒不可遏举利锋，只一剑就穿透了姜静尸体的胸膛。

此时，姜静的子女们都成了姜山他们的俘虏。姜静的孩子们被带到河边，见父惨死，立时号啕大哭，悲不欲生。

姜山手下人问曰："姜静已死，是把他的尸体扔入河中冲入大海呢，还是装殓发丧？"

姜山对姜静的孩子们说："尔父作为一任君王，按惯例想必早就造下了棺椁、选好了墓地吧？"

姜静之子答道："我父在生前，早已准备好了自己的铭文铜棺，并在淄水之侧选有墓地，建有墓穴。还望王叔开恩，允许我等子辈将其尸体装殓于铜棺，埋于其墓。"

姜山见侄辈们苦苦哀求，也就只好准许。

评注：据古史书《水经注·淄水下》记载，在淄水之侧有胡公陵。临淄古属青州。史书又记载，青州刺史傅弘仁曾在淄水之侧见到过胡公墓。当时其墓被淄河发大水冲开一角，青州刺史曾亲眼见到内有铜棺，上有铭文，记为大齐胡公姜静之棺。这一记载说明此事为真。胡公姜静乃姜太公第五世孙。这也佐证了"姜太公之后五世返葬于周"的说法不实。况且，同为五世孙的齐哀公姜不辰被周懿王以谋反罪烹死，又怎能让这所谓的罪人葬在周地呢？

事罢，姜山的手下和薄姑仕民们立即拥戴姜山为齐国第七任君侯，是为齐献公。

这时，有追随者向齐献公建议道："姜静的孩子们，日后岂能忘记其父被我们杀死的仇恨呢？留下他们，必为后患，应该尽行屠戮，斩草除根。"

齐献公姜山说："毕竟都是姜姓子孙，我不忍心将他们斩尽杀绝。可让他们离开齐国，到别国谋生。"

追随者曰："他们到了别国，我们就失去了监控，更是遗患无穷。"

齐献公说："我们在别国留些敌对势力，也好使我和子孙后世们有危机感，促进对大齐的励精图治。这也是件好事。"

追随者不便再说，就对其好友悄悄说："留下这些祸根，齐国日后必乱无疑。"

齐献公姜山在薄姑待了数日，有大臣建议定都于此。

齐献公说："此处非是我姜山的根据地。待奖赏薄姑那些献城有功之人，安抚当地黎民百姓后，还是让我择日率领兵民，再返都于营丘吧。"事毕，齐献公姜山率领兵民，返回了营丘。

这时，有大臣建议："营丘再次被定为国都，不宜沿用旧名。营丘东临淄河，我看改叫临淄比较合适。"这正合齐献公之意，遂连声称善。

评注：自此，作为齐国的都城，近三千年来无论是为都、为县、为区，都被称作临淄，再也没有更改过。这里堪称华夏三千年之古都，在国内乃至世界都十分罕见。

齐献公当时传承姜太公衣钵，接受经验教训，勤政爱民，治国有方。可惜，他执政九年就因操劳过度去世了。后人以"献"字为其谥号，就是褒奖姜山对齐国的贡献。

齐献公的大儿子姜寿继为齐国第八任君侯，是为齐武公，他又统治了二十六年。在这三十五年间，他们父子觉得别国有敌对势力之威胁，就始终有危机感，变压力为动力，勤勤恳恳、兢兢业业，把齐国治理得井井有条，人们安居乐业，人心舒畅。齐武公时，正逢周厉王当政。

某日，齐武公姜寿听到官人向内传曰："大周使臣到。"齐武公立即从朝堂龙座上站起，前去迎接。原来是周厉王派人来，欲为周太子姬静聘武公之女为太子妇。

齐武公姜寿这个女儿，名叫宣姜，长得如花似玉、国色天香。再加齐武公与夫人教女有方，还为其聘师延教，让她饱览诗书。来人说："久闻齐武公之女金枝玉叶，知书达理。厉王听说后，特派我来为其太子姬静聘贵国公主为夫人。"

齐武公见天子来聘太子妇，认为太子日后将会继为天子，女儿会贵为王后，就欣然应允了。

时隔不久，周厉王选就吉日，派其重臣前来迎娶宣姜。你道那仪仗如何？但见豪车百乘，皆为驷马驾驭。锦绣华盖，富丽雍容。驭车者衣冠楚楚，随从者皆着喜服。车前有甲士上千，车后有侍女百名。乐队紧随其后，笙簧齐鸣，锣鼓喧天。恰如天上玉皇迎亲，一似那天兵引路，玉女奉辇。风姨吹来吉祥之云，乐神奏出玄妙之歌。

齐武公和周王朝成了亲家，齐国就成为国丈之国。其后，宣姜辅佐周宣王实现了宣王之治，中兴了大周。

后来，齐武公之孙齐文公姜赤，亦生有数女，乃齐武公之曾孙女也。她们个个出落得亭亭玉立，如同宫阙仙女一般，且知书达理，端庄贤淑。

这时，晋国的晋穆公听说后，亦效仿当年的周宣王，派人来到齐国，求聘齐文公之女为夫人。来人向文公递上晋穆公的亲笔信。齐文公拆信，只见信中说："大周之成王姬诵和我晋国先祖姬叔虞，同为姜太公之女圣母邑姜所生，我等都是大齐之甥。今我欲效仿周宣王姬静娶宣姜中兴大周，亦特聘齐侯长女为夫人，让贵我两国亲上作亲。恳请文公恩准，以应我久仪之心。"齐文公欣然应允。

同时，蔡国的蔡穆侯亦听说了此事，又效仿周宣王和晋穆公，也派人送信给齐文公说："蔡国始祖姬度，乃是姜太公之女邑姜的小叔子，与齐国多有瓜葛。今我特派使者至贵国，求聘文公次女为夫人。还望莫嫌我这个蔡国之君，人微言轻。"云云。文公又欣然答应了这门婚事。

齐文公最小的晚生女儿庄姜，直到文公之孙姜赎继位后，才被卫武公姬和聘为其太子姬扬的夫人。姬扬后继位为卫庄公。

人们见周天子和晋侯、蔡侯、卫侯都娶了齐国之女为夫人，于是传曰："岂其娶妻，必齐之姜。"

第十五回　召穆公舍子救王　姜无忌狂妄被杀

却说当年齐武公姜寿的公主宣姜嫁给了周太子姬静，夫妇俩恩恩爱爱，如胶似漆，疑为前世缘分，今生得现。

可谁想那位当公爹的周厉王姬胡，生性自私，贪婪成性，横征暴敛，不顾民生，又欲任用同样好利而欺民的荣夷公为辅臣。有大臣谏曰："荣夷公好利。利者，乃百物之所生，天地之所载也。如果专此据为己有，则其害多矣。若匹夫专利，谓之盗；大臣专利，谓之贼子。贼人当权，百姓怎能顺从呢？我王若重用荣夷公，则大周难保矣。"周厉王不听，竟任用荣夷公为丞相。

由此，周厉王对民众的盘剥更加变本加厉、日增月益，逐渐激起了民愤。结果，周厉王被揭竿造反的黎民百姓赶出了周都丰镐，不得不别居于彘(zhì)地。他至死未敢再回丰镐。

当时，愤怒的黎民百姓见周厉王逃走，怕留下孽根，就在城内遍寻太子姬静的下落，必欲杀之，以绝后患。这时，太子姬静和宣姜正躲在辅臣召穆公的府内。有人走漏了风声，造反的黎民百姓遂包围了召穆公的府邸，要求交出太子姬静，予以斩杀。否则，将攻破府邸，将府内之人斩尽杀绝。

太子姬静闻之，吓得浑身颤抖，面如土色。宣姜见此，双膝跪在召穆公面前，泪如泉涌，泣不成声，恳请其设法救下太子。召穆公见此，亦痛心落泪。他扶起宣姜，说道："欲救太子，眼下只有一法，就是让我的儿子假装成太子，与你假扮夫妻。老臣以你是齐武公之女，不可擅杀。否则，齐武公必会发兵前来将这些造反者斩杀殆尽。以此言语，来保住您这位未来的宣姜王后。"

宣姜哭曰："叔父大义，宣姜领情。可您的儿子无端为我们去受死，宣姜不忍。"

召穆公道："目前形势紧急，不用此法，难救太子。"他遂召唤其子前来，说明了欲让他以死救太子之意。

召穆公之子此时正值年轻气盛，血气方刚，又深明大义。他跪拜父亲说："你我父子皆为人臣，为君主的太子而死，义无反顾。孩儿又秉承父命，更当万死不辞！"

造反的众黎民百姓在府外等得不耐烦，遂抬来长梯欲翻墙而入。就在这时，只见府门开启，宣姜挽着"太子"走出门外，站在台阶之上。召穆公亦同时出门，对台阶之下的造反者说道："今我把周厉王的太子姬静交出，任凭尔等处置。但必须留下宣姜，不可加害。如若不然，惹得其父齐武公震怒，发强齐之兵前来平叛，尔等性命不保。"

众造反者说："我等只杀那周厉王的太子姬静，与齐国公主宣姜无涉。我们杀了姬静，保证不伤宣姜一根毫毛就是了。"

召穆公闻听，拉住宣姜，欲将其塞回门内。宣姜见召穆公之子为救她丈夫的性命，即将捐躯，反抱住其臂，恋恋不舍，号啕大哭。

太子姬静久居深宫，众黎民百姓哪能得见呢？他们见"太子"在夫人挽扶下出来，又见宣姜对其难分难舍，就深信不疑，遂将"太子"绑缚而去，快刀斩杀了。

众黎民见周厉王父逃子亡，解了心头之恨，也便不再管朝廷之事，四散而去了。这时，召穆公强忍丧子之痛，反拜太子说："厉王被迫逃出都城，偏居彘地。若将其请回，则民怨未消，必然再遭犯上之灾，实为不宜。但国不可一日无主，还请太子携宣姜夫人回王宫代为执政吧。"

再说齐武公二十六年，英明一世的武公姜寿重病在床。临终前，他把自己的长子姜无忌召进王宫，特别嘱咐说："儿啊！当年你爷爷杀死胡公姜静时，没有把他的后代斩尽杀绝。听说姜静的后代们，在别国还活蹦乱跳地活着。他们人还在、心不死。你要防止他们杀回齐国造反啊！"

姜无忌没把齐武公的忠告听进耳内，傲慢地说："父王，您老人家就放心地走吧。姜静这个仇敌爷爷撤下的遗老遗少，都是些手无军权的废物。他们胆敢来捣乱,来一个我杀一个,来两个我杀一双!没有什么值得大惊小怪的。您给我取名叫姜无忌,不就是叫我将(姜)来无所顾忌吗?"

这话气得齐武公心火上涌,一口痰堵住了喉咙,顿时两眼翻白,断了气息。死时,他的手指仍指着姜无忌这个不知天高地厚的逆子。

姜无忌继位,是为齐厉公,他是齐国的第九任君侯。

评注:历史上谥号"厉"字的人,都是些性情粗鲁、有勇无谋、横征暴敛、涂炭百姓的无道之君,无论是"厉王"还是"厉鬼"。这个齐厉公姜无忌,无论是名字还是谥号,真可谓名副其实。他肆意妄为,残酷无情,把齐国搅腾得一时天昏地暗、民不聊生。就在齐厉公执政前,周王朝内部发生了以叔代侄混乱朝纲的事。这为齐胡公姜静在别国的儿子杀回来造反,欲代其侄为君,提供了形势、案例和机遇。

齐胡公的儿子,即齐厉公的族叔,秘密潜回了齐国。他们都是齐国国君的后裔,自然与齐国仕民们有着千丝万缕的联系。仕民们恨透了齐厉公,听说胡公的儿子,也就是齐厉公的叔叔回来造反,几近一呼百应,很快就组织起了一支七十多人的敢死队。

齐胡公儿子打着为父报仇的旗号,择机亲自率领敢死队杀进了王宫。

齐厉公闻之,立即命令宫廷卫士们坚决反击。双方短兵相接,白刃相见,战斗十分激烈,最后还进行了惨烈的肉搏战。

七十多位敢死队员,都与齐厉公有着深仇大恨。他们冒死冲进王宫,把此时再也厉害不了的齐厉公,一阵狂杀乱砍,直将其剁成了肉酱。

齐厉公的卫士们,知道是胡公之子回来造反,也就擒贼先擒王,纷纷向胡公之子杀去。不一会儿,这位造反的领头羊,便招架不住,也被乱剑刺死了。

双方见两位主子皆死于斗杀之中,同归于尽,没了对手,也就纷纷撤出了战斗。

国不可一日无君,齐国几位德高望重的权臣,只好让齐厉公之子姜赤继了王位,是为齐国的第十任君侯。这姜赤谥号为文公,但他当时并不"文"。

刚刚当上国君的齐文公姜赤，对手下人说："你们要给我追查杀死我父王的凶手，严惩不贷，为我父报仇。"

手下人对曰："混战之中，怎能看清谁是凶手呢？"

齐文公说："既然找不到凶手，那攻击我父的七十多个逆贼就都是凶手，把他们全部处死吧！"

于是，姜赤下令把那七十多名敢死队员全部杀死了。呜呼哀哉，这些因受姜无忌压迫而造反的勇士们，既冤屈又凄惨。临死前，他们大声疾呼："老天爷呀！你为什么让我们的主帅战死了呢？你为什么让政权又落到了我们的仇敌、齐厉公之子的手上了呢？"

齐文公姜赤根除了后患，执政中倒也吸取了教训，勤政为民，使齐国逐步走向了稳定和强大。因此，他的后辈们就用褒义的"文"字，作为其谥号。

回头再说周懿王姬囏死后，他的叔叔姬辟方公然违背周礼，篡夺了王位，是为周孝王。周孝王当政，国人不服。他死后，国人复立周懿王的太子姬燮为王，是为周夷王。周夷王驾崩后，其子姬胡为王，是为周厉王。

上回说到，太子姬静和宣姜被召穆公舍子救活后，临难受命，来到了王宫。召穆公遂派人前去通知同为辅臣的周定公，共去王宫，率群臣拜见执政的新主姬静，是为周宣王。周宣王在王后宣姜和大臣们的辅佐下，实行了宣王之治，带来了大周中兴。

周定公当时曰："厉王已逃，宣王初立，今年应该改元。"

周宣王姬静说："父王尚在，我不过是临时主政，岂可改元呢？"

周定公曰："那就继续以周厉王的年号来纪年吧。"

召穆公道："执政不在年号，而在其实。自此以后，就由新王发号施令好了。"

周宣王说："我临难受命，并无执政经验。召穆公辅佐我父王多年，满腹经纶，又舍了亲生儿子救我的性命。我就把辅政大权交给您这位当叔父的吧。"

召穆公道："明君之辅，分左右二卿。协助我王行政，不能由我一人，应由周定公与我共同辅佐朝政。"

周宣王说:"就依召穆公之言。我父王之难,盖因其不听忠臣之谏,独断专行,又错用贪臣荣夷公,这才惹得民怨沸腾,遭其逆反,被迫出走他乡。寡人今接受教训,把朝廷一言之堂改为多言之堂。我与两位辅臣,不以王、卿区分,大家共同议事,同心掌权。虽可延续父王纪年,但自此以后,将执政体制改为'共和'。"

周王朝在"共和"期间,接受了周厉王的教训,拨乱反正,任用贤臣,同心同德、群策群力,对过去的政策择优而存之,择劣而废之,在周都薄赋轻敛,造福万民。这样持续了十四年,周厉王在彘地病死,于是才改元为周宣王元年,由周宣王亲自主政。

第十六回　宣姜劝夫图中兴　大周助齐修都城

且说周宣王姬静执政后,见国内安宁,又觉得有两位忠心耿耿的老臣辅政,也就乐得轻松,甘受安逸,怠于朝政。

宣姜见其懈怠国政,安于夫妻燕尔,内心十分着急,又屡劝夫王不见成效。一日凌晨,到了早朝之时,宣姜催周宣王起床,屡催不起,见其又睡起了回笼之觉。一觉醒来,天已大亮,周宣王自知误了上朝,就匆匆穿衣欲奔朝堂。

刚刚出得寝室,周宣王却见宣姜将头上簪环、身上佩饰全部卸于一边,披头散发,跪地不起。周宣王见状,不明就里,欲将其拉起,却强拉不动,又问其缘由。

宣姜曰:"我王耽误朝政, 因与贱妾沉溺燕尔之好, 实乃贱妾之过也。自此以后,我不配当大周王后,应自贬离去,回我齐国。特卸下王后之裙钗,与我王告别。"

周宣王闻言大惊,说:"贪于燕尔,懈怠国政,乃寡人之过也,与夫人何干,尔何至于此?"

宣姜仍旧跪地不起,强欲辞王归齐。周宣王哪得肯依,又说:"我知你对本王欲行激将之法。有话直说,何须用摧残我肝胆的这种法子呢?"

宣姜曰:"夫王若想把宣姜留下,必须与我约法三条。"

周宣王急问:"是哪三条?"

宣姜曰:"这第一条, 不得贪睡, 必须按时上朝, 还必须在群臣之前。"

周宣王说:"自此以后,本王早起就是了。若到了时辰,还望贤妻提醒,将我拽起。"

宣姜又曰："这第二条，现'共和'已去，改为宣王元年。夫王不但要勤于朝政，而且要多听群臣之谏，不可独断专行，肆意妄为。"

周宣王说："爱妻提醒得好，本王照办就是了。"

宣姜再曰："这第三条，夫王要学我齐国姜太公，以民为本。民之善者而行之，民之恶者而去之。劝民耕织，富民强国，实现大周中兴。"

周宣王说："爱妻真不愧是姜太公之后、大齐之女。我就依了你此番劝谏，以中兴大周为己任。还望爱妻继续帮助和指点我。"

宣姜曰："作为华夏农耕之神周后稷姬弃的后人，大周过去每年都要在开春举行盛大的开耕仪式，叫作典籍。典礼之时，君王都要首先亲自耕作，以让天下仕民效仿。可现在，这一动员万民耕作的典礼已荒废久矣。臣妾劝我王每年在千亩这个地方举行一次开耕大典，以为天下表率，兴我大周农耕，多打粮食，富民强国。"周宣王依言照办。

评注：华夏古代这一叫作"典籍"的开耕大典，从周宣王听从宣姜的建议恢复后，被历朝历代所沿用，一直延续到清朝。

周宣王来到王宫，群臣早已在此等候。宣王上得朝堂，在大殿龙案后坐定，对群臣说："寡人今晨厌起，王后多次催促，不见寡人离床，就恨铁不成钢，以欲离我而回齐国的激将之法，劝我勤政。又劝我听从众卿忠言，广开言路。还劝我要爱民如子，劝民耕织，以使民富国强，大周中兴。昔日寡人依赖'共和'行政，懈怠了国政，辜负了万民。今我特向众臣和万民颁一道罪己之诏，以晓谕天下，共同监督我日后的施政。"

召穆公和周定公等众臣闻听后，当即齐爽爽跪地谢恩，曰："王后真不愧是姜太公之后，齐武公之女也。她规劝我王，奋发图强，励志治国，真乃我等之福，天下万民之福也。"

周宣王说："眼下，我大周经过厉王之乱，国力衰减。虽经十多年'共和'治理，但现在仅够温饱。要使我大周臣民更加幸福，则必须增产节支，想出一些增强国力的良策来。"

周定公曰："我周都丰镐有岐山之下的千顷良田，又有渭水予以灌溉，号称中原粮仓。首先，我们要在这里兴修水利，开垦良田，劝民务农，多收粮食，使民无饥饿之忧。"

周宣王说:"周定公之论,正合吾意。我看此事就由定公具体负责吧。"周定公欣然接受。

召穆公道:"周武王之时,我祖上召公姬奭虽已被封于燕国,但仍留在周室辅政。他曾去经营过洛邑,以用作大周之陪都。之所以这样做,盖因此地为中原中心,若天子驾临,便于天下诸侯都能以差不多之距离从四面八方前来朝拜。那里濒临大河,灌溉方便,且土地肥沃程度不亚于丰镐。我王也要倡导洛邑的黎民百姓开垦荒地,兴修水利,多种庄稼,多打粮食,把那里建成中原的粮仓。"

周宣王说:"召穆公之论,亦甚合吾意。我看此事就由穆公具体负责吧。"召穆公也欣然领命。

周定公和召穆公又共同劝宣王,"我王若想强周,必须大会天下诸侯,重申让他们按时纳贡,违者必罚。大周之东,是我王国丈之国的大齐。那里依山傍海,地理位置优越,且从姜太公开始就鼓励垦荒辟田,使民食充裕;又大开商工之便,兴渔盐之利,极女工之巧,遂使民富国强。齐武公姜寿不但教女有方,而且治国有法,使齐国国力进一步增强。现在齐武公姜寿已经去世,他的儿子即王后的弟弟齐厉公姜无忌执政,我王应该依靠他们大齐才是。"

周宣王下朝,回到寝宫,将二位辅臣之言对王后宣姜言明。宣姜曰:"二公所言有理。臣妾这就给我齐国的弟弟写信,让他多为大周进贡纳税。"

周宣王十分高兴,说:"大周之中兴,就全仗爱妻了。"

当时的齐厉公虽然是个狂妄之君,但对自己的同胞姐姐还是满有亲情的。他收到姐姐来信,知道姐姐欲借娘家之力中兴大周,亦十分赞赏。他立即拨出良马千匹、战车百辆,且战车之上装满粮食,连马带车及其大批粮食给大周送去,以进贡纳税。那时的官道去到丰镐,必须经过陪都洛邑。

周宣王闻之,亲率众臣东去陪都洛邑,迎接并接受齐厉公的贡品。为此,周宣王事先令天下的诸侯都来洛邑会盟,并讲明了齐国的贡品数量。各国诸侯见大齐如此慷慨,也都纷纷效仿。自此,大周威望日盛,

宣姜佐周

天下诸侯莫不臣服。

当时，北夷猃狁和申戎屡犯中原。周宣王先后亲自带兵讨伐这两个戎夷之国，均大获全胜，提高了王威，得到了天下诸侯的拥戴。

评注：到了秦汉之时，北夷猃狁和申戎被称为匈奴。

这时，宣姜对周宣王曰："为妻娘家齐国，常常遭到北边戎狄之夷越过燕国地界的侵犯，还常常受到南边徐淮和南蛮之夷越过鲁国地界的侵犯。夫王要派人去帮助齐国修筑防御设施才是。"

周宣王说："为夫这就派樊国之侯仲山甫，带领我周都的军士和工匠，前往齐国，临时驻防并帮助修筑防御用的齐都城墙。"宣姜自是十分感激。

仲山甫率领丰镐军士和工匠，来到齐国，在当时执政的齐厉公姜无忌陪同下，详细考察了齐国国都临淄四周的情形。仲山甫曰："你们齐都临淄目前无险可守，修建周围的环城城墙是十分必要的。"

齐厉公姜无忌说："修筑这么宏伟的都城城墙，其工程量是很大的。看来我姜无忌掌管齐国，是要和您仲山甫做件前无古人的大事了。"

仲山甫曰："做了前无古人的事，后人就会效仿，是会大有来者的。"

于是姜无忌下旨，号令调集大齐全国工匠，并征集当地大量民夫，在仲山甫所带人员帮助下，首次修筑了防御用的齐都城城墙。

评注：现临淄齐都故城仍遗留部分城墙古迹，是文物重点保护对象。

帮助齐国修筑齐都城城墙后的某日，王后宣姜对周宣王姬静曰："北夷的游牧民族羌戎、条戎、奔戎，现逐渐强盛，兵力大增。他们少不得觊觎我中原。为妻劝我王，要在大周之北与北夷交界的千亩这个地方，修筑工事，进行备战，以防他们南侵我国。"

周宣王说："小小北夷，依仗那些个骑兵，无非抢夺点边民的财物。他们若敢发兵，面对我中兴之强周，岂不是以卵击石吗？"他遂不听宣姜之言。

第二天上朝，辅政的西虢国国君虢文公，亦奏谏周宣王，话同宣姜之语。周宣王仍不以为然，还是不听。

过了不久，有边疆探马飞奔来报，说是北夷起兵，欲侵大周。周宣王这才召集众臣，派兵点将，不得不亲自率军前去迎击。可周军难挡那彪悍凶猛、如狼似虎的北夷之兵，遂在千亩之战中被打得一塌糊涂，大败而回。北夷侵占了千亩，怕继续南下会受到中原诸侯国的联合抗击，也就见好而收，停止了南侵。

在千亩之战中，大周不仅损兵折将，还赔上了大批的粮草。周宣王回到丰镐，对宣姜叙说了王师败绩的经过。

周宣王说："听说东北边的太原，虽是黄土之地，却也十分富饶。我想在此处增加王室的直接税收，来弥补千亩之战的损失。"

宣姜劝曰："王室直接向太原之民征税夺利，怕是会引起骚乱。"宣王不听。

到了上朝，周宣王又把此事说与群臣，亦有大臣劝阻此事。宣王仍是不听，一意孤行，派人前去太原直接征税。

过了不久，派到太原征税的使臣被当地黎民百姓打得头破血流，狼狈而回。

周宣王见状，说："普天之下莫非王土，率土之滨莫非王臣。寡人派人前去收税，他们竟敢把我的使臣打成如此模样，实乃暴力抗税。难道他们就没有王法了吗？"

使臣曰："太原之民自称为唐晋所属，说'昔我先祖姬叔虞，乃圣母邑姜亲生，是周成王的同母亲弟。兄之国与弟之国有何区别？周宣王为何越俎代庖，来向其弟之国的黎民百姓直接收税呢'？"

周宣王听太原民众打出了姬叔虞的旗号，觉得太原既已封为晋国所属，再去征税，确实无理。于是，此事只好作罢。

第十七回　宣王因梦杀无辜　褒姒出生留冤根

却说周宣王久得宣姜相助,行"宣王之治",使大周中兴,稳稳当当做了几十年的周天子。这时,宣姜已经逐渐衰老,懒得再过问朝政。周宣王老而昏庸,就难免做出一些荒唐之事。

某日夜晚,周宣王做了一个梦,梦见一个身着赤装的红孩儿,正在丰镐对众多小儿教授童谣,曰:"要问大周兴与亡,桑木之弓箕箭囊。"随后,就见那红孩儿去到姬周太庙,把大周之祖太王、季王、文王、武王、成王、康王等牌位,用解下的腰间红丝带捆在一起,携往东方而去了。

一觉醒来,周宣王把此梦告诉了宣姜。宣姜曰:"梦中之事,皆为虚幻,你管它作甚?"

可周宣王老年忧郁,将此梦记在心中,念念不忘。第二天上朝,他对众臣言明夜梦之事。

上大夫杜伯出班奏曰:"人遇梦境,实属为常,不可对此信以为真。我王只当幻梦儿戏罢了。"

下大夫左儒奏曰:"史上因梦误国者,不乏其例。我王不可信之。"

谁料这周宣王,几十年来唯宣姜之言是听,却听不得臣子们的反对意见。杜伯和左儒越是这样说,他反而越有了逆反心理,坚信梦中之事乃上天派红孩儿来预警于他,让其早做准备,以保大周。

于是,周宣王说:"今寡人颁旨,自此以后,天下任何人不得再造桑木之弓和箕草箭囊。并命尔等众卿,前去街市搜寻,见有卖桑木之弓和箕草箭袋者,一概没收,予以焚毁。若有敢抗旨者,就地正法。"

王命下达,众卿不敢不从,遂在分管之地或各自的封邑内颁布王命,禁止制造和买卖桑木之弓和箕草箭袋。

某日，有巡查官吏见有村叟和老妪夫妇俩，身背数把桑木强弓和数个箕草箭袋，从乡下前来集市上叫卖。官吏向其传达王命，要求将其交易之物烧毁。那桑弓和箭袋是老叟老妪两人忙碌半年所得，本欲在集市换得钱财以养性命，怎能舍得让人无端烧毁呢？于是抗旨不遵。

官吏被顶撞，脸上无光，心中窝火，对二人说："宣王还有旨令，对抗旨不遵者，要就地正法。"话毕，官吏就去捆那村叟和老妪。老妪不知王法的厉害，仍在辩解，喋喋不休，执意不让烧毁其衣食所靠之物。村叟毕竟有些见识，明白王命的厉害，见事不好，知道先顾命要紧，拔腿就跑。

村叟跑不多远，就听身后人声嘈杂，齐声哀叹，并有人高呼说："无罪杀人，逼死老妪，天理何在，王法何在？"村叟闻听，知道老妻已被无端杀害，泪流满面，痛不欲生，但又不敢回头，径直逃回了自己的草房寒舍，过起了鳏夫的孤独日子。

此事被朝臣们听说后，忠直大臣上大夫杜伯进殿谏曰："我王仅凭梦中幻觉，就令人在集市众目睽睽之下，无端杀害卖箕草箭袋的老妪。这与当年商纣王的滥杀无辜，有何异哉？这会失去天下人心，而导致大周衰亡。臣劝我王，要下罪己之诏，以安抚民心。"

谁知这周宣王对杜伯的忠谏反倒恼羞成怒，竟生出杀人之念，遂下令欲将杜伯推出斩首。

这时，却见群臣中又走出一人，乃下大夫左儒，他劝谏道："我王差矣！杜伯为卿，历来忠直敢谏。他说的不是没有道理，我王岂可滥杀？"

周宣王说："寡人知道你与杜伯历来友好。你竟敢为朋友而抗拒王旨。今尔必须把这些狂言狂语收回去。否则，我让你同杜伯一样下场。"

左儒曰："我身为大周臣子，当忠于大周社稷。若朋友有错，我自当弃友奉王；若我王有错，我只能弃王护友。至于我王要把我同杜伯一起处死，那我也顾不得了。但我王要知，'冤有头，债有主'，积冤太多，对我王和大周都是不利的。"

周宣王见左儒也在朝堂公然顶撞自己，就勃然大怒，喝令刽子手把其一并绑赴法场，随杜伯一起被斩首了。

周宣王凭着一股唯我独尊的帝王傲气，无端斩杀了忠臣杜伯和左儒后,想来亦觉得过分。他悔之莫及,渐渐成了心病。俗话说,"剑老无芒,人老无刚"。宣王老年昏聩,因梦杀人,为西周留下了冤债和祸根。

几年后的某日,周宣王带了众卿前往野外围猎。正在追逐猎物时,老眼昏花间恍惚看见一位貌似杜伯的红衣将军,手持桑木之弓,从箕草箭袋内抽出一箭,弯弓搭箭,一箭向他射来,正中其心窝。宣王震惊,遂"啊"地一声,倒于战车之内。

众随从立即请陪同前来围猎的护驾御医诊看。御医把脉后,说:"我王脉象还在,宜速速返回王宫调养。"

就在周宣王时期,齐国第十任君侯齐文公姜赤病死,其子第十一任君侯姜脱继位,是为齐成公。齐成公继承其父之治,使齐国有所发展。他执政九年而逝,其子姜赎继位,是为齐庄公。齐国第十二任君侯齐庄公姜赎,英明一世,且健康长寿,政绩突出。他从公元前794年开始执政,经历了西周变为东周的整个历史时期,际遇了多任大周天子,在位六十四年,这在中外帝王史上是罕见的。齐庄公姜赎务实求新,埋头实干,为齐国的强盛打下了基础。

齐庄公刚刚登基,就有大臣向其禀曰:"周宣王继位后,先'共和'后亲政,前后已有五十年。之前,因我们齐国那作为王后的宣姜,辅佐和规劝宣王,曾使大周中兴,还派人来帮助我国修筑了前无古人的齐都城城墙。可后来,他不听王后宣姜之言,未能在与北夷羌戎、条戎、奔戎接壤的千亩之地设防,致使北夷之兵突袭大周,长驱直入,占领了千亩之地。周宣王被动应战,在千亩大战中惨败而回。又因宣王老迈昏庸,不再听王后宣姜之言,竟因做了一个梦,就疑神疑鬼地枉杀了卖箕草箭袋的无辜老妪和朝廷忠良之臣杜伯、左儒。我王作为齐国的新君,可否去周都丰镐劝劝周宣王呢?"

齐庄公姜赎说:"周宣王疑心太重,听不进逆耳忠言,作茧自缚,自找衰亡。既然王后宣姜的劝诫他都不听,若我这位宣姜的孙辈前去劝诫他,岂能听之?我看,我们不去管他的闲事。眼看天下即将大乱,我齐国要在乱中求治,稳中求进,专心致志,集中精力,继我太公之治,富民强国,振兴大齐。这样,才能在天下诸侯征战中站稳脚跟,立于不败之地。"

再说那周宣王受惊吓回到王宫寝室,在病榻上被宣姜精心照料。宣姜喂汤喂药,体贴入微。看看宣王慢慢回过神来,宣姜问其原因。宣王将其遭遇,断断续续诉说一遍。

宣姜曰:"现我王年迈,改了过去的好脾气,一反常态,动辄震怒。在我的家乡齐国,这叫年老了'改肠'。所以,你才做出过去那些荒唐事。在梦中见红衣孩儿教童子之谣,谣中说,'大周之兴亡,在于桑木之弓与箕草箭袋',可并没说是兴是亡啊?或许此二物能主大周之兴呢?你滥杀卖箕草箭袋之老妪,又为此冤杀了两位忠良大臣。夫王这是无事找事,自行作孽,促大周之亡啊!须知梦幻是假,人行是真。这事也怨我这个当王后的,年龄渐大不愿过问朝政,未能及时劝阻我王,亦我之罪也。"

周宣王听后,也觉自己过去荒唐,然事已至此,追悔莫及。悔恼间,他心火上涌,一口痰上来,堵塞了气嗓,挣扎数下,一命呜呼而亡了。

宣姜痛夫之死,又自责未能及时劝谏王政,就整日以泪洗面,郁郁不快。过了不长时间,她也因心病难医,追随周宣王而去了。

却说某日,齐庄公姜赎在齐国朝堂对群臣说:"众卿可谈谈对周王室的看法。"

只见有位外交大臣出班奏曰:"当年,周宣王因梦杀死卖箕草箭袋的村姬,还为此冤杀了忠臣杜伯和左儒。左儒之妻,当时已怀孕数月,闻听丈夫被冤杀,痛不欲生,日夜哀泣。过了不久,左儒之妻产下一女,肌肤雪白,面目姣好,但刚刚出生,就听其似那成年之人,大哭三声,然后又大笑三匝。左儒之妻疑其为妖孽降世,又无力抚养,就托人将此女包好,放于一洗衣木盆中,推入河中,任凭其随那流水漂走。"

齐庄公说:"左儒之妻,也太狠心了吧。"

大臣曰:"抛弃了亲生之女,左儒之妻又后悔心疼起来。她不知该女为何刚刚生下就大哭三声,大笑三匝,就到丰镐那祭奠白色神马的白马观内,拜见道长,将其女之事向老道言明。老道沉默片刻,说,'哭者,必为冤情。三哭者,杜伯、左儒、弓箭婆也。笑者,莫过于报怨得逞,将来此女必三乱大周,是为三笑'。"

齐庄公问:"老道有这等神明?"

大臣曰："左儒之妻半信半疑，心想，'若早知此女能为其父等贤良报仇雪恨，乱那周宣王之朝，又怎能舍得将她推入河中呢？又转念一想，吉人自有天护。昔者，周后稷被母亲抛弃，不就是受了神灵的保佑，让众鸟相护，留下了性命吗？将我女置入木盆，放到河中，也未必就会沉没。若哪位船家或渔翁捡得，予以抚养，说不定仍可为冤者报仇'。"

齐庄公问："这冤女被救了吗？"

大臣曰："当时，天气渐渐转冷。那卖桑弓的村叟欲到河边割点芦苇，也好生火取暖。正在割苇之时，他看见河内漂来一物，仔细观之，却是一洗衣木盆。但见游鱼在下，飞鸟在上，护着此盆沿河边缓缓顺流而下，以免被卷入江心。村叟甚是惊异，心想，'听说姬周先祖周后稷被其母抛弃于河中时，得众鸟相助。家人视为祥瑞之兆，才将其救回。因被其母抛弃，遂取名叫姬弃。弃者，抛也'。联想到此，村叟觉得漂来之物非同凡响，就挽起裤腿，沿河边追上木盆。仔细看时，却见盆内原来是一个女婴。村叟一阵怜悯与惊喜，遂将此婴抱在怀里，奔回自己家中。"

齐庄公问："那老叟并无奶水，怎能养得此女呢？"

大臣曰："正因老叟无法喂养，他突然想起本村有个叫姒大的人。姒大之妻刚刚生女，但其女不幸夭折，想来奶水还在。老叟就抱着女婴去到姒大家，说明来意。姒大夫妇刚刚失去亲生之女，正值悲痛之时。却见上天降来一个白胖女婴，甚是喜人，就欣然应允，收养此女。"

齐庄公问："此女该有个名字吧？"

大臣曰："姒大正是此意，就说，'女婴既然由我抚养，就应随我家之姓'。老叟同意，说，'老朽捡其于襁褓之中，我看就叫她褓吧'。姒大说，'我夭亡之女，本想取名叫褒。这正应了其谐音，就叫她褒吧'。村叟曰，'女孩之名不同于男孩，当下流行名在前、姓在后。等你们把她养大成人，那就叫她褒姒吧'。"

第十八回　戏诸侯千金一笑　引狄戎申侯毁周

转眼过了十多年,齐庄公姜赎在朝堂想起往事,问当年那位大臣:
"光阴似箭,日月如梭。转眼已过了十多年,不知当年的那个褒姒,长大
成人了没有?"

大臣曰:"那褒姒得到了姒家养母的奶水喂养,肤色更加白皙,面容
更加娇美。等她长到十四岁,就出落得如同芙蓉出水,真有那沉鱼落雁
之姿、闭月羞花之貌。且性格荣辱不惊、不卑不亢、无哀无乐,从未见过
其笑脸。"

齐庄公问:"当年老道对她那三笑的评说,应验了吗?"

大臣曰:"自有应验。周天子宣王驾崩后,他与王后宣姜的儿子姬宫
湼,继承了王位,是为周幽王。这周幽王生于帝王之家,又被立为太子,
内靠大周姬姓家族,外靠外祖大齐之国,自小锦衣玉食,养成了纨绔子
弟之风,哪懂得治国理政、爱护百姓、感召天下诸侯之理呢?他在丰镐京
城,高筑供其吃喝玩乐的琼楼玉阁,又酗酒成癖,射猎成瘾。他觉得宫内
嫔妃均已失色,就责令手下那些以美色邀功的佞臣,让他们去四方搜罗
美貌女子供其淫乐。"

齐庄公问:"周室的臣子们就不劝劝他吗?"

大臣曰:"有一位忠直大臣向幽王谏曰,'我王乃大周天下万乘之
尊,应节饮、节猎、节色,以防损毁龙体'。谁知这周幽王最听不得不同意
见,竟以欺君之罪,将这位忠臣下狱囚禁。"

齐庄公说:"这周幽王也太不给周宣王和宣姜王后争气了吧!"

大臣曰:"因为忠谏被囚的那位大臣有个儿子,去乡下征敛税赋时,
正巧来到褒姒生长的村庄。因褒姒常年生活在穷乡僻壤,又在家中娇生

惯养,很少抛头露面。这天,褒姒突然主动提出去河边汲水。无巧不成书,正被那大臣之子碰见,见其虽乡下村姑打扮,却难掩其绝世之貌。"

齐庄公问:"这与那三笑有何关系呢?"

大臣曰:"敛税回来,大臣之子对家母说,'母亲,孩儿这次下乡敛税,有一意外发现'。其母问,'却是发现了何等宝贝'?其子曰,'我遇到了一稀世珍宝,乃一绝世美女,有倾国倾城之貌、闭月羞花之容。周幽王正在四处寻访美女,我父因劝之而下狱。若孩儿将此尤物买下,献给周幽王,或许可换我父亲出狱'。"

齐庄公问:"这位忠臣之子用美女换父的愿望实现了吗?"

大臣曰:"此子之母说,'难得我儿一片孝心。此乃昔年齐太公姜子牙教姬周辅臣散宜生,用美女宝物贿赂商纣王,救文王出狱之计也。哪怕是倾家荡产,我儿也要将此等宝贝买下,以换取你父亲能平安回来。到时,我们就隐居乡野,让你父亲再也不去侍奉这个贪色的昏王'。"

齐庄公问:"孝子是怎样去买褒姒的呢?"

大臣曰:"其子搜罗家中所有金银,返回褒姒所居之村。他打听乡民,只问有位天仙美女今在何处。未等问其父母姓名,就有知情人自告奋勇,将其引到了姒大家中。大臣之子向姒氏夫妇说明来意,奉上所带百两白银,欲买褒姒。姒大正准备购置田产,以作养老和后事之用,只愁着手中缺钱。他见来者带来白花花一堆元宝,甚是高兴。自从来到这个世上,姒大夫妇还从未见过如此之多的钱财。二人怕女儿不同意,就去与褒姒商量。谁知那褒姒毫无恋家之意,一口答应,连声称好。夫妇俩遂收下银两,替女儿梳妆打扮,让大臣之子带走了。"

齐庄公问:"大臣之子是怎样领褒姒去见周幽王的呢?"

大臣曰:"大臣之子得了褒姒,以香汤沐浴,暂藏于家中。然后他来到王宫,请侍卫帮其通报,说发现了绝世美女,欲献予周幽王。但必须让他进宫面见天子,让幽王满足其一个请求。王宫侍卫听说是为幽王寻得美女,不敢怠慢,立即予以禀报。幽王听有人欲献美女,自是欢喜无比,立即将大臣之子召进宫。"

齐庄公问:"幽王放了那位囚臣了吗?"

大臣曰："被囚大臣之子进得王宫,见到周幽王,立即跪拜说,'我父在朝为官,因美女之事顶撞我王,现被囚于牢狱。小子发恨,一定要为我王觅得绝世美女,以让您宽恕我父之罪,放其回家'。"

齐庄公问："周幽王同意了吗?"

大臣曰："周幽王说,'想赎你父亲之罪,换其出狱,要先将那美女带来让我一观,看看其美色能否赎你父之罪'。"

齐庄公说："周幽王这是不见兔子不撒鹰啊。"

大臣曰："此子应允。周幽王便派人随至其家,将那绝世美女带来王宫。褒姒被带至周幽王面前,幽王见其面白如粉、肤润似脂、身材窈窕、风情万种,又酒窝成对、双眉似黛、唇红齿白,两眼恰似那一潭秋水,面容好似天女绣就。周幽王不见则罢,一见即魂飞体外,心跃喉间,恨不得即刻拥入怀中,成那男贪女爱之好。于是他立时下旨说,'快去把尔父领回家吧'!"

齐庄公说："他们这是各得所需了。"

大臣曰："周幽王自得褒姒,夜夜欢爱,日日缠绵,哪还有心去上朝呢。一次,褒姒在王宫中,对幽王任性撒泼,竟撕毁了其绸缎锦袍。幽王问其撒泼缘由,褒姒掩饰说:'妾非为撒泼,因欲听裂缯之声也。'于是,幽王不但不加责备,反而让人每日送来缯缎十匹,让她以裂绸为乐。"

齐庄公说："这也太过分了吧。"

大臣曰："周幽王见褒姒总没有笑脸,就在京城为其新筑欢娱之台,以便换取褒姒欢心一笑。待楼台筑成,但见台上殿阁似那仙山琼岛、天上宫阙。可是褒姒无动于衷,仍然不见笑脸。幽王又在距王城不远的骊山,派工遣匠,大兴土木,为褒姒构筑离宫别院。事毕,幽王又带褒姒去看。褒姒仍然不屑一顾,仍无笑脸。"

齐庄公说："生时大笑三声,现在却为何一笑不笑呢?"

大臣曰："还不到笑的时候。"

齐庄公说："难道她想毁了大周之后再笑吗?"

大臣曰："正是。周幽王万般无奈,又想不出好办法。恰在这时,他身边的一个佞臣说,'昔我先王为防狄戎侵犯,在丰镐北边的高山峰巅之上，备有用狼粪堆积的隧火燃物，又安置震天大鼓数枚。若北方有狄戎来犯，山巅哨兵观知，就要点燃狼烟，敲响警世大鼓。临近诸侯国见此信号，必须也点燃本国的隧火，以便告诉更远方的诸侯国，将狼烟传遍天下。各国见此，必须全部带兵前来勤王，以抗外敌。今天下太平，并无战事。我王何不用此戏耍一下天下诸侯，以博褒娘娘一笑呢'？"

齐庄公说："此等天下大事，岂可当作儿戏。"

大臣曰："周幽王听了佞臣愚计，遂下旨令人照办。但见一时间，狼烟高升，鼓声大作。天下诸侯见之，以为狄戎来犯大周，也都纷纷点燃本国的烽火，互相传递信息，遂使天下诸侯无不举兵前来。众诸侯见到周幽王，惊问寇在何方？周幽王笑曰，'久无战事，寡人欲小试尔等属下忠心耳。为此举火，看尔等是否能前来勤王'。"

齐庄公说："周幽王就像古人说的那个放羊的孩子，无中生有，自编谎言，向大人高喊'狼来了'。待到恶狼真来之时，他再喊救命，却无人相信了。这孩子就因戏弄别人，把自己戏弄到了狼的口中。"

大臣曰："这时，周幽王转身问褒姒，'如此天下大戏，能博贵妃一笑乎'？褒姒遂哈哈大笑，曰，'以天下为戏，博妾一笑，岂不可笑耳'？"

齐庄公说："褒姒实在是想毁了姬周，是笑大周将一戏而亡也。"

大臣曰："周幽王不以为忧，反而大喜，立即对出此馊主意的佞臣说，'能博得贵妃一笑，寡人当奖尔千两黄金'。佞臣说，'我这番主意，博来娘娘一笑，获赏千金。此真乃千金一笑也'。"

齐庄公说："烽火戏诸侯、千金博一笑，将给后世永远留下话柄啊。"

大臣曰："当时，周幽王乘兴把褒姒携回寝宫，少不得淫上加淫，爱上增爱。这时褒姒说，'恭喜我王，贺喜我王'。周幽王问，'喜从何来'？褒姒说，'贱妾已经怀上龙种了'。"

齐庄公说："怕是周幽王会乐极生悲的。"

大臣曰："幽王说，'若爱妃生得龙子，吾将废掉王后申国之女，另立爱妃为王后；还要废掉申后所生之子姬宜臼的太子位，另立爱妃所生龙子为太子'。"

齐庄公说："废长立庶，祸之渊薮。"

大臣曰:"褒姒闻听,突然又是一声哈哈大笑。"

齐庄公说:"这就进一步毁了大周了。"

大臣曰:"褒姒生下龙子,果然是一男孩,取名姬伯服。周幽王废长立庶的念想益坚。眼看伯服已有四岁之龄,周幽王就想择机实现其设想。他在朝堂对众臣提及此事,受到了忠臣劝阻、佞臣附和。"

齐庄公说:"天子王命,奈之若何。"

大臣曰:"周幽王为了达到目的,就找茬把申后幽禁起来。太子姬宜臼闻听,愤怒中去打了褒姒,然后跑到申国去找他舅舅申侯。申侯闻之大惊,就与心腹之人商讨对策。心腹说,'以我申国之力,怎能制服周幽王呢?我王不妨写信向那北方狄戎之国借兵,以平大周之乱'。事已至此,申侯也只好这样办了。"

齐庄公说:"申侯这不是要引狼入室吗?"

大臣曰:"那些狄戎之国,时时在觊觎大周,只是过去道路不熟,苦无内应。这次由申侯派人前来邀请并引路,自是乐不可支。他们遂在申侯所派使者的指引下,派兵遣将,杀向周都丰镐。"

齐庄公问:"周幽王这可怎么办呢?"

大臣曰:"周幽王闻之大惊,就急令人前去烽火台举火,并敲响了警世大鼓。附近的诸侯国见之,也只得照例点燃了自己国内的隧火。一时间,天下狼烟四起。但自上次被戏弄后,各国诸侯都认为周幽王又在演戏,均不以为然,并未出动一兵一卒。"

齐庄公问:"周幽王当时束手就擒了吗?"

大臣曰:"周幽王见无援兵,知道末日将临,就对褒姒说,'为博爱妃一笑,寡人举烽火为戏,戏弄了天下诸侯,同时也戏弄了我大周之社稷。这实乃贵妃一笑,而亡我大周之天下也'。"

齐庄公问:"褒姒是怎样回答的呢?"

大臣曰:"褒姒说,'都怪尔父冤杀生灵,带来民怨。尔父死后,怨归于你。可你不图为万民积德,以平父怨,却更变本加厉,作恶益甚。你不思选拔和重用天下贤士,而一心遍访天下美女,供尔一人淫乐。又因为博我褒姒一笑而戏弄天下诸侯。尔废长立庶,废掉申后和太子宜臼,立我为后,立伯服为太子。那申侯岂肯能依?一定是他借狄戎之兵,前来讨伐于你。天下诸侯皆不来救,看来我王在劫难逃,大限已至矣'。"

齐庄公说:"褒姒一笑戏周,二笑乱周,三笑是要灭周幽王了。"

大臣曰:"周幽王当时说,'眼下丰镐不保,寡人欲与爱妃、伯服一同逃出城去,暂避于骊山别宫,或许能免得一死'。"

齐庄公说:"大限已到,岂可得免?"

大臣曰:"周幽王遂派人急备车马,在其辅臣王叔郑桓公姬友的护卫下,带着褒姒和伯服,乘车逃往骊山方向。那狄戎之首,听人说周幽王往骊山方向逃窜,怎肯放手?于是率兵追赶上去。姬友见敌兵追来,拨马挺枪,迎战贼兵。那姬友临贼并无怯色,虽已年逾花甲,却仍奋勇异常,接连枪挑数名贼将。但终因寡不敌众,被贼兵乱箭射死了。"

齐庄公问:"那周幽王呢?"

大臣曰:"贼兵围了周幽王之车,却见那昏王早已吓得缩作一团,瑟瑟发抖。就有贼兵登上车去,把其提起,抛于车下。众贼兵闻得逮了昏王,遂将其一阵刀砍剑刺,送他去见了阎王。"

齐庄公问:"那祸乱大周的褒姒呢?"

大臣曰:"这时,只见褒姒抱了伯服,从自己所乘锦绣花车中走出。她见幽王被杀,不但毫无哀痛之情,而且又是一阵哈哈大笑。"

齐庄公说:"这正应了老道那褒姒三笑报仇的谶言。可她本人怎么办呢?"

大臣曰:"众贼兵以为褒姒见杀了周幽王,被吓得疯疯痴痴狂了,又个个被其美色震住,就不敢妄自擅杀,速去报知戎首。那戎首不见则罢,一见即被褒姒的美貌引得酥了筋骨、麻了四肢,遂下令不许伤害。他问褒姒,'听说周幽王正是得了你这妖物,才烽火戏诸侯,又欲废长立庶,招来了杀身之祸。昏王为你而死,你不但不哭,为何反而哈哈大笑呢'?"

齐庄公问:"褒姒如何回答?"

大臣曰:"褒姒说,'妾先前在姒家,听人说昏君之父,因无稽之梦,枉杀了捡我的恩公之妻。后我进得王宫,又听说昏王曾为此而连杀两位忠臣。还听说杜伯冤魂现身,射杀周宣王。再听说,左儒被冤杀后,其妻生下一女，大哭三声、大笑三匹，疑为妖女，放逐河中。这正与恩公捡我之时情状相符，妾乃左儒之女也。今尔等杀得仇人之子，是为我父报仇。妾不但不哭，反而大笑，应了我褒姒三笑亡周之谶'。"

齐庄公说："神道之言，不可全信，但也不可不信啊。"

大臣曰："戎首这才明白了事情就里，又说，'今你用美色报了父仇，幽王已死，那申后和太子岂能容下你们母子？不如嫁给我，带你们远走高飞'。那褒姒并不答话，抱了伯服，径直朝戎首而去。戎首喜极，竟一把抱起褒姒和伯服，跨上马鞍，直奔大营毡包而去。"

齐庄公说："寡人听说，有人为此赋诗曰，'只因无道滥斩杀，引得冤魂乱周祚。报得仇恨随酋去，毛毡帐里做夷婆'。"

该大臣又曰："杀了周幽王，狄戎之兵未遇抵抗，就长驱直入，侵占了丰镐。这些狄戎的游牧之兵，长年在草原追逐猎物，所见不过风吹草低，所获不过一兔一鹰，哪曾到过丰镐这等繁华都市，见过周都这等物阜民丰的世面呢？但见城内商铺鳞次，楼房栉比，物博粮丰，更见那大周国库之中金银成垛，宝物聚堆。狄戎贼兵一见，都红了眼睛，各去抢夺。他们或截得马车而装之，或挂满全身而载之。不过一个时辰，就把那大周国库抢掠一空。贼兵抢得财物，各藏于一个去处。他们又在街上追逐妇女，以图淫乐快活。"

齐庄公说："我就说这是申侯引狼入室嘛。"

大臣曰："申侯见状，这才知道请贼容易安贼难。他借兵的本意只是为了逼周幽王打消念头，保住申女王后之尊和外甥姬宜臼的太子之位，哪曾想到却引狼入室，祸及申后和姬宜臼日后的依托之地呢。申侯去找那戎首，说明自己借兵本意，目的已经达到，劝其退兵。可那贼首早已'乐不思戎'，不愿撤兵。"

【五霸之首 号令天下】

第十九回　周平王被迫东迁　齐庄公奋发自强

　　且说某日，齐庄公姜赎在朝堂对大臣们说："那申侯引狄戎之兵侵犯丰镐，现在请神容易送神难。这可咋办呢？"

　　有大臣曰："申侯无奈，遂去找申后和王太子姬宜臼商量对策。申后说，'现在各国诸侯勤王之心未变。当时，只是怕再受幽王戏弄，这才没来出兵相救。若兄长以国舅名分，下书给那些兵力强大的诸侯国，他们必然会来相救。那时，丰镐才能得安，我儿才能顺利继位'。"

　　齐庄公说："这是被狼围了，才想起了猎人。"

　　大臣曰："申侯别无他法，只好依申后的吩咐去办，下书给北邻晋国的晋文侯姬仇、东邻卫国的卫武侯姬和以及西邻赵秦部落的首领赵代，让他们速率军前来勤王。又写信给郑桓公的太子姬掘突，让他率郑国之军前来为父报仇。"

　　齐庄公说："听说郑太子姬掘突，为父报仇心切，在别国援军未到时，单独去攻打戎敌，在镐京城外中了戎首预设的埋伏，吃了败仗。"

　　大臣曰："待那三国之军都到，实力就大了。那狄戎之兵怎是这四国之师的对手呢？他们闻得诸国之兵到来，知道已不得不离开这处人间天堂的繁华之乡，遂带着所掠财宝欲行撤退，但又十分妒恨，不甘心把这安乐之乡留于他人。在撤退前，他们恨不能把丰镐焚烧殆尽，夷为平地。于是，狄戎之兵人人举着火把，上至王宫，下至民宅，处处点火，四处扇风。把大周经营了三百年的丰镐京都，烧得满目疮痍，破败不堪。"

　　齐庄公说："大周数百年之功，毁于一旦。可悲可叹，教训深刻。"

　　大臣曰："等四国联军赶到，狄戎之兵早已逃出周都北门，向北撤退。因他们所掠财物众多，行速缓慢，被四国联军追上，斩杀无数，夺回了部分被劫财物。此时,见远处贼兵放弃赃物而逃,联军觉得追赶无益,也就带着夺回的财物,返回了丰镐,交给申后和太子姬宜臼处置。"

齐庄公说:"抢回部分财物,但也无法弥补焚毁后的损失啊。"

大臣曰:"此时,申侯和卫侯、晋侯、赵代及郑太子共同拥立王太子姬宜臼继承了王位,是为周平王。平王见丰镐被糟蹋成这般模样,一时无力修复,又怕此次狄戎犯京,熟悉了道路,担心其日后再来骚扰,不禁潸然泪下,问申侯,'此处无法久留,舅氏可有良法吗'?"

齐庄公说:"这时的申侯,还有什么好办法呢?"

大臣曰:"申侯说,'昔大周武王之时,派辅臣召公姬奭去经营洛邑,以作大周之陪都,号曰东京。我王不妨迁都到那里'。周平王又召来晋文侯、卫武侯、秦首赵代、郑太子姬掘突,向他们说明自己和舅氏申侯商量欲迁都之事。"

齐庄公问:"对于这样的巨大变化,就无人提出异议吗?"

大臣曰:"卫武侯姬和因是周平王的叔辈,就大胆提出了不同意见,说,'丰镐乃我大周祖上发迹之地,且此处有高山流水,良田千顷。建立大周后,又在此经营三百多年,岂可轻易弃之?依老臣之见,可遍告天下诸侯,让他们皆出资,帮助修复周都丰镐。因此,不宜迁至洛邑'。"

齐庄公问:"那其他人呢?"

大臣曰:"当时,大周西邻的赵秦首领赵代,另有一番打算,遂针对卫武侯说,'我赵代知道那陪都洛邑,本是华夏中心。自周武王开始,亦经过了近三百年的经营,其规模不亚于丰镐。迁都到那里,不但可以避开西狄与北戎的侵犯,而且便于天下诸侯从四面八方前去勤王。这就不妨把国都暂迁于洛邑,回头再经营丰镐,并增加对狄戎之兵的抗击设施,确保日后王城和天子的安全'。"

齐庄公说:"这赵代是想支走周平王,独占岐山宝地啊。"

大臣曰:"岐山宝地,凤凰鸣之,百鸡合之,遂在那里建有鸡凤合鸣之台。有人称该处为'宝鸡'。"

齐庄公问:"周平王就相信那赵代吗?"

大臣曰:"当时周平王说,'众卿所言各有道理,但秦首赵代的建议更为现实。那就请众卿保护寡人，一路东迁吧'。众人只好遵从。这时，卫武公又说，'既然我王决意东迁洛邑，就应该派人把我姬周丰镐太庙内的太王、季王、文王、武王、成王、康王等神位，先护送至洛邑陪都内的姬姓家庙'。周平王闻言照办。"

这正应了当年周宣王梦中见红孩儿将其太庙之神位捆去东方之谶。那童谣中所谓兴与亡，并非亡整个大周，而是亡西周而已。

某日，齐庄公在朝堂对其大臣说："周平王姬宜臼从西京丰镐被迫迁到东都洛邑，西周变成了东周。不知在搬迁过程中有什么故事。"

齐国大臣对曰："众人护卫和跟随周平王东迁至洛邑。进得城门，但见洛邑亦是高楼鳞次，商铺栉比，市井条条，商贾集集，人丁兴旺，繁华异常，且作为陪都早建有供天子使用的宫殿朝堂。周平王进得新王宫，登上大殿，坐于龙椅，见与丰镐无异，心中十分高兴。众人跪拜，齐呼万岁。周平王对申侯说，'此次扶我为王，又救得王后，舅氏申侯是头功。寡人要将你的侯爵晋升为公爵'。"

齐庄公说："他引狼入室，导致丰镐被毁，还有脸受封晋爵吗？"

大臣曰："申侯说，'我乃大周姜姓之国，原为殷商遗民。幸得大周天子不弃，娶我申女为后，高抬我申国为舅氏之国。前来救扶我王与王后，当是义不容辞。然而我引来狄戎贼兵，将丰镐京都破坏殆尽，罪莫大焉。我功不足以抵罪，还望平王收回成命，仍令我为侯，就是臣之万幸了'。"

齐庄公说："这申侯倒还有点自知之明。"

大臣曰："周平王见申侯言出由衷，话无虚让，也就只好准其请求。平王又说，'卫武侯是我叔父，年已耄耋，仍不辞劳苦，前来救驾，让寡人着实感激。今我下旨，将卫武侯侯爵之位晋升为公爵，自此称之为卫武公，并要留在王室辅佐朝政'。"

齐庄公说："'成者王侯、败者贼'，此言不虚。他姬和当年趁父王发丧，派出杀手，将太子姬余袭杀，自立为卫国之君。可他不但没受到惩罚，而且还被加官晋爵，得到重用，就是上述那话的见证。"

大臣曰："卫武侯听旨后，不顾年事已高，当即跪拜周平王说，'谢我王隆恩'。周平王再说，'晋国先祖与我大周成王，同为圣母邑姜所生，本是同母兄弟,周、晋实为姬姓兄弟之国。今晋文侯姬仇前来勤王,救寡人于水火,是为同宗相救。寡人今赐尔晋国王田千顷,将你之侯爵晋升为公爵,自此以后,就称你为公'。晋文侯姬仇亦是跪拜谢恩。"

齐庄公问:"那赵秦赵代呢?"

大臣曰:"平王还说,'尔赵秦之地,本非诸侯之国。今你赵代救驾有功,寡人就把尔等赵地也封为诸侯国,名为秦国,定为公爵,国君亦可称公,就叫你赵代秦襄公好了。秦国乃是大周的西北屏障,寡人命你重修丰镐、北御狄戎。为增强秦国实力,特恩准把位于岐山之下、丰镐之西的千顷良田,尽赐秦国'。"

齐庄公说:"这正遂了赵代之意,想必他更是感恩不尽吧。"

大臣曰:"周平王最后说,'郑桓公姬友,是我祖宣王少弟,乃我的叔祖父。虽封地在郑国,但他仍留在周室为卿,辅佐大周。为救我父幽王,他英勇战死,名垂千古,寡人更应褒奖之。特也将郑国由侯爵晋升为公爵,并赐良田千顷。命郑太子姬掘突,继承公爵之位,可称为郑武公。但仍要承继郑桓公的司徒之职,留在周室为卿,辅佐于我'。"

齐庄公说:"这样,卫武公姬和与郑武公姬掘突,两位姬姓同辈之人,都作为周平王的叔父,被留在了姬姓周室辅政。"

大臣曰:"郑武公姬掘突跪拜谢恩,并说,'过去,周都所在的丰镐,号为西京;而陪都洛邑,号为东京。为了有所区别,可把大周建都于西京这段时间,称之为西周;而把建都于东京之后,称之为东周'。"

周平王的这一滥封乱赠,遂使东周王室的地盘越来越小,势力越来越弱。致使周朝的大权从过去的"政由天子出",改变为东周的"政由诸侯所出"。郑国和秦国的疆域不断扩大,实力逐渐增强。自此,先是郑国强盛起来。后来,齐国秉承姜太公之治,富民强国,实力远远超过了郑国。这便开始了齐国首先称伯(霸)天下的大齐春秋史。

大臣又曰:"东周之时,伯服被那北夷戎狄养大。戎首见郑武公姬掘突仗着是周平王的辅臣,意欲在侵占邻国的基础上,再侵占东虢国。于是,戎首与褒姒商量,把伯服交给了东虢国国君姬翰。东虢国国君姬翰遂立伯服为东周天子,是为周携王。以与周平王分廷抗衡,达到削弱郑国仗势的目的。天下遂出现了二王并立的局面。周平王只好命郑国和晋国共同出兵,就近平息了这一乱国事件。"

大臣还曰:"这些,都是周幽王姬官涅一改大周文王、武王治国之道,不听忠谏,骄奢淫逸,挥金如土,宠爱褒姒,高筑楼台殿阁和骊山别宫,横征暴敛,鱼肉黎民百姓,烽火戏诸侯和欲废长立庶的结果。"

齐庄公说:"这些我们都知道了,不必赘述。"

大臣曰:"在这期间,郑国、卫国、晋国、秦国救驾有功,均被加封为公爵并受到赏赐。天下公爵之国,本来只有周成王所封的一个宋国,可现在变成了五个。在西周转为东周时期,我齐国对大周未立尺寸之功,仍为侯爵。我们如何弥补这一缺憾呢?"

齐庄公说:"我大齐距丰镐遥远,当时鞭长莫及。未等我等出兵,那邻近丰镐的四国就已救驾东迁,让周平王顺利进入了东京洛邑。此四国受到平王的加封重赏,是应该的。不光我齐国未能建功受封,仍为侯爵之国,那鲁、燕、陈、蔡等国,不也和我们一样,都还是侯爵吗?我觉得治国不在虚名,叫公也罢,叫侯也罢,无关紧要,只在图实。我们还是埋头苦干,治理好大齐,走富民强国之路才是正道。"

大臣曰:"我王言之有理。莫说是公、侯之别,就是那周天子,现在与诸侯又有什么区别呢?其实力不是早就不如强大起来的诸侯国了吗?以微臣看来,当今欲立足于天下,既不在为王,也不在封公,全靠自强不息,增加国力。当下,过去那'政由周天子出',已过渡为'政由诸侯出'。现卫、郑、晋、秦、宋,都在积蓄力量,准备争为诸侯长,称伯(霸)天下。我们奋发图强,进一步提高国力,说不定能在相互较量中胜出,称伯天下,指挥众国呢。"

齐庄公说:"善哉,爱卿所言极是。我们要按太公的理念治国,一以贯之,不受外界干扰,集中力量发展国内事业,以图民富国强。"

第二十回 齐僖公力图小霸 郑庄公恣意妄为

却说某日,齐庄公姜赎和大臣们又在朝堂议政,突然听宫外有人传曰:"卫国使臣到。"

齐庄公准进。原来是卫国使臣送来一封卫武公姬和的亲笔信。

齐庄公启信观之,念给大臣们听。只听信中说:"老朽拜揖齐国国君姜赎。当年姜太公他们平叛武庚后,周成王把部分殷商遗民和土地封给其九王叔,即我祖卫康叔姬封,是为卫国,建都在濮阳。周夷王封卫国为侯爵,周平王又晋封我国为公爵,并留我姬和承袭司寇之职,在朝辅政。我姬和,乃周宣王与王后宣姜子侄之辈,齐国也是我的舅氏之国。今姬和闻贵国公主庄姜聪颖贤淑,待嫁闺中。我欲与舅氏之国亲上作亲,今诚聘庄姜配我犬子姬扬,万望莫辞。"

齐庄公让卫国使臣暂到官驿歇息,与大臣们共商此事。

有位大臣曰:"眼下,卫武公姬和在周室辅佐朝政,权势显赫。他欲让卫国称伯天下,苦于实力不足,就想借婚姻与我强齐联合,好助他一臂之力。"

齐庄公说:"那寡人就不应这桩婚事,不去为虎作伥。"

大臣曰:"我齐国虽然逐步强大,但我们是异姓之国,在周室内没有话语权。这就不妨和卫国联姻,让姬和在朝中为我们齐国说话。我齐国联上了卫国,就等于联上了周王室,是件好事啊。"

齐庄公说:"这不成了狼狈为朋,互相利用吗?"

大臣曰:"纵观古今之事,莫不如此,就答应了这门婚事吧。庄姜公主作为我王的小姑,也是应该出嫁了啊。"齐庄公遂予以准许。

卫武公得到齐庄公应允,喜不自禁,很快为其子姬扬和庄姜举行了婚礼。卫武公死后，姬扬继位，是为卫庄公。卫庄公的夫人庄姜养育了太子姬完，姬完后来继位为卫桓公。

后来，齐庄公年老病逝。他的儿子、齐国第十三任君侯姜禄甫继位，是为齐僖公。齐僖公又执政三十三年。他们父子共执政近百年。在这期间，周朝结束了宣王中兴，那位"烽火戏诸侯"的周幽王，被犬戎所杀，再也无法博褒姒一笑了。

因东周前期各诸侯国的官方纪年史，均称作《春秋》，遂被称为春秋时期。后各国的《春秋》多数散佚，因鲁国此书曾被孔子修订，遂文以人传、人以文传，保留了下来。

齐庄公和齐僖公这爷俩，接受周朝和齐国执政几百年的经验教训，拨乱反正、继往开来、励精图治、奋发图强，使齐国国力大增，人民生活水平走上了当时的小康。齐庄公和齐僖公这爷俩曾使齐国小霸一时，为齐桓公最终率先称霸天下打下了坚实的基础。

当时，齐国的主要对手是纪国。为此，纪国以联姻的方式，上联周天子，下联鲁国，并形成纪、鲁、莒三国联盟。齐国也和卫国、郑国、宋国、燕国结成了联盟。在这两股势力的争斗中，齐僖公操劳了一生。在他后来组织的伐纪战争中，因为郑国的背盟倒戈和伐纪联军作战时的中敌之计，未能如愿消灭纪国。临终前，他将毕生未完之事业寄托在三个儿子姜诸儿、姜纠和姜小白身上。

早在齐庄公姜赎临终前，就交代齐僖公姜禄甫说："为父一生奋斗，增强齐国的实力，目的就是为了积蓄力量，灭那纪国，为我姜姓之祖齐哀公报仇雪恨。今我将此遗愿留予你及后世子孙。"言罢，庄公才撒手西去。

齐僖公的二弟，名叫姜年。因二弟也叫作仲弟，人称姜仲年。

刚刚继位的齐僖公，在朝堂对同母胞弟姜仲年说："王弟聪慧过人，能力超群，尤其善于外交辞令。今我任命你为辅臣，协助我处理大齐的内政外交事务。"姜仲年谢恩。

某日，齐僖公对辅臣姜仲年说："王弟如何看待天下大势呢？"

姜仲年曰："现周室衰微，几个强国都想称伯天下，尤其是卫国、郑国和宋国。卫武公姬和死后，其子卫庄公姬扬承袭父职，继续在周室辅政，担任大周司寇。他自有让卫国称伯天下之心，但其经济实力还不行。"

齐僖公说："王弟认为哪个国家实力强大呢？"

姜仲年曰："当初，郑桓公姬友因是周厉王少子、周宣王庶弟，又是王室辅臣，担任大周司徒，就养有私家军队和藏有大量私家财产。因他没有封地，就在刽国和东虢国之间，找了一个地方存放私物。这两国之君，见作为周室重臣的王子、王弟在此存养军队、储藏财物，就欲借此机会与周室通好。于是两家商量，各为其献出了十座城邑，让姬友作为自己的封地。"

齐僖公说："作为王子、王弟，有点自己的封地也是应该的。"

姜仲年曰："可姬友不满足于这点封地，而是想单独建立自己的国家。这姬友身强力壮，武艺高强。有一次，他寻了刽国的一个罪名，率领王室众弟兄前去讨伐，结果灭了刽国。姬友见刽国郑父丘这个地方风水好，就把自己所藏的军队和财宝迁来此处，自称为郑。后来，他利用在周室辅政的便利，设法让周宣王把其郑地封成了诸侯国。"

齐僖公说："任何一个诸侯国，都有自己的来历。"

姜仲年曰："郑桓公姬友因保护周幽王而战死。姬友之子姬掘突率郑国之兵前往丰镐，既是为了替父报仇，又是为了保护周平王。平王东迁洛邑，因姬掘突救驾有功，从侯爵被晋封为公爵，是为郑武公。平王赐给他良田千顷，从而扩大了其疆域，还让姬掘突承袭父职，继续在周室为司徒。"

齐僖公说："即使如此，郑国的势力和土地也是有限的，比不上我们大齐。"

姜仲年曰："郑武公姬掘突并不满足。为进一步扩大自己的疆域，他又借故侵占了东虢国的大片土地。"

齐僖公说："当年，刽国和东虢国各把十座城邑赠送给了郑桓公姬友，却反遭郑国所侵。这真是引狼入室，助纣为虐，自取灭亡啊！"

姜仲年曰："非但如此。郑国还有个邻邦，名叫胡国，地盘较大。为了侵占胡国,郑武公姬掘突想了一条毒计。他把自己的女儿嫁给胡国之君为妻。有一次,他与群臣在朝堂商量扩大郑国疆域之事,问,'你们看,我们先征伐哪个国家为好呢'？有位名叫关其思的大臣建议,'我看首先应征伐胡国'。谁料郑武公当时勃然大怒说,'胡国乃我女儿和女婿之国,两国原有兄弟之谊,现又结为姻亲之好。让我伐之,岂不是要置我女儿和女婿于死地吗？你用心何其毒也'。遂下令将关其思推出宫门,斩首示众。郑武公对群臣说,'今后有再敢言伐胡国者,定斩不饶'。此事被胡国之君知道后,认为郑国乃自己的岳丈之国,坚实可靠,就未加任何猜忌,没有采取任何备战保国的措施。谁料有一天,郑武公趁胡国毫无防备,突发重兵,一举攻占之。"

齐僖公说:"郑武公这是采取了'将欲取之,姑先予之'之计,把女儿当成了诱饵。他靠阴谋侵占了女婿之国,算不上光彩,称不起英雄。"

姜仲年曰:"两国之争,就是你死我活。郑武公靠了自己的这些手段,更进一步扩大了疆域,使郑国已不亚于我齐国了。"

齐僖公说:"在郑武公死后,其子姬寤生继承了王位,是为郑庄公。"

姜仲年曰:"这个郑庄公姬寤生继承了郑国国君之位,也承袭了在周室的司徒之职。他靠着自己封国的实力,根本就没把实力已经弱小的周平王放在眼里。周平王见大权旁落,权力集中于郑庄公一人之身,就欲削弱其权,想把部分辅政的权力分给西虢国国君。这事被郑庄公知道了,就去质问周平王,吓得周平王不敢承当,矢口否认。郑庄公不放心,就对周平王说,'为了打消你今后分我权力的念想,要把你的王子姬狐,与我的太子姬忽,互相交换作人质'。这样,周平王就只好把王子姬狐交给了郑国。这周天子还有什么尊严呢？"

齐僖公说:"周平王这个天子,当得实在窝囊;郑庄公这个当臣子的,真是肆无忌惮,欺人太甚。"

姜仲年曰:"更有甚者,郑庄公还在周平王驾崩时,趁周室之难派人去王室的田地,明火执仗地抢收庄稼。他们春天抢割了那里的小麦,秋天又抢收了那里的秋粮。郑庄公还违背周礼,把周天子赐给诸侯国祭祀泰山用的祭田,欲行交易,即把郑国靠近鲁国的枋地,外加一块宝玉,与鲁国靠近郑国的许田之地互相交换。"

齐僖公说："听说交易许、枋之事，引起了周王室和其他诸侯国的强烈反对。"

姜仲年曰："周平王死后，因为其太子已经去世，就由他的嫡孙姬林继了王位，是为周桓王。周桓王根本不认可郑、鲁的交易，此事并未实现。"

有一天，齐僖公与姜仲年又在朝堂论政。

齐僖公说："当年，我太公打败了莱国，齐国疆域向东延伸到了大海。纪国的祖先姜纪，追随周成王和作为军师的我祖丁公姜伋，征伐东夷反叛之国。得胜后，周成王把薄姑赠给了我们齐国，又把薄姑之东、齐国之北的大片土地封给了姜纪，称为纪国。纪国之君，与我大齐丁公是同事，又都为姜姓子孙，按说应该是一家。可因纪侯到周懿王那里诬陷我祖哀公，使哀公惨遭烹刑冤死，两国为此结下了世仇。在父王庄公之时，为集中精力建设国家，以图自强，就暂且忍耐，不与外争，保持与纪国表面上的和平相处。"

姜仲年曰："依我看，我们现在积蓄的力量已经差不多了，到了继承父王之志，为祖宗哀公报仇雪恨的时候了。"齐僖公赞成。

第二十一回　联四强对抗纪国　结联姻两相比拼

　　且说姜仲年对齐僖公曰："眼下,除我大齐外,诸侯国中还有四大强国。一是与我大齐联姻的卫国,二是郑国,三是那殷商后裔的宋国,四是我们南邻的鲁国。要想打败纪国,我们必须设法联合这四个强国。"

　　齐僖公说："王弟言之有理,可是与这几个强国怎么个联合法呢?"

　　姜仲年曰："要与卫、郑、宋、鲁共同或单独会盟,订立互相之间的攻守同盟条约。"

　　齐僖公说："那我们就先与郑国结盟吧。"

　　姜仲年问："在何时何地与郑国举行会盟呢?"

　　齐僖公说："今年秋后,在我们齐国石门这个地方吧。"

　　齐僖公遂派姜仲年出使郑国,邀其会盟。是年秋后,齐国和郑国举行了"石门会盟",订立了攻守同盟条约。

　　再说那纪国之侯,听说齐国与郑国在石门会盟,订立了攻守同盟条约,内心十分焦急,就在朝堂召集众臣,共同商议对策。

　　纪侯之弟姜季出班奏曰："齐国与郑国联盟,我们不妨与鲁国联合。"

　　纪侯问："怎样个联合法呢?"

　　姜季曰："弟听说鲁惠公姬弗湟有三个女儿,老大叫伯姬,老二叫仲姬,老三叫叔姬。现伯姬已到了婚嫁年龄,王兄不妨聘其为夫人。这样,不就通过姻亲与鲁国联合了吗?"纪侯称善,当即派姜季去鲁国下聘书。得到鲁惠公允许后,姜季就把伯姬带回了纪国,与纪侯成了亲。

　　听说此事后,姜仲年在朝堂对齐僖公说："纪侯迎娶鲁惠公的长女为夫人。王兄不妨效而仿之,迎娶鲁惠公的次女仲姬来我齐国。这样,不就与纪国扯平了吗?"齐僖公赞成,于是就派姜仲年前往鲁国求聘仲姬。

鲁惠公认为,能通过女儿与纪国、齐国都建立联姻关系,是件好事,就满口答应了。姜仲年遂把仲姬带回了齐国。不过一年,仲姬为齐僖公生下了第二个儿子,取名姜纠,人称公子纠。

纪侯知道后,对夫人伯姬说:"我纪国如何能超过齐国,进一步与鲁国加强关系呢?"

伯姬曰:"臣妾三妹叔姬,自小与我这个当大姐的情投意合、亲密无间。我王不妨也把她娶来。纪国有鲁国的两位公主为姬,其亲密程度不就超过了齐国吗?"纪侯大喜,就依伯姬之意,又派姜季去鲁国把叔姬也娶了来。

齐僖公和姜仲年深知纪侯这一招的用意,于是静观其变。过了不长时间,只见姜仲年来见齐僖公,曰:"臣弟刚听人说,王兄的岳丈鲁惠公姬弗湟不幸因病而逝,其长子姬息执政,是为鲁隐公。我王嫂仲姬这位兄长继了君位,是件好事啊。"

齐僖公说:"我们不妨与我这位大舅哥,在齐鲁边境艾邑这个地方举行一次会盟,也好订立个攻守同盟条约。"姜仲年叫好,又出使鲁国,沟通并促成了艾邑会盟。

纪侯闻此,又在朝堂与群臣商议对策。姜季奏曰:"王弟听说,我国南边的莒国,乃是少昊之后。周武王时,因其祖助周灭商有功,被封在计邑,后迁都于莒,遂称为莒国。过去,鲁国与其东邻的莒国,为争边界之地,常有纠纷。我王不妨邀请鲁国君侯和莒国君侯,同到莒国的浮来山,进行包括我们在内的三国会盟,订立攻守同盟条约。这既缓解了鲁国与莒国的矛盾,又能使鲁国和莒国都能站在我们这边。要向他们申明,如果我们三国不联合,被强齐各个击破,都没有好下场。只有联合抗齐,才有出路。"纪侯准奏,并予实施。

齐僖公和姜仲年闻此,少不得又在朝堂商议对策。

姜仲年曰:"周成王时,武庚作乱,被姜太公和周公姬旦平息。周成王把武庚境内的濮阳之地,分封给其九王叔卫康叔姬封,让其建立了卫国,以分散殷商遗民的势力。后来卫武公姬和弑其兄姬余自立,因其平息西周之乱、保护周平王东迁有功，被周平王从侯爵晋升为公爵，并留在王室辅政。卫武公活到九十六岁，因病而亡。现其孙姬晋继位，是为卫宣公。卫宣公姬晋的夫人乃我齐女夷姜。我王不妨亲上作亲，反聘卫国王室之女为姬。"齐僖公赞成，又派姜仲年前往卫国，聘娶卫女。

卫宣公姬晋见大齐主动来卫国联姻，认为能进一步靠上大齐是件好事，就满口答应，连声称好，遂选了一位美貌贤淑的公主嫁给了齐僖公。这位卫国夫人来到齐国后，为齐僖公生下了第三个儿子，取名叫姜小白，人称公子小白。

纪侯听说齐国与卫国双向联姻，就心存嫉恨，又找大臣商量对策。

姜季曰："我看与齐国抗衡的最好办法，莫过于我王直接把您的公主嫁给周天子周桓王姬林。这样，我纪国不就成了大周的国丈之国了吗？"

纪侯说："我当诸侯的，总不能亲自去把女儿送给周桓王吧？"

姜季曰："鲁国乃大周同宗，信守周礼，常替天子操办家事。我王不妨派人，去请您那现在鲁国主政的大舅哥鲁隐公出面做媒。这样，我王既与周桓王攀了亲，又尊重了鲁国，让鲁隐公脸上有光，对我纪国增加好感。这不是一箭双雕、一举两得的好事吗？"纪侯连声说好。于是又派姜季前去协调。

鲁隐公被请作媒人，遂亲自去周室，说明纪侯欲将其公主嫁与周桓王之意。周桓王自是高兴，遂满口答应，并派鲁隐公去为自己迎娶纪国公主。

齐僖公闻之，心生不快，又与王弟姜仲年商讨应对措施。

姜仲年曰："当年宋宣公殷力有太子殷与夷。宋宣公死时，却没让殷与夷继承君位，而是让自己的弟弟殷和继承了君位，是为宋穆公。宋穆公执政九年，重病不起，对大司马孔父说，'我兄宣公没把君位传给太子殷与夷，而是立我这个弟弟为君。我要效仿和报答我兄，也不立我的长子殷冯为君，而要立我兄的太子殷与夷为君。为了不给殷与夷添乱，我要把我儿殷冯送到郑国去'。宋穆公殷和死后，群臣遵其遗嘱，立殷与夷为君，是为宋殇公，并把殷冯送到了郑国。"

齐僖公说："宋国的君位,兄让其弟,弟又反让兄长之子,真乃知恩图报、不忘根本也。"

姜仲年曰："谁知就在这时,那卫国的公子姬州吁,杀死其兄卫桓公姬完,自立为君,成为世人唾弃的弑君贼子。姬州吁为了在诸侯中挽回名声,争取人缘,就跑到宋国对宋殇公说,'殷冯岂会甘心失去君位呢?依我之经验,他在郑国,必会积蓄力量,伺机回国作乱。不如先下手为强,伐郑以绝后患'。"

齐僖公说："这个姬州吁就是从卫国跑到郑国,勾结郑庄公的弟弟姬叔段,积蓄了力量,打回卫国而弑君自代的。他这番话,乃是自己亲身经历的写照,真可谓现身说法了。"

姜仲年曰："宋殇公相信了姬州吁的挑拨离间,就在其配合下,起兵伐郑。打到郑国国都东门,却见郑庄公在城楼上对宋殇公说,'殷冯怕你一旦受人挑拨,会带来杀身之祸,已经隐居乡野了。他不在我郑国都城之内,怎么还会依靠我郑国给你宋殇公带来威胁呢?我料定你一定是受了那弑君贼子姬州吁的挑唆'。"

齐僖公说："天下本无事,庸人自扰之。宋殇公这真是庸人自扰,无事找事。"

姜仲年曰："姬州吁就是那唆使郑庄公之弟姬叔段谋反的罪魁祸首,郑庄公深恨之。现见他又唆使宋殇公前来侵郑,更是恨上加恨,同时也恨起了那宋国。于是,郑庄公在第二年伐宋,狠狠教训了宋国,报了宋军打到郑都城下之仇。因这个宋殇公常常无事找事,挑起事端,骚扰邻国,邻近的鲁、卫等国,也都效仿郑国,先后伐宋。"

齐僖公说："这个宋殇公殷与夷,真是没有头脑。怪不得其父不愿把君位传给他,而传给弟弟姬和了。"

姜仲年曰："他没有头脑的事还在后头呢。当时宋国大司马孔父的妻子十分貌美,外出时遇到宋国太宰华督。华督一见其貌,立即失魂落魄,自此念念不忘,就一心想害死孔父,据孔父之妻为己有。华督在宋国散布怨言说,'宋殇公当政以来,连年征战,国力耗尽,民不聊生。这些,都是他这个大司马造成的。我作为太宰,要杀了孔父,以慰宋国之民'。

119

结果,华督就以太宰名义,派人袭杀了孔父,将孔父之妻搂在了自己的怀中。"

齐僖公说:"面对这种因色冤杀之案,宋殇公就无动于衷吗?"

姜仲年曰:"宋殇公是个蠢猪,不懂得应慢慢设计智杀那华督,而是急于前去责骂他,竟只身而往。华督遂恼羞成怒,拔剑将手无寸铁的宋殇公弑死。然后,华督从郑国接回了殷冯,立其为君,是为宋庄公。"

齐僖公说:"宋庄公殷冯刚就任国君之位,就给我来信说,'眼下,几个强大的诸侯国,都欺负我宋国,唯有齐国没有直接侵犯我。殷冯久慕齐僖公盛德,愿与大齐结为同盟,互相帮助,共图发展'。"

姜仲年曰:"卫国弑君自立的姬州吁,很快被国人所杀。现在是卫宣公姬晋执掌卫国朝政,他是我们齐国的女婿,又是邻国,也很愿意和我们搞好关系。"

齐僖公说:"我们不妨邀请宋国和卫国的国君,同去宋国的温邑会商结盟之事。然后叫上郑国,同去洛邑东边瓦屋这个地方正式会盟,签订攻守同盟条约。这就更有利于我们对抗纪国了。"姜仲年赞成,随后照此而行。

过了一段时间,齐僖公决意伐纪,就欲以考察为名,实地侦查一下纪国的地形和军事部署。他不便一人前往,就去那同盟的郑国,找到郑庄公姬寤生,说明了此意。

郑庄公姬寤生说:"你来得正好。我现在与周桓王姬林形成了对立,关系十分紧张,已没有脸面去见他。再说我去了,周桓王也不会予以接见。我失去了周桓王的信任,也就丢了周室司徒之职。我正好想托您的面子,领我去见周桓王,缓和一下我和王室的关系。待一起去见过周桓王,我再与你一起东行,打着周天子的旗号,同到纪国去访问。到了纪国,一路观察,你的目的不就实现了吗?不过,我还有个条件。那宋国作为殷商遗民的所谓公国,与我郑国相邻。他们不但对我郑国不敬,而且常常犯我边境,还流露出怀念殷商、不服姬周的情绪。你要先帮我教训一下这个宋国才行。"齐僖公闻郑庄公之言,不便立时反对。于是双方照这次谈话的约定而行。

他们一同去了周都洛邑，齐僖公疏通了郑庄公姬寤生与周桓王姬林的关系。随后，他们打着周桓王的旗号，名为去纪国访问，实际为齐僖公对纪国的军事侦查提供便利。

高度警觉的纪侯，岂能不知齐僖公的用意？就在他们访纪期间，纪侯以个别拜访的名义，悄悄去郑庄公下榻的馆驿，对他说："眼下，能与您郑国抗衡的，只有齐国。您帮助齐国，让他们灭了我纪国，就壮大了齐国的力量。他们反过来，就该和你们郑国作对了。我希望您郑庄公不要为虎作伥，助纣为虐，做出损人而不利已的蠢事。"

郑庄公听纪侯说得有理，就对之曰："这我心中有数。我和齐侯，不过是互相利用罢了。若他真敢侵犯你纪国，我姬寤生岂会坐视不管？"纪侯见达到了目的，也就放心地离去了。

第二十二回　趋利害郑国背盟　泄战机僖公抱恨

　　却说在访问纪国回来的路上，郑庄公姬寤生对齐僖公姜禄甫说："咱俩约定，让你帮我疏通与周桓王的关系，我帮你借访问侦查纪国的地形，现在已经实现了。剩下的，就是我们共同出兵讨伐宋国了。"

　　因有言在先，齐僖公不便自食其言，只好勉强答应。回头一想，又觉得自己刚与宋国结为同盟，出尔反尔讨伐之，心中愧疚，脸上无光，就想找一个垫背的国家，解脱自己。

　　齐僖公对郑庄公说："鲁国与我国有姻亲之好，又与你们郑国是同宗。我们不妨在伐宋时，叫上鲁国。"郑庄公赞同。齐僖公命王弟姜仲年前去通知鲁隐公姬息。

　　鲁隐公见姜仲年前来约请共同伐宋，就说："当年，我鲁国之祖周公姬旦和贵国之祖姜太公，在兴周灭商中同心同德，遂为忘年之交。二公曾约定，齐鲁要亲如一家，同甘共苦，互相帮助。而那宋国，正是被二公灭商后的殷姓残余。他和我们本是仇家，离心离德，背道而驰，水火不容。今齐僖公让你前来约我共同伐宋，乃是高看我鲁国。再说，还有我的同宗郑国参加，寡人更是要派兵参加了。"

　　于是，三国在鲁国的邓邑会盟，组成联军，共同出兵伐宋。齐僖公虽然不得不参与，但他率兵打到宋国边境，就以种种借口停滞不前。

　　很快，郑军夺取了宋国的郜邑、防邑，鲁军夺取了宋国的营邑。这时，郑庄公派人通知齐僖公和鲁隐公，到郑军驻地，商量作为战利品的这几个地方如何处置。三人见面，郑庄公当着鲁隐公就问："齐侯您看，我们应怎样分配这些占领了的城邑呢？"

　　齐僖公心想："我欲讨伐北邻的纪国，必须先与南邻的鲁国搞好关系,以免他们形成掎角之势,于我不利。我不妨借此机会,讨好一下鲁国。"

于是,齐僖公曰:"宋国的郜邑、防邑和营邑都靠近鲁国。鲁国又参与了共同伐宋。我看不妨把这三个城邑,都交给鲁国就近管理。我们郑、齐两国离此比较远,管理不方便。"

郑庄公听齐僖公这样说,不便反对,也就顺水推舟,向鲁国送了人情。随后,郑庄公又与齐僖公、鲁隐公商定了下一步对宋地的攻击目标。

宋国被联军打败,连丢三邑,尽归于鲁。宋庄公殷冯对手下人说:"他们侵犯我国的受益者是鲁国。我殷商之祖商汤传下来的最大镇国宝鼎,已在纣王遭灭后,被周武王迁去其陪都洛邑。寡人不妨把宋国现存的第二大鼎,送给鲁国,摆于周公之庙。以此让鲁国劝齐、郑两国共同撤兵。"

宋庄公派人对鲁隐公说明了此意。鲁隐公问手下的将士说:"此事可行否?"

有大臣曰:"昔武王得了商汤所传最大宝鼎,以为非吉祥之物,放在周都丰镐的太庙不妥,遂将此迁去洛邑。如我王把商汤所传第二鼎放在周公之庙,既违背祖制,也被天下人耻笑。"鲁隐公不听,遂接受此贿赂赃物,摆于周公之庙。

郑庄公见自己同齐、鲁伐宋,既没得到实惠,也未能主动讨好鲁国,就想了一个讨好鲁国的法子。他对齐僖公和鲁隐公说:"过去周天子让我们每年祭祀泰山,路途遥远,山路难行。我看不如把每年祭祀泰山,改为祭祀周公之庙。"鲁隐公当然高兴,齐僖公也只好赞成。随后,所谓三国联军就在鲁隐公劝说下,各自撤兵而回了。

这时,纪侯更感到了与鲁国联合的重要性,就主动带上夫人伯姬和叔姬,前去鲁国进行友好访问。

齐僖公知道后,又在朝堂与姜仲年商量对策。

姜仲年奏曰:"前者,北戎犯我大齐,王兄难以抵挡。盟国之君郑庄公派太子姬忽率军前来相救。姬忽英勇无比,生擒了那戎帅大良、少良及其甲兵三百,全部献于我齐国。我王欲以公主文姜嫁给姬忽,不知什么原因，却遭到拒绝。以我之见，不如把文姜许配给鲁隐公之弟姬允，以加强我们两国之间的亲密程度。"

齐僖公说："姬允是仲姬的弟弟、公子纠的舅舅。我把公子纠的姐姐文姜，嫁给公子纠的舅舅，这不差了辈吗？"

姜仲年曰："说差辈也算差辈，说不差辈也算不差辈。"

齐僖公说："此话怎讲？"

姜仲年曰："当年鲁惠公姬弗湟为长子姬息娶宋国之女为妻，本来是姬息的妻子。可娶进门来后，鲁惠公这个当公爹的，见儿媳妇貌美，就起了邪念。他不顾伦理，据自己的儿媳妇为己有，成了自己的姬妾，生下了姬允。你说姬允是鲁惠公的儿辈呢还是孙辈呢？"

齐僖公说："这事谁也说不清。反正论岁数，姬息与姬允整整差了一代人的年龄。"

姜仲年曰："既然是这样，我们为了和鲁国搞好关系，就别管他差辈不差辈了。"齐僖公允许，派姜仲年去办。

这些事情安排停当，齐僖公又在朝堂对姜仲年说："我们与郑国早就结成了同盟，又与鲁国和卫国互相结为了姻亲。在前者所谓的伐宋中，我们虚晃一枪，并没真正动手，未伤及其一根毫毛，宋庄公殷冯自然心中明白，我们与宋国的联盟并未破裂。现在到了联合讨伐纪国的时候了吧？"

姜仲年曰："现在那纪国北邻的燕国，我们还没有联络好。待臣弟出使燕国，劝其助我们一臂之力，或从纪国北部予以遏制，或派兵前来助我伐纪。这样，我们就对纪国形成了包围态势。"齐僖公准奏。

姜仲年去到燕国，燕国之君燕桓侯也正想交好南邻的强齐。他说："这个纪国，是我国的南邻，治国不力、治军不严。他们的游兵散勇，常常骚扰我国边境，抢夺我边民财物。我过去早就有心讨伐之，但苦于势单力薄，无能为力。你们大齐如果伐纪，我燕国甘愿出兵，鼎力相助。就请齐僖公确定出兵伐纪的日期吧。"

回来后，姜仲年向王兄禀报了燕桓侯之言，齐僖公大喜。于是，齐僖公就下书给那众多盟国或姻亲之国，请他们派兵前来助齐伐纪。

鲁国接到齐僖公的通知,鲁隐公非常重视,就召集群臣商议此事。只见有位大臣奏曰:"纪国与我鲁国乃是盟国,互为掎角之势。若灭了纪国,壮大了齐国,下一个被侵犯的,就是我们鲁国了。我王不但不能出兵助纣为虐,帮助齐国,而且要出兵帮助纪国,抵御齐国的侵犯。"

鲁隐公说:"靠我一国之军,恐怕难以抵挡齐国对纪国的侵犯。"

大臣曰:"东邻的莒国,与我鲁国和纪国乃是盟国。我王不妨写信告诉莒侯,让其出兵相助。"鲁隐公赞成,立即给莒侯写了信。莒侯接到信后,当即决定亲率莒国之兵,援助纪国。

事后,鲁隐公又说:"我鲁国之军加上莒国的那些个兵力,恐怕也难以抵挡齐军。我们必须联合强国才行。"

大臣又曰:"眼下郑国强大,一心想称伯天下,竞争对手首先就是齐国。现在郑庄公姬寤生已经过世,其次子姬突篡夺了长兄姬忽的君位,是为郑厉公。我王不妨写信告诉郑厉公,若齐国侵占了纪国,再回头侵占我鲁国,实力就会无比强大。这对他郑厉公实现称伯天下的宏伟抱负,是十分不利的。"鲁隐公准奏,遂亲笔写信,派大臣去送给郑厉公姬突。

郑厉公姬突见到来信,认为鲁隐公言之有理,就对使臣说:"今齐国果然要侵犯纪国。寡人自当亲自率兵,帮助鲁国,保护纪国。"

齐僖公知道后,非常生气地说:"郑国乃我齐国多年盟友,关系密切。现在,郑厉公姬突竟然违背与我大齐攻守同盟的约定,反过来帮助鲁国和纪国,真是人心莫测啊。"

当时那宋庄公殷冯、卫宣公姬晋、燕桓侯,接到齐僖公来信,均予响应,都亲率本国之军,按期前来助战。

这就形成了两大阵营:齐、宋、卫、燕四国伐纪之军和鲁、莒、郑三国抗齐保纪之军。

临战前,齐僖公对王弟姜仲年说:"现在伐纪的兵力已经集中,整装待发。我看到了给纪国下战书的时候了。"

姜仲年曰:"兵贵神速。用兵要出其不意,攻其不备,方能取胜。我们给纪国下战书,就等于给纪侯通了风报了信。他若早做准备,想出对付我们的计策，于我军不利。"

齐僖公说："眼下诸侯国互相征伐之惯例，都是要先下战书，历数对方之罪，方可出师有名，伐之有据。"

姜仲年曰："既然王兄决意下战书，那我们要在战书中历数纪国侵我边境、诬我君王、使我祖惨死等罪行。据此说个透彻。"

齐僖公说："那就由你来撰写战书吧。"姜仲年遂将战书写好，派人送去纪国，交给纪侯。

纪侯见到齐国所下战书，紧急召群臣商议对策。有一谋臣出班奏曰："我三国联军，不是那四国联军的对手。我王要想战胜他们，不能靠硬拼，只能靠智取。想当年，那姜子牙侵占莱国，用的是从其后面迂回包抄之计。我们不妨学一学这位姜姓同姓兴周灭商兵战之祖的战法。"

纪侯急问："爱卿可有具体良策吗？"

谋臣曰："朝堂之上，不是密谋良计之处，微臣需与我王各别计较。"

纪侯引那谋臣进入密室，说："密室之中，并无他人，爱卿就把你的妙计说与寡人听听吧。"那谋臣遂对纪侯如此这般说了一番。纪侯闻计大喜，照计而行。

到了战书约定之期，齐僖公令四国联军陆续渡过淄河，在淄河东岸摆下祭坛，祭拜天地，杀牲祭旗，誓师出征。

只见那齐僖公立于战车之上，高冠博带，一手举了青铜宝剑，一手拿着白色令旗，面部威严，大有横扫纪国三军之势。又见那姜仲年另乘战车，随在齐僖公之侧，全副戎装，一手举了青铜矛戈，一手拿着红木盾牌，威风凛凛，势不可挡。

齐僖公遂下令，让姜仲年率齐国军队为中军，燕桓侯率本国之军为左翼，宋庄公殷冯和卫宣公姬晋率军为右翼，一起向纪国杀去。

一时间，只听战鼓震天响，杀声动地吼。又见那人人奋勇，个个争先；劲风萧萧，旌旗飘忽，阴森森一片，发出呼啦啦响声；路途沉沉，滚动战车，凄惨惨一路，碾下千万条辙痕。真像那阴云密处降天兵，罗刹殿里来鬼神。

联军冲到纪国军队前，两军展开了混战。不过片刻，就听纪国军队鸣锣收兵，向东溃败。齐僖公见此，遂令旗一挥，高喊道："人人向前均有赏，谁敢退后吃一刀。"将士闻此，军心大振，勇往直前。

齐僖公正在得意之时，却忽听从联军背后南侧丘陵树林中，传来一阵战鼓震响之声，只见从那边杀出众多人马。原来是那救纪的三国联军主力，从四国联军身后杀来。此时，那先前佯败的纪国军队，亦反身杀回。这就对四国联军形成了两面夹击。

齐僖公见腹背受敌，进又进不得，退又退不得，南部是山区，无路可走，遂指挥四国联军，向北撤退。纪侯见此，挥动帅旗，指挥三国联军向北追杀。那四国联军落在后边的将士，连连被斩杀。

这时，姜仲年顾不得许多，保护齐僖公，带领四国联军，自北再转向西南方向，退回了齐国。

姜仲年对齐僖公曰："眼下出师不利，一时不能再征纪国，就让宋、卫、燕三国之军暂且回去，待日后再作计较吧。"

齐僖公说："要告诉宋庄公、卫宣公、燕桓侯，此次败绩，乃我举措不当，与他们无干，我们仍要感谢他们。倘若日后他们有战事，我们自当出兵相助。"

齐僖公又对姜仲年说："那日，悔不听王弟之言。下那战书让纪侯有了喘息时间，设谋大败我军。战书给纪侯通了风报了信，遂长了他人志气，灭了我姜禄甫威风，教训着实惨痛。"

齐僖公还说："父王庄公和我一生殚精竭虑，费尽心血，积蓄力量，就是为了消灭那仇敌纪国。现两代人夙愿落空，我心情十分沉重。"

不久，齐僖公病倒了。王弟姜仲年想尽一切办法请人为齐僖公诊治，并派自己的儿子公孙无知日夜守候在病榻旁，随时照顾，却未能使齐僖公病情好转。

这时，齐僖公把太子姜诸儿叫到床边，当着王弟姜仲年和王侄公孙无知的面，对太子姜诸儿说："治理齐国，为父全凭你王叔赞襄。我本欲把君位传于他，但又怕坏了周礼规矩，这才立你诸儿为太子。为了表彰仲年的功绩，今我下旨，让其子公孙无知享受与太子同等的生活待遇。先王庄公特别宠爱无知这个孙子，大家这才称他为'公孙'无知。这样做,也遂了先王当年的爱孙之愿。"

齐僖公责令有关官员予以落实,给了公孙无知如同太子一样的服饰和俸禄。

强熬了数月,齐僖公知道自己不久于人世,就把姜诸儿、姜纠、姜小白和公孙无知都叫到床前,用微弱的声音说:"我姜姓子孙,传承数代,必欲报那纪国潜杀我祖哀公之仇。因我不听王弟之言,遂功败垂成。现我即将含恨离世,特把尔等召来,要你们再接再厉,百折不挠,誓报此仇。否则,就算不得我姜姓子孙!"

第二十三回　捡黄金管鲍互让　感恩师共同受教

话说在春秋时期，齐国首先称伯，即首先称霸天下诸侯，成为五霸之首，靠的是三位人物：一是宽宏大度的齐桓公姜小白；二是经济学家、法学家和提倡改革开放、富民强国、依法治国、和平外交、华夏一体的先驱管仲；三是知人善任、大公无私、唯才是举的齐国大夫鲍叔牙。

公元前七百多年前，在今中国安徽省颍上县颍河边的鲍家庄和管家庄，先后诞生和养育了鲍叔牙和管仲这两位中华民族的杰出人物。管仲与鲍叔牙学有所成后，认真分析了当时各诸侯国的情况，认为到齐国去最有进身和发展前景。他们高瞻远瞩，毅然带上双方长辈来到了齐国。在高傒、国懿仲二位世袭命卿的推荐下，步入了仕途，做了齐僖公三个儿子的师傅。后来，他们在这里做出了一番逆袭世界两千六百多年，治国理政、称霸天下、维护华夏的宏伟大业。

回头再说在颍上之地的鲍家庄村头，美景如画、远山似黛，清澈的颍河水涓涓流过沙滩。忽然间，旭日东升，晨烟散尽，从鲍老爹家的深宅大院里，传来一声响亮的啼哭，一个新的生命呱呱坠地了。

鲍老爹听接生婆说："恭喜！恭喜！夫人给你生了第三个儿子。"

鲍老爹很高兴，为图吉祥，就去找本村有文化的教书先生给孩子起名。

先生见到了鲍老爹，知道他的来意后，就问："请问你家姓什么，祖上是何人？"

鲍老爹答道："我家姓姒，本是大禹的后裔。我的祖宗当年从颍上前去侍奉齐国之侯，因建有功勋，被齐侯封为大夫，将齐国的鲍地作为我祖上的食邑。我家因食邑在鲍地，遂被齐侯赐姓为鲍。后来，为避齐国内乱,我祖上就携带部分细软财物,领着全家回到咱们颍上老家来了,过起了与世无争、繁衍生息的平民日子。"

先生听后,知道鲍老爹乃大禹和齐国大夫之后人,就肃然起敬,另眼相看。他问:"作为名人之后,你看你这孩子的生相有什么特征呢?这孩子是老几呢?"

鲍老爹道:"接生婆不让我进产房,怕他们母子受风。我还没见到孩子的模样,只是在外面听到孩子的哭声特别响亮。这孩子是我的第三个儿子。"

先生说:"幼子初学说话,谓之咿呀学语。咿者喃喃,呀者锵锵,所谓铿锵有力也。我看就叫他'呀'吧。但有口字旁是象声词,可把此去掉,单叫一个'牙'字。男孩子不就是叫'伢'子吗?什么二伢子、三伢子的。就连兴周灭商那号称'兵圣'的大周军师齐太公姜尚,不也是叫姜子牙的吗?你家姓鲍,此子生为老三,应称叔。我看就叫他鲍叔牙吧!"

鲍老爹觉得有理,就给儿子定下乳名叫"伢子",学名叫"鲍叔牙"。

在鲍家庄相邻不远处,有个管家庄。这管家庄亦面临颍河,其村头景象一如鲍家庄。鲍叔牙出生两年后,某日正逢午时,艳阳普照。这村内有个叫管庄的人,从其破旧陋室里,也传来一阵响亮的哭声,又一个新的生命诞生了。

接生婆对管庄说:"您妻子谷氏,婚后九年不孕。如今终于生了个男孩,真是喜得贵子呀!"管庄闻此,自是喜出望外。

因管家庄村穷,请不起教书先生,管庄就喜滋滋地跑到邻村去找鲍家庄的教书先生,请其指点,给儿子起个吉祥之名。

教书先生问:"不知你们家贵姓,先祖是谁?"

管庄答道:"我家姓管,先祖乃是管叔鲜。"

教书先生曰:"周成王时,管叔鲜作为周成王的三叔,认为老四周公姬旦辅政,会篡权自代,就挑动武庚的殷禄父对周王室造了反。后来被齐太公姜子牙和周公姬旦率兵镇压后,不是斩杀了那管叔鲜吗?"

管庄道:"我们的祖宗管叔鲜当时被斩杀,他被封的管地不存在了,可是不等于我们这些他的后代们也不存在了啊。当时不是没把我们管氏满门抄斩吗？只不过我们管氏没了封地，后世子孙们只好遍居于天下罢了。"

教书先生闻此，叹曰："虽然你们的祖宗管叔鲜被杀，可你们毕竟是周文王的后代，仍不失为姬周后裔之贵族啊。"

管庄道："既然先生这样抬举我管氏，那就请您给我这个作为管氏后裔的儿子，取个名和字吧。"

教书先生问了这孩子的生辰八字，翻开历书和相书一看，不禁一拍大腿，连声道喜，把个管庄弄得莫名其妙，忙问："喜从何来？"

先生正襟危坐在太师椅上，斯斯文文、郑郑重重地曰："此子生辰八字奇特。今日正逢农历'芒种'，我看乳名就叫他'芒种'吧。至于今后的学名，那就是深不可测的了。因为今天是周平王三十六年的五月初一，又正逢夏历的午年、午月、午日、午时、午刻，有五'午'巧合之大吉。方家说，'人生占有五个午，不是龙来就是虎'。这样一身兼备五月、五午之生辰八字的人世间罕见。我看就叫他'一五'吧。"

管庄说："什么一五、五一的，我听着有点俗气和别扭呢。"

先生曰："所谓'一五'者，即一人兼有五月、五午之意也。若你嫌俗气，可取其谐音，名曰'夷吾'。这个管夷吾有五午之命，所谓'午'，又谓之马。午即是马，马即是午，五午即是五马。此子日后必善于驾驭，乘马驱车，出将入相，前程无量。他生于五月的'芒种'，既然乳名叫芒种，我看其字也可叫'种'或谐音'仲'。你家姓管，'管种'者，管理天下种地的黎民百姓，乃为黎民百姓父母官之吉兆也。我早就说，颍上有高山之俊美、颍水之灵秀，物华天宝，必是人杰地灵！"

管庄听先生一说，心中豁然洞开，高兴得如同腾云驾雾一般。遂定孩子乳名叫"芒种"，将来学名叫管夷吾，字仲。

转眼鲍叔牙已六岁，小芒种已四岁。因他们是邻村，又在颍河的同一侧，在跟随大人到河边沙滩戏水时，互相认识了。

鲍老爹对鲍叔牙说："伢子，你这个芒种弟弟的父亲姓管名庄，曾经在咱家当过管家，你应该称其为管叔叔。芒种是你管叔叔的儿子，你应该把他看作自己的亲弟弟。他们的祖宗管叔鲜，是周武王的三弟，乃周王室姬姓之同宗。因为后来的时局动乱，他们管氏有一部分后代避难来到了我们颍水。你要好好照顾这位小弟弟呀！"鲍叔牙见这位小弟弟聪颖可爱，于是连连点头称是。

此后，鲍叔牙常主动去邻村领小芒种到河边玩耍。一来二往，两人就成了好朋友。鲍家家境富裕，管家家境贫寒。鲍叔牙经常送给这位小弟弟美食好衣，管仲自是内心感激。

四年后，鲍叔牙年已十岁，管仲也已八岁。二人事前早已约好，某日到河边渔翁那里请教垂钓之法。是日，鲍叔牙早到，但整整等了一上午，却不见管仲到来。他想："芒种弟弟历来是守约、守信、守时的呀！今天不能按时到来，一定是家中有事。我不妨前去看看。"

鲍叔牙来至管家庄村头，但闻村内传出哀痛的哭声。循着哭声而去，却见正是管仲之家。鲍叔牙急问该村之人，乡亲们说："伢子，你那芒种弟弟的父亲管庄，今天早晨因病去世了。撇下一对母子，娘俩今后可怎么活呀！"

鲍叔牙闻听，觉得事关重大，回头跑回了自己的家。他一把抓住父亲鲍老爹的手，就往门外拽。他一边拽，一边哭着说："爹呀，您快去看看吧，我那芒种弟弟的父亲管庄叔叔今晨因病去世了。他们家境不好，村里人说，今后母子俩无法生活。"

鲍老爹一听，随即返回门内，从正堂内取出一锭银子，与鲍叔牙一路狂奔，来到了管仲的家。管仲母亲谷氏见到后，立即挽了芒种给鲍家父子磕头。父子俩将他们双双扶起，含泪走到管庄灵前，少不得跪拜祭奠，痛哭一场。随后，他们与谷氏共同商定了出殡日期。

鲍老爹把银两交给谷氏，说："这点钱，先为管庄老弟办丧事。至于你们母子日后的生活来源，自然会由我鲍家承担。"然后，他又叮嘱鲍叔牙留下，陪伴管仲为父守丧，好生照应，自己遂回鲍家庄去了。

却说鲍叔牙陪管仲守完丧后，仍不忍心离去，又在管家照应并安慰了好几天，方才告辞。

时隔不久，正逢梅雨季节，鲍叔牙担心管仲在家苦闷，就又去管家庄拉管仲同去颍河边观看汛期的大水。

他们来到河边，鲍叔牙见大浪冲出一物，呈黄色，就指给管仲看。管仲看到后，迅速奔向那物，剥开淤沙，原来是一大块沉甸甸的黄金。他二话没说，搬起这块黄金，径直朝鲍叔牙走来，一把塞入其怀。

鲍叔牙说："黄金是你掘出来的，应该归你。你塞给我干什么？"

管仲曰："黄金是你发现的，就应该归你。"

于是，二人互相谦让，推来推去争执不下。这时，恰逢鲍家庄的教书先生也来河边观潮，把这二人的所作所为看得清清楚楚，不禁心中一阵欣慰和赞许。

先生走到他们面前说："你们两个的乳名、学名和字都是我起的。今天，我觉得你们这两个娃娃，不负我望。浮财乃身外之物，然德乃修身之本，智乃立身之宝。既然你们互相礼让，我看就谁也别争了。回家和你们双方长辈商量一下，不如把这块金子用来办个私塾学堂，由老夫教你们念书、学艺。你们若能熟读经卷和兵书，练就骑射等六艺本领，将来就有望成为国家的栋梁。"

二人一听，觉得先生此言有理，于是相视一笑，把黄金交给了老师，各自回家禀报长辈去了。

鲍老爹听鲍叔牙一说，正中其怀，就说："我见你们年龄渐长，就想单独出资办私塾，请先生来教你和管仲念书、练艺。今天又天公作美，让你们捡到了黄金，此乃天意也。"他遂让鲍叔牙前去管家庄与谷氏说明办私塾之事，让管仲翌日就来鲍氏私塾学习。

喜从天降，谷氏立即应允。她得到了鲍家的供养，吃穿不愁。今孩子又捡到了黄金，有了学费。管仲能与鲍叔牙结伴而学，她心中自是高兴，遂一心望子成龙。

却说这教书先生，原来是位不得志的饱学之士，且精通兵法之书，熟稔骑射等六艺之术。他见今有了培养对象和用武之地，就下决心专心致志教育这两个学生。

鲍叔牙与管仲自小亲密无间，现在又成了同窗好友，自是互相鼓舞，砥砺成长，常常在恩师指导下切磋学问、兵法和武艺。两人读书、习武都十分用心和勤奋。每日，管仲总是天不亮就从管家庄赶来，喊鲍叔

管鲍同学

牙起床,共同进行操练。

鲍叔牙说:"我们如此辛苦,却为何来?"

管仲对曰:"古人说得好,'恐鹈鴂之先鸣,望崦嵫而勿迫'。我们要闻鸡起舞,夜以继日,惜时如金。这样,才能逐步走近我们报国为民的人生目标。正所谓,有志者事竟成也。"

鲍叔牙点头称是,表示赞同。但在恩师的测试中,鲍叔牙的成绩往往不如管仲。当兄长的,反而要向学弟请教。

第二十四回　学有所成共谋事　管鲍出任公子傅

寒窗十年共读，鲍叔牙已经二十岁，管仲已经十八岁。一日，二人私下商量后，禀报恩师："先生谆谆教诲我俩十个年头，对我们的耐心和关爱不亚于我等父母。今先生年事已高，吾侪业以成人。我俩欲离开私塾，到社会上去闯荡闯荡、历练历练。"

先生见二人主意已决，也就顺水推舟，表示正合老师的想法。

二人商量，社会历练不妨先从经商开始。经商的费用，自是鲍家所出；经商的地点，先选在大河之南繁华的南阳城；经营的商品，无非安徽颍上特产茶叶、蚕茧之类。

某日，两人用两匹马驮了商品，各牵一匹，向南阳城而去。来到南阳，二人摆下摊位，大声叫卖。当时的达官贵人不拿商人当回事，将其看作下九流之辈。初来乍到，当地士民根本不把他们放在眼里，对其商品挑来挑去，说三道四。

管仲据理辩解，却被他们多次侮辱。管仲自恃有才，哪受得这般委屈，就想打退堂鼓。晚上回到客栈，鲍叔牙就以兄长的身份开导他说："俗云，不做人下人，难当客上客。贤弟要学会忍耐。"

一来生二来熟，过了一些时日，买卖逐渐红火了起来，每次带来的商品都被争购一空，他们掘到了第一桶金。二人请银匠把所挣的碎银两铸成了两个元宝，不料一个大了一点，一个小了一点。待到分银时，管仲却先要了那块大一点的。鲍叔牙心中明白，管仲是长期依靠他鲍家，穷怕了，于是便装作不知大小。

连续跑了两年南阳，二人都发了点小财。鲍老爹说："孩子们，我岁数大了，想把管理鲍氏家业的事交给你们俩。管仲，你就像当年你父亲一样,来当我们的管家吧!"

管仲觉得这样就不用再辛苦跑南阳了,于是欣然领命。管仲家境贫穷,哪里曾管理过什么家业。再说他胸怀大志,哪有心思管理这些家长里短、鸡毛蒜皮的琐事呢。他当了半年管家,竟使鲍家进钱少,出钱多;成事少,败事多。于是管仲就主动辞职,回家赡养老母亲去了。鲍叔牙心中明白,老父亲是拿管仲这个大才而小用了。

窝在家中没有出路,不是长久之计。于是管仲找到鲍叔牙,欲拉其一起去当兵。

管仲说:"我们跟老师学了十年兵书和骑射等技艺,无非是战争中的奇正之术和骑射御敌之法,不当兵就施展不出来呀!说不定我们在军伍中能混出个人样来。"其实,鲍叔牙也早有此意,二人一拍即合。

有一天,一支混战中的诸侯国部队招兵买马。于是,管鲍二人欣然应征。入伍后,接连打了三仗。每次,鲍叔牙都冲锋在前,管仲却随波逐流,畏缩不前。待到第三次打仗时,鲍叔牙回头更是不见管仲。

战后,双方伤亡惨重,鲍叔牙生还了回来。他去管家庄,欲向管仲老母亲谷氏说明管仲失踪之事。进门之后,孰料管仲已坐在母亲面前,给老人家喂汤喂饭。

鲍叔牙问其失踪原因。管仲曰:"这些人打仗,不是为了黎民,而是为了满足诸侯的私欲。他们争权夺利,并非义战。为这样的战争牺牲,我认为不值得。因此我临阵逃脱了,免得老母亲在家无依无靠。"

鲍叔牙觉得此言有理,于是一笑了之,并说:"我以后也再不去做这种有无谓牺牲之险的傻事了。"

一日,鲍叔牙来找管仲说:"既然现在诸侯无义战,我们可以不当兵。可又怎么能实现我俩为黎民百姓谋福祉的愿望呢?"

管仲曰:"我已想好了。听人说东北方的齐国,开放国门、招贤纳士、举贤尚功、唯才是用,考查录用有才学之人。他们现已逐步发展和强大起来。我想和你一同带上双方老人,到那里去谋点差事,也好实现我们的志向。"

鲍叔牙听后十分高兴,急忙回家找到父亲,与老人商量去齐国的事情。

鲍老爹说："我们鲍家的先祖本为姒姓，后去到齐国建功立业，被当时的齐侯封为大夫，赐为鲍姓。在齐国三兄弟哀公、胡公、献公三公之乱后，我祖不满献公之孙齐厉公姜无忌的昏庸无道，就同情回国造反的胡公之子。胡公之子和其他七十名敢死队队员，在造反中失败，皆遭残杀。齐厉公姜无忌在混战中被杀，其子齐文公姜赤继位。我祖怕遭齐文公迫害，就返回了我们颍上老家，过起了与世无争的富足生活。"

鲍叔牙问："如果到了齐国，祖上的这段历史，对我们有利呢，还是不利呢？"

鲍老爹说："听祖上说，他在齐国时，与那里的两位姬姓命卿高氏和国氏十分友好。说起来我们鲍氏与高氏、国氏应是世交。我们去后，可投奔这两家。"

鲍叔牙道："那管仲老弟去后，可谓是举目无亲。"

鲍老爹说："非也。他们管氏的先祖，本是大周同宗。而那高氏和国氏同他们一样，都是姬姓的后代。管仲去后，更可以登门投靠，求同宗之人相助。"

鲍叔牙道："这样就太好了。"

于是，管鲍两家遂选就黄道吉日，一起出发投奔齐国。他们男人骑了鲍家之马，女人乘了鲍家之车，并带了鲍家几位愿意跟随的家丁和仆人，顺官方大路向齐国而去。好在那时诸侯国之间关卡不严，最多不过贿赂守关兵丁们一些银两。兵丁们见是平民车马，并无军械，也就一概放行。

行程半月，他们来到了齐国。经打听，知道承袭齐国命卿之职的一位是高氏的高奚，一位是国氏的国懿仲。鲍老爹领了管仲和鲍叔牙，先来到高奚府上。通名报姓后，立即受到了高奚的热情接待。鲍老爹向他说明来意，介绍了管仲和鲍叔牙拜师学习之过程，还有他们那历练社会之经历。高奚与管、鲍这二位后起之秀，交谈了好长时间。

高奚对他们说："今齐国宫内有三位公子，分别叫姜诸儿、姜纠、姜小白，又称公子诸儿、公子纠和公子小白。公子诸儿是长子，已被立为太子;公子纠是老二;老三是公子小白。最小的公子小白也已经十二岁了。原本有两位教公子学习的师傅，但教得都不好，我王很不满意。我听管仲和鲍叔牙二位之言谈，皆乃饱学之士，且胸怀大志，德才兼备。"

鲍老爹问："高命卿是想高抬他们，推荐他们去做王室公子们的师傅吗？"

高奚曰："正是。昔我高氏之祖与您鲍氏之祖乃是挚友，我们是世交;管仲又是我的同宗。我推荐他们二位做三位王室公子的师傅，是完全应该的。但是要通过考试、应答，由现在当政的齐僖公最后确定才行。若被选中，成为公子们的新师傅，既是二位的进身之路，也是我们作为世交之谊的鲍氏后人和我们姬姓后辈的荣耀。"鲍老爹、鲍叔牙和管仲听后，自是喜出望外，连连称谢。

高奚怕一个人推荐力度不够，就带着三人同到国懿仲府上。高奚向国懿仲介绍了这三个人，并把三人的来意说明，还把自己的想法告诉了国懿仲，请他与自己一起作为举荐人。国懿仲又与管仲等三人交谈良久，认为高奚的想法可行，就答应与高奚一起进宫举荐管仲和鲍叔牙。随后，高、国二人为他们三人安排了食宿，让他们静候佳音。

通过两位命卿竭力举荐，当时执政的齐僖公姜禄甫恩准管仲和鲍叔牙入宫。在文试、武试、殿试等程序中，管仲和鲍叔牙均取得了极佳的成绩。齐僖公又见这二人文质彬彬、相貌堂堂，且学富五车、才高八斗，就欣然任命他二人做了三个儿子的学业老师。这样，管、鲍二人的职位和生活也就安定了下来。

他们在齐国的左邻右舍见二人被王宫录用为公子傅，又一表人才，就纷纷为他们说起媒来。鲍老爹和谷氏更是盼儿成家，早添人丁。于是，选来选去，二人在同一年娶妻成家，倒也快活了数年。

齐僖公共有三个儿子。一个是夷女王后所生的姜诸儿，被立为太子;一个是鲁女仲姬所生的姜纠，即公子纠;一个是卫女所生的姜小白，即公子小白。这三位公子，日后围绕争夺王位，引发了一系列跌宕起伏的历史事件。

姜诸儿自恃王后嫡出、国之太子，就常常做出一些违规背礼的事情来,尤其是与他那貌美的妹妹文姜,整日厮混在一起,引出各种猜测和非议。

管仲既为公子傅,就根据人们的议论,对姜诸儿曰:"太子贵为储君,自当恪守周礼,洁身自好,为天下作出表率。微臣听人们对太子多有微词,长此以往,会降低您当太子的威望,也会给您日后继位带来影响。"

姜诸儿说:"管师傅听到的这些传闻,都是捕风捉影的无稽之谈。俗话说,'雅士要听鸡凤之音,莫听狐兔之叫'。有些个朝内之臣,不图作为,坐享俸禄。他们闲得难受,就想编出些绯闻,危言耸听,既想引起人们对其之关注,又欲借此以快自己那空虚之心。"

管仲曰:"话虽如此,但人言可畏。闻过则喜,有则改之,无则加勉。"

姜诸儿说:"我身正不怕影子斜。管师傅也听信那些谣言吗?那些个流言蜚语岂奈我何? 我最讨厌的就是世上那些随波逐流之人。"

管仲见姜诸儿不接受建言,拒不认账,打肿脸充胖子,醉死不认那四两酒钱,也就不好再说些什么。

第二十五回　管夷吾家残于齐　鲍叔牙辅佐小白

且说管仲规劝姜诸儿后，这个自小心胸狭窄、我行我素、恣意妄为的太子，认为管仲干扰了他的私生活，实在令人讨厌，遂把其视为眼中钉、肉中刺，就处心积虑想寻机报复。

一次，姜诸儿禀奏父王齐僖公说："现我大齐国库主管钱粮的人，管理很混乱，引起了王公大臣们的不满。我的老师管仲，精明干练、事无遗算，又善于管理。我看委派他去管理钱粮，可皆大欢喜。"齐僖公应允。这实际上是姜诸儿之计，欲让管仲离他远一些。

掌管钱粮可不是个好活儿，要应付那些达官贵人的各种要求。

有一天，姜诸儿唆使其母来找管仲。王后说："我正宫之内豢养的侍女众多，卫士成群，钱粮开支较多，且你的学生太子诸儿又要置换太子服和太子仪仗，需要钱粮就更多了。现我正宫入不敷出，还请管师傅多拨钱粮，以充无米之炊。"

管仲曰："我王各宫的规制和开支，都是僖公钦定的。我的职责只有对国库钱粮的看管权，没有对钱粮的支配权。"

王后说："我乃僖公之王后，亲自来找你，就等于僖公亲自而来，难道你想抗旨不遵吗？"

管仲曰："只要王后拿来僖公一纸手谕，管夷吾自当遵旨而行。"

王后一听，怒道："你这样一个看管钱粮的小吏，竟敢不遂我愿，难为本后。我要到僖公那里去告你。"

王后说到做到，竟不顾礼仪，径直去朝堂找齐僖公。她当着众臣的面，就对夫君哭诉："我身为大齐王后，可那管钱粮的小吏管仲，竟敢顶撞我。"齐僖公不以为然，王后大闹朝堂，使齐僖公丢了君王之尊。

恰在此时,有好事之人将这事告诉了公子纠之母仲姬。这仲姬自恃鲁国公主,从来没把那姜诸儿之母放在眼里,凡事都与之对着干。她听说王后在朝堂闹事,让僖公难以下台,就气冲冲地赶到王宫,不问青红皂白,上去就用手扯那王后发髻,并用脚揣其下身,高声说:"你这个边夷贱女,不懂规矩,竟然不顾廉耻,大闹朝堂。今天本公主就教训教训你这个泼妇。"两人在朝堂内,当着众大臣之面厮打起来。

群臣都上前劝架。谁料仲姬又对着群臣一阵拳打脚踢,并骂道:"你们齐国这些当臣子的,也和那泼妇一样,不懂礼节。王后在朝堂大闹,尔等就应劝谏我王立即将其赶出王宫。可你们谁都不敢维护周礼,朝廷要你们这些废物有何用?"

见此情景,有的大臣背后议论曰:"虽然我王英明一世,却也有那糊涂一时的时候。他怎么娶了素质这么低下的女人当了王后和姬妾呢。"

又有大臣说:"这事不能一概而论。我王娶的那卫国夫人,不就是知书达理、和蔼可亲、宽宏大度、颇具妇德的吗?"

还有的大臣曰:"俗话说,'龙生龙,凤生凤,老鼠生儿打地洞'。你看这王后,因为自身素质低,生得那儿女也是或淫或荡;你看那仲姬,生得那公子纠,也是仗势欺人得很,没把我们群臣放在眼里;你看那卫夫人,生得那公子小白,虽然年少,却也颇具其母之风。"

无论如何,这管仲照章办事,坚持原则,毅然拒绝了王后的无理索要,就更引起了姜诸儿母子的愤恨。于是,王后吹枕边风、诸儿奏父王事,弄得齐僖公心烦意乱。他想来想去,觉得不如让管仲另换个差事。

某日,齐僖公外出狩猎,所乘马车的辕马受到惊吓而狂奔,把国君摔下车来,众臣少不得要怪罪驭手。于是有大臣对齐僖公曰:"依微臣之见,应该撤换那管马的司围官。"

姜诸儿见有机可乘,就紧随大臣之后说:"父王。我那师傅管仲,钱粮虽没管好,但他身强力壮、双目睿智、行动敏捷。孩儿觉得可让他去管理马匹。"

齐僖公正愁着怎样为管仲安排新差事呢。听太子一说,他立即顺水推舟,曰:"今寡人任命管仲为管马的司围官,可称为围管,替换那位不称职的前任。"

管仲接了圉管之职。可他心不在管马,而在于理政治国,就利用自己的这一身份,结交了许多配备马匹的军政大臣。

虽为王室管马,但管仲仍有机会见到姜诸儿。出于为国为民之公心,又曾是王子的师傅,就照旧寻机规劝太子。

管仲寻了一个机会,又劝导姜诸儿:"眼下,我们大齐实行庄僖之治,秉承姜太公治国理念,使国力大增。现周室衰微,多国诸侯都想发号施令,争伯天下。我大齐也有此宏伟目标,但竞争对手颇多。这就像在江中顺风行舟,众船竞发,不进则退。尤其是那纪国,世代与我们大齐作对。自哀公遭纪侯诬陷惨死后,遂成大齐之世仇。太子之先人,无不以报此仇为己任。我王僖公虽年事已高,仍以报此深仇大恨为目标。太子将来是要继承王位的,你要认清形势,严以自律,自我加压,多学那治国理政之道,将来好有所作为,既要争取称伯天下,又要为你们姜姓祖宗报仇雪恨。您任重道远,职责非凡,千万不能混同于普通的纨绔子弟啊。"

这番苦劝,是因为管仲对姜诸儿寄予厚望。他认为将来承袭国君大权、管理齐国,富民强国、争伯天下、报哀公之仇的人,应该是这位太子姜诸儿。

姜诸儿表面应允,实则又加深了恨意。

某日,姜诸儿找到自己的一个亲信,如此这般交代一番。不过数日,管仲所管的齐僖公良马,就无缘无故走失了一匹。齐僖公最爱此马,闻听丢了自己的宝马,十分生气。

姜诸儿随即抓了管仲丢失马匹的这个过错,对父王说:"孩儿过去高看了那管仲,看来这人是金玉其外、败絮其内。他只会纸上谈兵,却一件实事都做不好,玩忽职守、心不在焉,连个马匹都管理不了。我看就让他暂且停职,回家反省反省再说吧。"齐僖公准许。

管仲被免职,卷铺盖回到家中。他所娶妻子本是王公贵族之女,已为他生有一子。她见管仲落魄至此,就说:"没想到我作为贵胄之女,却不长眼嫁给了你这样一个窝囊废。好不容易被人举荐,有了这点官职,你不但官越做越小、越来越不受人器重,而且现在干脆被免了职。你没了官位，又不会种地、做工，沦为了个贫民混混。我怎么能和你这种人过下去呢？我要带上孩子离开你，请你给我写下休书，咱们从此一刀两断，互不相干。"

管仲不依，她就砸锅摔盆，日夜闹腾。见她去意已决、不可强留，管仲也就被迫无奈写下休书，任凭其带着儿子绝情而去了。

鲍叔牙知道后，立即来看望和安慰挚友，却见管仲心态平静、面无忧色地说："人各有志，不可勉强。她见我正在落魄之时，就心狠手辣、伤口加盐、落井下石，残我圆满之家。这样的人，非我侪同道之人。人生百年，若与这种人天长日久，没有共同语言，哪有幸福可言？还不如顺其自然，随她而去的好！"闻此，鲍叔牙更加佩服这位老同学的心理承受能力。

鲍叔牙替管仲打抱不平，就去找高奚、国懿仲二位命卿，把事情的前前后后、来龙去脉，原原本本说了一遍。

又逢上朝，高奚、国懿仲二位命卿出班奏知齐僖公。齐僖公听此缘由，也觉得对管仲不公。于是下旨，再次任命管仲为公子傅，但不再当姜诸儿的傅臣，而是与一位名叫召忽的同僚，共同当公子纠的傅臣。同时，也重新任命鲍叔牙专当公子小白的傅臣。

退朝后，鲍叔牙心想："僖公偏心，让管仲和召忽辅佐已成人的公子纠，却让我一人去辅佐年纪尚轻的公子小白。这是对自己的轻视，把我看作无能之辈。"

鲍叔牙虽不敢当面抗旨，但想了一个解脱之计，自言自语道："我不免在家装病不出，看你僖公耐我者何！"

管仲闻听此事，知道老朋友在闹情绪。他就登门劝鲍叔牙说："我观察三位公子，小白虽然年轻，但其为人大度，不计较小事，且尊重师长，善于听从规劝。他的这些优点，只有我管仲心里明白并且看中和理解他。再说，公子纠的母亲自恃鲁国之女、姬姓之后，在王宫争风吃醋、横行霸道，他们母子很不得高、国二位命卿和群臣的支持与拥护；而小白的母亲作为卫国之女，为人宽厚大度，深得上述诸臣的拥护和爱戴，且卫姬因病早亡，人们无不同情小白。再说，太子姜诸儿行为不端，日后由谁来担当王位还很难说。我看你还是领命的好。我傅公子纠,你傅公子小白,若日后出现意外变故,我俩也好互相有个照应。"鲍叔牙觉得管仲言之有理,就领旨做了公子小白的傅臣。

某日临朝,齐僖公对群臣说:"寡人的三个儿子,小白最少。他出生时皮肤白润,寡人就爱称其为小白。他从小聪明伶俐,很讨寡人喜欢。其生母卫姬,不幸因病早逝。寡人怕他日后无依无靠,受人欺负。今我命高氏命卿高傒和国氏命卿国懿仲兼当小白之傅,作为其内辅;寡人还要派人出使我姜姓祖地的莒国,拜托莒国国君也当小白之傅,是为其外辅;爱卿鲍叔牙,专当其随身辅臣。"

这为公子小白日后继位为齐桓公,发挥管仲和鲍叔牙的作用,实现齐国称伯天下的宏伟霸业,打下了基础。

第二十六回　姜诸儿朝堂论鲁　乱人伦文姜赴齐

却说齐国第十三任君侯姜禄甫去世后，第十四任君侯姜诸儿于公元前 690 年继位，号为齐襄公。这正逢周桓王和周庄王交替之时。

齐襄公姜诸儿面对初步强盛起来的齐国，沾沾自喜、不思进取、高台广池、吃喝玩乐、唯女是崇、沉湎酒色、嗜猎杀生、懈怠朝政、横征暴敛、鱼肉黎民。他趁鲁国鲁桓公姬允携夫人文姜访齐之际，与其妹文姜旧情复发，通奸乱伦。被鲁桓公发现后，姜诸儿设计灌醉鲁君，派大力士彭生在送其回馆舍的车上将其残忍杀死。这引起了鲁国的强烈抗议，姜诸儿只好拿自己的心腹彭生当了替罪羔羊，予以割舌、斩首。但他瞒不住实事，引起了鲁国和齐国内内外外、上上下下的强烈愤慨。详情且看本回分解。

某日，齐襄公姜诸儿同群臣在朝堂谈论起鲁国。

齐国命卿高奚曰："这个鲁国，口口声声高喊周礼。依我看，他们做事却言行不一，与周礼大相径庭。那鲁惠公姬弗湟作为鲁国国君，为长子姬息娶宋女为妻，却霸占了儿媳妇的乱伦行为，就是一个明证。"

齐襄公说："若说同辈乱伦，还有情可原。这样隔辈乱伦，真是乱上加乱。"

高奚曰："后来，这宋女为鲁惠公生下了儿子，取名姬允。惠公宠爱宋女，就立其为王后，立幼子姬允为太子。"

齐襄公说："这个美女，本是鲁惠公的儿媳妇，却为公爹生了孩子。姬允本来应该是个孙子，却变成了儿子。在我们齐国，这叫'儿孙子'。"

命卿国懿仲接着话茬说道："鲁惠公驾崩时，因太子姬允年龄尚幼，群臣就拥立姬息为君，是为鲁隐公。所谓'隐'者，乃是隐于太子之侧，代为掌权，替太子执政之意也。当时，年幼的太子姬允尚且不知争权，临时执政的鲁隐公姬息也无意篡位。"

齐襄公说："这太子之位，本来就应该是鲁隐公姬息的。鲁隐公姬息的夫人被公爹夺走，生了儿孙子，反而鸠占鹊巢、李代桃僵，让其顶了太子之位。这鲁隐公真是丢了夫人，又失了太子之位，他却还没有篡权之心。鲁隐公姬息真可谓谨遵周礼、宽恕至上、隐忍大度之模范，心底无私、高风亮节之典型。"

高奚曰："为此，鲁隐公在朝堂对众臣宣布，'大家拥立我姬息为君，是因为太子年少。我姬息乃临时替太子掌管国政，待太子姬允成人后，自当交权于他。到时，我将去我的封邑菟裘，当个自由自在的寓公'。"

齐襄公说："这不是很好吗？"

高奚曰："可树欲静而风不止，偏偏有人要为他们生出事来。"

齐襄公问："生出了什么事？"

国懿仲又接话道："当年，鲁国主将钟巫随同鲁隐公讨伐郑国。结果，鲁军大败，主将钟巫在混战中被郑军杀死，钟巫的部将尹羽父被郑军所俘。为此，鲁隐公只好给郑国送去重礼，赎回了尹羽父。"

齐襄公问："这怎么能叫生事呢？"

高奚曰："国懿仲的话还没说完呢。那尹羽父被鲁隐公赎回，心存感激，就对鲁隐公说，'举国百姓都拥护我主，认为您本来就应该是国君，可鲁惠公竟立那不伦不类的姬允当了太子。现姬允渐大，其母宋女认为，应该由太子亲自主政了，对我主临时执政多有异议，我看往后必生变乱。我主不如派微臣设法去杀死那姬允，根除心头之患。若怕群臣有微辞，可任微臣为丞相，以便弹压之'。"

齐襄公说："看来，尹羽父要杀死姬允的目的，就是为了讨好鲁隐公，好当上这个丞相。"

国懿仲道："那正直的鲁隐公，一眼就看穿了尹羽父的目的，当时正色曰，'我姬息作为周公姬旦的后人，决不违背周礼，倒行逆施，去杀害那先王立下的太子'。遂将尹羽父呵退。"

齐襄公说："鲁隐公真是正人君子。"

高奚曰："鲁隐公的正气,吓坏了那尹羽父。尹羽父心想,'我在隐公姬息这里,拍马屁反被马屁呲。若隐公为此事怪罪于我,日后一旦走漏风声,那姬允岂肯饶恕我？'"

齐襄公问："尹羽父想怎么办呢？"

国懿仲道："尹羽父想,'既然在鲁隐公这里达不到目的,我何不反过头来去投靠那姬允。就说自己作为隐公的心腹之人,听隐公说姬允乃是他心头大患,是不伦不类的杂种,不如尽早除之'。"

齐襄公说："这真是恶人先告状,反咬一口、倒打一耙啊。"

高奚曰："尹羽父见到姬允。姬允听其说得有鼻子有眼,入情入理,就信以为真,把尹羽父视为通风报信的救命恩人,就问尹羽父该怎么办？"

齐襄公说："尹羽父无非说要反过来去把鲁隐公杀死呗。"

国懿仲道："尹羽父不便亲自下手,就找了手下一个叫挥的帮凶,让他去杀鲁隐公。"

齐襄公问："这个帮凶挥,怎么能接近鲁隐公并杀他呢？"

高奚曰："转眼到了鲁国主将钟巫的忌日,鲁隐公去野外的钟巫墓进行祭奠,晚上就住在曲阜郊外的蒍(wěi)氏庄园。尹羽父设法让挥夜间潜入庄园,趁鲁隐公熟睡之时,入室弑之。"

齐襄公说："对于这种弑君恶行,遵循周礼的鲁国仕民能容忍吗？"

国懿仲道："岂能容忍？于是,鲁国人都认为姬允使人弑杀了鲁隐公。为此,国内舆论大哗,姬允无奈,就欲杀那尹羽父。"

齐襄公说："姬允让尹羽父去杀鲁隐公,反而又要去杀尹羽父。这不是卸磨杀驴吗？"

高奚曰："尹羽父岂会甘心受死？他诬陷说是蒍氏家族弑杀了鲁隐公,并说愿亲率兵丁讨伐之,替恩主报仇。于是,蒍氏家族就惨遭了灭门之灾。"

齐襄公说："蒍氏一家,这不都成了姬允和尹羽父的替罪羔羊了吗？"

国懿仲道："于是,这姬允就在国人的唾骂声中,继了鲁君之位,是为鲁桓公。"

齐襄公说："姬允继了君位,亲自主政,对我们是件好事。因为姬允的夫人是我同母妹妹文姜,姬允乃是我的妹丈也。"

过了一段时间,适逢春日,鲁桓公姬允同夫人文姜,并坐在鲁国王宫中。宫外向内传话说："齐国使臣到!"

鲁桓公与王后文姜双声并道："快快请进!"齐国使臣进宫拜见后,拿出一封齐襄公的亲笔信。鲁桓公让人递上来,拆信高声念读,好让自己那作为襄公妹妹的夫人听到。

只听信中说："愚兄拜我妹丈桓公。今兄喜从天降,要新娶周庄王之妹为妻。成婚在即,望桓公与我妹前来同喜并主持婚礼。万勿推辞!"

文姜听后,心有灵犀,喜上眉梢,就恳求鲁桓公："你立即复信,就说我俩会尽快启程前往。"鲁桓公屈于齐襄公与自己夫人文姜的淫威,不敢当即否决。

鲁桓公打发齐国使者去馆驿休息,又借故支走了夫人,然后召集文武大臣前来商量。

有大臣出班奏曰："泼出去的水,嫁出去的女。按周礼,妇人是不能抛头露面参与外事活动的。更是不允许到别的国家,即使是娘家也不行。"

谋臣施伯奏曰："周礼规定,诸侯最多只能娶九个女人,即一妻八妾。可他齐襄公已经僭越周礼,娶了九妃六嫔十五个女人和上千名姬妾。现在还要骗娶周庄王的妹妹,这不是大逆不道,欺负周天子吗?这还有什么值得同喜的呢?我王能去给这等人主持这样荒唐的婚礼吗?"

一位鲁桓公的亲信大臣,出班反驳道："我王已与齐国联姻,我们与齐国的关系非同一般。王后本来就是齐国人,回娘家参加哥哥的婚礼,并非外事,乃其家族内事。现齐国强大,我们正好借此机会攀附之。若拒不接受邀请或不带王后同去,岂不惹怒了那齐襄公吗?"

鲁桓公怯懦胆小,十分惧内,就赞同后者所言,复信齐襄公,表示一定偕夫人同去祝贺。

转眼到了行期,但见王后文姜浓妆艳抹,兴致勃勃地同丈夫鲁桓公乘上豪华马车,奔向齐国而去。

路上,经过泰沂山区西侧之丘陵地带。车到此处,正巧有一位隐居在东山道观内的饱学善赋老道下山募捐。他见此情景,有感而发,遂赋辞道那文姜随夫访齐仪仗。

赋曰:"车辇锦绣华盖兮,富丽雍容。驾车之驷马兮,赤鬃俊美。随行护驾之众兮,辇前乃美女如云,辇后则佳丽似雨,车旁真从者若水。上坡时云在雨上兮,下坡时雨随云后。兴云雨以作霖,沐从者若善水。好疑似彩画戏中来,只当是神女降巫山。"

此后,鲁国车马仪仗进入了齐国地界,早有边关守将派人快马加鞭,去告知了齐襄公。等不得鲁桓公与文姜到来,齐襄公就迫不及待,穿戴整齐,乘了自己最华丽的马车,急出临淄西门,与来客相向而行,前去迎接。

这一迎,足足迎出了二百里路,到了齐国西边的泺地。两君下车相见,少不得一阵寒暄。

鲁桓公姬允说:"承蒙大舅哥襄公兄厚意,邀我与你妹妹文姜前来主持新婚大礼。还劳驾您亲自迎出这么远的路,实在令我愧不敢当,蒙情不尽。"

齐襄公曰:"你我两国有世代姻亲之好,逢喜事自当远迎同乐。"

文姜按耐不住见到哥哥姜诸儿的兴奋之情,干脆自行跳下与鲁桓公同坐的马车,爬到了齐襄公的车上,并回头对鲁桓公说:"这下我到了娘家,你就让我在哥哥的车上与他说说话、谈谈心,咱们各走各的吧!"

鲁桓公觉得兄妹多年不见,同车叙话并不过分,就点头同意了。

在返回临淄的路上,兄妹俩整整在马车车厢内厮混了三天三夜。不意间,他们来到了临淄。齐襄公把鲁桓公送到馆舍,安顿好食宿。临行前,文姜又提出随哥哥回家,说:"我要去拜见众位兄嫂和两位弟弟公子纠与公子小白。"鲁桓公没有理由阻止,只好任凭文姜随齐襄公去了。

前面已经说到,这文姜未出嫁前,就自小与金玉其外、败絮其中的哥哥姜诸儿两相倾慕,不顾伦理,常年私通。

文姜随车来到齐襄公姜诸儿住处,哪顾得上什么拜见嫂嫂、弟弟啊。再说那姜诸儿也不到婚礼之期，纯粹就是把妹妹叫来的一个借口嘛。二人虽已相处三日，但在齐襄公车厢内，前有御手，后有随兵，隔厢有耳，不便纵情放肆。这下来到了齐襄公居室，便成了他们二人的世界。

且说鲁桓公被撇在馆舍内，等了三天三夜，既不见文姜回来，又不见有人来通知妻兄"婚礼"之期。他遂派手下亲信前去打听。

不一日，亲信回来禀报，自是如此这般叙说一番。鲁桓公闻之，顿生疑窦，觉得这不像一般的兄妹之情，就立即差人去叫文姜回来。

文姜被叫，不得不回。鲁桓公故意问她见到嫂嫂和弟弟的情况。文姜脸色涨红，羞愧难当，胡乱回答了几句子虚乌有的话。

鲁桓公大怒，揭穿她说："我派人去找你，你嫂嫂和弟弟们都说没见过你。你单和那姜诸儿厮混了这么多天，到底有多少私房话要说呢。你这三天住在哪里？到底干了些什么见不得人的勾当？"

第二十七回　杀鲁君彭生替死　周公主探知奸情

前面说到,当年郑国与齐国是盟国。还在文姜出嫁前,北方山戎侵犯齐国,打到了临淄城下,齐僖公应战不利。这时,幸亏郑庄公派英俊勇猛的太子姬忽,率军前来相救,大败戎军,才使齐国转危为安。齐僖公意欲把文姜嫁给姬忽,就派人去姬忽军营中倒提媒。

郑国随军军师祭仲听说后,立即向太子姬忽道喜:"世人都知道,眼下女人的姓名,时兴把姓放在后边,把名放在前边。因此,齐僖公这位名叫'文'的姜姓公主,就叫作了文姜。诗曰,'岂其娶妻,必齐之姜'。各国都知道齐国出美女,盖因大齐之君多娶美女为妻妾,生女亦美也。若能迎娶文姜,则太子既得佳丽,又攀附了东方大齐,为巩固日后的君位打下基础,岂不是两全其美、双喜临门吗?"

太子姬忽却说:"我已打听到,这个文姜自幼放荡,人说日后必为乱国之妇。因此,我以郑国弱小、门户不当为由,拒绝了这门大国的美女婚姻。"

文姜知道此事后,十分失意和痛苦。被迫无奈,她这才只好嫁给了其貌不扬的鲁国太子姬允。她婚后生子,正好与鲁桓公的生日同天,就给儿子取名叫姬同。姬同被封为太子,文姜贵为国母,但她对鲁桓公姬允根本就没有什么感情可言。

鲁桓公姬允即使不说前面那番话,文姜见到他也觉得腻烦。现在听他这么一说,更是烦上加烦,火上浇油。她恼羞成怒,干脆使出泼妇手段,与那鲁桓公厮打起来。女人岂是男人的对手?鲁桓公也毫不客气,气愤中打了文姜一记耳光。

文姜被打,正好有借口又回到了姜诸儿那里,无非添油加醋,说鲁桓公如何如何侮辱她、厮打她。

闻听丑事被鲁桓公揭穿，文姜被打，这姜诸儿更是怜花惜玉，愤恨不已。他突然冒出一条杀人灭口的毒计，心中暗想："为了不使鲁桓公姬允日后散布我们的丑事，一不做，二不休，干脆就在齐国把这小子给干掉吧！反正他当上鲁国国君，也是弑其兄鲁隐公姬息而立的，在鲁国也没有什么好名声。"

第二天一早，齐襄公差人去找自己豢养的大力士、心腹亲信公子彭生。

你道这彭生何等模样？只见他体魄雄壮若石塔，拳臂肌骨似铜锤，浑身鬏毛如黑猿，虬(qiú)髯蓬乱欲刺人。脚底下，龙虎生威走风雷；两眼间，凶神恶煞冒蓝光。远看时依稀像个人，近看时仿佛是个鬼。只让那人人见之胆寒，鬼神望之却步。

彭生觐见王君。齐襄公屏退左右，问彭生："寡人待尔如何？"

彭生跪地言道："恩重如山！"

齐襄公说："既然如此，寡人有一件难事差你去办。"遂靠近彭生耳边，嘱咐如此这般之计。彭生顿首领命。

随后，彭生来到馆舍求见鲁桓公，拜揖之后说："我家君主听妹妹文姜所言，知道你们夫妻闹了点家庭矛盾。我家君主狠狠教训了妹妹，要让她向您赔个不是。为此，特备下午宴，一则让您夫人认个错，二则向您当面说明原委，以正视听。"

鲁桓公虽然怀疑，但毕竟没亲眼见到事实，也想借此弄个明白，就满口答应下来。

宴席上，那文姜自恃身在娘家，反倒装得理直气壮，除了一味给丈夫斟酒外，并无一言。

还是齐襄公打破了僵局，说："妹妹从小对我这当哥哥的腻歪惯了，见面后有说不完的话，妹丈不要向别处胡思乱想。"云云。

尽管齐襄公磨破嘴皮，信誓旦旦，极力辩解，却越抹越黑。鲁桓公始终不能释疑，心中有闷气，难免借酒消愁。他并不多答话，只是低头喝闷酒。经不住齐襄公、文姜和彭生三人在宴席上轮番相劝，鲁桓公被灌得酩酊大醉，瘫倒桌下。

齐襄公见时机已到，用眼示意彭生，让其照计行事。彭生心会，一把抱起瘫软的鲁桓公，跨过门槛，径直走到鲁桓公来时的马车前，将其推到车厢内。彭生以保护鲁桓公为由，亦跳上马车，进入车厢。

彭生心想："若从表面将其击打而死，必然留下伤痕，最好毁他体内。"

说时迟那时快，彭生将鲁桓公的一只胳膊压于自己腿下，一手捂住其嘴，另一手将其另一只胳膊猛力一拽。只听"咔嚓"一声，鲁桓公的上肢早已从体内分开。因有外皮相连，看不出内伤。作为一国之君的鲁桓公，就这样一命呜呼了。

鲁桓公乘坐的马车，缓缓来到馆舍。彭生跳下车来，对鲁桓公的侍从们说："你家君主，在车上大醉如泥，不省人事。你们去把他抬下来吧。"

侍从跳上马车，进入车厢，却见鲁桓公已经咽气。又见其上肢已经脱位，只有皮肉相连，就认定是他杀。凶手是谁？当时车厢内就只有彭生一个人啊！

鲁国的侍卫，没来得及向文姜告辞，就向馆舍管事之人告别，十万火急，催马加鞭，把鲁桓公的尸体运回鲁国去了。

鲁国文武大臣听说君主应邀访齐，却被齐国恶人暗算而死，就写就措辞严厉的文书，差人送给齐襄公，提出严正抗议，要求惩治凶手。这事也从鲁桓公下榻的齐国馆舍内传出。齐国与鲁国上上下下，无不议论纷纷，义愤填膺。

齐襄公内外交困，亦觉得自己理亏，无法对两国仕民们解释和交代。于是他贼心一动，计上心来，复信鲁国说："我当时怕贵国国君出现意外，就派彭生随同予以保护，不想反被其害。我一定要杀了这贼，以祭我妹丈在天之灵。"

这时，齐襄公又把豢养的另几位大力士召来，对他们说："彭生杀我妹丈，引起了公愤，今我派尔等前去将其捕杀。为防止他胡说八道、颠倒黑白、混淆是非、推卸罪责，你们合力把其捆住后，要先割掉他的舌头，再押赴刑场，当众斩首。"

却说那彭生自打在车内拉杀了鲁桓公,不知是闯了祸,反觉得为齐襄公立下了大功,就居功自傲,洋洋得意,尾巴翘到天上,不把别人放在眼里。一次,他和齐襄公豢养的那另几位大力士一同饮酒。有位大力士说:"我乃襄公心腹之人。"

彭生闻言,举杯对众人道:"既然自诩为襄公心腹,那襄公有心腹之事,为何不差你去办呢?"

那大力士说:"是心腹也未必去办襄公心腹之事,不是心腹也可能去办其心腹之事。襄公派你办过何等心腹之事呢?"

彭生不便言明,却窝了一口闷气。他趁着酒兴,竟与那位大力士厮打起来。其他大力士好心予以劝架,却均遭彭生拳打脚踢。这些大力士均对彭生的傲气和粗野不满。一听齐襄公让他们齐心去捆那对头,割舌斩首,无不欢欣鼓舞。

众武士照齐襄公的吩咐办妥,把彭生绑赴刑场。彭生望见齐襄公正在那里监斩,意欲挣脱武士们的束缚,到齐襄公身边去辩解,但被割去了舌头,满口是血,说不出话来。把个彭生急得眼珠突兀,怒视齐襄公不止。直到被砍下脑袋,仍见其双目圆瞪,死不瞑目。当时,明眼人一看便知,彭生是受了齐襄公指令杀了人,却当了蒙冤受死的替罪羊。

谁知冤冤相报,齐襄公姜诸儿后来就死在彭生冤魂的身上。后世在《列女传·孽妇》中,也把文姜记为了孽妇。

当时,齐国命卿高傒悄悄对国懿仲说:"襄公打着与周庄王之妹王姬成婚的旗号,邀鲁桓公和文姜访齐,纯粹是找借口与文姜私会。现在,那王姬还身在洛邑,尚未动身呢。"

正像高傒所说,直到此时,周庄王才派大臣单伯送王姬来齐国成婚。

周庄王对单伯说:"你们路上必经鲁国,要先去见鲁桓公。按惯例,我周王室之婚事,都要请精通周礼的鲁国之侯做媒,并主持婚礼。去后,你就把寡人之妹王姬下嫁事宜,拜托给鲁桓公吧。"单伯领命。

单伯护送王姬来到了鲁都曲阜,进王宫要见鲁桓公。鲁臣施伯说:"那齐襄公姜诸儿,来信邀我王桓公和王后文姜,去齐国为他主持即将与周室公主王姬之婚礼。可他做了手脚,先把我王灌醉,然后派一个名叫彭生的大力士护送我王回馆舍,在车厢内将我王杀死。姜诸儿为了应付舆论和杀人灭口,就把凶手彭生当了替罪羊,予以斩杀。"

单伯曰:"我们远在洛邑,还没听说姜诸儿竟做出了这等劣事。"

王姬闻知,生气地对单伯说:"难道你们要把我这大周公主,嫁给这样一个恶魔吗?"

单伯曰:"臣下乃奉旨行事。嫁与不嫁,我等说了不算。再说,王姬下嫁齐襄公姜诸儿是件大事,已无人不知。老百姓们说,'嫁鸡随鸡,嫁狗随狗,嫁根扁担抱着走'。婚事已定,即使对方是恶魔,公主也是要下嫁给他的了。"

施伯说:"眼下我鲁国新丧,王后文姜尚未回国,依礼无法举行新君登基大典。且太子姬同年少,无法去为王姬主婚。若不嫌我施伯身份低微,就由我代替鲁君送王姬去齐国吧。"单伯无奈,只好如此。

王姬一行来到了齐都临淄王宫,齐襄公姜诸儿仓促迎接。只见来人个个面色铁青,并无丝毫喜庆模样。他先派人安排王姬等人住下,然后选就吉日,准备举行婚礼大典。

到了新婚大典那天,单伯代表周天子,施伯代表媒人,高奚代表男方,共同为齐襄公和王姬举行了婚礼。

礼毕,王姬随齐襄公进入洞房。齐襄公揭开王姬的新婚盖头,见其相貌平平,又见她用那双眼怒瞪自己,遂心中十分不快。但王姬毕竟是大周公主,非同一般,过门后要作为正房,管理齐襄公的众多姬妾们。

齐襄公心想:"就算是周天子派来个母老虎,我也是要俯就的了。"

齐襄公遂向王姬施礼说:"夫人新到,本乃大喜。却不知为何对我这样冷眉竖眼的。"

王姬曰:"你小子打着娶我的旗号,骗那鲁桓公和文姜来访齐国。却为何把人家姬允给谋杀了呢?"

齐襄公说:"那是手下人所为,与我无关,夫人不可偏信。况且,我早已把那凶手正法处决了。"

王姬曰:"你在骗三岁孩子吗?没有你的旨意,手下人敢杀一国之君?那人与姬允前日无仇、近日无怨,怎能冒着杀头之险,无缘无故去弑杀鲁君呢？这明摆着是受你指使。事发后，你又把彭生当了替罪羊。"

齐襄公说："可我与姬允乃是亲戚，又哪来的前日之仇、近日之怨呢？我又何必派人去杀他呢？"

王姬曰："其中必有蹊跷。待本公主日后探得实情，自有公断。"

齐襄公说："夫人一进门就不相信为夫，往后日子可怎么过啊？"

王姬曰："是福不是祸，是祸躲不过。该怎么过，就怎么过。"

齐襄公说："那为夫就等着夫人的公断吧。等你决断之后，咱们该怎么过就怎么过吧。"说罢，他竟怒冲冲撇下王姬，扬长而去。

第二天，王姬把侍女和侍卫们叫到身边，曰："今本公主问尔等，可知世人如何议论齐襄公杀死鲁桓公之事吗？"

下人说："贱人不敢妄言。"

王姬曰："尽管直言，本公主不但恕尔言者无罪，而且要重赏。"

于是，有一胆大侍卫禀报："听世人说，是因为我王与其妹文姜通好，招来了鲁桓公不满，这才设计将其杀死。"

王姬闻言，怒自胆边生，气从心底来。遂曰："原来这姜诸儿娶我是虚，和他妹妹乱伦是真。"王姬按捺不住心头气愤，就以大周公主之名，闯进朝堂，当面质问齐襄公。

齐襄公自然百般狡辩，说："此乃世人造谣中伤本侯，夫人岂可轻信？"

王姬曰："若说世人是造谣中伤，那本公主就在这朝堂问问群臣，可有人敢站出来否认此事吗？"

却只见群臣面面相觑，竟无一人站出来为齐襄公说话。

齐襄公见此，顿觉颜面扫地。自此，他干脆不再与那王姬见面。

第二十八回　庄王无力治襄公　诸儿因私杀姬亹

且说那大周公主王姬被姜诸儿撇在深宫,举目无亲,十分孤独,就给哥哥周庄王姬佗写去一封信,历数自己之不幸和姜诸儿的恶行。

周庄王姬佗见信后,十分气愤,就召集众臣说:"齐襄公姜诸儿,骗娶我大周公主,虐待吾妹。他打着与公主成婚的旗号,提前邀鲁桓公携夫人文姜访齐,竟与那文姜乱伦通奸,谋害了鲁桓公。寡人欲号令天下诸侯,共同兴兵讨伐齐国,去灭那无道的姜诸儿。"

送公主嫁往齐国的大臣单伯曰:"不知我王想调动哪些个诸侯国?"

周庄王说:"首先是那些个与我大周同宗的姬姓之国。鲁国乃我姬姓同宗,与齐国又有杀君之仇,现我大周公主在齐国受到了虐待,这都是鲁国兴兵伐齐的正当理由。"

单伯曰:"可眼下鲁国新丧,太子姬同年少,文姜尚在齐国。伐齐等于讨那文姜,姬同岂能依从?"

周庄王说:"岂能为了家事而误国事呢?"

单伯曰:"可是按周礼,国母若在外邦,没有她的参与和懿旨,大臣们是无法举行新君登基大典的。现鲁国无主,谁能决定出兵伐齐呢?"

周庄王说:"我姬姓之国,不是还有郑国吗?"

单伯曰:"郑庄公有四个儿子。长子是姬忽,次子是姬突,第三子是姬亹(wěi),第四子是姬婴。庄公死后,姬忽继为新君,是为郑昭公。姬突母亲家的宋国,设计把郑国权臣祭仲骗到宋都,予以扣押,以夺其性命为要挟,让他回去更立姬突为君。祭仲只好更立姬突,是为郑厉公。"

周庄王问:"那郑昭公姬忽是怎样下场?"

单伯曰:"他见事不好,逃到了我们同宗的卫国。"

周庄王说："听说这个郑厉公姬突，反过来想派人去杀恩人祭仲。祭仲发现后，就把凶手杀死，把姬突赶出了郑都。"

单伯曰："郑厉公姬突只好逃到了郑国的陪都栎邑。祭仲就去迎接郑昭公姬忽回来，继续为君。"

周庄王说："听说郑昭公姬忽，被有私怨的大臣高渠弥，弑杀在狩猎场上。"

单伯曰："郑国一时无君，可祭仲也不会再迎回那欲杀他的郑厉公，就同高渠弥一起，拥立老三姬亹当了国君。按说，姬亹应该发兵协助我王。可是，他那二兄郑厉公在栎邑，虎视眈眈，随时欲杀回郑都复辟君位。姬亹担心郑都兵力空虚，会让姬突有机可乘，因此是不敢出兵的。"

周庄王说："我们同宗的卫国之侯，历代在周室辅政。大周公主被欺，他就该出兵助我。"

单伯曰："卫国与齐国早已成为双向联姻之盟友，他们也是不会出兵伐齐的。"

周庄王说："还有同宗的燕国呢？"

单伯曰："燕国曾帮齐国伐纪，与齐友好，也不会出兵伐齐。"

周庄王说："还有蔡国呢？"

单伯曰："蔡国国力弱小，更不是那齐国的对手了。"

周庄王说："不是还有宋国、陈国、许国和申国吗？"

单伯曰："我姬姓之国，尚且无法出兵助我王伐齐。那宋国亦曾帮齐国伐纪，与齐国更是友好。陈国、许国和申国与那蔡国一样，国小势弱，而且都与齐国有千丝万缕的联系。况且，宋国乃殷姓之国，陈国乃妫（guī）姓之国，许国和申国乃姜姓之国，又怎么能出兵管我们姬姓家族的事呢？"

周庄王说："还有北方的晋国和西方的秦国呢？"

单伯曰："晋国和秦国，从来不参与中原诸侯国之间的角逐，就更别指望他们为王室之事而出兵伐齐了。"

周庄王说："真是今非昔比啊。我大周先后把王土分封殆尽，自身却没了实力，衰落至此，竟无诸侯国能相助我周天子。"

单伯曰："即使是贵为天下之王的大周天子之国，不自强不息，依靠自己实力来制服诸侯国，反而要依靠他们救我们，也是行不通的。"

周庄王说："这就只好眼看着我姬周公主，被姜诸儿这厮给活活气死了。"他长叹一声，潸然泪下，从此不再提伐齐之事。

这话真被周庄王说准了。过了不到一年，堂堂大周公主王姬，就被姜诸儿给活活气死了。

话说当年，郑太子姬忽拒绝了齐国的婚事。郑庄公知道后，怕得罪齐僖公，就让其第三子姬亹来齐国当人质，以示友好。

齐僖公让姬亹与姜诸儿等三位公子，共同拜师受业。公子哥们儿在一起，少不得在学业之余，斗鸡走狗、蹴鞠求乐。

某日，在师傅午休时，姜诸儿抱着一个鞠球，约两位弟弟和姬亹，同到球场，踢鞠球，一比输赢。

来到球场，只见姜诸儿把那鞠球抛向空中，遂引颈将其接于头顶，让那球滚至左肩。然后，又侧身将那球滚至右肩。随势，挺身向后，将那球滚至前胸，又将其滑至脚尖，向前上方踢出数丈之高。另外三人见其套路一般，并不觉得稀奇。

姬亹见状，亦学了姜诸儿踢法，接了那球。谁想，姬亹不但将那球滚至前胸，而且从前胸滚至了后背。如此绕身三匝，方才将球踢出。公子纠和公子小白同声叫绝，齐声喊好。

姜诸儿又去接了那球，要学姬亹踢法。谁知未等踢出，球就掉落在地上。那三人见状，不禁一阵哈哈大笑。

姜诸儿见此，恼羞成怒，就不怀好意地邀那姬亹对踢。姬亹应战，两人在球场上，你踢给我，我踢给你，都对准对手脑门，欲用球击倒对方。

姜诸儿连续数次将球踢向姬亹脑门，均被姬亹闪过，并反踢而回。不料，姬亹将一球反踢给姜诸儿时，不偏不倚，正好击中了其要害之处。姜诸儿遭到球击，疼痛难忍，"啊"一声，倒在地下。这引来公子纠和公子小白一阵哈哈大笑。

姜诸儿翻身起来，恼羞成怒，说姬亹蓄意害他，就向其一拳击去。姬亹亦用拳挡住，两人厮打起来。公子纠和公子小白见事不好，齐去劝架。

学余蹴鞠

那公子纠拽开姜诸儿，公子小白拉住了姬亹。

虽被拉开，但那姜诸儿骂不绝口。姬亹隐忍不住，就欲再去打那姜诸儿，被公子小白苦苦劝住。姬亹说："我看在小白兄弟的面上，就饶了这厮。"

自此，那自幼狂妄、心胸狭窄的姜诸儿，就把姬亹视若仇敌，不和他说话。姬亹也不再理那姜诸儿，却与姜小白结成了知交。

姜诸儿现当了国君，春天因奸情谋杀了鲁桓公，引起了强烈公愤，就想借盟会诸侯，来抬高自己的威望和震慑力。当年秋天，他在卫国首止这地方，会盟天下诸侯。

这时，刚刚接任了郑国国君之位的姬亹，慑于齐国压力，欲前去与会。

此时，已是郑国丞相的祭仲，知道姜诸儿的为人及与妹妹文姜私通害死鲁桓公的恶行，就劝姬亹："我王少时在齐国，与那姜诸儿有隙。今春，姜诸儿私通自己的妹妹鲁桓公夫人，本已铸成大错，他却错上加错，反而谋杀了鲁桓公。看来，这小子什么坏事都干得出来。老臣担心我王去后，会遭遇不测。"

姬亹说："我不去与会，就得罪了齐襄公姜诸儿这小子。若他赌气去帮助姬突从栎邑杀回来，岂不让我死无葬身之地了吗？我看还是去与会的好。那齐襄公自小与我同窗，俗话说，'长时不计幼时之怨'。我去后，他又能如何欺负我这个发小呢？"

祭仲见姬亹执意要去，预感随同而去会连带受死，就假托患病闭门不出。

姬亹只好带了另一大臣高渠弥，前往首止赴会。他与姜诸儿本是发小，十分熟悉，觉得用不着客气，见面时就没向齐襄公行那些虚伪的礼仪。自小妄自尊大、小肚鸡肠的姜诸儿，认为受到了姬亹的蔑视，同时也勾起了对少时仇隙之回忆。

第二天正式盟会。姬亹悠然自得地来到了盟坛，却见齐国与会人员中突然窜出一伙身穿盔甲的武夫，冲他而来。姬亹还没弄明白是怎么回事，早被姜诸儿预伏的武夫一剑穿心而死了。

高渠弥见状,拔剑护君,在连杀数位齐国的凶手后被俘。

姜诸儿得知,气急败坏、两眼血红。他令人牵来五匹健马,把高渠弥的四肢和脖颈用绳索绑紧,系于五马之鞍。然后让五位武士跨上健马,狠狠抽打,让五马分别向五个方向跳跃狂奔,只听"哧啦"一声,把个高渠弥五马分尸了。

随驾的另一位臣子,见主公被杀,回头就跑。他偶遇一骑,翻身跨马,逃命而去。逃回郑国都城,他直奔丞相祭仲府邸,对丞相说:"果然不出丞相所料,我王被姜诸儿袭杀了,高渠弥也性命难保了!"

祭仲曰:"姜诸儿竟敢在一年之内,连杀两位他国国君,实在是欺人太甚、天理不容。我看这小子,早晚有一天,会不得好死的!"

郑臣说:"这下,齐襄公姜诸儿就成了齐国和鲁、郑、卫等国仕民必欲杀之而后快的恶魔。多行不义必自毙,他这是自掘了日后不得好死的坟墓啊。"

祭仲曰:"国不可一日无君。新君姬亹被杀,我们怎么办才好呢?"

郑臣说:"前者,郑厉公姬突派人袭杀丞相,不想丞相却得到了消息,反将那凶手杀死,吓得姬突只好逃去我国的陪都栎邑。像这种要刺杀丞相的人,我们是不能再迎其回来为君的。眼下,唯一的办法就是把姬亹的弟弟姬婴立为新君。我们当臣子的,不能再称其为姬婴,可改称他为郑子。"

祭仲此时也别无良法,只好照此法而行。

姜诸儿在卫国首止因私怨袭杀了郑国国君姬亹后,鲍叔牙来到公子小白府邸,见到小白说:"这姜诸儿实在太可恶了。在历史上没有战乱的和平时期,哪有因自己之私欲、私怨,就在半年内连杀两位友好国家无辜国君的先例呢?这在华夏诸侯国历史上,可谓绝无仅有。他岂不是也就成了历史上最坏的一位昏君吗?"

公子小白曰:"当年北戎贼兵打到了我国临淄城下,我父王迎战失利。若不是郑国派兵相救,怕是我们早已亡国。郑国对我们齐国是有大恩的呀!正是为了两国友好,郑庄公才让公子姬亹来我国,与我等共同拜师受业,一起成长。姬亹与姜诸儿性格和为人截然不同,才发生了当时那次不值一提的争吵和摩擦。在我们公子三人中，姬亹与我性格相近，相处最好，甚为友善。今姜诸儿在我母亲娘家的卫国，无端杀死了我的好友。这是对我小白的蔑视和侮辱，我一定要找机会为鲁桓公和郑君姬亹报仇！"

这番话，被小白府邸内的侍卫们听得一清二楚。

当姜诸儿活活气死周公主王姬时，公子纠和公子小白也是一番同样愤慨的议论。这话也同样被近身侍卫们听得一清二楚。

第二十九回　探私怨借刀杀人　智管仲识破毒计

　　却说公子姜纠的母亲仲姬是鲁国人。姜诸儿因奸谋杀了鲁桓公,当然引起了公子纠及其母亲的强烈不满。姜诸儿在当年夏天,又借卫国首止会盟诸侯之机,伏击斩杀了与其有发小私怨的郑国新君姬亹。由此,他自掘了日后也被人杀死的坟墓。

　　某日,公子纠去仲姬官内拜见母亲,说:"母亲,姜诸儿继了王位,一改祖上与各诸侯国友好相处、以礼待人、和平发展的良好传统。他不但为了自己那见不得人的奸情,狠毒地杀死了前来友好访问的鲁桓公姬允,而且还因小时的私怨,杀死了郑国国君姬亹。半年之内,他连杀两位别国国君,真是胆大包天,凶残至极,畜生不如。"

　　仲姬道:"儿啊,母亲是鲁国公主,那鲁桓公姬允是我的弟弟。现在,姜诸儿不但是我们鲁国的仇人,而且是母亲家族的仇人。你要想办法为母亲和鲁国人报此家仇、国恨啊!"

　　公子纠对母亲说:"鲁桓公姬允本来是母亲的弟弟、我的舅舅。可父王为什么把我姐姐文姜嫁给他了呢,这不差了辈吗?"

　　仲姬道:"时下,各诸侯国为争权夺利,都把我们女人当作交易的筹码,尤其是我们这些当公主的。他们为了那互相联合,形成攻守同盟之政治需要,是从来不管什么差辈不差辈的。我和姜诸儿的妹妹文姜,在嫁人上差了一辈。还有的诸侯国,在公主的嫁人上,差着好几辈呢。"

　　公子纠说:"这样一来,我真不知道喊鲁桓公是舅舅呢,还是姐夫。"

　　仲姬道:"那文姜不是我亲生的,是姜诸儿的亲妹妹。姜诸儿当然要称鲁桓公姬允为妹夫。可你是我亲生的,与他不同。母亲的弟弟,你当然是要喊舅舅的了。"

公子纠说："母亲说得对。那我是一定要为舅舅报仇的。现姜诸儿的恶行被世人痛恨,我若能借此机会设法将他赶下台,按顺序,孩儿就可以承袭王位了。"

仲姬对公子纠道："姜诸儿的生母,是你父王的原配。可她不是公主出身,而是边夷之女,缺乏教养。她教子无方、训女不当,致使那当儿子的成了千古淫男,当女儿的成了万世荡妇。这是你们姜姓家族的莫大悲哀。你父王的这个原配夫人,怎能与我这个鲁国的公主相比呢?待我儿废了那姜诸儿,也要废了他母亲的太后之位。"

公子纠说："到那时,我自然是要立母亲为王太后的。"

他们母子的这些话,也被宫内的侍女和侍卫们听得一清二楚。

时隔不久,临近中秋团圆之日。姜诸儿想:"我何不借八月十五阖家团聚赏月之际,探听一下王公贵胄们对我的看法呢?"

于是,姜诸儿把王宫的男侍女婢们全部召到身边,对他们说:"寡人要下旨开恩,让你们和你们在鲁仲姬以及两位王弟府上的同乡同行们,全部参加八月十五的赏月聚会。你们要借此机会,替寡人打听一下鲁仲姬和两位王弟的情况,问问他们有何言语。若把他们那里的动静打听清楚,回来告诉我,寡人会有重赏。"

这些男侍女婢们,都是挑选出的精明人,对主子的用意自是心领神会,遂齐声应命而去了。

由于是君主的旨意,八月十五这天,王宫和鲁仲姬宫以及王弟府邸的侍男婢女们,一起随同主子到淄河边聚会赏月。借此机会,这些下人少不得与同乡好友们,私下问长问短,说几句知己话。

王宫之人是有意探听,被问之人并无防备。他们无意间,把鲁仲姬与公子纠、鲍叔牙与公子小白,多年来对姜诸儿的看法和意向说了出来。

那些探知了情况的人,回去后对齐襄公姜诸儿如此这般密报一番。姜诸儿闻听,惊悸之余,暗自庆幸,心想:"亏得我天生聪明,安排了这次刺探行动。你公子纠和小白竟敢心存不满,意欲造反。既然你们迟早要造我的反,还不如我先下手为强,设法把你们弄死,除去后患。"

为此，齐襄公姜诸儿把一位心腹大臣召进王宫。他屏退左右，只剩二人，把派人探听到的情况述说一遍，并表明了欲杀死二位公子，根除后患的想法。

大臣曰："当年，鲁桓公在我国暴死，我主虽杀死了凶手彭生，以谢鲁人，但难免外人的猜疑；同年，我王又袭杀了郑国国君姬亹。连杀二君，引起了内外骚动，不宜再直接杀死公子纠和公子小白。臣倒有个好办法，既可提高我主威望，又可置二位公子于死地。"

齐襄公问："有何妙计？"

大臣曰："臣这一计，叫作'借刀杀人'。"

齐襄公问："此计怎讲？"

大臣曰："我王的祖宗齐哀公，因纪侯的诬告而遭到了烹杀。您不妨打着僖公临终遗嘱要为祖宗报仇之旗号，在朝堂说要御驾亲征，出师伐纪。这自然会得到王公大臣们的拥护。"

齐襄公说："不过，寡人觉得我们还没做好伐纪准备，时机尚未成熟。"

大臣曰："微臣当然心中明白。但我并不是真要我王御驾亲征。"

齐襄公说："若在朝堂对群臣说了这话，寡人金口玉言，怎好言而无信呢？"

大臣曰："那时，我在朝堂上劝谏说，'国不可一日无主，国君不能亲自出征。微臣建议让二位王弟代王兄出征，毕竟他们都已是三十多岁的人了'。"

齐襄公说："让他们带兵，有了军权，岂不更增加了他们的仗势吗？"

大臣曰："您不要派给他们重兵，要有意让他们在战场上战败而死。"

齐襄公说："他们伐纪失败，人们不也认为是我的失败吗？"

大臣曰："他们与纪国作战，必然消耗那纪国兵力。待双方两败俱伤后，我王再亲率精兵强将，一举消灭纪国。这样，既报了国仇，提高了我王的威望，又借纪国之手，除去了两个心头之患，岂不是一举两得吗？"

齐襄公连称好计。于是，按照借刀杀人的预谋，在朝堂上当着两位王弟之面,排演了一场预设的双簧戏。

齐襄公在朝堂问:"两位王弟可愿替王兄伐纪?"

当着朝堂内群臣,公子纠和公子小白不便拒绝,只好勉强答应。

退朝后,二人都觉得事关重大,拿不定主意,就分别去找自己的近人商量对策。

仲姬听公子纠一说,当然不愿让儿子去战场送死,又想不出解脱的好办法,就把公子纠之傅管仲和召忽找来商量。

管仲曰:"姜诸儿的这套把戏,岂能瞒过我的洞察?"

仲姬问:"管师傅洞察到了什么呢?"

管仲曰:"在朝堂上,明明襄公说要御驾亲征,讨伐纪国,却为什么当时就出了个抗旨的大臣呢?竟敢阻止君王亲征,而让两位王弟代替。这明摆着是事前商量好的双簧戏。事实证明,这姜诸儿什么坏心都有,什么坏事都敢做。我认为,这是您王太姬和我主公子纠以及公子小白过去的不满言论,传到了姜诸儿耳内。他欲先下手为强,借刀杀人,置二人于死地。"

仲姬一听,立即吓得面如土色、心惊肉跳,急问管仲:"卿家可有什么对应的良策吗?"

管仲曰:"有道是,识时务者为俊杰。我看现在只有一个办法了,那就是我和召忽护送我主公子纠,逃到太姬的娘家鲁国去。在那里可以养精蓄锐,伺机借鲁国之兵,杀回齐国。留得青山在,不怕没柴烧。既然姜诸儿动了杀机,日后欲加之罪,何患无辞?如果现在不走,早晚必被其害。"

仲姬道:"还是管师傅看得透彻。"

公子纠说:"姜诸儿害死了鲁桓公,鲁国人对齐国十分愤恨。我们去到那里,鲁国人岂能容下?"

管仲曰:"我主和那姜诸儿身份不同。文姜是姜诸儿的亲妹妹,他杀死的是自己的妹夫,也是储君太子姬同的生父。因此,姬同内心恨不能生啖其肉。而对我主来说,鲁桓公姬允是你的舅舅,姬同是你的表弟,王太姬是姬同的亲姑。侄儿有难,首先想到和依靠的就应是自己的亲姑和表哥啊。"

公子纠说："管师傅这话提醒了我。按说，那姬同恨的是姜诸儿，依靠的就应该是我这个当表哥的。我与姜诸儿是截然不同、势不两立的。"

仲姬道："若回了我娘家鲁国，我那侄儿姬同是一定会欢迎我们的。"

管仲曰："除了鲁国这条道，我们别处无路可走。"

召忽听他们分析得中肯，也就表示赞同。大家遂商定当日白天筹备，晚上趁夜色逃向鲁国。

商定后，管仲立即来到鲍叔牙府上，把避难的意见告诉了好友，劝他也把公子小白护送逃避到其母亲娘家的卫国。

管仲对叔牙说："我俩各奔一方，若日后有个意外，也好遥相呼应，鼎力相助。"

鲍叔牙亦有同感，声言让管仲放心，并说："我俩作为肝胆相照的老乡、老同窗、老朋友、老同事，不管到了何时、遇到何事，都要互相照应、互相提携。"

第三十回　两公子逃亡鲁莒　灭纪国歪打正着

且说管仲告别鲍叔牙后，回家准备就绪，按约定时间在深夜同召忽护卫公子纠乘坐马车，逃出临淄城，直奔鲁国而去。路上对守城和边关的将士，就说是公子纠母亲王太姬娘家出了急事，须马上前去处理。将士们听说是王家之事，不敢阻拦，只好一路放行。

却说鲁桓公姬允被害后，其子姬同继位，是为鲁庄公。因其母后文姜在齐国，姬同尚未举行登基大典。鲁庄公年轻，正盼望有亲朋好友前来投奔和帮助他呢。

公子纠他们一行来到了鲁国，在鲁国朝堂见到了鲁庄公姬同。姑姑和表哥的到来，让鲁庄公喜出望外。

鲁庄公问："却是哪阵风把姑母和表哥吹来了呢？"

仲姬道："我当姑母的，与你表哥在齐国遇到了麻烦。"

鲁庄公问："不知姑母和表哥遇到了何等麻烦？"

仲姬道："当年你父鲁桓公应邀访齐，被那贼子姜诸儿派人杀死。姑母与你表哥义愤填膺，说要寻机为你父报仇，推翻姜诸儿这昏君。不料，此话被姜诸儿探知，就想把你表哥送到伐纪战场，不派重兵，让他战死在沙场。幸亏你表哥的师傅管仲，识破了姜诸儿的毒计。姑母和你表哥这才带上师傅管仲和召忽，来投奔我侄儿。"

鲁庄公说："姑母和表哥因欲为姬同和我父王报仇，这才惹来了姜诸儿的迫害。今来投奔侄儿，姬同一定妥善安排。我要拨给姑母和表哥一座城池，让表哥在那里招募家兵予以训练，以备日后伺机打回齐国，灭那姜诸儿，替我父报仇。"

公子纠拜谢鲁庄公曰："那就多谢表弟的恩赐了。"

鲁庄公说:"在曲阜之西有座城邑叫笙渎,就把你们安置在那里吧。"公子纠他们就去了笙渎,在那里收取钱粮,训练家兵,伺机而动。

话分两头。再说那公子小白,听了鲍叔牙建议,也在师傅保护下,当夜逃出了临淄城,向西奔卫国而去。要到卫国,谭国是必经之地。

他们来到谭国边境,被边境守将拦住说:"按照谭侯谕令,没有贵国君侯的通关文书,一律不得放行。"

公子小白说:"我乃齐侯襄公之弟,要经贵国去到我外祖的卫国,不同于一般人,还要什么通关文书呢?"

边关守将道:"你说你是齐襄公之弟,却没有齐襄公的文书,在下就更不敢擅自放你们过去了。"

鲍叔牙曰:"我们要面见你家谭侯,向其说明路过贵国之缘由,取得谭侯同情,放我们过去。"

边关守将不敢做主,只好骑上快马,去请示君侯。过了半日,他骑马返了回来。

鲍叔牙迎上前去,急问:"谭侯怎么说?"

守将不好意思地说道:"难为贵国宾客了。我家君侯说,他不敢得罪齐襄公。没有其通关文书,任何人不能放行。尤其是自称襄公之弟,却没有他的文书,那就更不能放行了。还是请你们另走别路吧!"

公子小白听此,十分气愤,就说:"这个谭侯也太呆板和不近人情了。我小白乃堂堂齐国公子,到此他不但不予接见,而且不让经过。这不但是他不懂礼节,更是直接藐视我。我小白若日后得势,要好好教训教训这个昏侯。"

鲍叔牙曰:"我们不能在一棵树上吊死,实在不行,只好改走它路。"

小白说:"改走它路?两面是山陵,无路可走。"

鲍叔牙曰:"那就只好回头向东了。"

小白说:"当年,父王曾拜托我姜姓祖籍地莒国的国君,做我的外辅。我们不妨转向东南,避开临淄,前去莒国。"

鲍叔牙曰:"事到如今,也只好这样办了。就按我主的意思,转向东南,迂回而行,前往莒国吧。"

避难鲁莒

他们一行辗转十余日，来到了莒国，拜见国君莒侯。

莒侯早已听说了姜诸儿之恶劣行径，十分同情公子小白。又曾受齐僖公之托，乃小白之外辅，自然精心为他们安排了食宿，并无微不至给予关照。

公子纠和公子小白被借刀杀人之计逼得逃走后，有人禀报了齐襄公姜诸儿。姜诸儿想："一定是我的借刀杀人之计被他们身边的高人识破，这才避走他国。可即使没达到杀他们的目的，也把他们逼得逃去了别国，眼不见、心不烦，也是好事。蝼蚁尚且偷生，就由他们去吧！可我当时在朝堂上，对文武百官信誓旦旦说要亲自带兵讨伐纪国。这下没了替死鬼，如果就此不再伐纪，岂不证明我伐纪是假，借刀杀人是真吗？"

因此，齐襄公又在朝堂上声言："既然两位王弟畏纪国兵威，临阵逃脱。寡人也只好御驾亲征了。"于是，齐襄公姜诸儿调集全国精兵强将，准备亲自率军讨伐纪国。

纪侯派驻齐国的探子得知此事，立即将这一消息传回纪国。

纪侯闻听，十分恐慌。他速给结盟的鲁、莒两国国君写去亲笔信，派人紧急送去。

接替君位不久的鲁庄公姬同，也是纪侯的内侄。鲁庄公接到了姑夫纪侯的来信，只见信中说："昔者，鲁国、莒国与我纪国在浮来山已结为同盟。后我纪国受到强齐侵犯，正是鲁国邀郑庄公和莒侯共同出兵助我，这才打败了齐国。当时，你姑丈我和你两位姑姑，都蒙情不尽。今我闻听那强齐又欲犯纪，还望内侄看在你两位姑姑的份上，再发重兵前来助我，拯救纪国。"

鲁庄公看完信，立即找文武大臣来朝堂商议。

施伯奏曰："当年，齐僖公欲伐纪国，纪国求救于我国。鲁隐公担心我一国之力加上莒国些许兵力，也难以抵挡强齐。因此，他写信给郑庄公，说明利害，让强大的郑国出兵，与我国和莒国一同救纪。"

鲁庄公说："我们有了三国之军，就不愁击败那强齐一国之军。"

施伯曰："谁知齐僖公更是不得了，竟纠集了四国之军共同伐纪。"

鲁庄公说："三国之军对抗四国之军，不占优势。"

施伯曰："可齐僖公不懂兵不厌诈之道理，不但在战争中未曾设谋，而且愚蠢地给纪侯下那战书，把进攻的日期和战场说得一清二楚。"

鲁庄公说："按诸侯互相征伐的惯例，出兵前都是要下战书的。"

施伯曰："这让纪侯有了设谋的时间，学了那姜子牙之计，将我三国联军埋伏在四国联军必经道路南侧的丘陵山林处。纪侯又派人诈败，将四国联军引到了纵深处。这时，我鲁、郑、莒三国联军从其背后突然杀出，对敌军形成了前后夹击。因向南无路，四国联军只好从北边的荒凉之地，折向西南方，回到了齐国。"

鲁庄公说："这不是相对劣势的我方，也能以弱胜强，战胜强齐吗？"

施伯曰："齐国已接受了上次伐纪失败的教训。再靠智胜，恐怕是不可能的了。今我国兵力依旧，若想抗齐保纪，则必须再请那郑国相助。"

鲁庄公说："眼下，郑庄公已经过世，郑昭公姬忽被弑杀，郑厉公姬突避难于郑国栎邑，新君姬亹被那姜诸儿袭杀。现郑庄公第四子姬婴为君，人称郑子。不知道那郑子能效仿其父，派兵助我吗？"

施伯曰："那我王就写信给郑子吧。"鲁庄公遂写就书信，派大臣给郑子送去。

郑子见信，对鲁国使臣说："我若派兵助鲁救纪，国都就会空虚。那姬突如果从栎邑乘虚而入，杀回国都，我可怎么办呢？我岂不就救了别人，毁了自己吗？你回去把我的苦衷告诉鲁庄公，就请他见谅吧。"

使臣回到鲁国，将郑子无法出兵之事禀报了鲁庄公。

鲁庄公说："即使郑国不出兵，凭了我国与纪国、莒国在浮来山形成掎角之势的攻守同盟，我们也是要联莒救纪的。"

却说鲁国向郑国求援之事，被齐襄公姜诸儿知道了，他说："寡人这就派爱卿高奚去警告我外甥姬同这小子。他若敢出兵救纪，我将不伐纪国，转而伐他鲁国。"

齐国命卿高奚奉命来到鲁国，向鲁庄公说明了齐襄公之意。姬同这小儿被惊吓不小，自此不敢再提抗齐救纪之事。

这样，齐襄公就扫除了伐纪的一切障碍，他在朝堂对群臣说："前次我父王伐纪，中了纪侯学我祖宗姜太公那迂回包抄之计，大败而回。寡人也要学学当年太公从背后包抄袭击莱国之计,率军从北部荒凉地区,绕到纪国都城鄙(xī)邑之后,打他个措手不及。"

他亲自披挂上马,挥动帅旗,带领齐国将士向北绕道袭击纪国。

迂回到鄙邑后侧,众将士见由齐襄公亲自出征,又是为齐哀公报仇雪恨,士气大振。于是人人向前、个个奋勇,杀向那纪国之都鄙邑。

纪侯未料到齐襄公这一手,听齐军从背后杀来,就仓促率兵迎出鄙邑东门。双方对战,纪军大败。纪侯未来得及返回都城,就只身逃走了。

纪侯之弟纪季,率部分兵丁坚守城池。齐襄公指挥齐军把鄙邑围了个水泄不通,轮番攻打,眼看鄙邑不保。

纪侯的两位夫人伯姬和叔姬,见大势已去,以为丈夫已经战死,又怕作为堂堂鲁国公主,被那齐军糟蹋,就相约一起上吊自杀了。

纪季孤立无援,难以坚守,只好献城投降。齐襄公给了纪季三十户人家,让其收取地租,承继家族香火。

纪季对齐襄公道:"我的两位兄嫂,以为我兄已经战死,国破家亡,就寻了短见,双双悬梁自尽了。"

齐襄公说:"她们毕竟是鲁国公主,又是我妹妹文姜的大姑姐。寡人就看在妹妹面上,让人去选块好墓地,将她们厚葬了吧。"

命卿高奚见齐襄公战意正浓,就谏曰:"我王不妨率军,乘胜消灭那几个常犯大齐的东夷之国。"齐襄公遂挥师向前将那几国消灭了。

事后,命卿国懿仲悄悄对高奚说:"真是歪打正着。借刀杀人之计的最终结果,是让齐襄公姜诸儿这个昏君,也为大齐做了一点人事儿。这样,人们就不好再把他贬称为'姜猪儿'了。"

第三十一回　掩人耳目续私情　文姜助齐灭郜国

　　却说姜诸儿气死王姬,没了夫人约束,更加肆无忌惮,为所欲为。

　　这时,他对留在身边的文姜说:"我们已相处良久,但你毕竟对外是我的妹妹,又是鲁国的王太后。若这样长期下去,不但我们对外界无法交代,而且你远离鲁国,也不便于控制新君姬同执掌鲁国的大权。"

　　文姜道:"你我难分难舍。我若回了鲁国,见不到你,生不如死。"

　　姜诸儿说:"我倒是想了一个万全之策。"

　　文姜问:"却是何等好计?"

　　姜诸儿说:"在我国与鲁国边境交界之处,有一处尚未划定归属的小城,名叫禚(zhuó)邑。你就住到那里去吧。"

　　文姜道:"我堂堂国君之母,住惯了临淄和曲阜这等大都市,去那偏远的小城,会很不习惯。"

　　姜诸儿说:"暂且委屈你住在该处。你若想我时,我既可以到你那里去,你也可以到临淄来。"

　　文姜说:"来回毕竟不便,猴年马月能见到一面啊。"

　　姜诸儿说:"我会轻车简从,经常到你那里去的。"

　　文姜仍是不快。

　　姜诸儿又说:"你住在那里,还利于就近回鲁国曲阜,辅佐姬同,掌控鲁国大权。这是一箭双雕的最好选择啊。"

　　文姜无言以对,只好服从。是夜,两人极尽缠绵,难分难舍。

　　第二天,姜诸儿为文姜打点好行头,派出护卫人员和侍女,用自己最豪华的马车,去送心上人。文姜与姜诸儿相向无语,挥泪而别。文姜恋恋不舍地离开了临淄,去到那禚邑暂住。

去檐邑的路上,文姜乘坐的豪车再次遇到了那位赋诗的老道。

文姜的下人听其赋曰:"金玉其外兮,败絮其中。女乃千古孽妇兮,万世荡女;男真旷世蠢夫兮,自投蚕池。女欲求一时之欢兮,男遂遭断魂之惨死。"

下人把听到的这话奏报了文姜。文姜道:"这等疯言疯语,等于放屁狗屎,不用去管他。"

文姜到檐邑住了下来。不过数月,姜诸儿就避开耳目,先后三次去那里与文姜私会,行那别后之欢。

文姜道:"把我窝在这里,见不到繁华光景,你要设法让我出去走走才好啊。"

姜诸儿说:"今春,我要到齐地边境的祝丘视察戍边之军。到时,你不妨也去那里。一则与我相会,二则看看此地的风光。"

眼看到了春天,文姜未等姜诸儿到来,就提前赶到祝丘,张罗酒席,准备为心上人接风。姜诸儿来后,动情地说:"人家都是男人请女人,不想妹妹却反其道而行之,反倒宴请我,真让人感动不已。"

文姜道:"我在这里宴请你,并非一般女人反请男人。别忘了我是鲁国的王太后啊。"

姜诸儿说:"你这一说倒提醒了我。你以鲁国王太后身份宴请邻国之君,乃是公事。"

文姜道:"本来就是公事嘛。"

姜诸儿说:"既然这样,我今夏天要去另一处边境城邑视察戍边之军。到时,你就可以用王太后的名义,到我齐师驻扎之处,同我会面了。"

转眼又到了夏天,文姜果然以鲁国王太后名义,到齐师驻地的帐篷,同姜诸儿见面,名曰犒师,实为幽会鬼混。

后来,姜诸儿与文姜先后找借口,又幽会于齐国谷邑和鲁国的防邑等地。

齐鲁两国都有大臣议论说:"若想人不知,除非己莫为。这对奸男淫女,虽借口以公对公,但实际为那私下秽行。这在齐国,哪还有君主之威;在鲁国,哪还有王太后之尊呢?他们违背天理,长此下去,一定没有好结果。"

是年秋后，齐鲁两国都遇到了前所未有的淫雨天气，致使山洪暴发。大水冲走了秋后的麦苗，使两国黎民百姓陷入了来年被饿死之厄运。两国百姓纷纷说道："这都是那对狗男女的乱伦淫行,引来了上天惩罚,给我们惹下了祸灾。"

文姜的荡妇行为，也引来了鲁国群臣的强烈不满。但她身为王太后,大臣们对其奈何不得,只好私下发泄牢骚。

文姜听到了上述议论及牢骚，知道自己声名狼藉，于是就问姜诸儿："你看我们该怎么办呢？"

姜诸儿说："你不妨赶回鲁国，以王太后身份，正式为姬同举行登基大典。然后你再以君王的名义发号施令,管制鲁国。若鲁国日后国泰民安,也就有了你的功劳,可挽回你的些许名声。"

文姜这才回到鲁都曲阜，按照姜诸儿的建议办理，正式为姬同举行了登基大典。自此,鲁国内政外交都由文姜以鲁庄公名义懿命施行。群臣和国人不敢再说其为荡妇,而称之为"王太后"。

为了提高自己这位鲁国女当家人的威望，文姜以鲁国王太后身份出使东邻的莒国，与莒国进一步改善了友好关系。此后,她又以王太后身份出使齐国。

姜诸儿见文姜来访，少不得重温旧情。他对文姜说："自从父王联合四国之兵伐纪，鲁国联合三国之兵将我国打败，我齐鲁两国的关系就一直紧张。"

文姜道："当时，我和姬允访齐，不就是为了改善关系吗？"

姜诸儿说："现姬允已不在人世，我意欲与外甥姬同摒弃前嫌，重新会盟,订立齐鲁两国的世代友好条约。"

文姜道："我当妹妹的十分赞成,不知王兄想把会盟定在何地？"

姜诸儿说："由临淄向西南五十里，有座叫黄的城邑。那里离临淄不远,距曲阜也较近。我看就定在那里吧。"

文姜道："我鲁国和莒国是同盟。前段时间,我刚刚出使了莒国,受到了他们的友好接待。依妹妹之见,不妨约上莒国之侯一同前来会盟,共定三国之好。"

齐襄公说："就请妹妹以鲁庄公名义，邀请莒侯同来黄邑会盟吧。"

文姜道："其实，无论人与人之间和国与国之间，都是希望和平相处的。我若以鲁庄公的名义邀请莒国，莒侯是巴不得有此机会的。"

果然如文姜所言，待到盟会之日，莒国国君也赶来参加。会上少不得又定那三国条约。

评注：当时，齐、鲁、莒三国会盟的黄邑，后人先后称之为般阳、淄川，成为郡、县、区的治所所在地。

黄邑会盟后，齐襄公对文姜说："当年，周武王分封天下诸侯，把我们齐国西邻的郕地，封给了他七弟姬武，号为郕国。这个郕国的后人，自恃是姬姓，就没把我们齐国放在眼里，经常在两国边界上制造事端，挑起争斗。"

文姜道："父王僖公时，不是联合同盟的郑国，一起征伐过郕国吗？"

齐襄公说："当时两国之兵打进了郕国，只是教训了一下当时的郕侯，然后就退兵了。"

文姜道："现在郕国收敛了吗？"

齐襄公说："非但没有收敛，而且滋事益甚。"

文姜道："那你想怎么办呢？"

齐襄公说："我想借此次会盟订下攻守同盟条约之时，邀请鲁国和莒国助我继承父志，再次伐郕。趁鲁庄公和莒侯还未离开盟地，妹妹要去说服他们帮助我啊。"

文姜道："身为齐国姜姓之后，我自当效力。"

文姜遂去黄邑的会盟驻地，找儿子鲁庄公姬同和莒侯，替齐襄公做说客。

鲁庄公问母亲："母后觉得这事合适吗？"

文姜道："母亲已答应你舅舅齐襄公，我儿是定要令鲁国出兵的了。"

鲁庄公曰："鲁国之事，母亲就可以做主。但莒侯那里，需母亲出面去说。"

文姜就去找莒侯，说道："我鲁国和您莒国早已结为同盟，多年友好，今本王太后又联络你们举行了联齐的黄邑会盟，订下了攻守同盟条约。今齐国欲伐西邻的郕国，我儿鲁庄公已答应出兵相助，还望莒侯也能助一臂之力。"莒侯听后，慨然应允。

于是，齐襄公通过文姜联合了鲁国和莒国，组成三国联军，共同伐郕。大兵压境，郕国不堪一击。郕国之侯只好把其疆土献给了齐襄公，投降了齐国。

齐襄公见郕侯投降，觉得郕侯毕竟是周王室同宗，就封给其一块土地作为食邑，延续其姬姓祖宗的香火。

事后，文姜对齐襄公道："这下，大齐的疆域就向西延伸了许多，已经把鲁国之北的土地全占了。大齐在北，鲁国在南，齐强鲁弱。齐国已是面南为君，鲁国就只好北面事齐了。"

齐襄公说："话不能这样讲。尽管齐国强大，但因你是我妹妹，你的儿子是鲁国国君，齐国乃鲁国的舅氏之国，我不会去欺负外甥之国的。"

文姜道："既然如此，你要把女儿哀姜公主许配给我儿姬同，我们亲上作亲。"

齐襄公说："可我女儿才出生不久，与姬同年龄悬殊啊。"

文姜道："那我就让姬同等着你女儿长大成人后，再行嫁娶吧。"

齐襄公说："那姬同能耐得住寂寞吗？"

文姜道："我要下道懿旨，让姬同非你女不娶。"

齐襄公说："那我就唯吾妹之命是从了。"

文姜道："除了亲上作亲，那你还想怎样感谢我呢？"

齐襄公说："自当更加爱怜吾妹。"于是，两人当夜又行那临别之欢。第二天，齐襄公又去远送文姜。

第三十二回　瓜熟而代失人心　人立而啼现冤魂

话说齐襄公执政的第十二年,即公元前686年、周庄王十一年的某日,在齐王宫内,盛夏早朝,群臣肃立。齐襄公姜诸儿说:"我国西北边的防戎要地葵丘城,边关守将正帅年迈,副帅染疾。看来他们已是无力完成按惯例轮流戍边一年的任务了。寡人欲重派两位将军前去代替。"

命卿高奚出班奏曰:"按照先王时就开始了的轮番戍边次序,现在该由连称将军和管至父将军前去顶替他们戍边了。"

齐襄公让连称出班,问曰:"不知连爱卿以为高卿所奏当否?"

连称对曰:"职责当此,不可推卸。但不知去了后,我王何时派人前去换回我们呢?"

就在昨天,有人给齐襄公送来了盛夏的瓜果,他略一思考,就说:"现在正是盛夏瓜熟的季节,到再次瓜熟的时候,寡人以'瓜熟而代',按惯例派人去接替你们就是了。"

齐襄公又让管至父出班,问曰:"不知管爱卿以为当否?"

管至父对曰:"将军戍边,义不容辞。还望我王多支援我们些车马和给养。"齐襄公应诺。

不觉到了第二年夏天瓜熟之时,连称和管至父天天盼望齐襄公派人前来换防接替。可是,一直盼到秋后,也没见来人。二位将军写就文启,派人上奏齐襄公,提醒他不要忘了"瓜熟而代"的约定。

不久,所派之人返回。两位将军急切询问齐襄公的答复。此人说:"我见到齐襄公,他很不耐烦地说,'寡人说瓜熟而代,并没说是今年呀'。"一句话,就把两位将军给气挺了。

他们带来的车马和给养,仅够一年所用。二位将军就又写就启文,请求齐襄公多调拨些车马和给养,用来支撑他们的延期戍边。

时隔不久,齐襄公派人送来了一些马车和给养。两位将军差人予以接受。

收货人清点后,急切地跑来向二位将军禀报:"我们收了货,仔细检点,在车内发现了王宫姬妾们遗失在上面的女红绸带。"

连称曰:"你们怎知道是王宫姬妾们的东西呢?那些达官贵人的姬妾,不是也可佩用女红飘带吗?"

收货人说:"达官贵人妇人所用的这种饰品,是有严格规定的,其规格不能僭越君王的姬妾们。"

连称曰:"你们能确定是王宫使用的东西吗?"

收货人说:"完全可以肯定。按周礼规定,只有君侯的姬妾们才能使用红绸做成的飘带,其他人若敢僭越使用这种飘带,那是要招来杀身之祸的。"

连称闻此,大怒曰:"这齐襄公真是昏庸透顶,他竟将其姬妾们玩旧了的破车,充当战车让我们使用。若在战场上使用这种破车,是要车毁人亡的呀。这不是拿我们戍边将士的生命当儿戏吗?"

又有一位收货人说:"齐襄公给我们送来的这些主食,都是别人吃剩了的。"

管至父曰:"这不可能吧,多少人才能吃剩这样多的食品呢?"

收货人说:"齐襄公姬妾成百上千。这些人吃饭挑剔,才剩下了这么多的食品。"

管至父曰:"你们怎么知道是齐襄公姬妾剩下的呢?"

收货人说:"我们在这些食品中,发现了女人食用时留下的口红。"

管至父曰:"达官贵人们的姬妾,不是也可以用口红吗?"

收货人说:"达官贵人的姬妾使用口红,仅限于是本地产的。只有王宫姬妾们,才能使用从别国进口的。"

管至父曰:"你怎么能区分本地产的和别国进口的呢?"

收货人说:"本地产的呈土红色,别国进口的呈鲜红色。"

管至父曰:"看来此事是真的。齐襄公把姬妾们吃剩的食物让我们戍边将士们吃，真拿我们不当人啊！"

收货人还说："那些剩下的食物，多数已经发霉变馊。我们吃后会种下病的。齐襄公不但拿我们不当人，而且间接地要把我们害死。"

二位将军弄清了真相，愤怒地说："齐襄公吃喝玩乐，言行无常，失信于人。他即位以后，高台广池、酗酒取乐、打猎成癖、不顾国政。他唯女是崇，九妃六嫔，姬妾上千。她们这些人食必粱肉，衣必文绣，而我们戍边将士却忍饥受饿。王宫姬妾们的破败游车，让我们当作战车；吃剩的食品，当作我们戍边将士的充饥之物。他使那倡优佞臣在前，而贤臣在后，还违背天理，因奸、因私，连杀两位别国国君。看来他是逼我们不得不造反了。"

连称说："这个昏君，整天围着他的姬妾们转，根本不把军事防守放在心上。与他的姬妾们比，我们戍边将士在其眼中，简直连猪狗都不如啊！"

管至父更是愤恨不已地说："我看这个劣种，到了非让人推翻不可的地步了。听说你连将军的从妹被这个昏君选进宫内，很不受宠。我想让您悄悄返回临淄，设法与您从妹商量一下，看她有没有摆脱这个昏君的想法。如果有，也让她从内部帮我们想想推翻他的办法，给我们透露些消息。"

连称说："王室的公孙无知，因是齐庄公之孙，因此被称为'公孙'，而不是称为姜无知。他的父亲姜仲年是齐僖公的同母弟，在内政外交各方面为齐国立下了功勋。齐僖公去世前，非常喜欢这个侄子，又念其父为齐国立下汗马功劳，就下旨让公孙无知享受太子般的服饰与俸禄。姜诸儿怕日后公孙无知与他争夺君位，就有意予以排斥。僖公死后，姜诸儿继位后的第一件事，就是违背父王旨意，剥夺了公孙无知的待遇。公孙无知早就怀恨在心，胸怀二异，伺机而动。我们不妨兵分两路，我去找从妹连妃，你去找公孙无知。"

二人商定后，照计而行。他们潜回临淄，连称让人谎称连妃的父母病重，要与女儿见最后一面，把连妃骗回了娘家。连称与其说明了本意。

连妃说："我深恨父母把我送到那畜生姜诸儿身边。姜诸儿有上千女人。我在那里不但见不得天日,而且他根本不拿我当人,而是作为撒气的对象,动辄训斥、羞辱,甚至无端打骂。我早就想与外界联合起来,除掉这个孽根。若哥哥和管将军不弃,我愿作为内应,帮你们寻找时机,成就大事。"

连称听妹妹一说,喜出望外,就说:"我已让管将军去联络公孙无知,让其以齐庄公之孙的身份,领我们一起举事。我俩已经说好,成事后就拥戴他当我们的新君,到时举荐妹妹当新君的皇后。"连妃自是高兴。

却说管至父找到公孙无知,试探着说明来意。公孙无知如久旱逢雨,正合了自己的心愿,便欣然同意。

公孙无知说:"当年,我大伯齐僖公本想把君侯之位传于我父。如果这样,我自然就是太子,自会承继君位。可碍于周礼,大伯只好把君位传给其长子姜诸儿这个孬种。大伯念我父之功,旨令让我享受与太子同等的待遇。不想姜诸儿继位后,竟把我的一切待遇剥夺殆尽。"

管至父曰:"你领我们反了那姜诸儿,是顺理成章的。"

公孙无知说:"姜诸儿欺负我是小怨,但他欺负黎民百姓,无视戍边将士的死活,又欺负外邦,为私欲、私怨杀害别国之君,那就是他的大罪了。他让公子彭生当了替罪羊,杀人灭口,天理不容,必遭报应。"

于是,他们四人按事先约好的接头地点,秘密会面。

公孙无知说:"此事由我挂帅,连妃在王宫通风报信,连称和管至父率所属精兵强将,伺机进宫斩杀姜诸儿。要里应外合,务求一举成功。"

转眼到了三九隆冬,齐国大地飘起了鹅毛大雪。雪后,白色覆盖了大地,远山银装素裹,分外妖娆。齐襄公姜诸儿在朝堂对群臣说:"天赐我良机。此时,正是百兽无法藏身之际,最利于我们狩猎。寡人欲率领兵将,到西北方贝丘的广袤原野上,围猎练兵。"

众臣听说,都表示愿意随行护驾。齐襄公大喜,遂领兵前往贝丘。虽说随从众多,但来到广袤的贝丘猎场,分散成巨大的射猎包围圈后,却也并不显得人多。

齐襄公兴致高涨,率众人乘战车围向猎物,连连射死了数头野兽。正在这时,却见一头体格雄壮的黑毛野猪,在惊吓中奔齐襄公的战车而来。众军士一见，那野猪的外形，酷似浑身黑毛的大力士彭生，又联想到其替死之冤，不禁异口同声地喊道："彭生的冤魂来了。"

齐襄公见状，大声回应："彭生敢来犯我？待寡人射杀之。"

因心中惊慌，双手颤抖，一箭射去，偏离目标，只射伤了此兽的一侧皮肤。这时，只见那受伤的野猪，突然前蹄跃起，发出凄厉的嚎叫，如同人之啼哭，俨然"人立而啼"。这兽直奔齐襄公车前而来，齐襄公被吓得手足无措，跌下车来，丢了履，受了脚伤。

众人齐来护驾，救起了齐襄公，赶走了野猪。齐襄公出师不利，哪还有心情继续狩猎呢？就立即启程返回了临淄的王宫。

第三十三回　两君被弑侯位空　高国二卿邀小白

且说连妃在宫内闻听齐襄公猎场遇"彭生"，因惊吓伤了足，认为他们举事的时机到了，就派心腹之人去向同伙们报了信。宫外那三人得到了消息，决定当夜动手。到了夜深人静、风高月黑之时，由公孙无知带头，连妃引路，连、管二将率领事先选好的精兵强将，偷偷杀来，直逼姜诸儿寝宫。

姜诸儿在猎场上丢失的双履，乃文姜私下赠送的。姜诸儿想："这双鞋温暖舒适，是文姜怕我冻脚，亲自为我缝制的。我平时舍不得穿，这次狩猎正值天寒地冻，因此才穿上御寒。不想因'彭生冤魂'的惊吓，竟将之丢失。"于是他就命人去将此履找回来。

当时服侍齐襄公的有四位太监，分别叫茀、孟阳、石之、纷如。留下找履的是太监茀。茀踏雪遍寻一日，未能找到，只好空手而回。齐襄公盼鞋心切，见状大怒，就挥举马鞭，对茀狠狠抽打了三百下。只把茀打得遍体鳞伤，浑身是血。

打累了，齐襄公上床倒头而睡。茀见齐襄公睡着了，就悄悄走出寝宫，到外面透透气。他心想："寒冷也许可以让鞭伤疼得轻些。"

出宫后，茀转身将门关严，正欲走下台阶。就在这时，造反众人由连妃指引，偷袭到了门前。他们见有太监出来，立即捂住其嘴，先行捆绑。茀见来人身着盔甲，手持铜剑，个个满脸杀气，立即明白了是怎么回事。

茀灵机一动，就说："姜诸儿自己不小心丢了履，却非要我去找回来。我踏雪找了一整天，也没找到。这个昏君就对我下了毒手，狠狠抽了三百马鞭。我现在恨不能生啖其肉。你们前来铲除他，替我报仇，奴才当然要争立头功。姜诸儿因打我受累，已经在床上睡着了。不如我悄悄返回,将其斩杀,也省得你们兴师动众,劳累大伙。"

公孙无知他们不信,莆就让众人看他身上的鞭伤,只见血肉模糊。于是,大家信以为真,就给了莆一把铜剑,在外静候佳音。

谁知,这莆是个死心塌地的狗奴才,对主子很愚忠。他返回宫内,直奔床前,把齐襄公叫醒,说明有人造反的紧急变故。齐襄公立即被吓得浑身哆嗦,屁滚尿流。

莆说:"我等四人,是我主最信任的奴才。我们一定会拼死保卫您。"

莆把齐襄公从床上扶起,掩藏在寝宫空闲房间的门后,又让孟阳脱履上床,钻入锦衾,冒充齐襄公。准备停当后,莆让石之、纷如分别提上齐襄公护身的长短铜剑,一起冲到门口,与众将士好一番厮杀。终因寡不敌众,莆战死在门口,石之和纷如战死在台阶之下。

众人杀进门来,见"姜诸儿"躺在床上,就一剑刺去,杀死了这位"国君"。连妃在宫中,时时能见到姜诸儿,可谓剥了皮也认识他的骨头。她立即看出被杀的姜诸儿不是其本人,而是太监孟阳。

众人遂挨房搜索。有人看见一房门下露出了姜诸儿受伤的脚,立即将他揪出。大家一阵乱砍,将其剁成了肉酱。

他们四人袭杀齐襄公成功后,众人立即拥立公孙无知当上了齐国第十五任君侯。连称和管至父被新君封为左右丞相,连妃被封为王后。

这些胜利者们,欢天喜地地度过了春节。

公孙无知如愿以偿地当上了齐国国君,决心在齐国重整旗鼓,大干一番事业。新年伊始,他就告诉群臣:"寡人打算到下边进行视察,以体观民情,向臣民们展示我的雄心壮志。"

有大臣问:"君欲先行何处?"

公孙无知说:"不妨先去雍林。"

大臣说:"在雍林,我君曾因收租税得罪过不少人,那里有您的敌对势力。若去此处视察,微臣担心会发生意外,于君不利。"

公孙无知却说:"寡人就是想让敌对的人知道,我公孙无知又站起来了。要让他们认清形势,与时俱进,俯首听命,与我化敌为友,同心干一番富民强国的大业。"

且说早有人把公孙无知的打算通报给了其在雍林的敌对势力。这些人串通一气,招揽武士,只待新君来后将其袭杀。

公孙无知果然如期来到了雍林,把自己送进了雍林人的包围圈。没等他站稳脚跟,就见那些敌对者在其首领带领下,从四面杀将过来。此时,这位新君与随从们欲退无路,全部被乱剑杀死了。

公孙无知真是人如其名,既无知又无智,实在没有头脑。他的愚蠢举动,不但丢了君位,而且送上了性命。成者王侯,败者贼,他算个什么呢?短暂的一国之君,竟没有得到君主谥号。以致在齐国的君主簿上,竟没有他的存在。本来应是公孙无知的登基之年,却戏剧般地成了齐桓公姜小白元年。

杀死公孙无知后,雍林人的首领立即派代表飞报高奚、国懿仲等王公大臣,并在呈报中说:"公孙无知篡位弑君,被我等替王室杀死了。请各位依礼另立当立之新君,我们雍林人一定俯首听命!"

呈报中所说的另立当立之新君,指的是按顺序当立的公子姜纠。怎料,鲁国从祖上就延续下来的烦琐礼仪及其迟缓的办事效率,不仅让公子姜纠失去了回国继任国君的机会,更让其丢掉了性命,连辅臣管仲也差点被杀。

却说初春的一天,鲁国王宫内,正值早朝。风华正茂的鲁庄公姬同稳坐在龙椅上,与群臣齐聚。

谋臣施伯出班奏曰:"臣有家仆,自齐国探亲而回,说齐国内乱。春节前,公孙无知弑杀了齐襄公,自立为君;节后,公孙无知又被雍林的仇人所杀,现齐国无主。"

鲁庄公说:"那我们该怎么办呢?"

施伯曰:"按周礼规定,齐襄公死后应该由其太子继位。但是齐襄公因终生淫乱,其姬妾未能给他生下儿子。依礼,诸侯无嗣,就应该由其弟继位。在齐襄公的两位王弟中,公子纠为长,应当立为国君。现公子纠因当时避难,就住在我们鲁国。公子纠乃我鲁国公主仲姬所生,是我王的表哥,若送其返国为君,对我鲁国是大有好处的。"

鲁庄公闻此,说:"这对于我鲁国,确实是件大快人心的好事。但扶立新君,是件严肃的事。齐国那位与我同宗的命卿高奚,位居国君之下、万民之上,是齐国的实权派人物,现临时主政。寡人就派施爱卿作为特使,出访齐国。一则前去请高奚来我鲁国,举行一次会盟;二则爱卿也顺便观察一下齐国的动静。盟会的主题,就是商量送公子纠回国担任国君之事;盟会之地,就定在我鲁国靠近齐国的那个郎(xī)城吧。"

施伯曰:"按周礼,这是一件庄重严肃的事。为臣去后,人微言轻。我王需亲笔写信,邀那高奚才行。这也体现我王对你们姬姓同宗的尊重。"

鲁庄公说:"那寡人就亲笔书之。"

鲁庄公写好邀请信,交给施伯,让他以特使身份出使齐国。施伯来到齐国,到得高奚府上,见到高奚,先行大礼。

高奚问:"施大夫乃鲁庄公特使,我们同为辅臣,缘何行此大礼呢?"

施伯曰:"高命卿是我王的姬姓同宗,拜您如拜我君。因此该行大礼!"

高奚不再虚套,开启信束,只见姬同在信中说:"惊闻贵国连遭两次弑君之祸。今齐国国内无君,依照周礼,应由公子纠回国继位。扶立新君乃是大事。我特邀请您这位同宗命卿高奚,莫辞劳苦,来我鲁国边境的郎城,举行一次扶立新君之会盟,专题商讨相关事宜。以便让此事不失周礼规定的礼仪和程序。"

高奚阅完信,心想:"我不妨借此机会,去看看鲁国是如何打算的。"

于是,高奚欣然写了回信,交给施伯,并说:"我高奚一定会按期到贵国郎城,参加会盟。"施伯接信,回国复命。

刚把施伯送走,高奚立即来到国懿仲府上,把鲁庄公的邀请信交给国懿仲看,并说:"鲁庄公自小受鲁国繁文缛节那一套的熏陶,拘泥于周礼。现我国无君,他就应立即把公子纠送回来继任君位。可他不抓住时机,却要先去搞那些延误时日的节外生枝。"

国懿仲曰:"僖公生前,下旨让我二人作为公子小白的内辅。我们与公子小白相处甚为融洽、友善。现国内无君,襄公无嗣,弟继君位,周礼并无长幼之分。先入为主,正是拥立公子小白的最好时机。"

高奚说:"那我就不去参加鲁国欲立公子纠为君的会盟。咱们直接把公子小白接回来，立为国君就是了。"

国懿仲曰："不可。鲁国离临淄很近，而莒国之都离临淄较远。你不去鲁国参加会盟，就等于公然表示不愿迎公子纠回国为君。鲁庄公知道后必会改变主意，立即送公子纠回来。若这样，我们就被动了。你不妨前去赴会，并在会上要求严格按照周礼的礼仪程序办，并多找些枝尾末节的小事，与他们讨论，故意拖延时日。以此让我们有充足的时间，等公子小白赶回来。"

高奚说："当年公子纠之母仲姬，自恃鲁国公主，就争风撒泼，大闹朝堂，打人骂人；她这个儿子公子纠，自恃公主所生，就骄横恣睢，目中无人，没把群臣放在眼里。我们这样做，也符合众多大臣的想法和意愿。"

国懿仲曰："因此，我才让你去行那缓兵之计，稳住鲁庄公和公子纠，也好拖延出我们和众臣迎公子小白回来的时间。现在，我们就即刻给公子小白写信，让他在鲍叔牙陪同下，速回临淄。"

于是，国懿仲就让高奚执笔，以他们二人的名义写了一封密信，派心腹之人骑上快马，火速送至莒国，直奔公子小白的下榻之处。

第三十四回　抢时机管仲挡道　姜小白中箭装死

却说齐国命卿高奚和国懿仲派人到莒国给公子小白送来书信。来人先碰上了鲍叔牙，说："我国命卿高奚和国懿仲，让我送来一封十万火急的信件。"

鲍叔牙曰："是什么十万火急的事啊？"

来人说："先是，公孙无知领人袭杀了齐襄公，自立为君。如今，公孙无知又被雍林人杀死。在我们齐国国内无君时，高命卿和国命卿令我送来这封急信，虽然信件密封，在下不知其中内容，但我估计与此现状有关。说不定是两位命卿欲让公子小白回去，先占那国君之位呢。"

鲍叔牙感觉事关重大，就立即领来人面见公子小白。小白拆信，只见信中说："内臣高奚、国懿仲拜上我主。在春节之前，姜诸儿被公孙无知弑杀。节后，公孙无知又被雍林的仇人杀死。现在国内无君。鲁国邀臣下高奚去其蒧城盟会，商议送公子纠回国继位之事。我二人乃僖公生前所命公子之内辅，窃盼我主速请外辅莒侯派战车相送，马上回国，也好赶在公子纠前头，捷足先登，立为新君。我等翘首以盼，届时将率众臣出城远迎。言不尽意，万望我主速行！"

公子小白当即把信递给鲍叔牙。观信完毕，鲍叔牙十分兴奋地说："此乃天意和天赐良机也，我主应立刻动身！"

小白按住鲍叔牙的肩膀，说："虽说是好机会，但依礼应由公子纠继位。又加之眼下，鲁国实力比莒国强大。公子纠有那鲁国相助，又有智谋双全的管仲辅佐，肯定会把事情想在我们前面；还有那忠心耿耿的名将召忽的护卫。这些，都足以把我们消灭在事成之前。如此谋算，十分冒险，凶多吉少，我们还是不要鲁莽的好。"

鲍叔牙曰："高、国二卿和国人都盼我主归国继任国君,此乃天意。应国人之请回去,天经地义,与莒、鲁两国实力大小并无必然干系。"

小白说："还有那管仲呢。"

鲍叔牙曰："我主率先回国继了君位,公子纠做不成君王,管仲再有智谋也发挥不出来。"

小白说："还有那召忽呢。"

鲍叔牙曰："公子纠不能为君,召忽再勇猛也施展不出来。我主何患之有呢?以臣之见,唯有速回临淄才是上策。"

小白仍在犹豫,鲍叔牙便不再啰嗦,起身直奔莒国王宫。见到莒侯,鲍叔牙施礼后,对其曰："当年我王僖公拜托您作为我主公子小白的外辅。齐国发生内乱,年内两位国君先后被弑杀。现国内无主,君位空虚。我主公子小白的内辅高奚和国懿仲这两位命卿,代表群臣之意,要迎我主回国先占君位。还望莒侯念当年僖公所托,借给我们三十辆马车,让我护送我主小白速回齐国。"

莒侯说："竟有这等好事?当年姜小白之父齐僖公,聘寡人为小白的外辅。今他的内辅又来信让其速回。吾当派三十辆驷马战车,速送其回国。有齐国高、国二位内辅与我里应外合,事必可成。"

莒君立即派人调集了战车和护卫将士,交予鲍叔牙指挥。鲍叔牙带了战车和将士,回到公子小白下榻处。小白不愿走,盘腿在寝台上,拒不穿鞋。鲍叔牙找到鞋,硬是替小白穿上,不容分说,立即把其推上战车。

鲍叔牙让十辆战车在前,二十辆战车在后,自己跳上小白所乘之车,居中而行,疾速前进。小白在车上,埋怨鲍叔牙不该强迫他就范。

鲍叔牙曰："我已令护卫将士,遇到特殊情况,不要作无谓的牺牲,先要保护我主的性命。不管出现什么情况,您都可把责任全推到我身上。老臣愿替我主一死,以报知遇之恩。为了让齐国百姓能得到明君,我虽死无憾!"

公子小白说："难得鲍师傅这一片忠心。我国齐都临淄,在莒国西北方,中间有泰沂山脉相阻,难以直行。我们要想早日到达,只能顺官方大道,先向北而行,待到了泰沂山脉与北部平原交界处的即墨城,再转向西方,才能一路顺风。"

　　且说那齐国命卿高奚,依据和国懿仲密谋之计,来到鲁国蒚城,参加立公子纠为君的盟会。高奚在会上,不但提出要严格按会盟的程序办,而且故意找些细枝末节之琐事,在会上反复讨论。一个扶立新君的简单话题,竟开了六天的长会,从而拖延了时日。

　　再说随公子纠在鲁国的管仲,深知先入为主的道理。他听说鲁庄公在蒚城,搞那些周礼的繁文缛节,内心十分着急,就对公子纠曰:"鲁庄公不是抢抓机遇,立即送我主回国,却在蒚城搞那些延误时机、画蛇添足、节外生枝之事。须知,机会难得,机不可失,时不再来啊。"

　　公子纠说:"高奚应邀来鲁国会盟,不就是要确定立我为君吗?"

　　管仲曰:"微臣却不这样看。当年,公子小白那作为卫国之女的母亲,雍容大度,尊重群臣,使大家颇有好感。公子小白颇有其母之风,礼贤下士,深得众臣之心。再加当年我主之父僖公在朝堂下旨,让那命卿高奚和国懿仲,担任小白内辅,又拜托你们姜姓祖籍地的莒侯,作为其外辅。那高奚和国懿仲,岂会真心拥护我王回去继任君位呢?"

　　公子纠说:"他待怎样?"

　　管仲曰:"微臣怕高奚来会盟是假,借此拖延时日,让公子小白有充分的时间回国是真。"

　　公子纠说:"高奚一直在鲁国会盟,哪有分身术去管小白呢?"

　　管仲曰:"怕是高奚接到鲁庄公邀请信,来鲁国会盟之前,就已经同国懿仲给姜小白和鲍叔牙送去了急信。然后,高奚前来会盟,就是纯属拖延时间的缓兵之计了。"

　　公子纠急问:"那可怎么办呢?"

　　管仲曰:"唯有一法。就是我主出面,速向鲁庄公借用战马三十匹和精通骑射之术的精兵三十名,由我带领去姜小白他们从莒国赶往临淄必经的即墨城之西,预作埋伏。待姜小白路经此处时,我率军突然杀出,先劝其返回莒国。若他们不听,我就一箭把姜小白射死。"公子纠觉得管仲言之有理,为有备无患,就满口答应。

　　这时,同在公子纠身边的召忽说:"我召忽是我主最早的师傅,既是文人，又是武将。此次伏击姜小白，自当由我前去。"

公子纠道："召忽师傅言之有理。"

管仲曰："带兵伏击，按说应让召忽前往。但此次伏击，并非际遇强敌，也不同于一般的军事伏击，而是一次政治较量。要先劝那小白和鲍叔牙退回。若其不遵，才能施以武力。召忽勇猛善战，怕是一时性急，就去厮杀。这样，鲍叔牙和那些护送将士，必然抵抗。说不定反而会保护小白逃出困境。"

公子纠道："你管师傅足智多谋，又善于骑射。我看还是由您去吧。"

就这样，管仲领命而去。

再说公子小白和鲍叔牙一行，日夜兼程，到达了即墨城，人困马乏，在城内休憩一夜。翌日一早，他们出了城门转向西行，赶往临淄方向。

路上，小白和鲍叔牙所乘之车，被前后战车簇拥，绕过一座山丘。正行间，突见一位身着盔甲，一手持刀，一手握箭，威风凛凛的将领，跨在马上，带领众多骑兵，像天兵神将一样挡住了去路。只听这位将领喊道："我乃公子纠辅臣管夷吾也。请公子小白和鲍叔牙向前答话。"

前面的战车只好让路，让公子小白和鲍叔牙前来对话。二人的战车来到距管仲不远处，只听管仲喊道："二位久违了。今奉我主公子纠之命，前来劝导二位。齐国无君，公子纠依礼当立。小白作为王弟，不应无理抢班夺权。我劝你们，还是退回莒国的好！以免兄弟相残，大动干戈。"

小白听罢，歪头对鲍叔牙说："既然管仲说到这份上了，我看我们还是退回莒国吧！"

鲍叔牙曰："我主归国为君，乃高奚、国懿仲与齐国民意所使。管仲又岂奈我何？"小白遂犹豫不决，进退两难。

二人正说间，却听"嗖"的一声，冷不防射来一箭，正中小白腰际。只听小白"啊"的一声，倒在车中，口吐鲜血，没了呼吸。鲍叔牙见状，以为小白必死无疑，遂伏尸大哭。这一切，被射出冷箭的管仲看得清清楚楚。于是，他带领骑兵退去。

鲍叔牙一边哭，一边指着管仲退去的方向，大声骂道："当年，是你管夷吾劝我辅佐小白，说你最了解他，与他最知己。现在你却为了那不

一箭之仇

得人心的姜纠,放冷箭把小白射死,你也太两面三刀了吧!"

管仲他们已走出很远,鲍叔牙仍在尸前边哭边骂。这时,鲍叔牙忽听有小声传入耳际,说:"且止哭,听我嘘声之言。刚才管仲这一箭,正巧射中了我的腰带铜钩。我灵机一动,假戏真做,就咬破舌头,屏住呼吸,躺下装死。好让你鲍师傅信以为真,大哭大骂,哄那管仲得手而去。"

鲍叔牙俯下身子,只听小白又小声嘱咐说:"卿家仍要当我已死,以假乱真。你把白色内衣脱下,撕成布条,系于我车四周,以示运我尸体,返葬临淄。对护送的军士们就说我已被射死,让他们齐声痛哭,权当一支送葬队伍,速速回国。"

鲍叔牙此时才明白了是怎么回事,心中油然佩服小白的机敏和当机立断。他不动声色,照小白的计谋办妥,并让护送将士们也都效仿,将各自的白色内衣撕成布条,系于他们战车四周。很快,一支挂满白色飘带的车队和将士们此起彼伏之哀嚎声组成的送葬队伍,向西迤逦而行。

再说管仲退后十里后,怕中小白之计,担心小白未死,他就把兵马撤至路边一古村之内,隐蔽观望。过了一个时辰,只见小白的护送兵将,变为了送葬之众。于是,他心中悬着的那块石头才落了地。待到夜色降临,管仲领兵绕过送葬队伍休憩的村庄,快马加鞭,向西返回鲁国去了。

公子纠见管仲春风得意地回来,就急切地问:"劝小白退让的事情办妥了吗?"

管仲曰:"量小非君子,无毒不丈夫。我已让姜小白他们退也退不得,进也进不得了。"

公子纠问:"却是为何?"

管仲曰:"在即墨城之西遇见姜小白时,我劝其退回莒国,却见他犹豫不决,进退维谷。我只好趁其不备,猛然射出一支冷箭,将他射死了。我主可以沉住气,安心回去做你的国君了!"

第三十五回　齐桓公先入为主　困鲁军前后埋伏

且说就在公子姜纠和管仲认为姜小白已被一箭射死，他们弹冠相庆、得意忘形之时，公子小白一行其实已经回到了临淄城外。此时，战车上的白色布条早已撕去，一改那送葬队伍的阵势，恢复了原来的气派。齐国命卿高奚和国懿仲率百官早已在城外等候。

高奚见公子小白到来，疾步向前，躬身下拜曰："微臣和命卿国懿仲，已率众臣在此恭候许久了。"

公子小白说："承蒙众位看重我，迎我回国为君。小白感激不尽。"

鲍叔牙曰："既然众望所归，那就立即拜公子小白为新君吧。"大家齐跪新君，高呼万岁。公子小白被立为齐国第十六任君侯，是为齐桓公。

齐桓公说："立我为君，全仗两位命卿尤其是高命卿操持。今寡人就将高奚的命卿之职，晋升为上卿，与命卿国懿仲共同协助我执掌朝政。"

鲍叔牙曰："拥立新君，晋升上卿，都是大事。待我王进得王宫，要沐浴更衣，穿上龙袍，登上王座，接受登基大典。好让群臣行那三拜九叩大礼，并要排定众臣们的班序。到时，我王再正式颁旨，为有功者封赏晋爵。"

齐桓公说："鲍师傅所言极是。寡人不但要行那登基大典，晋封功臣，还要昭告天下诸侯，宣布我姜小白已就任齐国第十六任君侯。"

鲍叔牙会同高奚和国懿仲将上述事宜办妥，齐桓公临朝听政。

这时，鲍叔牙出班奏曰："我王先入为主，继了侯位。那公子纠和鲁庄公姬同，岂肯甘休？鲁庄公必然会以重兵，武力送公子纠回国争位。眼下当务之急，就是要做好迎击他们的军事准备。"

齐桓公说："鲍师傅提醒正合吾意，不知如何进行军事准备才好？"

鲍叔牙曰："我齐国大将王子城父,英勇善战,足智多谋。可令他率领一军,埋伏于临淄西的干时河旁,准备伏击敌军。"

齐桓公问:"这地方为什么叫干时河呢?"

鲍叔牙曰:"此河时令性很强。夏秋洪水时,河内有水;冬春天旱时,河就干了。水干了,但还要称之为河。因此就叫成了干时河。"

齐桓公说:"那河边没有遮挡,如何埋伏呢?"

鲍叔牙曰:"沿河之民,为防夏秋洪水泛滥,在河两岸筑有堤坝。现在正是河干之时,可让王子城父他们埋伏于堤坝之后。"

齐桓公说:"此计甚好。"

鲍叔牙曰:"光有此正面埋伏还不行。"

齐桓公问:"那怎样才行呢?"

鲍叔牙曰:"还要在敌后预设埋伏,断其退路。"

齐桓公问:"具体应该怎么办呢?"

鲍叔牙曰:"我大齐之臣隰朋,精明干练,且善于用兵。可让他率领一军,埋伏于鲁军退败必经的王村峪山中,以备断敌后路。"

齐桓公问:"爱卿怎知鲁军的败退必经王村峪呢?"

鲍叔牙曰:"若鲁庄公带兵来送公子纠,必乘战车。而那战车必走我齐国与鲁国的官方大道。这要经过我国西边的洙地,然后由自南向北,转向东行,才能到达临淄。那王村峪居于临淄和洙地中间,且此处两面是高山,中间只有一条路可行,乃是鲁军来时和退时的必经之地。待鲁军来时,让隰朋他们埋伏于山中等待,不可露面,不予阻挡。王子城父正面伏击成功后,鲁军败退,要尾随追杀。隰朋只待断其后路。"

齐桓公说:"此计甚妙。鲁庄公和公子纠若敢带兵前来,必让他腹背受敌,困死在王村峪内。"齐桓公立即整饬军队,照计而行。

鲍叔牙再曰:"要立即派人飞马传令,命我国在与鲁国边境的戍边将士,这段时间要躲在军营内休整,不得外出,若见鲁军前来,万万不可阻挡。"

正是:"布下天罗地网,单等猎物来投!"

在齐桓公姜小白登基后的第六天,果然不出鲍叔牙所料,鲁庄公姬同亲率大军,武力来送公子纠。此时,齐国已经设好了埋伏,并通知边关将士见鲁军到来不得阻拦。

路上,公子纠在战车上问鲁庄公:"此次送我归国为君,胜算几何?"

鲁庄公说:"姜小白刚回国,立足未稳。我们可以打他个措手不及。"

公子纠道:"如此甚好。"

随行的管仲在战车上曰:"我与鲍叔牙自小一起学文习武,深知谋略的重要性。正所谓一计能抵十万兵!我担心鲍叔牙会替姜小白出谋划策,让他预设埋伏。"

鲁庄公说:"沿途乃是康庄大道,他们又如何设伏呢?"

公子纠道:"管师傅不要疑神疑鬼,惑我军心,败我大军锐气。"

召忽说:"就是他们有些个埋伏,怎能抵挡我召忽之勇呢?"

管仲曰:"凡事预则立,不预则废。我们不可掉以轻心!"

公子纠道:"管师傅这就有点庸人自扰了。"

管仲曰:"两军对战,最忌轻敌。"

鲁庄公说:"你们不要争了。反正我送表哥回国继位的决心已定,且兵马已行,只有进路,没有退路。"

管仲曰:"在行军当中,我们要密切注意动向。"

鲁军从曲阜来到齐国添地时,见路上并无阻挡。鲁庄公就十分得意地说:"姜小白连那命令齐国戍边将士阻挡我们入齐的指令都没有下,还哪顾得上什么埋伏不埋伏的呢?"

管仲曰:"自此向东,就是从添地到临淄的必经之地王村峪了,那里两面是高山,中间只有一路可行。若姜小白和鲍叔牙在此设伏,对我军不利。"

鲁庄公说:"那就让我军摆成一字长蛇阵,拉长队形。到了王村峪,若有伏兵冲杀过来,也只能冲击我进入这里的零散士卒,与我整个大军也并不妨事。"

鲁军来到王村峪,见此处一片寂静,并无伏兵杀出。鲁庄公说:"看来管师傅的担心是多余的了。"

鲁军安然经过了王村峪,继续向东而行。走了一日路程,来到了离临淄不远的干时河附近。

管仲对鲁庄公和公子纠曰:"此河两边是土堤,横于我军进路之前。若公子小白和鲍叔牙事前已伏兵于堤后,突然杀出,于我军不利。"

公子纠说:"管师傅又疑神疑鬼了。小白和鲍叔牙不在王村峪那关隘要地设伏,却在这坦途大路的河边设伏,那是不可能的。"

管仲曰:"不防一万,就防万一啊。"

鲁庄公问:"万一怎么个防法?"

管仲曰:"不妨派一小队兵士,先去到干时河岸边侦察。"

公子纠说:"管师傅不要小题大做,耽搁我入城时间。"遂不听管仲之言。

管仲曰:"我主迫不及待,急于入城,怕是欲速则不达。"

鲁庄公问公子纠:"此处离临淄还有多远?"

公子纠说:"已不足半日路程。"

鲁庄公见一路顺利,不久即可兵临临淄城下,不由心中大喜,哈哈大笑说:"不想我姬同送表哥回国担任国君,一路顺风,如入无人之境。"

鲁庄公和公子纠正在高兴之时,只听干时河对面河堤后,鼓声大作,又见杀出一员大将,骑在马上高喊道:"尔小小姬同和公子纠,欲来齐国抢班夺权,但要看我王子城父之长矛,能否放尔等过去?"

同时,又见王子城父两侧,杀出了无数齐国将士。

鲁庄公和公子纠毫无思想准备,被吓了一大跳。

鲁庄公说:"果不出管仲所料。那姜小白和鲍叔牙果然设下了伏兵。这可如何是好呀?"

召忽骑马在其一侧,道:"水来土掩,兵来将挡。待我召忽去杀死王子城父,让大军顺利过去。"

言罢,召忽持了宝剑,迎上王子城父,骂曰:"汝乃何等样人,也敢阻挡公子纠回国为君?"

王子城父说:"你召忽不过是公子纠的一个师傅,虽略有些武艺,可毕竟不是真正的将军,也敢前来抵挡我这位名将的长矛吗?"

召忽并不答话,举剑来刺王子城父。二人好一阵厮杀。召忽不是王子城父的对手,眼看体力不支。管仲见状,亦拔剑上前助战。但二人仍未能敌住王子城父,双双败下阵来。

齐军见主将占了上风,齐声呐喊,士气大振,奋力向鲁军杀去。鲁庄公和公子纠见势不好,只好掉转车头,向西溃败。

王子城父大喊道:"将士们,随本帅紧追鲁军败兵,莫要放走了那姬同和姜纠。"于是,齐军一路追击,斩杀鲁军将士无数。

鲁军退至王村峪附近时,却不想从两侧高山峡谷之内,又传出阵阵杀声,大批齐军将士如同天兵天将,挡住了鲁军退路。这时,鲁庄公和公子纠见后有追兵,前有阻截,顿觉插翅难飞,死神来临。

公子纠大呼:"事到如今,管师傅可有良策吗?"

管仲曰:"我管夷吾和鲍叔牙当年从颍上来投齐国,曾路过这王村峪,并在此歇脚。听当地人说,由此向北乃泰山副岳白云山,山高坡陡,无路可走。但在南部山中,却有崎岖山路可通鲁国。庄公和我主不妨弃车上马,由我和召忽保护,抄山间小路逃往鲁国。"

鲁庄公和公子纠见有了生路,就放弃战车,改骑战马,在管仲的引领和召忽的保护下,从山间小路逃回了鲁国。

隰朋远远看见有人弃车上马而逃,就急令军士封锁了那山间小路。这样,数万鲁国将士就陷入了齐军的包围圈内。齐军大胜,主帅隰朋和王子城父见了面。

隰朋曰:"鲍叔牙真乃当今人才,他竟如此神机妙算。你王子城父拒敌勇猛,展现了我齐国大将的雄风。"

王子城父说:"那时,你隰大夫领兵,如天兵降临,断了鲁军退路。你岂不也是上天降给我齐国的神将吗?"隰朋笑笑,不再作答。

隰朋和王子城父共同下令说:"我齐国将士,要把鲁军团团围住,不可放走一人。"

第三十六回　公子纠拒分天下　鲍叔牙全力荐相

　　却说管仲和召忽保护鲁庄公和公子纠逃回鲁国，进入曲阜王宫。鲁庄公姬同道："悔不听管仲一路劝谏之言，以致惨败。这不但未能送我表哥公子纠回临淄争继王位，还让我鲁国几万大军被围困在了齐国。此乃我之过也。"

　　公子纠说："我继位心切，急于求成，不听管师傅之言，才造成如此局面。这更是我姜纠之过也。"

　　管仲曰："虽然鲁军被困，但庄公和我主被我和召忽救回，也算不幸之中的万幸。事过境迁，已是悔之无益了。"

　　鲁庄公道："现当务之急，就是尽快设法救出我鲁国那被围困的数万将士。"

　　管仲曰："此事越快越好。我管夷吾担心，若时日拖长，怕是鲁军的人马会因为粮尽草绝，饥饿而死。"

　　鲁庄公道："这也正是我的担心啊。"

　　于是，鲁庄公、公子纠、管仲和召忽一同商量对策。他们商量来商量去，竟一时没有想出好办法。

　　鲁庄公说："既然一时找不出良法，就请表哥带领管仲和召忽两位师傅，暂回封邑笙渎，再想办法吧。"

　　且说齐将王子城父和齐国大夫隰朋率军得胜后，安排好对鲁军的围困事宜，共同回临淄王宫，向齐桓公复命。

　　齐桓公闻之，大喜说："前者，鲍师傅冒死送我回国；今又设此奇计，战胜了鲁军，赶走了公子纠，保住了我的王位。如此大恩，寡人自当报答。隰大夫和王子城父，围困鲁军有功，寡人日后也自当重用你们。"

这时,齐桓公心想:"毕竟王位本应由公子纠继任,又是自家兄弟。我不妨亲笔写封信,派人送至鲁国,劝公子纠从大局出发,回国平分天下,和平解决继位纠纷。"

齐桓公的使者来到鲁国曲阜,听说公子纠他们回了封邑笙渎,就直奔笙渎而去。来人见到公子纠,把齐桓公的亲笔信交给了他。

公子纠拆信,但见信中说:"小白拜上我兄。回国继位,并非小白原意,只因高奚和国懿仲等群臣代表民意,劝弟回国继位。之前,兄曾派管仲在半路拦截,劝我返回莒国。弟正准备返回,不料管仲射出暗箭,差点把我射死。弟被激怒,这才返国继位。若兄能冰释前嫌,你我兄弟就可重归于好。兄既可回来与我并肩主政,共谋大业,也可在靠近鲁国的地方,划去齐国半壁江山,作为兄之封地。弟意恳恳,言之切切,请我兄定夺。"

谁知公子纠看信后,当着使者的面,就立即把信撕得粉碎,大骂道:"高奚和国懿仲算什么东西,岂能决定我齐国君主的废立呢?那高奚来鲁国会盟,与鲁庄公歃血为誓,约定要按序迎我回国为君。他却两面三刀,出尔反尔,又与那国懿仲相勾结,暗迎小白。我公子纠岂能善罢甘休!此次中了小白的埋伏,鲁军战败被围齐地。这次虽然失败了,但我下次仍要借鲁国之军,杀回齐都临淄。到时,我先杀姜小白,再杀那高奚、国懿仲和鲍叔牙。"

公子纠虽然当时看完信发火,但事后冷静一想,亦觉得事关重大,自己拿不定主意。待齐桓公的使者走后,他就召管仲来商量。

管仲来后,公子纠将小白来信的内容告诉了师傅。

管仲曰:"事已至此,我主想近期返回齐国为君,几乎是不可能的。鲁国之军为了送我主返齐为君,被困于齐国。识时务者为俊杰,我主即使不为自己着想,但为了鲁国那数万将士的性命,也应暂时委曲求全,答应姜小白的讲和条件。"

公子纠说:"我姜纠就是咽不下这口气。"

管仲曰:"依我之见,这口气咽也得咽,不咽也得咽。如果不咽,怕是会招来更大的麻烦。再说,我认为姜小白许诺给我主的条件和待遇也并不算低。"但公子纠听不进逆耳忠言,执意不肯与公子小白讲和。

　　再说齐桓公的使者从鲁国回来后，将公子纠当时的言行在朝堂向齐桓公予以禀报。齐桓公听后，大失所望，他恨恨地对群臣说："不想我兄姜纠这样不识抬举。你们要责令我军的将士们，把鲁军给我紧紧围住。要逼迫鲁国把公子纠、管仲和召忽送回来，我要审判他们，治他们的罪，并要亲手杀了那管仲，以报他射我一箭之仇！"

　　鲍叔牙一听齐桓公的话，就说："我认为主公的想法有不妥之处。依微臣之见，等到要回那管仲后，我主不但不能杀了他，而且要重用他。"

　　齐桓公说："我要拜你鲍师傅为丞相，你却让我重用管仲。难道还要让这个仇人代替爱卿，来做我的丞相吗？"

　　鲍叔牙曰："主公说得对。就是要让管仲回来，担当齐国的丞相。我的能力，比管仲差远了。如果我主只想守业，我鲍叔牙和高傒等人辅佐你就足够了。但是您如果想让齐国富强起来，发展为天下诸侯之伯，实现千古霸业，则非管仲莫属。我对管仲非常了解，他是一位治国大才。哪个国家得到他，哪个国家就能发展起来，从而称霸天下。如果放弃了管仲，就不可能实现我们的雄心壮志。"

　　齐桓公说："他暗放一箭，差点把我射死，难道寡人就对此仇善罢甘休了吗？"

　　鲍叔牙对曰："当时各为其主，管仲是为公子纠射了您一箭。你若重用他，成为他的主子，他也是会在关键时刻为您射出一箭的。您若能不计一箭之仇而重用他，他就是处于死罪而后生，必会更加感恩，绝不会有二心。我劝我主还是从大处着眼，不计前嫌，化敌为友，重用管仲。同时，也要把召忽要回，他是一位忠勇之臣。这两人和我一样，都是你幼时的老师，彼此相知，存有旧情。这样，也让天下人知道我王胸怀似海，利于吸引有为之士前来归附。量小非君子，弃一己之私怨，成天下之霸业。孰轻孰重，请我主决断。"

　　齐桓公还是想不通，说："古往今来，不报人生之仇，非男子汉大丈夫，让世人耻笑也。鲍师傅让我做此悖理之事，岂不是难为本王吗？"

　　鲍叔牙曰："那时管仲的意图，是劝我王不来临淄抢占君位，而是退回莒国。当时，我王听了管仲之言，本欲退回莒国。如果那样，就不会招来管仲这一箭了。但微臣不依,力劝我王继续前行,这才引起了我王犹豫。管仲见您犹豫不决,知道又有我的坚持,断定我们不会退让,这才射了那一箭,企图一箭了之。说起来,这事应怪我这当师傅的,罪责由我。"

齐桓公仍然拿不定主意,鲍叔牙着急地说:"我与管仲最为相知,我宁可不要丞相之职,也要为您推荐人才。若我主实在不允,就说明我主没有识人之明和宏伟大志。这个丞相我鲍叔牙不当也罢,唯愿我主放我回颍上老家,过几年浑浑噩噩的太平日子。"这显然是鲍叔牙向齐桓公施加压力,近乎那以死相谏。

齐桓公闻此,觉得鲍叔牙虽是闹情绪,但也是为自己好,也是为国家大业着想。于是,他也就同意了鲍叔牙的请求。鲍叔牙催齐桓公尽快修书给鲁国国君姬同,让他送回管仲和召忽,否则就不解鲁军之围。

齐国包围圈内的鲁军已是粮草断绝,进退无路。鲁庄公只好派施伯备礼前来求和,请求看在齐鲁姻亲之好的份上,开恩解围,放回鲁军。齐桓公对施伯说:"此事重大,容我和臣子们商量一下,你施大夫就到馆驿去等候消息吧。"

待施伯去馆驿后,鲍叔牙向齐桓公谏曰:"解鲁军之围,万万不可!公子纠逃回了鲁国,事实证明他不甘心失败。他日后必会再次借鲁国之军兴兵作乱,以图东山再起。留下他的性命,祸患无穷。因此,要解鲁军之围,就必须让鲁庄公姬同答应我们两个条件:一是借他们鲁国之手斩杀公子纠,就说你们兄弟之间不忍心下手,请鲁庄公代为处置;二是必须把管仲、召忽交还我国。这第二个条件,也是最重要的。鲁庄公满足了这两个交换条件,方可解围放鲁军回去,否则休想。这是我王能达到目的的唯一办法。"

齐桓公非常赞同,但转念一想,就又对鲍叔牙说:"寡人如果直接让鲁国送回管仲和召忽,他们可能会认为我要对二人委以重任。这样,鲁国不但不会放人回来,还会留下他们加以重用,这对我齐国是很不利的。我看不如假戏真做,就说公子纠与我有手足之情,寡人不忍心亲手杀他,就请鲁国代为处置。但他管仲趁我不备,放出冷箭,暗箭伤人,差点要了我的命;召忽辅助公子纠争位,乃是我的政敌。让鲁庄公把他们二人押解给我,寡人要亲手挖出他们的心,并把他们剁成肉酱,以解我心头之恨,同时也好用以警示我的文武群臣。"

鲍叔牙曰:"还是我王想得周到。这叫将欲用之,却先贬之。"

齐桓公遂按上述计策,亲笔修书,派使者送给了鲁庄公姬同。

第三十七回　鲁庄公无奈灭亲　取贤臣双方斗智

　　且说鲁庄公姬同收到齐桓公的来信后，拿不定主意，就召谋臣施伯前来商量。

　　施伯来后禀曰："那公子纠虽是我王的表哥，却十分迂腐和傲慢。我王率军以武力送他回齐国为君，但因齐国设了埋伏，出师不利，我军被困。事已至此，公子纠就应该正视现实，顺天听命。"

　　鲁庄公说："顺天听命，寡人就该顺了那齐桓公姜小白之意，杀死他吗？"

　　施伯曰："微臣听说，前者齐桓公曾派人给公子纠送到笙渎一封信，提出让他回国，或并肩听政，或分给他齐国的半壁江山。我看齐桓公姜小白风格够高，气度不凡。当时，公子纠就应该答应下来。小不忍则乱大谋，忍一时风平浪静；进一步万丈深渊，退一步海阔天空嘛。"

　　鲁庄公说："寡人尚不知竟有这等事。"

　　施伯曰："公子纠收到齐桓公派人送来的信，阅后大骂。他当着送信人的面，就把信撕得粉碎，并扬言要再借我鲁国之兵打回齐国。送信人回去将公子纠的表现和狂言告诉了齐桓公，齐桓公岂能容忍？公子纠这不是自己逼着齐桓公借我们之手杀死他吗？"

　　鲁庄公说："原来如此。但我怎会忍心杀死自己的表哥呢？"

　　施伯曰："若在正常情况下，我王言之有理。可现在我鲁国数万将士被齐国围困，若时间一长，则会饥饿而死。我们总不能拿数万将士的性命，去换那不识时务的公子纠之性命吧。"

　　鲁庄公说："当时率军送公子纠回国，皆因寡人指挥不利，其罪在我，又怎能让我表哥去当替罪羊呢？"

施伯曰："若公子纠能像我王一样，也替别人着想，他就应心疼我鲁国那数万被围困的将士，答应齐桓公来信的要求，兄弟讲和，以解我军之围。他却反其道而行之，说明他没把我鲁国数万将士的性命当回事。"

鲁庄公问："那可怎么办呢？"

施伯曰："如果我是齐桓公，也会以鲁军数万将士的性命相要挟，取那骄横恣睢、自私自利、不顾他人死活的公子纠之性命。"

鲁庄公说："难道除了让我表哥一死，别无他法了吗？"

施伯曰："你表哥和我鲁军数万将士的性命，孰轻孰重？请我王自己定夺。"

鲁庄公说："那当然是我鲁国数万将士的性命重要了。如此说来，那就只好让公子纠去死了。"

施伯问："不知我王让他怎么个死法？"

鲁庄公说："就赐他一条布带，让其悬梁自裁了吧。"

施伯遂按鲁庄公之意，派人前去予以实施。

多年跟随公子纠的管仲和召忽，见主公被鲁庄公赐死，自是十分悲伤。

这时，施伯回到朝堂对鲁庄公曰："齐国让我们杀死了公子纠，却要那管仲、召忽生还而回。这很明显，他们不是要杀死管仲和召忽，而是意欲重用之。"

鲁庄公急问："这却如何是好啊？"

施伯对曰："管仲是难得的治国人才。哪个国家得到他，哪个国家就会强大起来，从而称伯天下。我王不妨把他留在鲁国，拜为丞相。如果管仲接受拜相，就说明心在我鲁国；如果不接受，就说明他心在齐国。如果他心在齐国，让其生还，对我鲁国是大为不利的。那样，就不如把他和召忽一块杀死，然后将他们的尸体送去齐国。"

第二天，鲁庄公派人去通知管仲和召忽进宫来面见他。

事先，管仲对召忽曰："齐桓公让鲁庄公在鲁国结束了我主公子纠的性命，却要让我俩回国受死。如果真想杀死我们，与公子纠一块执行不就得了吗？还用着让我们回到齐国去受死吗？我看这一定是咱俩那位老同事鲍叔牙之计,欲想骗鲁庄公放我们回去,委以重任。"

召忽说:"我的看法和您一样。"

管仲曰:"恐怕鲍叔牙此计会被鲁国谋臣施伯识破,他怕咱俩回到齐国会受到重用,对鲁国不利,必然会劝鲁庄公留下我们帮助治理鲁国。我估计明天,鲁庄公就会来召咱俩进宫,征求我们的意见了。"

召忽说:"那我们不顺从鲁庄公的要求也就是了。"

管仲曰:"不可。我们若不顺从,必然会遭到被杀的厄运。"

召忽说:"那可怎么办呢?"

管仲曰:"我们要一口应允,就说正愿意留在鲁国,替鲁国出力,助鲁国强大呢。这之后,我们还要帮助鲁国再次兴兵征伐齐国,替我主公子纠报仇。"

召忽说:"你这是让我们暂时说反话,顺那鲁庄公之意,保住咱俩的生命,日后再做计较啊。"

管仲曰:"留得青山在,不怕没柴烧。"

果然不出管仲所料,第二天鲁庄公就派施伯前来请管仲和召忽进宫。他们进宫拜见鲁庄公后,自是按事先想好的话题,表演一番。鲁庄公自是高兴。

就在这时,鲍叔牙在齐国已料到了鲁庄公和施伯的想法和做法,就对齐桓公说:"要想要回管仲和召忽,看来单用不给鲁军解围的要挟还不够份量。"

齐桓公问:"那怎样才够份量呢?"

鲍叔牙曰:"我王要再次给鲁庄公姬同写信,就说不立即送回管仲和召忽,就要把被围的鲁国之军全部消灭。"

齐桓公说:"寡人这就写信,再次逼那姬同。"齐桓公立即修书一封,派人急送鲁庄公。

鲁庄公姬同再次接到齐桓公的来信,阅信后十分着急,就又急召施伯前来商议。他把来信交给施伯一阅,然后说:"齐桓公再次来信,以灭我数万鲁军将士的性命相威胁,要我把那管仲和召忽生还给他们。这便如何是好呢?"

施伯曰:"同样要看这两件事孰轻孰重。"

鲁庄公说:"当然是我数万鲁军将士的性命要紧了。"

施伯曰:"俗话说,'千军易得,一将难求'。到底是我鲁国数万将士的性命重要呢,还是管仲和召忽的性命重要?怕是一时难以权衡。"

鲁庄公说:"管仲和召忽二人的性命,眼下明摆着不如我数万将士的性命重要啊。"

施伯曰:"那我们就只能把管仲和召忽送回去了。"

鲁庄公说:"命运在人家手上,我们没有主动权啊。"

施伯曰:"不过,还有一个冒险的做法。"

鲁庄公急问:"却是何法?"

施伯曰:"那就是把这二人杀死,再送回齐国。"

却说鲍叔牙在齐国,自有灵感。他寝食难安,放心不下,已提前考虑到了鲁国的事态发展,就紧急觐见齐桓公说:"我们的计谋,一旦被鲁国谋臣施伯识破,管仲和召忽的性命就难保了。现在唯一的办法,就是您派我尽快赶到鲁国,就地设法救出他们。"齐桓公同意。

鲍叔牙骑了快马,风驰电掣般赶到了鲁国。见到鲁国国君姬同和谋臣施伯,曰:"听说贵国已按照我王之意,杀死了公子纠。可是,管仲曾对我王施以暗箭,差点要了他的命,召忽是公子纠的死党。我主对这两人那是恨之入骨,必欲当着齐国王公大臣们之面,挖了他们的心并实行醢刑,把他们剁为肉酱。"

施伯对鲍叔牙说:"我王想把他们与公子纠同样处置,立即杀死,替齐桓公报仇。你可把他们的尸体运回齐国,再让齐桓公挖他们的心,剁他们的肉,以解心头之恨,不也是一样吗?"

鲍叔牙曰:"齐桓公派我来,就是让我把他们押回去,活着挖心、剁肉。送回尸体,就没法满足我王活活杀死他们的愿望了。现在贵国的将士们正被前堵后截,围困在我齐国。如果我王不能亲手杀死这二人,他就要将侵犯我齐国的鲁军将士们一个个活活剖心剁肉,好解他心头之恨,并且要对鲁国兴师问罪。"

鲁庄公姬同闻此,吓得面如土色。他迫于压力,只好应允。但施伯仍然半信半疑,心想:"如果真的是要把这二人带回去挖心剁肉,鲍叔牙作为他们多年的老同僚,一定不会无动于衷。我不妨派人去把这二人绑了,再押解到朝堂来,观察一下鲍叔牙的表情。"

再说管仲和召忽,听说了鲍叔牙亲自来到鲁国,要把他们带回齐国。管仲对召忽说:"当时,尽管我施放暗箭,却并没把小白射死。小白派鲍叔牙来鲁,肯定是受到我们这位老同僚的规劝,愿意放下仇恨,欲重用我们。现在咱俩只有配合鲍叔牙,假戏真做,才能脱身。"

召忽说:"我虽是个粗人,但也明白其中的蹊跷。如果是押我们回去受死,还用鲍叔牙亲自来接吗?这一定是我们这个老同僚的计策。我已想好了,关键时刻,宁可一死,也要保护您生还齐国。到时,我做公子纠的死臣,在鲁国陪伴其灵魂;你做公子纠的活臣,去齐国完成他未竟的事业。咱俩可谓各得其所。"

话音刚落,就见一群武士闯进门来,把他俩五花大绑,拽至鲁国王宫前。

施伯一声令下,武士们就把管仲和召忽推进了宫门。只见鲍叔牙一见二人,立即扑向他们,放声大哭,痛不欲生。

施伯见状,认为这二人回国必死无疑,否则鲍叔牙就不会这样痛哭了。于是,他就对鲁庄公说:"我王现在可以把他们打入槛车,令人押送给齐国了。"

第三十八回　槛中高歌回齐国　桓公续妻周公主

却说鲁庄公姬同命人将管仲和召忽囚于槛车之内,由军士押送,往齐国而去。待槛车出了曲阜,管仲怕鲁庄公和施伯反悔,就在槛车内唱起了激昂的高亢歌声。这是他自编自唱的行军歌。他一边唱,一边有节奏地拍打着槛车的木栏杆。

众人只听其歌曰:"行千里兮,始足下。始足下兮,路途远。路途远兮,长如锦。长如锦兮,快步跨。快步跨兮,疾似马。疾似马兮,汗如泄。汗如泄兮,湿吾衣。湿吾衣兮,激吾神。激吾神兮,精神爽。精神爽兮,行更切。行更切兮,速到齐。速到齐兮,吾好歇。吾好歇兮,酒食饱。酒食饱兮,得封赏。得封赏兮,返鲁国!"

押送的鲁国军士们一听,觉得十分过瘾。

管仲曰:"如果你们觉得好听,我就教你们同唱。咱们一路引吭高歌,不也是一种享受吗?"

于是,大家根据管仲击槛而歌的快速节奏,同唱行军歌,忘记了疲劳,疾速前行。

正行进间,只见后面一阵尘土飞扬,果然是施伯反悔,领兵追了过来。管仲见状,隔槛对召忽说:"施伯必欲置我们于死地,如之奈何?"

召忽与管仲共事多年,知道管仲的价值,就说:"我宁可一死,也要让施伯相信我们回到齐国是必死无疑的。我愿用性命换您回齐国。"

施伯率军围了上来,只听召忽高喊曰:"施伯,你来得正好!与其被押回齐国,让姜小白挖心剁肉,我还不如痛快地死在鲁国。"

施伯一听,认为召忽的表现进一步证明了他们回到齐国后会下场可悲。他心想,我要听其言、观其行,看召忽想死在鲁国的说法是真是假。于是，施伯就说："我施伯愿成全你。"随后，他让军士把宝剑隔槛递给了召忽。

只听召忽高喊道："我主公子纠啊，吾宁可死在鲁国，陪伴您的灵魂，也不愿回去让那姜小白挖心剁肉。我死后，就让管仲去齐国给他们祭刀吧！"言罢，他以目瞪视管仲。

管仲心中明白，这是召忽要以死骗取施伯的信任，拯救他的性命，召忽对他是寄予了无限希望的。

只见召忽转向施伯，说："施大夫，召忽与您永别了！"

随行的鲍叔牙见状，急到召忽的槛车旁欲夺下其手中的宝剑。但为时已晚，召忽已在槛车中饮剑自杀了。

鲍叔牙转身对施伯说："施大夫，你要告诫鲁国押解的军士，不可再带利器靠近管仲。如果管仲突然拔了军士们的刀剑自杀，那我回去就没法向我王交代了。贵国那些被围困的将士们，也就一个也别想活着回来了。"

施伯大惊，对曰："老朽这就回去，再也不敢侵扰你鲍大人了。"

管仲一行来至鲁国乌封这地方，人困马乏，饥渴难当。乌封主管人闻听槛车内的囚徒是管仲，见其龙眉凤眼，相貌不凡，就对手下说："赶紧去拿上好的菜肴和酒水来。"手下人赶紧去办，箪食壶浆，送至槛车旁。只见乌封主管人跪倒在槛车前，把食物用双手供奉给管仲。

管仲问："我是将死之人，何烦您如此恭敬啊？"

乌封主管人曰："鄙人早年学了几分相术，能预见您此去是福不是祸，必被齐国重用。我只求贤者，到那时不要忘了我们。"

在此地酒足饭饱后，管仲被槛车押到了齐鲁边境。管仲在槛车内，用捆绑的双手合拳相抱，向押送他的鲁军将士们致谢告别。

鲍叔牙跟随槛车来到了齐国边境的堂阜城。进城后，鲍叔牙立即跑向前去，急速打开了槛车，放管仲出来，并亲自为其解绑。然后，他请管仲到这里的馆驿沐浴、更衣。随后他们改乘宫廷的马车，由鲍叔牙亲自驾驭，载管仲返回了齐都临淄。

齐桓公得信，不计前嫌，率众臣乘车迎至郊外。他望见管仲在鲍叔

【五霸之首 号令天下】

牙陪同下乘车来到离自己不远处,就主动下车,快步前迎。管仲和鲍叔牙见此,也都先后跳下车,向齐桓公疾步走来。

三人相遇,只见管仲立即跪拜曰:"罪臣管仲,拜见我王。前者,罪臣差点把我王射死,但您心胸似海,反而想方设法让我从鲁国生还。我王的大海肚量,千古未闻。哪有杀身之仇不报,反要看重凶手的人呢?"

齐桓公说:"寡人本欲杀你,但经不住鲍师傅再三苦劝,甚至欲行死谏,这才改变了我的主意。要谢,你就谢鲍师傅吧。"

管仲曰:"虽说要谢鲍叔牙,但我王若没有博大的胸怀和从谏如流的君王气度,我管夷吾也是活不成的。"

鲍叔牙道:"你管仲当时只是奉公子纠之命,欲劝我王返回莒国,不来临淄争位。我王听了你的劝告,本欲返回,可受到了我鲍叔牙的阻挡,鼓励他继续前行,这才招来了你那一箭。此事,罪在我鲍叔牙,是以苦劝我王留下你的性命。"

管仲曰:"那是你鲍叔牙替我担罪。无论如何,凶手是我,依理当杀。"

鲍叔牙道:"当年,若不是你管仲劝告,历数我王的优点,让我辅佐之,又怎会有我王和鲍叔牙的今天呢?从这里说起,你管仲也是立了功劳的。"

管仲曰:"当年,劝你鲍叔牙辅佐我王,是应该的。但这点小功,不足以抵我杀人之罪啊。"

鲍叔牙道:"在我劝说下,我王不但改变了主意,不再杀你,而且是他想出计策,向鲁国扬言要挖你的心、剁你的肉,这才骗鲁庄公和施伯放你回来。"

管仲再拜齐桓公曰:"自此以后,管夷吾侍奉我王,宁愿肝脑涂地。"

齐桓公说:"治理好齐国,让民富国强,往后还要仰仗管师傅和鲍师傅。"

鲍叔牙道:"我和管仲本来都是我王自小的老师。那时,我们教我王无非都是治国理政之道、修身爱民之理。今我们师生同心,同谋大业,责无旁贷,义无反顾。"

齐桓公说:"这下,寡人治理好齐国有望了。"

鲍叔牙道:"我王要让管仲发挥作用,总得封他一个职位吧?"

齐桓公说:"那就先封管师傅为齐国的大夫吧。"管仲再拜谢恩。

鲍叔牙和齐桓公达到了目的,就解了对鲁军将士的围困,放他们回国。鲍叔牙感慨地说:"真是千军易得,一将难求啊! 放回了鲁国的千兵万卒,生还了一个管仲。这个交换也值了。"

再说就在齐桓公当政的第二年,即公元前 684 年,周庄王 13 年,在大周都城丰镐的王宫内, 周庄王对群臣说:"听说我最恨的那个齐襄公姜诸儿被国人所杀,寡人十分高兴。又听说自立为齐侯的那公孙无知,因真乃名副其实,无知无智,也被国人所杀。还听说齐国众臣抢先迎回避难于莒国的公子姜小白,继了齐侯之位,是为齐桓公;而那该继位的公子姜纠,在鲁庄公姬同率军以武力送其回国抢位时却中了埋伏,鲁军被围在了齐国境内。后来,那先入为主的齐桓公,就借鲁国之手,杀死了公子姜纠。"

大臣单伯出班奏曰:"这齐桓公姜小白,可谓智勇双全。他继位后,是齐国的第十六任君侯。"

周庄王说:"齐国是东方最大的诸侯国,寡人欲依靠之。前者,我把长妹嫁给了姜诸儿,却不想受到了那畜生的虐待。自此,我大周与齐国关系紧张。现在齐国换了君侯,我大周仍然要依靠齐国,要与齐国搞好关系。听说齐桓公姜小白的正夫人徐姬因病去世,寡人意欲把我的小妹嫁给齐桓公为正夫人。不知当否? "

单伯奏曰:"我王前次把妹妹嫁给齐襄公,下场可悲。难道我王就不接受前次的教训吗?我王再把您的另一位妹妹嫁给齐襄公之弟齐桓公,如果齐桓公也像其兄那样虐待我大周公主,那可怎么办呢? "

周庄王说:"那就请众臣向寡人介绍一下齐桓公姜小白的为人吧。"

只见有一位大臣出班奏曰:"齐桓公姜小白虽与齐襄公姜诸儿和公子纠同父,但并非一母所生。"

周庄王问:"他们都是哪国之女生的? "

大臣曰:"姜诸儿乃边夷之女所生,公子姜纠乃鲁国公主仲姬所生,齐桓公姜小白乃卫国公主所生。"

周庄王问:"他们不是一母所生,为人有何区别?"

大臣曰:"那边夷之女,乃齐僖公正夫人。她天性狭隘,自私自利,教子不严,教女无方,放纵子女。这才使其子姜诸儿和其女文姜做出了那些路人皆知、伤风败俗的丑事和惨绝人寰的坏事。"

周庄王问:"那公子纠呢?"

大臣曰:"公子纠之母,乃鲁国公主仲姬。仲姬自恃公主身份,骄横恣睢,目中无人,当年曾大闹朝堂,并踢打群臣,在齐国仕民中影响极坏。公子纠酷似其母,因此群臣不拥护,这才使得重臣通风报信,先迎回公子小白继了侯位,最终把公子纠置于死地。"

周庄王问:"那公子小白呢?"

大臣曰:"公子小白,乃卫国公主卫姬所生。那卫夫人生前知书达理,雍容大度,爱护臣民,颇得人心。齐桓公姜小白承继其母之风,群臣爱之。他回国继承侯位,乃是齐国仕民所望。他又有命卿高奚和国懿仲、贤臣鲍叔牙和管仲相辅佐。因此,齐国的前途无量。齐桓公能容下管仲的一箭之仇,其胸怀之博大可见一斑。"

周庄王说:"寡人若把妹妹嫁给他,他能善待她吗?"

大臣曰:"我大周公主下嫁给他,依礼是为正夫人。齐桓公是不可能虐待自己妻子的。"

周庄王问单伯:"单爱卿以为如何啊?"

单伯曰:"微臣听了上述言谈,亦觉齐桓公与姜诸儿截然不同。我王把另一个妹妹嫁给齐桓公姜小白,我认为是可以放心的。"

周庄王说:"那就让人选就吉日,再由你单伯护送我妹下嫁齐国吧。为了显示我妹作为大周公主与齐桓公姜小白其他姬妾的差别,作为姜小白的正夫人,可让他们称公主为王姬。"

单伯曰:"再送大周公主,我单伯荣幸之至,自当再次前往。但不知还要按惯例先去到鲁国吗?"

周庄王说:"鲁国为了公子纠的事,和齐国打得你死我活。那鲁庄公姬同还有可能到齐国去主婚吗？"

单伯曰:"这绝对是不可能的了。"

周庄王说:"那就改了过去的惯例,大周公主下嫁的仪仗队伍,就不要再走鲁国了。"

单伯问:"不知我王意欲改走何路？"

周庄王说:"既然卫国是齐桓公姜小白的外祖之国,那你们就向东改走卫国。让卫惠公姬朔跟随你们去齐国,给他外甥姜小白当主婚人吧。"

单伯曰:"如此甚好。"

待周庄王选就吉日,单伯遂跟随婚嫁仪仗队伍先来到了卫国。卫惠公姬朔听说周庄王要让其去齐国为姬周公主主婚,自是十分高兴。

卫惠公姬朔说:"当年,我卫国的两位辅臣左公子洩和右公子职造反,把我赶出了卫国。我当时无家可归,只好投靠了外祖家的齐国。正是靠齐国的力量,我才又打回卫国,杀了那左公子洩和右公子职,得以继续作为卫国的君侯。我十分高兴能为齐桓公姜小白和我们姬周的公主主婚。对于去齐国,我是轻车熟路的。"

于是,单伯和卫惠公姬朔驱车同行,一起跟随周庄王妹妹的下嫁仪仗队伍来到了齐国。

齐桓公听说大周公主下嫁的队伍来到了临淄,就立即起身率众臣前去迎接。他先与单伯和卫惠公姬朔寒暄,然后亲手扶着公主的轿辇,把公主和送嫁队伍送至馆驿。齐桓公和单伯、卫惠公商议,决定翌日举行婚礼。

第二天,婚礼隆重举行。单伯作为娘家人,卫惠公姬朔作为主婚人,齐国上卿高奚作为证婚人,叩拜天地,遥拜高堂,夫妻对拜,二人进入洞房。

进得洞房,齐桓公小心翼翼地给夫人揭开了大红盖头,只见这大周公主十分端庄。齐桓公再拜公主说:"今我姜小白有福,得以迎娶公主。公主已成为我妻,还望日后能当好我的贤内助。"

公主曰:"吾等女子,在家从父,父逝从兄,即嫁从夫。还望夫君日后不要再把我看作大周的公主,而要看作你的家妻。"

齐桓公说:"日后我们要互敬互让,遇事互相商量。我妻乃大周帝王家之公主,为了便于与姬妾们的区别,往后就让大家称您为王姬夫人吧。"

就这样,齐桓公把大周公主王姬娶进了家门,续为了正夫人。

第三十九回　民为天以人为本　拜丞相尊称仲父

话说迎娶王姬后，齐桓公临朝。鲍叔牙奏曰："前者，我王继位时，很多诸侯都前来祝贺。但唯独那西邻的谭国之侯，碍于当年阻止我等路过，不但不来赔不是，而且连祝贺也不参加。还有那莒国之侯，觉得当年帮助我王有功，也居功自傲，不来祝贺。"

齐桓公说："鲍爱卿是何意呢？"

鲍叔牙曰："莒侯帮助我王，确实有功，不来祝贺也就罢了。但那谭侯，纯粹是我们当年的'拦路虎'和冤家对头。他也胆敢这样做，岂不是欺我大齐无人吗？我齐军大败鲁军，军威正盛，我王不妨让伏击鲁军的两支部队合为一体，由王子城父和隰朋率领，向西杀向谭国，以报谭侯阻路之仇和不贺之怨，显一显我大齐的威风。"齐桓公准奏，立即给王子城父和隰朋下了命令。

谭侯听说齐军在王子城父和隰朋率领下，挥师来伐谭国，心中大惊。他立即调兵遣将，并亲自披挂上马，率谭国之军前去迎敌。

谭侯率军迎上齐师，对王子城父和隰朋说："我谭国国力孱弱，未曾犯过齐国。你们率军来伐我，这不是以强欺弱、以大欺小吗？"

隰朋对曰："你明知谭国弱小，却不懂得以礼义待人之道理。当年，我王和鲍叔牙大夫逃难时，欲借你谭国之路。可你谭侯狗眼看人低，不但不提供方便以借此结交大国公子，而且对逃难之人不予接见、不予放行。今我们伐谭，是你咎由自取。"

谭侯说："人没有前后眼，我既然已经得罪了齐桓公和鲍叔牙，现在也没有什么办法了。"

隰朋曰："你小子没有一点灵活性。去年，我王登基后，远方的诸侯纷纷前来祝贺。谭国是齐国的西邻,离齐国最近。你当时去祝贺一下,这个旧怨不就化解了吗?可你坐失了这个好机会。"

谭侯说:"我不是怕去了,齐桓公会给我脸色看吗?"

隰朋曰:"我王宽宏大度,连管仲射他的一箭之仇都能宽恕,难道会不宽恕你不让其过境这件事吗?"

谭侯说:"看来我是以小人之心度君子之腹了。"

隰朋曰:"可你还坐失了一个更好的机会。大周天子周庄王把其妹大周公主王姬下嫁给齐桓公时,亦有很多诸侯前来祝贺。你如果也去祝贺,正是我王大喜之日,他总不会在大喜之日给你脸色看吧。可你仍然没有去啊。"

谭侯说:"我现在愿意向齐桓公负棺请罪,隰大夫能为我说情吗?"

隰朋曰:"我王命我和王子城父前来讨伐你,军令如山,我也无法为你说情了。"

谭侯说:"既然我已坐失良机、因小失大,现在没有办法了。我们就在战场上一决高下吧。"

这时,只见隰朋和王子城父同声传令,命齐军杀向谭军。齐军刚刚围困了那数万鲁军不久,战意正浓、士气正盛,又有震天战鼓之声相催,于是像猛虎出山一般,杀入了谭军阵中。那谭军怎会是对手呢?只一回合就被杀得四散逃命了。

紧急中,谭侯在马上问部下:"看来我谭国是保不住了,今寡人到哪里去逃难呢?"

部下说:"当年,齐桓公因我国阻路,回头逃到了莒国。莒国对其有恩,我王可到那里躲避,并请莒侯向齐桓公讲情,让他不要再追杀您。"谭侯只好如此行之。

齐军占了谭国后的某日,已经身为大夫的管仲,在自己府上接到了齐桓公旨令,让群臣翌日都去王宫参加欢庆宴会。第二天,天还未亮,管仲就整顿衣冠,提前赶往王宫。由于他到得早,在朝堂外的台阶下,遇见了也早来朝堂的齐桓公。

二人相遇后,齐桓公心中想:"我欲借这次庆功会,拜丞相来协助政务,这应是我最看重的事情。我不妨探探管仲能否知道。"

于是,齐桓公劈头就问管仲:"管师傅认为我当下最看重的是什么呢?"

不料管仲对曰:"看重天。"

齐桓公茫然抬头看天,见天上尚有晨星闪烁,就说:"管师傅认为我最看重的是星星吗?"

管仲曰:"比星星还重要。"

齐桓公说:"比星星还重要,不就是月亮吗?"

管仲曰:"比月亮还重要。"

齐桓公说:"比月亮还重要,不就是太阳吗?"

管仲曰:"比太阳还重要。"

齐桓公说:"天上除了月亮、星星和太阳,还有何物呢?管师傅是要我看重浮云和飞鸟吗?"

管仲曰:"那就更不是了。"

齐桓公说:"这也不是,那也不是,到底是什么呢?"

管仲曰:"我说的天,不是无语的苍穹和天上的众物,而是天下的黎民百姓。"

齐桓公说:"天下的黎民百姓,怎么能说是天上的黎民百姓呢?管师傅为什么要让我看天呢?"

管仲曰:"天下的黎民百姓,就是上天,且他们比上天还重要。"

齐桓公问:"此话怎讲?"

管仲曰:"黎民百姓拥护当政者,天下就太平;他们辅助当政者,国家就强大;他们指责当政者,统治就不会稳固;他们背叛当政者,当政者就会失去天下。利天下者取天下,安天下者有天下,爱天下者久天下,仁天下者化天下。因此,我们应当以民为天,以民为本啊!"

齐桓公说:"善哉!您是我幼时的公子傅,小白最爱听管师傅之言。但不知如何以民为天,以民为本呢?"

管仲曰:"昔者大齐之祖姜太公曾说过,'天下有粟,圣人食民。天下有民,圣人抚之。天下有物,圣人裁之'。帮助和教化天下黎民,广栽万物，使民富国强，就是以民为天，以民为本啊。"

齐桓公深以为然，说："我明白了。管师傅是说，民为邦本啊。"

管仲曰："本固才能邦宁嘛。"

齐桓公说："管师傅这是在教我作为国君的基本原则啊。"

管仲曰："政之所兴，在顺民心；政之所废，在逆民心。民恶忧劳，我佚乐之；民恶贫贱，我富贵之；民恶危坠，我存安之；民恶灭绝，我生育之。顺民心则国兴，逆民心则国亡。"

待他们进得朝堂，群臣先后到来。齐桓公大声说："我叫大家来，一是为了庆祝胜利，二是商量拜谁为丞相。依寡人之见，鲍叔牙大贤大忠、大智大勇，冒死保我回国为君，应该拜为丞相。"

却见鲍叔牙立即闪出席外，奏曰："不可。我王用鲁国的千兵万卒，换回了一个管仲，不就是为了拜他为我齐国的丞相吗？若说做丞相的条件，我鲍叔牙有五个方面不如管仲。一是，若论以民为本，宽惠爱民，使民富国强，我不如他；二是，若论断案决狱，公正廉明，不冤枉无辜，我不如他；三是，若论忠信结于诸侯，使齐国能称伯天下，我不如他；四是，若论定制礼仪，整肃法纪，依法治国，约法于四方，我不如他；五是，若论组建军队，并能训练他们，使之英勇无畏，不怕牺牲，甘愿为国献身，我不如他。"

此时，齐桓公心中佩服鲍叔牙的无私让贤，就问管仲："管师傅以为如何？"

管仲捧酒起身，走到齐桓公席前，躬身曰："先不谈拜相之事。我想请教我王，您想如何治国呢？"

齐桓公说："这岂是三言两语能说明白的呢？"

管仲曰："尽管治国的理念千头万绪，但归根结底是两种治国之道。"

齐桓公问："却是哪两种？"

管仲曰："一种是王道而治，另一种是霸道而治。不知我王想采取哪种治国之道？"

齐桓公问："何为王道？"

管仲曰："所谓王道者,周文王之道也,就是按周礼来治理天下。"

齐桓公问："何为霸道?"

管仲曰："所谓霸道者,就是要用发展经济实力来治国,使民富国强、兵多将广,长于其他诸侯国,从而称伯诸侯,号令天下。"

齐桓公知道,这是管仲欲看他的治国志向。于是,就故意说反话,也来试探管仲,言道:"寡人效法周文王和周公,实行王道而治,安居王道乐土,岂不是很好的事吗?"

管仲对曰："既然如此,我王还是另选高明吧!虽然我王对我有不杀再生之恩,但我管夷吾不适宜当王道而治的丞相。"

于是,管仲再拜齐桓公,回到了自己的席位。

这时,不料齐桓公捧酒离席,以君王之尊,来到了管仲席前。

只听齐桓公说道:"寡人想请教管师傅,当下是适宜王道而治呢,还是霸道而治?"

管仲对曰："如果像西周前期,王室强大,诸侯国相对弱小,'普天之下莫非王土,率土之滨莫非王臣',天下归王,王道可行。但是现在已经时过境迁了。"

齐桓公问："为什么现在就时过境迁了呢?"

管仲曰："如今,周室衰微,各诸侯国逐渐强大,互相征伐,都欲称伯天下。这时,我齐国就必须追求霸道之目标。要富民强国,和平外交,恩威并用,取信各国诸侯。并要'尊王攘夷',挟天子以令诸侯,共同抗击外侵,互通有无,互惠互利,促进中原经济文化的一体化发展,形成诸侯国之间的命运共同体。这样才能号令天下,为天下黎民造福。当然,我们也不能丢掉王道周礼的有益成分。对其道德规范,仍要继承和发扬。比如'礼、义、廉、耻'等。"

齐桓公说："寡人刚才是试探管师傅。您的见解,正合吾意。"于是,齐桓公再拜,请管仲为相。

这时,管仲曰："管仲担当丞相之职,现有三大不足。第一,我管夷吾出身卑贱,不足以临贵。我的地位在高、国二位命卿之下,怎么能以丞相身份去领导他们呢?"

齐桓公说:"这好办。寡人就进行一次变革,让高奚把上卿的位置让给您,让他专做自己的世袭命卿吧。"

高奚闻言,立即在宴席上站了起来,说:"为了我们齐国的发展大计,鲍大夫能慷慨让出相位,我高奚又何惜这个上卿之虚衔呢?愿遵王命。"

管仲曰:"第二,我管夷吾贫穷,不足以使富。以贫穷的身份,怎么能指使那些王公贵胄呢?"

齐桓公说:"这也好办。寡人把齐国三年以来积蓄的市租、市税,全部拨归丞相,让您富可敌国。"

管仲曰:"第三,我管夷吾疏不能制亲。我以姬姓管氏外人身份,不足以管制你们姜姓吕氏的家族人。"

这下,齐桓公犯了难,姓氏是无法改变的呀!却见鲍叔牙从坐席站了起来说:"我和管仲、召忽,都曾是我王小时的老师。俗话说,'一日为师,终生若父'。我王可像周武王尊姜太公为尚父那样,称管仲为亚父。这样,他与我王的亲疏程度,不就超过了其他姜姓本族之人吗?"

齐桓公补充说:"如此,可称仲父。"语音刚落,只听满席哗然。

齐桓公闻之,又说:"我看此事出乎大家的意料,寡人今天就来一次'卿意测验'。赞成我拜丞相为仲父的,可以站到大门左边;不赞成的,可以站到大门右边。"

鲍叔牙立即起身,第一个站到了大门左边,身后有部分官员相随。也有部分官员,站到了大门右边。大夫东郭牙,却站到了大门的中间。

齐桓公问东郭牙:"东郭爱卿这是何意啊?"

东郭牙反问:"以管仲的智慧,能为我主谋天下吗?"

齐桓公说:"能。"

东郭牙又问:"以管仲的果敢,能为我主行大事乎?"

齐桓公说:"能。"

东郭牙曰:"既然我王知其智慧能谋天下,果敢能行大事,那么把丞相之权交给管仲,以他的能力,加上我王的胸怀,齐心治理齐国,是多么好的事啊。知子莫如其父,知臣莫如其君。今我王既然提出拜管夷吾为

齐桓公拜相

225

仲父,这是您自己就可以决定的事,又何必迁就群臣呢?因此,微臣站在大门中间,任凭我王自行决断。"

　　齐桓公称善,遂屈身下拜,尊管仲为仲父。管仲扶起齐桓公,反拜齐桓公曰:"我王如此重视与厚爱微臣,臣接受丞相之职就是了。"

第四十回　当务之急惩社鼠　举贤尚功重实际

上回说到,齐桓公躬身拜相,这之后众臣返座。齐桓公说:"寡人想问丞相,治国最禁忌的是什么呢?"

管仲对曰:"最忌社鼠! 那些社庙里的硕鼠, 把社庙糟蹋得一塌糊涂。社鼠们把社庙里的松树,用牙咬出树洞,躲在里面。想用火烧之,又怕烧坏了树木。更可恨的是,它们躲进粮仓,吃里扒外,毁坏粮食。想用开水去烫死它们,又怕湿了粮食。"

管仲又曰:"那些贪污腐化的官吏们,正像社庙里的社鼠。若不杀死他们,则乱了法度;若杀死他们,则满朝君臣不安。这些人的可恨度,比社鼠有过之而无不及,正吞噬着我们大齐的宏伟事业啊。"

齐桓公说:"社鼠和贪官,着实可恨。即使杀了他们,也是死有余辜的。但光靠斩杀还不是好办法。要防患于未然才行。"

管仲曰:"历朝历代不杀几个贪官污吏,就镇不住那些佞臣,要让他们知道王法的厉害。谁敢越过法度的底线,就要杀其以谢天下,以儆效尤。"

齐桓公说:"仲父此法,是让那些污吏不敢贪腐啊。"

管仲曰:"就是要让贪官污吏们明白,在王法面前人人平等,没有例外。要让他们敬畏王法,不敢贪腐。"

齐桓公说:"除了杀一儆百,让污吏们不敢贪,还有别的好法子吗?"

管仲曰:"还要严密法规,堵塞漏洞,让官吏们无法贪腐。"

齐桓公说:"这就能从根本上杜绝贪腐了。"

管仲曰:"非也。更关键的是,不但要让官吏们不敢贪、无法贪,而且要提高他们为国为民的自我修养,自觉不去贪腐才是根本。"

齐桓公问："如何提高寡人和群臣的修养呢？"

管仲曰："这必须有三曰。一曰我王带头，二曰严格治吏，三曰要让黎民百姓监督。"

齐桓公问："仲父要我怎样带头呢？"

管仲曰："我王要吸取历史的经验教训，一是自己不能过分铺张浪费。昔者商纣王奢侈无度，高筑楼台，酒池肉林，是以亡国。"

齐桓公说："这点，寡人能够做到。请问仲父这二是？"

管仲曰："二是不可骄纵家人，更不可偏信姬妾之言。昔者，商纣王偏听苏妲己之言，就是亡国的原因。"

齐桓公说："对此，寡人心中明白。我是不会被姬妾迷惑的。请问这三是？"

管仲曰："三是不可任人唯亲，更不可任用那些置百姓于不顾的自私官吏。昔者，周厉王任用唯利是图、自私自利的荣夷公为辅臣，对黎民百姓加重了税负，横征暴敛。这才激起了民愤，黎民百姓造反，就把周厉王赶出了丰镐。"

齐桓公说："这个教训很深刻。可我任用的您仲父这位丞相及其众臣，却没有像荣夷公那样的小人。"

管仲曰："但要防患于未然啊。"

齐桓公说："这是自然。不知还有什么要注意的吗？"

管仲曰："还有一事，就是不可骄横恣睢，肆意妄为，尤其不可滥杀无辜。昔者，周宣王和周幽王的教训，是应当引以为戒的。"

齐桓公说："这个教训也很深刻，可我是不会滥杀无辜的。请问还有需要注意的事吗？"

管仲曰："我王做到以上几点，就可以了。"

齐桓公说："以上是仲父对我个人的忠告，请问仲父对治吏的'二曰'怎么讲？"

管仲曰："治吏首先要严法，要让他们明白，在王法面前人人平等。要让他们以史为鉴，互相监督和提醒，不要搞特权违背王法。"

齐桓公问："怎样才能激发官吏们互相监督和相互提醒呢？"

管仲曰："对那些教人有功者，或事后将贪官污吏的罪行予以告发者，要给以表彰和奖赏。对那些贪贿的教唆犯或知情隐瞒不报者，要让他们同贪贿者一样获罪。"

齐桓公问："请问仲父，'三曰'所说让黎民百姓监督怎么讲？"

管仲曰："老百姓就像那湛湛青天，他们对贪官污吏的监督无时不在、无处不有。俗话说，'人在做，天在看''要想人不知，除非己莫为''是非曲直，上天皆知'。把对群臣的监督置于百姓之中，就等于群臣头上有了窥视的天眼。群臣是为民办事的，就应该受到万民的监督。对黎民百姓举报贪官污吏的行为，要给以重奖。"

齐桓公说："寡人与众卿当牢记丞相之言，坚决按仲父的'三曰'去办。严于律己，互相规劝，接受黎民监督，严惩贪官，消灭社鼠！"

齐桓公在宴席上拜相完毕，又听了仲父教诲后，众人一起举杯，向丞相祝贺，但管仲坚决不再饮酒。

管仲曰："纵观古今，误国误事者皆因于酒。无论是夏桀、商纣，还是周幽王，无不因酒昏乱，亡国灭身。因此，这酒还是少喝或不喝的好。"

齐桓公说："众卿都为您祝贺，仲父就喝一杯吧！"

管仲曰："臣闻之，酒入口者舌出。舌出者言失，言失者弃身。与其弃身，不如弃酒乎？"

齐桓公说："善哉。诗曰'荒湛于酒'嘛。"

群臣齐道："我王和丞相所言极是，吾等当谨记在心。"

齐桓公又说："寡人得丞相，全靠鲍爱卿大公无私，屈身让贤。他这既是为国为民，也是为了寡人能有贤才相助，使我齐国强盛起来，争取称伯天下。自今往后，凡寡人奖赏丞相，必先奖赏鲍爱卿。所谓饮水思源，不忘根本也！"

齐桓公当时很高兴，在宴席上多喝了些酒，站立不稳，一不小心竟掉下了自己的王冠。回到寝宫后，他觉得在这么多人面前出了丑，脸上十分无光，竟五天不好意思上朝。

管仲知道后，就去寝宫劝齐桓公。他对齐桓公曰："这件小事算不了什么！您如果因为失冠丢了面子，但却为此去为老百姓多办实事和善事,反而会提高我王的威信。说不定老百姓还会说,盼望我王多掉几次帽子呢!"

齐桓公闻此,转忧为喜。其后身体力行,主动为民办了很多好事。

过了一些时日,有大臣在朝堂禀报齐桓公:"官民们见我王一心爱民,为民造福。他们听说是因为我王在朝堂不慎掉了帽子,一时丢了面子,管丞相劝我王多为民着想,并付诸实践,用以挽回面子。于是,现今举国上下就编出了一首歌谣。人们纷纷唱曰,'公乎,公乎! 胡不复遗其冠乎'?"

管仲任丞相后,天天忙于政务。过了一段时间,齐桓公想总结一下执政以来的经验教训,就特意请管仲来寝宫探讨一番。管仲被传,立即赶来,两人在寝台上打坐,隔炕桌而谈。

齐桓公说:"仲父认为,在您辅佐下,吾执政以来情况如何? 今后工作重点应是什么?"

管仲曰:"半年多来,我王不辞辛劳,深入乡间视察摸底,了解了一些下情。我们有的放矢地制定了一些政策措施,使黎民百姓基本安定了下来。下一步的任务,就是选贤任能,发展经济,使民富国强,让黎民得到实惠。"

齐桓公说:"善哉。丞相想得很全面,咱们确实要先把这些事情办好。"

管仲曰:"为此,我们就必须摈弃那些阻碍发展的陈规旧制,制定适应发展的新法规,使治国有所依据。"

齐桓公又说:"任何事情,都需要有人去办。我们要传承我大齐太公的做法,不计门第出身,举贤尚功,从最基层选拔真正能干事的人才。要建立'录官三选'的制度。第一选在最基层,第二选在主管有司,第三选必须经过寡人亲自进行面试。"

管仲曰:"凡国中'慈孝''聪慧''拳勇'出众者,由乡长推荐试用,称职的委任为吏。其中最优秀的,直至可以选为上卿襄赞,做我的助理。不但要建立官员的录用制度,而且要建立严格的考察制度,每年都要分两次让各级官员汇报履职情况,并派主管有司去实地考察,听其言,观其行。"

齐桓公说:"对于那些干出实绩而且贡献大的官员,要在全国大力表彰;反之,则予以惩戒。要让能者上,庸者下。奖勤罚懒、能上能下,这要成为常例。"

管仲曰:"要尽快让主管有司,制定这些政策的实施法则,使上上下下都有所遵循。"

齐桓公说:"仲父,我最近遇到一件事,想对您说一说。"

管仲问:"是什么事呢?"

齐桓公说:"眼下咱俩谈心的这张炕桌,前段时间坏了。工部有司派一位木匠来给我修理。当时,我正在看太公的《姜子牙兵法》。这位木匠见我在读书,就说,'这些书都过时了,看它有何用啊'?我一听很生气,就想治他对圣人的不敬之罪。木匠却说,'大王先不要发火,听我慢慢说说道理吧'。"

管仲曰:"如此不敬圣人,还有什么可说的呢?"

齐桓公说:"当时那位木匠说,'比如您这张炕桌,年久失修。原来桌腿的铆楔榫(sǔn)头坏了,我要给您换上新的榫头。可我用斧头把榫头砍大了,就装不进去;砍小了,安装就不会牢固。因此,我要根据实际情况,砍得不大不小,严丝合缝才行。这靠书本知识是解决不了的啊'。我一听有理,不但没有治他的罪,反而给予了奖赏。"

管仲曰:"对于圣人的书,我们还是要看的。这个木匠的故事,教育我们要看书本,但不能唯书本。木匠提醒我们,要从实际出发,根据实际情况来灵活应变。"

齐桓公说:"正是这个道理。"

管仲曰:"这不禁使我想起了家乡颍上的一个故事。"

齐桓公问:"仲父说的这个故事,与我刚才说的那故事有联系吗?"

管仲曰:"很有联系,其道理大同小异。"

齐桓公问:"仲父家乡的故事是怎样说的呢?"

管仲曰:"说的是我家乡一位农人和一位教书先生的故事。"

齐桓公问:"这个农人和教书先生的故事,与我刚才讲的故事有什么联系呢？"

管仲曰："有联系。农人约教书先生翌日一同到城里去买鞋。教书先生十分迂腐和呆板，待那农人走后，他找了一把尺子，仔细量了自己脚的长度和宽度，并认真记录在竹简上。第二天他们一同去买鞋，那农人在鞋摊上拿了几双鞋，逐个试穿后，就选了一双合脚的鞋子。"

齐桓公问："那位教书先生呢，他选到合脚的鞋子了吗？"

管仲曰："教书先生来到鞋摊，只见他在自己身上摸来摸去，惊曰，'老朽误了大事了。我来的时侯，竟忘了带上事先量好的那脚之尺寸'。"

齐桓公说："此时，尺寸还有什么用呢？穿穿试试，不就知道哪双鞋最合脚了吗？"

管仲曰："可那穷酸先生死板教条。他说，'吾乃文雅之人，岂能当众脱鞋赤脚而试之呢'？于是，他放着那一大堆鞋子不试，要先返回家中，去取他那提前量好的尺寸。"

齐桓公问："他费了这么多周折，也不知买到合脚的鞋子没有？"

管仲曰："他费了半日工夫，回家取来了尺寸，这才把鞋买回了家。可他回家一试，那鞋子竟然并不合脚。"

齐桓公问："却是为何？"

管仲曰："他在量尺寸时，从脚跟量到了大拇指。可这人的第二个脚趾比大拇趾还要长，且世间差异无处不在，人的两只脚并非绝对一般大小。因此他就穿不上了。"

齐桓公说："这个故事很可笑，可是与我刚才讲的那木匠的故事好像没有什么联系吧？"

管仲曰："这人不从实际出发，不用自己的脚穿穿试试，而去追求那理论上的长度和宽度。这和那位木匠告诉我们要从实际出发，不去照搬书本上的那些条条框框，是一个道理。"

齐桓公说："看来，鞋子合脚不合脚，是要自己亲自穿上试试才行啊。"

管仲曰："这个故事，酷似那木匠说的修桌砍榫。说明凡事都是要从实际出发的。"

齐桓公说:"仲父这是用您知道的故事,再进一步劝我从实际出发,不墨守成规啊。"

管仲曰:"就是说,治国要从实际出发,不断进行改革和创新,以适应不断发展和变化的实际情况。"

齐桓公说:"这既是仲父本人之理念,也是对我这位当君主的苦心规劝啊。"

第四十一回　东虢被灭教训深　礼义廉耻国四维

上回所说的故事过了不久,齐桓公见到管仲说:"仲父,我又遇到一件事情,但至今不知就里。"

管仲问:"我王又遇到了什么事情呢?"

齐桓公说:"前段我追赶猎物,一直追到了西方的一个地方。我知道,当年周武王封其众位王叔,遂有西方的东、西、南、北、小这样五虢之地。我到的这地方,离过去的东虢国不远,可东虢国早已被郑国消灭了。东虢国的子孙取'虢'之同音字,改姓为'郭'。我在这里见到了东虢国国君郭公的坟墓,见其墓碑上刻着端端正正的五个大字。"

管仲问:"墓碑上的五个大字是什么?"

齐桓公说:"郭氏后代在墓碑上刻的是'善善而恶恶'。我不知何意,特请教仲父。"

管仲曰:"这五个字,是东虢国的郭氏后代,对其先祖亡国教训的总结。"

齐桓公问:"单单五个字,就能总结出一个国家灭亡的教训吗?"

管仲曰:"正是。当年,周武王把东虢国封给了他的一位叔父。西周时,东虢国也曾一度强盛。后来的君侯虢公,曾在周室辅政。因其做事英明果敢,一度受到了周王的信任,分给他重权以制约其他朝臣。这说明,当年虢公是位英明的君侯。可他的后代们继了君位之后,却未能继承虢公当年之英明。"

齐桓公问:"他们是怎样做的呢?这五个字,就能说明他们未能继承虢公的英明吗?"

管仲曰:"这和我王说的那第一件事情,也有联系。就是虢公的后辈君侯,只知理论上的'善善而恶恶',却没有付诸实际行动。正所谓知而不行,等于不知也。"

齐桓公问:"这话具体怎么讲呢?"

管仲曰:"郭氏后代们在这五个字中,是说他们的君侯祖宗,明明知道善于行善是好事,恶于行恶就必须惩治恶人。但是,当时的君侯却没有付诸行动,善事做得不多,对恶人却没有惩处。再加他们上梁不正下梁歪,治国不力,实力日衰,因此就被实力强大的郑国消灭了。"

齐桓公说:"人要知行合一,重在实践。正像仲父所言,知之而不为,实为不知也。因此,对于仲父和我认定的这一真理,我们要付诸实践,一以贯之。"

管仲曰:"东虢国灭亡时,当时的国君乘车逃出了国门。他在野外断粮、缺水,饥渴难忍。这时,为他驾车的人拿出了早就准备好的干粮和酒水。东虢国国君惊问,'哪来的'?驾车御者道,'我预先为君王逃难准备的'!东虢国国君说,'你预见到我会灭国逃亡,为什么不早提醒寡人呢'?御者道,'您当时爱听阿谀之语,听不进逆耳之言,动辄杀人。我若说了,恐怕早已掉了脑袋。如今恐怕连一个为您御车和备饭的人都没有了'。"

齐桓公说:"东虢国国君此时,真可谓孤家寡人了。"

管仲曰:"壁立千仞,无欲则刚。海纳百川,有容乃大。一个人心底无私,就会天地宽广,堂堂正正,巍然稳立在人间。一个人有大海一般的胸怀,能听得进各种不同意见,尤其是那些反对自己的意见,才能兼容并蓄,明辨是非,从而正人正己。"

齐桓公说:"这话是普遍真理。"

管仲曰:"一个国家的君王,更是如此。作为一国之君,心底无私,秉公为民,尤为重要。人们常说兼听则明,偏信则暗。对于自己的缺点,要让别人知无不言,言无不尽。言者无罪,闻者足戒。有则改之,无则加勉。"

齐桓公说:"正所谓闻过则喜也。"

管仲曰:"如果当君主的听不进不同意见,不顾前后,不计民生,一意孤行,祸乱国家,这样的国家岂有不亡之理呢?"

齐桓公说:"不知那东虢国国君,最后是何等下场?"

管仲曰:"东虢国国君的那位驾车御者,当时对主人说,'您过去认为世无贤人,唯己独贤,是以亡国'。东虢国国君听后,无言以对,哭笑不得。他因精疲力竭,就枕着御者的大腿睡着了。御者撮土为枕,抽走大腿,自顾逃命去了。"

齐桓公问:"东虢国国君被撇下了,他可怎么办呢?"

管仲曰:"东虢国国君饿死在了荒野,遭到了虎豹豺狼的残食,竟然死无完尸。"

齐桓公说:"本应是万民之尊的东虢国国君,其下场竟是死无葬身之地啊。"

管仲曰:"东虢国亡国的惨痛教训,将永启后人。"

齐桓公说:"这个故事,教训很深刻。我们在齐国,要提倡上上下下都多行善事,勿以善小而不为;更要用惩戒的方法,抑制恶行,让全国上下勿以恶小而为之。还要多听不同意见,尊重贤者。"

管仲曰:"我们在齐国,虽不能死守周礼那一套,要实事求是,不断革新和创新。但是,周礼中的'礼、义、廉、耻',在教化人民方面却是很有价值的。"

齐桓公说:"仲父能说说您对这四个字的理解吗?"

管仲曰:"所谓'礼',其狭义是指周礼,其广义是指天下的礼仪与法度。"

齐桓公说:"依礼也就是要依法啊。"

管仲曰:"对。依礼治国首先就是要依法治国。"

齐桓公问:"那'义'字,仲父是怎么理解的?"

管仲曰:"所谓'义',按大齐之祖姜太公的说法,就是指一国之风。一个国家有了礼仪和法度还不够,还要在官民上下左右之间,都提倡一个'义'字。在别人有困难的时候,人们都要讲义气,慷慨予以帮助。在别人有危难的时候,都要敢于挺身而出,临危不惧,不怕牺牲,积极救援。"

齐桓公说:"养成这种'义'的风气,就改变了人们之间的相互关系。

让他们之间有了友善和爱心,就能使一国之黎民百姓,形成融洽和谐的命运整体。"

管仲曰:"有了老百姓人与人之间的'义'还不够,更重要的是要在官吏中提倡一个'义'字。要提倡他们与百姓同甘共苦,乐在其中,以百姓之乐为己乐,以百姓之苦为己苦。"

齐桓公说:"这点,寡人深有体会。我姜小白身为王侯,就是以百姓之乐为我心中之乐,以百姓之苦为我心中之苦的。"

管仲曰:"我王能做到这些,是会在华夏历史上留下好名声的。"

齐桓公问:"那'廉'字,仲父是怎么理解的?"

管仲曰:"人与人之间的交往,要正正当当,清清白白,宁可吃亏,不可贪占。这就是'廉'。"

齐桓公问:"用在治吏上,为什么叫廉洁呢?"

管仲曰:"所谓廉洁者,就是要求为官的更不可贪占,不可索贿受贿,不可奢侈腐化。总之,要告诫所有为官者,都不能去当那人人痛恨的'仓鼠'。"

齐桓公问:"除了廉洁,为什么还要求为官的都要廉明呢?"

管仲曰:"廉是明的前提。为官者只有廉洁,才能心底无私,秉公办案。"

齐桓公问:"怎样要求为官者廉明办案呢?"

管仲曰:"所谓廉明者,就是要求当官的处事公平合理,断案正大光明,不偏袒坏人,不冤枉无辜。"

齐桓公说:"寡人想把廉洁和廉明这几个字,刻成匾额,挂于王官王案的正堂之上,以便时时提醒我。"

管仲曰:"不如把'正大光明'四个字,刻成匾额,悬于王官和各级官府的正堂之上,以让各级为官者,都要时常观瞻,永记心间。"

齐桓公说:"仲父能给我解释一下'正大光明'这四个字的含义吗?"

管仲曰:"公堂之上,乃办案之所。所谓'正'者,就是要公正廉明。"

齐桓公问:"那'大'字怎讲?"

管仲曰:"就是要大公无私。"

齐桓公问："那'光'字怎讲？"

管仲曰："所谓'光'者，就是要光明磊落。要把案情置于阳光之下，增加透明度，让天下仕民都能知情、知理、知果。总之，要把办案置于黎民百姓的监督之下。"

齐桓公问："那'明'字怎讲？"

管仲曰："所谓'明'者，就是要明断是非。这就要求为官者要把案情剖析透彻，并实地考察，查明坏人的作案动机，不被其表面现象所迷惑，刨根问底，找出案件的因果联系。不可主观臆断，而要注重证据。做到不冤枉一个好人，不漏掉一个坏人。"

齐桓公说："寡人明白了。为官办案要摆在光天化日之下，使案情明明白白，不可暗箱操作，办那见不得人的'葫芦案'。"

管仲曰："那葫芦案让人不知为官者在葫芦里装的什么药，稀里糊涂，不明不白。要不然，老百姓为什么都说，'糊涂官办得那葫芦案'呢？"

齐桓公说："礼、义、廉、耻中，前三个字仲父都解释了。而那最后一个'耻'字，仲父是怎么理解的呢？"

管仲曰："所谓'耻'字，就是要让人人知道耻辱和羞臊，不去做那些羞于见人的无耻之事，多去做那些能获得赞誉的好事。一个'耻'字，胜过百般教诲和千般监督啊。"

齐桓公问："什么叫知耻而后勇呢？"

管仲曰："知耻之人，最怕别人看不起自己。这样的人，才能在奋进之中勇往直前，在别人有危难的时候，勇于挺身而出。这就是所谓知耻而后勇。"

齐桓公问："什么叫慎独呢？"

管仲曰："人们有了羞耻之心，就会在平常严格要求自己。有了这种目标和追求，即使没人监督，大家也会独自谨慎。这就是所谓'慎独'。"

齐桓公说："这正所谓外因不如内因，要求别人去做，不如别人自己要求去做啊。"

管仲曰："请将不如激将，就是这个道理。"

齐桓公说："仲父所言，使我受益匪浅。"

管仲曰：“礼义廉耻这四个字，就像四根柱子，支撑和维系着国家的统治秩序，可称之'四维'。张扬这'四维'，让人民树立好的价值观，形成优良的社会风气，国家就会安定，当政者的统治就能巩固。反之，如果这四维不张，道德就会沦丧，国家就会灭亡。”

第四十二回　为君王不拘小节　重用人礼贤下士

话说某日，齐桓公在与管仲促膝交谈中说："仲父过去的见解很正确,我们要贯彻到今后的实践中。可寡人还有些心事,想说出来请仲父指教。"

管仲曰："这里只有我们君臣二人,可以无话不谈。"

齐桓公说："寡人自感有三大缺点,恐影响国家大事。"

管仲问："不知我王自认为有哪三大缺点？"

齐桓公说："第一,寡人喜欢带兵打猎。我有时打猎上了瘾,竟然好几天回不了王官。即使在平时,也常常打猎到天黑,待看不见野兽了才回来。睡晚了早上醒不了,就耽误了上朝,影响了政务。"

管仲曰："这虽然不是件好事,但率领将士们去打猎,也是一种练兵。这算不得什么！"

齐桓公又说："第二,寡人喜欢喝酒,常常喝得酩酊大醉。有几次宴请别国使者,竟在他们面前出了丑。吾深感不安。"

管仲曰："我管夷吾历来反对喝酒,更不用说是酗酒了。君王酗酒,虽然也不是件好事,但君王饮酒会客,让人酒后吐真言,便于了解国内外的实际情况。这也算不得什么！"

齐桓公还说："第三,寡人天生皮肤白皙,身长貌端,好多女人都喜欢我。自从我回来当了国君,有上百名美女自愿报名,被选拔到我身边。就连我的姐妹和年轻的姑辈,都有七个人不嫁或退婚。虽然我绝不会像姜诸儿那样去乱伦,但她们情愿在宫中陪着我,也不愿意出嫁。寡人妻妾甚多,非常宠内。我控制不住自己,难免好色。长期下去,我怕会精气两空,损毁身体,失去健康。"

管仲曰："这虽然也不是件好事，但男欢女爱是人之常情。这还算不得什么！"

齐桓公着急地说："这也算不得什么，那也算不得什么。仲父认为寡人可以肆意妄为吗？"

管仲曰："非也。只是有一件事，君王不可做！"

齐桓公说："寡人愿闻其详。"

管仲曰："君王务在发现人才，且要用人不疑，疑人不用。要善于发挥众卿之长，弥补君王自己的不足。在用人这件事上，当断则断，不能优柔寡断。"

齐桓公说："寡人将克制缺点，谨记仲父嘱咐，放手让以您为首的爱卿们履职尽责。我只管考核大家的德才，根据政绩决定奖罚去留。当断则断，不留后患。"

管仲曰："一年之计，莫如树谷；十年之计，莫如树木；百年之计，莫如树人。一树一获者，谷也；一树十获者，木也；一树百获者，人也。我们要百年树人，使其德才兼备，以供国家之用。"

齐桓公说："仲父此言极是。人君就是要发现人才、使用人才、培养人才。"

管仲曰："人君还要慎重对待'贵'，善于选贤任能；要慎重对待'民'，善于任用为民办事的官员；要慎重对待'富'，善于开辟地利。选拔任用官吏时，要德必当其任，功必当其禄，能必当其职。也就是说，德行要和职务相符，功绩要和俸禄相当；能力要符合职务要求。"

管仲又曰："对于没有爱心的人，不能授予他当官的权利；对于不能举贤任能的人，不能给他尊贵的地位；对于奖惩不公的人，不能让他率领军队；对于不重视工农业发展的人，不能让他管理地方。"

齐桓公说："仲父所言的这些用人原则，寡人定牢记在心。"

齐桓公听了管仲之言，当时谨记选人用人的重要性，不但按"录官三选制"选拔了大批德才兼备的人才，而且亲自观察和发现更多的人才。他还深入基层，关心黎民百姓的疾苦。

为了招揽人才，齐桓公在王宫内设立了高规格接待贵客的"庭燎"

之礼,即冬天在王宫中央大庭内,安上大铜炉,在大铜炉内生上旺盛的木炭之火。还在王宫四周的石柱上,挂上很多明亮的灯笼。木炭之火是为了让来宾烤火取暖,灯笼表示要照见贤者。

随后,齐桓公对外发布告示说:"寡人作为大齐一任国君,意欲有所作为,急需更多贤人前来帮助我。今我设下高规格的'庭燎'之礼,专等贤达之士前来应聘。寡人求贤若渴,在王宫时时盼望之。"可是,告示发出后,等了半年多,也没见有贤者到来。

某日,一位自称道家"九九术士"的东部边陲之人,进宫来见齐桓公。九九术士说:"在下想让大王把我作为贤士,封官晋爵,留在王宫。"

齐桓公说:"我需要的是治国人才,不需要你们九九之术那一套道家的神道之理。你还是回去吧!"

九九术士曰:"大王设下庭燎之礼,求贤之心诚矣。可是,贤人们都感到,无法与大王及您手下的大臣们相比,高不可攀,可望而不可及也。古曰,'人有高山杯土之别'。可泰山因不辞壤石,江海因不逆小流,是以成大焉。尺有所短,寸有所长。今天大王把我这样一个寒酸的道家术士,作为人才留在宫中。那些贤达之士闻知后,就会认为大王的门槛并不高,何愁四方贤士不来呢?"

齐桓公觉得有理,就依此人之言办了。

结果,不出一个月,应招的贤人就蜂拥而至,一时门庭若市。齐桓公就亲选了许多贤达之士,委以政事。

后来才知道,齐国是华夏术士及"俳谐志怪之书"《齐谐》的发源地,也是黄老道教的源头,不愧为留仙、神道之乡。

某次,齐桓公听下面层层向上反映,说边陲小镇有位平民,在当地乐于助人,很受尊崇,就决定亲自前去拜访。

齐桓公问管仲:"不知下面反映的这位平民,姓甚名谁。"

管仲曰:"听说姓小,名臣稷。"

齐桓公问:"没听说有'小'这个姓啊。"

管仲曰:"天下姓氏五花八门,成千上万。有些姓氏的人很少,因此鲜为人知。"

齐桓公说："姓'小'，不但是小姓，而且这个'小'字的笔画也很少。"

管仲曰："这有什么稀奇的呢？这个'小'字有三画，而那乙姓的'乙'字，不是只有一画吗？那丁、又、乜、刀、刁、力等姓，其字仅有两画。那土、丌、山、才、凡、习、么、士、寸、口、乞、工、子、千等姓，不也同样是三画吗？而那木、毛、文、亢、卞、元、元、介等姓，也不过四画而已。"

齐桓公说："仲父真有学问，博见广识，竟知道这么多的简笔小姓。"

管仲曰："很多人不知道这个姓氏常识。他姓小，名臣稷，全名叫小臣稷。还有人以为他是位官府的小臣呢。如果他是小臣，还算得上我王是去拜访平民吗？"

齐桓公说："寡人心中明白了。去拜访他，我就叫他的全名小臣稷好了。"

齐桓公随即前去拜访。可谁知这位作为平民的小臣稷却不愿见到君王，齐桓公连去三次都没能见上。

随从们说："一国之君，下见小民。小民不见，可以休矣。"

管仲知道后，劝齐桓公曰："小民不见，必有原因。如果我王决意见之，就要不厌其烦，再去寻访。"

齐桓公再次去拜访，见小臣稷仍不在家中，就问乡民："今寡人第四次来访，仍不见其人。他到底在哪里呢？"

有一乡民说："小臣稷正在东山帮邻里开荒呢，我领大王去见他吧。"于是，齐桓公又随那人进山去拜访。

小臣稷知道君王数次拜访才见到了自己，就为其精诚所感动，领齐桓公去了自己的家。进门后，齐桓公见其家中并无颗粒余粮，又知道小臣稷的老伴去世后，未能续弦。就关切地问："你一心去帮助别人开荒做好事，可你家中既无余粮，又无老伴，自己的日子可怎么过啊？"

小臣稷说："我们老百姓就是这样，吃了上顿没有下顿，天天吃糠咽菜，每时每刻都在和饥饿这个死神打交道。不瞒君王，现在不但我没有老伴，就连我已成年的三个儿子，也还都没娶上媳妇呢！这也是小人不愿见大王的原因。"

齐桓公回到王宫，把这件事告诉了管仲。

管仲曰："眼下这种状况还比较普遍。一方面,君王和王公大臣们都囤积了很多粮食,有的甚至出现了霉烂;另一方面,有的百姓却吃不上饭,甚至冻饿而死。可谓朱门有腐馊之肉,路边有冻死之骨。一方面,我王和王公大臣们都妻妾成群,有的姬妾甚至终生得不到宠幸,很有怨气;另一方面,很多百姓却娶不上媳妇。可谓王室有怨女,黎民多鳏夫啊。"

齐桓公听后,很受震撼,就下令:"让我的王宫和王公大臣们都把余粮交出来,分发给那些最贫困的百姓。按周礼规定,留下应有的姬妾,把多余的女人也交出去,嫁给那些娶不上媳妇的穷人,成全那些鳏夫。自此以后,二十岁以上的男子就要娶妻,十六岁以上的女人就可以出嫁。"

随后,齐桓公责成丞相,命人按旨实施。

第四十三回　丞相再婚娶崔婧　桓管桥下遇宁戚

再说管仲的前妻,听说管仲当了丞相,官居上卿,又被齐桓公尊为仲父,就又闹腾着让后夫写了休书。她厚着脸皮,带着儿子武子鸣,来到管仲府上,请求与管仲复婚。

管仲曰:"泼出去的水,岂能收回;烧死的树木,焉能复活!所谓覆水难收,焚木难活也。你在我落魄时,抛弃了我。今又复来,是无耻也。明明知道回头为时已晚,世事不可倒转,却欲扭转乾坤,是无智也。如此无耻、无智之辈,岂能再为我同路之人?"

管仲又对儿子曰:"天要下雨、娘要改嫁,我儿当时幼小说了不算,离开为父是迫于无奈。你现在已经长大成人,可回到父亲身边,留在相府。一则让你多读点书,二则让你帮助我办理些家务事。"

管仲前妻此时无话可说,只好留下儿子,狼狈而去。一路上,她悔不当初,泪如泉涌。

是年开春后,齐桓公和鲍叔牙等群臣都认为管仲应确立正房,迎娶夫人,遂纷纷为管仲提亲说媒,介绍那些王公贵胄之女。

为此,管仲婉言谢绝:"大家的好意我管夷吾心领了。我在落难之时遇到了一位名叫崔婧的女子,虽然她家境贫寒,但其父是位教书先生,因此她饱读诗书,多有学识,善解人意。在我落难之时,她始终不离不弃地跟随着我。我现在想要把她扶为正房,做我的夫人。"

齐桓公听后,就问鲍叔牙:"鲍爱卿以为如何呀?"

鲍叔牙曰:"人生一世,千两黄金易得,一个知己难求。"

齐桓公说:"人生一世,知我二三子,也就算幸运了。"

鲍叔牙曰:"所谓知我二三子,是指社会上的两三个知己朋友。在社会上,能有两三个知己朋友,就被视为人生之幸运。可是,夫妻俩并非社会上的朋友,而是同桌而食、同榻而眠的伴侣。如果在家里,有一个互为知己的伴侣,那就更是人生的幸运了。"

齐桓公说:"男人能娶一个心上人成花烛之好,确实是难能可贵的。"

鲍叔牙曰:"人们把这种能得到知己的洞房花烛夜,与那久旱逢甘露、他乡遇故知、官府得重用相提并论,就是这个道理。"

齐桓公说:"寡人只听说有洞房花烛夜,却没听说那'洞房花烛夜'之前还要加上'得到知己'这四个字。"

鲍叔牙曰:"若不能娶进一位知己女人,像管仲先前那样,娶进一个见异思迁的市侩女人,或有人娶进一个惹是生非的泼妇,或娶进一个打公骂婆的母夜叉,难道还可以和上述那些喜事相比吗?"

齐桓公说:"爱卿言之有理。若夫妻不知己,就不是娶进了一个妻子,而是娶进了一个灾星。"

鲍叔牙曰:"因此,我鲍叔牙认为,娶妻就是要娶那最难得的患难与共知己女人,无须去计较她的出身。管仲想要这样做,我当学兄的是十分赞成的。"

齐桓公点头称是,遂对众卿戏曰:"丞相是我的仲父,他的夫人就是寡人的婶母了。"这样,众臣也都顺着齐桓公的戏说,称之为'婶母',唯有那鲍叔牙称之为弟妹。

待选定了大婚吉日,群臣都表示届时要予以祝贺。管仲在朝堂对齐桓公和众同僚曰:"我以丞相身份立下规矩,今后凡新婚喜庆,无论何人一概不许送礼,当事人也不许收任何人的贺婚钱财。今我管夷吾成婚,大家来吃喜酒,就烦扰了诸位,我和夫人崔婧也就感激不尽了。"

到了管仲和崔婧成婚那天,齐桓公亲临,鲍叔牙主持,高奚证婚,群臣祝贺。这时,也有个别官吏没有听从管仲在朝堂上定下的规矩,执意带来了贺礼钱财。

管仲见此,说道:"我作为丞相,在朝堂当着我王之面,宣布今后凡婚事一概不许送礼。你们这样做,不但不利于社会风气的改善,而且违背了在朝堂立下的规矩。此例一开,今后我大齐之法令,如何能得以实施,贯彻到底呢?送礼看似一件小事,实则是毁我国家法度之大事啊。"

有大臣说:"我等已经把礼品送来了,丞相就给我们个面子收下,咱们下不为例还不行吗?"

管仲曰:"任何一项法令不得实施,都是因为那下不为例造成的。千里之堤,溃于蚁穴。我们要防微杜渐,就不能搞什么下不为例。"

大臣说:"那可怎么办呢?"

管仲曰:"这些礼品该怎么处理,你们自己应该明白。我不希望在成婚的大喜日子里,让你们逼着我管夷吾做出那不愉快的事情来。"

带来礼物的王公大臣们闻此,都嘱咐家丁,把礼物悄悄抬回了自己的府邸。

却说管仲和崔婧成婚后,转眼到了清明节。这天,齐桓公约管仲相陪,去郊外的姜姓祖茔祭拜祖先。齐桓公此举图的是,一路上好同丞相谈些国家大事。

祭奠完毕,天色已晚,二人乘车沿康庄大道而返。车行不远,来到一条小河边。刚欲过桥,却听桥下河滩上,有人引吭高歌:"南山矸,白石阑。生不逢尧与舜!单衣短裤至小腿,黄昏喂牛至夜半。长夜漫漫何时旦?"

又歌曰:"沧浪之水白石灿,中有鲤鱼长尺半。敝布单衣才至腿,清朝喂牛过夜半。黄犊上坡且休息,吾将舍汝相大齐。"

再歌曰:"出东门兮历石班,上有松柏青且阑。粗布衣兮实襤褛,时不遇兮尧舜禅。牛兮努力食细草,吾将舍汝去楚国!"

齐桓公和管仲驻车静听,都觉得这不是凡人能唱出的歌,二人就下车步行来到桥下。只见一位穿着短裤,车夫模样的人,正在河边喂牛。这人一边用赶牛的木棍对牛角敲打出节拍,一边唱着。

齐桓公和管仲二人见后,都觉得此人非同一般。

齐桓公问:"寡人见你虽车夫模样,但听了你的击角之歌,又见到了你的仪表。我认为你不像一般的车夫,而是一位有才学的人。不知你姓甚名谁,何方人士,本是何等职业?"

五霸之首 号令天下

247

那人曰："在下姓宁名戚，是卫国人，本为卫国一个管农业的小吏。我嫌本国君王不明，治理不善，用人不当，特慕名来投齐国。但因我在这里，久不见明主，更谈不上受重用，因此就想再奔去楚国谋职，是以击角而歌。"

齐桓公说："原来你是我母亲祖国之人，我们应该算是亲戚。你来到我这里，就等于来到了自己的亲戚家。现在天色已晚，就先委屈你在桥下住上一宿，把你的牛安置好。明天一早，寡人要特意沐浴更衣，派丞相来接您。到那时，咱们再好好谈谈吧！"

第二天一大早，管仲乘车前来接宁戚。宁戚见齐桓公果然不食其言，又派丞相来接，就随口吟出一句古诗："浩浩乎白水！"

管仲送下宁戚，让他与齐桓公单独交谈，就回到了自己府上。他苦思冥想，百思不得其解，宁戚吟得这句诗是什么意思呢？

夫人崔婧见他愁眉不展，料定丈夫遇到了难题，就试探着问："夫君面带忧色，不知发生了什么大事？"

管仲曰："这不是你们女人应该知道的。"

崔婧说："这我明白。但您不是对我说，'人不分贵贱，辈不分上下，岁不分长幼，性不分男女，都要关心国家大事'吗？"

管仲听夫人搬出了自己说过的话，只好如实曰："今天我去接一位宾客觐见齐桓公。宾客高兴地说，'浩浩乎白水'。我不知是什么意思，所以内心焦虑。"

崔婧听后噗嗤一笑，说："有一首古诗叫《白水》。诗中说，'浩浩白水，鯈鯈之鱼。君来招我，我将安居？国家未定，从我焉如'？这明摆着是宁戚想在齐国安家落户，并想得到重用啊！"管仲这才恍然大悟。

管仲对崔婧说："我看那宁戚，现在混得很落魄。"

崔婧说："伊尹当年是外族部落嫁女给商汤时的奴才，一度担任商汤的厨师，但其后来却担任了令尹，相当于现在的丞相。他协助商汤把天下治理得井井有条。你能说他出身卑贱吗？姜太公当年下过厨、宰过牛、杀过猪、算过卦，后来得到了周文王的重用，耄耋之年才来到齐国担任国君。你能说他落魄吗？昔者，睪子五岁就知道帮助大禹。你能说他小吗？驴骡子生下七天，就能跑得比母亲快。你能说它是弱者吗？这些例子都说明，是人才，就不能看他的出身、年龄和当时的穷困状况。"

管仲曰："爱妻所言极是。我说他落魄，可并没说他不是人才啊。"

管仲急忙去见齐桓公。齐桓公把宁戚请过来，三个人长谈了两天，无非是治国平天下的那些见解。他们谈得很投机，齐桓公就想重用宁戚。

第二天上朝，齐桓公谈了自己欲重用宁戚的想法。命卿高奚听后，就对齐桓公建议说："卫国距离我国不远，又是我王之外祖家。我看，不妨派人前去打听一下，看看宁戚的来龙去脉和在卫国之表现。"

齐桓公说："高爱卿想派人去卫国考察宁戚，不就是怕他有点小毛病吗？如果在卫国遇见之人，是宁戚的对头，这人怎么会说宁戚的好话呢？须知，我们用人要看大节，不计小过。我看就不要去调查了，在今后的实践中考察他吧。"

管仲对齐桓公曰："眼下，我们正需要宁戚这样的人才。我管夷吾赞成我王的主意。"

齐桓公说："那就先拜他为大夫吧。"

第四十四回　治国理政靠合力　五杰辅政助丞相

　　且说齐桓公拜宁戚为大夫后，管仲曰："我王拜我管夷吾为丞相，管理这么多繁杂的国事，一个人是忙不过来的。我又没有分身之术，需要有几位帮手予以协助才行。俗话说，'一个篱笆三个桩，一个好汉三个帮'嘛。"

　　齐桓公说："寡人也早有此意，确实需要几个人来协助仲父，分担您的繁杂政务。如果选几个人来协助丞相处理国事，不知让他们怎样分工才好？"

　　管仲曰："现国内之事，无非对内的行政和工商、农业和城乡建设、军队和对外作战、司法和民事管理、对官吏的检察和对我王的劝谏这五个方面。"

　　齐桓公问："仲父是想选用五位助手吗？"

　　管仲曰："正是。我选的这五位助手，可称为我大齐'五杰'。他们都各有所长，在某个方面甚至超过了我。"

　　齐桓公问："那应该各封他们一个什么头衔呢？"

　　仲曰："管理行政和工商之人，可叫大司行；管理农业和城乡建设之人，可叫大司农；管理军队和指挥对外作战之人，可叫大司马；管理司法和民事之人，可叫大司理；那负责检察的谏官，可叫大司谏。"

　　齐桓公说："其中四个官衔之名，就依仲父。只是那大司理，我看不如叫大司寇。"

　　管仲曰："这两个官职的称谓并无多大区别，就依我王之言吧。"

　　评注：在周朝，称这种负责执法的最高行政长官为大司寇。到了隋朝时，朝廷设立了刑部，称之为刑部尚书。从南北朝开始，又在此基础上设立了大理寺，专门负责审理案件，相当于后来的法院。大理寺的主管人，叫作大理寺卿。

齐桓公说："去年，因我叔叔家的孙子隰朋和王子城父率军指挥得当，把送公子纠的鲁国之军包围在了我国。我当时就说要奖赏和重用这两位主帅，仲父在任命您的五位助手时，可兼顾寡人当时的许诺。"

管仲曰："我本来的想法，就是想任命您的叔辈侄子隰朋为大司行，任命王子城父为大司马。"

齐桓公问："那其他三位助手，仲父想任命谁来担当呢？"

管仲曰："我想让宁戚担任大司农，让宾胥无担任大司寇，让东郭牙担任大司谏。"齐桓公表示赞成。

第二天上朝，群臣毕至。齐桓公对群臣说："最近，寡人和丞相想任用部分内政大臣。现在，就请丞相予以宣布。"

管仲曰："我管夷吾不是全才，不是万能的。现在，朝内有命卿高傒、国懿仲和大夫鲍叔牙协助我辅政，但我还想再请五位在某些方面有特长的贤者，协助我的工作，弥补我的不足。"

齐桓公说："仲父就不要绕弯子了，您尽管言归正传就是。"

只听管仲高声宣布道："若论熟悉行政、工贸和外交，言辞刚柔有度，办事有条不紊，我不如隰朋。今任命隰朋为大司行，协助我分管行政、工贸和外交事务。"

隰朋闻言，立即下拜并言道："我隰朋乃姜姓王室成员，是先君齐庄公之曾孙，是我主齐桓公的侄辈。早在我主去莒国之前，我就与他这位当叔叔的，交情很好。我主回国为君后，他与鲍叔牙大夫都十分赏识我。我当时初出茅庐，就被委以军事重任。虽然此次断鲁军后路有功，可我并没有在朝辅政的经验啊。去年，我断了鲁军的后路，差点把您管仲困死在包围圈内。今你当了丞相，还要首先任命我作为帮助您施政的第一助手，这真叫我隰朋愧不敢当啊。"

管仲曰："此一时也，彼一时也。那时，各为其主。当下，我们都是为了齐桓公这同一个君主，您隰朋大夫还有什么愧不敢当的呢？我管夷吾观察你很久了。你自幼在王室接受了良好的教育，知书达理，聪颖睿智，行事大方，且口才超人，办事周到细密，又善于待人接物。你久居王室，所见所闻甚广，自然就会有在朝辅政的见识。因此，你隰朋是堪当此任的。"

隰朋遂接受了任命。

齐桓公说："请丞相继续往下宣布。"

管仲曰："若论建设城邑，开荒种粮，增加人口，尽地之力，我不如宁戚。今任命宁戚为大司农，协助我分管农业和城乡建设。"

宁戚闻言，立即下拜并言道："我宁戚在卫国原是一个分管农业的小吏，今丞相把我任命为大司农，恐怕难以胜任。"

管仲曰："我王和我管夷吾都认为你是个人才。在卫国时，你是被大材小用了。今让你担任齐国的大司农，正是你人尽其才之时啊。"

宁戚遂接受了任命。

齐桓公说："请丞相再继续往下宣布。"

管仲曰："若论指挥千军万马，使他们勇往直前、视死如归，我不如王子城父。今任命王子城父为大司马，负责训练军队，指挥战斗。"

王子城父闻言，立即下拜并言道："我王子城父，本姬姓，乃大周天子周桓王姬林之庶子也。因父王见我年轻力壮，练得一身好武艺，就让我负责警卫洛邑的王城。管王城者，人们号为王城之父，简称城父。因此，人们就叫我为王子城父。那时，子以母荣，我父王喜欢其爱妃所生的我那少弟姬克。父王临终前嘱咐，希望今后能弟继兄位，在我兄周庄王姬佗百年后，传位于姬克。可那姬克野心膨胀，迫不及待，与当时的周公姬黑肩相勾结，意欲抢班夺权，弑君自代。就在我兄姬佗继位为周庄王的第四年，他们暗地积蓄力量，意欲发动政变。有人将此消息告知了周庄王，周庄王就把姬黑肩斩杀了，姬克只好逃去了燕国。这样，周庄王就对我们这些当弟弟的，严于监视和防范。我对此不满，这才向东奔来了齐国。齐桓公和鲍大夫信任我，让我带兵埋伏于干时河河堤，并一举杀退了鲁军。虽有尺寸之功，但我在战场上差点把您管仲和召忽杀死。今您当了丞相，还要任用我这个死对头作为帮助您为政的军事助手，我王子城父岂敢担当呢？"

管仲曰："在战场上互相厮杀,也很难说谁杀死谁。可我当年在即墨城之西,向我王射出冷箭,乃是暗箭伤人。可我王为了齐国大业,不计那差点被射死的一箭之仇,不但想方设法把我从鲁国要回来,而且尊称我为仲父,委以上卿之职,拜为丞相。我们在战场上正面厮杀,与我对我王犯下的罪过,没法相比。这怎么能影响我管夷吾对你这位英雄将领的任用呢?我对你亦有详尽了解。你原在大周王室长年习文弄武,且身强力壮,胆识过人,武艺高强,英勇无比。担当此任,非你莫属啊。"

王子城父遂接受了任命。

齐桓公说:"还请仲父继续宣布任命。"

管仲曰:"若论善于审理案件,调解纠纷,不滥杀无辜,我不如宾胥无。今任命宾胥无为大司寇,负责国家的治安及其断案析狱。"

宾胥无闻言,立即下拜并言道:"我宾胥无本是一介平民,当年应招到我主公子府邸当了一名家兵,后跟随我主一起逃到了莒国。我主见我办事有条不紊,处事得当,就把我晋升成了其家臣。由于鲍大夫力劝并保护我主先入为主,使我主顺利继了君位。我宾胥无只是跟随我主回了国,但并未在这其中立尺寸之功。今丞相如此看重,可我宾胥无才疏学浅,怎么能堪当大司寇之重任呢?"

管仲曰:"我管夷吾观察你亦久矣。你办事精明干练,善于深入剖析问题,能够举一反三,明察是非。是以,我王和我才做出了如上决断,委任你以大司寇之职。我相信自己的眼光,看人不会错。"

宾胥无遂接受了任命。

齐桓公说:"就请仲父任命大司谏吧。"

管仲曰:"若论监督君臣,敢于冒犯君威,进谏必忠,谏无不尽,不计个人得失,不怕杀头,我不如东郭牙。今任命东郭牙为大司谏,专门进行检察、监督各级官员施政,反映下层的批评建议,并规劝我王。"

东郭牙闻言,立即下拜并言道:"我东郭牙出身农家。因家父注重对后代的教育,竭尽全力让我得以拜师受教,学有所成。我就沾了姜太公'举贤而尚功'这一治国理念的光,被乡民们所举荐。经层层选拔,来到了我王身边,可我并无根底。丞相交给我的这个差事,最容易得罪我王和群臣,是个费力不讨好的活儿,您还是另选高明吧。"

管仲曰:"前者,我王在朝堂征求称我为仲父的意见,要求赞成和不赞成的人,分列门厅两侧。可你东郭牙敢于不遵王命,一个人站在了门厅中间。你用这种方式,激谏我王自行决策。我王这才自我决断,称我为仲父并拜为丞相。如果没有你东郭牙的犯颜直谏,说不定就没有我今天这个丞相。我也就不会在这里任命你了。今我王和我管夷吾商量让你为大司谏,是我们对你的最大信任啊。不当这个大谏官,你要想一想'舍我其谁'也。"

东郭牙遂接受了任命。

第四十五回　众大臣循名责实　行内政不收民税

却说在管仲任命五杰辅政后，齐桓公又对他说："现在有了五位协助仲父管理内政的官员，可还总得有人协助您处理那些外交事务吧？"

管仲曰："正是。我想同时任命四位协助我的外交大臣。"

齐桓公问："不知仲父想任用哪四个人？"

管仲曰："这四个人分别是我王叔叔家的弟弟公子姜举和公子姜启方以及现在担任大夫之职的曹孙宿和仲孙湫。"

齐桓公说："这几个人选，寡人赞同。但不知仲父想怎样给他们分工？"

管仲曰："他们都是外交大臣，职位性质相同，没法区分。他们的分工，只能是根据我们的外交对象，即天下那些不同方向的诸侯国划片分工。"

齐桓公问："仲父想让他们各负责哪些国家呢？"

管仲曰："公子姜举为人博闻而知礼，好学而辞逊。可让他负责结交那信守周礼的姬姓鲁国以及鲁国西边的卫国、曹国和东边的莒国等诸侯国。"

齐桓公问："那公子姜启方呢，安排他负责哪些国家？"

管仲曰："公子姜启方，为人灵活而知利。可让他负责结交北邻的燕国以及北方的中山国、善于经商的晋国和最西方的秦国等诸侯国。"

齐桓公问："那大夫曹孙宿呢？"

管仲曰："大夫曹孙宿，为人小廉而苛求、足恭而辞恰。可让他负责结交西南方向的郑国、许国、蔡国和楚国。"

齐桓公问："那大夫仲孙湫呢？"

管仲曰："大夫仲孙湫，年轻而志高、敏捷且慎独。可让他负责结交南方的宋国、徐国、陈国和吴越诸国。"

齐桓公表示准许，让管仲在朝堂宣布了对公子姜举、公子姜启方和大夫曹孙宿、仲孙湫的任命及他们各自负责结交国家之分工。齐桓公说："仲父事务繁忙，依寡人之见，不妨把这四位外交大臣交给五位内政大臣中的一位，让其来协助丞相管理。"

管仲曰："我王所言极是，就让大司行隰朋来统一管理他们吧。四位外交大臣今后要服从他的统一安排和调遣。"

隰朋闻言，出班道："统一管理外交事务，是我这个大司行的职责。不过，外交大臣公子姜举和公子姜启方乃是我的叔辈，还望能支持我的工作。"

齐桓公说："朝廷大臣是以国家事业为重，以职责为准，不论家私辈分。要不人们说，军队官员的父亲随军做饭，犯了错误也照样要受到惩罚，'军刑官打他爹，公事公办'嘛。"

公子姜举和姜启方闻言，立即表态说："请大司行放心，我们一定会服从你的统一领导。"

朝臣们都说："丞相的任命和分工，真可称得上知人善任啊。"

管仲又曰："虽然在某一方面，我比不上五位内政大臣和四位外交大臣。但是，让他们来代替我管夷吾是不行的。如果只为治国强兵，有他们这些人就足够了。但是，大齐若想实现称伯天下的宏伟事业，则非我管夷吾不可！"

齐桓公说："丞相不但善于将兵，而且善于将将啊。能发挥所属大臣和将领们的作用，比亲自去带兵打仗和行政管理还要重要得多。"

管仲曰："就是要放手让大家各负其责，集思广益，发挥集体智慧，形成合力，奔向共同的目标。我王和我这个当丞相的，要把精力放在设立庙堂之计和调兵遣将上，从而运筹于帷幄之中。"

齐桓公说："这就是所谓运筹于帷幄之中，决胜于千里之外。"

管仲曰："我们这虽非是指挥作战那决胜于千里之外，可实际属于要决胜于治国强军的方方面面啊。"

齐桓公说:"今后,大家就根据丞相宣布的任命,循名责实,把各自承担的工作做好吧。"

这时,有大臣提议:"丞相喜得五杰相助,又任命了四位外交大臣,应该祝贺一下。"于是,齐桓公摆宴,群臣共饮。

在宴席上,大家推杯换盏,互相庆贺。齐桓公见鲍叔牙不为大家祝酒,就问:"鲍爱卿为何不给我们祝酒呢?"

鲍叔牙闻言,立即离开自己的席位,举杯说:"我祝我王,别忘了避难到莒国所受的磨难与危险!我祝管仲,不要忘了从鲁国被束缚于囚车而归的耻辱和侥幸!我祝宁戚,不要忘了在桥下喂牛的艰辛与苦衷!我祝宾胥无,不要忘了当年曾是一介家兵。"

齐桓公一听,也立即离开自己的席位,捧酒感谢鲍叔牙说:"寡人和仲父、宁戚、宾胥无,从此要牢记鲍大夫之言。有了您这番叮嘱,我们会不忘初心,竭尽全力治理好齐国,实现大齐称伯天下的宏伟目标!"

过了一段时间,命卿高奚在朝堂向齐桓公奏曰:"我王和丞相把王室宫廷大员的职务安排妥当后,我高奚、国懿仲和鲍叔牙以及那五位内政大臣和四位外交大臣,也都效仿我王和丞相,安排和任用自己手下的官员。此时,包括现职官员在内的很多人,都想办法走后门、托关系,企图能得到一官半职或被进一步重用。"

齐桓公问:"这可怎么办呢?"

只听管仲曰:"要告诉这些人,现在的官可不是好当的。如果不称职,不但要被罢免,而且要治罪,甚至要杀头!"

高奚说:"如果把这话说在前头,就会吓得那些庸俗无能之辈,再也不敢这么做了。"

命卿国懿仲亦道:"此时,还有些在职的官员,自认为能力强、功劳大,在职位安排和待遇上,心理严重不平衡,有的伤心落泪,有的甚至为此而上吊自杀了。"

齐桓公说:"俗云,'男儿有泪不轻弹,只因未到伤心处',现在倒成了'男儿有泪不轻弹,只因未到升官时'了。可那点职务和待遇算得了什么,就有那么重要吗,就值得那么伤心吗,就至于让那男子汉大丈夫去伤心落泪吗？至于那些因此而自杀了的人，就是更不应该的了。"

管仲曰："我看这些人，掉泪更证明其无能，不委以重任是正确的。至于那些自杀了的人，对他自己来说，是一种解脱；对国家和人民来说，是件好事。"

齐桓公说："无论如何，那些因此自杀的人，总是让寡人心中觉得很不安。"

管仲曰："他们为了一己私利而亡，不再为国、为民效力。这样的人死了，对我们齐国有利。'天涯何处无芳草，人间到处有贤才'。因他们的死而让出了职位，就为我们招贤纳士空出了位置，这还不是件好事吗？"

却说某日，齐桓公在朝堂对群臣说："现在，我们大齐的治理体系已经完善了。寡人就放开手脚，让仲父和群臣大胆去履行职责吧。"

这时，有位大臣向齐桓公请示说："在临淄城郊，有两位工商之人为争夺经营地盘，互相厮打，竟都将对方打成了重伤。我王看此事该怎么处理呢？"

齐桓公说："你去问仲父！"这人只好去请示丞相。

过一日，又有一位大臣请示齐桓公说："有几个诸侯国的诸侯或外交大臣，来我国考察，主动与我国结交。我王看此事该怎么安排呢？"

齐桓公又说："你去问仲父！"这人只好又去请示丞相。

其后，又有很多大臣去向齐桓公请示工作，也都得到了同样的回答。

大臣们纷纷议论说："这事也问仲父，那事也问仲父！我们这个甩手国君，真是好当得很啊！"

齐桓公在朝堂闻知后，当着众臣之面说："疑人不用，用人不疑。寡人就是要让丞相包揽全局，放手让他来调兵遣将，进行各方面的管理。"

命卿高奚出班奏曰："可我王也不能什么事情都推给丞相吧。免得人们说你，'是个甩手国君，这个君侯好当得很啊'。"

齐桓公闻听，在朝堂爽朗地大笑说："寡人得仲父，犹如飞鸿之有羽翼、渡河之有舟楫。他任丞相后，一切都为我安排得妥妥帖帖、尽善尽美。我这个君主，还有什么不好当的呢？"

齐国上层的管理结构完善后，齐桓公召来管仲，对他说："现在，国家基本安定了，但国库空虚。我想，应该增加些税收。"

管仲问："我王想收哪些税呢？"

齐桓公说："我想增加人头税。"

管仲对曰："不可！按人头平均收税，很不合理。老弱病残的人和少儿，没有劳动能力。他们不但无力交税，而且需要国家的帮助。对于那些富人来说，征集点人头税算不了什么。但对于那些穷人，增加了人头税的负担，就会更加贫穷。这对他们来说，无异于伤口搓盐、雪上加霜。"

齐桓公说："此税不行，那就收壮丁税吧。"

管仲曰："不可！这和收人头税没有多大区别。壮丁，都是穷人。"

齐桓公说："壮丁税不行，对穷人不公，可富人多有房屋，要不就收房屋税吧。"

管仲曰："不可！收房屋税，影响富人建房的积极性。富人不盖房屋，穷人就没有活干，就挣不到钱来养家糊口，会使他们更加贫困。"

齐桓公说："房屋税不行，要不就收牲畜税吧。"

管仲曰："不可！牲畜是多为穷人所养的。"

齐桓公说："牲畜税不行，要不就收树木税吧。"

管仲曰："不可！种上一棵树，十年之后才能砍伐，才能产生收益。难道税收要等到那猴年马月吗？"

齐桓公着急地说："这也不可，那也不可！仲父欲使国库空虚，让寡人和群臣去喝那西北风吗？"

管仲曰："我王说的这些税，都是小税。收这种小税，不但不足以强国，而且会使老百姓不满意。我看不如把税赋分摊在重要的商品内，寓税于货物之中，这样既利国又利民。"

第四十六回　利百姓寓税于货　兴农工管仲三论

　　且说管仲不让齐桓公在齐国征收各种民税,建议寓税于货,利国利民。齐桓公问:"仲父,税赋怎样才能寓于货物之中呢?这样能增加国库收入吗?"

　　管仲曰:"譬如,我王欲征的人头税,每人最多不会超过三十钱。可我国每个妇女都需要若干枚针和数把剪刀,如果每根针加价一钱,三十根针的加价收入也是三十钱;如果把剪刀加价五钱,六把剪刀的加价收入也是三十钱。我国每个下地的男劳动力,都要使用铁锄和铁犁,如果把铁锄加价六钱,五把铁锄的加价也是三十钱;如果把铁犁加价十钱,三张铁犁的加价收入也是三十钱。其他铁器的加价多少,可按其价值以此类推。"

　　齐桓公说:"丞相这样做,是偷梁换柱。这让人在买东西的同时,也就交了税。"

　　管仲曰:"还有那人人必须食用的食盐,其消耗量更大。无论是官还是民,是贵还是贱以及男与女、老与幼,谁都离不开它。如果每釜盐加价三十钱, 这一釜加价的收入, 就已经相当于收取一个人最高的人头税了。"

　　齐桓公说:"丞相这叫潜移默化。血溶于水,盐溶于血,人们吃了盐,都要通过血液流遍全身。这后一招,等于是把交税溶于每个人的身体。"

　　管仲曰:"这样做,官民们实际纳了税,却也不会有怨言,还会感谢国家及时供应给他们商品,满足了他们的生活需要。"

　　齐桓公说:"可价格随行就市,是由市场决定的。我们怎么能去加价呢?"

管仲曰："这就要施行国家商品专营。特别是那用量最大的盐和铁，我们更是要实行盐、铁官营的，要由国家统一来定价。"

齐桓公说："这样是很好，可我们哪有那么多盐和铁，来进行官营呢？"

管仲曰："我们齐国的优势，就是靠山临海。靠山吃山，靠海吃海。靠山，就不愁找不到铁矿来炼铁；靠海，就不愁没有海水来煮盐。我们要在我国大力发展冶铁业和煮盐业，把山、海的优势充分利用起来。就是要'官山海'，实行盐铁专营。"

齐桓公说："仲父的见解和想法很好，具体实施就靠您和众位爱卿了！"

随后，管仲在相府招来隰朋、宁戚、东郭牙。大家坐定后，管仲曰："眼下，王子城父统领军队，巩固国防；宾胥无执法安民，维护国家稳定。而齐国农工商各业的发展，就要靠管夷吾和在座的诸位了。"

三位说："愿听丞相调遣。"

管仲曰："我管夷吾有三句话，想与诸位沟通。这第一句话是，'仓廪实，而知礼节；衣食足，而知荣辱'。你们想，如果我们不大力发展农业，使仓库里的粮食和棉花充足，老百姓吃不饱穿不暖，随时有饿死、冻死的危险，哪还顾得上什么礼节、荣誉与耻辱呢？社会又怎么会安定呢？因此，我们要把发展农业放在首位。"

评注：管仲当时之观点，是物质决定精神的原始唯物主义思想。

众人说："望丞相交代，具体应该怎么抓才好呢？"

管仲曰："发展农业靠土地。现在我们齐国，实行的是奴隶主监督奴隶耕作的井田制，不利于调动奴隶们的生产积极性。我们首先要废除这种阻碍生产力发展的制度，让奴隶们获得自由。奴隶们成了自由民，既可租种土地主人的土地，又可在国内自由开荒，自己解决土地问题。"

宁戚说："这件事是一项大改革，且早已势在必行。现在，华夏各诸侯国的奴隶们，实际上已经大批逃亡，成为自由民。我们齐国的荒地、山地很多，可以让摆脱奴隶身份的自由民们开垦土地，自耕自食。这样，人们的生产积极性就会大幅度提高。到那时，就不愁没有大批的粮食和棉

【五霸之首 号令天下】

花了。我们还要在齐国提倡妇女养蚕,抽丝织绢,改善人们的服饰。"

管仲曰:"我这就奏请齐桓公下旨,立说立改、立说立行。"

大家齐声说道:"如此甚好,丞相的决策很英明。打破奴隶制,是开天辟地的大改革。"

管仲又曰:"我和大家要说的第二句话是,'地辟举,则民留处'。我们要鼓励黎民百姓开辟山地、荒地,让他们在自耕自食中得到温饱。这样,才能留住齐国的老百姓,并吸引别国的黎民百姓都到我们齐国来,使我们增加人口,壮大力量。"

管仲曰:"现在的土地税赋政策,按亩征税。无论好地、孬地,税率都一样,显然不合理。这就需要改革,要实行'相地而衰征'的土地税收政策。要按照土地的产出水平,把其分为三类九等,即上、中、下三类和上上、上中、上下,中上、中中、中下,下上、下中、下下这样九等。按其实际的产出区别收税,并尽量少收。这样,富人拥有的大批良田产粮棉多,就要多纳税;黎民开垦的荒地、山地,产粮棉少,就可以少纳税。"大家表示赞同。

管仲仍曰:"待我奏请齐桓公,立即下旨实行。"

评注:按土地的优劣,差别收税,这有点像马克思的"级差地租论"。

宁戚说:"我的看法,对辟荒新增之土地,可以实行三年免税的制度,以增加人们的积极性。还要在丰收年多收些税;在歉收的年份,少收点税甚至不收税。"管仲赞同。

这时,东郭牙道:"我们的都城临淄附近,地势平坦,土地肥沃,且临近淄河,便于灌溉。在农业上,素有金临淄之称。我国北边的薄姑城和那放养良马的少海四周,更是沃野千里,又有多条河流和多处湖泊,更便于灌溉。这里素有银薄姑之称。我们可在这些地方,提倡种植高产的农作物,譬如小麦、稻谷等。而那些丘陵之地,尤其是刚开荒获得的生地,往往土地瘠薄,无水可浇,可提倡种植黍谷和菽豆等作物。这就叫因地制宜。"

宁戚说:"想不到您这位大谏官,还是农业的专家呢。"

男耕女织

263

东郭牙道:"我本齐国农家子弟,虽因学有所成被人举贤出仕来王宫侍奉君王,但仍没忘记农人种田的那些道理。"

管仲再曰:"我和大家说的第三句话是,'国多财,则远者来'。我们有了足够的粮棉还不够,还要想办法发展工商业,多创造财富。这样,才能吸引远方的客人来我们大齐务工、经商,使我们民富国强。"

大家又齐声说道:"丞相说得极是。发展经济应是我们治国的头等大事。"

管仲最后曰:"这农业和税赋之事,由大司农宁戚负责实施;发展工商业的事,由大司行隰朋负责实施;大司谏东郭牙,监督大家的行动,及时向齐桓公禀报,并提出合理的建议。"

众人再次齐声说道:"我等就依丞相的吩咐去办吧。"

第二天,管仲上朝,向齐桓公奏禀道:"我在丞相府,召集隰朋、宁戚、东郭牙共同商量好了发展我大齐经济的事。为了促进经济发展,就要改革那些束缚经济发展的旧制度。其中最关键的就是要打破奴隶制,建立农奴制。让奴隶成为自由民,或租种土地主的土地,或自己去开荒种地。把奴隶从非人的制度下解放出来。"

齐桓公说:"作为大齐君侯,寡人全力支持丞相和众卿的改革建议。"齐桓公遂颁旨批准了上述施政方略和改革措施。

翌日天一亮,管仲就先约了宁戚和东郭牙,一同去齐国的良田、荒地和山地进行实地考察。在考察中,黎民们知道了上述政令,无不欢欣鼓舞,欢呼雀跃。大家高声喊道:"我们解放了!"

管仲与宁戚和东郭牙对农业的考察和安排回来后,管仲又把隰朋请来,对其曰:"农业的事,宁戚会抓好的。工商的事,就该轮到你了。"

隰朋问:"不知丞相有什么具体打算和安排?"

管仲曰:"既然我的想法是山海、盐铁由国家统一管理、统一经营。那就要在海边推行大力煮盐,在山中有矿的地方大力冶炼铜铁。这些事,小家小户无力去办,需由官方办理,才能集中人力、物力,大力开发。有了大量盐铁后,我们要以国家名义,与中原那些没有山海煮盐和冶铁条件的诸侯国互通有无、互惠互利。这样,我国的国力就会大增,在各诸侯国中的影响力就会越来越大,从而实现我们的强国称伯目标。"

隰朋说:"我们可以组建国家的盐铁专营有司,专司其职。"

管仲曰:"任何事情都要有人去管、去办。选拔得力人手建立专门有司,这是十分必要的。"

隰朋说:"过几天,我陪丞相您和大司谏东郭牙,到煮盐和冶铁的实地去考察一下吧!"

管仲曰:"不知大司行想领我们去考察哪些地方?"

隰朋说:"我们先去我国的海边考察煮盐,再到临淄西边不远的黑铁山去考察炼铁吧。"管仲赞成。

第四十七回　为强国官办盐铁　考工记传遍四域

却说管仲和隰朋定下到煮盐和冶铁的实地进行考察后，过了不几日，隰朋就带着新成立的盐铁专营有司官员，陪管仲和东郭牙，乘车顺官道来到了大海边。

作为齐国姜姓王室成员的隰朋，触景生情地说："这里本来是莱国之地，后被纪国以武力占领。我们又打败了纪国，就成了我们大齐的地盘了。"

管仲曰："一个国家如果不发展经济，不能使民富国强、兵多将广，就会受人欺负，就要被动挨打。反之，就会扩大疆域，使自己的国力越来越强，国威越来越盛。我大齐只有大力发展经济，壮大自己的力量，才能最终称伯天下。"

隰朋说："丞相说的这个道理，既是现实经验教训之总结，又是古往今来的普遍真理。"

管仲曰："原东莱之国虽不善于国家治理，这里的老百姓却善于煮盐。我们应当把当地会煮盐的人，全部利用起来，充分发挥他们的积极性，大力进行煮盐，还要不断扩大生产规模。"

管仲他们一行来到了当地的一个管理机构，向这里的官吏们传达了国家要在此地大力发展煮盐业的决策。

这地方的主管官员说："这样，就可以使我们这里人尽其才、物尽其用，同时也可大大增加当地百姓的收入。对此，作为一方基层父母官，我们举双手赞成，一定会大力支持，积极实施。"

管仲和隰朋共曰："那我们就放心了。"

地方主管官员说："我们海边，不光可以煮盐，而且可以大力发展渔业。"

隰朋道："如果把鱼和虾晒成鱼干、虾干，或是做成鱼酱、虾酱，也是一种与内陆无海诸侯国交易的好商品。"

管仲曰："这个建议很好，我们也是要大力发展渔业的。"

地方主管官员又说："不过，煮盐和渔业均适合于分散经营啊。"

这时，随同视察的东郭牙曰："分散经营，能更好地调动人们的积极性。但必须告诉大家，其商品要由国家统一定价，实行国家统购统销，予以专营。"

随后，煮盐和渔业就在沿海轰轰烈烈地开展起来了。

去海边把煮盐和渔业的事安排好后，隰朋又带了盐铁有司的人，陪丞相和东郭牙来到了齐都临淄西边的黑铁山。

一位当地人说："这里原叫商山，后来之所以改称为黑铁山，是因为炼铜的工匠用此处的一种黑色矿石，炼出了一种比铜还硬的物体。为区别于铜，就取名叫铁。铁为黑色，因此这里就叫黑铁山。"

又有一位当地人说："因铁的冶炼温度比铜高，这里还有一个'炉神姑'的传说呢。过去，用木炭炼铁，往往达不到应有的温度。冶炼工匠一旦炼不出铁来，就要被杀头。为此，已有很多人被杀。当时，轮到炉神姑的父亲炼铁。孝女见炼铁炉的火不够旺，担心练不出铁来，父亲会被杀头。她就纵身跳进炼铁炉，用自己的身躯作为燃料，增加了火的温度，使铁顺利炼成，舍身救了自己的父亲。人们把她视为孝女、神女，就称之为炉神姑，并在此建祠以纪念。"

还有一位当地人说："铁比铜硬，做成切割用具或兵器，比铜更加锋利、坚实和耐用。"

管仲曰："既然如此，我看铁比铜的用处大。铁不但可以代替铜器用于战争，更重要的是能广泛用于农业，比如耕地、种植、除草、收割等。这会极大地促进农业的发展。"

隰朋补充说："用铁代替铜，还可以做成若干生活用品。比如，可以做成砍柴或工匠所用的刀斧之类，还可以做成煮饭用的锅，代替陶釜和铜釜。"

还有一位乡民说:"铁矿石的分布,比铜还要广泛。比如在我们黑铁山,就随处可见。"

管仲面向隰朋曰:"既然铁有这么多用处,我们又有有利条件,就必须大力发展冶铁业。这是提高农民、工匠生产能力和军队战斗力的重要环节,是我们齐国富民强国的重要保障。要责令盐铁有司,专门派出官员,在此主管冶铁。不但要满足我国的需要,而且要用盐铁,去通商那些不靠海和没有铁矿资源的诸侯国,互通有无、互惠互利。要让各诸侯国明白,在华夏这块热土上,谁也离不开谁,大家的命运是连在一起的。"

这时,一位乡民说:"我有位亲戚,是采矿的矿工。他发现了一种更黑颜色的矿石,本想用木炭把它冶炼成铜铁之类,却不想它自己竟燃烧起来,且火势优于木炭。听他说,用这种矿物来冶炼铜铁,比木炭的温度高得多,冶炼的速度也快得多,产量更是多得多。"

管仲闻听,立即让这位乡民去把其亲戚请了来,详细询问了这种可燃矿物的出处、范围及用法。来者一一回答,并说:"这种燃料喜欢风,风势越大,火势越猛。我就摸索着,用木板和钉子制作了一个鼓风的箱子,叫作风箱。用其扇风,温度可迅速升高,冶炼的效率就特别快。"

评注:有人认为,春秋时风箱鼓风技术发明的意义不亚于后来中国的四大发明,它使高温冶铁变为了现实。铁的使用,大大提高了人类社会的生产力。

管仲听后,曰:"要大力开采这种可燃矿物,形成规模。同时也要推广风箱鼓风技术。这不但要用于冶炼铜铁,而且要用于烧陶,还要推广民用。"

随同视察的东郭牙问当地人:"这种燃料叫什么名字啊?"

乡民说:"因为它能代替木炭,所以我们就叫它石炭。"

东郭牙说:"既然这种燃料能把矿石炼成铜铁,它就是矿石炼成铜铁的媒介。我看可以把媒介的'媒'字,改换成火字旁,叫'煤',也可叫煤炭,以区别于木炭。"

在场的众多官民,齐声鼓掌欢呼。从此,这里的冶炼业和煤炭业,如火如荼地发展起来。

后来，齐国又在其他山区，发现了若干铁矿和煤矿等。冶炼和煤炭等业也由一开始在黑铁山的单一集中作业，变成了在大齐无数处的分散作业。但是仍然实行了统购统销，由国家统一定价，予以专营。这样，齐国的盐、渔和铁、煤、陶等产量，突飞猛进，大量增加。

某日在朝堂上，管仲对齐桓公和隰朋曰："现在，我们有了大量的铁。铁的用途比铜广泛，但我们要进一步研发创新对铁的利用技术。"

齐桓公说："使用铁器的人多了，制铁业就有了市场，就有了利润可赚，对其研究创新的工匠们就会越来越多。"

隰朋道："为此，我们要在国民中提倡，每一个从事纺织和制衣业的妇女，都要购买大小不等的十枚铁针和用途不同的大小三把剪刀；要提倡每一个下地耕作的男人，购买一张铁犁和三把铁锄；要让每个参与修筑房屋和车辆以及制作家具的木匠，至少购买大小不等的三把铁斧、三把铁锛、三张铁锯、三把铁锤和三把铁凿。"

管仲曰："隰大夫言之有理。工欲善其事，必先利其器嘛。"

隰朋又道："不但要把铁用于女工、农人和木匠的工具，同时要把铁用于建筑房屋和修造车辆，还要用于兵器和家庭用品的制作。在建筑中使用铁，就能增加建筑的牢固程度。在车辆上使用铁，就能增加车体的牢固程度。如果把铁镶于车轮之四周，就可增加车轮的耐用程度，比原来纯木质的轮子，其耐磨程度不知要高出多少倍。"

管仲曰："我们不能光在朝堂上坐而论道，发号施令。更重要的是，我和隰朋作为主管人，要接地气，深入铁制品作坊，去具体帮助和指导那些工匠们进行研发和创新，以便使铁制品更加符合实际需要，更加实用和耐用。"

隰朋道："此事乃我之本职。我隰朋履职前去指导就行了，就不用再劳烦您这当丞相的了。"

管仲曰："要想知道梨子的滋味，就要亲口去尝一尝。我不能只坐在丞相府，凭臆想发号施令，还要亲自到现场去看一看，帮大家出些主意才行。"

隰朋道："那我就陪丞相前去吧。"管仲和隰朋随后就来到了一处制铁作坊。

作坊内的工匠们听说丞相和大司行前来视察，都纷纷放下手中的活儿，奔出坊外，欢迎他们。

有一工匠对管仲说："您身为丞相，日理万机，还来我们这小小的制铁作坊视察，让我们十分感动。"

管仲曰："你们制作铁器，尤其是制作农用铁器，这是关系农业发展及其耕种的大事。我管夷吾出生时，正逢夏历芒种，我的乳名就叫芒种。俗话说，'过了芒种，不可抢种'。因此，我乳名中就注定了让我不失农时，及时抓好农作物的耕播。而且我早在幼时，教书先生给我起的字，本来就是叫管种的，取其谐音，这才叫我管仲。"

一个工匠说："原来如此，看来丞相也是农家人出身啊。"

管仲问："你们正在制作什么铁器呢？"

工匠说："我们正在制作耕地用的铁犁。"

管仲曰："那你们就领我和大司行进去看看吧。"

进了作坊，管仲细观工匠们已经制成的铁犁，见犁头乃是直刃，就问工匠们："这犁头是直刃，用于田间耕地，只能叫作划地，最多只能松动一下硬土，怎么能达到翻松土地的目的呢？"

一个工匠问："那丞相以为怎样才到达到翻松土地之目的呢？"

管仲曰："我看不妨把铁犁的直刃，打造成略有弧度的曲刃。"

工匠说："铁犁之刃若是有弧度的曲刃，那耕地的一头牛怎么能拉得动呢？"

管仲曰："如果一头牛拉不动，可套上两头牛或三头牛嘛。"

隰朋道："这还要看土地的质量和松软程度。如果是那种松软的肥沃地，一头牛也许就能拉得动。对这种土地翻耕，所费力气比那劣质硬板地要少得多。如果是劣质硬板地，则可多套几头牛。这要灵活掌握。"

一个工匠说："听说大司行本是姜姓王室成员，您自小生活在王宫，怎么也知道耕地的这些道理呢？"

隰朋道："我不过是根据事理的推断而已。"

一个工匠说："原来如此。等我们按丞相的指点，打造出这种带有弧度的铁犁,到田间试验成功后,我们就要给这种铁犁起个名称,叫作管仲之犁。"

这时,隰朋在一旁看到了工匠们制作的铁锄,就根据自己推断的道理,说:"我看这铁锄的锄头宽度,千般一律,不利于对多种庄稼的锄草。"

工匠问:"那大司行认为怎样才好呢?"

隰朋道:"可把锄头的宽度,制作为宽、中、窄三种。对于那些密植的庄稼,可用窄锄;对于那些中等间距的庄稼,可用中锄;对于那些间距大的庄稼,可用宽锄。这样,既提高了劳动效率,又不至于伤害庄稼。"

一个工匠说:"这事不用试验,就知道是合情合理的。待我们打造出这三种宽度不一的锄头,就给他起名叫隰朋之锄吧。"

最后,管仲曰:"对于农具和其他用具的制作,我们还要不断研究和创新,使铁器在各行各业都能更好地发挥作用。"

当时,齐国走在了华夏各诸侯国的最前列,在农耕、制造、交通、生活等各方面都用上了铁器,提高了效率。这大大促进了齐国工商业的快速发展和生产力的极大提高。尤其是铁的大量产出,更是促进了齐国铁制品作坊的大量增加。据史书记载,仅在齐都临淄城,当时就有上千家铁制品作坊。

管仲在发展经济中,总结出了一整套各行各业的科学经验,写下了很多著作。《管子·轻重篇》中说:"凡天下名山,五千二百七十,出铁之山三千六百有九。山上有铅,其下有银;山上有银,其下有丹;上有丹砂者,下有黄金;上有赭石者,下有铜;上有陵石者,下有铅、锡和赤铜;上有磁石者,下有铁。"这都是观察矿苗的有效原始方法。

齐国官方根据管仲发展百工之业,尤其是手工业的经验,逐步形成了官书《考工记》。书中详细记叙了制造农具、车辆、兵器、乐器、陶器等物和修建房屋宫室等的方法步骤,并详解了金、木、皮等原料的使用、分解、组合、磨平、着色以及制陶等工艺。此书甚至还被后人编入了《周礼》,称为《周礼·考工记》,使其在华夏四域和后来的丝绸之路沿线各国广为流传,大大促进了华夏四域及丝绸之路沿线各国的经济和文化发展,提高了中国和周边各国的生产能力。

评注：我国著名学者、前中国科学院院长郭沫若先生,在其专著中说,"齐桓公之所以能够划时代地成为春秋五霸之首,在当时各诸侯国中出人头地,我们可以找到它的物质基础。这就是,靠海煮盐,靠山冶铁,并实行专营,积蓄了齐国的大量资产;制铁业使铁器为耕具,提高了农业的生产效率。所以,齐桓公当时称霸天下,不仅仅是由于产生了一位高超的政治家管仲,而是由于这位高超的政治家,找到了使国家民富国强的基本要素,即铁的冶炼和铁器的广泛应用。"据史学家考证,以铁为工具,中国在世界上是领先的,而齐国在中国又是最早的。在目前科技和生产力高度发达的欧洲,直到公元 14 世纪才冶炼出了生铁。这比中国,尤其是中国的大齐,竟晚了两千年之多。

第四十八回　分业居寓兵于民　对别国近交远服

话说某日，在齐国朝堂上，齐桓公对众卿们说："今天，让大司寇宾胥无向寡人和众卿们通报一下城市治安的情况吧。"

宾胥无曰："微臣负责社会治安，深感临淄城内现在治安状况堪忧。"

齐桓公说："宾爱卿就详细说一下，城内治安是如何堪忧的。"

宾胥无曰："现临淄城内居住混杂。官吏、学者、武士、工匠、商人、农人杂居；官府、学宫、教场、作坊、集市、农居杂处。你中有我，我中有你，杂乱无序，互相干扰。人们常常为此闹矛盾，甚至打架斗殴，引发社会骚乱，影响各业的发展。"

齐桓公说："这事，很早以前就有人向寡人禀报过，说是他们因争地盘互相厮打，不但伤了人，而且有时还打死了人。"

宾胥无曰："面对如此状况，我们总要采取些措施吧。"

齐桓公说："寡人也深有同感，但不知仲父怎么看。"

管仲对曰："我王后宫，可有盛东西用的箱子吗？"

齐桓公说："寡人有若干箱子。"

管仲问："有大的吗？"

齐桓公说："去年有一个大百宝箱，是让寡人的姬妾装首饰用的，她们从中挑选配饰嫌麻烦。后来让木匠做了一些小一点的箱子，把首饰分门别类装在里面，找东西就方便多了。现在，姬妾们已经各自都有了专用的箱子。这件事，与我们今天的话题有关系吗？"

管仲曰："现在的临淄城就像我王的大百宝箱一样，里面装的东西杂乱无章，就不便于疏理。城市居住杂乱，不利于各业的发展。如果把百姓也像我王分箱一样,让他们按专业划片居住和从业,不就容易管理了吗?古人所谓'三其国而五其鄙',就是把国家的都城分为城中、内郭和外郭,而把国土分为五个乡野。"

齐桓公说:"仲父是想让我们效仿古人吗?"

管仲曰:"非也!不是按居住的内外层次分,而是按从事的专业分。让官吏、学者们聚集在一起,便于他们切磋学问及文武之道;让工匠们聚集在一起,便于他们互相学习,互相借鉴,交流工艺,促进发展;让商人们聚集在一起,便于他们的货物集中,从而就近互通有无,使买卖更加便利;让农人们居住在自己的土地上,便于他们就近耕作,也便于他们世代积累农业知识,形成专业化生产。这利于各行各业世世代代之传承。这样做,还便于对各业人士子女的专业化教育,使得他们秉承祖业,各务其职,免得其子女后辈们见异思迁。"

齐桓公说:"这样做,他们原来杂居的房屋或作坊、商铺怎么办呢?"

管仲曰:"可让他们相互进行等价置换,并由国家适当予以补贴。"

齐桓公说:"这太好了,就让宾胥无按丞相的意见去实施吧。不知宾爱卿想具体怎么办?"

宾胥无曰:"这样,临淄城就要像军队大换防一样,进行解体重组。我想让官吏、学者们聚集在城北,以便于面南而治;我想让工匠们聚集在城东,靠近淄河,这样便于造船、造物,也便于丝绸织匠们临河缫(sāo)丝;我想让商贸之人聚集在城西,这样便于与西方各诸侯国的通商贸易;我想让专业的武士们聚集在城南,这样便于向南进山捕猎,训练武士们的搏杀格斗能力;我想让农人们居住在城市四郊和野鄙之地,这样便于他们就近耕种,传承农艺,培植良种。"

齐桓公说:"宾爱卿的实施方案很好。众卿可有异议吗?"

群臣齐呼:"大司寇想得很周到,吾等赞同!"

齐桓公说:"改革城市区划,是件大事。这不单是宾爱卿一个人的事。众卿都要按自己的职责,主动予以配合。"

群臣又齐呼:"诺!"

于是,市区按专业聚居之事,就有条不紊地开展了起来。

过了一段时间，又一次上朝，齐桓公对众卿说："城内政区改革之事，现已基本安顿就绪。今天，寡人想和众爱卿商讨一下征兵壮大军队之事。"

这时，管仲出班奏曰："现在国家刚刚安顿下来，老百姓还很穷。他们就像病人一样，需要休养生息。他们家中的男劳动力当了兵，土地就无人耕种，各业就无法开展。现在征兵，违背民心，不是时候。国家光有军队，没有民心是不行的。民心比军队更重要。如其厚于兵，不如厚于民。若怕失去民心，不如暂缓征兵。"

齐桓公说："如果不征兵壮大军队，万一有别国之军入侵我国可怎么办呢？又怎能履行当年周天子命我齐国代表周室，去讨伐那些违礼诸侯的职责呢？"

管仲曰："不征兵未必不尚武。臣有一个两全其美的办法，可使我王既不征兵，又壮大了军事力量。"

齐桓公说："世上竟有这等好事？仲父有何妙计，快快说与寡人知道！"

管仲曰："臣这个办法，叫'作内政而寄军令'。"

齐桓公问："何为'作内政而寄军令'呢？"

管仲曰："就是要实行军政合一、平战结合、军民一体、寓兵于民的政策。"

齐桓公问："那具体应该怎么办呢？"

管仲曰："把我国划分为二十一乡，数乡作为一属。其中，城内工匠聚居区可分为三乡，作为一属；商人和武士们可分为三乡，也作为一属，由我王亲任统帅。城外农人们分为十五乡，五乡为一属，共三属。我王可再亲率一属；命卿高奚和国懿仲，各统帅自己封地及其周边的那一属。我王和二位命卿国务繁忙，可派五位大夫分别协助管理这五个属，可称为五属大夫。五属大夫，平时管理政务，战时作为军事统帅。"

齐桓公问："光有了统帅的分工及相关官员的任用，可没有兵怎么办呢？"

管仲曰："自然会有兵的。"

齐桓公问："兵从何处而来，从天上降下来吗？"

管仲曰："不是从天上降下来,而是就在地上,就在眼前。"

齐桓公问："眼前之兵,却在何处?"

管仲曰："在全国各乡内,让相邻五家编为一轨,轨有轨长。每轨选五位青壮年,作为预备军人,可称为一伍,伍有伍长。让十轨为一里,里有里长。这样,每里就有预备军人五十人,可称为一戎,戎有戎长。"

齐桓公问："这些人能有战斗力吗?"

管仲曰："有。因他们都是街坊邻里之人,万一有战事,互相之间既熟悉面孔,又熟悉声音。无论白天作战,还是夜晚作战,都可以互相呼唤、互相鼓励、互相救助。他们相互之间有庄里乡亲之情,就像打虎亲兄弟、上阵父子兵一样。战时,他们可守则同固,战则同强。进攻时,他们能同仇敌忾,齐心杀敌,从而无坚不摧;防守时,他们能众志成城,坚如磐石,使城防固若金汤。"

齐桓公问："可就只五十个人,能管什么用呢?"

管仲曰："这只是个最小的作战单元。我们可让四里为一连,连有连长。这样,每连就有预备军人二百人,由连长兼任指挥。让每十连为一乡,乡有乡长。乡长平时负责政务管理,战时负责军队的后勤保障。这样,每乡就有预备军人两千人,可称为一师。每师都要选配专业的师长,专门负责军务和战时指挥。每个师可作为一个独立的作战单位,即古之所谓'出师、兴师、搬师'者也。"

齐桓公说："数乡为一属。那么每属能有多少预备役兵员呢?"

管仲曰："乡以上是属,每属的民兵可合为一军,每军就有六千或一万人的兵力。"

齐桓公问："这可怎么去指挥呢?"

管仲曰："全国二十一个乡、五个属,就有二十一个师、五个军。我王统率三个军,高、国二卿各统率一个军,具体负责战时的统一军令。对这三只军队,可统称'三军'。我王对三军都有统一指挥的权力。"

齐桓公问："这样,总共能有多少兵啊?"

管仲曰："我早已算好了,总计有四万二千兵。除与过去的殷商和西周全国之兵不可比外,这在各诸侯国中,兵力就算是最多的了。"

齐桓公说："就连现在的东周洛邑,恐怕也没有这么多的兵力了。"

管仲曰："有了这样一支藏兵于民的劲旅,我王还担心什么呢?"齐桓公立即起座,连连称善,颁旨实行。

这时,只见王子城父出班奏曰:"这些预备军人,春秋农忙时在乡下侍田,是农业之骨干、种田之能手;冬夏农闲时,就可以让他们以连为单位,组织军事训练。要模拟实战,到猎场上去围追阻截猎物,在与野兽的搏斗中,练习箭法、提高战斗力。这样做,到了战时就能立即拉出成千上万名英勇善战之兵,从而攻无不克、战无不胜!"

齐桓公对王子城父的这些建议大加赞赏,并说:"今后,寡人要为大家做出榜样。我要亲自率领部分民兵,前去猎场进行围猎训练。"

评注:管仲是华夏军政合一、平战结合、军民一体、寓兵于民、全民皆兵即民兵这些应对战争良好对策的首创者。

那"寓兵于民"的战略措施落实后,齐桓公又在朝堂对群臣说:"仲父让平战结合、军民一体、寓兵于民,现在已不愁没有兵源。但寡人还是想征集部分专业的军人,扩大现有军队,以对付其他诸侯国,履行周天子让我们'五侯九伯,实得征之'的职责。"

管仲对曰:"这事,现在还不是时候。因为我们还没有和天下的各诸侯国搞好关系。西南方的鲁国仇视我们,东北方的莱国残余势力还在,北方有姬姓的燕国,南方有若干淮夷小国。远亲不如近邻,就是这些周边国家,也都还没和我们形成亲密的邻邦关系。如果我们征伐近邻的某一国,远方的诸侯国就会前来救援,我们就会四面受敌。如果我们征伐远方的国家,相邻国家就会乘虚而入,使我们腹背受敌。"

齐桓公问:"仲父,难道我们现在就无所作为了吗?"

管仲曰:"非也!我们现在的主要任务,就是要和天下的各诸侯国建立起睦邻友好、和平相处、互惠互利的外交关系。"

齐桓公说:"我们该具体怎么办呢?"

管仲曰:"首先要和邻国搞好关系,然后再和远方诸侯国搞好关系。"

齐桓公说:"近邻搞好了关系,远方诸侯国也搞好了关系,我们不就没有对手了吗?"

管仲曰："其实，无论近邻之国和远方之国，他们既是我们的朋友，也都是我们的对手。"

齐桓公说："总会有的国家和我们以友好为主，有的国家和我们以敌对为主。我们总要有个区别吧。"

管仲曰："友好和敌对不是绝对的。世上没有永恒的朋友，也没有永恒的敌人，只有永恒的利益。这就要看我们的外交努力。总的来说，在外交上我们要实行'近交远服'的策略。"

齐桓公说："仲父这个'近交远服'的策略，怎么个讲法呢？"

管仲曰："我说的这个'近交远服'，可不是近交远伐。所谓服，就是要以礼节服人，以恩惠服人，而不是去远距离征伐他们。"

齐桓公说："仲父其实是要求无论远近都要搞好国与国之间的友好关系啊。"

管仲曰："我王若想称伯天下，让天下诸侯佩服，则必须这样做。"

齐桓公问："具体怎样才能搞好与天下各诸侯国的关系呢？"

管仲曰："平时，我们要派使者经常前去拜访各国的诸侯，和他们联络感情，并赠送给他们一些我国的特产。在他们国家有困难的时候，我们要慷慨解囊，大力支援和帮助他们。比如，他们遇到天灾人祸，我们就要给他们送去粮、棉和牲畜等物，帮助他们渡过难关。"

齐桓公说："寡人明白了。仲父这是叫我们先下春雨，后收秋果啊。"

管仲曰："仅仅施惠和帮助他们还不够。更重要的是，要与他们搞好国与国之间的贸易，从而互通有无、互惠互利，把经济贸易融为一体，形成谁也离不开谁的命运联系体。到那时，我们以强大的国力、兵力为后盾，就会不战而屈人之兵。无须出动兵车，远方的诸侯国就会主动向我们靠拢，就会实现近交远服的战略目标。"

齐桓公说："善哉，善哉！这个近交远服的战略构想，就由丞相来具体组织实施吧。"

第四十九回　鲁卫莒沆瀣一气　燕晋秦愿结友邦

且说齐国内政改革和外交的方略定下后,管仲在朝堂对齐桓公曰:"外交的事,迫在眉睫,我们要立说立行。"

齐桓公问:"应该怎样立说立行呢?"

管仲曰:"首先要让我们的四位外交大臣,带上我王的亲笔信和我们齐国的特产虎、豹之皮以及我齐国的纺织特产锦帛,前去各国联络和结交那些诸侯。"

齐桓公说:"今天下有一百多个大小不等的诸侯国,我们四位外交大臣怎么能跑得过来呢?"

管仲曰:"任何事情都要有重点。当政者就是要抓住重点,不能在外交中捡了芝麻丢了冬瓜。"

齐桓公问:"仲父认为哪些是我们的外交重点呢?四位外交大臣应该拜访哪些国家呢?"

管仲曰:"可让公子姜举拜访鲁国、卫国、莒国和曹国;让公子姜启方拜访燕国、中山国、晋国和秦国;让大夫曹孙宿拜访郑国、许国、蔡国和楚国;让仲孙湫拜访宋国、陈国、徐国和吴越诸国。"

齐桓公说:"仲父这是要先抓大头啊。"

管仲曰:"这样还不行。因为各诸侯国国内都有很多贤达之士和特殊人才,我们不能只结交各国的诸侯,而且要和其国内的各界人士搞好关系。"

齐桓公说:"除诸侯外,各界人士不掌握政权,结交他们有什么用呢?"

管仲曰:"他们虽不掌握政权,但有向本国当政者提建议的便利,可以从一旁替我们说话。"

齐桓公说:"王君不听,也是枉然。"

管仲曰:"他们的王君不听,说不定是件好事。"

齐桓公问:"此话怎讲?"

管仲曰:"他们的王君不听,堵塞言路,甚至实行语言和文字之狱,就会逼迫他们国家的有识之士、贤达之人来投奔我们齐国,使我们齐国不断增加人才。若我们齐国贤达荟萃、人才济济,还有办不成的事,还有实现不了的目标吗?"

齐桓公说:"这话很对。但那又该怎么办才好呢?"

管仲曰:"要在我齐国上上下下,动员那些在国外有关系的人,带上我国的礼品,或去找其亲戚,或去访其好友。让这些亲戚或好友,把我们的人介绍给他们国内的各种人才,主动去进行拜访和联络。若有当时表态愿来我们齐国者,我们一概欢迎,并要高规格迎接,予以妥善安排,给以优越待遇。"

齐桓公说:"仲父这是要遍揽天下贤才啊,这也正是寡人之愿。要让全国有条件的官民们,都去这样做。"

管仲曰:"可让这些人自动报名。让隰朋和四位外交大臣审查认可后,即可把他们派往其熟悉的国家。"齐桓公随即颁旨,诏告天下。

此旨一颁,来王宫报名的人络绎不绝,成百上千。经挑选后,隰朋报告丞相说:"我隰朋和四位外交大臣,经筛选共认定了八十位这样的联络人。"

管仲问:"这八十个人的关系,能遍及天下各诸侯国吗?"

隰朋说:"我们正是根据这种普及性来进行选拔的。至于那些有名无实的诸侯小国,则不在普及之列。"

管仲曰:"那就给他们以经费,并分发我国的特产作其礼品,尽快将他们派到各诸侯国去吧。"

隰朋说:"丞相这是要让天下人都替我们说话,并想让大齐把天下的贤才一网打尽啊。"

管仲曰:"众人拾柴火焰高。人多就会热气高、干劲足、力量大。"

过了一段时间,齐国外交大臣公子姜举回到了朝堂。他对齐桓公和丞相禀报:"微臣按照我王和丞相给我的分工,带着我国礼品,想先去鲁国拜访鲁庄公姬同,再由这里往西到卫国和曹国,最后去鲁国东边的莒国,拜访他们的国君。"

齐桓公问:"那你见到姬同了吗?"

公子姜举道:"待我到达曲阜后,要求进鲁国王宫拜见鲁庄公。可谁想我三次报门,其侍卫三次进宫向他禀报,鲁庄公却一概不予理睬、不予接见。"

齐桓公问:"却是为何?"

公子姜举道:"他对当年以武力送公子纠回国为君的失败,仍然耿耿于怀。"

齐桓公说:"我们又没侵犯他鲁国,当时他是让鲁军到我们齐国来找事,他自愿率军来投罗网。我们当时围了鲁国的将士,他来信苦苦哀求,连称舅氏,让我放这些人回去。我当时让他办的事,他也都办了。现我们早已把他们的将士都放了回去。他的目的已经达到,应该感谢我们,却为何还要耿耿于怀呢?"

公子姜举道:"我当时在宫外,也是这样说的。可宫人传出话来,说鲁庄公言曰,是我王逼他杀死了公子纠,又设计骗走了管仲。"

齐桓公说:"他杀死了公子纠,生还了我一个管仲,却换回了鲁国的数万将士。他赚了便宜,却还来这一套。俗话说,'两国交兵,尚通信使'。何况我们两国已经息兵了呢。"

公子姜举曰:"他这叫赚了便宜,反而卖起乖来。"

齐桓公说:"我看他是要逼着寡人出兵去打他。若在战场上擒了这小子,我看他还敢卖乖不?"

公子姜举曰:"非但如此。鲁庄公听说我访问鲁国后还要去访问卫国、曹国和莒国。他竟然立即给卫国国君和莒国国君写去了亲笔信,并派人乘快马把信件分别给他们送了去。"

齐桓公问:"这两国国君是怎样对待此事的呢?"

公子姜举曰:"我的马车不如鲁庄公派出的快马快。等我到了卫国,卫国国君卫惠公姬朔早已知道了。他按照鲁庄公姬同信上的要求，也把我挡在了王宫之外。逼得我也是三次报门，三次让宫人来回传话，可他也是坚决不见我。"

管仲这时插话曰："卫国乃我王外祖之国。这个卫国为什么还要和鲁国沆瀣一气、同流合污呢？"

齐桓公说："仲父有所不知。现在卫国当政掌权的卫惠公姬朔，当年谗杀我舅氏太子伋，自立为君。国人不服，就把姬朔赶出了卫国。他只好投奔到我们齐国而来。卫国国人遂立我另一舅氏姬黔牟为君。卫君姬黔牟执政八年时，昏君齐襄公姜诸儿又出兵，用武力从齐国送姬朔回卫国复辟了君位，逼得我舅氏姬黔牟逃到了周王室那里去躲避。现在当政的这个卫惠公姬朔与我在卫国的舅氏一家，乃是死敌。他和鲁国沆瀣一气，与我齐国作对，在所难免，不难理解。"

管仲曰："如此说来，我王若欲教训鲁庄公，还不如先教训那个卫惠公姬朔呢。"

齐桓公说："我们总有一天会教训他的。"

管仲曰："说不定等不到我们教训他，这个昏君的君位就会产生变故。这样的人，是不会有好结果的。即使不在其当世，也必会殃及其后世。"

齐桓公又问公子姜举："你到莒国时，又是怎样的呢？"

公子姜举道："正想禀报我王，待我到了莒国时，才知道我王的恩人莒侯，已经突发重病而过世了。"

齐桓公闻此，立即难过得掉下泪来，说："莒国的人为什么不向我报丧呢？"

公子姜举曰："听说新继位的这位莒国君侯，当年曾被其父王送到鲁国去当人质。在这期间，鲁国王室始终待之若上宾，使其对鲁国有了好感。他与鲁庄公姬同自小一起拜师受业，彼此友好，就事事依从着那姬同。"

齐桓公说："寡人在莒国时，光听说莒侯把太子送去鲁国当人质，却不知道此子同姬同竟打得这样火热。他到底是怎样对待你的呢？"

公子姜举曰："这小子做事更绝,待我赶到莒国王宫时,他竟根据鲁庄公姬同信中的授意,直接派人把我赶出了莒国。"

齐桓公听后,愤怒地说："这小子是想让我在日后先灭了他呀。"

管仲也曰："这个新莒侯确实太不懂礼了。就是看在他父辈和我国先王僖公以及我王的情分上,也不应该这样做啊。"

公子姜举道："我本来没想去曹国,但是见这三个近邻国家的国君都对我非礼,只好又回头去了那曹国。"

齐桓公问："那曹国国君待你如何?"

公子姜举道："曹国国君对我的到访十分欢迎,予以隆重接待。他说,'当年,正是你们齐国的封君姜太公,奉劝周武王分封他的众位王弟。我曹国之祖姬振铎是周武王的六弟,遂被封在了曹国。姜太公对我们是有恩的,因此我曹国很愿意和你们齐国搞好关系'。"

齐桓公说："既然曹国对我们这样友好,在日后与别国的会盟或征战等联合行动中,别忘了叫上这个曹国。"

随后,齐桓公和管仲又在朝堂听了外交大臣公子姜启方拜访燕、晋、秦三国国君情况的禀报。

公子姜启方奏曰："微臣先后到了燕国、晋国和秦国这三个诸侯国。因中山国发生了内乱,我就没敢前去。"

齐桓公说："你要把你去的这三个国家的情况,一一说予寡人和丞相听。"

公子姜启方曰："我到了燕国。燕桓侯已经去世,他的太子燕庄公继了位。燕庄公热情接待我,就像见到了亲人一样,对我十分亲切。他还情不自禁地向我谈起了当年父王燕桓侯率军帮助我们先王齐僖公讨伐纪国的往事,说燕国与我大齐是有生死之交的。"

齐桓公说："我们和燕国的生死友情,是要世世代代保持和延续下去的。"

管仲插话曰："我国有坚固的齐都城墙,不愁抵御那南邻敌视我们的鲁国和莒国,但我国与燕国之间并无介蒂。因此,搞好与我们北部邻邦的关系,尤为重要。"

没等公子姜启方禀报到晋国后的情况，齐桓公就急切地问："我那女儿所在的晋国，你去后却是何情？"

公子姜启方禀道："当年晋国的曲沃伯姬称，为了壮大自己的势力，就主动与我大齐交好。他给当时的齐襄公姜诸儿写来亲笔信，要求迎娶我们王室的一位公主为少夫人。当时，姜诸儿不怀好意，把我王和徐夫人所生的长女齐姜，嫁给了那晋国已是风烛残年的曲沃伯姬称。"

管仲曰："这真是老夫少妻，天渊之别。姜诸儿当时竟然答应了这门婚事，真是混蛋透顶。他怎么不把自己的女儿哀姜嫁给这个老头儿呢？"

公子姜启方道："我先到了晋国的国都绛城，见到了晋侯姬缗。晋侯见了我，似乎有很多心里话要说。他谈道，'现在晋都绛城的实力，已经远远不如晋城曲沃。曲沃伯姬称，自恃实力强大，几年间就变着法子连弑我父王哀侯姬光和我的王兄姬小子这两位君侯。我姬缗担心日后早晚也会被曲沃伯姬称弑杀。我知道姬称少夫人乃是齐桓公之女。因此想拜托您，到曲沃找齐桓公之女齐姜，让她劝说曲沃伯不要对我晋国之侯斩尽杀绝，逼人太甚'。于是，我就去曲沃拜访了姬称和我王之女齐姜。"

齐桓公问："我女当下可好？"

公子姜启方道："贵为夫人，岂有不好之理？只是因那曲沃伯姬称年事已高，失去了生育能力，我王之女齐姜无法为其生下一男半女。"

齐桓公说："只要我女本身还好，为父亲的也就放心了。至于他们晋国内部的事，我们鞭长莫及，管不了那么多。"

公子姜启方道："根据我的预感，晋国的君侯之位迟早是会变化的。"

管仲曰："曲沃伯姬称如果取代了晋国之君，对我们齐国并非坏事。"

齐桓公又对姜启方说："你再谈谈到秦国的情况吧。"

公子姜启方道："我到了秦国，见到了秦武公。秦武公说，'我秦国被封为诸侯国不久，治国经验尚少，我正想派人出使齐国，去学习大齐的治国良策呢。现贵国齐桓公派您这位王弟，主动来我国结交，真让我喜出望外'。"

齐桓公问:"你把带去的齐国特产交给秦武公了吗?"

公子姜启方道:"我以我王名义当面交给了秦武公。秦武公非常高兴,他说道,'齐桓公这样看重我秦国,我秦国应投之以桃、报之以李。我秦国的特产是狍皮和麻布,今我托您带回去交给齐桓公,也表达一下我的心意吧'。"

齐桓公说:"眼下这位当政的秦武公,在外交上还算是个识时务的明君。"

公子姜启方道:"不过,他也有很不明智的举措。"

齐桓公问:"是什么举措呢?"

公子启方道:"秦武公妻妾成群,其中有近百位姬妾没有为其生男育女。据说,他在朝堂对太子和群臣,宣布了一个很残酷的诏令。说是待他死后,凡是未能给他生儿育女的姬妾,一概都要为其殉葬。"

齐桓公说:"他这一招也太狠毒了吧。这种姬妾殉葬之风一旦开了先例,若后世君侯效仿之,岂不悲哉?如果照他这个做法,那曲沃伯姬称死后,难道还要让我的女儿为他殉葬,被人活埋吗?"

公子启方道:"这真是可怕。不过曲沃伯姬称这人虽然对在绛城的历任晋国之侯狠毒,但他对自己的姬妾还是很仁爱的,估计不会像秦武公那样做。"

齐桓公说:"但愿如此。如果他曲沃伯姬称胆敢留下这样的遗嘱,让我女儿齐姜给他殉葬,我就要先发兵把他给灭了。"

第五十回　西南交郑许蔡楚　宋陈徐表示友好

却说在齐国朝堂,外交大臣公子姜启方禀报情况后,齐桓公和管仲又听曹孙宿前来禀报情况。

曹孙宿禀报道:"微臣先后去了郑国、许国、蔡国和楚国。"

齐桓公说:"曹爱卿先说说去郑国的情况吧。"

曹孙宿道:"微臣到了郑国,见到了国君郑子姬婴。姬婴说,'过去我郑国和大齐乃是最早的联盟国家,双方多有交往和相互依赖。可是后来我王兄郑厉公姬突不应该听那鲁隐公的忽悠,反过来帮助鲁国保纪国,为你我两国结下了仇隙。后来,齐襄公又借盟会袭杀了我兄姬亹和大臣高渠弥。这加深了我郑国对齐国的仇视。今我们的仇人姜诸儿已被国人所杀,齐桓公捷足先登,当上了齐国的君侯。当年,我王兄姬亹在齐国与齐桓公一同学习时,情投意合,关系甚好。今齐桓公派你曹大夫来拜访和结交我国,真是正逢其时,大快人心。我姬婴是很愿和大齐恢复盟国关系的。齐桓公还特意让您带来齐国的特产。我郑国的特产是獐皮和青铜器具,就烦请曹大夫替我捎给齐桓公吧'。"

管仲曰:"曹大夫之行,成就了我们和郑国消除积怨、重归于好的契机。"

齐桓公说:"不过,这些郑国人喜欢出尔反尔。我们既要和他们拉近关系,又要防止其出卖我们才行。"

管仲曰:"这要根据他们的所作所为,灵活对待。"

齐桓公说:"曹爱卿再说说去许国的情况吧。"

曹孙宿道:"许国,乃我王同出一祖的姜姓之国。当年,周武王封姜文叔于许地,让他负责对太岳的祭祀,人称许国国君为'公'。许国传至许庄公姜茀,遭到多国外侵,他只好逃到了卫国。这时,郑国的郑庄公姬寤生扶立许庄公之弟姜许叔为君,是为许桓公。许桓公现刚刚去世,其太子继位,是为许穆公。"

齐桓公说:"华夏之内,我姜姓本来有四个较大的国家,即我齐国、许国、纪国和申国。现在,申国早已被楚国所灭亡,纪国也已经被我齐国消灭了。姜姓之国除了我们齐国,就只剩下这个许国了。我们实在应该进一步加强与这个同宗之国友好关系的。"

曹孙宿道:"我去后,新继位的许穆公对我到访十分重视,把我待若上宾。他和我王的看法是一致的,认为作为同姓的两个国家,是应该发展为兄弟般情谊的。"

齐桓公说:"曹爱卿再说说去蔡国的情况吧。"

曹孙宿道:"蔡国乃姬姓之国。当年,他们的祖宗蔡叔度伙同管叔鲜,勾结武庚的殷禄父叛周。此次叛乱被我太公和周公率军镇压,管叔鲜被杀,蔡叔度被革去盘庚辅臣之职和姬姓命卿之衔,让其到新的蔡地为君,就是现在的蔡国。"

齐桓公说:"蔡国的祖宗蔡叔度,比我们丞相管仲那被杀了的祖宗管叔鲜,真是幸运多了。"

管仲曰:"周武王是周文王第二子,我的祖宗管叔鲜是老三,周公姬旦是老四。正是老三不服老四掌权,才挑起了这场争斗。我的祖宗是主谋,而蔡国的祖宗是协同。所以,承担的罪责和下场也就是不同的了。"

曹孙宿道:"现在事过境迁,蔡国王室仍以是大周的姬姓同宗而骄傲,并且十分亲善周室。我去后,见到了现在当政的蔡哀侯姬献舞。他对我倒是十分热情,大礼相待,并说,'我知道大齐丞相管仲,乃是我的姬姓同宗。我正想借助管丞相之力,促进我蔡国和齐国的关系呢'。"

齐桓公说:"曹爱卿再说说去楚国的情况吧。"

曹孙宿道:"我到了楚国,了解了很多情况。"

齐桓公问:"都是些什么情况呢?"

曹孙宿道:"楚先前为男爵之国,后经过数代人的努力,势力渐大。楚武王熊通就想让周王室将他的爵位晋升为侯爵,与中原各诸侯国平

【五霸之首 号令天下】

起平坐。"

齐桓公说:"这也是应该的嘛。"

曹孙宿道:"楚国的北邻有个随国,两国多有交往。楚武王怕到周王室提出封侯的要求会碰钉子,就以武力相要挟,让随侯到周王室替他说话。不想,这事遭到了周王室的拒绝,并欲治随侯受托游说之罪。随侯只好把这事都推到了楚武王身上。"

齐桓公问:"随侯这不是把楚武王出卖了吗?"

曹孙宿道:"楚武王知道后大怒,致使两国关系僵化。十多年后,楚武王亲自带兵讨伐随国,占领了随国的濮地。两国交战,各有损伤。可谁能想到就在这时,执政五十一年的楚武王熊通却累死在了战车上。"

齐桓公问:"楚武王死后,谁继承了王位呢?"

曹孙宿道:"他的太子熊赀(zī)继位,是为楚文王。楚文王见荆楚之地的郢邑人口众多,十分繁华,就把楚国的国都迁到了这里。"

齐桓公问:"你这次是到了郢邑吗?"

曹孙宿道:"正是。我在这里见到了楚文王。他对我这个大齐使者非常欢迎,对我说,'当年我的先祖熊丽,乃是周文王的火师,与齐国先祖姜太公是同事。后周成王加封功臣的后裔时,封我祖熊绎于楚蛮之地,是为男爵,始称楚国。我祖虽被封在楚国,但却仍被周成王留在周室辅政,与当时同样被留在周室辅政的大齐国君齐丁公姜伋,既是同事,又是朋友。我们齐楚两国是有世交情谊的'。"

齐桓公说:"楚国虽然离我国遥远,但其经济实力在不断强大。我们也要珍惜与他们的世交之谊,搞好相互之间的关系。"

曹孙宿道:"楚文王还说,'周厉王时,我楚国先祖本想让他把我国晋升为诸侯国,但遭到了断然拒绝。到我父武王时,又提出了这一要求,仍然遭到了拒绝,于是干脆打出了也称王的旗号,与那周王室相对垒,平起平坐,各树一帜。我继位后,虽不再与那周王室打交道,但齐国和我国一样,都是姬周的异姓之国,两国又有世交之好。因此,我愿与大齐加强联络,搞好关系。'"

齐桓公说:"这不是很好吗?"

曹孙宿道:"楚文王还说,'今齐桓公让你曹大夫给我带来齐国特产,我也应当回赠才是。我楚国的特产是鹿皮和云锦,还烦请您带回齐国,送与齐桓公,以表我的心意'。"

管仲曰:"从长远看,我们与楚国关系的重要性,是要高于其他诸侯国的。"

齐桓公说:"我赞成仲父的看法。"

却说最后一位外交大臣仲孙湫,负责南方各诸侯国的外交事务。因路途遥远, 他最后一个回到朝堂向齐桓公和管仲禀报道:"微臣按照分工,先后去了宋国、陈国和徐国。"

齐桓公说:"那你就先说说去宋国的情况吧。"

仲孙湫道:"现在当政的宋缗公殷捷,见我王派我前去拜访,十分高兴。他说,'当年我父王宋庄公殷冯曾带兵前去帮助齐僖公讨伐纪国。自此之后,我们两国结下了休戚与共的生死同盟。今齐桓公派仲孙大夫来拜访我,我非常欢迎'。"

齐桓公说:"不能忘记宋国当年出兵帮助我国讨伐纪国的情分,我们更是要和这个大周最早封的殷商后裔公国搞好关系。"

仲孙湫道:"宋国虽然是殷商后裔, 但因宋国开国之君微子殷开及其后人,治国有方、外交得力,还有其部分邻国同情、支持和帮助他们。"

管仲曰:"宋国的公国地位和其影响力不容忽视。"

齐桓公问:"仲孙爱卿去了陈国,又是何情呢?"

仲孙湫道:"陈乃妫姓, 本是大舜之子妫商君的封地。周武王灭商后,在封华夏先贤后裔时,找到了妫姓后人妫满,仍封其于陈地,是为诸侯国之一,以奉大舜之祭祀。我去后,见到了陈国现任国君陈宣公妫杵臼。他对我很热情,说,'我父王陈桓公妫鲍去世后,他那王弟妫佗,杀死我兄太子妫免,自立为陈厉公。作为妫免的三位弟弟,我们又借助蔡国诱杀了此贼。我二位兄长已亡,最小的我就继了君位。我陈国多年动乱,还望大齐能帮助和扶持我'。"

管仲曰:"陈国南邻楚国,国土一直被楚国所觊觎。陈宣公的君位,又因多年内乱而不稳定。他面临内困外扰,这个陈国的国君可真是不好当啊。"

齐桓公说："仲孙爱卿再说说去徐国的情况吧。"

仲孙湫道："徐为嬴姓徐氏之国，是鲁国的南邻。当年，大禹因伯益助其治水有功，在封其益都之地同时，又封伯益那同样有功的儿子嬴若木于徐地，后称徐国。徐国原为侯爵，到了周穆王时，因他们不服大周统治，就被贬成了子爵。"

齐桓公说："侯爵也罢，子爵也罢，还不同样都是那徐国嘛。"

仲孙湫道："在我负责交往的南夷诸国中，现在徐国是最为强大的。徐国的主要竞争对手，西南有楚国，东南有吴国和越国。因此，徐国国君对我说，'我徐国与荆楚和吴越诸国，因是近邻，多有土地之争。我们面对这些强敌，又与那贬我爵位的姬周历来不睦。可齐国和我们一样，都是姬周的异姓封国，我们徐国是最愿意和大齐联盟的。希望今后能得到大齐的支持和帮助'。"

管仲曰："这个徐国，确实是我们今后结盟的主要对象。徐国的强大，可以制约荆楚和吴越诸国对我中原的侵犯。我们不但要与之结盟，而且要真心实意地帮助他。"

齐桓公问："仲孙爱卿没去那吴越诸国吗？"

仲孙湫道："吴越之国距离遥远，且都是水乡，难通车马。因此暂时未能前去。"

管仲曰："我们这四位外交大臣所到之国，仅是天下诸侯国的一部分。今后，你们四位还要出使更多的国家，争取把主要的诸侯国全部都访问一遍。"

再说齐国选出的那八十位外交联络员，到达各诸侯国后，亦尽心尽力按齐桓公和丞相的意图去办。谁人不爱国，谁人不愿为国立功呢？结果，他们不但广泛结交了各国的贤达之士，而且这八十人还成倍引来了外国的人才。

事后，齐桓公和丞相在朝堂齐声问隰朋道："我们派出去的那八十多人，先后共引进了多少人才啊？"

隰朋曰："先后共引进二百四十多位。"

过了一段时间，齐桓公又在朝堂对群臣说："前者，我们的四位外交大臣，干得很出色；派出去的那八十多人，亦是硕果累累。我们在外交战线，成绩斐然。眼下，王子城父负责把现有的军人、武士、民兵训练好，以防不测。虽然仲父让我们暂时不征兵，但要为今后大量征兵做准备。这就要尽早组织生产大量的武器和战车等军用装备。"

　　管仲对曰："我王这个想法，现在也不可取。大搞武器装备生产，必然会影响工农业所需器具的制造，从而影响和延误制造业及粮食、棉花等产品的产出。我们会得不偿失的。"

　　齐桓公说："那也不能因噎废食，就不去搞军械制造了吧。"

　　管仲曰："问题的关键还不完全在这里。"

　　齐桓公问："那关键是什么呢？"

　　管仲曰："关键是会招来各国对我国的猜忌、担心和仇视。"

　　齐桓公说："我们在本国制造军械装备，这与其他诸侯国有何干系呢？"

　　管仲曰："天下事物都是互相联系的，有些事情还可以引起连锁性反应。"

　　齐桓公问："此话怎讲？"

　　管仲曰："我们在国内制造战车等军械装备，是瞒不住其他诸侯国的。其他诸侯国知道了，就会恐慌，认为我们齐国正在准备发动战争。他们就会针锋相对，相应也准备大量的战车等军械装备，与我们进行军备竞赛。这反而会增加我们控制别国的难度。我们现在要以内政、外交为主，不能准备以武力压人，而要以德行和强大的经济实力去服人。"

　　齐桓公听后，只好暂且作罢。

第五十一回　临淄城开放搞活　规模成东方之最

话说在西方某诸侯国的客栈内，一位商人甲对一位商人乙说："听说齐国废除了井田制，鼓励解放出来的自由民开荒种地。对新开的土地，实行三年免税。正常的税赋也很低。各诸侯国逃亡的奴隶，纷纷奔向齐国。又听说他们对士、工、商、农实行集中专业化管理，分业而居。这便于各行各业专心于本职，就近交流职业经验，并利于其世代传承。还听说他们大兴渔盐业和煤铁业，需要大量劳动力，其务工人员收入不菲。因此，各诸侯国有识之士和农、工、商各界之人，也纷纷涌向了齐国。"

商人乙曰："既然如此，我们不妨改弦易辙，不再去别的诸侯国，转向齐国去进行贸易。"商人甲当然表示赞同。第二天黎明，二人牵马套上货车，向东奔齐国而去。

马车进入齐国地界，只见路边旗帜飘扬，众多民工正在拓宽和填平马车官道，使其宽阔平整。二人问民工："你们修路，最利于我们商人前来贸易。是谁让你们为我们做好事的呢？"

民工们回答说："是我们丞相管仲和大司行隰朋，下令征集民工，来为你们修路。还在每隔三十里的地方，修建一处客栈，也好方便你们在途中休息、吃饭和喂马。"

二位商人曰："你们丞相和大司行想得真是周到啊。咱们华夏的商人们都说，'一个诸侯国，要想富，先修路'嘛。"

民工们说："非但如此，我们丞相和大司行还说，无论是修路还是修客栈，这都是国家投资。不光要让你们的马车一路好走，还要让你们在客栈内吃好、住好。"

二位商人曰："你们丞相和大司行给我们提供的方便和对我们的关

心程度,真可谓无微不至啊。"

民工们说:"非但如此,丞相和大司行还说,在我们的客栈里吃饭、住宿和喂马都是免交费用的。"

二位商人曰:"在你们齐国,还真有那天上掉馅饼的好事呢。"

民工们说:"丞相和大司行还说,还要给外来的商人减免赋税,提供更多的方便呢。"

商人甲回头对商人乙曰:"等我们做完买卖回去后,要告诉我们同行的伙计们,一块儿到齐国来发财。"

商人乙说:"如果我们回去把这样的好消息告诉同行们,就会一传十、十传百。不用多长时间,随我们一起来齐国进行贸易的同行们,就会越来越多。从而,来齐国的商人就会络绎不绝、接踵而至。"

二位商人说到做到,随后就引来了大批的同行。这使临淄的商贸区人头攒动,空前繁盛。

某日,隰朋来约丞相,二人一起漫步在临淄街道上。隰朋对管仲说:"这么多外国的商人前来做贸易,他们实车而来,空车而回,实在是很大的浪费。"

管仲曰:"要向他们宣传我们齐国的渔盐业和煤铁业等产品,让他们回到各国时,运这些物品给那些有需求的诸侯国。这样,来回有载,是一举两得的好事啊!我们要给他们优惠的价格,让他们有利可图,以达到以商养商之目的。"

隰朋又说:"为了交易方便,我们不妨在商贸区建立若干专业化的大型仓库,让外商一时卖不出的货物有存放之处。同时,也让我们的货物在国内有一个汇集之地,便于外商运走这些商品。"

管仲曰:"这个打算要立即实施。但是,建立仓库也要分门别类,要分为农林渔产品和工副业产品两大类。前类,要分别建立粮、棉、木、干果、干鱼、干肉等的仓库;后类,要分别建立盐、铁、煤、铜及其衍生品等的仓库,以便使商品集中。这就像蓄水池一样,有进有出,从而建立和完善良好的仓储制度。"

隰朋说:"还是丞相想得周到。"

过了一段时间，管仲问隰朋："我们在商贸区的仓库，建设得怎么样了？"

隰朋说："已基本建设完毕。我们的仓储制度形成后，使国内外的商人都方便了许多，更使我们临淄城商贾云集，交易量骤增。"

管仲曰："我们不能满足于现状，还要根据商贸量的增加，建立更多的仓库。"

隰朋又对丞相说："现在形势很好，商业的繁荣也反过来促进了农业和国营盐铁等业的发展。"

管仲曰："现在商贸业还很不理想和完善，前来贸易的多数商人都是马驮肩挑。即使有马车的商人，也多为单车匹马，运量有限。"

隰朋问："丞相的意思是？"

管仲曰："为了鼓励商人多带马车而来，不妨设立一些奖励办法。比如他们来一辆马车，我们就包人的食宿和拉车之马的饲料；来两辆马车，我们可以派男人帮他们贸易；来三辆马车，我们就可以派女人帮他们贸易。再每多来一辆，就可以多增加一个服务人员。"

隰朋说："如果来的车辆多了，帮他们的男人不愁找，可哪来那么多帮他们贸易的女人啊？"

管仲曰："我们要在临淄城，至少设立七处'女市'、七百间'女间'，聚集大量志愿者。这不但可以满足奖励那些外商们的需要，而且可以满足我们国内那些鳏夫们的需求，增加社会的安定性。"

隰朋被丞相的这个想法吓了一跳，说："只听说外地诸侯国有男伎、女伎及其伎房、伎院，却没听说过有女市、女间。伎房、伎院都是私下开的，丞相建女市、女间，这不成了官办吗？怕是开了这个先例，会被后人耻笑和利用。他们甚至会说您是'官办妓院的首创者''妓女界的祖师爷'……"

管仲曰："我不怕这些。我们还没达到那个文明程度。说不定后人还会称我为勇于改革开放、善于发展经济的先行者呢！商战就像兵战一样，追求的是胜利的结果，而不是取胜的手段。难道'兵不厌诈'，就是提倡骗人吗？"

隰朋说:"我隰朋长年身在王室,思想保守,循规蹈矩惯了,难以去落实丞相的这一设想。"

管仲曰:"那就把女市和女间的事,交给宾胥无去办吧。正像过去办市场一样,让他也制定有关法规,实行规范化管理。要在自愿基础上,先在女市进行官方或私下的交易,谈妥后再去到女间。"

隰朋闻言,觉得一阵轻松和解脱,就很快去把宾胥无找了来。管仲向宾胥无重述了上述设想。

宾胥无说:"丞相的想法我倒赞成。其实那些暗娼们更加龌龊,更不利于监管。还不如让其亮在明处,便于管理。只是,我们去哪里找这么多的女人呢?"

管仲曰:"这些女人的来源, 一是被解放了的部分尚未婚嫁的女奴隶。她们多数已被奴隶主玩腻,看透了世事,识破了红尘;二是在战争中那些作为战利品的被俘女性; 三是那些被抄没家产或被斩杀了的贪官的女眷;四是那些无主或被遗弃的女人。这仍然要突出自愿原则,任何人、任何时候都不得强迫。"

宾胥无说:"如此说来,女市和女间的女人来源,就不用愁了。"

管仲曰:"女市和女间的作用,还不仅限于我们国内。我们还可以从中挑选出若干爱国且貌美的女人,送给别国国君或其重臣。让这些女人做我们的眼线,收集别国的情报,并及时向我们通报,以达到掌握别国动向之目的。"

隰朋说:"原来丞相还想利用这些女人,去当女间谍啊。"

管仲曰:"美女更容易接近男人,因此女间谍比男间谍更为便利。"

隰朋说:"丞相这是又要首创一个女间谍的先例啊。后世之人还会把您说成女间谍的首创者呢。"

评注: 后世果然把管仲称为改革开放、发展经济的先驱。他首创的官妓和女间谍制度,被后世帝王进一步发展和利用,出现了营妓、教坊、大教坊、妓院、春院等封建社会不良场所。妓女和女间谍都尊管仲为本界的祖师爷,并专设管仲庙予以祭祀。过去,男孩子上学堂要先拜孔子,女孩子去春院要先拜管子。但是,管仲的首创精神,瑕不掩瑜。一百多年后,孔子尊管仲为他的老师,自称是其学生,并高度赞美之,对其佩服得五体投地。就连历史上那最正统的圣人孔子,都尊管仲为他的先师,又何况是各行各业的其他人呢?

管仲又曰:"眼下对外来的商人,既设关卡收关税,又在交易中收市税。这不合理,要改为一次性收税。收了关税就不要再收市税,收了市税就不要再收关税。我听说,各诸侯国的税率都超过十分之二。我们要减半征收,收十分之一就可以了。今后,我们还要进一步降低税率,直至降到百分之二以下。"

隰朋说:"用这么低的税率,吸引来我国贸易的商人,我们临淄城岂不人山人海?"

管仲曰:"买卖人都说,'薄利才能多销,多销才能赚钱'。这个'将予取之,姑先予之'的深刻道理,用在我们的减税上,也是十分贴切的。"

隰朋说:"在下以为,别国那些带了空车,专程来贩买我国商品的商人,等于来替我们卖货,可以不收他们的税费。"

管仲曰:"你这个建议很合理。依我看,非但如此,我们对于那些马驮肩挑的小商小贩们,尤其是经营中遇到困难或意外的商人们,也就不要收他们的税了。让他们积攒点钱,购买运货的马车,也好把买卖做大。对于已有马车的商人,也好让他们多购置几辆马车。这样,我们放水养鱼,从长远看对国家是有利的。"

隰朋说:"属下这就按丞相的减税办法去办。"

齐国的减税措施落实后,商人甲对商人乙说:"与各诸侯国相比,齐国形成了市场,货源充足,客众繁多,交易方便,来回不空载,又有奖励政策,且又实行较低税率,并不重复收税。那天下各诸侯国的税率,均在十分之二以上,而这里减半征收,仅有十分之一。我们经商的利润空间大,怎么能让我们不来齐国做生意呢?"

商人乙曰:"我看这事传开后,各诸侯国的同行们就都要涌来齐国了。我们前段挣了些钱,拿出来多购几辆马车,把买卖做得越来越大吧!"商人甲十分赞同。于是他们都购置了多辆马车。

某日,隰朋对管仲说:"现在,不单是各诸侯国的商人们,就连他们

临淄贸易

的国君知道我国这些情况后,也纷纷派出使者前来我们齐国考察学习。有的诸侯国还派出官办商贸机构,常驻我们齐国,以达到互通有无、有进有出、互惠互利之目的。"

管仲曰:"还有比这更好的效果呢!那各国的学者和贤达之士,也纷纷来到我们齐国,谋求自我发展的出路和前程。"

隰朋说:"来这么多人,我们的接待也是个大问题。"

管仲曰:"我们要派出大夫一级的官员,在各国进入我们齐国的关卡处,专设迎接外宾的馆驿。凡外宾进入我们齐国,要一视同仁,都要进行热情接待。要让他们换上我们为之新做的齐国服装,并给予他们一些齐国的青铜刀币,以便于他们在齐国的旅行和贸易。还要与他们一同祭天、祭地,宣誓进行友好合作,共谋发展。"

这事落实后的某日,隰朋又对管仲说:"丞相的举措,真让在下佩服。您的好客之举,竟然使天下的八个诸侯国,不战而自愿归附我们大齐。"

管仲曰:"这就是我说的不以兵车,就能屈人之兵,不战而胜的道理所在。"

过了一些时日,隰朋对管仲说:"前段,天下各诸侯国的官、士、农、工、商、学、武各界,来我们临淄的人越来越多,这更进一步加快了我们都市建筑和市政各业的快速发展。"

评注:当时,人口稀少,但齐都临淄竟然聚集了三十多万人,成为华夏乃至世界东方最大的贸易城市,致使街上车毂击、人肩摩,连衽成帷、举袂成幕、挥汗成雨。那时的齐都临淄,就相当于是现在的大上海!

第五十二回　桓管紫服引销售　提倡消费防洪涝

某次正逢春日，隰朋见到管仲说："城市大了，人口和商品多了，出现了消费的不平衡。有的商品供不应求，有的商品供大于求。有些商品，甚至积压在仓库里，无人问津。"

管仲问："现在，哪种商品积压最严重呢？"

隰朋说："有一批丝绸，本来应染成人们习惯的淄色，或叫黑色、青色。但因染坊的水质不同，这批丝绸却染成了紫色。这就无人愿买，造成了积压。"

管仲曰："你不要着急，我会让这批紫绸很快销售出去的。"

隰朋说："丞相是神仙吗，有这等功力？"

管仲开玩笑曰："我会通神。神做出神事，谓之神；人做出神事，谓之仙。人神相通，天人合一，阴阳五行相克相补，乃道家之精髓。"

隰朋问："不知丞相何时能行此神道之法，何时能够应验？"

管仲曰："不过五日矣。"

隰朋说："属下那就拭目以待了。"

翌日，管仲带着一件新衣，去见齐桓公。齐桓公说："仲父有事找寡人吗？"

管仲曰："正是。臣有一事，非我王莫属！"

齐桓公说："仲父尽管讲。"

管仲曰："臣请制衣匠连夜为您和我缝制了紫色的王袍、臣服。我想让您和我都穿上它，乘马车到城内各街道去视察一遍。让世人看一下我王穿紫服的风采。"

齐桓公说："原来是仲父想请寡人陪您在街上兜兜风啊！这有何难，

无非是逛逛街呗！"

于是，君臣二人穿上紫服，乘上露天马车，到街上去兜风。街上的人见之，山呼万岁，倾巷出动，以观齐桓公和管仲之风采。逛完临淄城，整整用了一天。

第二天，上行下效，人们到处打听："哪里有紫绸可买呀？"一传十，十传百，人们就都去积压紫绸的仓库门口，购买紫绸。不过五天，就把积压的紫绸抢购一空了。

初夏，隰朋又见管仲曰："丞相真乃神仙。不出五日之限，积压的紫绸就被推销出去了。可现在，白绸又积压了。"管仲就又让制衣匠用白绸为齐桓公和自己做成了白色纱罩，如上法而炮制。白绸就又销售出去了。

某日，隰朋又见到管仲说："丞相动员我王先穿紫绸，又穿白绸，将我齐国市场上积压的绸缎销售一空，真可谓神人神算啊！"

评注：谁也想不到，齐国国君齐桓公和丞相管仲，还是中国乃至世界历史上最早的形象大使和广告专家呢！

某日，管仲又对隰朋曰："我让我王做的这些事，正应了古诗中所说的，'不躬不亲，庶民不信'。只有当君侯的亲自引导上下消费，才能促进社会的商品生产与销售。眼下，我们临淄城粮棉丰足，货物充盈。我看我们不但要引导市场，而且要倡导官民们的消费意识，大力进行自我消费，以此促进社会各行各业的大发展。"

隰朋说："请丞相说得具体点。"

管仲曰："要提倡人们多穿好衣服，买良马豪车，建豪房；要在西北方的少海桓公台那个有草有水之处，建立基地，多养良马；要在王宫和官府，进行豪华装饰，使之富丽堂皇；要在市内增设楼宇、亭台、殿堂、阁坊、小桥、流水、花圃；要给学者们多建学官和教馆；要给武士们多建教场和武馆；要让工匠们多修作坊，扩大工作场所；要为商人们进一步修路，建客栈，扩大仓库面积，增加仓储能力；要让农人家家修建好的住房和场院。用以上这些措施，来促进我国木、石、铜、铁、粮、棉、盐等业的发展，让各业多产出山货、海盐、渔产、煤产、铜制品、铁制品等，增加商品和我国经济的总量。"

隰朋说："以上消费中,在使用民工时,在下考虑要优先使用那些贫困人家的劳动力,让他们能挣些钱,回去养家糊口。这要制定法规,规定用人,尤其是使用那些干粗壮活的人,必须优先考虑那些弱势群体的劳动力。"

管仲曰："你说的这个办法,除了在促进消费中实行,还可在灾荒之年用来以工代赈,作为国家救济贫困黎民的方法。"

过了一段时间,隰朋又对管仲说："眼下,丞相和我王的示范推销法,使我们临淄市场上没了货物积压。丞相又提倡各方面的人们进行大量消费,这反而使我国的有些商品供应不足了。"

管仲曰："这好办。我们不但要提倡出口,而且要鼓励进口。隰大夫认为目前我们急需进口哪些商品呢?"

隰朋说："作为盐、铁和煤的发源地,我们不缺这三样东西。因我们齐国气候适宜,四季分明,盛产各类水果,山上就多为果木之树,缺少专门当木材用的高大乔木。这也不便于众多野兽的隐蔽、活动和繁育。又因人们为山上的果木之树经常除草,就不利于那些食草动物的生存。因此,我们齐国缺少木材和皮革。我们还缺少精铜、良玉和宝石。"

管仲曰："你要详细了解一下,这些需要进口的物品,哪个国家最为盛产,哪个国家质量最好,哪个国家最为便宜。然后根据性价比,再决定进口的来源。"

隰朋说："我不主张直接用金钱去购买,而是要用我们齐国的特产,拿去别国进行物物交换。"

管仲曰："这等于在我们进口商品的同时,也就出口了我们的商品。"

隰朋又说："眼下,临淄城人口众多,市场繁荣。可这也带来了城市管理的难度。比如城市的建设,道路的延续,防火和防止瘟疫的措施,尤其是临淄面临淄河,还要考虑防治水患。"

就在隰朋说这话的秋天,齐国阴雨连绵,淄河河水暴涨。隰朋冒着大雨来见管仲,说："这个老天爷睡反了觉。下这么大的雨,本来应在夏天,可他老人家却安排在了今年的秋天。这真叫我们猝不及防啊。"

管仲曰:"人有一时祸福,天有不测风雨。这也算不得什么稀奇事。"

隰朋说:"虽说算不得稀奇,可这雨也下得太大了。"

管仲曰:"天要下雨,娘要改嫁。我们左右不了啊。"

隰朋说:"我们左右不了上天,上天却在左右着我们。"

管仲问:"却是为何?"

隰朋说:"淄河的大水已经快越过河堤,眼看就要灌到临淄城内来了。"

管仲问:"哪来的这么大的水呢?"

隰朋说:"作为王室成员,我隰朋熟知这淄河的来龙去脉。淄河上游,是泰沂山区之北坡,全是连绵的群山。下雨时,这么多山上的水都要向北倾注于淄河。且淄河上游之群山特别高,临淄城的地势又特别低,人们这才称我们这里的地势,是一处由南向北倾斜的版图。临淄城最怕的,就是淄河河水暴涨倒灌进城里。"

管仲问:"这可如何是好呢?"

隰朋说:"要立即紧急动员,让全城官民都到河边去加高堤坝。"

管仲曰:"你身为大司行,立即发号施令就行了。先来向我报告,岂不延误了时机,毁了临淄城,害了城里的黎民百姓吗?"

隰朋说:"丞相批评得极是,我立即就去处理此事。"

管仲曰:"我和你一块儿去动员吧。"

隰朋说:"事情紧急,我和丞相就直接冒雨到街上去喊人吧。"二人遂冒雨向大街跑去。

他们来到街上,只见管仲高声喊道:"父老乡亲们,淄河大堤眼看就要决口了。你们家里的男劳力,都要带上工具、麻袋或布片,跟我和大司行去大堤应急抢险。家里的妇女、老人和孩子,赶快收拾细软,都到城西的高处去躲避灾难吧。"

城里的官民,见丞相和大司行亲自上街喊人,知道事情紧急。于是众人也都效仿之,跑到多条大街上喊话。城里的那些青壮年男人们一听,都知道这是关系自己身家性命的大事。于是他们一呼百应,顺手带上工具和麻袋、布片之类,全部涌向了淄河大堤。

来到大堤,只见那大堤上的低矮处已经见水,管仲急曰:"赶快用麻袋或用布片做兜,装上这雨淋后的湿土,紧急去加高那最薄弱的部分。"大家遂手忙脚乱,依丞相之言去办。

就在这时,隰朋对管仲说:"哪曾料想,这雨越下越大,河水越涨越高,已经漫到了多处河堤的上端。"

丞相二话没说,干脆脱了那湿漉漉的外衣,光着膀子四处指挥抢险。隰朋见此,急忙效仿。这时,眼看一处河堤就要决口,有几位年轻人皆学了丞相和大司行,只穿一件裤头,挺身躺在了河堤上端,用互相连接的身体挡住了堤上欲溢的洪水。

可这个上天,当时并没有怜悯人间这些孱弱的生灵们。人们尽管东挡西拦,可挡得了东,挡不了西。挡来挡去,只听一声轰响,一段淄河大堤被冲塌了。肆虐的洪水,滚滚奔流,凶猛地向临淄城灌去。

管仲见势不好,急切对大家高声喊道:"好汉不吃眼前亏。趁河溢初发,所溢之水尚浅,大家赶快跑到城西边的高地,去保住自己的性命吧。留得青山在,不怕没柴烧啊。"

于是,大家一起拥着丞相和大司行,逃到了临淄城西的高地。众人在前面跑,洪水在后面跟,不但灌满了临淄城内的大街小巷,而且淹没了城郊的大片农田。

大家跑上高地时,管仲和隰朋在这里见到了齐桓公一家及其自己的家人,其他人也都在这里见到了那先来躲避的亲人。从未遇此灾难的临淄黎民百姓,少不得抱头痛哭。

在高地躲避了数日,大雨渐渐停了下来,洪水慢慢退了下去。管仲就叫上隰朋和宁戚,到淄河决口处视察。他们共同认定,水退后要加高沿河堤坝。可是要想从临淄城内向淄河之中排水,排水口就只能仍留在堤坝下端。

隰朋说:"排水口在河堤下端,淄河再次涨水时,就会从此口倒灌城里。"

宁戚道:"这个问题可就难办了。河堤不加高不行,可越加高,那排水口就显得越低,发大水时,淄河向城里灌水也就越快。"

管仲曰:"我看可在城内向淄河排水的排水道出口处,用方块石以品字形垒成蜂窝状。这样,巨石搭建的品字形蜂窝状排水口,中间就有若干间隙。我们可称之为'蜂窝状排水口'。当我们见洪水欲来时,在堤下蜂窝状出口的石块之间用麻绳系上厚木板,水被阻挡住,就不会倒灌城里了。平时,将那挡板卸开,就不会影响城内向外排水了。那蜂窝状排水口间隙的尺寸,不可容人钻过。这就可以防止坏人从堤下的排水口钻入排水道,顺地势低洼易于隐避的排水沟,潜过城墙下端的排水口,进入城内,祸害黎民百姓了。"

隰朋说:"丞相发明的这品字形蜂窝状排水口,也可直接用于城墙下的排水口建设。这样,就解决了坏人从城墙下的排水口钻入之隐患。丞相这一招,不但为后人留下了沿江河城市的防洪、排水经验,而且为天下所有的城市,解决了城墙下的排水口防盗问题。"

宁戚紧跟着道:"这也为后人留下了江河边那大量农田的防洪、排水经验。"

评注: 现齐都临淄故城,仍留有品字形蜂窝状排水口遗迹。

五十三回　老人劝桓公清醒　愚公冤齐国严法

话说秋末的某一天,齐桓公外出打猎,追逐一头野豹,一直追赶到了齐地贝丘这个地方。他在这里的野外遇见了一位老人。

齐桓公问:"您老人家多大岁数了?"

老人对曰:"我八十有三。"

齐桓公说:"可您老仍然精神矍铄。这太难能可贵了,我要与您这长寿之人喝杯酒。"

老人曰:"你要与我喝酒,我还不知道你是何人呢。"

齐桓公说:"实不相瞒,我乃当今齐国君侯齐桓公姜小白也。"

老人听后,立即下拜曰:"小人不知是我王驾到,多有失礼,还请恕罪。"

齐桓公说:"不知者不为罪,况且您老人家并未失礼于我啊。"

老人曰:"我一介草民,怎敢和大王共饮呢?"

齐桓公说:"您尊我是君侯,我尊您是长者。咱俩共饮,不是一种互相之间的尊重吗?"

老人曰:"可这里是荒郊野坡,哪来的酒菜共饮呢?"

齐桓公说:"我那外出打猎的战车上,早准备了酒菜。这附近有棵大树,咱们就在大树下对饮好吗?"两人遂在树下一块方石上放置酒菜,又各坐一石,共同饮酒谈心。对饮间,齐桓公还先为老人敬了酒。

齐桓公见老人无动于衷,就说:"我给您老人家敬了酒,可您老人家为什么不给寡人也祝个酒呢?"

老人对曰:"野人不知道该怎样为君王祝酒。"

齐桓公说:"您祝我也像您一样长寿不就行了吗?"

这时，只见老人起身，捧酒再拜齐桓公曰："我王若想和我一样长寿，野人认为您要视金玉为贱，而视人民为宝。"

齐桓公说："善哉。这样的祝福寡人愿意听。这也是咱大齐丞相对我的忠告啊。您老人家还有别的话来祝福我吗？"

老人再次捧酒拜齐桓公曰："我王如果想长寿，野人认为您要不耻下问。要让您的贤臣在旁边多出谋划策，要疏远那些欺君罔上的佞臣，还要让那些敢提不同意见的人能和您当面交谈。"

齐桓公又说："您这样的祝福，寡人也愿听。您还有对我再祝福的话吗？"

老人第三次捧酒拜齐桓公曰："我王如果想长寿，野人认为你们朝廷君臣上下，都要依法处事，要用法规去调节好你们君臣和百姓上上下下、左左右右相互之间的关系。要保证不使我王得罪群臣和百姓，也要保证不使群臣无法可依地随意施政，从而得罪黎民百姓。当然，也不能让黎民百姓肆无忌惮地得罪你们君臣。"

齐桓公听了这话，觉得不顺耳，就不高兴地说："您这次祝福，我不太满意。我当君主的，还有什么得罪不得罪群臣和百姓的呢？请您换个话题吧！"

这时，只见老人捧了那酒杯，潸然泪下说："请我王好好想想。野人认为，我现在说的这件事，比前面说的还要重要不知多少倍。我听说，儿子得罪了父亲，可以找叔叔、姑姑及姊妹们前去疏通，父亲就原谅了。臣子得罪了君王，可找左右同僚进行疏通，君王也就原谅了。可是，如果父亲得罪了儿子，君王得罪了臣子和百姓，又由谁去疏通呢？"

齐桓公说："您这一解释，我就明白了。要不，我们当君王的为什么自称为孤家寡人呢。"

老人又进一步说："过去，夏桀之对商汤，商纣之对周文王，周厉王之对黎民百姓，周幽王之对天下诸侯，没有一个是循规蹈矩的。他们不都是因为得罪了臣子和百姓，才遭到了灭亡吗？夏禹、商汤严于罪己，其兴也勃焉；夏桀、商纣不惜得罪人，其亡也忽焉！"

齐桓公闻之，茅塞顿开，高兴地说："甚好！寡人这是凭我宗庙之福、社稷之灵,才遇到了您这位老人家来净言规劝我啊。"

随后,齐桓公把老人扶上自己狩猎的战车,并亲自驾驭,把其带回了王宫。他领着老人来到自己的宗庙,感谢祖宗招来神人予以警示和庇佑。然后他下旨,拜老人为大夫,让其回去依据法规监督贝丘的政务。

齐桓公立即上朝,对群臣说:"贝丘老人的劝谏,使我茅塞顿开、豁然开朗。我们要制定我们大齐君臣之间和臣民之间相互关系的法规,用来约束寡人和大家的行为,克服为政的随意性。同时,我们还要建立监督体制,设立专门机构,制定监督条文,从制度上杜绝当权者的任性。"

有的大臣对曰:"自从盘古开天地,三皇五帝到于今,君王乃是金口玉言,他的话就是法律。现在我们怎么能违背祖制,制定出约束君王的法规来呢?"

齐桓公说:"那寡人今天就开了这个头,听从贝丘老人的劝告,制定出约束我和你们众位臣子的法规来。"

齐桓公话音刚落,就见管仲出班奏曰:"我王的这一举措,乃前无古人开天辟地之举。日后,我王必会是一位以法约束自己言行的千古名君。"

且说转眼到了冬季,齐桓公骑着良马,带了一乡的预备役民兵,去南部山区围猎,以兑现他亲自带领民兵训练的诺言。齐桓公在猎场上发现了一只色彩斑斓的老虎,就举手弯弓,一箭射去,但并未射中。他十分喜爱这猎物的皮毛,就率领民兵们穷追不舍。不知不觉,他们追进了一处山谷,那猎物早已逃之夭夭。齐桓公只好下马,用手牵了自己的马缰,坐在一块山石上休息。

这时,却见迎面来了一位踽踽而行的老者。老者见到齐桓公,不知其谁,就询问曰:"山人看你这位客官,身着高冠博带,手持良马之缰,不知是何方贵人?"

齐桓公说:"我乃大齐君侯齐桓公姜小白也。"

老者闻此,立即诚惶诚恐地下拜曰:"老朽乃深山愚人,有眼不识泰山,不认识我王,还望恕罪。今生能遇见我王,实乃三生有幸。"

齐桓公问:"老人家,这地方叫什么名字?"

老者对曰:"叫愚公谷。"

齐桓公又问:"为什么叫愚公谷呢?"

老者又对曰:"因老朽的名号叫愚公,我居住在这里,所以人们就称之为愚公谷。"

齐桓公说:"我看您老人家精神很好,耳聪目明,怎么能叫愚公呢?"

老者曰:"因老朽做了一件愚蠢的事,人们就叫我愚公。"

齐桓公问:"做了什么样的事,要这样贬称您呢?"

老者曰:"老朽养了一头母牛,生下了一头小牛。我考虑自己年龄渐长,体质渐弱,待小牛养到一年后,就去市场换回了一匹小马。以便把小马养大,供我乘骑,以马代步。"

齐桓公说:"您这不是很明智的举动吗?怎么还能说你是愚蠢呢?"

老者再拜曰:"这匹小马毛鬃靓丽、体背修长,十分可爱,却不想被附近的一位阔少见到,就说这马是他家的,硬要牵走。我死活不给,他就闹到了乡官那里。乡官把我传了去,不问青红皂白,就厉声说:'你过去养的是牛,怎么又能生出马来呢?这马分明是这个年轻人家中的'。我欲分辨,乡官不容分说,就让他的手下人把我打了出来。我在回来的路上一打听,方知这个乡官与那青年是沾亲带故的。我刚刚回来,那阔少就随后赶到了。他借着乡官的判定,又来强行索要。我知道已经没有能说理的地方了,强留此马也是白费力气,自找烦恼,就把马乖乖地给了那阔少。不知此情的人,都以为我是老糊涂了,这才称我为愚公的。"

齐桓公听后,愤愤不平,就说:"待我回到王宫,与丞相和群臣商量些办法,让乡官一定要把你的马还回来。"

老者闻此,即刻老泪纵横,屈膝跪在齐桓公面前曰:"若我王能重整王法,惩治和杜绝这些徇私枉法的官吏,则是老朽和万民之幸也。"

齐桓公说:"听您这一说,寡人也无心打猎了,我这就带着众人回去。等我回到王宫,一定要制定严厉的法规条文,用来约束各级官员。您老人家的马也就会物归原主了。"

却说齐桓公从愚公谷回来后,立即上朝,把此事告诉了管仲和群臣。

管仲听后,曰:"这愚蠢的人不是那位老者,而是我管夷吾啊!"

齐桓公问:"怎么能扯到仲父身上呢?"

管仲对曰:"我身为丞相,修法不明、执法不严。这才酿成如此不公,出现了愚公现象。这是对我施政的最大讽刺和警告,难道我管夷吾还不是最愚蠢的丞相和最愚蠢的人吗?"

齐桓公说:"这事也不能怪仲父,首先应该怪的,就是我这个当君主的。是我这当君主的愚昧不明啊!这便如何是好呢?"

管仲曰:"窥一斑而见全豹。眼下这种不公平的事情还有很多。这不是一个愚公的问题,而是普天下所有人的问题。因此,我们要传承旧法的有益成分,增加新的内容,制定严格的法规条文,完善民间争议的判断标准,并对那些敢于徇私枉法的官吏,明文规定予以严惩。"

齐桓公和群臣听后,都十分赞成丞相的意见。

管仲又曰:"当前,不但是民间争议的处置法规要明确,而且法规要在各行业、各领域都进一步明确起来。我看,你们分管各个行业的大臣们,都应该提出自己的见解,根据实际制定好各行各业的法规条文。我们大齐只有有法可依,建立法治秩序,才能更好地治国安邦,从而实现称伯天下的雄心壮志。"

评注:当时,齐国和鲁国的治国理念不同。鲁国是倡导以礼治国,而齐国是施行以法治国。齐国可谓最早提倡法治的国家。因此,后世把鲁国孔丘即孔子称为儒家的代表人物,而把齐国丞相管仲即管子视为最早的法家代表人物。齐国当时解决民间纠纷的民事法规与对君王及官吏的约束法规及其监督制度,可以说在中国乃至世界上是最早的。

这时,宁戚出班奏曰:"正像我王说的那位恶少抢夺愚公的良马一样,现在我大齐自由民响应我王和丞相号召,大量开荒辟田,可是原来的农奴主和现在的富户,却说荒地、山地原来都是他们的,竟无端肆意掠夺黎民百姓新开垦的土地。这是个很大的社会问题,严重挫伤了农人开荒种田的积极性。"

管仲曰:"这就必须制定严格的农田法和私产法。要规定任何人都不得侵占黎民百姓新开出的田地及其任何物资物品。若有敢违背者,则无论何人,一概严惩不贷。"

评注:在一定意义上说,此可谓中国乃至世界最早的物权法。

就在这时,东郭牙出班奏曰:"我王和丞相虽然制定了'用人三选'的制度,但有些地方的官吏妒贤嫉能,怕下面的人超过自己,就不予举荐。如果照这些人的做法,像我东郭牙岂能被举荐来到王宫呢?我看应增加一种严格的律制,凡基层贤者,要层层上报,由乡长汇总后,呈报上来。若其隐瞒不报,就定为'蔽贤罪',并规定罢其官、治其罪。这样,他们就再也不敢这么做了,我们亟需的治国人才也就被层层选拔出来了。"

管仲补充说:"在人才的使用上,也要制定法规。要规定德义未明于朝者,则不可加于尊位;功利未见于国者,则不可授以重禄;临事不信于民者,则不可委以大任。在此原则下,要细化官员的选拔、奖励、惩戒制度和法规。"

齐桓公听后,立即责成主管法规的相关有司之官员,把管仲和东郭牙的话记录下来,回去后加以整理细化,具体予以制定。

评注:在一定意义上说,此是中国乃至世界最早的官吏选拔标准及其程序法规。

第五十四回　兴信贷助业便民　为平衡调查统计

话说某日在朝堂,宁戚对齐桓公和丞相管仲说:"前段,我到乡下做了一番调查研究,发现当下农人种粮种棉,需要购买农具、耕牛和良种。可他们手中没有货币,难以实现,若借用富人的高利贷,则辛辛苦苦一年,入不敷出,甚至连利息都还不上。农人们抱怨道,'借高利贷就像给那债主打工,创造的财富都被他们赚走了,我们不但赚不到劳役费,而且要倒贴他们'。这样一来,富人就更富,穷人就更穷了。"

隰朋道:"这个现象,在工商业中也是普遍存在的。比如工匠们,要想购买工具,自己手中没钱,就只好去借高利贷。他们最后的结局,也和农人们差不多。"

管仲曰:"我们可以创造一种制度,就是根据农人和工匠们之需要,由国家把货币低息贷给那些急需用钱的劳动者。"

齐桓公问:"国家贷出这么多钱,万一收不回来怎么办呢?"

管仲曰:"我们还要创造一种还贷的方法,这就是等劳动者有了收获后,规定既可用货币来归还本息,也可用实物折价归还。"

齐桓公说:"丞相这个以实物还贷的方法,既保障了国家放贷的收回,又可让劳动者有能力还贷,可谓利国利民的双赢之举。但是,国家收了这么多实物,可怎么去储存呢?"

管仲曰:"这事好办。国家把实物拿到市场上去变卖,不就可以收回钱吗?这样,还便于全国黎民百姓互通有无。"

齐桓公说:"丞相不愧为对经济有研究的学问家,这种以实物还贷的方式,实在是前无古人的创举。"

宁戚和隰朋都说:"这样,各行各业的黎民百姓就不用去借高利贷,

【五霸之首　号令天下】

受那些富人的盘剥了。"

管仲曰:"非但如此。我们还可以创造一种方法,这就是由国家设立专门之有司,出资购置大量农人和工匠们所需用的工具,然后租赁给劳动者们使用。这样,于国于民都有利!"

齐桓公说:"仲父这个由国家出资购买工具,然后租赁给劳动者使用的方法,也是一大创举啊。"

隰朋和宁戚听后,也都连声说:"我王称赞丞相是经济研究的学问家,真是名副其实啊。依我们看,丞相还是位前无古人的创新家呢。"

评注: 在一定意义上说,这是中国乃至世界最早的借贷法和租赁法。

隰朋又出班奏道:"眼下,物物互换早已不适应大宗物资的交换,需要由货币作为交换的工具。可是目前货币制度还很不完善,很不规范,必须要由国家来创制更加统一的规范化货币及其法规。"

齐桓公说:"现在各诸侯国的货币,可谓五花八门。在沿海各诸侯国,有的使用海产贝壳来作为货币;在靠山的诸侯国,有的用竹简来制造货币;还有些盛产布匹的诸侯国,甚至直接用布匹作为货币。"

管仲曰:"那叫贝币、竹币和布币。"

齐桓公说:"众卿们都动一下脑子,我们大齐怎样制造自己的货币呢?"

隰朋道:"我们大齐靠山,盛产金、银、铜、铁、锡等金属。我们可以用金属来制造货币。"

齐桓公问:"用哪一种金属制造货币好呢?"

宁戚道:"以微臣所见,在众多金属中,以铜为最好。"

齐桓公问:"这却是为何呢?"

宁戚道:"我分管农业,深知铁制的农具容易锈蚀。同样道理,如果用铁来制造货币,也是容易锈蚀的。"

齐桓公问:"锡比铜软,不是更容易制造吗?"

宁戚道:"就像锡不能做农具一样,因其太软,容易变形。"

齐桓公问:"为什么不可以用银呢?"

宁戚道："银子本身就有价值，本来就是一种用来交换的货币。"

齐桓公说："如此说来，那金子本身比银子就更是一种货币了。"

宁戚道："金和银都可以被称为一种本来的硬货币。"

隰朋说："我王和宁戚大夫说来说去，铸币还是用铜为好啊。"

宁戚道："在铜中，黄铜容易断裂，红铜数量很少，青铜是一种合金。青铜既不容易断裂，又不容易生锈，且产量较多。我看用青铜铸币最好。"

齐桓公说："那就用青铜来造币吧。不知仲父打算具体怎么个造法。"

管仲曰："当年我王之祖姜太公创立了货币的'九府圆法'，在我大齐设立了专管货币的机构，叫作'轻重九府呻'。现在，我们要对此加以继承和改造，要设立专门的机构来制造货币、管理货币、流通货币，充分发挥货币作为交换工具和储备手段以及平衡市场物价的重要作用。现在，那些不统一的货币乱象将会被改变，我们大齐统一用青铜来铸币后，估计各诸侯国都会效仿。到了各国都普遍采用青铜货币时，整个华夏就会用上统一的货币了。"

齐桓公说："我们对铸币的这一创造，还会有这么大的意义吗？"

管仲曰："其实世间的价值无非体现在两个方面，一个是货，一个是币。有货就不愁有币，有了币就不愁有货。"

隰朋和宁戚说："我们这些具体管农工生产的，对此深有体会。我们认为币能牵着货行，货能跟着币走。货币乃是农工业生产甚至整个国民经济的命脉啊。"

齐桓公说："寡人明白了，这个币实在太重要了。可货就是货，币就是币，为什么人们叫它货币呢？"

管仲曰："币是用来易货的，因此人们就称其货币。它与我们上述说的货与币不是一个概念。"

隰朋和宁戚说："咱们定下了用青铜铸币，可要铸成个什么样子呢？"

管仲曰："为了便于商人和平民们悬挂在腰间，随时可以取用，可统一规范为小腰刀的模样,称之为刀币。在刀币的上端,要留有孔眼,以便用绳索进行串挂和携带。我们要用法规来定制和使用刀币,可称此币为'齐法化刀币'或'齐绳串刀币',简称为'齐刀'。"

齐桓公和隰朋、宁戚都连声说好,对此表示十分赞成。

评注:据史学家和货币专家考证,这是华夏在某一诸侯国最早统一流通的青铜刀币。这也是齐国实行货币信贷的基础。

某日,隰朋对齐桓公和管仲说:"现在,海边捕捞鱼虾、捉拿獬蟹,不分时节。在这些海产物的排卵期,捕杀一条一只,就会少生千百条、千百只。在山上砍伐树木,也不论大小和粗细,一律对待。有些树木在幼苗时,便遭夭折,致使有的林地废为荒坡,实在可惜。"

管仲曰:"要制定'山泽各致其时'的法规。在海边,要规范捕捞鱼虾、獬蟹的季节,避开其产卵期,不可竭泽而渔。在山上,要规定树木砍伐的树龄及树围粗度。不可寅吃卯粮,砍尽伐绝,破坏那来之不易的良好生态。"

评注:在一定意义上说,这是中国乃至世界最早的休渔法和林业法。

某日在朝堂上,宾胥无出班奏曰:"眼下我们齐国小康,富人们就兴起了厚葬奢靡之风。富人们死后,他们的后代比坟墓之规模,比坟堆之大小,比棺椁之轻重,比寿衣之贵贱,比墓表之豪华,甚至攀比殉葬活人和牲畜的数量, 实在是造成了大量不必要的牺牲和浪费。那些穷人们说,'现在的活人不如死人。我们活着的穷人,盖不上挡风遮雨的草房,买不起休憩用的木床,穿不上御寒之衣、吃不上果腹之食'。可那些富人死后,还应有尽有,且十分奢靡。"

齐桓公对管仲曰:"眼下,那些寿衣所用之布帛可以作为商品交换的货币使用,棺椁所用之树木是我们守备国土的屏障,而那殉葬之人和牲畜的生命更为重要。厚葬奢靡之风,使我们国之布帛尽,则无以为币;国之树木尽,则无以为守备;人畜被殉葬,不但惨无人道,而且损毁国力,败坏国风。因此,厚葬之风不禁,其积弊甚矣!"

管仲曰:"我们要出台'保活人、抑死人'的政策,杜绝厚葬奢靡之风,尤其要杜绝殉葬活人。要制定丧葬标准,规定凡是超标厚葬者,事后都要平掉坟墓、挖出棺椁、戮其尸体,并对厚葬的实施人,尤其是那些殉人者,都要予以治罪严惩。"

上述法规一经颁布,厚葬之风就被刹住了。

评注:在一定意义上说,这应该是中国乃至世界最早的殡葬法。

宁戚又说:"老天爷旱涝不均,粮食丰歉不一,黎民百姓有饱有饥。这件事应由国家来制定法规,进行平衡。"

管仲曰:"要建立粮食的'准平'制度及其法规。丰收年要'民有余则轻之,故人君敛之以轻'。就是说,这时候要轻赋薄税,藏粮于民。要减少农人的无偿劳役,增加农田的劳动力,使粮食有更多的产出,国家不可竭泽而渔。我们已经建立了粮食的仓储制度,丰收年粮食便宜时,国家就要大量收购,予以储备。"

宁戚问:"那在歉收年呢?"

管仲曰:"在歉收年,要'民不足则重之,故人君散之以重'。就是说,当农人不得温饱时,我们要重视对他们的赈济,给饥民们无偿散发粮食。这样,丰歉就平衡了。凡轻重敛散之以时,则准平。准平者,轻重平衡之术也。"

齐桓公说:"丞相的这一轻重平衡理论,将永启后世。"

评注:在一定意义上说,这是中国乃至世界最早的宏观调控理论及其法规。

管仲又曰:"为了在施政中更好做好宏观平衡,就必须进行对微观事物的调查研究,深入体察国情和民情。调查研究的内容,对于黎民百姓来说,一是要观其饥饱,调查粮食的余缺状况;二是要观其贫富,调查贫富之间的差异;三是要观其侈俭,调查黎民百姓的消费风气及其倾向。"

齐桓公说:"仲父提倡对黎民百姓的调查研究,真是深入到家了。"

管仲曰:"调查研究,既要从民间的细微之处入手,又要着眼于国家的宏观大局。"

齐桓公说:"请仲父说得具体点。"

管仲曰："国家大局，无非内政和外交。"

齐桓公问："内政之情如何调查研究呢？"

管仲曰："对于我大齐之内政，一要观知实虚，调查全国经济的实力水平；二要观知社会治安情况，调查人民的安定程度；三要观知国之强弱，调查我们与其他诸侯国的优势和劣势。"

齐桓公问："对于外交之情，如何调查研究呢？"

管仲曰："对于外交，一要观知天下兴亡，调查研究各国兴衰的经验和教训；二要观知本国的存亡前景，以便应对兴亡之命运，防患于未然。"

齐桓公说："仲父对微观和宏观、内政和外交，这是一共定了几项调查内容啊？"

管仲曰："总共有八项。"

齐桓公说："这八个方面能包括内政外交的方方面面吗？"

管仲曰："用以上八项内容进行调查研究，则天下大势、国家实情和民生状况就可以搞得很清楚了，这就便于采取相应的治国理政措施。"

齐桓公问："除了调查研究的八项内容外，仲父对调查研究的方法，还有什么见解吗？"

管仲曰："在进行调查研究前，应该就调研的内容设计出调查提纲。其提纲条目，可分为民政、吏治、刑狱、人口情况、消费状况、社会贫富以及军事设施等。在调研中，既要有对事物性质的分析，也要有对数量的具体统计。其中，对人口和土地增减以及粮食丰歉状况的统计尤为重要。"

评注：在《管子》一书中，保存下了这方面的宝贵资料。该书列举了询问和调查中的六十多项具体内容。其详尽细致程度，实为古今中外典籍所罕见。因此，在一定意义上说，管仲又可谓对社会调查研究甚或是国家智囊机构建立的最早实施者。

管仲又进一步曰："我们还要建立起统计制度，这就要自上而下设立负责统计的专门机构和人员。只有有了对微观的统计数字，才能有宏观平衡的依据。"

齐桓公说:"天下三百六十行,难道能都统计得清楚吗?"

管仲曰:"这要把各行各业进行分类。需要统计具体数字的类别,一是国内三类九等土地的状况和产出情况;二是粮棉的丰歉和价格变动情况;三是丝棉麻等纺织品的产量、盈缺和价格变化状况;四是沿海出产的鱼和盐,山上出产的煤、铁以及林木之产量及其流向状况;五是人口数量及其构成的变化状况;六是货币的需求及其流通状况。"

齐桓公说:"仲父说的这统计机构和统计对象及其人员的事,就由大司行隰朋大夫来具体安排吧。"

管仲曰:"因为这些统计,决定着国家宏观平衡及其货币发行的轨迹。我看,就称之为'国轨'吧。凡不重视国轨之事,'不通于轨数'之人,在各级行政机构中,不能作为官吏;在我们朝堂君臣中,君王算不得英明,大臣算不上称职。"

齐桓公说:"老百姓不是说嘛,'人是要识数的'。若我们当君侯和臣子的不重视国轨,不重视统计的数字,就是不识数。这不但算不得英明和称职,而且连最普通的人都不如。俗话说,人不能以其昏昏,使人昭昭嘛。更何况我们这些统治万民的君侯和臣子呢。如果我们君臣昏昏,就会使黎民百姓晕头转向,不知所措。我们治国不明,国家就乱了套,还谈什么称伯天下呢?"

管仲曰:"统计是个最细致的活儿。我们不能单纯这样笼统地说,而是要明确统计的细则,才好具体实施。"

齐桓公说:"这细则,还是由大司行隰朋命有关有司加以细化吧。"隰朋应命。

评注:事后,隰朋责成相关有司,很快将丞相的想法,细化出了七十多项需要统计的具体内容。这在《管子》一书中有记载。在一定意义上说,齐国是华夏乃至世界统计制度的最先实行者,也是统计法规的首创者。

第五十五回　盲目伐鲁败长勺　曹刿一鼓胜桓公

且说齐桓公见国内的治理基本就绪,就在朝堂对管仲说:"仲父,我们好心好意派出外交大臣公子姜举去结交鲁庄公姬同。不想这小子不但不予接见,而且通知卫国之侯和莒国之侯,串通起来对我们的使臣予以非礼。他不接受送公子纠回国抢位时,在干时河被打败并兵困我国的教训,又胆敢多次侵扰我边境。边境守将已给寡人送来了急报。我看应是出兵教训鲁国的时候了。"

管仲曰:"鲁国乃周公姬旦所封之地。他们遵循周礼,文化氛围浓厚,崇尚礼义廉耻。他们全国君臣和父子,上下有序,团结一心,且实力与我大齐悬殊不大。对于鲁国,我们是只能弱之,不能灭之的。"

齐桓公说:"就是弱之,也要教训他们一下才好。"

管仲为齐桓公算出兵之账曰:"劳民伤财,莫过于用兵。在人口中,除老弱病残和少儿外,能当兵的劳动力不过三分之一。每出兵一人,就会有好几个人失去依靠,使家中的土地无人耕作;若出动一乡之师,就能消耗一乡十年之积蓄;若出动一属之军,就会消耗一属十年之积蓄;若举全国之兵,全国的土地就会无人耕种,黎民百姓就会衣食无着,国库就会亏空。如果连续三年征战不停,则老百姓就会出走他国,讨荒要饭,流离失所,甚至会出现卖儿鬻女的惨局。我劝我王,为了齐国和鲁国的黎民百姓,千万要慎重出战啊。"

齐桓公不听,说:"寡人主意已定,仲父就不要说这些道理来阻止我了。"

管仲曰:"既然我王主意已定,管夷吾只有一个请求。我王率军伐鲁时,若路过鲁国的乌封之地,请我王号令将士们不要打扰当地的老百姓,并且要给他们以抚慰。我王对当地的人就说,'管夷吾没忘记在囚车内路过此地时,乌封人对他的酒食恩惠'。"

齐桓公应允。随后,他命王子城父协助,让公子姜举引路,亲自率军讨伐鲁国。只见齐桓公高冠博带,持金剑木盾,登上战车,率全国之军,誓师出兵。

却说鲁国有一员大将,名叫曹刿。他本是乡野之人,靠吃粗食淡饭长大,但头脑精明、胆量过人、体力超群,又喜欢读古书典籍,尤其是兵书。他常常和乡民们谈论国家大事,也包括带兵打仗的事。

乡人说:"你说的这些,都是城里那些当官吃肉的人才管的事,不是我们这些吃糠咽菜的草根百姓们应该议论的。"

曹刿反驳:"城里那些当官吃肉的人,脑满肠肥。他们只顾享受,不思进取,心思根本不在读书和钻研军政大事上。看起来他们是高高在上,可其实是十分卑下的。我曹刿与他们这样的人,志不同、道不合。正所谓'肉食者鄙,不足以与之谋'也。"

乡人说:"你曹刿这是自我精神安慰,能有什么用呢?"

曹刿曰:"到时候你们就知道了。"

过了数日,曹刿身穿布衣,手拿一把锈蚀斑斑的旧剑,来到曲阜城内的王宫前,欲进宫当面觐见鲁庄公。王宫门前的卫士们依据规定,不让他进去。曹刿就站在宫门口,等待时机。

过了一会儿,谋臣施伯前来拜见鲁庄公。他见站在门口的曹刿目光炯炯、体魄雄伟、气度非凡,就问:"请问这位壮士,你是何方人士,来到王宫前却是为何?"

曹刿对曰:"我乃鲁国乡野之人,因自小爱读兵书,了解了一些兵法,且又自小坚持练武,略有些技艺。今我已学有所成,并练就一身武功,娴熟兵法和骑射之术,正是报效国家的好时候。因此,欲拜见鲁庄公,求他委以差事。"

施伯说:"你说你熟读兵法,那我就考考你兵法的常识。"

曹刿曰:"请大人出题。"

施伯说:"你知道出兵的最好时机是什么吗?"

曹刿曰："顺应天时，地势有利，人心相合。"

施伯说："你知道出兵最忌讳的是什么吗？"

曹刿曰："逆天而行，深入险地，人心不合。"

施伯说："两军对阵，你知道作战的最好时机吗？"

曹刿曰："敌方立足未稳，阵式未成。乘其不防，攻其不备。"

施伯说："善哉。那你就随我进宫，让庄公见见你吧。"

施伯遂带着曹刿进王宫而去。卫士们不敢阻拦，只好放行。

这时，鲁庄公正端坐在王宫，见施伯带来了一位年轻农人。他细观此农人时，不禁眼前一亮，遂为施伯和曹刿各赐一座，三人坐而论道。

曹刿问鲁庄公："请问我王，若我们现在和齐国打仗，除了军事实力外，凭的是什么软实力？"

鲁庄公问："依你之见呢？"

曹刿对曰："民心、军心。"

鲁庄公说："寡人这些年来，有好衣好食，不敢自专，必与群臣共享之。臣心归服，可算得软实力吗？"

曹刿曰："君王关心的是那群臣，与黎民百姓无关。老百姓不领我王之情，就算不得软实力。"

鲁庄公又说："寡人带头清廉，要求朝臣和下属的官吏们都不可贪污腐化，更不可侵扰黎民百姓。这算得上是抵抗齐国的软实力吗？"

曹刿曰："齐国的吏制也是很严格的。朝廷这样做，是应该的，也算不得软实力。"

鲁庄公再说："齐国主张消费，追求豪华。寡人带头节俭，并要求大臣和官吏们都要简朴，不可铺张浪费。这算得上是软实力吗？"

曹刿曰："他们齐国是受了丞相管仲的倡导，提倡消费是为了促进生产。俗话说，'人要想湖里的水多，不但要节流，更重要的是要开源'啊。这就说明节俭也算不得软实力。"

鲁庄公还说："对于老百姓的诉讼，寡人虽不能件件亲审，却经常前去听审。然后根据听到的情况，合情合理地制定法规条文，使办案人员有所依据，公正执法。寡人还要求办案的官吏要公正廉明，审案要符合情理。这可算得上是软实力吗？"

曹刿曰："这可算得上是软实力。君侯能体察下情，关心黎民百姓。如此民心必归，军心必附。有此软实力，就可以与齐国作战了。"鲁庄公称善，施伯说好。

鲁庄公随后颁旨，拜曹刿为鲁国将军，并让其留在王宫听令。

数日后，有探马飞奔王宫，向鲁庄公禀道："王君，大事不好了。"

鲁庄公问："何事如此惊慌？"

探子道："那齐桓公姜小白，亲率齐国大军，眼看就要打进我鲁国了。"

鲁庄公闻听，大惊失色，急召众臣前来王宫商量对策。

这时，只见曹刿出班奏曰："我王不必惊慌。大王关心我鲁国的黎民百姓，就能使军民同心，同仇敌忾。抵御强齐已有了深厚的群众基础，必会万民响应，兵将奋勇。我曹刿想主动请缨，率领鲁军，抗击齐军。我要让姜小白知道，我这无名的鲁国小将曹刿，可不是好惹的！"鲁庄公闻听，大喜过望，立即准奏。

鲁庄公还说："寡人也要跟随曹爱卿，一起去抵抗那齐军。"

随后，鲁庄公调兵遣将，亲率鲁军，让曹刿指挥，前去迎敌。

双方军队在鲁国东北边境的长勺之地相遇，各自列成了阵式，摆开了战场。

这时，只见齐桓公亲击战鼓，命令齐军袭击鲁军阵营。

鲁庄公见齐军来势凶猛，就欲立即击鼓令鲁军阻击。可曹刿在战车上紧紧按住鲁庄公之手，不让其击鼓。鲁军不闻鼓声，不能出击，只能手持刀枪和巨型盾牌，严守阵脚。

那鲁军众志成城，当齐军袭击鲁军阵营时，却是刀砍不进、箭射不入，反而被鲁军从他们的盾牌间隙，轮番放箭射杀了若干齐军将士。齐桓公见袭阵不成，只好鸣锣收兵，让将士们退回到自己的阵内待战。

过了一个时辰，又见齐桓公亲自击鼓，令齐军袭阵。鲁庄公又想击鼓令鲁军将士们出击，可曹刿又按住了他的手，仍然不让他击鼓。齐军又一次碰了钉子。待到齐军第三次袭阵不成时，鲁庄公按捺不住激情，又想击鼓让鲁军反守为攻,予以追击。可是曹刿仍不让击鼓,并阻止了将士们的追击,要求大家仍要严守阵脚,等待命令。

鲁庄公和众将士见此,大惑不解。

只见曹刿亲自驾车,来到齐军败退的路上。他登上车辕,望见齐军旌旗混杂,飘忽不定。他又走下战车,仔细观察车辙的状况,又见辙迹紊乱,纵横交错。

然后,他以手遥示鲁庄公,让其击鼓。鲁军将士早已憋足了气力,求战十分心切,听得一声鼓响,紧紧尾追齐军,一窝蜂似的追杀上去。他们把狼狈逃窜的齐国将士,杀得丢盔弃甲,尸横遍野,惨败而回。

鲁庄公问曹刿:"爱卿的此计,怎么讲呢?"

曹刿曰:"作战要靠一时之勇。那齐军一鼓作气,再而衰,三而竭。再衰三竭,彼竭我盈。避其锐气,击其惰归。是以为胜也!"

鲁庄公又问:"当齐军败退时,爱卿为何不让我军立即出击呢?"

曹刿曰:"俗话说,'兵不厌诈'。那齐国军事实力强大,其主将王子城父在作战中又狡猾多端,诡秘莫测。我怕中了他们的诈败之计,引我军进入其埋伏圈,陷我于危困之境。我们当年在干时河之战中的教训,还不够深刻吗?还不足引以为戒吗?"

鲁庄公说:"爱卿言之有理,历史的教训不容忘记。可你既然怕中埋伏,为什么驱车到路上看了一番,又说可以追击了呢?"

曹刿曰:"那时,如果他们早有预谋,引我上钩,必然会旌旗猎猎,排列有序;辙迹规规,顺理成章。我先视其旗,再视其辙,见一派紊乱,就知道齐军并无预谋。因此,这才放心让我王击鼓追杀之。"

鲁庄公说:"巧用战术,知彼知己,稳扎稳打,以弱胜强。曹爱卿真乃神将也!"

再说齐桓公被王子城父他们从长勺败退中救了回来,惭愧地说:"悔不听仲父之言,轻易兴兵,遭此大败。但寡人认为,胜败乃兵家常事。为了让大齐能称伯天下,对敢于逆我而行的其他诸侯国,仍然还是要兴兵讨伐的。"

却说过了一段时间,齐桓公在朝堂对管仲说:"仲父您知道,我们齐国与西邻的卫国,世代友好。当年卫武公姬和,给我祖齐庄公来信,聘我的太姑母庄姜作为其太子卫庄公姬扬之妻。成婚后,作为我们齐国的公主庄姜,因没有生育,就抚养了庄公陈女小妾所生的太子姬完。姬完继位,是为卫桓公。后来,卫桓公的庶弟姬州吁与那同姓的郑庄公姬寤生之弟姬叔段相勾结,约定互相帮助,各弑其兄。结果,姬叔段弑兄失败,姬州吁却借姬叔段的势力袭杀了卫桓公姬完,自立为君。这引起了卫国仕民们的强烈不满。辅臣石碏(què)设计将姬州吁毒死,将卫桓公姬完的弟弟姬晋从避难的邢国迎回来,立为国君,是为卫宣公。"

管仲曰:"那卫宣公不是烝母淫媳,娶了齐国的两辈女人,都作为自己的夫人或姬妾吗?"

齐桓公说:"不管怎么说,那卫国始终是与我们齐国有姻亲之好的友好国家。"

管仲曰:"齐、卫两国为了亲上作亲,卫国王室这才把我王的母亲嫁给了先王齐僖公。"

齐桓公说:"正因为我母亲是卫国人,我在卫国王室的舅舅昭伯姬顽才把他给我生的两个表妹都嫁给了我。"

管仲曰:"按周礼规定,同姓之间是不能通婚的。比如周王室和鲁国、燕国、卫国、蔡国、晋国等,同为姬姓之国,就不能通婚。可是周王室和这些姬姓诸侯国,无一不希望能靠上我们异姓国的大齐。因此,我们齐国就成了与周王室和这些姬姓诸侯国通婚的主要对象。要不,各国为什么说'其岂娶妻,必齐之姜'呢?"

齐桓公说:"这也是包括我祖太公之女邑姜以及后来的宣姜公主有机会作为王后在周室辅佐天子的因由。"

管仲曰:"除了周室外,我们大齐的姜姓女子,被那些姬姓的诸侯国国君娶为夫人后,也是发挥了举足轻重的重要作用。无论是那鲁国、卫国、蔡国和晋国等姬姓诸侯国,无不如此。其中,以鲁国和卫国这两个相邻的姬姓国为最。"

齐桓公说:"两国之间,以互相间的利益为重。至于用姻亲以示友好,有时候起作用,有时候也不起作用。"

管仲曰："在重大利益面前,连亲娘老子都顾不得,还顾得上什么七大姑八大姨的姻亲关系呢？"

齐桓公说："正是如此啊。"

管仲曰："不过,无论国家和个人,有了姻亲关系,就难免产生矛盾纠葛。这期间不知道会发生些什么千丝万缕、稀奇古怪的事情。"

第五十六回　卫姬察言阻讨卫　东郭观色止伐莒

　　话说某日,齐桓公在朝堂对管仲说:"仲父您知道,在我的姬妾中,有我母亲的两位侄女。这是我那卫国王室的舅舅昭伯姬顽认为,把他两个女儿都嫁给我这个姑表哥,等于都到了姑母之家,亲近实在,不会受到欺负。要不,人们为什么把婆母称为姑婆呢?这遂使世人对婆婆之称,谓之'姑'。反之,如果我把女儿反嫁给两位卫姬的娘家侄子,两位卫姬的哥哥或弟弟就既是我女儿的公公,又是我女儿的舅舅。这遂使世人对公爹之称,谓之'舅'。"

　　管仲曰:"现在书上记载的'姑'和'舅',人们还以为都真的是姑姑和舅舅呢。其实,多数是婆婆和公公的代称。"

　　齐桓公又说:"仲父,寡人先前的夫人徐姬,为我生了女儿齐姜,但没有给我生儿子。徐夫人不幸病逝后,寡人又娶了周庄王的妹妹王姬为夫人。王姬虽然贵为大周公主,但因身体羸(léi)弱,并没有生育。"

　　管仲问:"我王是为此感到遗憾吗?"

　　齐桓公说:"说遗憾也遗憾,说不遗憾也不遗憾。虽然我的正夫人没有给我生儿子,可寡人歪打正着,宫中的姬妾们倒是给我生了十多个儿子。这十多个儿子的母亲,有五位是我宠爱的。不过,按照周礼之规定,作为侯爵的我只能有一妻八妾,即只能有一位在世的正夫人,其他都不能僭越夫人之名分。那么,这些女人给我所生的儿子,就都是庶出之子。这便如何是好呢?"

　　管仲曰:"要想既不违背周礼规定,又让我王宠爱并给您生了儿子的女人有如同夫人一般的名分。我看不妨把您宠爱的这五位姬妾,称之为如夫人。即便是如夫人,也同样是夫人嘛。她们给您生的儿子,也就和嫡出差不多，都不算是庶出了。在您这五个儿子中，将来看看谁最有出息，就想办法把谁立为太子。这就不用担心我王百年之后后继无人了。"

齐桓公闻管仲之言，如释重负，连声说好。

齐桓公又问管仲："仲父，我这两位卫女之姬，人们现在统称她们为共卫姬。这如夫人的名分，总要分开封吧。这可怎么个封法呢？"

管仲曰："把当姐姐的称为如夫人长卫姬，把做妹妹的称为如夫人少卫姬。这个问题不就解决了吗？"

齐桓公说："还是仲父有办法。名正才能言顺，名不正，则事不行。"

管仲曰："在人群中，从来都有上中下之分，从来都需要产生领导者和被领导者。从当前来说，我看在我王这五位如夫人中，以长卫姬最为贤淑。我王可委托她替您管理寝宫的内部事务。"

齐桓公听后，就下旨册封了这五位给自己生了儿子的姬妾为如夫人。她们分别是如夫人长卫姬、少卫姬、郑姬、葛嬴和密姬，并宣布让长卫姬主持内事。

管仲曰："我王要按长幼之序给您的儿子们定下位次。长卫姬为您生的儿子姜无诡最大，应为长子；少卫姬为您生的儿子姜元是为次子；郑姬为您生的儿子姜昭为第三子；葛嬴为您生的儿子姜潘为第四子；密姬为您生的儿子姜商人为第五子。以后若再有为您生儿子的宠爱姬妾，也要封为如夫人，并将她们为您所生的儿子，再以长幼之序排为第六子等等。"

齐桓公又对管仲说："仲父，我前后和您说了这么多话，主要是说了卫国本来与我们大齐有亲上作亲的姻亲之好。可后来那本为卫国庶出公子的现任卫侯卫惠公姬朔，先是诬陷杀死了我的大舅父，也就是长卫姬和少卫姬的大伯父卫国太子姬伋，后来又借姜诸儿之力，迫使我的二舅父，也就是长卫姬和少卫姬的二伯父姬黔牟逃到了周王室。前者，他来为我和王姬当媒人，寡人就不悦，只是周天子之命难以违背罢了。后来，我们不计外戚之仇，派公子姜举前去拜访他，可他对我国很不尊重。在眼下诸侯混战中，他总是倾向和帮助那鲁国。如果我们不对其兴兵问罪，诸侯就会认为，寡人这是忍气吞声，软弱无能。我看我们还是出兵讨伐他为好,即便是象征性的。"

管仲对曰:"为了让世人信服我王, 不妨象征性地对卫国虚晃一枪。"

齐桓公的意见, 过去很少得到仲父的认可与支持。这次得到了认可,就坚定了他兴兵伐卫的决心。

当晚,齐桓公下朝回到了寝宫,见到了长卫姬。只见如夫人长卫姬不一会儿就跪在了齐桓公面前,拔去了头上和身上所有的金钗玉饰,披散着头发,深深叩头说:"贱妾替卫国向我王请罪。请您不要劳民伤财,兴兵去讨伐我和妹妹的祖国,给卫国黎民百姓带来战争的血腥之祸。"

齐桓公大惑不解,心想:"我刚刚与仲父商定伐卫的事, 她怎么就知道了呢?"

齐桓公急忙说:"爱妻请起。你怎么能说我有心讨伐你们卫国呢?"

长卫姬跪地不起,说:"贱妾见我王回来时,趾高气昂、摩拳擦掌、面带威严、语音铿锵。这就说明了您是想出兵打仗。贱妾又看您见到我,支支吾吾,面带惭色,就知道我王欲伐我卫国。如果您真要伐我们卫国,贱妾宁愿替卫国的黎民百姓受死。我这就碰死在您的面前!"

齐桓公立即把长卫姬扶起, 亲手为她恢复了头上的首饰和身上的佩环,流着眼泪说:"在寡人众姬中,唯爱妻最为贤惠。你的爱国爱民情怀感动了我,我是不能不答应你这一请求的了。"

第二天上朝,齐桓公见到了管仲。他们互相问候后,管仲对齐桓公曰:"伐卫的事,我王后悔了吧?"

齐桓公又是莫名其妙,说:"寡人在寝宫与内人所言之语,仲父您是怎么知道的呢?"

管仲曰:"我王见到管夷吾,面带羞愧之色,又向我这个当臣子的深深作揖。这不是明摆着,您对我们昨天商量的事情后悔了吗?"

齐桓公遂对群臣感慨地说:"昨晚,我回到寝宫,并未言语,长卫姬见我的脸面和表现,就能知道寡人意欲伐卫;今晨,我来上朝,仲父见我的言谈举止,就能知道寡人对伐卫之事已经反悔。他们察言观色,能知我心,皆为知我者也。自此以后,寡人已决定让长卫姬替我主内,管理寝宫内的姬妾们;要拜托仲父为我主外,国家的内政外交大事,就交给丞相了。这样,寡人就可以高枕无忧了!"

讨伐卫国的事,就这样被劝阻了。

某日,齐桓公又私下对管仲说:"眼下,寡人的外辅莒君已经过世,其继承人自恃过去莒国对我有恩,就不听招呼,和我对着干,一心帮助鲁国。顺我者昌,逆我者亡。寡人欲称伯天下,就不允许任何国家和我作对。前者,我们派公子姜举好心好意去拜访新莒侯,他却听信鲁国的忽悠,把公子举赶出了莒国地界,这是明目张胆地欺负我齐国。我想讨伐现在的莒国,也好让诸侯不怀疑我曾受恩于莒国而存有双重标准。我想请教仲父,现在是讨伐莒国的时机吗?"

管仲曰:"是不是时机,这要看莒国的民心、民意和国风呢。"

齐桓公问:"我们怎么能知道莒国的民心、民意和国风呢?"

管仲曰:"窥一斑而知全豹。待我管夷吾去找几位莒国来我国做生意的商人,了解和试探一下便知道了。"

齐桓公说:"那仲父就赶紧去了解和试探一下吧。"

第二天,管仲来到了临淄的商贸市场。他让隰朋去找了几位莒国的商人,对他们说:"眼下你们莒国换了新国君,国内黎民百姓是怎么个看法呢?"

莒国商人们道:"此事,不是我们商人们应该谈论的事。"

管仲曰:"国家之事,匹夫有责。"

商人们道:"小的们实在不敢讲,还望管丞相体谅我们。"

管仲问:"却是为何?"

商人们道:"小的们就更不敢究其原因了。丞相就不要逼迫我们了。"

管仲只好结束了这次交谈。事后,管仲把隰朋叫到相府,对他说:"你那天给我找的那几位莒国商人,不敢言莒国之事。你现在再去找他们,每人给他们五枚青铜齐刀货币,让他们每个人都单独到我丞相府来一趟。"

隰朋照办后,那些莒国的商人就都单独来丞相府见管仲。他们就把莒国人心不顺、民有怨言之事告诉了齐国丞相。

这时,管仲来到了朝堂,对齐桓公曰:"莒国的民心、民意和国风,我已经了解并试探清楚了。"

齐桓公问:"仲父了解和试探一下,就能知道莒国的民心、民意和国风吗?"

管仲曰:"先说那莒国的民心和民意。当时我找那几个莒国商人交谈时,他们没有一个敢谈论莒国之事的。说明这个新的莒侯,不顾民心和民意,在莒国堵塞言路,有可能还设有言论之罪、文字之狱。要不,商人们就不会吓成这个样子了。"

齐桓公说:"仲父这话言之有理。您不是说还要看看他们的国风吗?"

管仲曰:"我看他们的国风不正,官风更加不正。"

齐桓公问:"这何以见得呢?"

管仲曰:"莒国那几个商人,先前不敢妄谈国事。可我让隰朋给了他们每人五个齐币,他们就把莒国的事全部对我说出来了。这说明莒国的人是多么小气和贪财啊。"

齐桓公问:"这几个商人小气贪财,怎么就能代表莒国上下的国风呢?"

管仲曰:"上梁不正,下梁歪。从莒国这些最基层人员的贪财风气,就能知道他们的国君和权臣们也都是些贪财的人。"

齐桓公说:"照仲父的说法,莒国是民心不顺,民意愤懑,国风不正了。这不就是讨伐莒国的时机了吗?"

管仲曰:"正是。既然前者我王欲向西讨伐卫国,受到了长卫姬的劝阻而未能实现。那么,你就向南象征性地讨伐一下这个莒国吧。"

齐桓公和管仲刚刚秘密商定完伐莒之事,并未向外泄露半点消息,可群臣很快就知道了。一时间,臣民们议论纷纷,各种消息沸沸扬扬地传了出来。

某日上朝,齐桓公和管仲早到,大臣们尚未到来。齐桓公问管仲:"寡人与仲父刚刚商定了讨伐莒国的事,为什么外界就都知道了呢?是仲父向他们透露的吗？"

管仲曰："此等国家机密大事，我当丞相的，怎么会随意透露给别人呢？"

齐桓公说："这一点，寡人本来深信不疑。可是，无风不起浪啊，人们是怎么知道的呢？"

管仲曰："一定是朝中有高人，猜透了我王的心思。"

齐桓公说："朝中的高人，除了仲父还有谁呢？"

管仲曰："朝中之臣，多数都是唯我王之命是听的，只有那东郭牙，不与大家苟同，多有自己的主见。我的猜想，大概就是那东郭牙。"

管仲的话音刚落，就见东郭牙上朝来到了王宫。

齐桓公问东郭牙："东郭爱卿最近对朝政有什么见解吗？"

东郭牙道："等我们群臣都到后，大家向我王启奏时，我再一并奏报吧。"

等群臣齐聚朝堂后，齐桓公说："众爱卿若有奏知寡人知道的事，尽管奏来。"

这时，东郭牙出班奏道："微臣有个想法，不知当讲不当讲？"

齐桓公说："我曾要求尔等大臣们，对国家大事之看法，要知无不言，言无不尽，这才算得上寡人的忠臣啊。"

东郭牙道："既然这样，那微臣就谈个不同的看法。"

齐桓公说："尽管直言。"

东郭牙道："依微臣之见，既然前者我王不再讨伐卫国，也就别再讨伐莒国了。"

齐桓公说："东郭爱卿怎么说寡人要讨伐那莒国呢？"

东郭牙道："为国君者，常有三色。显然喜乐也，鼓乐之色；愀然无欢也，丧事之色；负气指点，面带怒容，兵戈之色也。微臣见我王频频怒指莒国方向，怒目而视，蹉然长叹，叹而不语，就知道我王欲讨伐那莒国。虽然我东郭牙没听到我王和丞相商量的言语，但凭我的察言观色，就能知道是怎么回事。你们岂能瞒得过我东郭牙呢？微臣是想设法阻止我王讨伐莒国，就根据我的察言观色造出了舆论。一则让人传到莒国，让其知道有错该伐;二则让我国的臣民们都来议论一番,共同阻止我王这一劳民伤财的战事。"

齐桓公说:"既然你大司谏东郭爱卿用这种方式劝阻寡人,那就把讨伐莒国的打算也免了吧。"

管仲曰:"东郭牙真是古之所谓'虽听于无声,而闻于有形'之人也。此乃先贤圣人之所为,我管夷吾佩服。"

第五十七回　嫁公主公国攀亲　恶作剧夫人荡船

　　且说齐桓公执政五年时,正是公元前 681 年,周僖王元年。那号称公国的宋国国君宋缗公殷捷,端坐在宋国国都商丘王宫朝堂之上,对群臣说:"众位爱卿可有需要奏报寡人的事情?"

　　只见辅臣公子殷子鱼出班奏曰:"昔者,周武王伐我殷商,纣王被灭。武王怜我殷商无继,便让纣王之子殷禄父,收我殷商遗民复了国,名为"武庚"。意在'武'王之时,效我殷商盘'庚'之治,使殷道复兴。不料,武庚之首殷禄父在周武王之弟、监国姬姓命卿管叔鲜和蔡叔度的怂恿下,反叛周室,被姜太公和周公率兵镇压,杀死了殷禄父和管叔鲜。大周继位的周成王姬诵又让纣王之兄,即我祖微子殷开接替殷禄父,把武庚更名为宋国,由朝歌迁都于现在的商丘。我国是周成王所定的天下唯一之公国,而其他诸侯国皆为侯国。"

　　宋缗公殷捷说:"寡人直到现在也不明白,周成王既然杀死了殷禄父,为什么还要让他的伯父微子殷开承袭了公国的王公之位呢?"

　　殷子鱼曰:"在武庚被灭、殷禄父被杀后,我祖微子殷开带头并让殷商的遗老遗少们,全部穿上白色丧服,抬上棺材,使人将其五花大绑,前去向周成王请罪。周成王受了感动,就走下王宫御座,亲自为我祖微子殷开松了绑,并让人焚烧了他抬来的棺材。然后下旨,让其承袭武庚,收捡殷商余民,治于黄河之滨的殷商之丘,简称商丘,更名为宋,定为公国。"

　　宋缗公说:"原来是我祖微子殷开知罪、悔罪的悲壮之举,感动了那周成王啊!"

　　殷子鱼曰:"我最终想说的是,虽然我们是公国,但势力还不行。我们要和眼下强大起来的齐国,搞好关系,拉近距离。"

宋缗公说:"怎么才能拉近距离呢?"

殷子鱼曰:"连周天子周庄王都把大周的公主,即自己的妹妹王姬下嫁给了齐桓公。我们公国的公主,也就是我王的女儿,为什么不可以嫁给齐桓公呢?"

宋缗公说:"按周礼规定,作为王侯的齐桓公姜小白只能有一位夫人和八位姬妾。前者,他的徐夫人病逝。现在,他又娶了大周公主王姬为夫人。如果寡人的女儿嫁去了齐国,岂不是要做齐桓公的姬妾吗?"

殷子鱼曰:"这有什么不合适的呢?当年,我们宋国在宋武公之时,不就是把公主嫁到了鲁国,被鲁惠公姬弗湟据为了自己的姬妾,才生下了鲁桓公姬允,后来掌握了鲁国的命运和大权吗?"

宋缗公说:"当时,我武公之女本来是嫁给鲁惠公之子姬息的,即后来的鲁隐公。我宋国公主本应是鲁隐公的王后。可是,我武公之女美貌出众,被鲁惠公这个当公爹的看中了,就夺那儿媳妇据为己有,把其列入了自己的姬妾之中。幸亏我宋女为鲁惠公生下了儿子姬允,这才有了出头之日。后来姬允杀其兄隐公姬息,不光彩地当上了鲁国的君侯。寡人要吸取这一教训。我女儿长得如同天仙,又是公国公主,齐桓公姜小白必须像迎娶王姬一样,当作夫人来聘,寡人才能放手。"

殷子鱼曰:"齐桓公姜小白岂敢违背周礼,迎娶两位夫人呢?"

宋缗公说:"这周礼不是我们殷姓商朝传下来的。作为殷商后裔的公国,我们不听周礼那一套。"

殷子鱼曰:"我宋人可以不理周礼那一套,但齐桓公岂敢不理呢?"

宋缗公说:"若他顾忌周礼,那就别想娶我的女儿。"

殷子鱼曰:"我这就出使齐国,探探齐桓公姜小白的意思。"宋缗公当即准奏。

半月后,宋国辅臣殷子鱼来到了齐国,见到了齐桓公。他们寒暄一番后,殷子鱼曰:"我王宋缗公之女,即我宋国的公主,年方二八,长得如花似玉,正待字闺中。我殷子鱼久慕您齐桓公的为人,便力劝我王把我们公国的公主嫁给你这位侯爵之君。但我王要求,不能把我们宋国的公主作为姬妾来对待,要作为夫人来迎娶,并要与那周庄王之妹、大周公主王姬同为正房和正夫人,从而让她们平起平坐。"

齐桓公闻听宋国公主貌美,舍不得推辞。他又想借此机会结交作为公国的宋国,可又不敢违背周礼,就陷入了两难的境地。于是,齐桓公急召管仲前来商量。

待管仲来到王宫,齐桓公说:"仲父,今宋缗公殷捷欲与我大齐结姻亲之好,就派其辅臣殷子鱼前来我王宫说媒,说要把宋国公主嫁给我。"

管仲曰:"这是大好事啊。"

齐桓公说:"可他们的条件太苛刻了。"

管仲问:"怎么个苛刻法呢?"

齐桓公说:"他们要让我违背周礼,娶两位正房、正夫人。"

管仲曰:"这事虽然有违周礼,可周礼是姬周制定的,不是殷商时的规定。宋国作为殷商后裔,想要这样做,并不违背商朝时的规定。"

齐桓公说:"寡人怕引起我那正房夫人王姬的反对,使我后宫不得安宁啊。"

管仲曰:"这是我王的家务事,您可找正房夫人王姬商量一下,让王姬从国家大计出发,允许我王再娶一位宋国公主为夫人。"

齐桓公说:"等散朝后,我回到寝宫就和夫人王姬商量一下吧。"

齐桓公下朝回到寝宫,把此事告诉了王姬。王姬道:"我虽为大周公主,但自从嫁给我主,就是您的妻子。周礼规定的女人妇道是,'未嫁从父、父亡从兄,即嫁从夫、夫逝从子'。若我主觉得这样做对大齐有利,为妻不便反对。"

齐桓公说:"我妻贵为大周公主,却风格高尚。为夫即使为了和宋国搞好关系,越礼娶那宋女为夫人,心目中仍然会以我妻为正夫人。至于娶来的那宋国公主,虽不得不名义上称为夫人,但只不过是做做样子,权且应付一下罢了。"

王姬道:"为妻的,就是想听我主这句话呢。"

第二天上朝,齐桓公派人把宋国辅臣殷子鱼从馆驿召来王宫,对他说:"我姜小白准备答应宋缗公的要求,娶其公主为正房正夫人,与那大周公主王姬平起平坐。"

殷子鱼曰:"如此太好了,这样就能使宋、齐两国的联姻成就了。"

齐桓公说:"我这就派大司行隰朋大夫随您一同去宋国,当面向宋缪公求亲。若宋缪公答应,就让隰朋一并把宋国公主迎回来吧。"

殷子鱼曰:"不但要让隰朋大夫把我宋国公主迎回来,而且我殷子鱼还要亲自把公主送过来。"

隰朋随殷子鱼走后,齐桓公天天盼着宋国美女公主来到自己的身边,就问身旁的人:"隰爱卿随殷子鱼去了宋国,需要多长时间才能返回来啊?"

身旁人禀曰:"我们和宋国,一个在东北,一个在西南,来回往返的路途至少要有一个月的行程。"

齐桓公说:"寡人现在才知道了什么叫那度日如年啊!"这样,齐桓公就天天期盼着那宋国美女的到来。

过了一个月左右,只见隰朋在前、殷子鱼居后,迎送宋国公主来到了齐国王宫前。齐桓公迎出宫外,亲自揭开车帘,见那宋国公主出落得果如殷子鱼所言,确是十分貌美,就立即命人选就吉日,成其新婚之好。

转眼到了夏天,齐桓公心爱的宋夫人对他说:"为妻自小生活在大河之滨,偏爱在河上嬉戏和游水。今日天气晴好,我主能陪为妻到王宫后花园的湖中游船,玩耍一下吗?"

齐桓公欣然说:"前因寡人国事繁忙,一直顾不上到后花园游玩。今日正好无事,就陪夫人去游船,高兴一下吧。"

二人在侍卫跟随下,来到后花园湖边。只见那宋夫人如鱼得水,欣喜若狂。本想脱衣解带到水中畅游一番,但碍于王室尊严,不便下水,就建议同齐桓公在湖中一起荡船玩耍。

齐桓公说:"寡人自小不谙水性,上了船,夫人要保护我,小心驾船啊。"

二人上得船来,宋夫人亲自举桨,划动船只。这时,一阵夏风刮来,把船吹得晃晃悠悠。齐桓公胆小,连连叫喊:"寡人胆怯,夫人快把船停靠到岸边去!"

宋夫人说:"妾常在大河中划船。流动的水尚且不怕,还怕这一潭死水吗? 我王就放心吧! "

宋夫人不但不听齐桓公之言,而且有意把船划得晃荡不稳。齐桓公连喊:"停船! "

可宋夫人更恶作起剧来,变本加厉,把船荡得越来越厉害。直到齐桓公连喊:"救命啊,救命啊! "宋夫人见齐桓公这一副胆怯的样子,反而被逗得哈哈大笑。

侍卫们在岸上,听到齐桓公的救命声,就划了其他船只,前去救驾。上岸后,齐桓公愤恨不已,说:"这位宋夫人,一定是与寡人有前世之仇,差一点把我吓死。"

第五十八回　抗宋国狐假虎威　被赎回南宫弑君

却说宋夫人惹怒了齐桓公,齐桓公差手下人去把隰朋叫来,在盛怒之下说:"寡人差点死在这位宋国公主的手上,她是何等居心?我看隰爱卿还是暂时把她送回宋国,在娘家改改玩世不恭的坏习惯,再回来见我吧!"

隰朋受命,把君王的旨意告诉了宋夫人,并说:"君命不可违。我看就委屈夫人,回娘家暂住一时。待齐桓公消气后,我隰朋再去把您接回来吧。"

宋夫人一听,也赌气说:"本来是同他闹着玩的,这个胆小鬼却生了真气。他让我走,我还不愿在他这里呢!"于是她收拾行装,让隰朋护送,乘车返回了宋国。

隰朋带了宋夫人,来见宋缗公殷捷,把事情的原委如此这般说了一遍。宋缗公听后,见女儿哭哭啼啼十分委屈,心中大怒,就对隰朋说:"在此之前,蔡国蔡哀侯姬献舞曾向我求娶公主,寡人当时没有答应。寡人对那齐桓公姜小白高看一眼,这才把女儿许配给了他。他现在把我女儿送回来,正好!我这就派辅臣殷子鱼,去蔡国倒提媒,把女儿嫁给那蔡哀侯姬献舞!"

隰朋很是无奈,回到齐国后,向齐桓公禀报了送宋夫人归国之始末。

齐桓公听后,大怒说:"宋夫人已是我妻,寡人并未休之,只是想让宋缗公管教一二,不想他却做出了此等拆散我夫妻的恶行。隰爱卿你去把丞相找来,我看应该兴兵讨伐一下这个自不量力的宋国了。"隰朋立即把此事禀报了丞相。

管仲闻此，急来王宫见驾。他劝齐桓公说："我王为了你们夫妻间的这样一些床第(zǐ)之事，就欲兴兵伐宋，岂不让天下人耻笑吗？再说，我王为这点内事兴兵伐宋，就要征集大量的兵丁和物资，给百姓造成很大的负担。这就把公私之事的利害轻重颠倒了。"

齐桓公说："寡人事事赞成丞相。唯独这件事，我有不同看法。我们今天也不能用兵，明天也不能用兵，怎么才能实现威震天下的称伯目标呢？这次，寡人决意出兵，丞相就不要再劝了。"

齐桓公让王子城父陪同，调集军队，兴兵伐宋。因宋国是殷商遗留下来的公国，在诸侯间毕竟有特殊的地位和威望。于是，宋国周边的诸侯国都来救援，把齐桓公率领的齐国之军打得大败而回。

齐桓公见到管仲，羞愧地说："悔不听仲父之言，真是赔了夫人又折兵啊。"

管仲曰："我们对宋国这样的公国，要恩威并用。只能在其有困难的时候，帮助它、安抚它，才能让其屈服。以我国的有限兵力，去对付宋国及其周边诸侯国联合起来的强大兵力，无异于以卵击石，结果会适得其反。"

齐国南边的鲁国和宋国乃是异姓。两国国土接壤，经常为边界的领土进行争战，互有胜负，结下了世仇。当时，宋国和齐国国君都想借对方的力量称霸天下。因此，宋国先是出兵帮助齐国讨伐纪国，后又把公主嫁给了齐桓公。在遣送宋夫人之前，齐国和宋国两国的关系本来一直友好。宋缯公殷捷知道鲁国在长勺打败了齐桓公后，就邀请齐桓公同到鲁国境内"郎"这个地方进行会盟。他们约定日期，商量联合出兵，共同讨伐鲁国。

会盟后，宋缯公按约定的时间和地点，调兵遣将去鲁国某地与齐军会师，以合兵共同伐鲁。

宋缯公派出的宋军主将，名叫南宫长万。此人体魄雄壮，力大如牛，武艺高强，在战场上无人可敌。此次进入鲁国地界，作为主帅的他，趾高气扬、骄横无比，并扬言道："等与那结盟的齐国之军会师后，我们要在三日之内攻占曲阜，消灭鲁国。"

南宫长万带领宋军进入鲁国,长驱直入,目下无人,自诩如入无人之境。待宋军到达鲁国之地的乘丘,他们解马卸鞍,准备暂且休息。

就在这时,却突然见乘丘的东北方马蹄震响,杀来几位鲁国的散兵游勇。远看时,南宫长万对此不屑一顾,傲慢地对手下说:"就这几介武夫,还想来战我宋军?且看我南宫长万,不带尔等士卒出击,就能只身杀了这几个狂妄之徒。"手下人闻言,不禁哈哈大笑。

待到那几介武夫来到近处之时,却见他们骑得并非战马,而是那凶猛的老虎。宋军的士卒们见此,顿时惊恐无比,害怕被那老虎吃掉,就乱作一团,四散逃命。那些战马见了老虎,亦被惊吓得嘶鸣不止,奋蹄躲避。南宫长万不知是诈,还以为是周公姬旦之灵从天上降下虎兵,前来消灭宋军保护鲁国呢,一时间竟也慌得手足无措。当时宋军的战马已经卸鞍,不便于乘骑,且又四散逃奔,南宫长万只好顺手拎起一件兵器,只身迎了上去,并不见身后跟随有一兵一卒。

直到近前,南宫长万才发现这几个人骑得并非是真正的老虎,而是战马。只不过在战马的身上蒙了一张虎皮而已。双方一阵厮杀,那几个骑着"老虎"的人把南宫长万围在了中间,与他轮番展开了车轮之战。南宫长万左杀右击、前迎后挡,可一个人的气力总是有限的,他抵战数番后,气力不支,遂败退而逃。

却原来,鲁庄公闻听宋军来犯,就发兵予以阻拦。当时,因大将曹刿患病在身,不便率军出战,鲁庄公只好亲率鲁军前来迎击。他欲重蹈曹刿当年在长勺战胜齐桓公时的战法,就命令鲁军列成阵式,守住阵脚,严阵以待。

鲁庄公对手下将领们说:"前者长勺之战时,曹刿凭一鼓作气、再而衰、三而竭的以逸待劳战法,战胜了来犯之强齐。今日,寡人要效仿之。"

却说鲁国有员战将,名叫公子姬偃。他本是郑国国君的公子,因郑国王室内乱,避难来到鲁国,被鲁国任命为上大夫。他跟随鲁庄公前来迎战,听了鲁庄公之言,不以为然,就骑马上前对鲁庄公说道:"兵书说,'战法无形',要顺势而行、随机而动。现在宋军长途奔波,来到我国的乘丘。他们正是人困马乏之时,若我军立即出击,就会乘其不防,攻其不备,大获全胜。若等到宋军休整完毕,列成阵式,我们再与之交战,就会变主动为被动,坐失获胜的良机。"

鲁庄公说:"我军正好也可利用这个时间,做好战前准备,严阵以待。待宋军攻我之阵疲惫后,我们再反击,必会一举获胜。您姬大夫说的话,寡人不能采纳。"

公子姬偃又道:"兵法有云,'兵者,诡道也'。我们应当根据现实情况来选择合适的战法,而不能墨守此前战例的信条啊。"

鲁庄公仍然固执己见,干脆不理睬上大夫公子姬偃的劝说。公子姬偃见此,便不顾鲁庄公之令。他命手下的几个亲兵,都给坐骑蒙上虎皮,遂率领他们杀向了宋军。不过片刻之时,鲁庄公在阵内遥见那宋军,都以为是真来了老虎,被吓得四散逃命。他也就只好下令让全军进攻,结果大败了宋军。

这时,齐桓公派王子城父率领齐军,按约定的时间和地点,来鲁国与宋军会师。刚刚进入鲁国境内,王子城父就见有探子前来禀报。探子说:"报告将军,宋军来与我军会师,路过鲁国乘丘时,被鲁军击败,逃回宋国去了。"王子城父闻言,只好下令撤军,返回了齐国。

不久,为报乘丘之仇,宋缗公殷捷又派主将南宫长万再次起兵伐鲁。鲁庄公又再次亲自率军抵御,还是趁那宋军尚未站稳脚跟和列成阵势之时,就挥军冲杀,又大败宋军,并俘虏了南宫长万。

宋国宋缗公知道南宫长万在宋军再次失败中被俘,内心十分焦急。他不得不派使者带上厚礼去见鲁庄公,把南宫长万赎了回去。

南宫长万被放回宋国后,当年陪宋缗公到宋国蒙泽这个地方去打猎。他们君臣在猎场上发现了一只皮毛十分靓丽的金钱豹,都非常喜爱。宋缗公举弓拉弦,向那猎物一箭射去,却没有射中。就在这时,只听南宫长万一声高喊道:"主公不要射坏了这豹子的皮毛,待俺南宫长万生擒了这厮。"话音刚落,南宫长万就骑马追上了那猎物。只见他从马上飞身跃起,竟不偏不正地跨在了那金钱豹的背上,随即在其头部一阵拳击,就将那猎物打晕了。随同之人遂将那猎物捆绑起来。

这时,随同之人问宋缗公和南宫长万说:"此猎物是归我王,还是归南宫将军呢？"

宋缗公说："这金钱豹乃寡人首先发现，因一箭未能射中，这才由南宫长万前去帮我拿住。"

南宫长官言道："谁叫我王那一箭未能射中呢。既然我王知道此物是末将拿住，那就应该归末将所有。"

宋缗公说："你身为寡人的将军，替我拿住此物不是应该的吗？"

南宫长万道："末将的本分，是替我王征战打仗，却没有替我王擒拿猎物的义务。此物既然由我拿住，就应该归我。"

宋缗公见南宫长万竟为此猎物顶撞自己，就十分恼火。人在恼火之时，也最容易揭人之短。于是他生气地说："你身为寡人的将军，既然知道应该替我带兵打仗，可这也要打胜仗才行啊。可前次你带兵伐鲁，要不是你败阵后跑得快，就已经被那鲁将公子姬偃杀死了；后次我又让你带兵伐鲁，你更是成了那鲁军的俘虏。要不是我用重礼把你赎了回来，你现在还在鲁国的监狱里呢。你带兵打仗屡遭失败，今在猎场上替寡人擒下此物，还不是应该的吗？"

南宫长万乃是一介武夫，虽然力大无比，武艺高强，可他却是有勇无谋之辈。南宫长万此时心想："打人不打脸，揭人不揭短，人的颜面是最为重要的，你宋缗公殷捷竟然当众揭我的短。这等奇耻大辱，让我这当世豪杰是可忍，孰不可忍？你殷捷乃是被周朝灭亡了的殷商之后裔，你们祖辈有什么了不起的，现在你也不过是个亡国的奴才罢了。我们南宫氏乃名将世家，并不比你们这些亡国的奴才地位低下。现在你身边人多，为避免遭到围攻，我不便立即下手。待再将那围猎的阵式摆开，人员散去，我不妨向这昏君射出一箭。你一箭不能射死那猎物，看看咱南宫氏，能一箭让你归天不？"

南宫长万想到这里，不禁怒发冲冠、气冲牛斗。他在盛怒中，本欲拔剑杀那宋缗公，可他知道自己一旦动手，就会遭到众多护君者的围攻，于是强忍怒火，把拔出的剑又退了回去。

那猎物之争，尚未解决。宋缗公就将身边之人分派去追杀另一猎物。这时，南宫长万想到做到，冷不防从远处射来一箭，正中宋缗公脑门,使其即刻毙命。

在围猎散开的众臣中,宋国大夫仇牧离宋缗公最近。他见此情景,大为震怒,就举剑向南宫长万杀去。可他怎是那南宫长万的对手呢?刚一交锋,他就被这个弑君的凶手一剑刺死了。

跟随宋缗公围猎的其他将士见此,也都纷纷前来围杀南宫长万。可这么多人,也不是南宫长万一个人的对手。他们眼看着南宫长万杀出包围圈,跨着战马,直奔宋都商丘而去。

第五十九回　美人计长万被杀　借王命会盟安宋

前面曾说到，早在宋缯公殷捷的祖父宋殇公殷与夷当政时，其丞相华督见大司马孔父的妻子长得漂亮，就蓄意诬陷，把宋军连年征战祸害国民的罪责都推给了大司马孔父，将其冤杀，霸占了他的妻子。宋殇公知道后，赶去怒骂华督，反被华督杀死。华督从郑国迎立躲在那里的宋殇公叔弟殷冯为国君，是为宋庄公。这样，华督就独揽了宋国的大权。宋庄公殷冯去世后，其子姬捷继位，是为宋缯公。

那时，南宫长万作为宋殇公和大司马孔父手下的一员小将，早就对华督夺人之妻、弑杀国君之恶行，怀恨在心。南宫长万回到商丘时，干脆就先把这个该死的华督挥剑斩杀了。

这时，南宫长万在商丘擅立了宋公子殷子游为君。把按周礼应该接替国君之位的宋缯公之弟殷御说(shuì)赶到了宋国的亳地，把其余的宋国公子都赶到了宋国的萧邑。南宫长万觉得殷御说是最大的危险，就派其子南宫牛和亲信大将猛获去围攻亳城。萧邑的大夫带领宋国历代君主的子孙后裔们，到东邻的姬姓曹国请求援助。他们借来了曹国的兵将，杀死了那南宫牛，立即拥立殷御说为新君，是为宋桓公。

见事不好，猛获逃去了卫国的国都。宋桓公率军兵临卫国国都城下，逼迫卫国把猛获交了出来，并立即将其斩杀了。

南宫长万知道自己闯了弑君和擅立君侯的大祸，商丘已非自己的立足之地。此人虽然性格暴戾，却是位大孝子，他跑回自己府邸，把年迈的老娘扶坐在车辇上，一手推车，一手准备抵御追兵。尽管随后有成千上万的宋国将士追杀过来，但都未能抵住那南宫长万，也就只好任凭这一对母子向南进入陈国地界，投奔陈宣公妫杵臼而去了。

【五霸之首　号令天下】

前去追杀的人回来复命，宋桓公殷御说曰："那南宫长万力大无比，不好直接要求陈国把他给我们送回来。请公子子鱼带上我们宋国的财宝，去陈国贿赂那陈宣公妫杵臼，让他设计把南宫长万交回我们宋国。"

陈宣公妫杵臼接受了贿赂，又不愿与那作为公国的宋国作对，就叫来一名美女，与之密谋说："你去陪南宫长万饮酒，利用美色引诱他，劝之多喝，将其灌醉。届时，我要派人把他用犀牛之皮裹住身子，并用绳索在牛皮外捆绑牢靠。然后再打入槛车，将其送回宋国。"

美女照计而行，获得了成功。等南宫长万大醉醒来，见自己已被犀牛皮和绳索捆牢，挣扎不得，这才知道中了美人之计。他仰天长叹："想不到我南宫长万一世英雄，竟会死在这个小女人的手上。"

陈宣公派人把槛车中的南宫长万送回宋国后，宋桓公带领文武众臣，历数了他败阵、弑君、擅立、杀人的累累罪行，下令将其凌迟处死，并剁为肉酱。可怜盖世英雄，下场十分悲惨。

这时，管仲听派往宋国的眼线禀报了宋国内乱之情，觉得这是让齐桓公出面进行恩威并用的大好时机。他对齐桓公说："现在宋国内乱。我王可派使臣去觐见刚刚登位的周僖王姬胡齐，让周天子来确定宋国的国君之位，安定宋国。"

实力已经衰微，威望每况愈下的周天子，得到尊请，就对群臣说："齐桓公对寡人如此敬重，这是前任国君多年来没有过的事情了，真让寡人受宠若惊啊。我看，我们也要给那齐桓公面子，要立即派人去齐国宣布我的旨意，就说让齐桓公代表寡人前去处理宋国这些事情好了。"

齐桓公有了周僖王的"尚方宝剑"，就发柬约请宋、卫、鲁、遂、梁、陈、蔡、郑、邾等国的国君，到齐国西边的北杏之地会盟。卫国、鲁国、遂国、梁国、郑国不予理睬，没有到会。

事前，齐桓公问管仲："此次会盟，我们是带百乘战车，还是千乘战车呢？"

管仲曰："此次会盟是为了安定宋国，又是奉周僖王之命，乃是和平之会、友好之会。我们不可带战车而往。"齐桓公照办，与管仲不带战车，而带民用马车前去赴会。

当时到会的宋、陈、蔡、邾四国国君，见齐桓公在管仲陪同下，不带战车而来，也纷纷把自己带来的战车遣返回了本国，以示和平友好。

齐桓公见与会的诸侯不多，就对管仲说："来的诸侯太少，我看会盟就算了吧。"

管仲曰："不可！我们要守信于诸侯，坚决执行周天子的王命。俗话说，'三人为众'。现有五国与会，五位诸侯还算少吗？况且，我们还要在盟会的盟案之首虚设周僖王的王位，以示周天子王命之威严，又怎能临会退却呢？"齐桓公遂决定按时开会。

会盟时，需要推举一名实际的盟主来主持盟会。前来会盟的宋桓公殷御说，认为自己是公国的公爵之侯，理应作为盟主，就不推荐其他诸侯国的君主。蔡哀侯姬献舞，认为自己是与大周同宗的姬姓之国，最应该代表周天子，也不推荐异姓诸侯国的君侯。与会的陈国乃是妫姓之国，邾国乃是曹姓之国，他们和齐国都是大周的异姓之国。

因此，陈宣公妫杵臼站出来说："此次会盟是为了安定宋国，确定宋国国君的名分，不宜由宋国的殷御说自己来主持。周天子也并未委托同宗的蔡哀侯姬献舞来主持盟会。可齐桓公是受了周天子委托，召集我们来会盟的。我看，就让他主持盟会，最为合适。"邾国之侯亦随声附和。

蔡哀侯姬献舞听陈宣公和邾侯这么一说，也就只好顺水推舟，亦同意推举齐桓公作为盟主主持盟会来商量平定宋乱以正王法之事。齐桓公在会上代表周天子，宣布正式承认宋桓公殷御说的君主地位。宋桓公觉得让一个侯国之君，来确认他这个公国之君的地位，内心觉得委屈，十分不服。刚刚开完会，他就第一个离开了盟会驻地。

这次会盟，与会各国签订了盟约，提出今后要形成联盟，互相帮助，安定王室和中原各诸侯国，共同抵御外侵，即提出了"尊王攘夷"的政治主张。这实现了管仲让齐桓公"挟天子以令诸侯"霸业的第一步。

直到这时，与会的蔡哀侯姬献舞才知道，自己所娶的宋国之女原来是齐桓公的前夫人。又听说齐桓公曾为此兴兵伐宋，他就怕引火烧身。回到蔡国，蔡哀侯把心事说与宋夫人听。宋夫人说："我知道齐桓公姜小白有个很大的嗜好，就是喜欢美女。若我主从您姬姓族人之中，挑选一

北杏会盟

位美女,送给姜小白,就说用她来代替我。他就不会再恨你了。"

蔡哀侯说:"我前面夫人所生公主,有一位既年少又美貌。我干脆把女儿嫁给齐桓公,以少易老,以新换旧,就算和他扯平了。"

蔡哀侯遂派人前来齐国倒提媒。齐桓公自是高兴,便欣然同意。于是,齐桓公就娶来了一位年轻的美女蔡姬、蔡夫人。

这时,宋桓公殷御说为了和大齐拉近关系,就派大臣去卫国,聘齐桓公的小姨子卫姬为夫人。他又觉得,其兄宋缗公把齐桓公的夫人再嫁给蔡哀候,着实不近人情,又感激齐桓公确认自己作为宋国国君之恩,就把自己的小妹妹宋华子嫁给齐桓公为姬,用来代替宋夫人。后来宋华子为齐桓公生下了公子姜雍,被封为如夫人。

一天,在齐国王宫的朝堂上,管仲对齐桓公曰:"前者,我让我王借周天子之命,约鲁国出席北杏会盟,以平宋乱。但鲁国竟敢违背王命,公然不去参加。由此看来,我们大齐称伯天下的主要障碍,就是这个姬姓的近邻鲁国。打蛇先打头,擒贼先擒王。如果不制服鲁国,就不会使天下的诸侯服从我们齐国。"

齐桓公说:"鲁国不遵周天子之命,其实是藐视寡人。他胆敢不参加这样的神圣会盟,正好让我们有理由出兵惩治它,也同时报其当年助公子纠争夺君位和长勺大战打败我军的仇恨。"

管仲曰:"鲁国与我们齐国的实力,差距不大。要制服这样一个邻近大国和礼仪之邦,靠用兵不是好办法,最好想别的法子。我说要制服他,可不是说要用兵战去制服之。"

齐桓公说:"除了兵战,还能有什么好办法呢?"

管仲曰:"这要等待时机。"

齐桓公说:"我们坐等时机,守株待兔,岂不晚了三春。仲父是一再阻止我出兵。可这次寡人主意已定,就让王子城父跟随,我要亲自率军出征。仲父只需要在丞相府坐镇就是了。"

管仲曰:"既然我王主意已定,管夷吾的劝说就是无能为力的了。但是我有一个请求,就是我王在御驾亲征时,要把军队的指挥权交给大司马王子城父。"

齐桓公说:"上次长勺之战,寡人指挥不利,打了败仗。这次出战,就让王子城父指挥,我给他当个参谋就是了。"

管仲曰:"在作战这件事情上,兵书上说得好,'将在外,君命有所不受'。我王只可当参谋,不可以王命代替将令。"齐桓公连声应诺。

齐桓公随后调集千军万马,御驾亲征,授权王子城父指挥,兴兵伐鲁。

第六十回　王子城父胜曹沫　顺手牵羊灭遂国

且说当年鲁国大将曹刿在长勺大败齐军后，鲁庄公姬同为他举行庆功宴会。在宴会上，鲁庄公对曹刿说："斩杀人者，谓之'刽'；刺伤人者，谓之'刿'。曹爱卿名叫曹刿，我感觉这个名字不雅。爱卿经常自称末将，寡人就赐给你个名字，叫作曹末好了。"

曹刿曰："感谢我王给末将赐名。可在过去，有位懂周易的算命大师，说我命中缺水。末将想，能否在末字旁加上三点水，叫我曹沫呢。"

鲁庄公说："那当然可以。我这就在宴会上宣布，自此之后，寡人赐你曹将军的名字为曹沫。"

当时，鲁庄公在鲁国朝堂知道了齐桓公兴兵伐鲁的消息，就惊慌失措地对群臣说："眼下，我们鲁国实力不如齐国。再加上拒不参加以周天子名义召开的北杏会盟，也着实是我们理屈。今齐国兴师伐我，即将大兵压境，这便如何是好呢？"

只见大将曹沫出班奏曰："前者，宋国大将南宫长万犯我鲁境，因末将重病在身，未能前去斩杀那贼子。现在我的身体已经康复，理应率军替我王抵御齐师。须知，那齐桓公姜小白早就是我曹沫的手下败将了。他竟敢再次前来犯我鲁境，这不是要自己找死吗？"

面临强敌，鲁庄公巴不得有自告奋勇之人率军前去抵抗。他听曹沫这样一说，就立即准奏。鲁庄公还说："寡人派谋臣施伯大夫，跟随你曹沫将军一同前往吧，也好在军中遇事有个商量。"

曹沫和施伯奉了王命，领着重兵，到齐鲁两国交界处的山区予以防守。鲁军来到鲁国北境的山中，但见两面都是高山。

施伯对曹沫曰："我们要警惕齐军在两面的山上设下埋伏，置我军于两面夹击之中。"

曹沫说："此乃我鲁国边境，齐军怎么会在这里设下埋伏呢？若有齐军的风吹草动，边关将士不早就向我们报信了吗？"

施伯曰："我听探子来报，说是齐桓公此次伐我鲁国，把军事指挥权放给了齐国的大司马王子城父。这个王子城父可不是好惹的。先前我王带领我鲁国的重兵，去送公子纠回国争夺君位，当快到齐都临淄时，不就是叫王子城父在那里的干时河旁把我军阻挡住并且受到了他的包围吗？上次您曹将军在长勺打败了齐桓公，那是因为当时齐桓公御驾亲征，没有把指挥权放给王子城父。可这次齐桓公接受了上次的教训，听从王子城父的指挥，情况就大不一样了。他们旨在占领我鲁国，两军交战，还有什么边境不边境的呢？"

曹沫说："你们文人就是多疑，施大夫大可不必过虑。齐桓公这些手下败将，我料他们不会有这样的胆量和心机。"

施伯曰："不怕一万，就怕万一啊。"曹沫硬是不听。

曹沫万万没有想到，就在他率领鲁军进入此处两山之间的谷底时，只听两面山上战鼓齐擂，杀声震天，旌旗猎猎，战马嘶鸣，冲下无数名齐军将士，似那神兵从天而降。

曹沫见此，慌了手脚，只好令鲁军掉转马头，冲出一条血路，向后撤退。这时，他才知道果然是中了王子城父事先在两面山上设下的埋伏。

原来，王子城父是在夜间找了几位酒量大的士兵，换上当地老百姓的衣服，假装卖酒夜归的酒贩子路过鲁国边关哨所，请哨所内守关将士们喝酒，将这些人灌醉。然后，他让马摘铃、人衔枚，悄无声息，趁月色领大队人马偷偷越过了鲁国边关，进入了鲁国的境内。

在鲁国境内设伏取胜后，齐桓公和王子城父率领齐军，把鲁军一直追杀到了鲁国腹地的汶阳城。

这时，曹沫想起了在长勺打败齐桓公的经验，就在汶阳城外将兵马摆开，列好阵式，等待齐军的到来。

齐桓公和王子城父率军来到了汶阳城外，见曹沫已列好阵式。齐桓公就欲击鼓令齐军进攻。

王子城父上前提醒道：“我王还记得当年长勺之战时的教训吗？若我王击鼓进攻，必须一鼓作气，一举获胜，不可再行那再衰三竭。”

齐桓公说：“这次，我们设伏败了那曹沫，士气正旺、军心正盛、斗志正勇，且全军上下都欲报上次那长勺之仇，岂有一鼓不胜之理？”

王子城父见齐桓公说得有理，就让齐桓公击鼓。王子城父身先士卒，亲自率领敢死队向鲁军的阵营杀去。这次，曹沫的如意算盘打错了，不想齐桓公只击了一次鼓，齐军就破袭了鲁军的阵营，把鲁军杀得死伤惨重。曹沫和施伯只好带领那些没有战死的鲁军将士，向西败退到了作为鲁国附庸国的遂国。

齐军追至遂国边界，王子城父对齐桓公说：“这个遂国虽是鲁国的附属国，但其地位非同一般。他们和陈国一样，是华夏五帝之一虞舜大帝的后裔。早在大禹建立夏朝时，就把他们封在了该地。后来，周武王在姜太公建议下，册封天下圣君之后裔时，又对其重新进行了加封，成为华夏的诸侯国之一。我们到了其边界，再往前就打进他们遂国了，不知合适不合适？”

齐桓公说：“寡人本想先征服鲁国，再讨伐这个也胆敢不参加北杏会盟的遂国。他曹沫带领鲁国的残兵败将逃进了他们这个附属国。这不是上天安排，让我们先灭掉这个遂国，再回头去消灭他们鲁国吗？”

王子城父闻言，也就无话可说。这样，齐桓公和王子城父就随即率领齐军杀入了遂国。

这遂国本是依附于鲁国的一个小国，势单力薄。却说曹沫和施伯率军逃进遂国国都，见到了遂侯。曹沫对遂侯说：“鲁侯派我和施伯大夫率军抵抗齐国的入侵，不想却中了齐军深入我鲁国境内的埋伏。我军受到两面夹击，只好向后败退。”

遂侯曰：“当年，你曹沫将军在长勺大败了那齐桓公率领的齐军，不是很有一套作战的办法吗？”

施伯道：“曹沫将军本想在我国汶阳之地列成阵式，站稳脚跟，再行那再衰三竭之计。可不想，这次那齐军竟然一鼓作气攻破了我军的阵式。我军死伤惨重，我们无路可逃，这才被迫逃进了你们遂国。”

遂侯曰："我遂国弱小,国力、军力都有限,不是那齐国的对手啊。你们这不是来给我制造麻烦,让我引火烧身吗?"

施伯道："齐桓公伐我鲁国,理由是嫌我们不去参加北杏会盟。可你遂国不是也没去参加吗?如果齐国灭了我们鲁国,岂有不再灭你遂国的道理呢?"

遂侯曰："施大夫这话说得有理。这就叫作唇亡齿寒,看来咱们谁也别想存有那侥幸之心。"

曹沫说："眼下,只有您遂侯发兵同我们一道去抵御齐军,才是唯一的出路。"

遂侯曰："事到如今,我别无选择,也就只好这样办了。"于是,遂侯调兵遣将,亲自率领本国之兵,随同鲁军,一起迎敌。

两军相遇,未等双方列成阵式,齐桓公就又亲自击鼓,命王子城父率齐军杀向了鲁国和遂国的联军。

那些鲁国之兵,早被齐军打得心惊胆战,他们闻风丧胆、望风披靡,未曾交手就四散逃窜了。遂侯只好率领本国人马,单独与齐军交战。这遂国又怎是那强大齐军的对手呢。战不数合,遂侯就大败而逃。他知道遂国国都已是保不住了,于是只好逃去了卫国。这样,遂国全境很快就被齐军占领了。

却说遂侯逃到了卫国,见到了卫惠公姬朔,立即给卫惠公下跪说:"当年,我祖虞舜大帝,被称为圣君。夏朝时,大禹把我们这些虞舜的后裔们封在遂地作为食邑。到了你们姬姓的周朝时,周武王大封天下圣君之后裔,就把我们再次封在了遂地,正式成为诸侯国。到了周成王时,他怕我们国力弱小受人欺负,就指派鲁国就近帮助我们。这样,我遂国名义上是诸侯国,但其实是他们鲁国的附庸国。"

卫惠公姬朔道:"这些我都知道。你奔来我卫国,却为何事?"

遂侯说:"因为我异姓的遂国和您姬姓的卫国及鲁国十分友好。齐桓公打着周僖王的旗号,在北杏召集各诸侯国会盟。我见您卫惠公和鲁庄公都不去与会,因此也和你们站在一起,不去参加。这惹怒了齐桓公,他兴兵伐鲁,并顺手牵羊灭了我们遂国。今特投奔您卫惠公,寻求贵国的庇护。"

卫惠公姬朔说："齐桓公在惩罚你们鲁国和遂国之前，本来就想先来讨伐我卫国。幸亏他如夫人中有两位是我卫国之女，这两位夫人尤其是他那长卫姬，怕我卫国黎民百姓惨遭涂炭，就竭力劝阻齐桓公不要讨伐我卫国。这样，我卫国才幸免了一场大难。今你遂侯前来投奔于我，我们可称得上是一对难兄难弟了，寡人自会保护和厚待你。待时机成熟，我再联合鲁国共同出兵，送你回国继续为君。"

遂侯深深下拜，再谢卫惠公姬朔。

第六十一回　被逼迫刀下之盟　重信誉诸侯宾服

　　再说那鲁将曹沫和谋臣施伯，见遂国被齐军占领，就仓皇逃回了鲁国的都城曲阜。

　　他们见到鲁庄公，历数了三战三败的过程，曹沫说："这次齐军犯我，齐桓公虽亲自率军，但他把指挥权完全交给了他们的大司马王子城父。这才让王子城父指挥齐军，设谋进入了我们鲁国的边境，在我们的国土上设了埋伏，击败了我们的军队。"

　　施伯曰："我们败退到汶阳，曹沫将军又想行那一鼓作气、再衰三竭的战法。却不想这次齐军异常勇猛，在王子城父带领下，一鼓就袭破了我军的阵式，把我们打了个落花流水。"

　　曹沫说："我和施大夫只好率领我军尚存的将士，向西退到了遂国。我们本想借助遂国的兵力，再行反击。不想这遂国之兵，竟是如此不堪一击。遂国已被齐军占领，遂侯已经逃去卫国。我们只好逃回国都，来见我王。"

　　鲁庄公问："那齐军会杀到曲阜来吗？"

　　曹沫和施伯说道："他们的目的是灭我鲁国，怎会不杀到曲阜来呢？"

　　鲁庄公问："大约还有几天就能杀过来呀？"

　　曹沫和施伯道："不过三两天而已。"

　　鲁庄公闻言，大惊失色，只好带领家眷和群臣，仓皇离开国都曲阜，向南退避五十里，在这里的一个小城邑之内勉为听政。

　　面临亡国的危险，鲁庄公被迫无奈，只好给齐桓公写了一封亲笔信，派施伯火速送到齐军大营。

施伯来到齐军营寨，见到了齐桓公，跪拜之后曰："我王自知不听王命，不参加北杏会盟是一大罪过，这才招来了盟主齐桓公您的讨伐。我们依罪当罚，我王情愿把我们附属之遂国和鲁国汶阳的大片失地，奉送给您们大齐国。就请您齐桓公派兵前去把守吧。望您看在我们两国有世交之谊，且有姻亲之好，我王又是您外甥的分上，就放过我们吧，得饶人处且饶人嘛！"

齐桓公说："既然鲁庄公姬同这小子已经知错，并愿意受罚，寡人就给施伯大夫一个面子，饶了你们鲁国。我这就让王子城父派兵，前去加强'防守'遂国和汶阳之地。"

施伯曰："我王自知理屈，退避曲阜五十里，割地以求和。既然大王应允，就是以和为贵。微臣建议，不妨就近在两国边境的齐国柯地，举行一次会盟，缔结永世之好。"这正合齐桓公制服鲁国的本意，便欣然同意了。

齐桓公得胜，柯地会盟又是件大事，他就派人速去请丞相管仲和大夫鲍叔牙前来商量对策。管鲍二人应诏而行，不日到达后，管仲对齐桓公曰："我们不可贸然前去赴会。听说鲁将曹沫力大无比，胆量过人。他连败三阵，岂肯罢休。我们去后，恐会遭到他的暗算，存有不测之虞。"

齐桓公说："会盟之地在我齐国，又有丞相、鲍爱卿和王子城父陪同，寡人还怕他个曹沫吗？我主意已定，尽管按时赴会就是。"

管仲和鲍叔牙此时无话可说，只好准备到时和王子城父一起保护齐桓公前去赴会。

施伯回去见到鲁庄公，把齐桓公答应鲁国献地和解及同意在齐国柯地会盟的事，禀报了一番。鲁庄公就带领家眷和群臣回到了曲阜。他更认为会盟是件大事，于是召集群臣前来商量对策。

只见曹沫出班奏曰："此次会盟，我王是想求生呢，还是求死？"

鲁庄公问："此话怎讲？"

曹沫曰："我王若听了微臣之言，就能生存；若不听我的话，只有死路一条！"

鲁庄公说："曹爱卿有话，尽管直言。"

曹沫曰："我们这样委曲求全,活得窝囊,生不如死。还不如冒死一拼,死里求生!"

鲁庄公说："寡人最看重的,就是曹爱卿的胆识。我们怎样才能死里求生呢?"

曹沫曰："此处不是说话的地方,待我单独与我王面议。"

鲁庄公让群臣散去,只留下曹沫一人,向其问计询策。曹沫低声如此这般说了一番,鲁庄公闻计胆怯,连称不妥。

曹沫曰："此计乃末将所设,与我王无干。大不了,我一死报君王对曹沫三败不斩之恩。"鲁庄公见曹沫忠勇可佳,也就只好答应。

到了盟会日期,齐桓公率领齐国一行,持刀前去赴会。眼看离柯邑还有一箭之地,却见施伯在此挡驾说:"王君来赴和平友好之会,持刀怕是不妥吧?"

齐桓公拿不定主意,就问管仲:"仲父认为该当如何?"

管仲把齐桓公叫到一边,私语曰:"施伯不让我们带刀,又谁能保证鲁国人不带刀呢?我们放下防身之刀,未必就能立地成仁。如果鲁国人暗藏利器,我们防不胜防,奈之若何?其潜在危险甚矣!我王可以此为理由,不去开会而退回我大齐本营,以防不虞。"

齐桓公不听,轻蔑地说:"寡人对其大兵压境,连续三次战胜鲁军。我料他们即使吃了豹子胆,也不敢带刀赴会。我这个外甥姬同的胆子很小,他岂耐我何? 仲父和爱卿们,尽管把刀放在此处好了。"

君王旨令,不容违背。大家只好照办,把刀暂时放在了该处。来到盟会的台坛,只见鲁庄公在曹沫护卫下,早已登上盟坛坛顶下的台阶等待。齐桓公不便让众臣全部登坛,只让管仲和鲍叔牙随同。来到盟坛台阶,双方见面,互相一拜。两位国君携手上得盟坛之顶,面南坐在盟案之后。随同们在台阶下面北而站。

二位君侯少不得寒暄一阵,当说到伐鲁之事时,只见鲁庄公一手抓住了齐桓公的胳膊,另一手从衣内掏出匕首,指向自己的喉咙说:"我鲁国不过千里之遥,今舅氏连伐三胜,让我失地四百里。我又被迫逃出都城曲阜五十里,还丢弃了遂国,并割让鲁国的汶阳之地。姬同实在是生不如死,我不如自杀在您的身边,或是我们舅甥同归于尽!"

管仲和鲍叔牙见事不妙,欲跑上坛顶救驾,却见曹沫早已从衣内抽出短刀,凶神恶煞般地挡住了去路,并厉声说:"两国国君正在商议修好之事,我看尔等谁敢靠前!"

管仲问:"曹沫将军这是何意啊?"

曹沫大声对坛顶上的鲁庄公说:"我王就把您的想法,说给齐桓公他们听听吧!如其应允则罢。否则,我们宁可鱼死网破!"

鲁庄公在坛顶手持匕首说:"如果真想和好,必须还我三败所失之地,让我鲁国得以保全。"

此时,齐桓公被惊吓得不知所措,向台坛下大声问道:"仲父,你说这事该怎么办呢?"

管仲高声对曰:"那就答应他们吧!"齐桓公只好应允。

鲁庄公拿出早已准备好的盟书,让齐桓公签字画押。事毕,曹沫疾步去坛顶的盟案上拿了盟书,揣入怀中。然后,他缓缓走下台阶,面北拱手而立,面不改色,气不虚喘,平静异常。

于是,会盟到此结束,双方人员各自撤回本营。齐桓公恼怒无比,对众臣说:"他们这不是蓄意劫持寡人,让我答应刀下之盟吗?这样的盟约岂可算数,这个刺客曹沫岂可不杀?"

管仲对曰:"这事都怨我管夷吾没有坚决制止我王赴会。我看此事事关重大,并不像我王说得这么简单。"

齐桓公问:"有什么不简单的呢?"

管仲曰:"因为我王明明知道去后会有被劫持的危险,却中计而行,可谓不智;面临劫持而不能脱身,可谓不勇;答应了人家又欲反悔,可谓不信。如此不智、不勇、不信,如何能让天下诸侯佩服呢?"

齐桓公说:"难道这番屈辱就白受了吗?"

管仲曰:"小不忍则乱大谋。我王虽然受到刀刃胁迫,但如果不违背刀下之盟,把四百里土地归还给鲁国,并且放过那曹沫,就会取信于天下,使人们望之若泰岳。诸侯就会说,'连刀下之盟都能信守,连败国之地都能归还,连刺客仇人都能宽恕,这个齐桓公还不是最可信任和最可交往的人吗'？"

齐桓公说："丢弃这么多土地，图个虚名有什么用呢？"

管仲曰："我王让出一片土地和放过一条人命，换来诸侯的宾服与信任，有利于我王称伯天下。这个交换是很值得的！"

于是，齐桓公听从管仲之言，照那刀逼的盟约而行，果然取得了天下诸侯的信任和宾服，为其后最终让周天子封为诸侯之长、诸侯之伯，从而称霸天下打下了基础。

当时，鲁庄公知道，即使齐国不伐鲁国，也要伐那不参与北杏会盟的遂国。因此，在刀下之盟中，他就没敢提出要回这个附属国的过分请求。

遂国的那些大家族们，都有自己的封地。他们见齐桓公归还了鲁国的失地，却仍派兵占领着自己的国土，心里极度不平衡。他们暗地串通，图谋消灭齐国驻军，夺回遂国的土地。

第六十二回　占遂国齐军被杀　行商战桓公穿袍

　　话说遂国有三大家族,分别为因氏、工娄氏和须遂氏。这三家的首领约定在一个秘密地点,一起商讨夺回被齐国占领的地盘和消灭齐国驻军之事。

　　因氏的首领说:"齐军强大,我们无法以武力战胜他。要想取胜,看来只能以智胜之。"

　　工娄氏的首领曰:"要想以智胜之,必须使齐军失去战斗力。"

　　须遂氏的首领道:"最好设法在他们的饭菜里下毒。"

　　因氏首领说:"那齐军的首领大司马王子城父,足智多谋。他早就想到了这一层,命令自己的部队无论何时何地,无论战时还是平时,都必须用狗先尝那齐军的饭菜。若在菜中下毒,他们的狗食后死亡,我们的阴谋就会被识破。到那时,还有我们的活路吗?"

　　工娄氏首领曰:"如果下毒不行,又想让他们失去战斗力,最好的办法就是用烈酒把他们灌醉,然后杀之。"

　　须遂氏首领道:"可我们怎么才能把他们灌醉呢?"

　　因氏首领说:"我们平时没有这种机会,可以在过节之时,以犒劳齐军为名,派人前去与他们联欢共饮,并动用各种庆典方式,包括说唱和肉搏等,引齐军一乐。要选些美女扮作村妇,去引诱齐军饮酒。要挑选武艺高强的武士扮作百姓,去和齐军称兄道弟,灌之以琼浆。"

　　工娄氏首领曰:"要说这个节日嘛,我看中秋佳节最为合适。此乃月亮满圆,天下人阖家团圆之时。那些齐军将士,这时必然会想念家乡和家人,正是他们精神上最不设防和最松懈的时候,最容易激起他们的情绪冲动,最容易让他们借酒以消乡愁。"

须遂氏首领道："这个计谋最为妥当。我们要提前物色美女和壮士，并将他们加以训练，学会应酬，到时不能让他们露了马脚。"

因氏首领说："这事的确需要提前准备。到时候要假戏真做，哄那些齐军将士们上钩。此事要一举成功，不可失败。"

工娄氏首领曰："国不可一日无君。我们要派人到卫国，迎回逃到那里的遂侯，恢复我们的国家。"

须遂氏首领道："这我愿意前去迎接。"于是遂侯被秘密迎回了遂国。

这些人密谋数年后，早已选好了合适的人员，训练好了应酬之技巧。这年，正逢中秋佳节，驻遂国的齐军将士见当地的老百姓，敲锣击鼓、载歌载舞、张灯结彩，抬了若干酒坛和食盒，前来慰问驻防部队。

其中有位老者向前说："人逢佳节倍思亲，尤其是八月十五，乃家人团圆之时。你们背乡离井，驻防我国，十分辛苦。因此，我们特备美酒佳肴，前来慰问你们。咱们军民要同饮同乐，不醉不休。"一句话说得那些齐军将士，早有几个落下思乡之泪来。

他们军民共饮，推杯换盏，互相敬酒，乱作一团。只见一名歌伎，边舞边弹，唱起了思乡之曲。百姓中，壮士行肉搏之斗，美女献望乡之酒。不一时，把齐军将士灌得东倒西歪、烂醉如泥。

就在这时，只见那些穿着乡下农民服饰的壮士，从酒坛和食盒内抽出若干菜刀和斧头，一起向齐军砍去。就连那些胆大的妇女和老人，甚至未成年的孩子，都抄起了杀人的家什。可怜这些齐军将士，死在了异国他乡的望乡台上、思亲梦中。

个别忌酒逃出来的士兵，骑上快马，飞速来报齐桓公和丞相管仲。

齐桓公闻听大怒，说："一定要起兵，剿杀这些谋害我齐国将士的逆贼们。"

管仲曰："穷兵黩武，只能占领别国的领土，但不能征服别国的人心、军心。以管夷吾之见，我们今后要改弦易辙，走以德服人的正道坦途。"

齐桓公说："如此残害我齐国将士，寡人怎能容忍，必须出兵灭之。"

管仲曰："这仇岂不是越结越深吗？"

齐桓公说："寡人能容忍鲁国的刀下之盟，却不能容忍残害我齐军将士的这些遂国之人。"

随后，齐桓公就把讨伐这些遂国之人的任务交给了大司马王子城父。

王子城父率领强大的齐军，越过鲁国，讨伐遂人。那被遂国三氏之首领秘密迎回来的遂侯，见此慌了手脚。他立即给王子城父写了一封信，说："我这个遂侯，甘愿永作齐国的奴仆，俯首帖耳听从齐桓公的调遣。前者，我躲避在卫国，不知道国内发生了残杀齐国将士的这些事。不知者不为罪，我既不知道，也没参与，实在是与我无关啊。"

王子城父回信曰："既然你遂侯不知此情，又愿意做我齐国的臣民。那你就立功赎罪，查出那些凶手，一概斩杀之。"

大兵压境，遂侯只好配合齐国军队，查出了那些凶手，将他们全部斩杀了。

评注：这就是有个别史书说，齐桓公一生中唯一的一次"屠城"。可是，作为仁义之君和天下霸主的齐桓公，对遂国进行的这一报复，怎么会是屠城呢？城内的黎民百姓是无罪的。齐桓公只能屠杀那些残害齐军的凶手，又怎么会去残杀遂国那些无辜的黎民百姓呢？这种带有偏激情绪的传说，与齐桓公的宽宏大度和爱民情怀是完全不相符的。况且，遂国已被齐国占领，遂国的臣民就是齐国的臣民，齐国怎么能对自己的臣民下手呢！

某日，鲍叔牙到相府来见管仲说："前者，我王不听你的劝告，先后出兵灭谭、亡遂、伐宋，又两次击鲁。这牺牲了大批将士的生命，损耗了大量的军备物资，得不偿失，还引得天怨人怒、民不聊生。天下的贤士们，欲来我国者驻足，已来我国者又欲出走，且国内无人愿意出仕。依我看来，目前形势很不好，我们大齐国危矣！学弟曾答应辅佐齐桓公称伯天下，我看这下要泡汤了。"

管仲曰："人无完人，金无足赤。对人、对君王，都要宽容其过，允许其接受教训，知错改错。我王是很聪明的，一旦接受了穷兵黩武的失败教训,就会幡然悔悟,就会同意我以商战代替兵战的想法,把以武力征服改为以德行来征服天下的诸侯国。"

鲍叔牙说:"恐怕等不到那一天,天下诸侯就会趁我齐国疲惫不堪之际而联合消灭我们。"

管仲笑曰:"学兄放心,天下各诸侯国的辅臣,还没有能超过我管夷吾和你鲍叔牙者。有您鲍叔牙和我管夷吾坐镇齐国,在乱中求治,别的诸侯国就没有敢来侵犯我们大齐的。"

鲍叔牙闻听,这才放下心来。他问管仲:"你刚才所说,我不明白什么叫以商战代替兵战和以德行征服天下呢?"

管仲对曰:"商战者,就是把商战当作兵战,不以兵车,而靠货物贸易之战来征服天下的诸侯国。德行者,就是要避开诸侯强国的锐气,不与他们争峰,而对于那些弱国,则要对他们施行'存亡继绝'的措施,救他们于水火。还要在大局上施行'尊王攘夷'的政策。"

鲍叔牙问:"什么叫'尊王'呢?"

管仲曰:"所谓尊王者,就是要打着尊重周天子的旗号,以此来号令天下诸侯。"

鲍叔牙问:"什么叫'攘夷'呢?"

管仲曰:"所谓攘夷者,就是要号令天下诸侯,共同抵御西狄、北戎、南蛮和淮夷等夷族对我中原各诸侯国的侵犯,保护中原经济文化的发展与传承,形成谁也离不开谁的命运共同体,救华夏黎民于水火之中。这也是以德行制服天下各诸侯国的最重要内容。"

鲍叔牙问:"不知学弟要施行怎样的商战?"

管仲曰:"至于以商战代替兵战,学兄拭目以待就是了。"

自从在柯地被曹沫和鲁庄公劫持,被迫签订了刀下之盟,齐桓公的征战没占到鲁国的便宜,白白搭上了许多将士的性命和大量军用物资。他越想越窝囊,悔不听当时管仲之言,觉得无颜面对现实,就躲在寝宫之内闭门思过。为了惩戒自己,他亲自充当圉手去马厩喂马,并辞去伺候他的人,亲自下厨做饭。

过了一段时间,管仲去见齐桓公说:"既然我王对过去的兵战已经

管鲍论政

觉悟,此乃千金难得也。能知错和罪己,就是明君。我劝我王,还是前去临朝听政吧。"

齐桓公见丞相亲自来请,也就只好上朝听政。他对群臣说:"悔不听仲父当时之言,寡人一味出师动武,却损兵折将,得不偿失。这致使国库空虚,民多饥寒,寡人之罪也。"

齐桓公又说:"虽说过去的征战罪在寡人,可那时实在是咽不下被征战之国让我生的那口气啊!"

管仲对曰:"我管夷吾不知,我王最恨的是哪些国家?"

齐桓公说:"最恨的首先是南邻鲁国,其次是那西北方的梁国。我对鲁国愤恨的原因,群臣都知道。可是无论寡人征宋还是伐鲁,那梁侯都出兵救援他们,专门和我作对!"

管仲曰:"既然如此,我管夷吾可不动用战车和一兵一卒,就能不战而屈人之兵,替我王制服鲁国和梁国。"

齐桓公问:"不动战车和一兵一卒,岂能制服这两个国家?"

管仲曰:"我管夷吾自有办法。只是需要我王予以配合。"

齐桓公问:"不知仲父需要让我配合什么?"

管仲曰:"这很简单,只请我王带头穿上鲁国和梁国盛产的那名为绨袍的粗绸大衣,就可以了。"

齐桓公说:"寡人穿鲁、梁盛产的绨袍,岂不是给仇人做宣传吗?"

管仲曰:"天机不可泄露,只求我王照办就是了。"

齐桓公无奈,只好穿上绨袍,招摇过市。群臣见此,无不效仿;黎民们见此,无不仿效。一时之间,那绨袍供不应求。

第六十三回　服鲁梁不以兵车　衡山谋订单游戏

话说齐桓公六年，即公元前 680 年，周僖王姬胡齐二年之后的某日，管仲让隰朋把商人甲和商人乙找了来，对他们说："我委托你们二人伙同更多的同行，前往鲁、梁二国，以高价收购他们生产的绨绸。回来后以平价出售，差价和利润由国家补偿给你们。如果你们运回一百匹绨绸，就奖励你们十两黄金；如果你们购回一千匹绨绸，就奖励你们百两黄金。"

两位商人听了丞相之言，回到临淄的商贸区后，将这等好事告诉了大家。于是，众多商人纷纷驾上自己的马车，分散去了鲁、梁二国。

鲁、梁二国的织绸人说："这真是喜从天降啊！本来卖不出去的粗拉绸子，却被这些突然来的傻帽们全部高价买走了，让我们这些从事绨绸业的人赚到了大把大把的青铜刀币。有了这样的好事，我们现在就要提前向蚕农们预定蚕丝，也好在明年织得更多，赚得更多。"

翌年初春，鲁、梁两国蚕种供不应求，价格昂贵。管仲又派隰朋到早已预定好的本国蚕农那里，购买了大量蚕种，给鲁、梁二国送去，无偿予以派送。

这样，整个鲁、梁二国的黎民百姓沸腾起来。他们纷纷养蚕、缫丝、织绸，全部弃农从茧、弃农从织、弃农从商，甚至连王亲国戚都纷纷加入了这一行业。

到了秋收之后，管仲又派隰朋带领商人甲和商人乙等商人，带上马车，分别去鲁国和梁国的周边国家，大批收购粮食。这些国家的农人们见齐国出的价格比本国要高，就纷纷把粮食卖给了齐国的商人。这些粮食被商人们运回来后，都放入了齐国的粮仓，被囤积起来。

那鲁、梁二国织绨成风，货集如山，却耽误了农时，土地多数无人耕种，秋后产粮寥寥无几。他们欲到周边国家买粮，可粮价已经暴涨，致使粒米似金。

这时，管仲让齐桓公和群臣全部把绨袍换成了齐国盛产的帛袍，让粮食已囤聚如山的齐国，封闭了与鲁、梁贸易关卡的粮食进出。

鲁、梁二国的黎民百姓卖不出绨绸，买不起粮食，吃不上饭，穿不上棉衣。天大冷后，纷纷冻饿而死，尸骨成堆。幸存之人为了活命，只好避开关卡，抄小路奔向丰衣足食的齐国。鲁、梁二国的黎民百姓，十之有六逃来了大齐。

鲁庄公和梁侯万般无奈，只好共同写信，派鲁国大臣藏文仲给齐桓公送去。藏文仲来到齐国王宫，先见到了管仲，就把信交给他。

管仲拆信，念给齐桓公听："下国鲁、梁二侯，深拜上国之君齐桓公。周天子委托您主持安定宋国的北杏会盟，我等未去参与，实属大错。贵国早已被周天子赐予了对五侯九伯的征伐大权，伐我鲁、遂二国自在权限和情理之中。可是在讨伐鲁国后，你们齐国信守曹沫那刀下之盟，尽归我鲁国失地。现今，天降灾祸于鲁、梁，食物短缺，粮贵如金，棉絮全无，饿殍遍野，冻尸如山。我两国黎民百姓逃难至大齐者十分有六，剩者仅存十之有四。长此下去，恐鲁国周公之后无人，梁国先祖之后无继。昔鲁国周公与齐国姜太公情同手足，齐心伐纣兴周；鲁、梁二国，又与大齐有世代姻亲之好。还望齐桓公不计小国之过，卖粮济命。鲁、梁二国愿从此归服大齐，俯首称臣。不尽事宜，由藏文仲面奏！"

读完信后，管仲问藏文仲曰："您文仲大人还有什么要说的吗？"

藏文仲回答道："国君娶亲嫁女，无非为结交天下诸侯；国家积蓄财宝，无非为了应对国民有难之时。我藏文仲特精选二国之瑰宝，皆金玉之上品，冒死前来贵国籴粮。还望上国给予恩赐，救鲁、梁之民于水火。"

齐桓公听完藏文仲之言，对管仲说："仲父身为丞相，就由您来定夺此事吧。"

管仲曰："我王岂能不愿与鲁、梁二国互相交好？只是周天子命北杏会盟，你们两国不理不睬，实属乱周公所定之周礼，依礼当伐。我王虽伐鲁，但尽还其失地；况那梁国，当伐未伐，乃是我王宽容。既然鲁、梁二国国君联名来函，愿归服于我大齐，听从我王调遣。我看就实现了我王尊王攘夷，代周天子号令天下，匡扶王室，维护周礼，伸张正义的目的。请文仲大人回去禀告这两国的国君，就说我大齐要的是正义，而不是财宝。"

齐桓公听完管仲之言，紧接着说："正如我大齐丞相所言，既然你们二国情愿归附，我国与你们这附属两国就是一家了。我大齐有义务帮助你们，并不稀罕什么金玉财宝。请文仲先生把运来的财宝全部带回去。寡人这就派人跟随先生，把粮、棉无偿送去，救济灾民。"

藏文仲闻之，感动得泪如泉涌。他匍匐于地，跪拜曰："不想齐桓公与管仲丞相如此慷慨大方，顾怜生灵。我藏文仲回去，要把齐国的大恩大德向鲁、梁二国国君禀报，让他们不忘归附之承诺。同时我也替鲁、梁二国残存的黎民百姓，跪拜齐桓公和管仲丞相的救命再生之恩。"

管仲闻藏文仲之言，急忙过来将其扶起，对手下人说："赶快准备酒宴，款待文仲大人。请隰朋去仓库，先监督装满五十辆马车的粮和棉。然后，将三十辆装满粮棉的马车送与鲁国，二十辆送与梁国。"

第二日上朝，管仲对齐桓公说："这就是管夷吾以经济手段制服鲁梁二国的天机所在。"

管仲又对鲍叔牙说："这就是我让您鲍大夫拭目以待的商战现实。"

满朝文武齐声高呼："丞相真是神算也！"

当时，齐国与鲁国中间有一个独立王国，名叫衡山国。齐桓公本想在征伐鲁、遂、谭等国时，顺手牵羊而灭之。但管仲反对这样做，他警告齐桓公曰："不要胃口太大，树敌太多，从而影响自己的形象和称伯天下的宏伟事业。"

齐桓公说："寡人以武力灭谭、灭遂，仲父用商战制服了鲁国。我齐国近邻，就只剩下这个衡山国了。我想兴兵伐之，扩大我齐国的地盘。"

管仲曰："我管夷吾不动一兵一卒，就降服了两个大国，何愁这个小小的衡山国呢？"

齐桓公问："仲父还是要行那商战吗？"

管仲曰:"这次是兵器之战,或说是订单之战。"

齐桓公说:"仲父历来反对兵战,怎么今天反而要行兵器之战了呢?"

管仲对曰:"还是天机不可泄露,我王等着看就是了。"

在前段时间,隰朋曾对管仲说:"听说衡山国的能工巧匠们,设计出了一种顶尖级的兵器,是一种非常先进的攻城机。它既可用来克坚攻城,杀伤敌人,又可有效地防止进攻将士们的伤亡。可是,因其构造精妙,制造耗时过多,价格昂贵,无人问津。"

某日,管仲把隰朋叫来,说:"请隰大夫带上足够的费用,去面见衡山国国君,给他们交上定金,预订几台攻城机。"

管仲又把四位外交大臣召来,说:"我已派隰朋前去衡山国,预订了几台攻城机,以备在作战时使用。请公子姜启方再次出使燕国、晋国和秦国;请公子姜举再次出使鲁国、卫国、莒国和曹国;请曹孙宿大夫再次出使郑国、许国、蔡国和楚国;请仲孙湫大夫再次出使宋国、徐国、陈国及吴越诸国。在面见他们的国君时,一定要在无意间透露出我齐国去衡山国订购攻城机,准备打仗的事。"众人领了丞相之命,分头去了各国。

隰朋奉了丞相之命,来到衡山国,见到了衡山侯,说:"听说贵国的攻城机很先进,我王齐桓公想预订几台。为了能让你们放心制造,派我带来巨款,先给你们交下定金。"

隰朋又说:"倘若其他诸侯国知道我大齐定购攻城机,必然也会纷纷效仿,前来订做。"

衡山侯一听,高兴地咧开了嘴,笑着说:"这真是喜从天降,财从地出。这样,我国的军工生产,就可以大力发展了。"

过了一段时间,四位外交大臣出使各国,先后回到了朝堂,都说:"我们出使的那些国家,听说我们从衡山国订购攻城机,都认为齐国这确实是在准备发动战争,为此进行军械储备。为了应对我们强齐有可能的侵犯,他们也都纷纷来衡山国订购攻城机,欲与我们齐国进行军备竞赛。"

隰朋曰:"这样,衡山国攻城机的订单就会纷至沓来。"

衡山国国君和群臣都乐昏了头脑，衡山侯说："现在我们要全民动员，都来进行军工生产。寡人和众爱卿们也要带头，倾资扩大规模，不可失去这发财的良机啊！"

于是，国王带头，臣民响应，倾全国之力，进一步兴起了这一行当。可谓轰轰烈烈，热火朝天。暴利所在，国民谁还去种那几亩薄地，栽那谷粮呢？

转眼到了秋后，管仲让隰朋叫来了商人甲和商人乙，曰："你们回去叫上同伙，跟随隰大夫去衡山国的周边地区，以超出当地粮价的价格，收购粮食。待运回我大齐后，国家会加价收购。"商人甲和商人乙领命而去。

一时间，衡山国周边的粮食被高价收购一空，而齐国的粮食却堆积如山。

这时，管仲又把四位外交大臣叫来，对他们说："我派遣你们再次前去上次到访的那些国家，要对他们的国君说，'你们是受齐桓公的委托，前来道歉的。我们当初不该订购攻城机，从而引起了大家的恐慌。我大齐为了表明和平共处的心意，决定放弃军械储备，停止军备竞赛。宁可舍弃支付的定金，也要坚决退掉这些武器装备。还望各国国君能积极响应我大齐的和平倡议，都不要再去购买这种军械，不搞那军备竞赛'。"

使臣们受命，又一次分头去见各国国君。他们打着齐桓公的旗号，去落实丞相的吩咐。各诸侯国见强大的齐国都放弃了这种军械的储备，也就不再去搞这种耗费大量钱财的军备竞赛了。

攻城机的订单纷纷落空。春天那点定金，不足以弥补成本。攻城机全部滞销积压卖不出去，而臣民们却没有了果腹的粮食。国内没产粮食，周边国家的粮食又是天价，粒米难求，他们无钱、无力购买粮食，衡山国上上下下、老老少少一片鬼哭狼嚎。黎民百姓咒骂衡山侯，埋怨他将他们引入了万丈深渊。他们饥寒交迫，死者甚众，于是就造了衡山侯的反。

衡山侯被逼无奈，只好像鲁、梁二国一样，去齐国哀求齐桓公，提出甘愿当大齐的附属国。管仲又让齐桓公发令,对衡山国的黎民百姓无偿赠粮赠棉。

管仲对齐桓公曰:"我王现在可见到了连商品也不用动,就白得一方土地的天机了吧?"齐桓公和群臣对丞相佩服得五体投地。

第六十四回　野鹿裘白服楚代　管仲罢宴为霸业

且说某日，齐桓公在朝堂对群臣说："眼下，周边国家基本被丞相设谋制服了。只是那些遥远的诸侯国还没有被制服。"

管仲出班问曰："我王认为，最遥远的是哪几个国家呢？"

齐桓公说："西南有楚国，西北有代国。"

管仲曰："让我管夷吾再想想办法吧。"

第二年开春，管仲让隰朋又去把商人甲和商人乙叫来，问道："你们知道楚国和代国有什么特产？"

商人甲说："楚国的山陵居多，那里盛产野鹿。为了繁殖更多野鹿，他们那里的野母鹿价格昂贵。"

商人乙说："代国产狐裘之皮。其中的裘白，价值胜金。"

管仲曰："我派你们，带着同伙，一部分去楚国收购母鹿，一部分去代国收购裘白。购价要高于当地价格。母鹿和裘白运回我国后，国家除高价收购外，还会奖励你们黄金、白银或青铜。"

于是，商人甲带了部分同伙，来到了楚国，把那里市场上的母鹿全部以高价收购。然后，又悬赏让楚国的百姓们进山去捕捉母鹿，其购价比市场上还要高。楚国的黎民百姓放弃了农业，纷纷进山去捉鹿。

事后，管仲下令把购来的母鹿全部放养到了齐国南部的群山之内。母鹿在这里生下了无数小鹿。很快，齐国山里的野鹿数量就超过了楚国，丰富和改善了本国的生态。

因为耽误了农业，当年秋后，楚国就闹了粮荒，其国民十之有四逃来了齐国。楚文王熊赀只好来函表示愿意臣服于齐国，请齐国给予救济。齐桓公就又放粮给楚国，用以救济灾民。

商人乙他们到了代国,把代国所有的裘白都高价收购了,又悬赏让代国百姓进山去套狐,并向他们承诺,得到裘白,寸皮寸金。于是,代国的黎民百姓也放弃了农业,倾巢进山去套狐。

裘白仅在部分野狐腋窝之下才有一点点,正所谓积腋为裘,非常珍贵。有的百姓叫苦说:"我们寻求裘白,竟然二十四个月而不得其一。"他们黄金没赚到,却耽误了农时,同样断了粮,闹起了饥荒。

这时,代国西边的西狄夷族乘虚而入,攻打代国。代国国君只好带上文武大臣,不远千里前来向齐桓公求救,表示愿臣服于齐国。管仲让齐桓公派出军队,去帮助代国守卫疆土,又紧急放粮,远送代国,予以救济。

残存的东莱和东南方的莒国,盛产木炭。齐国用木炭做饭、取暖、烧陶的用量很大。为了少砍树木烧炭,保护齐国生态,管仲又派人去这两地收购木炭。以同样的方法,使其百姓务炭忘粮,达到了收服两地之目的。

这时,管仲对齐桓公曰:"这可又算是天机了吧? 这叫,'来天下之财,致天下之民'。"

齐桓公连连点头说:"天机,天机,实在是天机! 不费一兵一卒,近服鲁、莒、残莱和衡山国,远服强楚和梁、代等国。仲父真乃是神仙降世也! "

齐桓公下朝回到寝宫,对如夫人长卫姬说:"仲父乃神仙再世,与我所主张的兵战相反,不用武力,以商战就制服了远近若干诸侯国。他那降服衡山国的智谋,甚至连商品都没有动用,全凭运筹帷幄。他的一张订单,就达到了目的。"

长卫姬曰:"作为仲父,不是外人。王君不妨请其来寝宫,像家人那样一起吃顿饭喝盅酒,以示我们对他的敬重和祝贺。臣妾也好当面聆听仲父的神通之道。"

齐桓公说:"这正合吾意。"

是日傍晚,齐桓公差人去请仲父。圣意难违,盛情难却,管仲只好前来齐桓公寝宫赴宴。席间,齐桓公端杯进酒,长卫姬执壶以酌,极尽恭维。眼看天色已晚，管仲起身告辞。

齐桓公说："寡人已安排好歌童舞姬，要与仲父听歌赏舞，欢饮通宵，还望莫辞。"

管仲曰："昔者，我国的齐太公督促周武王姬发伐纣。在路上，周武王的鞋带松了，他让臣子们给他系鞋带。可群臣说，'吾辈是陪我王来征战的，不是来给我王系鞋带的，系鞋带是你自己应办的事情'。今管夷吾乃我王臣下，我只知道早朝去朝堂侍奉王君，下朝后回丞相府处理国政。管夷吾是没有义务夜里陪王君饮乐的。为了不影响明天的政务，我还是早点回家休息的好。"齐桓公闻听不满。长卫姬意欲强留，可管仲执意要走。

齐桓公和长卫姬只好将仲父送到寝宫门口。管仲回头对齐桓公说："管夷吾闻之，'厚于味者薄于德，沉于乐者反于忧。壮而怠者失时，老而懈者无名'。我今天以拒绝夜宴的行为，来规劝我王不要忘记自己已经是快五十岁的人了。您要勉于勤奋，才能尽早实现称伯天下的宏伟目标。当君主的，千万不可以沉湎于酒色啊！"

齐桓公点头应诺，长卫姬连声称善。

回头再说那宋国的国君宋桓公殷御说，自恃宋国是公国，就长期不听周王室的调遣，又不尊重齐桓公的霸主地位。就在确定其君位的北杏会盟时，他竟敢不与各国的诸侯打招呼，就不辞而别。为此，周僖王忍无可忍，下旨派大臣单伯带着王室之军队，去卫国的鄄城，召集齐、陈、曹三国之君盟会。约定日期，让他们各带本国之师，协同王室的军队，共同伐宋。

在王命如山、声势显赫、大兵压境的情况下，宋桓公殷御说也觉得自己理亏气短，就准备了两份厚礼，一份送给了周僖王，另一份送给了齐桓公。

宋桓公殷御说派大臣带上重礼，去送给齐桓公。使者见到齐桓公说："要说诸侯国之间的关系，过去我们宋国和你们齐国堪称典范。我们既是盟国，又是与姬周异姓的兄弟之邦，还是有姻亲关系的友好之国。过去在齐国讨伐纪国时，我们宋国出兵相助。我们还曾约定两国联手，共同征伐那鲁国。"

齐桓公说："这些历史，寡人都知道。可宋缪公先是把宋国公主许配给我，成了我的妻子宋夫人。后来因我们夫妻闹了点小矛盾，他就把我的妻子转嫁给了蔡哀侯。这才引起了寡人那次对宋国的讨伐。"

宋国大臣曰："这件事，当时是我们宋缪公的错。可后来，宋桓公继了君位后，不是认为把宋夫人转嫁给蔡哀侯着实不妥，才把宋夫人的妹妹，即我们宋国的另一位年轻公主宋华子又嫁给了您齐桓公吗？"

齐桓公说："这些旧事已经过去了。可我始终难忘我那宋夫人。"

宋国大臣曰："他蔡哀侯姬献舞知道了宋夫人原来是您齐桓公的妻子，觉得内心对不住您。他不是进行了以少易老、以旧换新，把他的年轻女儿蔡夫人代替宋夫人，来嫁给了您吗？"

齐桓公说："正因为如此，我才和那蔡国平息了一段情债。"

宋国大臣曰："在我宋国发生内乱时，是您齐桓公奉了周僖王之命，在齐国的北杏主持会盟，确定了我王殷御说的君侯之位，他自是感激不尽的。"

齐桓公说："此次伐宋，不是我的主张，乃是周僖王的王命。肯定是宋桓公殷御说把周僖王给得罪透了。"

宋国大臣曰："正因为如此，我们宋桓公不便去见周僖王。这才派微臣前来求您齐桓公向周僖王讲个人情，请他饶恕我们。"

齐桓公说："那我就给你们讲讲情试试。"

齐桓公随即给周僖王写了一封信，交给宋国大臣说："我给你们写了一封求情信，就劳烦你自己去交给周僖王吧。"

宋国大臣拿了信，千恩万谢地去了。

周僖王接到了齐桓公的求情信，又受了宋国的贿赂，就顺水推舟曰："寡人今天就看在齐桓公的面子上，放了这个殷御说。他若日后再不把寡人放在眼里，定伐不饶。"

于是，周天子就命王室军队和齐国等三国之军停止了伐宋。

这次应周天子之命，到卫国的鄄城会盟后，有鲁、郑、梁、陈、蔡、卫、曹、邾八国加入了以齐桓公为首的联盟。齐桓公逐步成为中原各诸侯国的诸侯长,称伯天下,挟天子以令诸侯。

第二年是齐桓公七年。齐桓公又对管仲说:"仲父,去年周天子派周臣单伯召开了伐宋的卫国鄄城会盟。现在寡人想以诸侯长的身份,单独发号施令,召集宋桓公、郑厉公、陈宣公、卫惠公等诸侯,到鄄城再开一次盟会,看看寡人的号令是否灵验。"管仲表示赞同。

到了盟会日期,被通知的诸侯全部到会。管仲对齐桓公说:"我们过去无论是进行兵战还是商战,其目的都是为了称伯天下。只有不借用周天子的王命,就能够单独召集起众多诸侯前来会盟,这才能算是我王在天下诸侯中称伯(霸)的真正开始。"

第六十五回　富周室菁茅之谋　阴里谋石破天惊

话说在齐桓公十年，即公元前676年，周僖王姬胡齐因病去世，他的儿子姬阆继位，是为周惠王。自此，东周开始为周惠王元年。

某日，周惠王姬阆在王宫对群臣说："我父僖王，生前改变了我们大周文王、武王、成王及康王等圣君传下来的良好节俭风尚，肆意追求那衣饰的华丽、宫阙的高大，以致耗尽了大周国库的资财。这使寡人与众卿们后续无资。我那作为齐女的王后病逝，撇下了太子姬郑。我还要按父王生前所聘，耗资迎娶陈厉公妫佗之女为新王后，以便照顾太子。现在急需大量资金，可国库空虚，这便如何是好呢？"

只见辅臣召伯姬廖出班奏曰："过去，我大周一味地分封诸侯，所剩的王土已经不多，可后来又把周室所剩很少的这点土地也分封给了周都洛邑的五位大夫。现我王有难，一是不妨求助于那些经济富裕的诸侯国。二是让分了王室土地的那五位大夫，也都分别帮助我王。"

周惠王问："让那五位大夫怎样帮助寡人呢？"

召伯姬廖曰："那大夫蒍国的花园宽阔多景，不妨让他贡献给我王，作为我王和新王后之游玩场所；大夫边伯的宫殿离王宫很近，且规模超过了王宫，十分豪华，不妨让他献出来，供我王和惠后使用；让大夫子禽、祝诡与詹父各献出部分土地，供我王派人去收取地租。"

周惠王派人把这些要求告诉了那五位大夫，他们概不同意。

姬廖曰："普天之下皆是王土，四海之内皆为王臣。王命如同天命，断不可允许其违背！如其不遵王命，我王可动用兵戈夺取之。"周惠王准奏，遂派武将带人前去行施，结果却引来了五大夫的武力抗争。

周惠王无奈，又在朝堂对群臣说："今五大夫抗旨不遵。这可如何是好呢？"

姬廖出班对曰："既然在王室所属之地得不到救助，我王不妨派人去齐国，向那强大的齐国寻求资助。"

周惠王说："那就请爱卿亲自去一趟齐国吧。"

姬廖奉了周惠王之命，驾车来到了齐国。他见到齐桓公，将王命予以传达。齐桓公不知如何应对，就把管仲叫来商议。

管仲曰："我王不必为难。待管夷吾跟随召伯姬廖前去面见周惠王，不用我们捐资，他自己就会有办法了。"齐桓公闻言，立即准奏，让管仲随那姬廖去了周都。

管仲在周都见到了周惠王，曰："在鲁国边缘，周天子不是还有专门生产祭祀泰山用品的部分许田之地吗？"

周惠王说："管丞相提那祭祀之地，却是何意呢？"

管仲曰："我想建议王上，派人去那里进行种植。"

周惠王说："寡人因国库空虚，特派姬廖前去你们齐国募资。你管丞相不但不提资助的事，还要我去种那祭祀之地。这样的远水，岂能解了我的近渴呢？况且那种地，又能打多少粮食，换成多少钱呢？"

管仲曰："我让王上去种地，可不是去种植普通的庄稼，而是种那祭奠神灵时跪拜所垫用的菁茅。"

周惠王说："那几捆茅草的价值，不是还不如种庄稼所打粮食的价值高吗？"

管仲曰："这要看王上愿意赚钱，还是不愿意赚钱了。"

周惠王说："本王现在缺钱，怎么能不愿意赚钱呢？"

管仲曰："既然如此，微臣就教王上一个法子。"

周惠王问："却是何法呢？"

管仲曰："等王上派人去种的菁茅秋天成熟时，王上可传旨各国诸侯，就说您周天子要去泰山祭祀神灵，命天下诸侯都要随同前往。"

周惠王问："我现在缺钱，若去祭祀泰山，还要再行花费。管丞相这不是让我难上加难吗？"

管仲曰："您让天下的诸侯都来，那就有了钱了。"

周惠王说:"让他们带钱来帮助我,送到我的王宫就行了,还用得着送到那泰山去了吗?"

管仲曰:"若王上让诸侯直接带钱来,他们是不会来的。"

周惠王说:"管丞相既然知道他们不会带钱来,还要让寡人去花费那祭祀泰山用的钱,这不是给本王雪上加霜、伤口搓盐吗?"

管仲曰:"非也。到时王上要下旨,规定凡来追随王上祭祀泰山者,都要各抱菁茅一捆而来,以备跪拜神灵时使用。因许田是祭祀之地,所产乃祭祀之物。因此,他们必须购买许田的菁茅,以保持贡物的清洁和神圣。那时,王上尽可将许田的菁茅定为天价,金银财宝自然就会随之而来了。"

周惠王闻计大喜,遂派人前去许田种植菁茅。

到了秋后,周惠王又按管仲的计谋,以王命通知了各国诸侯,要求他们都必须随其祭祀泰山,并要求他们带上一捆许田产的菁茅,用来跪拜神灵。

各国诸侯接到了周惠王的旨意,认为这是新登基的周惠王第一次行使王命,不可不遵。他们也都想借此机会,结交一下这位大周的新天子,于是都表示愿遵王命。

前去各国颁旨的使臣先后回来后,在朝堂向周惠王禀报情况。周惠王问:"这么多诸侯国,就没有一个提出异议吗?"

有位使臣说:"有一位诸侯对去许田之地购买菁茅有看法,可他的大臣却说,'谁人能发神经病,提前去地里种那些茅草呢?农人们除草怕是还来不及呢。我们不去许田,又在哪里能买得到菁茅呢'?因此,他们不得不带上金钱,前去许田购买。"

周惠王闻听,立即派人骑上快马,飞奔许田,把菁茅定为了天价。事到如今,无论多么贵,诸侯也只好买了。

到了祭奠泰山之日,各国诸侯无一不到。他们都随在周惠王之后,人人抱了一捆菁茅,登上泰山之巅,祭奠天地神灵。路上,卫惠公姬朔悄悄对郑厉公姬突说:"周惠王让我们去许田买的这些菁茅,其价格比那些名贵药材,包括人参和灵芝之类都要贵。我看这是有高人为他出了点子,变着法子赚我们的钱。"

郑厉公姬突说:"这菁茅乃是祭奠神灵的圣物,你怎么能和那些世俗的药材去相比呢?现我们姬姓的周室国库空虚,周惠王姬阆就是想用这种办法赚点钱充实国库,也是可以理解的,就算我们给他纳了贡税吧。"

卫惠公姬朔道:"如果这么说,我心理就平衡了。我们作为大周同姓的君侯,不但不要戳穿周惠王的把戏,而且要为此向那些大周异姓的君侯们多打掩护。对他们就说,神圣之物乃无价之宝,并非人世间的一般交易可比。"

郑厉公姬突说:"我们两国的先君,不但与周室同姓,而且是周室的辅臣。我们和周王室本来就是一家,咱不能胳膊肘向外拐。如果周室出现变故,周惠王挣得这些钱财,说不定哪一天,就都会归我们这些大周同宗的姬姓君侯所有了。"

这菁茅之谋果然令金银财宝纷至沓来,极大地充实了周王室的国库。祭奠泰山回来,周惠王见此,喜得合不拢嘴,高兴地说:"有人替我计算了一下,管仲丞相这一计谋,使我大周国库之收入,超过了先前各诸侯国七年的贡税之和!"

于是,周惠王存着感激之心,派辅臣召伯姬廖专程前来齐国,感谢齐桓公和管仲丞相的恩德。

待召伯姬廖走后,齐桓公对管仲说:"仲父的菁茅之谋,让周王室获得了相当于七年贡税的收入。您这一计怎么讲呢?"

管仲曰:"这叫货币之谋。"

齐桓公说:"那仲父能不能用您的货币之谋,也为我们大齐的国库增加些钱财呢?"

管仲曰:"管夷吾让周王室在许田种植菁茅,充实了大周的国库。若是我王想要发财,连那种植之劳都不用,只要就地取材便可以了。"

齐桓公说:"天下竟有这等好事,仲父能有这等神通?"

管仲曰:"有一次,我路过我们齐国西陲的阴里之地,见那里盛产玉石。此地采集玉石和雕琢玉器的能工巧匠很多。玉石雕成玉器后,下脚料遍地都是。我王只需要派人去把那些废弃的碎玉运到阴里城中,然后封闭城门,召集全国的能工巧匠们,都到城里秘密雕琢祭祀用的石璧就可以了。"

齐桓公说:"这些破石头,就能换来钱财吗?"

管仲曰:"石璧雕成后,我王只需再派我管夷吾去一趟周王室,便可实现我王充实国库的目的。"

齐桓公闻听,十分高兴,当时应诺。他随即派大司行隰朋,前去阴里具体组织实施雕琢玉璧之事。

大量祭祀用的玉璧雕成后,管仲事先查清了周王室祭祀大周祖庙的日期。他请示齐桓公同意,提前一段时间,来到了周都洛邑,进王宫觐见周惠王。周惠王见管仲来见,念其菁茅之谋有功,就隆重欢迎、盛情款待并安排了宴席。

宴席之间,管仲对周惠王曰:"我管夷吾知道,现在快到周王室祭祀姬姓列祖列宗的时候了。为了表达王上不忘先祖的高尚情操,提高王上的威望,您可下旨给各国诸侯,让他们届时都赶来参加周天子的祭祖大典。"

周惠王说:"管丞相真乃我大周的恩人,您想得比我这大周天子还周到呢。"

管仲曰:"在那过去,各国诸侯若前来参加大周的祭祖盛典,依照周礼都是要佩戴祭祀所用之玉璧的。现在此礼已失传久矣!王上可在下旨时说明,只有佩戴了玉璧的诸侯,才可参加大典。"

周惠王说:"管爱卿真乃圣人再世。上天这是把您降下来,帮助我大周恢复周礼啊。"

管仲曰:"天下大事,莫过于让天下诸侯都克服自己的随意性,从而恢复到遵守周礼的理性上。"

周惠王说:"眼下,有人提出就是让各国诸侯都要克己复礼嘛。"

管仲曰:"'克己复礼',这个提法很好,不但适宜于各国诸侯,而且适合于我们每一个人。人之一生,就是要不断克己复礼的。"

周惠王说:"这次如果依照周礼,让天下诸侯都佩带玉璧前来参加祭奠,可他们已经没有时间去雕琢新玉了啊。这不是强其所难吗?要不,让他们找一找过去的旧璧,带过来吧。"

管仲曰:"普通农家的婚丧嫁娶,都不允许用旧东西,而是必须用新的。何况,这是堂堂大周王朝对其祖宗的祭祀呢?若用旧玉璧,岂不被那天下人耻笑吗?"

周惠王问:"这可如何是好呢?"

管仲曰:"这件事,微臣倒是早已提前为王上准备妥当了。我已劝齐桓公派人在我齐国西陲的阴里,精雕了大批玉璧,名叫'石破天惊璧'。大王在下旨时,可点明让天下诸侯都前往齐国的阴里城中去购买。"

周惠王深信管仲,就按管仲的奏请办了。这时,管仲辞别周惠王,回齐国。他没有直接回临淄,而是半路上先来到了齐国西陲的阴里城。

这时,隰朋正在此处监督和管理雕璧事宜。他见丞相从洛邑回来,就疾步向前迎接。二人相遇,隰朋问:"丞相此去,可得心应手吗?"

管仲曰:"岂有不得心应手的道理呢?"

隰朋说:"丞相一开始就有那十分的胜算吗?"

管仲曰:"古书中说,'凡事预则立,不预则废'。无论做任何事情,只要有了那事先的充分预见,据此进行周密的部署,就会稳操胜券。否则,就会失败。"

隰朋说:"您怎么能预见到周惠王会听您的摆布呢?"

管仲曰:"上次菁茅之谋,我帮了周惠王的大忙。他难道还能不对我言听计从吗?"

隰朋说:"你上次是帮他周惠王的忙,他当然会言听计从。可这次你是让周惠王帮我们的忙,他又怎么会言听计从呢?"

管仲曰:"古书中说,'将予取之,必先予之'。我不言齐国的利益,而是从他姬周的利益出发。我先给他送去了提高荣誉和威信的方法,他这才在客观上帮了我们的大忙。"

隰朋说:"此话怎样讲呢?"

管仲曰:"我让他恢复周礼,按周礼的规定让各国诸侯佩带新玉璧,前来参加姬周对祖宗的祭祀,这不是给他的脸上贴金吗?"

隰朋说："那诸侯为什么会来我们阴里城购买新玉璧呢？"

管仲曰："按周礼规定，各国诸侯都需要佩带新玉璧前去参加姬周祭奠祖宗的活动，可此规定已废弛久矣。各国诸侯多年不参加大周的祭祀，没有人会提前去雕琢这些作为祭祀用品的玉璧。"

隰朋说："人家没有新璧，还没有旧璧吗？"

管仲曰："周惠王也是这样想的。可我用普通人家的婚丧嫁娶，都不能用旧东西，而必须用新的来开导他。他作为大周天子，怕被天下人耻笑，怎么会允许天下诸侯都带那旧璧而来呢？"

隰朋说："丞相把天下的诸侯都挤上了一条道，那就是必须到我们齐国的阴里来购买新玉璧。"

管仲曰："我有了上述预见，让事情按部就班地照预见去落实。我早已料定天下的诸侯，必会来我们阴里购买新玉璧的。"

隰朋说："后世之人必然会把丞相视为理财、生财的先哲和高手啊。"

管仲曰："无论是我这当丞相的，还是普通人，都要学会和运用好理财、生财的门道。"

隰朋说："君子爱财，但要生财有道。"

管仲曰："不会正道生财，赚不到钱，人可怎么活啊。"

隰朋说："虽然有人说钱不是万能的，但是没有钱，也是万万不能的。"

管仲曰："钱能解决人们的衣食住行，但是解决不了人与人之间的真情。"

隰朋问："丞相说的是夫妻之间的真情吗？"

管仲曰："星星月亮都是星，爱情友情都是情。我说人与人之间的真情，既有夫妻之情、儿女之情，也有亲朋好友之间的真情。"

隰朋说："丞相的这一教诲，使我隰朋受益匪浅。"

管仲曰："这是放之四海而皆准的真理嘛。"

隰朋问："不知丞相想把我们提前雕下的这些新玉璧，定为什么样的价格？"

管仲曰："玉璧之价格,按其重量,定为和黄金同价。"

隰朋说："石头的价格,怎么能和黄金同价呢？"

管仲曰："这叫物以稀为贵嘛。谁让他们都不去提前雕琢那祭祀用的新玉璧呢？"

二人商量完毕后,很快就见到了那天下各诸侯国的使臣。他们都带着购货马车,载着金银财宝和钱物,纷纷前来购玉。他们不得不以石璧重量与黄金重量等价的价格,把阴里城中那些大小不等的祭祀所用新玉璧,全部给购买一空了。

事后,隰朋回来对齐桓公说："丞相的这一计策,真乃石破天惊。一堆破烂石头,就惊动了天下,换来了无数的钱财。"

齐桓公问："换来了多少钱财呢？"

隰朋说："我派人统计了一下。这些钱财的数量,足以让我们大齐的费用开支八年不用犯愁了。"

齐桓公说："丞相此计虽好, 但也是多亏了周惠王用王命帮了我们的忙。我们要知恩图报,就拿出所赚之钱的十分之一,去送给周惠王,表示我们的谢意吧。"

隰朋对曰："这样也便于我们和周惠王进一步搞好关系嘛。"

第六十六回　王命封伯诸侯长　田完奔齐留后患

　　且说过了数年光景,周惠王姬阆御笔亲书一封信,派召伯姬廖来齐国送给齐桓公。

　　齐桓公读信给管仲听,只听信中说:"昔我姬周之祖周武王,娶姜太公之女邑姜为王后,生了周成王和晋侯,被人们称为圣母。我乃周成王后人,是姜齐的外甥之后辈。齐国乃我大周舅氏之国也。寡人当年娶齐女为王后,生太子姬郑,齐国更是姬郑之舅氏。舅氏知道,寡人祖父周庄王,宠幸王后的陪妾姚氏,生了我叔父姬子颓。母以子贵,子以母荣。姬子颓曾受庄王宠爱,早就觊觎我父周僖王之王位。在我父病逝后,按照周礼父逝子继的规定,由我继任了天子。当时国库空虚,幸亏舅氏的丞相管仲出谋划策,才使大周国库充盈。此前,我曾夺蒍国氏之圃,边伯氏之宫,子禽、祝跪与詹父氏之田。这五大夫就串通卫国、燕国,共同造了我的反,立那姬子颓为君。这逼得寡人只好逃到了郑国的陪都栎邑。其后之事,就由姬廖当面告知舅氏吧。"

　　齐桓公读完信,问召伯姬廖说:"不知您这王室辅臣还有什么要告诉我的?"

　　姬廖曰:"姬子颓篡权后,设宴款待同反的五大夫和卫懿公姬赤、燕国之侯。他们竟敢违背周礼,同时演奏大周六代相传下来的各种乐曲和哀调。"

　　齐桓公说:"这简直是小人一时得逞,就乐昏了头脑啊。"

　　姬廖曰:"郑国的郑厉公姬突听说后,就去邻国面见西虢国之君,对他说'周礼规定,欢乐之曲和悲哀之调是不能同时演奏的。姬子颓违背了周礼,却日夜不知疲倦地在洛邑作死。周惠王现躲在我们郑国的栎邑,大多数诸侯都还拥护他。这对姬子颓来说,是多么大的忧患和危机啊。可他全然没有忧患意识,把高兴和悲哀混为了一谈。"

齐桓公说:"人欢乐至极,就难免生悲。俗话说,'人欢无好事,狗欢一锅汤嘛'。"

姬廖曰:"郑厉公还对西虢国国君说,'按周礼规定,司寇行刑杀人,国君还要减膳撤乐呢。他姬子颓篡夺了王位,真是乐昏了头脑,反把忧愁当成了欢乐。我看他是要乐极生悲了。咱们两国何不趁此机会,出兵送周惠王回国复辟王位呢'?"

齐桓公问:"他们实际这样做了吗?"

姬廖曰:"郑厉公和西虢国国君遂秘密商定,共同出兵跟随周惠王去攻打周都洛邑王城。他们趁姬子颓没有防备,从进出牲畜的便门攻入,夺取了城池。随后,他们杀死了姬子颓和那五位大夫,恢复了我王的王位。我王特意派我来告知舅氏,请您能继续支持和帮助他。"

齐桓公慷慨应命,让姬廖回去后告诉周惠王,让其尽管放心。

姬廖又曰:"郑厉公跟随我王打进了周都洛邑,可他乘人之危,趁火打劫,把大周的国库洗劫一空。当年管仲丞相为大周设计赚的钱财,都成了这小子的了。"

齐桓公说:"这真是一个贪财的强盗。"

姬廖曰:"郑厉公把洗劫到的金银财宝全部运回了郑国。但是祸兮福所倚,福兮祸所伏。他因财而招祸,暴死在了寝宫。"

齐桓公问:"他是怎样暴死的呢?"

姬廖曰:"人们传说,'郑厉公劫持的这些宝物,变成了短尾之狐,含沙以射厉公。射人不中,于是就含沙射其影。最终,短尾狐们聚沙成塔,把郑厉公姬突活埋,将其憋死了'。"

又过了数年,周惠王再次派遣大周辅臣召伯姬廖来齐国宣布他的王命。

姬廖来到齐国,对齐桓公宣布曰:"特宣我王旨令,让你齐桓公召集宋、鲁、郑、陈等国之君,都到宋国的幽邑进行会盟。在会上,我要向各国诸侯宣布,周惠王审时度势、开天辟地,首次任命齐国作为诸侯国之长,称伯天下,替周天子行使维护周礼的义务,讨伐那些敢于反叛大周者。"

评注:这样,就从中央政权层面确定了齐国在华夏各诸侯国中的霸主地位。

周惠王始终记恨那卫国助王子颓谋反之仇,就欲寻机报复之。时隔一年,他又派姬廖来齐国,命令齐桓公出兵讨伐卫国。齐桓公接到了周惠王的旨令,即欲起兵讨伐卫国。

管仲曰:"如果我王单独出兵伐卫,既碍于两位卫姬的爱国情面,又不利于号令天下诸侯。不如以王命邀那姬姓的鲁国,和我们同到卫国的城濮会盟,商议联合伐卫之事。"

鲁庄公姬同接到通知,不敢违背天子周惠王和霸主齐桓公的命令,就按时参加了会盟。

第二年开春,齐桓公打着周惠王的名义,联合鲁庄公姬同,共同出兵讨伐卫国。一国难敌两国之兵,卫国很快就被战败了。

此时,卫惠公姬朔已经病死,其子姬赤继位,是为卫懿公。卫懿公被迫无奈,只好派自己的太子姬开方,装了五马车金银宝物,私下去齐国拜见两位卫姬,让她们看在卫国黎民百姓的份上,劝说齐桓公撤兵。他表示卫国愿从此臣服于齐国。卫国太子姬开方,还自愿留在了齐国侍奉齐桓公,不再回自己的祖国。

齐桓公受了劝说,就派人前去奏明周惠王说:"卫国已经受到了应有的惩罚,卫懿公姬赤愿代替死去的父亲卫惠公姬朔向我王认错,表示要继续为王室交纳贡税。我等联军是否能撤兵呢?"

周惠王姬阆当即准许。于是,齐鲁两国联军就撤回了本国。

话说数年之后,那陈国也出现了内乱。陈国乃虞舜之后,姓妫。陈国太子妫完突然奔来齐国。他在朝堂面见齐桓公说:"我祖陈文公妫圉去世后,其长子妫鲍继位,是为陈桓公。陈桓公去世后,他的叔弟,即我父亲妫佗借用其母娘家蔡国之力,杀死陈桓公的太子妫免,自立为君王,是为陈厉公。厉公娶蔡国之女为王后,生下我妫完,被立为太子。"

齐桓公说:"既然你是太子,那就应在陈国等待继承王位啊。"

陈国太子妫完对曰:"我父王因淫乱蔡女,得罪了蔡国。前太子妫免

五霸之首齐桓公

的三位同母弟弟就串通蔡国,用美女把我父引诱到蔡国境内而杀之,夺了其王位。这样,我妫完就无法继承王位,只能作为陈国的大夫了。"

齐桓公说:"即便是在陈国为大夫,也不该跑到我们齐国来啊?"

妫完曰:"那作为大齐之女的周惠王夫人病逝后,因我妹妹相貌出众,被周僖王生前聘为周惠王的继夫人,去照顾你们齐女遗下的王太子姬郑。这样,我妹妹也就成了你们大齐的'替头'女儿。这也是我遇到难处,奔来你们齐国的主要原因。"

齐桓公问:"那你是想让本侯起兵帮助你夺回君位吗?"

妫完曰:"非也。后来,妫免的三位弟弟相继继位。前两位短命,老三公子妫杵曰立,是为陈宣公。宣公宠幸夫人的陪妾,生子妫款。他对妫款甚是宠爱,为了将来让其继位,甚至不惜杀死了夫人所生的太子妫御寇。御寇与我这个堂叔志趣相投,关系甚密。御寇被杀,我怕受牵连,因此才逃来了齐国。"

齐桓公听其叙述身世,简明准确,又见他谈吐不凡,就非常重视。他屏退众臣,与管仲同妫完交谈了一天。齐桓公想任其为卿,辅助自己的政务。

妫完说:"逃难之人,不敢有厚望。我对齐国未立尺寸之功,受封为卿,恐国人不服,对君王和我都不利。"

齐桓公问:"你有什么特长吗?"

妫完曰:"我祖上曾在周室为'工正'。我在陈国为大夫时,也曾管理过工匠。"

齐桓公说:"那就任命你为齐国的工正吧。"

齐桓公回头对管仲说:"分一块田地给陈国妫完,作为其收租养家的食邑。"

妫完跪拜齐桓公,曰:"既然封我以田地,就请齐侯赐我为田姓吧,以不同于在陈国之时。"

齐桓公准奏,遂赐其田姓,妫完就变成了田完。

齐国命卿国懿仲见田完精明强干,一表人才,就欲把自己的女儿嫁给他。为了慎重起见,国懿仲找来周易大师进行算命,以测吉凶。

大师来时，已是黄昏，看字不清。于是，国懿仲之女高举蜡烛，以便高灯下明。大师见有借机发挥的话题，就说："田完乃虞舜之后，娶我命卿之女。女举烛，光芒四射，射在姜齐。田完事业不在当前，而在长远。田氏在齐国，将会五世其昌，并于正卿；八世以后，言之惊人。虞舜妫氏之光照于大齐，享国不在陈，而在齐国也！其后，姜齐必被田齐所代替。您国命卿将爱女嫁给田完，真乃高瞻远瞩，芳留万世之盛举也。"

评注：后来的事实，正应了那算命先生的谶言，田氏果然逐步取代了姜姓，齐国从姜齐进入了田齐时代。后人谥田完为敬仲，人称田敬仲。现齐都临淄，仍有敬仲镇。有人说敬仲是管仲的谥号，这是错误的。

第六十七回　姬捷求救说郑事　黄泉见母父女亲

　　话说齐桓公二十年，即公元前 666 年，周惠王十一年，楚国的丞相子元欲率军侵犯郑国。他向楚成王熊恽夸下了海口，说是消灭郑国易如反掌。

　　郑国的探子知道了这一消息，火速回国禀报给郑文公姬捷。郑文公听完探子的禀报后，大吃一惊。他感觉郑国早已不是那楚国的对手，就立即派使臣飞速赶往作为诸侯长的齐国，向齐桓公求救。

　　齐桓公得到郑国的救援请求，就在朝堂对管仲说："当年，郑国的封国始君郑桓公姬友，乃周厉王的少子，周宣王的庶弟。在周幽王时，正在王室辅政的郑桓公姬友，随同周幽王一并被犬戎所杀。郑桓公的太子姬掘突闻讯，从郑国都城急奔丰镐，要为父报仇，不想却中了犬戎在丰镐城外的埋伏。姬掘突只好逃入了申国之侯的军中。申侯见姬掘突气宇轩昂，武艺高强，且一表人才，就提出要把自己的女儿武姜许配给他。"

　　管仲曰："申侯提出嫁女给姬掘突，姬掘突见那申女端庄美貌，又是周幽王申女王后的侄女，就一口答应，把武姜娶回了郑国。"

　　齐桓公说："周幽王姬宫湦和郑桓公姬友被犬戎所杀，镐京被毁，周平王姬宜臼东迁，都是那申侯惹的祸。按说，申侯应该是郑武公姬掘突的仇人。却不想他们仇家变亲家，成就了婚姻之好。"

　　管仲曰："看来用美貌的女人，可以化解仇人之间的怨恨。"

　　齐桓公说："当时，姬掘突保护周平王东迁有功，平王就把郑国的侯爵之位晋升为公爵，让这个姬掘突成了郑国的郑武公。"

　　管仲曰："周平王姬宜臼仍然留郑武公在周室辅政。郑武公姬掘突就利用其手中的权力，侵占了郑国相邻的邻国等诸多小国，扩大了郑国的疆域,壮大了自己的力量。郑国曾在华夏称强一时,想不到现在却落到了这般地步。"

齐桓公说:"这正所谓此一时也,彼一时也。这郑国是今非昔比了。"

管仲曰:"郑武公那作为申国之女的夫人武姜,生长子时难产,差点要了她的命,就厌恶他,给此子取名叫'寤生';武姜生次子姬叔段时,是顺产,夫人就喜爱他。武姜欲立姬叔段为太子,郑武公不允许。郑武公死后,姬寤生继位,是为郑庄公。"

齐桓公说:"郑庄公姬寤生,是最早与我齐国联盟的诸侯。人们不知道姬寤生之母武姜乃姜姓的申国之女,还以为是我们姜姓的齐国之女呢。"

管仲曰:"天下姜姓的诸侯国不少,他们的女人名后也都带姜字。名后带姜字,表明其姓,名前才是其名。因此,叫武姜未必就是齐国之女。"

齐桓公说:"我听人说,晋公子姬叔段不是与卫国的那公子姬州吁相勾结,欲互相帮助弑杀自己的王兄而自代吗?"

管仲曰:"因郑国辅臣祭仲对此事早已看破,预先进行了准备,姬叔段就没有得逞。"

齐桓公说:"姬叔段没有得逞,反倒是让那卫国的姬州吁得逞了。"

管仲曰:"当初,郑庄公姬寤生欲封姬叔段于郑国号称'西京'的最大城市陪都栎邑。辅臣祭仲提醒郑庄公道,'头重脚轻,尾大不掉。不能让姬叔段的实力超过了国都,否则后果不堪设想'。"

齐桓公说:"郑庄公曾称雄一世,一时自称小霸天下。他在这件事情上,是不应该糊涂的。"

管仲曰:"可当时郑庄公说,'这是我母亲的意思,母命难违啊'。祭仲无奈,只好任凭那姬叔段去占了栎邑。可祭仲作为郑国的辅臣,悄悄整饬军队,以防姬叔段作乱。"

齐桓公说:"后来不是出事了吗?"

管仲曰:"果如祭仲所言,姬叔段在母亲武姜的支持下,里应外合,兴兵欲夺郑庄公的君侯之位。因祭仲早有准备,就一举击败了姬叔段。为此,郑庄公发誓说,'不到黄泉,不再见这样偏心的母亲'!遂把母亲武姜逐出了王宫,让其别居在郑国的颖城。"

齐桓公说:"毕竟是自己的生身之母,就是母亲有点偏心,也不该把她老人家发配到那颖城啊。"

管仲曰:"颖城有位贤士,名叫颖考叔。他去郑国王宫觐见郑庄公。郑庄公与之共饮,让人取来了烧好的羊腿用以佐酒。这时,却见颖考叔用食刀割下了羊腿最好的一块肉,抽出一块垫羊腿用的荷叶包装好,轻轻揣入了自己怀中。郑庄公问,'您此乃何意啊'?颖考叔对曰,'家有老母,不敢自用,带回去孝敬我的母亲'。"

齐桓公说:"这肯定是颖考叔故意用此来规劝郑庄公。"

管仲曰:"郑庄公闻此,不禁潸然泪下。他哽噎着说,'寡人也是父母所生,我也是想念自己母亲的。但寡人的誓言已出,郑国上下无人不知。君无戏言,我难以违背啊'。颖考叔说,'掘地洞于黄泉,入之见母。既不违背我王的誓言,又见到了您的母亲,这不是两全其美吗'?郑庄公闻听大喜,立即照办。他们母子在洞内相见,互相抱头痛哭。郑庄公遂迎自己的母亲武姜回到了王宫。"

齐桓公说:"这个'黄泉见母'的故事,将会是一段流传千古的孝老佳话。"

管仲曰:"当年,这个郑庄公姬寤生骄横恣睢,目中无人,称雄霸道,不可一世。他竟敢与周王室'周郑交质',即郑国用太子姬忽与周天子的王子姬狐互相交换,以达到他控制周王室的目的。郑庄公还率军侵占周室的土地,趁周平王驾崩治丧之际,抢割王田的夏季粮食小麦和秋季粮食菽谷。他还违背周礼,想与鲁国交易周天子祭祀泰山用的许田之地。"

齐桓公说:"当时,郑庄公的胆子实在太大了。他根本就没把周天子放在眼里。"

管仲曰:"这就叫实力的较量。郑国不断侵占周边邻国,国土渐阔,国力渐强。它的实力超过了周王室,怎么还会把周王室放在眼里呢?"

齐桓公说:"这说明,自己的经济实力不行,即使是周天子也不会受人尊重。更说明了我们作为一个诸侯国,发展经济,壮大自己实力的重要性。"

管仲曰:"后来,周平王之孙周桓王姬林继了王位,他对郑庄公的行为大为恼火,就号令天下诸侯,动用陈、蔡、虢、卫多国之兵联合伐郑。在混战中,郑庄公竟让人射伤了周桓王的肩膀。"

齐桓公说:"听说郑庄公当晚就派辅臣祭仲去慰问周桓王的伤情,也算还有点尊王的良知吧。"

管仲曰:"当年,郑庄公为了能称霸天下,就联合我们大齐,壮大自己的力量,与我们多次会盟。在我国遭犬戎进犯,兵临城下时,他派其太子姬忽率军前来抗击犬戎,救下了我们齐国。郑国对我们是有恩的。"

齐桓公说:"我们齐国的祖训和传统,都是要求知恩图报的。"

管仲曰:"因此,在郑国有难的时候,我们不能袖手旁观,而是要出手相助。"

齐桓公说:"堂堂一个不可一世的郑国,竟衰弱到自己抵抗不住一个楚国,还要向我们大齐来求救。"

管仲曰:"郑国衰弱,不是外部原因,而是他们内部动乱的原因。"

齐桓公说:"我们大齐的祖宗,也有这方面的教训。"

管仲曰:"在郑庄公死后,其太子姬忽继位,是为郑昭公。郑昭公姬忽的二弟姬突,乃是宋国之女所生。宋国人就设计把郑国的权臣祭仲骗去,将其关押,要求他更立姬突为国君,否则就将其斩杀。面临死亡的威胁,祭仲无奈,只好答应了宋国。郑昭公姬忽知道了这件事,怕被弑杀,就逃到了卫国去暂避一时。祭仲把姬突立为国君,是为郑厉公。"

齐桓公说:"郑厉公是我父王当年伐纪时的背盟仇人。他虽然曾救了周惠王,但却因劫持大周国库的财宝而死于贪心。"

管仲曰:"虽然祭仲更立了郑厉公姬突为君,但后来郑厉公恨祭仲专权,就暗中指使大将雍纠寻机袭杀他。雍纠之妻乃祭仲之女,夫妻夜里共欢时,雍纠面带忧色,眼中噙泪。他的妻子追问缘由,雍纠只好告诉她以实情。"

齐桓公说:"这些细节,寡人至今未闻。难道祭仲之女能允许自己的丈夫杀死自己的亲生父亲吗?"

管仲曰:"祭仲之女没等到天亮,就火速赶回了娘家。她问自己的母亲，'父与夫孰亲'？她的母亲回答说，'天下男人是无数的，他们人人都可以做我们女人的丈夫，而人的生父却唯有一个。当年，褒姒为了报生父左儒被冤杀之仇，不惜毁了她丈夫周幽王姬宫湦的性命和西周的大好河山，就是一个明证'。"

齐桓公问："祭仲之女听了她母亲的话，是怎样对待此事的呢？"

管仲曰："祭仲的女儿立即跪拜母亲，向其吐露了实情。她的母亲立即告诉了祭仲。祭仲闻听大怒，抄起一把宝剑，快步来到女儿家，要斩杀雍纠，可他一时扑了个空。此时，雍纠正在去郑国王宫参加早朝的路上。祭仲追了上去，在闹市赶上了雍纠。他二话没说，当街一剑就将雍纠刺死了，并恨得将其尸体剁成了肉酱。"

齐桓公说："这个'父与夫孰亲''人尽可夫'的故事，也是对人很有教益的。"

管仲曰："生身父亲比丈夫更亲，乃是千古真理。"

齐桓公问："祭仲杀死了自己的女婿雍纠，他难道能不找幕后指使雍纠去杀他的郑厉公姬突算账吗？"

管仲曰："同时去赶早朝的一位郑国大臣见此，火速去王宫将此事告诉了郑厉公。郑厉公闻听，顾不得其他，就迅速出宫逃命去了。"

齐桓公问："郑厉公跑到哪里去了呢？"

管仲曰："郑厉公吓得躲到了郑国的陪都栎邑。事后，郑厉公恨恨地说，'把人命关天的机密大事，透露给自己的老婆。雍纠真是自取灭亡，活得不耐烦了'。儿女都是父母身上的肉，血缘关系是永远不可改变的。至于夫妻之间，再恩爱也不过是异姓相逢之人，除子女外，二人之间并没有什么血缘关系。"

第六十八回　郑厉公心狠手辣　空城计管仲救郑

却说齐桓公在议论中，听说郑厉公派雍纠杀其岳父祭仲的阴谋失败后，逃出了郑国国都，就在朝堂说："他郑厉公姬突吓得跑了，可国不可一日无君啊。"

管仲对曰："祭仲又去卫国，迎回了躲在那里的郑昭公姬忽，让他复辟了君位。"

齐桓公说："姬忽是我们齐国的救命恩人。他当国君，我们是欢迎的。"

管仲曰："可好人未必就有好报啊。"

齐桓公问："这话怎么讲呢？"

管仲曰："当年，郑昭公姬忽曾阻止父王郑庄公重用臣子高渠弥。高渠弥为此怀恨在心，他在随郑昭公外出打猎时，就暗中发冷箭将其射死了。"

齐桓公说："因私怨而弑君，是不会得到好报的。高渠弥被齐襄公姜诸儿在卫国的首止，施行了五马分尸酷刑。这在客观上也可以说是上天降怒，让高渠弥罪有应得。"

管仲曰："郑昭公被弑后，祭仲只好立郑庄公第三子姬亹为君。在卫国首止会盟时，姬亹和随同的高渠弥被襄公姜诸儿所杀。祭仲只好又立姬亹的弟弟姬婴为君，号为郑子。"

齐桓公问："郑子没有谥号吗？"

管仲曰："郑子执政十多年后，祭仲去世。郑厉公姬实见时机已到，就在其躲避的栎邑，派人去请新任辅政大臣甫瑕，说请他来商量与郑子合作的事。甫瑕信以为真，就来到了栎邑，当即就被关押了起来。甫瑕怕死,明白了郑厉公的意图,就趁郑厉公探监时,对其说,'你把我放了,我替你去完成心愿'。"

齐桓公问:"那后来呢?"

管仲曰:"甫瑕被放回后,果然杀死了郑子姬婴以及郑子的两位公子,然后去接郑厉公回来恢复了君位。这时,郑厉公质问作为郑子辅政大臣的伯父说,'你为什么辅佐郑子,而不设法把我接回来为君呢'?其伯父道,'对辅佐的君王没有二心,是我的职责。欲加之罪,何患无辞呢'。于是,郑厉公的伯父就拔剑自杀了。"

齐桓公问:"那郑厉公重用甫瑕了吗?"

管仲曰:"当时郑厉公说,'我大伯仕君无二心,而你甫瑕却是典型的二心之臣'。于是,郑厉公欲杀甫瑕。甫瑕说,'旧的不去,新的不来。没有对郑子的二心,怎么会将他杀死,又杀死了他的两个儿子呢,又怎么能迎您回来为君呢'?郑厉公不听,遂杀之。甫瑕死前说,'救人升米,能为恩人;救人斗米,则为仇人。这就是所谓施小恩而获报,施大恩而遭杀啊'!"

齐桓公说:"郑厉公杀亲人、灭恩人,真够损的。"

管仲曰:"郑厉公拯救过周惠王,但其贪得无厌,暴死于脏物。因其本性厉害,做事绝情,死后就被谥为厉公。他当年篡位于郑子,就没给郑子个谥号。郑厉公死后,其子姬捷继位,就是现在的郑文公。"

齐桓公说:"眼下郑文公姬捷派来人求救,我们救还是不救呢?"

管仲曰:"我大齐作为周惠王赐封的天下诸侯长、诸侯之伯,是不可坐视不救的。"

齐桓公说:"当年,楚文王熊赀病死后,他的长子熊嬉继位,是为楚国的庄敖王。庄敖王能力甚差,可其弟熊恽能力甚强,熊恽就欲夺熊嬉的王权。庄敖王熊嬉知道后,就在执政的第五个年头,想找个借口杀死熊恽。"

管仲曰:"熊恽感觉事情不妙,有被熊嬉杀死的危险,就投奔了那临近的随国。后来,熊恽借用随国的兵力,突然回国,弑杀了庄敖王熊嬉,自立为王,是为楚成王。"

齐桓公说:"楚成王熊恽是十分聪明和有远见的,他继位后,一改祖上与周王朝对抗的政策,主动派人到周王室给周天子进贡财宝以及滤酒用的楚国特产苞茅。他还向中原各诸侯国示好,尤其是十分尊重我们齐国,主动派多人带财宝前来我国与寡人和您这作为仲父的丞相相结交。"

管仲曰:"周惠王见楚国主动归顺,与邻国交好,十分高兴,就赐给楚成王祭祀用的烤肉,并派人去楚国宣读他的旨意说:"尔楚成王熊恽,要恪尽职守,管理好你的国家,防止南方各蛮夷小国作乱,让他们不得侵犯中原。"

齐桓公说:"其实,楚成王熊恽的以上所作所为,不过是他的韬光养晦之计而已。待到他打着周惠王的旗号,吞并了周边的若干蛮夷小国后,疆域扩大,经济发展,民富兵强,就又公然与周王室相对抗,继续觊觎和侵犯中原各诸侯邻国。

管仲曰:"楚国凭自己的实力,先后侵占了其北邻的邓国、息国、申国等,势力范围接近了郑国。这时,郑国与楚国之间只有一个叫英的诸侯国相隔。英国见楚国势力强大,就投入了楚国的怀抱,双方成了紧密盟国。"

齐桓公说:"这时,楚国只需要借道英国,就可以侵犯郑国了。"

管仲曰:"现在,郑国正处于我王预见的危境。"

齐桓公说:"那我们就通知郑国东邻的鲁国和宋国,派出兵力与我们齐国组成三国联军,共同抗楚救郑吧。"

鲁国和宋国很快接到了通知,两国国君分别说:"唇亡齿寒。如果让楚国侵占郑国的阴谋得逞,那下一步楚国就该吞并我们鲁、宋两国了。今诸侯长齐桓公欲联合我们两国共同抗楚保郑。这既是拯救郑国,同时也是保护我们的国家啊。我们岂能不出兵相助?"

齐桓公得到了两国的响应,就欲亲自带领齐国和鲁国、宋国的三国联军,前去抗楚救郑。

齐桓公对管仲说:"我们不能顾了郑国,却不顾了我们齐国的国政。寡人亲率三国联军,前去抗楚救郑,就请仲父在家以丞相的身份主持我们齐国的政务吧。"管仲应诺。

临行前,管仲悄悄对齐桓公说:"管夷吾有一计,其救郑败楚之功,可胜过我王率领的三国之军。"

齐桓公说:"一计能当十万兵。不知仲父计将安出?"

管仲曰:"只需要让曹孙宿来见我就可以了。"

齐桓公召来曹孙宿,管仲对其曰:"你常年负责与西南诸国的外交事务,熟知到郑国国都的捷径以及楚、郑双方的情况。你立即骑上快马,速去郑国国都,面见郑文公姬捷。就说齐桓公有指令,为了避免楚军攻城给郑都军民带来死伤,让他带上城内仕民,迅速向北撤往郑国的桐丘方向。但是,一定要把经常去楚国贸易、熟悉楚语的商人都留下。告诉他们,齐、鲁、宋三国救兵已经到了,现埋伏在城内。若楚军兵临城下,让大家相信城内早有伏兵,一定要把城门大开,并要在城门口不停地进进出出,尽管引楚军进城就是了。"

曹孙宿奉命,快马加鞭奔到郑都,将上述计谋告诉了郑文公姬捷。郑文公依言,连夜带领仕民向北撤退,并嘱咐和交代好了熟悉楚语的留城商人们。

这时,楚相子元带领精锐铁骑军来到郑都,迅速攻下了其外郭,却见内城城门大开。城门口进进出出都是会说楚语的人,表示愿领楚军进城,为其立功。

子元见状,顿生疑窦,对手下人说:"我铁军到此,郑都理应紧闭城门,据城防守。现在却城门大开,又有会说楚语的人欲领我军进城。这不明显是早有预谋吗?无疑是齐桓公率领的三国救兵,赶在了我们前面。一定有神明之人,令三国之兵埋伏在城内,派人引诱我楚国军队进城受死。我子元岂能中此等竖子之计呢?"于是,他把铁骑军前队变为后队,向南撤退了二十里。

正在这时,三国救兵赶到,郑都城头飘起了三国旗帜。子元骑马返程观望,遥遥见状,后怕不已,对属下说:"果然不出我之所料,城内确实有三国伏兵。要不然,难道齐、鲁、宋三国联军是从天上掉下来的吗?若中计进城,我们项上的这颗脑袋,恐怕早已掉在郑国都城之内了。"

子元自觉难挡三国之兵，遂令楚国之军连夜拔寨南返。

正随同仕民们北撤的郑文公，突然听到后面有情报士卒的呼喊声，就停下了脚步。探子来到郑文公面前，跪拜说："我王真乃神人。您的'空城计'，果然骗走了兵临城下的强大楚军。小人今晨见到，齐桓公率领的三国救兵已经赶到。小人又登上山丘，见楚军退走后留下的营寨内，旗杆和帐篷上都落满了鸟鸟。这说明楚军已经撤退，我王可带领臣民们安全返回都城了。"

郑文公闻之，就赶回郑都城内，拜见齐桓公，说道："我姬捷十分感谢齐桓公派曹孙宿大夫授我以空城之计。"

齐桓公说："这哪里是我的计策呢？乃是我家丞相管仲之谋也。"

评注：后人为了神化诸葛亮，以此真实"空城计"为原型，演化出了《三国演义》小说文艺虚构中的空城计。这也难怪，当年诸葛亮本人就是自比管仲的！后因历代戏剧家，把空城计演成了千古绝唱，人们就认为空城计是诸葛亮的杰作。即使这是诸葛亮的杰作，也是学的他老师管仲几百年以前的计谋。

齐桓公率领救郑联军，借助管仲的空城计，吓退了楚军。于是，三国联军就得胜各回本国去了。

过了一些时日，齐桓公又派曹孙宿去楚国，打探情况。曹孙宿回来向齐桓公禀报："楚相子元率军伐郑，不战而退、无功而返。国人以为子元无能，就产生了内部倾轧。"

齐桓公问："他们是怎么内部倾轧的呢？"

曹孙宿曰："本来，楚成王觉得楚国积蓄的力量还不够，并无心伐郑。可那楚相子元自逞其能，说是欲率军前去伐郑。楚成王曾问他有多大把握，子元当时说可以手到擒来。"

齐桓公说："子元这个牛真是吹大了。"

曹孙宿曰："我王用咱管仲丞相的空城之计，骗走了楚军，救下了郑国。子元退回楚国后，不承认是空城，仍然坚持那郑国之都是埋伏有三国联军伏兵的实城。"

齐桓公说："他这不是自欺欺人吗？"

曹孙宿曰："他不这样说，怎么能掩饰自己的愚蠢呢？"

齐桓公问："他用谎言能掩盖了自己的愚蠢吗？"

曹孙宿曰："俗话说，'再好的泥瓦匠，也垒不出不透风的墙'。那些跟随楚相子元去作战的将士们，都知道事情的原委。他们回国后，为了讨好当今王上，能不把这个空城计的实情告诉楚成王吗？"

齐桓公问："楚成王知道了实情，又是怎么看待楚相子元的呢？"

曹孙宿曰："楚成王在朝堂对子元说，'我本不欲伐郑，认为没有把握。但你夸下海口，说是伐郑手到擒来，结果却是大败而回'。子元又欲辩解，楚成王打断他的话说，'你自认为胆大聪明，能战胜郑国的千军万马。可你真正到了郑国，连个空城都不敢进。跟随你的将士都知道当时郑都就是一座空城，那三国联军是你率军撤退后，才赶到的。像你这样主观臆断、妄自尊大、吹破牛皮，其实愚蠢透顶的丞相，要你何用'？"

齐桓公问："楚成王罢了子元的官了吗？"

曹孙宿曰："当时，作为丞相的子元脸面扫地，羞愧难当。作为楚国的重臣，怎能受得了楚成王的这番奚落呢？未等楚成王开口，他就自己提出辞去丞相之职。"

齐桓公说："因为逞能，丢了丞相之职，是他咎由自取。"

曹孙宿曰："这子元不再当丞相，就闭了嘴，悄悄躲在一边去享福算了。可他癞蛤蟆逞劲，气越鼓越大，就在原来的同僚中散布对楚成王的不满，说他自己受了辛苦没落出个好人来，云云。"

齐桓公说："他这是想无事找事啊。"

曹孙宿曰："子元的牢骚和不满，群臣都纷纷告诉了楚成王。楚成王闻听大怒，就问群臣应该如何处置子元。谁知群臣都说子元当杀。"

齐桓公说："子元身为丞相，乃一人之下，万人之上。他难道就没给群臣留下一点好的念想吗？"

曹孙宿曰："因为他既愚蠢又逞能，就经常说其下属这也不行，那也不行。因此，群臣都想除掉他。"

齐桓公问："难道楚成王能轻易把一任丞相杀死吗？"

曹孙宿曰："楚成王本无意杀死子元，可向他烧火的人越来越多。楚成王为了笼络群臣,就给子元加了一个煽动群臣、图谋造反的罪名,将其当众斩杀了。"

齐桓公问:"楚成王杀了丞相子元,又任命了谁做楚国的丞相呢？"

曹孙宿曰:"楚国的屈氏,世代为楚国大夫。现在屈氏的大夫中,有位贤者名叫屈完,楚成王就任命屈完作为楚国的新丞相。"

齐桓公说:"楚成王熊恽杀死了子元,这是在客观上帮助了郑国和我们齐国、鲁国以及宋国啊。"

曹孙宿问:"此话怎么讲呢？"

齐桓公说:"在一段时间之内,除了楚成王本人,楚国的群臣和将领们,还有谁再敢自动请缨,去领兵征伐郑国呢？若郑国不再被侵犯,我们齐国、鲁国和宋国不就不用再带兵前去援救了吗？"

曹孙宿曰:"原来如此。"

经过这次较量,楚成王在朝堂对新的辅臣屈完说:"现中原各诸侯国在齐桓公领导下,互相救援,团结一致,无懈可击。我们不妨再改变一下战略,实行亲周、敬齐的策略,韬光养晦,强我之兵。我们以守为攻,待到时机成熟时,再与齐桓公争伯天下。"

于是,楚成王熊恽就派新丞相屈完出使齐国。楚成王对屈完说:"我父王过去对齐国的使臣曹孙宿说过,楚国的先祖熊丽与齐国的先祖姜太公是同事。到了周成王时,我们的祖宗熊绎又与齐国的丁公姜伋是同事。我们两国是有着世谊友好传统的。现在,我们和齐国都是大周的异姓国,要发展我们两国之间的友好关系才是。"

屈完曰:"事过境迁。再说这些楚国和齐国的老黄历,会有些作用,但是作用已经不大了。俗话说,'人与人和国与国之间,只有永恒的利益,没有永恒的友谊'。因此,眼下最重要的,就是要讲明我们两国之间的共同利益才行。"

楚成王说:"我们的共同利益,就是互不侵犯,互不干涉内政,和平相处,谋求共同发展。"

屈完曰:"谋求共同发展,就要在经济上互通有无,实行优势互补。"

楚成王说:"屈丞相可以把我们楚国的特产列成一个名单,带去齐国,让齐桓公和管仲丞相看看,有哪些能和齐国的特产相交换,以此促进我们两国的贸易往来。"

屈完曰:"我出使齐国的意义,应该就在于此吧。"

楚成王说:"你到了齐国,还要告诉他们,我楚成王熊恽,天下最佩服的只有两个人,一个是诸侯长齐桓公,一个是齐国的丞相管仲。因为这二人,一个有义,一个有智。当今天下君臣,无能出其上者也。"

第六十九回　齐国救燕伐山戎　智过鬼泣讨令支

话说齐桓公二十三年，即公元前663年，周惠王姬阆十四年，齐桓公在朝堂对管仲说："仲父，周惠王赐寡人为诸侯之伯，中原各诸侯国皆服。只是那北方山戎之国，常常侵犯我中原。因此，我们日后征服的重点，是那山戎夷贼。"

管仲曰："那就寻找时机制服北边的山戎吧！"

过了不久，时机就来了。燕国被其北面的山戎侵犯，戎兵烧杀抢掠，祸害燕民，无恶不作。燕庄公只好派使臣来南邻的齐国，向诸侯长齐桓公求救。

齐桓公对管仲说："以寡人之见，现在是征服山戎的大好时机了。"

管仲曰："燕国是周武王之庶弟，周成王之叔父召公姬奭的封地，乃是姬姓之国。更重要的是，它是我们大齐北部的屏障和藩篱。俗话说，'唇亡齿寒'，山戎侵犯燕国，我大齐不能坐视不救。以管夷吾之见，我大齐要先兴兵伐戎救燕，然后再考虑如何制服最远方的楚国，让楚国对我们心服口服。"

齐桓公说："就依仲父之言，先出兵伐戎救燕。上次仲父让寡人联合鲁庄公共同伐卫，那这次伐戎救燕，也叫上鲁国吧。"管仲表示赞成。

于是，齐桓公派人去通知了鲁庄公姬同。双方约好，在鲁国的鲁济这个地方进行一次会盟，商量共同出兵伐戎救燕之事。鲁庄公姬同此次不但按时到会，而且还慨然同意共同出兵。

但等到约好的出兵之日，鲁庄公姬同突然派人给齐桓公送来一封信。来人说："因我王近日身体不适，无法带兵与贵国共同伐戎救燕。特派我来送书信，告知诸侯长齐桓公。"

【五霸之首　号令天下】

管仲闻之,对齐桓公曰:"这显然是鲁庄公姬同临战怯阵,故意装病推托。即便是你王君真有病,也可派大将领兵前往呀!"

齐桓公说:"人各有志,不可强勉。人家不出兵,我们也没有办法。"

管仲曰:"本来有两国之兵,可现在只有我们一国之兵了。这就增加了伐戎救燕的难度。"

齐桓公说:"事非尽然。我们伐戎救燕,不是还有那燕国之兵吗?"

管仲曰:"燕国是山戎的受害者,他当然是要出兵的了。"

齐桓公说:"我们到了燕国,还可以让燕庄公联合一下燕国周边友好国家的军队,共同帮助我们讨伐山戎。他们燕国周边的那些小国,更是山戎的受害者,他们也有出兵的义务。"

管仲曰:"燕国和那些小国出兵,其将士还熟悉当地以及山戎的地形,更有利于我们此次作战。"

齐桓公说:"此次伐戎救燕,比上次救郑败楚的难度要大。我们不熟悉山戎那里的情况,不知会发生些什么想不到的事情。因此,寡人心中没底,此次想请仲父与我一同前往,帮我出谋划策,指挥作战。"

管仲曰:"救郑退楚,仅凭管夷吾一个空城计就解决了问题。可此次伐戎,不知要遇到多少难办的事。即使我王不让我去,管夷吾也是要去的。"

齐桓公问:"除了仲父,不知还要带上哪些将领为好?"

管仲曰:"首先要带上大司马王子城父,其次要带上熟悉北方道路的外交大臣公子姜启方。"

于是,齐桓公就带着管仲和王子城父以及负责西北方外交事务的公子启方,率领齐军前去伐戎救燕。

他们从齐国来到燕国的国都门口,只见燕庄公已带领燕国之兵在此驻足等候。两国国君相见,少不得各诉衷情。随后,齐国和燕国的兵力合为一体,共同来到了燕国的北方。

这时,正碰到一伙山戎的贼兵,要把从燕国抢夺来的财物、女人以及牲畜等运回山戎。齐桓公见此,怒不可遏,就命王子城父领兵前去剿灭这些贼兵。

王子城父领命,大喝一声,举戈带兵向这伙贼兵杀去。贼兵中有人见事不好,就丢弃所抢的人和物,独自逃命去了。可有些爱财如命的贼兵,一时舍不得这些不义之财,就行动迟缓。王子城父他们来势迅猛,贪财贼兵逃避不及,就一个个成了王子城父和齐国之兵的刀下之鬼。

齐桓公将齐军夺回的人和财及其牲畜等,全部归还给了燕国的百姓。燕国的百姓欢呼跳跃,对齐桓公和齐军感激涕零。

这时,燕庄公对齐桓公说:"此去征伐山戎,山高水长,路途艰险,尤其是要通过一座两山之间的鬼泣谷。若无熟悉地形之人引路,我等是很难通过的。"

齐桓公问:"燕庄公您可有办法吗?"

燕庄公曰:"我燕国北邻有个无终国,与我燕国世代交好,可请其派人引导我们前行。"齐桓公表示赞成。

燕庄公派人骑快马直奔无终国国都,向其国君说明来意。

无终国国君说:"我国和燕国东邻的这个令支山戎贼国,常常和其东邻的孤竹国相勾结,共同骚扰我无终国边民,抢占我无终国土地。我早就有心讨伐他们,只是势单力薄,有心无力。今华夏的诸侯之长齐桓公和名相管仲带领齐军来伐山戎,也是帮助我无终国。我当派出我国的主将虎儿斑,率兵前往协助。"

虎儿斑受了君王之命,跟随燕庄公派来的使臣,率军前来与齐燕联军会师,组成了三国联军。

齐桓公见到虎儿斑,连声赞曰:"虎儿斑将军的体魄如此雄壮,真不愧为无终国之主将。"

虎儿斑答道:"末将生在北方,这里多产牛羊。我自小乃以肉食为主,营养丰富,因此体魄健壮。就像那雄狮和猛虎,正因为是肉食动物,才使其威猛程度超过了食草动物。"

齐桓公听虎儿斑说得话俗理不俗,觉得这位悍将十分可爱。

管仲对齐桓公建议曰:"依我之见,就让虎儿斑将军率本部之兵为先锋,在前引路;我们齐国之兵为中军,作为主力;燕国之兵断后,以便随时接应。三国联军如此依次前行。"

【五霸之首 号令天下】

齐桓公说："仲父的安排十分妥当，就这样办吧。"

于是，虎儿斑领无终国之兵在前带路，后面跟了齐军和燕军，陆续向山戎的令支国进发。不觉间，三国联军来到了山戎令支那两山夹峪的鬼泣谷。虎儿斑回头飞马来报齐桓公道："此处位于去令支国的交界口。这里之所以叫鬼泣谷，就是说鬼神都难以通过，只能望谷而泣而已。"

齐桓公问："虎儿斑将军有办法通过鬼泣谷吗？"

虎儿斑道："末将才疏学浅。我身为将军，却没有学好兵法。因此，我没有办法度过鬼泣谷。"

管仲曰："既然虎儿斑将军无法让我们通过鬼泣谷，那就请你由前队变为后队吧。我们明天一早，再过此谷，我管夷吾自有安排。"

虎儿斑只好无可奈何地苦笑一声，按管仲丞相的安排，去调开了自己的部队。

看看天色已晚，齐桓公就让三国联军就地设帐，在离鬼泣谷谷口不远处驻扎了下来。

这时，管仲对燕庄公说："我想请王君派人连夜去当地的老百姓家里，借些乱木桩和柴草以及绳子之类的物品过来。"

燕庄公说："深更半夜的，管丞相为何让我派人借这些乱七八糟的东西呢？"

管仲曰："天机不可泄露。我管夷吾自然会有用处的。"

燕庄公只好连夜照办。当地老百姓听说是伐戎救燕的齐军需用，都纷纷踊跃响应。所借物料凑齐后，管仲和齐军的部分将士忙活了半宿。

齐桓公和燕庄公以及三国联军的将士们，在此休息了一夜。

第二天一大早，天还没亮。管仲早早去营帐把齐桓公叫了起来，让他下令，命三国联军乘天亮前的蒙蒙晨雾，疾速向鬼泣谷进发。

只见那些齐军的"骑兵"们，代替了无终国之兵，反倒当了先头部队，并很快进了鬼泣谷谷底。早已埋伏在两侧山顶上的山戎之兵，在朦胧间感觉有敌军开进。于是，他们一起放箭。那箭有的射中了"人"，有的射中了马。山戎之兵在山上，隐约听见山谷内战马嘶鸣，乱作一团。

山戎首领密卢见此，大声喊道："孩儿们，趁敌军溃乱给老子冲啊！"

山戎之兵一呼百应，一起冲下山去。待冲到谷底，却见所谓的"敌兵"只不过是捆绑在马背上的木桩和草人而已。

这时，密卢才知道上了当，中了管仲的以假乱真之计，就意欲指挥戎兵退回山顶。可是，此时却见山顶之上，已经插满了齐军的旗帜。

原来是管仲趁戎兵下山冲杀之际，派王子城父率军占领了鬼泣谷左边的山峰，派公子姜启方率军占领了其右边的山峰，把劣势变为了优势，立马控制了这鬼泣谷。王子城父和公子姜启方率军居高临下，向戎兵乱箭齐发。

戎首密卢只好向东厮杀，冲出一条血路，往令支的腹地逃去。

无终国大将虎儿斑见状，佩服得五体投地，十分感慨地说："我虎儿斑自小还没听说过，有军士能通过鬼泣谷的。大齐的管仲丞相，用兵神出鬼没，真乃天降用兵之圣人也。"

却说戎首密卢在突围中，被齐军的乱箭射中了臂膀。他无路可走，只好带领山戎的残兵败将，向令支的老窝狼狈逃去。

在三国联军通过了鬼泣谷时，虎儿斑对齐桓公说："我们去令支，需要经过一条大河，还望您齐桓公心中有数。"

不过半日，三国联军就来到了这条大河。虎儿斑问齐桓公说："我们三国联军从河的什么位置渡河呢？"

齐桓公说："我们三国联军欲去急追那戎首密卢，需要节省时间。我看不妨从河道的狭窄处过河，这样过河用的时间少，速度就快了。"

管仲在一旁听后，曰："不可。河道狭窄处其水必深，河道宽阔处其水必浅。我们三国联军的人数众多，从河道宽阔处渡河，既可涉水不深，容易通过，又能疏散人员。从这样的地方过河，既安全，也会更快。"

于是，齐桓公说："就依丞相的建议办吧。"

三国联军遂改涉此河的河宽之处。他们涉至河中间，见河水仅能没膝。众多人马很快就越过了这条大河。

过了河，齐桓公问当地土人："这条大河的狭窄之处水有多深呢？"

当地人答道："其深既能没人，亦能没马。若贵军从狭窄处渡河，除会游泳的人和马外，其他人马会遭到灭顶之灾。"

齐桓公想来后怕,惊出了一身冷汗。他翻身下马,反过来拜管仲说:"仲父真乃神人也,一句改道之言,就救了我三国联军无数兵马。这岂非一语千金乎?"

虎儿斑说:"比一语千金还要重要。管仲丞相是一语救了我们三国联军千军万马的性命啊。"

这样,三国联军就紧追那戎首密卢。密卢逃进了令支的戎巢。管仲让齐桓公下令,命三国联军从四面把密卢的戎巢团团围住,并说:"要把戎兵困死在戎巢,不要放走一个贼兵。"

密卢在巢内闭门不出,令士兵们养精蓄锐,准备一举突围。可这时,戎巢中内无粮草,外无援兵,怎么能守得住呢?密卢见无法坚守,就在一个月黑风高的夜晚,突然冲出,杀开一条血路,向东逃进了孤竹国。

第七十回　老马识途出荒漠　划地归燕劝守礼

却说戎首密卢逃往孤竹国后，齐桓公又命令三国联军向那孤竹国追去。

一路上，管仲让三国联军的将士们告诉孤竹国的老百姓，声明三国联军追赶敌人，将会对他们秋毫无犯。孤竹国的黎民百姓，自然对此是十分感激的。

追赶一日，眼看天色已晚，三国联军就在孤竹国的荒野之地，支开帐篷，宿营休息。大约午夜时分，齐桓公紧急派人把管仲叫到其寝帐内。只见一位戎将提着一颗人头，立在寝帐之中，说："我乃山戎大将黄花是也。孤竹国国王答里呵与我之戎首密卢历来交情深厚。答里呵见密卢逃来孤竹国，不但予以收留和妥善安排，而且要派人帮密卢回头迎击贵三国之军。我黄花历来厌恶战争，就劝密卢和孤竹国国王答里呵与贵军议和，以防两败俱伤，却遭到了他们二人的强烈反对，并侮辱我是里通外国的卖国贼。我一气之下，就举刀杀死了密卢。答里呵见我手握戎兵，怕被我杀身灭国，就向北逃窜进了沙漠。为了表明我请求和解的诚意，特割下被我刺死的密卢之首，带来献给华夏诸侯长齐桓公。"

管仲问："谁能证明这就是密卢之首呢？"

黄花对曰："给你们带路的无终国大将虎儿斑，曾见过密卢多次，可让他前来辨认。"齐桓公立即让人把虎儿斑叫来。经虎儿斑辨识，认定确为密卢之首。

这样，齐桓公和管仲都放了心，认为黄花是真心归顺，前来议和。第二天，三国联军应黄花之请，在其带领下，前去追赶那孤竹国国君答里呵。三国联军来到孤竹国国都，却见城中并无一人。

黄花说:"答里呵逃走时,把这里的臣民全部带走了。"齐桓公和管仲见状,就更是深信不疑了。

齐桓公命令三国联军,在黄花引领下,继续向北追剿答里呵,以绝燕国的后患。黄花在前,三军跟进。他们走了数日,却未见有答里呵的踪影,只见四周都是那茫茫大漠。

黄花引领三国联军,像没头苍蝇一般扎进了大漠的戈壁滩。三国联军连行数日,人困马乏,只好在大漠内支开帐篷,就地休息一夜,以便第二天再行追赶。可是等齐桓公他们一觉醒来,却不见了那黄花的踪影。

这时,齐桓公和管仲才知道是上了黄花的当,就找虎儿斑前来商议。

虎儿斑说:"听说那黄花早就想篡夺密卢的王位。我想应该是他借机杀了密卢,为了交好相邻的孤竹国,就设计引我三国联军至此,将我们陷于死地,以根除他们的后顾之忧。"

齐桓公和管仲无奈,就让虎儿斑带路,欲走出这不毛之地,却不想虎儿斑也是第一次来到此处,地形不熟。三国联军在荒漠中转悠了一天,不慎迷失了方向。虽然有随军粮草供应,却没有饮用之水。三国联军的将士们,只好生吃粮食,却因为无水下咽而干渴难忍。

齐桓公对管仲说:"仲父智多识广,此时要设法速救寡人和三国联军将士们的性命啊!"

管仲曰:"管夷吾听说,蚂蚁并不喝水,但做窝必须在潮湿的地方,靠穴内的湿气滋养其身。在蚁窝下应该可以找到水源,我王不妨派人速寻蚁窝而试之。"

齐桓公遂命三军将士速寻蚁穴。很快,就有人发现了蚁穴。齐桓公令随军工兵们速掘蚁穴下方,果然找到了水源。

齐桓公说:"仲父这个'蚁穴掘水'的故事,将成为千古奇谈呀。"

管仲曰:"这是被我们碰巧了,并非每个蚁穴下边都能掘出水来。"

齐桓公又说:"水已找到,解了三军之渴。可大军已迷失了方向,走不出险境,还是死路一条啊!"

管仲曰:"管夷吾年轻时,曾与鲍叔牙以马运货来回于家乡与南阳。

时间久了,我们就懒得牵马而行,有时让马儿自行,却也能自知路途。我王不妨寻找几匹随军而来的老马,看其能否识途而返。"齐桓公命人依丞相之言去做,果然走出了困境。

齐桓公说:"仲父这个'老马识途'的经典,说不定会成为那千古即成之语呢!"

且说黄花把三国联军引入了绝境,自以为得计,认为敌军必死无疑。他回到了孤竹国,直奔答里呵的藏身之处。黄花见到答里呵,说:"我已把敌军引入了那荒漠绝境,他们已是插翅难飞,必死无疑了。这下,您就可以放心地与您的臣民们回城了!"

谁料,三国联军却又出乎意料地出现在了孤竹国都城的附近。

这时,齐桓公和管仲见被黄花和答里呵定计事前遣散的城内仕民,正在返城。

管仲对齐桓公曰:"请我王速从三国联军之兵中,尤其那与孤竹国方言接近的无终国之兵中,挑选部分老兵,扮作返城百姓,混入城内。"

齐桓公问:"让这些老兵扮作百姓混入城内,又有何用呢?"

管仲曰:"让他们在半夜设法打开城门,举火为号,里应外合,消灭这些顽匪们。"

齐桓公依计而行,果然打进了城内。齐桓公处死了黄花和答里呵,并且安抚了孤竹国的老百姓。

却说管仲是个有心人。他在山戎见到了一种从来没有见过的豆类,就问当地老百姓:"你们这种像我们内地的大豆,但结荚弯弯的豆类,叫什么名字呢?"

戎人说:"叫蚕豆,或叫胡豆、罗汉豆、兰花豆。"

管仲在孤竹国又见到了另一种从来没有见过的蔬菜,又问当地老百姓:"你们这种像我们内地的大蒜,但却需要层层剥皮的蔬菜,叫什么名字呢?"

孤竹国人说:"叫圆葱,或叫胡葱、洋葱。"

管仲亲口尝了做熟后的山戎蚕豆和孤竹国圆葱,对齐桓公曰:"这种戎豆和戎葱,做熟后口感各有特色,很有食用价值。我们不妨趁此机

411

会,将其良种带回我国,并传播到中原各诸侯国,让大家都广而栽之。"齐桓公赞许。

由于管仲的经济头脑和远见卓识,山戎和孤竹国的这两种豆蔬才在中原各国甚或四域各国得到了广泛栽种,增加了农作物的种类。人们感谢管仲,当时称之为"管豆"和"管葱"。

当三国联军返至无终国边境时,大将虎儿斑向齐桓公和管仲告别。他恋恋不舍地说:"贵国的管仲丞相,真乃大齐太公姜子牙再世也。其运用自如的天机妙算,真不亚于那天上的神仙。我要回去禀报我无终国国君,让其永远和齐国、燕国相交好。"然后,虎儿斑就率领无终国的军队,就近回国了。

齐桓公和燕庄公并驾齐驱,率领两国军队进入了燕国。但见燕国沿途的老百姓成群结队,敲锣打鼓,箪食壶浆,以迎王师。军队进入了燕国都城,燕庄公大摆宴席,款待齐国君臣及其将士们。齐军在这里休整数日后,齐桓公和管仲向燕庄公辞行。

燕庄公更是恋恋不舍。他一直把齐桓公和管仲向南送至那齐燕边界,但仍是难分难舍。为了能与齐桓公和管仲多交流一些治国理政的方略,他就让圉手牵马在后,自己徒步送行。齐桓公和管仲见此,也就只好下马徒步而行。不知不觉又送了一日,他们来到了一条河沟旁。

齐桓公问当地人:"此处离齐国的地界还有多远呢?"

当地人说:"这里已经是进入齐国之地五十里的长芦沟了。"

齐桓公对燕庄公说:"按周礼规定,只有周天子视察诸侯国时,诸侯才能送至国境之外。今您燕庄公把我送至了燕国界外,是我越礼也。为了不违背周礼,我要把此沟以北的齐地,划给您燕国所有。"

燕庄公说:"您诸侯长和管仲丞相千里征战,救了我燕国。我燕国感激和回报还来不及呢,怎么还反而能去占大齐的国土呢?"

管仲曰:"君王无戏言。既然我王说要把长芦沟以北的齐国之地划归您燕国,那就请您燕庄公派人予以接受吧。"

燕庄公听后,十分感动地说:"我燕庄公无以为报。唯能在今后领导燕国的仕民们,俯首帖耳,臣服于大齐,听任您诸侯长齐桓公的调遣。"

管仲借此机会曰:"我王的诸侯长,是大周天子周惠王封的。天下诸侯要服从诸侯长,但更要服从和尊重大周之王才是啊。"

燕庄公道:"当年,我祖召公姬奭和你们大齐开国之君姜太公是同事,共同协助周武王灭纣兴周。因此,我燕国和你们齐国世代友好。再加上我们是南北邻国,唇齿相依,就更拉近了我们两国之间的关系。"

齐桓公说:"当年,我父王齐僖公讨伐纪国时,您燕庄公的父王燕桓侯慷慨相助。我们齐国是不会忘记与燕国之友情的。"

管仲曰;"齐国和燕国,同为大周的诸侯国,互相帮助是应该的,共同尊王更是应该的。"

燕庄公道:"管仲丞相一再提到要尊王。我明白你的意思,你是想借此机会,缓和我燕国和周王室之间的紧张关系啊。"

齐桓公说:"仲父有话,就对燕庄公直言好了,用不着拐弯抹角的。"

管仲曰:"既然我王让微臣直言,那我管夷吾就谈谈自己的看法。"

燕庄公道:"对管仲丞相的话,鄙人是愿意洗耳恭听的。"

管仲曰:"我们齐国提倡尊王攘夷,自有他的道理。现周王室虽然已经衰弱,但他毕竟是我们华夏各诸侯国的旗帜和中心,即便是那名义上的。因为没有这样一面旗帜,我们华夏的各诸侯国就会成为一盘散沙,就更容易被中原四周的那些夷族国家或部落所侵犯。有了这样一面旗帜,就能动员华夏各诸侯国团结一心,互相帮助,互相支援,共同抵御外侵。"

燕庄公道:"现在,华夏各诸侯国的旗帜和中心,实际上已经是齐桓公。齐桓公作为诸侯长,对我们发号施令不就行了吗?"

管仲曰:"那毕竟是名不正,言不顺的。"

燕庄公道:"我们燕国,本是周武王同父庶弟召公姬奭的封地。我们与大周都是周文王的后代。本来与同宗的大周应是非常友好的,可周庄王姬佗在位时,他的王弟姬克在周室王公大臣姬黑肩的帮助下,图谋造反篡位。有位本是王子姬克线上的知情大臣向周庄王告了密,庄王就先处死了姬黑肩。"

齐桓公说:"擒贼先擒王。周庄王不先去杀那王子姬克,却先杀了那作为帮凶的周公黑肩。"

燕庄公道:"有人给王子姬克报了信,说是有的大臣出卖了他。没等周庄王派人去杀他,王子姬克就被吓得仓皇出逃了。"

管仲曰:"当时,王子姬克不是跑到你们燕国来了吗?"

燕庄公道:"王子姬克成了叛逆罪犯,他不敢逃到周文王那些嫡出之子的封国中,怕他们与周庄王亲亲相顾,帮其杀死自己。因此,这才逃来了我们作为周文王庶出之子封国的燕国。"

齐桓公说:"我直到现在才明白,王子姬克当时为什么逃到你们燕国来了。"

燕庄公道:"王子姬克逃来我们燕国的另一个原因,就是我们这个华夏最东北方的封国,离周王室所在的洛邑路途遥远。周庄王想杀他,那是鞭长莫及的。"

管仲曰:"当年,在我们大齐开国封君姜太公建议下,周武王封了自己的六位同母之弟,唯独封了一位庶母所生的庶弟,就是你们燕国的封君燕召公姬奭。"

燕庄公道:"王子姬克逃来我们燕国,这并不是燕国的意愿。可同样都是周文王的后代,我们总不能把他杀死吧。为此,周王室十分不满,就不再和我们燕国来往。"

齐桓公说:"周王室对你们的仇恨,不仅这些。关键是你们燕国后来参加了周室五大夫之乱,帮助那周惠王的叔叔王子姬颓造反,一时赶走了周惠王姬阆。"

燕庄公道:"参与五大夫之乱的,还有卫国。周惠王在郑厉公和西虢国国君的帮助下,攻破洛邑,杀死了王子姬颓,复辟了王位,重新成为周天子之后,对我们两国那是耿耿于怀。他让辅臣召伯姬廖去命令你们大齐出兵讨伐卫国。你们又为此联合鲁国共同出兵。大兵压境,吓得卫国只好献礼求饶,这才幸免了灭国之祸。"

管仲曰:"周惠王不是没让人兴兵讨伐你们燕国吗?"

燕庄公道:"他不是不想。但他在王宫与其大臣们商量时,大臣们都说我燕国远在华夏的最东北角,不宜远道去讨伐。我们这才幸免了被讨伐之灾。"

齐桓公说："毕竟周惠王没有兴兵讨伐你们，你们就更有与周王室缓和关系的条件。"

燕庄公道："可周惠王并没有对我们燕国表示友好，我又为什么去向他屈膝求饶呢？"

管仲曰："我听说齐国和燕国东部沿海地区的那些方士和术士们，多次乘船去海内的仙山琼岛上寻找长生不老之药，结果药没找到，而人却差点葬身鱼腹。逃命回来的人曾面对大海说，'苦海无边，回头是岸啊'。"

燕庄公问："这与我们的话题有什么关系呢？"

管仲曰："你们燕国不与那周王室来往，就会在华夏各诸侯国中十分孤立，就等于自陷于苦海。如果你们回过头来，主动去与周王室搞好关系，这难道还不是回头是岸吗？"

燕庄公道："我燕国就是不回头，他周惠王又其奈我何呢？"

管仲曰："我前面的话还没说完呢。那些方士和术士们还说，在甲骨文中，有两对文字，分别是'苦'和'若''入'和'人'。"

燕庄公道："这和我们说的话题，不是更没有关系了吗？"

管仲曰："他们说，'苦若不撇终是苦，入不回头难为人'。那'苦'字和'若'字，差别就是一撇。可有了这一撇，'苦'就变成了'若'。'若'者，若无其事，超然自若也。悠悠哉，超超乎，乃是神仙之乐。那'入'字和'人'字，差别就是一回头。可这一回头，钻入牛角的人就会回过头来，重新回到现实，做个有灵活性的人，做个没有苦恼的人。这还不足以劝解您燕庄公吗？"

燕庄公和齐桓公闻听，都高兴地哈哈大笑。他们佩服地说："圣人劝人，真乃高人一等，让人不得不撇去那苦恼，返回自己作为人的本性。"

燕庄公道："说了半天，管仲丞相不就是想让我主动去向周惠王姬阆请罪吗？那就请您齐桓公和管仲丞相做我负棺请罪的引荐人吧。"

齐桓公说："无论是我，还是管仲丞相，引荐您燕庄公去向周惠王认个错，周惠王姬阆都肯定是求之不得，喜出望外的。"

燕庄公道:"您诸侯长齐桓公和管仲丞相如果给我化解了同周惠王之间的仇隙,我燕国愿意按照周礼,恢复定期向周天子纳贡的义务。我还要在周天子和诸侯长的领导下,传承封国始君召公姬奭的优良传统,积极施政,为我燕国人民谋取幸福。不过,无功不受禄,我是不能接受诸侯长划给燕国的齐国之地的。"

管仲曰:"只要您和我们一起尊王攘夷,维护华夏的稳定,咱们的命运就是连在一起的。我们兴兵伐戎救燕以及按周礼划沟为界,这都是应该的。燕侯您就不要客气了。"

燕庄公说:"恭敬不如从命,寡人就按管仲丞相的嘱咐去办吧。为了感谢诸侯长齐桓公率军伐戎救燕和割让土地,以及劝燕国归附周王室的义举,我要命人在长芦沟旁修建一座城邑,就取名叫作'燕留',给燕国人民留下永久的美好纪念吧。"

第七十一回　以德报怨感姬同　庄公结下齐鲁情

　　上回曾说到,当齐国和鲁国在鲁国的鲁济之地会盟时,鲁庄公姬同承诺共同出兵伐戎救燕。但后来鲁庄公知道了伐戎救燕的难度,就借故推脱,公然违背盟约,并未派出一兵一卒。

　　齐桓公率领齐国之军伐戎救燕成功后,对管仲说:"以寡人之见,我们不如乘着凯旋而归,士气高涨,挥师前去讨伐那背盟的鲁国。"

　　管仲曰:"如果我们这样做,鲁国就会请求实力和我们差不多的楚国前来救援。这既不利于我们搞好与邻国的关系,又把鲁国推向了楚国的怀抱,壮大了楚国的势力。这对我们可谓一举数失。我看不如以德报怨,不再提那背盟之事,而是带上我们讨伐山戎所获得的罕世之宝,前去鲁国的周庙祭奠与我姜太公有忘年之交的周公姬旦。俗话说,'退一步,天地宽'。我们这样以德服人,就有利于进一步改善我大齐与鲁国的关系。"

　　齐桓公说:"我们这也太有点掉价,有点太放纵他们鲁国了吧。"

　　管仲曰:"我们华夏的古人说,有一个字必须贯彻于每个人人生的始终,那就是一个'恕'字。别人不愿办的事,不能强之。别国不愿干的事,更不宜伐之。无论一个人或是一个国家,都要有宽恕之心。宽恕了别人,就等于宽恕了自己。现在我们如果宽恕了鲁国,就等于宽恕了我们齐国用来伐鲁的千军万马。"

　　齐桓公觉得仲父言之有理,就让人为此事通知了鲁国。到了约定的祭奠周公姬旦之日,鲁庄公姬同早在周公庙的门口等候。他见齐桓公和管仲带着征伐山戎缴获的战利品,即那些山戎的稀世珍宝前来祭奠自己的祖先,甚是意外,内心十分感动和折服。想起自己违背盟约,借故不出兵伐戎之事，更是羞愧难当。他内心发誓，一定要和现在这个胸怀宽广的齐桓公搞好关系。

在这之前，齐襄公姜诸儿害死了鲁桓公姬允。姬允年龄尚幼的太子姬同，在其母文姜的扶持下，继任了鲁国国君，当上了鲁庄公。

文姜感念与姜诸儿的情分，并且两人有言在先，就对姬同说："你乃我齐国姜姓女所生之子。我早已为你选定，日后迎娶王后，必须是齐国前任国君齐襄公的女儿。"

鲁庄公姬同问："齐襄公的这位公主，叫什么名字呀？"

文姜曰："名唤哀姜。"

姬同又问："她的长相如何？"

文姜曰："比那花儿还要好看。"

姬同再问："多大了？"

文姜曰："现在还很小。"

本来，齐襄公姜诸儿是鲁庄公姬同的杀父仇人，但迫于母命的威逼，也只能唯齐襄公之女是娶。可惜，这时齐襄公姜诸儿的女儿哀姜尚幼，未到婚嫁年龄。可那姬同年龄见长，春心正盛，耐不住寂寞。在本国举行一年一度的社祭大典时，他认识了曲阜的美女孟任，就将其约至寝宫，共效那鱼水之欢。

鲁庄公姬同喜欢孟任，意欲将其娶进家门，就把此事告诉了母亲。

文姜说："按照周礼规定，诸侯只能有一妻八姜。因你已定婚于哀姜，有了作为正房和正妻的准夫人。那孟任再好，娶进来也只能作为我儿的姬妾。"

不几年，鲁庄公姬同眼看自己已是三十多岁的人了，可是哀姜仍未到婚嫁年龄。他内心十分焦急，于是在齐桓公十四年的夏天、十五年的秋天和当年入冬后，鲁庄公姬同先后三次邀请齐桓公在鲁国的防地、齐国的谷地、郑国的扈地进行议婚会盟，恳请齐桓公不要局限于年龄，准许他和哀姜二人早日完婚，成就那花烛之好。

由于齐桓公坚持不允许越礼，就始终拒绝自己的侄女哀姜早婚。姬同按捺不住胸中的激情，就先后三次打扮成平民模样，偷偷溜到齐国，与哀姜私会，并做出了那男欢女爱的苟且之事。非但如此，在私会时，姬同还见到了更加年轻貌美的哀姜之妹叔姜，又偷偷钻进叔姜的闺房，与之私通。两个侄女都传承了姑母齐姜之淫风，大丢了齐国人的脸面。

此事有哀姜之诗为证："妾正在闺房熟睡，闻外面轻轻叩门。等把门悄悄打开，有情男把我抱紧。拥至那阳台之上，双双如翻江倒海。顷刻间香损玉毁，折磨俺疼愉不分。他得那一时之快，天未亮立马走人。撇下痴女空思念，无非那温情脉脉。"

后来，哀姜还有诗曰："盼情郎两眼望穿，再见时如逢天边。数月间恍若隔年，又遇时更是缠绵。筋苏腰酸妾已累，倒头就把小觉睡。睁眼之时不见君，急忙下床去找人。寻你不着正忐忑，隔壁房内有动静。却原来是这冤家，钻入了小妹房中。"

世人知道这一情况后，纷纷说："这是鲁桓公姬允的冤魂，让他儿子姬同来报齐襄公姜诸儿之仇，作践和糟蹋他的两个女儿。"

转眼到了哀姜的出嫁年龄，鲁庄公姬同不但娶了哀姜作为王后，而且把哀姜的妹妹叔姜也娶了过去。他让叔姜和孟任一样，也作为了自己的姬妾。因鲁庄公姬同多次情洒齐国，于是爱屋及乌，就对齐国有了难言的脉脉温情。

就在鲁庄公姬同和哀姜完婚若干年后的一个春天，鲁庄公为了表示对齐国的尊重和服从，就想亲自到齐国去给齐桓公进贡纳币。

鲁国大将曹沫知道后，奉劝鲁庄公曰："我们鲁国和齐国都是周朝的封国。按周礼，诸侯国只能向周天子纳贡，却没有诸侯之间纳贡的道理和先例。再说我们是姬周同姓之国，而齐国乃姬周异姓之国。我们比齐国是要尊贵的呀！"

鲁庄公说："齐国是周天子亲封的诸侯长。大齐作为诸侯之伯，在我们鲁国遇到危难之时，寡人曾派辅臣藏文仲送信于齐桓公，向其求救。我表示如果齐国能救我鲁国臣民于水火，我鲁国就甘愿臣服于齐国。当时齐国慷慨救我鲁国之难，他们不收藏文仲带去的任何金银财宝，而是无偿赐给我们粮食和棉花，这不知救活了多少人。"

曹沫曰："那很难说不是管仲商战计谋所造成的。"

　　鲁庄公说:"不管怎么讲,齐桓公当时是有恩于我们鲁国的。他作为诸侯长,在后来的伐戎救燕时,也十分看中我们鲁国,约定要同我们一起出兵。寡人当时却违背了在我国鲁济之地的伐戎救燕会盟约定,并没为此出动一兵一卒。可是齐桓公和管仲丞相得胜回来后,不但没向我们鲁国兴师问罪,而且把伐戎的战利品拿来祭奠我的祖宗周公姬旦。为了兑现我鲁国对齐国臣服的承诺,又感谢那齐国以德报怨之举,我必须亲自去齐国交纳贡币。"

　　曹沫见鲁庄公情真意切,也就只好听凭其自便了。

　　鲁庄公来到齐国。齐桓公为了表示尊重和友好,拉近彼此之间的关系,除设国宴招待外,又以舅甥之名,把鲁庄公请到寝宫,设家宴予以款待。鲁庄公在齐国整整住了三个月,这才恋恋不舍地回到了鲁国。

　　就在当年的秋后,齐国要举行每年一次的仕民社祭大典。大典中,还要表演齐国的舞蹈、击奏齐国的编钟、演唱齐国的韶乐。

　　管仲对齐桓公曰:"我王不妨趁此机会,派人去各个诸侯国,邀请他们的国君前来参加,尤其是要特别邀请鲁庄公姬同前来我们大齐观社同乐,进一步加深我们之间的感情。"齐桓公照办。

　　鲁庄公姬同接到请柬,又欲赴齐观社。

　　曹沫知道后,又谏曰:"按周礼规定,诸侯国国君只能在自己的国家参加祭祀自己祖宗的社祭大典。参加别国的祭祀大典,不合乎周礼。这样的事,若被史官记载下来,将会永久损害我王和鲁国的形象,您是万万不可前往的。"

　　鲁庄公姬同不听这一套,毅然赶赴齐国,观看其社祭大典。姬同来后,才知道有许多国家的诸侯也都来参加,以欣赏大齐的各种音乐、舞蹈和演唱。当然,也都是为了借此机会,来和大齐之国联络感情。

　　却说鲁庄公与当年邂逅的那美女孟任,生有一子,名叫姬斑,人称公子斑。作为王后的哀姜因过早与鲁庄公淫乱,失去了生育能力,未能生子。倒是其妹叔姜,为鲁庄公生育一子,名叫姬开,称为公子开。鲁庄公的另一姬妾也为其生下一子,名叫姬申,称为公子申。

　　鲁庄公有三位弟弟,长弟曰姬庆父,次弟曰姬叔牙,三弟曰姬季友。

老三姬季友出生时,其父鲁桓公姬允夜里梦见上天之神。天神说:"此子乃日后匡扶鲁国之贤臣,名曰'友'。"季友出生后,鲁桓公见其掌纹果似"友"字,遂名之季友,号为成季。

若干年后,鲁庄公已经执政三十二年。他在外出视察的路上,不幸中暑,自感时日无多,就召亲人们前来商量自己的后事。接到通知,次弟姬叔牙先到,鲁庄公对他说:"在我百年之后,二弟觉得何人接替我的君位为好呢?"

姬叔牙曰:"二兄庆父,很有能力。周礼是允许兄逝弟继的,王兄百年之后,我看可让他接替君位。"

姬叔牙走后,三弟姬季友到,鲁庄公又问其后事咋办。

姬季友曰:"王后哀姜并无正出嫡子。在王兄的庶子中,以子斑为长,子开次之,子申最幼。当年孟任生下子斑时,王兄曾与孟任割臂盟誓,约定日后要立子斑为君。依弟之见,应遵誓而立之。"

鲁庄公说:"你三兄叔牙刚才来见我。我向其征求在百年之后,何人继我王位的看法。可是他说要立庆父为君。"

姬季友曰:"叔牙这不是要违背周礼,让二兄庆父篡权吗?"

鲁庄公说:"可他叔牙说,'弟继兄位,不违背周礼'。"

姬季友曰:"周礼规定若君王没有子嗣,是可以由其弟继位的。但王兄您有三个儿子,按周礼规定,应该由您的长子继位。您后面还有两个儿子,怎么也轮不到他庆父继位啊。"

鲁庄公说:"让我的长子子斑继位,也是我的心愿。只是他叔牙欲立庆父,而不立子斑。我对此是死不瞑目的啊。"

姬季友曰:"当断不断,必生其乱。"

鲁庄公问:"奈之若何?"

姬季友曰:"若王兄信任我,季友自有办法。"

鲁庄公点头会意,目视季友,断断续续地说:"我把一切都委托给三弟,鲁国的事情就全靠你了。"

姬季友闻言,获得了"尚方宝剑",就以鲁庄公之命,派人赐给了姬叔牙毒酒,并传达鲁庄公的旨意说:"今我把此酒赐予二弟,若二弟喝下此酒,你的后世子孙可以继续仕鲁,传之为叔孙氏;若拒饮此酒,就是抗旨不遵,就要灭你的子孙后代。"

姬叔牙闻言,宁肯以死换得后世子孙的平安和富贵,就决然饮鸩自尽了。他的后世子孙,这才成为鲁国三大家族之一的叔孙氏。

杀了姬叔牙后,姬季友到鲁庄公病榻旁,向王兄汇报。鲁庄公听说二弟叔牙已死,不禁觉得有点心疼,就对季友说:"三弟除了让叔牙死,就没有别的法子来达到我们的目的了吗?"

姬季友曰:"若王兄真有不测,我作为咱们弟兄四个的老小,不是庆父和叔牙二位兄长的对手,又怎么能实现王兄的遗愿呢?他们二人除去其一,剩下一个庆父,就足够让我对付的了。我是誓死也要让王兄的儿子继承您之君位的。"

鲁庄公听后,觉得季友言之有理,就颔首予以肯定。就这样,鲁庄公姬同才闭上了眼睛,放心地辞别了人世。

第七十二回　庆父不死鲁难在　大义灭亲杀哀姜

却说得到鲁庄公姬同去世的消息，齐桓公本欲按照分工派外交大臣公子姜举前去吊唁，但公子姜举偶染风寒，不能前行。于是，齐桓公就派另一位外交大臣仲孙湫前去为鲁庄公吊唁，并嘱咐仲孙湫到鲁国后，设法多拜访些鲁国的要人，打探一下鲁庄公之后的鲁国情况。

仲孙湫按照齐桓公的交代，在鲁国打听到了很多情况。他从鲁国回来后，对齐桓公禀报："鲁国的公子姬斑自居是鲁庄公的长子，就做出一些出格的事。他性格暴戾，肆意妄为，当年在一梁姓大户人家，认识了梁氏之女，见其异常美貌，就与之私定终身。有位圉人，名叫荦(luò)，他自恃身强力壮，就在墙外的高坡处用言语调戏墙内的梁氏之女。这正巧被姬斑碰见，于是他勃然大怒，就跑上前去，夺下了圉人荦手中的马鞭，将其狠狠地抽打了一顿，致使圉人荦伤痕累累。"

齐桓公说："男人争风吃醋，这有什么奇怪的呢？"

仲孙湫曰："鲁庄公当时闻知此事，就把姬斑召来，对他说，'圉人荦力大无比，你把他鞭笞成了重伤，这就埋下了他将来报复你的仇恨种子。如其以鞭伤之，还不如以刀杀之，以绝日后之患'。但是公子姬斑却不以为然。"

齐桓公问："那后来圉人荦报复姬斑了吗？"

仲孙湫曰："鲁庄公与夫人哀姜的年龄差距很大，哀姜见鲁庄公年老气衰，不能满足自己的淫欲，就与其小叔子姬庆父常年私通。哀姜没有生育，她不愿让公子姬斑继承君位，欲立自己的妹妹所生的儿子姬开为君，就与奸夫庆父密谋，想派人去害死姬斑。庆父为了讨好哀姜，只好暗中把圉人荦找来，如此这般交代一番。某日傍晚，圉人荦携利器暗藏于梁氏院门之外。公子姬斑趁天黑之时,前来私会梁氏之女。这时,圉人荦从暗处突然鱼跃而出,直奔姬斑,连捅数刀,将其杀死了。"

齐桓公问:"他们密谋杀死了公子姬斑,那姬开继承王位了吗?"

仲孙湫曰:"哀姜和庆父除去了障碍,就按周礼兄逝弟继的规定,立了姬开为君,号为鲁闵公。这时,受鲁庄公托孤的三弟季友,见公子姬斑被庆父和哀姜设谋杀害,另立了叔姜所生的公子姬开。怕受牵连,他就带着公子姬申出走去了季友母亲的娘家陈国,到那里暂时回避,以防意外变故。"

齐桓公问:"仲孙爱卿认为鲁国这样就能稳定下来吗?"

仲孙湫曰:"依臣之见,庆父不死,鲁难未已。"

齐桓公说:"我们何不趁其内乱,派兵去占领鲁国,杀死那庆父呢。这样,鲁国不就安定了嘛。"

仲孙湫曰:"鲁国虽乱,但当年鲁庄公姬同关心爱护本国的黎民百姓,鲁国之民为此而爱国尊君。他们上下有序,万众一心,又加上鲁国与莒国通好,两国乃是生死联盟。过去,无论是我们讨伐鲁国,还是我王欲讨伐莒国,他们两国的黎民百姓,包括老人和孩子,人人拿起菜刀和斧头,必欲与我们决一死战。我们若去占领鲁国,鲁国人民必然奋起反抗,莒国的仕民必然会去全力相救。若他们两国的兵力合为一体,我们齐国是很难对付的。再说,引起战争会有损于鲁国的周礼文化及其历史文物。因此,我们对鲁国只能扶之,不能占之。"齐桓公点头赞同。

齐国命卿高奚的一块封地,靠近鲁国,他就始终关注鲁国的动向。仲孙湫从鲁国回来不久,高奚就来到了朝堂,向齐桓公禀报了他所了解到的鲁国近况。

高奚对齐桓公说:"鲁闵公姬开被立为国君后,哀姜又对庆父说,'公子姬开并非我的亲生,作为我妹妹的儿子,不过是我的外甥而已。他岁数渐大,若等到其长大成人,日后专权,我们就说了不算了,就会受制于人。到那时,我们就会处于被动地位。我看不如趁其王位未稳,设法将其废掉,由您亲自担任国君'。这当然更合庆父的意愿。于是,哀姜和庆父就唆使鲁闵公的对立面派出杀手,去参加武将的比武考试。在鲁闵公前去监考时,出其不意而弑之。可怜鲁闵公姬开,小小年纪,又被哀姜和庆父害死了。这时,鲁国国内上上下下舆论哗然,庆父怕被国人所杀,就逃到了莒国;哀姜更是害怕,她随后逃到了邾国。"

这时,管仲在朝堂对齐桓公曰:"鲁国乱到这般程度,我们作为邻国和诸侯长的大齐,不能坐视不管。我王可派命卿高奚带领其封地之兵,就近进驻鲁国,平定他们的内乱。高奚曾数次使鲁,与鲁国之人彼此熟悉,有安定鲁国的条件。"齐桓公准奏。

却说高奚率自己封地之兵,来到了鲁国的都城曲阜。他见该城市已是失于管理,被那些不法之徒借机盗毁了城墙、宫殿、民房及庙宇,就命令所率将士立即帮助鲁国恢复这一残局。命卿高奚对鲁国之人和蔼可亲,无私帮助,鲁国的仕民们就都出来犒劳高奚的部队。

避乱在外的鲁国臣民听到了这一情况,也纷纷回到曲阜,来见高奚。鲁国的大臣奚斯对高奚说:"现在我国无君,庄公的前两个儿子均被庆父和哀姜杀害了。姬季友为了保护鲁庄公的血脉,携带庄公的少子公子姬申避难于陈国。您看我们能不能派人去陈国,将他们迎回来呢?"

高奚曰:"应该按照周礼,立即派人前去迎回鲁庄公这位仅有的继位人姬申。"奚斯十分高兴,就派人按高奚的意思去办了。

公子姬申被迎回鲁国国都曲阜,由高奚主持,群臣参与,拥立为君,是为鲁僖公。高奚让姬季友担任了幼主的辅臣,并让鲁僖公赐给了季友大片封地。后来,季友的后世成为鲁国三大家族之一的季氏家族。

当时,姬季友对高奚说:"你我都是姬周的后代。鲁国不幸遭难,幸亏高命卿前来相助。现我们鲁国的逆臣贼子庆父逃到了莒国,您看该怎么办才好呢?"

高奚曰:"应以厚礼去见莒国国君,让其把庆父返遣回来。"季友照办,以重礼去莒国换回了庆父。季友欲杀之。

高奚曰:"庆父毕竟是鲁桓公的次子、鲁庄公的长弟,我看您作为丞相不必亲手刃之。我高某有一法,可让庆父悔罪自杀。"高奚遂如此这般交代一番。

庆父从莒国遣返回鲁国后,某日在鲁国的监狱,远远听见大臣奚斯痛哭流涕而来。奚斯口口声声喊着公子姬斑和公子姬开的名字,历述二人丧命之不幸,哀哀嚎嚎,痛不欲生。狱卒见此,也都一起陪哭。庆父闻之,自觉罪孽深重,死有余辜,就解下腰带系于监狱栏杆内的顶梁,悬梁自尽了。姬庆父之后世,是为鲁国三大家族的孟氏。后来,孟氏、叔孙氏、季氏,成为鲁国的三强,号称鲁国三桓。这三大家族,后来一度乱了鲁国。

就在这时,公子姬开的母亲叔姜从王宫内披头散发而奔出,来到高奚面前,跪拜说:"我姐姐哀姜,为了那奸夫庆父,竟然忍心杀死了亲妹妹所生的儿子公子姬开,肯请您高爱卿为我做主。"

高奚立即将叔姜扶起,反拜曰:"高奚乃公主的臣下,理当替我主申冤。"

鲁国人见高奚如此遵守礼仪,主持正义,爱护鲁国的君臣仕民,就对高奚视若神明,感激涕零。

鲁国后世祖祖辈辈都盼望有高奚这样的贵人,给他们带来安定和幸福。后人说:"时到如今,我们还盼望着当年的高奚在鲁国重现呢。"这就是"犹望高子"典故的来历。

高奚回到齐国朝堂,把叔姜的哭诉和哀姜指使庆父连弑二君的恶行禀报了齐桓公。齐桓公极度愤慨,就把仲孙湫召来说:"我派你去一趟邾国,就说哀姜乃我大齐公主,就是避难,也要回到她的娘家齐国来。"

仲孙湫明白齐桓公的想法和意图,就出使来到邾国,面见邾国国君说:"哀姜是我王的侄女,我王齐桓公怕贵国对其照顾不周,特让我来把公主请回去,在娘家居住,也好给予厚待。"邾国早已臣服于齐国,邾侯闻此,巴不得把哀姜送回娘家。邾侯把齐桓公的旨意告诉了哀姜。哀姜信以为真,就随仲孙湫回到了齐国。

哀姜回来后,齐桓公叫上仲孙湫和高奚,一起历数了哀姜与庆父通奸乱国、连弑二君的累累罪行,说:"你的罪行,依据周礼当杀。但你作为我的侄女,寡人不忍心亲手杀你,你就到自己的房间去自裁了吧。"哀姜自知罪孽深重,见大势已去,必死无疑,就回到自己房间,悬梁自尽了。

哀姜毕竟是鲁庄公姬同的夫人,齐桓公就让仲孙湫把装殓哀姜的棺椁送到了鲁国。辅臣姬季友见此，对仲孙湫说："齐桓公为了我们鲁国，不惜大义灭亲，不愧是我中原各诸侯国之长，天下之伯也。"

姬季友奏请鲁僖公批准，以国母的礼仪，安葬了哀姜。称其哀姜，实为后人对其之谥号。

鲁僖公姬申年幼，季友请其委派他代表鲁国；大齐命卿高奚代表齐国，在鲁国都城曲阜举行了一次神圣的会盟。在盟会上，季友和高奚代表齐鲁两国，签订了两国荣辱与共、相互帮扶、永世友好的《曲阜盟约》。

话说鲁僖公姬申长大后，为了表达对大齐的感激和友好情谊，又聘娶了齐桓公的侄孙女声姜为夫人。他们夫妇俩还特意邀请诸侯长齐桓公，会盟于齐国的阳谷之地。会盟时，他们夫妻俩参加了盟会。在会上见面时，声姜先行了家礼，跪拜叔爷爷齐桓公，然后夫妻俩再行那国礼。他们表示甘愿依附于大齐，与大齐永续姻亲之好。

后来，鲁僖公又为其太子姬兴娶妻于齐国王室。鲁僖公死后，太子姬兴继位，是为鲁文公。

鲁文公的齐国夫人为其生了儿子姬恶和姬视。鲁文公的嫔妃名叫敬嬴，深得鲁文公喜爱，为鲁文公生了儿子姬俀(tuí)。当时在鲁国掌权的辅臣名叫襄仲。公子姬俀很有心计，就想方设法巴结权臣襄仲。在鲁文公死后，襄仲就打算立自己的亲信公子姬俀为君。

鲁国当时的副相叔仲说："废长立庶，不符合周礼的规定。如果您坚持这样做，恐将会给鲁国留下无穷的后患。"

当时襄仲怕齐国干预此事，就带厚礼去巴结大齐，请求能支持他立姬俀为君。齐国当时答复说："这是你们鲁国内部的事，立谁为君由你们自己来决定。按照周礼规定，我大齐作为外国是不能干涉你们鲁国之内政的。"

襄仲得到了这种模棱两可的答复，知道齐国不会干预这件事，也就没再把齐国放在眼里。于是，他设法惨杀了齐女王后所生的公子姬恶和公子姬视，擅立了姬俀为君，是为鲁宣公。

为鲁文公生下儿子姬恶和姬视的齐女王后，在鲁国的国君丈夫去世，又失去了两个儿子后，想起自己作为一国国母，竟不能保护两个亲生儿子的性命,就对鲁国有了厌恶之情。于是,她女扮男装,私下乘马车偷偷回到了齐国的娘家。她回到齐国后,难过得疯疯癫癫,常常在街市上痛哭流涕地说:"我们齐国那天齐渊上的老天爷啊,你为什么不为我主持正义呢? 那鲁国贼子襄仲大逆不道,为了自己的私利,连杀我为鲁国嫡出的二位公子,擅立那庶出之子姬俀。我的两个儿子死得好惨啊! 请您当老天爷的,去替我杀死那该当千刀万剐的襄仲老贼吧!"

齐国国都临淄的仕民们,闻听这位齐国王室之女的悲惨诉说后,无不为之哀痛掉泪。他们说:"鲁文公所娶的我们这位齐女夫人,真是旷世之悲哀。我们的这位齐女,死后更应该谥之为哀姜。鲁国前者之哀姜,因杀人而死,算不得悲哀;后者之哀姜,二位王子皆被无端杀害,这才算是真正的悲哀,真正的哀姜。"

因为襄仲在鲁国霸道专权,多行不义,连杀鲁文公的两位嫡出之子,就在国内引起了强烈的不满。

这时,鲁国号称"三桓"的孟氏、叔孙氏和季氏联合起来共同造反,以最后把奸臣襄仲杀死而告终。

齐国人听说后,都说:"恶有恶报,善有善报,不是不报,时候未到。时候一到,一切怨仇都会报!"

第七十三回　休钟罢乐救邢国　千方百计保禹杞

话说齐桓公二十四年,即公元前662年,周惠王十五年的某日,齐桓公和管仲正在朝堂上与群臣欣赏齐国美女演出的舞蹈和乐童们敲击的编钟之乐。当演到精彩之处时,观看者无不拍手欢呼。这时,齐国乃是一片歌舞升平的美好景象。

却不想这时,外交大臣、齐桓公的叔弟公子姜启方前来面见齐桓公,奏道:"我奉王兄和丞相之命, 担负与北方和西北方各诸侯国的外交事务。自受命以来,诚惶诚恐,寝食难安,唯恐有负我王之命。故此,我时刻关注着这两个方向各诸侯国以及那北戎西狄等夷邦的动向。"

齐桓公说:"我们观舞取乐正在兴头上,王弟有话快说,不要兜这么多圈子。"

公子姜启方道:"现在,西北方逐步强大起来的赤狄之夷,兴兵侵犯中原的诸侯国邢国。邢国国君派人来向我这位外交熟人告急,让我奏请王兄出兵予以相救。"

齐桓公说:"寡人有千年之食,却无百年之寿。我近来抑郁烦闷,身体不适,这才与仲父观舞听磬。赤狄侵犯邢国,看来我是管不了那么多了。"

管仲曰:"邢国乃姬姓之国。像鲁国一样,是周公姬旦的后裔,是周王室的同宗。我们大齐作为诸侯长、诸侯之伯,是不可以坐视不救的。我们中原各诸侯国本是一家,都是炎黄子孙,血缘关系非常亲密,经济文化的联系与积淀十分深厚。作为外夷之邦,这赤狄与北戎一样,都觊觎我们中原已久,屡屡出兵侵犯我中原诸侯国。他们烧杀掳掠,毁我文明,贪得无厌,如同那豺狼一般。"

齐桓公说："戎狄之兵凶猛，他们多是骑兵。我们出兵救邢，损失会很大。"

管仲曰："古诗曰，'岂不怀归，畏此简书'。所谓《简书》者，乃我大齐与各诸侯国的盟书，是炎黄子孙相处的法则。书中说，'作为炎黄子孙，应亲如一家。在有困难的时候，都要互相帮助；在遇有外族侵犯的战事时，都要出兵相互救援'。"

齐桓公说："可谁又愿意舍家撇业地去远方打仗呢？"

管仲曰："谁能愿意去进行那残酷的战争呢？在战争中，谁不希望早日回到自己的家。但是有《简书》对我们的约束，谁又能不敬畏而去逃避和退却呢？"

齐桓公说："仲父让我遵守《简书》，不就是要坚持出兵救邢吗？"

管仲曰："现在，如果不出兵击狄救邢，也违背了我们大齐作为诸侯长的'尊王攘夷'根本宗旨。这也会让我们失去各诸侯国的信任与拥护。同时，也使戎狄之邦越来越嚣张，越来越难以对付。"

齐桓公说："靠我大齐一国之力，恐怕难以制服众多的戎狄之兵。"

管仲曰："我们不妨联合宋、曹等国，组成联军，共同救邢。"

于是，齐桓公立即行动，命人急去通知宋、曹二国，并马上得到了他们的响应。齐桓公休钟罢乐，把那悬挂编钟的木架推倒，留下管仲在丞相府主政，亲自带领全体文武大臣，倾巢出动、孤注一掷，随同齐、宋、曹的多国联军，共同前去救邢击狄。齐国的王宫当时为之一空。

齐桓公带兵出师不久，就派随行的公子姜启方回来对丞相说道："我联军赶到邢国时，他们邢国国都内坚守的将士们听其探子说，'诸侯长齐桓公率领的多国联军，前来击狄救邢，已经进入我国境内了'。这些守在都城内的将士们，被赤狄包围在城里待援已久，已快弹尽粮绝了。他们闻听救兵赶到，就急不可待，簇拥着那邢侯冲杀出包围圈，与援军会合。"

管仲听完情况，对公子姜启方曰："我们多国的援军和邢国之军结合在一起，就可以向西北方向追击这些赤狄之兵了。"

公子姜启方道："由于邢军急于出城与援军会师，致使城内一时空

尊王攘夷 华夏一体

虚。赤狄之兵趁机进入邢国之都,把其王宫和城墙破坏殆尽,洗劫了城内的所有财物。虽然被我们齐桓公率领的多国救兵以及邢国之军穷追不舍,夺回了部分财物,但仍然无法弥补其国破家亡的巨大损失。"

管仲曰:"就烦您公子启方再回那邢国,让我王命令联军,在邢国人口较为集中的夷仪之地,帮助邢国整修一座新王宫,作为新的都城,以存续那邢国。"

公子姜启方得到丞相管仲的指示,就返回邢国,将丞相之言禀报了齐桓公。齐桓公说:"仲父的意见甚好,寡人要予以采纳。我不但要整修一座新国都以存邢国,而且要留下我大齐的千名士兵和百辆战车,帮助邢国之侯,让他带领邢国的军民们保卫邢国,保卫家园。"

待这些事情办成后,邢侯和邢国的群臣以及黎民百姓都兴高采烈地住进了新的都城,就像回到了自己的老家一样,忘记了邢国已经国破家亡的忧愁。

等齐桓公和多国联军准备撤军时,邢侯率领邢国的臣民一起出城跪拜齐桓公。邢侯说:"我们将世世代代不忘诸侯长和多国联军对我们邢国的重塑再生之恩。我们要在城内建立一座纪念的台坛,就命名为'存邢台'。"

齐桓公说:"我们存邢是应该的。说我们存邢,是对邢国的不尊。依我之见,不如去掉这个'存'字,就直接叫'邢台'好了。"后来,这个地方果然就被叫作邢台。

却说救邢的事过了不久,齐桓公与管仲又在王宫朝堂欣赏美女们的舞蹈和听乐童们的击磬之乐。这时,却见齐桓公另一位叔弟公子姜举,匆匆忙忙来禀报:"我奉王兄和丞相之命,担负与鲁国及其周边各诸侯国的外交事务。鲁国西南相邻的杞国,乃大禹之后裔,是周武王所封的诸侯国。因其国势弱小,又靠近宋国,现在宋桓公殷御说就意欲攻伐之。特来请示王兄和丞相,我们大齐是否兴兵去抗宋救杞呢?"

齐桓公说:"宋国乃我大齐友好盟邦。宋桓公殷御说不但是我两位如夫人长卫姬和少卫姬的妹夫,而且是我另一位如夫人宋华子的长兄。你让寡人可怎么去抗宋呢?"公子举闻听,悻悻而去。

这时，管仲对齐桓公曰："我知道我王认为宋国兵强马壮，又是我大齐的姻亲之邦，就不愿意为救那杞国而兴兵与之对抗。可是，杞国乃大禹后人东楼公的封国，今面临被侵犯，作为诸侯长的大齐也不能不管啊。"

齐桓公说："既然仲父知道我不愿兴兵抗宋，却又要我们大齐管那杞国的事，这不是互相矛盾吗？"

管仲曰："我王不出兵，不等于不管。"

齐桓公问："此话怎讲？"

管仲曰："我王可亲笔致信宋桓公殷御说，让他不要忘了宋国乃是受天下诸侯尊重的公国。在对待国与国之间的关系上，不可以武力去强行征伐别国，尤其是自己的邻国。如若不然，则会招来天下诸侯国对宋国的众叛亲离。"

齐桓公闻听后，就按管仲的建议，亲笔给宋桓公殷御说写了一封信，派公子姜举立马送到宋国去。

宋桓公殷御说收到信后，展开观看，只见信中说："齐桓公姜小白拜上大舅兄和我夫人之妹丈宋桓公殷御说。我姜小白作为大周天子周惠王任命的诸侯长，听说贵国要向东征伐杞国，窃以为甚是不妥。杞国乃大禹后裔东楼公的封地，是与贵我两国具有同等地位的华夏诸侯国。他们与你们宋国又是邻邦，山河相连，一衣带水。你们作为华夏的公国，应该为邻国之间的友好与和平相处作出榜样，万万不可以武力相侵。否则，贵国就会成为华夏各诸侯的众矢之的。言不尽意，还望三思。"

宋桓公殷御说阅完信后，慨然长叹，就给齐桓公写了一封回信，让公子姜举捎回齐国。

齐桓公见到了回信，拆信后念给管仲听，只听信中说："尊敬的诸侯长齐桓公阁下，我宋国历来与大齐友好，又有双重的姻亲之好。您既是我的妹夫，又是我夫人的姐丈，现今您又是天下各诸侯国的领袖。您亲自给我写信，所言之事不可不尊。可是，您并不了解我宋国与那杞国的恩怨。"

管仲插话："没听说他们两国有什么恩恩怨怨啊？"

齐桓公继续往下念信："我宋国在杞国之南,有一大片肥沃的土地。杞国现在当权的杞德侯对此十分羡慕,就来信与我商量,说是想用他靠近我国的杞国都城,与我们交换这片沃土。为此,我与杞德侯会盟商谈,彼此达成盟约定下了此事。谁知这个杞德侯却出尔反尔,事后又想毁约。我本来十分尊重他,就派人前去向他讲明情理和利害。可这个背信之徒一口认定,必欲反悔。我当时说,他这是敬酒不吃吃罚酒,才扬言要出兵讨伐之。不想我此言一出,你们的外交大臣公子姜举就很快知道了。因此,这才招来了您的来信。"

管仲听完后,曰："既然是这样,我们可以再派公子姜举前去宋国,然后再去杞国,为他们双方斡旋此事。我听说杞国东边靠近鲁国的地方,有座名叫雍丘的城邑,其规模和繁华程度不亚于现在的杞国国都。不妨让杞国让出自己现在靠近宋国的国都,去他们杞国这个靠近鲁国的雍丘,作为新的都城。让宋国把自己位于杞国之南的那片沃地按约交割给杞国。这样,我王就可做到既不对抗宋国,又救下那弱小杞国的善举。"

就这样,经过公子姜举的斡旋,杞国把其旧都让给了宋国,迁入了新都雍丘,换得了宋国的一大片国土。

过了数年,杞国东南淮夷之邦兴兵侵犯杞国。公子举就又前来王宫,向齐桓公禀报此事。齐桓公紧急召见丞相管仲和大司马王子城父,共同商量对策。

齐桓公问："淮夷之兵侵犯弱小的杞国,我们是出兵救他呢还是不救呢?"

管仲曰："国家无论大小和强弱,其地位和重要性都是一样的。各诸侯国之间应该是平等的,大家在天下诸侯国中应具有同等的权利和义务。今淮夷之兵侵犯杞国,性质上与宋国和杞国的纠纷是不同的。因为这不但是淮夷外邦对杞国的侵犯,也是对我们整个华夏中原之地的侵犯。因此,我们大齐作为中原各诸侯国的诸侯长,也是绝对不能坐视不救的。"

齐桓公说："那寡人就再次亲自率军去抗击这些淮夷之兵,以保卫杞国和我们华夏的中原吧。"

管仲曰："那北方的戎狄之兵，人高马大，凶悍无比。他们侵犯邢国时，我王兴全国之兵，御驾亲征，这才赶走了这些北方的肉食之徒。至于那些淮夷之兵，都是些食用稻谷之人，多数瘦小，体力有限。他们不是我们大齐之军的对手，用不着我王御驾亲征，只需派一员将领率军前去，就能赶走那些淮夷贼寇。"

齐桓公问："那么，仲父您觉得让哪位将军领兵前去抗夷救杞为好呢？"

管仲曰："当然是作为大司马的王子城父亲自率军前去为好了。"

王子城父闻言，立即说道："末将愿往。"

齐桓公说："宰鸡何用杀牛的刀呢？就这些小小淮夷之国的兵卒，还用着你这位弹指间就能杀敌千军万马的大司马亲自出动吗？"

管仲曰："那我王认为派谁去为好呢？"

齐桓公说："公子姜举熟悉杞国的路途和地形，我看派他率军前去抵御淮夷之兵，拯救杞国，也就足够了。"

王子城父道："公子姜举缺少领兵作战的经验。派他去，我担心难以战胜那些淮夷之兵。"

齐桓公说："我们就要是在实战中，多磨炼出一些将才嘛。"

管仲曰："如果从这个角度考虑，那就让公子姜举率军去锻炼锻炼吧。"

公子姜举道："作为外交大臣，我负责鲁国及其四周这些诸侯国的外交事务，熟悉这些国家的地形地貌。今带兵前去抗击淮夷，救援杞国，是我义不容辞的责任。王兄和丞相还有大司马，你们就放心地让我去吧。"

齐桓公对公子姜举说："你去救援杞国，把那淮夷之兵赶出我们中原。事后，你如果见那杞国本身已无力保家卫国，那么我们救得了他一时，救不了他一世。你不妨把杞德侯和其残兵败将以及杞国的黎民百姓都带到我们大齐来。即使在我们大齐进行异地安置，也不能眼看着今后亡了那作为大禹传人的杞国。"

管仲曰："我们与杞国有鲁国相隔,远水难解近渴。如果杞国已无力自身相保,又不能听任其灭亡。从长远看,如果我们不能救之,那就必须存之。俗话说得好,羊群被老虎赶出了山林,平原就要接纳它们。"

齐桓公和管仲言罢,参与商讨的王子城父也十分赞成他二人的意见。于是,公子姜举就奉命率领齐军赶去抗夷救杞。

时隔不久,只见公子姜举果然领着杞德侯和其部分臣民来见齐桓公。公子姜举说："淮夷之兵有贼心无贼胆,刚见我率军前去抗夷保杞,他们就望风披靡,逃之夭夭了。可我见杞国已经无力抵抗淮夷的再次入侵。杞德侯也十分害怕那些淮夷之兵卷土重来,怕到时不但会丢了国土,而且会丢了他和其臣民的性命。因此,我就按我王临行前的嘱咐,让他们都跟随我到咱们大齐来了。"

齐桓公见此,无话可说,就急召丞相管仲前来商量此事。

齐桓公说："杞国多次受人欺凌,这就怪不得有人说'杞人忧天'了。寡人曾有言在先。今杞德侯和其臣民果然来到了我们齐国。我们要怎样安排他们才好呢?"

管仲曰："不妨把我大齐东北边的缘陵之地,划给杞国,让他们在此地得以延续国脉,保住这个大禹后裔的封国。"

第七十四回　金龟换粮飨杞人　围厉救徐助多国

　　上回说到，公子举把大禹后代杞国的杞德侯及其臣民领到了齐国,管仲建议齐桓公把齐国缘陵划给杞国作为国都,以保存这个大禹后代的血脉。

　　随后,齐桓公说:"除了把缘陵划给杞国外,还要拨给杞国百辆战车、千名兵卒,用以负责缘陵的城防。但是,这么多人初来乍到,我们要满足对他们的粮食供给才行,就请仲父让大司行隰朋从我们的粮库里调拨吧。"

　　管仲曰:"近年, 我齐国大旱。过去储存的粮食尚不够赈济本国饥民,国库实在难以再拨出粮食供给这些杞国的君民们。我们不能让大司行隰朋去行那无米之炊,去办那办不到的事情。"

　　齐桓公说:"咱们把人家杞国的君民请到我们大齐来了,却让人家饿肚子,实在是说不过去啊。"

　　管仲曰:"管夷吾倒有一法,不需要动用我大齐国库,就能解决杞国君民们的用粮难题。"

　　齐桓公急问:"仲父有什么法子呢?"

　　管仲曰:"我听说,在我们大齐东北方有两项名声在外的事情。"

　　齐桓公问:"是哪两项事情呢?"

　　管仲曰:"一项是有位钓鱼人,在海边钓出了一只金黄色的大龟;另一项是这里有位大户人家, 是个很大的土地主。他们土地的水浇条件好,大旱年地里的庄稼反而丰收。这户人家姓丁,人称丁大户。"

　　齐桓公说:"这两件人和事,与我们解决粮食难题,有什么关系啊?"

　　管仲曰:"听说丁大户积存的粮食,可以满足几千人食用一年呢。"

【五霸之首　号令天下】

437

齐桓公说:"人家丁大户储藏的粮食,我们总不能去抢夺吧?"

管仲曰:"用不着抢夺,我王只要按我说的去做就可以了。"

齐桓公问:"仲父想让寡人去做什么事情呢?"

管仲曰:"您以大齐君王之名义,赐给那位钓龟人以大夫的官衔,并送给他十辆豪华马车和一百两黄金,让他选地方垒起一座台坛。然后让其穿上大夫的官服,向金龟行三拜九叩之礼,把金龟盛在金鼎之内,搬上豪华马车。要像护送君侯一样,让神龟居中而行,以王侯的盛大礼仪送至台坛之顶。随后就说,我王夜梦上天的玉皇大帝,玉皇大帝说金龟乃是玉皇之子降临人世。"

齐桓公说:"本来我大齐的年景就已经歉收,仲父还要让我再去浪费这些钱财,又是何苦呢?"

管仲曰:"非但要有上述花费,而且我们每天还要杀四头老牛,血祭那神龟。"

齐桓公说:"仲父这不是要给我们大齐的经费开支雪上加霜吗?"

管仲曰:"为了达到一定的目的,钱该花的就得花。"

齐桓公问:"仲父这是意欲何为呢?"

管仲曰:"将金龟送至神坛之上,前来观看者必然人山人海。"

齐桓公说:"仲父是想让人们借观看神龟,举行一次热闹的庙会吗?"

管仲曰:"非也。这样一来,这一金龟不就成了无价之宝了吗?"

齐桓公问:"成为无价之宝,又能如何?"

管仲曰:"到时,我王自然就会知道了。"

齐桓公曾多次配合管仲演戏,一开始都不知道他葫芦里装的是什么药,可后来都发现是惊人的奇计良谋。他这次也就不去打破砂锅问到底,只是依丞相的建议去办,静候之后的佳音。此事实施后,立即轰动了整个大齐,家喻户晓,妇孺皆知。这其中当然也包括那丁大户。

丁大户听说后,急忙前来祭拜神龟。他对这一金龟视若神明,竟然匍匐于地顶礼膜拜。

事后,管仲对齐桓公曰:"现在,我王可以派人去把丁大户召来,就说想用此金龟作为抵押,暂时把他的粮食换出来,救济杞国的君民。待到来年庄稼丰收时,国家再用粮食将神龟换回。这样,也有利于他那些粮食的更新,保持其新鲜的质量。"

齐桓公听后大喜,于是依言而行。

丁大户接到王命,立即来到了王宫。他先跪拜了齐桓公,再拜丞相。齐桓公把管仲之意告诉了丁大户。丁大户叩头说:"我是大王的臣民,莫说是用金龟作抵押,就算是无偿献出粮食,也是小民应有的本分啊。"

管仲曰:"话虽如此,但世间没有地下冒出来的琼浆、天上掉下来的馅饼,国家不能无偿要你的财产。你还是要把金龟押下,作为一种信物。如果日后万一出现意外,此神物就是你的凭证,国家是永远不会赖账的。"

丁大户觉得能借此机会更新自己粮食的新鲜程度,内心亦是高兴,于是就辞别君侯和丞相,去神坛把那金龟请回了家。他坚信管仲之言,立即把储存的粮食交了出来。

管仲这一计,一时救活了杞国的君臣和数千民众。到了第二年,齐国风调雨顺,粮食大丰收,丁大户就交回了神龟,换回了新鲜的粮食。

又过了一段时间,曹孙宿和仲孙湫双双来到朝堂,向齐桓公禀曰:"过去,我王为了抑制楚国,曾出兵帮助与楚国相邻的徐国,夺下了楚国东南方那吴国的半壁江山,并分割了越国的部分土地。现在楚国为了对齐国和徐国在自己家门口的挑衅行为进行报复,就趁戎狄和淮夷之兵侵犯中原诸侯国之机,出兵讨伐徐国,包围了徐国的国都。"

齐桓公得知这一消息后,就急令外交大臣们分别去通知宋、鲁、郑、陈、卫、许、曹等国,让他们都来齐国的牡丘之地会盟。会盟后,共同组成了八国联军,合力出兵救援徐国。

八国联军来到徐国境内,随军而来的管仲对齐桓公曰:"楚国近邻的厉国,与楚国十分亲善。我王不妨派出部分兵力,前去包围厉国的国都。楚军知道后,必然分出部分兵力去救援厉国。这种分兵之策,就能使我们这多国部队,分而击之,打败包围徐国国都的楚军。"

齐桓公闻计,十分赞同。于是他就率领齐国的军队和曹国的军队,分兵前去包围了厉国国都。厉国国君派人去向楚军求救,楚军果然立即分兵前来救援。楚国军队战线拉长,很快就被八国联军分头各个击败了。

楚军从徐国败走后,管仲对齐桓公说:"楚国的北邻,有个英国。这个英国与楚国是死党,常帮楚国侵犯周边的诸侯国,尤其是其北邻的郑国。我们要顺手教训它才是。"于是,齐桓公又命令八国联军乘胜而战,结果一举消灭了这个亲楚的英国。

在八国联军得胜返回时,要经过一个曾国。因曾国常常受到那些淮夷之敌的侵犯,齐桓公就命令大军在此暂时歇息。他让曾侯召集曾国的民众们配合联军之兵,为曾国的国都加固城墙,增强防御能力。可谁知道,这个曾侯对其国人横征暴敛,滥施酷刑,致使民怨沸腾。黎民百姓不愿意为这样的昏君出力,他们就设计在夜间,向齐国的兵营内高喊道:"不好了,不好了!你们大齐国的内部发生封地大夫的叛乱了。"

齐桓公和管仲闻听,不知是计。他们宁可信其有,不可信其无,于是就引领本国之兵向齐国返回。这个曾国之侯不得民心,国人就与那淮夷之兵相串通,实行里应外合,最终将这个昏侯杀死了。

这时,鲁国的鲁僖公姬申见齐军先行撤走了,也就率领鲁国之军欲返回鲁国。在返回的路上,他们要经过一个小小的项国。随军的曹沫说:"齐桓公和管仲他们离此已远,我们何不顺手牵羊,占了这个项国呢?"鲁僖公姬申年轻气盛,就按照曹沫的建议,占领了项国。

齐桓公和管仲在返回的路上,见有探马从后面急速赶了过来,禀报道:"鲁僖公姬申见我王和丞相率军回国,就没有了顾忌,在曹沫的建议下,没费吹灰之力,就擅自占领了他们路过的项国。"

齐桓公知道了这一情况,十分气愤,就对管仲说:"我和仲父分工。您率领我军的一半兵力,回国去看看。若真有我大齐封地的大夫造反,凭丞相的威望和智谋,就足以将他们制服了。寡人要亲率我军的另一半兵力,回头去截住鲁僖公姬申这个小儿。我要把他抓住,押解到我们大齐来。"齐桓公说到做到,果然把鲁僖公姬申在路上抓住,押来了齐国。

却说鲁僖公的夫人声姜,知道丈夫因贪心顺路占了项国,惹恼了齐桓公,被半路抓去了齐国。她只好派鲁国大臣去齐国拜见齐桓公,并交代说:"你去了齐国,见到齐桓公后,就说他的侄孙女声姜,乃一介女流,不便前来。请求自己的叔爷爷不辞劳苦,来我们鲁国北境的卞地走一趟。我们爷孙俩也好互相见个面,我要替夫认罪,主动将鲁军退出项国,恢复项国的主权。"

齐桓公听了鲁国使臣的传达,也心疼和可怜自己的侄孙女,就乘车去了他们鲁国的卞地。爷孙俩相见后,只见声姜扑通一声跪在了齐桓公的面前,泪如泉涌地说:"请爷爷看在我姜姓列祖列宗的份上,宽恕孙女这个不懂事的夫君吧。"

俗话说:"世上最是隔辈亲,爷爷孙子老伙计。若是孙女求爷爷,祖父登天去摘星。"

齐桓公见自己的孙女如此恳求自己,一时无可奈何,就赶紧拉起跪在地上的声姜,说:"你让姬申放弃了侵占的项国,我就让他返回鲁国都城曲阜,继续去当他的鲁僖公。到时候你告诉姬申,就说我这个当爷爷的,要求他收敛自己的贪心,拿出心思好好疼爱我这懂事的宝贝孙女吧。"

过了一段时间,公子姜举又来朝堂向齐桓公和管仲禀报道:"鲁国西边那个弱小的阳国,又被戎狄侵犯。他们的国都已被戎狄之兵毁坏了。"

齐桓公与管仲商议后,就对公子举说:"请王弟带领人马,帮助阳国把戎狄赶走,并帮其修建新的国都,妥善安置好阳国的君臣和黎民百姓。"公子姜举应命而去。

第七十五回　翟狄侵犯议邻邦　卫国衰弱因内乱

话说齐桓公二十六年，即公元前 660 年，周惠王十七年，华夏北方的游牧民族北狄的翟国，因治国有方，逐步强大起来。于是，他们就兴兵前来侵犯中原的卫国。卫国国君卫懿公姬赤派人前来向诸侯长齐桓公求救。

齐桓公在朝堂对管仲说："我母亲和两位如夫人都是卫国人。卫国既是我们的邻国，又是我们重要的外戚之国。今北狄的翟国兴兵侵犯卫国，我们不可坐视不救。但是不知道卫国现在自身的抵抗能力如何？"

管仲曰："依我之见，他们的抵抗力很薄弱。"

齐桓公说："当年，卫国的封君卫康叔姬封，是周武王的同母老九，被称为九王弟。他们这同一个母亲，竟然生出了十个儿子。最小的老十，名叫姬季载，被封在冉国，因此又被人称为冉季载。卫康叔和冉季载皆有德行和能力，于是我齐太公姜子牙和周公姬旦就建议周成王任命卫康叔为大周的司寇，冉季载为大周的司空，共同辅佐周王室。后来因冉国弱小，遂被其他诸侯国所灭。"

管仲曰："当年，周成王姬诵不就是派其九王叔卫康公姬封来向齐太公传达王命，说是我们大齐可以'东至海、西至河、南至穆陵、北至无棣，五侯九伯，实得征之'的吗？"

齐桓公说："当时，正是他们卫国的封君卫康叔姬封，前来给了我们齐国征伐其他诸侯国的'尚方宝剑'。"

管仲曰："在武庚殷禄父反周被杀后，周成王把武庚的地盘一分为二。一半留给了殷禄父的伯父微子殷启以续殷祀，更名为宋国，定都商丘；另一半封给了其九王叔卫康叔姬封，名为卫国，定都在濮阳。"

齐桓公说:"在我齐太公姜子牙建议周武王封其众位王弟时,就是说老九、老十年龄还小,待以后再封的吗。"

管仲曰:"卫国传至第十世,那卫武侯姬和是何等的威武啊。周幽王被狄夷之兵所杀,是他率领卫国之军前去丰镐,伙同晋、郑、秦等国之兵赶走了狄夷贼兵,保护了周平王顺利东迁。因他救驾有功,被周平王从侯爵晋升为公爵,自此被称为卫武公。"

齐桓公说:"卫武公为了加强与我大齐的关系,就聘娶我们齐国的公主庄姜去给他的太子姬扬当夫人,成了他的儿媳妇。那时卫武公姬和继承祖上司寇之职,在周王室辅政。他一时权倾朝野,在华夏称雄一时。不想其后代们,现在却衰弱得连个小小的翟狄之国都抵抗不了。"

管仲曰:"卫国王室历来风气不正。当权者不是乱臣贼子,就是骄奢愚蠢之徒。他们国内的民心、军心不顺,又怎么能发展壮大自己的国力呢?"

齐桓公说:"仲父怎么能这样贬低寡人的外祖之国和外祖之家呢?"

管仲曰:"我管夷吾已经看透了卫国的老底,那就说给我王听听吧。"

齐桓公说:"望仲父知无不言,坦然相告。"

管仲曰:"卫国有弑君自代的大逆不道传统,又有儿子烝淫庶母、公爹霸占儿媳妇的乱伦之风。"

齐桓公说:"请仲父先谈一下,他们怎么就有那弑君自代的大逆不道传统呢?"

管仲曰:"我王应该知道,早在周宣王时,卫武公之父卫僖侯因病去世,本应由作为长子的太子姬余即位。可是卫武公姬和作为卫僖侯的庶子,仗着生母受卫僖侯生前的宠爱,就子以母为荣,十分骄横。他暗中在自己的府上训练杀手,私储武装力量,准备在父王死后,予以抢班夺权。"

齐桓公说:"堡垒最容易从内部攻破。这种隐藏在内部的萧墙之祸,是最难防备的。"

管仲曰:"姬和趁父王卫僖侯死后下葬时,乘太子姬余沉浸在悲痛之中没有任何防备的情况下,派出自己的杀手去袭杀太子姬余。手无寸铁的姬余被众多武艺高强的杀手包围,知道自己已是死不可免,就一头朝下跳入了父王的墓中,在墓内的棺椁上,碰得脑浆崩裂而惨死。"

齐桓公说:"当时卫国的臣民们都说,'我们的太子姬余,被其庶弟姬和残酷杀害。姬余与他的父王共死、共葬,我们就给他个谥号,叫作'共伯'吧'。"

管仲曰:"这种杀兄自代的人,一般没有好下场。"

齐桓公说:"这个卫武公姬和却是例外。他不但没有受到应有的报应,还因其救驾有功,被周平王加官晋爵,从侯爵晋升为公爵,并留在周室辅政。后来,他在周王室担任辅臣时,其勤奋敬业精神还受到了同僚们的赞佩呢。"

管仲曰:"一个人都有正反两个方面。卫武公姬和杀死自己的哥哥太子姬余,是惨无人性的大逆不道行为。可是,这不能说明他没有能力。他篡了卫国君位后的所作所为,就证明是有所作为的。"

齐桓公说:"这真是成者王侯,败者贼啊。现在人们都知道卫武公姬和,却很少有人知道,应该担任卫国国君的人,是那卫国的太子共伯姬余。"

管仲曰:"非但如此,这个卫武公姬和还健康长寿,活到了九十六岁。"

齐桓公说:"这真是好人不长寿,乌龟王八一千年啊。"

管仲曰:"正如我王所说,姬和这样的恶人反而有了善报。这就难怪其后世之人,多有弑君自代的效仿者了。"

齐桓公说:"卫武公姬和死后,他的儿子姬扬继位,是为卫庄公。就是卫庄公姬扬,娶了我们齐国公主为夫人。可他这位齐女夫人未能为其生子,于是就按王君之意,收养了卫庄公那作为陈国之女的小妾所生之子姬完。等她把姬完抚养成人后,姬完被卫庄公立为太子。"

管仲曰:"俗话说,'生母不如养母'。我齐国公主把太子姬完养大成人,也就和自己亲生的差不多了。"

齐桓公说:"卫庄公姬扬作为一国之君,当然不会满足于一夫一妻,还另娶了包括我们齐国之女在内的若干美女为姬妾。他的一位宠妾为其生了儿子,取名叫姬州吁。这个姬州吁自小好兵,长大后卫庄公欲授其为将军。这时,卫国的辅政大臣石蜡劝卫庄公曰,'不可,这将会给太子姬完留下祸乱之根'。卫庄公不听,就授予了姬州吁将军之职。等卫庄公死后,姬完继承了君位,是为卫桓公。"

管仲曰:"我听说卫桓公姬完继位后,那姬州吁既十分骄横和奢靡,又目中无君,根本不把卫桓公姬完当回事儿。"

齐桓公说:"这样本末倒置,君之不君,臣之不臣,早晚是要出事的。"

管仲曰:"卫桓公姬完见此状况,当时也是非常明智的。他一气之下,对姬州吁说,'王弟武艺高强,在卫国难以施展,实在是受委屈。我看你不如去找个大国,在那里充分施展自己的本领'。姬州吁见卫桓公下了逐客令,知道王命难违,也无脸再待在卫国,就带领手下之兵,走出了国门。"

齐桓公说:"这个姬州吁当时投奔到了郑国,去了郑国的陪都栎邑,与当时在栎邑主政的郑庄公之弟姬叔段臭味相投。他们二人约定,要互相帮扶,各自弑兄而自代。姬叔段的篡位野心,被郑国辅臣祭仲看破,预先做了准备。于是,姬叔段在其母武姜的里应外合下,联合姬州吁手下之军,共同兴兵欲打进郑国国都弑君而自代。姬叔段的这一阴谋,被祭仲一举挫败了。"

管仲曰:"这才引来了我们原来所说的那郑庄公姬寤生'黄泉见母'以及后来祭仲之女那'父夫孰亲'的故事。"

齐桓公说:"郑国的公子姬叔段阴谋没有得逞,可这个卫国的公子姬州吁却实现了自己的阴谋。姬州吁借助郑国公子姬叔段的兵将,乘卫桓公姬完毫无防备,突然窜回卫国,袭击弑杀了卫桓公姬完,自立为国君。"

管仲曰:"姬州吁这是在学习他的祖父卫武公姬和,杀兄而自代啊。"

齐桓公说:"因卫武公姬和杀兄自代的恶行没有得到报应,姬州吁大概也是存有这种侥幸心理,可他的如意算盘打错了。"

管仲曰:"除卫武公姬和是个例外外,我管夷吾还没听说这种弑兄自代的贼子能有好下场的。"

齐桓公说:"仲父所言不差。当时那生了卫桓公姬完的卫庄公姬扬之小妾是陈国人。卫国当时的辅臣石蜡就出使去了陈国,他见到陈侯说,'我王卫桓公姬完,乃是你们陈国之女所生。现在,姬完的庶弟姬州吁借用郑国乱臣贼子姬叔段的兵力,残酷地袭杀了你们这位陈国的外甥。你们陈国就不打算为其报仇吗'?陈侯问,怎么个报法?石蜡说,'你就说要和卫国交好,把那姬州吁骗来陈国,我自会有办法'。"

管仲曰:"他的办法很简单,当姬州吁应邀前来陈国欲与陈侯建立友好关系时,石蜡派两位卫国的心腹老臣在半路上假装偶然遇见了姬州吁,他们就热情地请这位君侯喝酒。谁知那酒里下了毒药,姬州吁饮后就一命呜呼了。"

齐桓公说:"石蜡杀了那姬州吁,大快人心。石蜡就立卫桓公姬完的同母弟弟姬晋为君,是为卫宣公。"

第七十六回　卫宣公烝母淫媳　懿公赤爱鹤身亡

上回说到,因卫国受到了翟狄的侵犯,卫懿公姬赤派人前来求救,齐桓公和管仲就在朝堂谈论起这个邻邦之国的事。

管仲接着上回的话题曰:"这个继了卫国君位的卫宣公姬晋,在卫国烝淫庶母、霸占儿媳妇,扒灰乱伦,是卫国荒淫之风的始作俑者。"

齐桓公说:"卫宣公姬晋,确实开了卫国淫乱的先例。其父卫庄公姬扬死后,他竟娶了父亲的姬妾,也就是其庶母,同时也是我的老姑奶奶夷姜为夫人,生下了太子姬伋。"

管仲曰:"等到太子姬伋到了婚配年龄,卫宣公姬晋就派大臣来我们大齐,聘齐国之女作为其太子妇。当时齐国的当事者,认为姬伋身为太子,年轻有为,前程无量,就答应了这门亲事。"

齐桓公说:"可是,卫宣公姬晋派来的大臣,回去向他禀报说,'人称齐国多美女,今我却是亲眼所见的了!现在我去为太子姬伋所聘的这位齐国之女,可以说是貌美至极。据齐国人说,其美貌能压倒齐国的历代姜姓美女'。卫宣公听后,为之一动,不禁耳热心跳。他嘱咐这位大臣,不要再提为太子姬伋招亲的事了,去别的国家另聘女人作为太子姬伋的媳妇吧。"

管仲曰:"然后,卫宣公竟打着娶儿媳妇的旗号,来娶齐国之女。等把这位儿媳妇娶回了家,卫宣公姬晋一见,认为确是貌压群芳、尤物可人,就喜不自禁。他不顾伦理,把儿媳妇一把拥进怀里,像饿狼扑食一样,贪婪地亲吻起来。随后将其抱进房间,占为己有,行那云雨勾且之事。"

齐桓公说:"我这个姑辈,即这个既是卫宣公儿媳妇,又是卫宣公姬妾的齐国女人，为其生了儿子姬寿和姬朔。我的老姑奶奶，即他的齐女夫人夷姜，对卫宣公的乱伦恶行十分气愤，就一跺脚悬梁自尽了。夷姜死后，卫宣公姬晋霸占的这个齐女儿媳妇，就名正言顺地继为他的夫人。"

管仲曰："听说这个新夫人进谗言于卫宣公说，'太子姬伋常常在背后对人说，贱妾本来是他的夫人'。她的小儿子姬朔也进谗言于卫宣公说，'太子姬伋常常在背后说，我本应是他的儿子。他还说，要找机会除掉你这个扒灰的老贼呢'。卫宣公不知这是谗言，就闻此而大怒。此时，这对母子又共同进谗言于卫宣公说，'请君王为我们做主。若您百年之后，我们母子，不是当了那姬伋的女人，就是当了那姬伋的儿子。到那时，我们就只能委屈于这个贱人之下了。还望君王能为我们早日想些解脱的办法'。"

齐桓公说："卫宣公当时问，'能有什么好办法呢'？新夫人说，'可废掉这个贱人，更立姬寿为太子'。卫宣公曰，'他姬伋岂可甘心'。新夫人和姬朔齐声说，'只有人死，才能心死'。卫宣公听了这些话，觉得若留下姬伋的性命，会有无穷的后患，就欲伺机除掉他。"

管仲曰："这个卫宣公忠奸不分，竟然为了不明不白的谗言，就要对太子姬伋下毒手。"

齐桓公说："毕竟是自己的亲骨肉，卫宣公姬晋不忍心亲手杀死太子姬伋，就采取了借别人之手杀死太子的办法。当时恰逢我们齐国有丧事，卫宣公就派太子姬伋打着白旗来其外祖家的齐国，赴丧吊唁。卫宣公和新夫人及少子姬朔暗地派出众多武士，在齐卫边界的莘地埋伏，让他们见有举白旗者立即除之。新夫人的大儿子公子姬寿知道了这一内情，就马上告诉太子，劝其不可去齐国。可太子姬伋说，'君命不可违'，于是执意欲往。"

管仲曰："虽是一母所生，但人有天壤之别。这个公子姬寿与其弟姬朔相反，乃是正直之士、大义之人。因劝阻无效，为了救太子姬伋，他就提前打了一面白旗，来到齐国和卫国的边界。早已埋伏在此地的武士们，见有举白旗者，就从埋伏处跃出，不问青红皂白就将这个大义无比的公子姬寿杀死了。"

齐桓公说："姬寿作为太子姬伋的异母长弟，本来是姬伋死后的受益者。他却毅然替太子去死，真是心底无私、亘古罕见的忠义之士啊。只不过他也有点太迂腐，既然知道去后必死，还不如以刀刃相逼，宁死不让那姬伋前去，而是双双逃奔他国呢。"

管仲曰："这就是让人痛心之所在。他姬寿搭上了性命，可仍然未能救下太子姬伋的性命。那些武士们杀死姬寿后，太子姬伋就赶到了。他见姬寿已死，大哭曰，'贤弟为兄而死，实在是无端蒙冤，无故丧命啊'！"

齐桓公说："这个太子姬伋也够迂腐的，既然知道王弟姬寿已代你而死，那就赶紧调转马头，逃之夭夭，保住自己的性命再说啊。"

管仲曰："太子姬伋哪有这么多的心计呢。他见姬寿已死，反而说，'吾乃卫国太子姬伋也，看尔等谁敢杀我这个卫国的储君'？众武士于是方知，这个后到者才是真正的太子姬伋。他们闻听太子姬伋之言，讥笑说，'你的父王卫宣公让我们来杀你，我们还有什么敢不敢的呢'？于是，众武士一拥而上，七手八脚又把太子姬伋给杀死了。"

齐桓公说："卫宣公连死二子，皆因他当时是非不分啊。"

管仲曰："这个卫宣公姬晋，可谓大淫大狠；他这个齐女新夫人和公子姬朔乃是大阴大毒；这个太子姬伋真是大忠大愚；这个公子姬寿更是大仁大义。"

齐桓公说："姬朔伙同生母挑拨害人的阴谋得逞后，在人们的憎恶和唾骂声中当上了卫国的国君，是为卫惠公。卫国的那些大臣们不服，就相约而行，兴兵举事。他们最后用武力赶走了这个无恶不作、千古不耻的卫惠公姬朔。卫惠公姬朔只好逃来作为其外祖之家的我们齐国。"

管仲曰："这时，卫国一时无君，群臣就欲立太子姬伋和公子姬寿的子嗣为君，可太子姬伋和公子姬寿的后代，都没有合适的人选，于是只好立了姬伋的同母弟弟姬黔牟为君。"

齐桓公说："当时我们齐国的当权者，能容留这样坏的外甥，是我们大齐的耻辱和不义。"

管仲曰："当时是那姜诸儿当权，这小子哪有什么正义感呢？他反而派兵遣将，把这个姬朔又送回了卫国，帮助其复辟君位。这时，孤立无援的姬黔牟只好逃到了周王室，请求周惠王给以庇护。因为周惠王保护了姬黔牟，这才引来了卫惠公的不满，成为卫国后来参与周室五大夫谋反的原因。卫惠公姬朔死后，他的儿子姬赤继位，是为卫懿公。"

齐桓公说："现在就是这个卫懿公，派人来向我们大齐求救的。"

管仲曰："他求救得太晚了。有探子来报，说卫懿公姬赤因其父卫惠公姬朔当年谗杀了太子姬伋，又带来了同母兄长姬寿的大义而死以及姬黔牟的逃出，国人就把憎恨转嫁于姬赤，欲伺机反之。但姬赤不懂得以德平怨，安抚国人，反而变本加厉，荒淫奢靡。他爱鹤成癖，给喜爱的鹤赐以大夫名分和礼仪，让鹤身披官服，乘坐官轿招摇过市。可是他对老百姓和卫国的将士们，却麻木不仁、漠不关心。国人怨声载道，都说，'眼下在我们卫国，人臣的地位还不如那仙鹤呢'。"

齐桓公说："世上竟有这种人禽不分的昏君。"

管仲曰："不以人为本，不关心黎民百姓，反而去关心那些禽类。当今世上，还有的人关心那些宠物畜牲，甚至超过了关心自己的父母，更不用说别人了。这样的人，其实就是把自己也混同了畜牲。"

齐桓公说："也有探子向我禀报，当翟狄侵犯卫国时，卫懿公派将士们前去抵抗。可将士们都说，'让你那些被封为大夫的爱鹤们去前线仗吧！我们这些当兵的又算得了什么呢'？于是他们都消极对待，没有一位将军愿领兵前去抗敌。卫懿公就只好亲自率兵到卫国北疆的荥（xíng）泽，作那困兽之斗，与敌人展开了决战。他的将士们跟随其后，畏缩不前，不愿给卫懿公出力，更不甘心为其而战死。到了决战激烈之时，卫国的将士们不战自溃。翟王没费多少力气，就把卫懿公给活捉了。"

管仲曰："真是咎由自取啊。翟王是怎么处置这个卫懿公的呢？"

齐桓公说："翟王说，'你的父亲篡权害兄，让骨肉之亲死的死、逃的逃。你又爱鹤成癖，不关心你的将士和黎民百姓。你的将士们前来与我作战，个个士气低落。两军短兵相接时，他们虚晃一枪，返身就跑。你带来的兵，都成了吓唬我的纸老虎，经不住一阵风吹火烧。可见，你们卫国的将士们内心是多么恨你'。"

管仲曰："真是向人难向理啊。就连那前来侵犯卫国的翟王,都知道这个卫懿公和他父亲的恶劣行径,道出了那卫国将士和黎民百姓的心声。"

齐桓公说："因此,翟狄之王就非常愤恨和藐视这个卫懿公,他说,'我要挖出你的心肝,看看有多么恶毒和黑暗'。于是,他让人挖出了卫懿公的心肝,翻来覆去地观看。"

管仲曰："这个卫懿公死得倒也悲惨。这都是他的倒行逆施,使自己成为孤家寡人的最终结果。"

齐桓公说："就像我们齐国当年的齐襄公姜诸儿一样,再坏的君王也会有几个愚忠的手下,关键时刻就会出现几个陪死鬼,还不能说卫懿公是完全的孤家寡人。"

管仲曰："难道卫懿公也有像姜诸儿手下那样愚忠的太监吗?"

齐桓公说："不是太监,而是他的臣子。就在卫懿公被剖腹取出心肝时,同样被俘虏的卫国大臣弘演见状,急步上前,抢下了卫懿公的心肝,突然拔出翟兵腰间悬挂的铜剑,剖开了自己的下腹,塞入其中。喊了一句'弘演以死忠君'的话,然后就紧抱着卫懿公的尸体而死了。"

管仲曰："这个场面真够壮烈的。"

齐桓公说："翟王见状,亦是十分震撼。他仰天长叹,'不想卫国竟有如此忠勇之臣。有这样的忠臣辅政,卫懿公竟不能发挥他们应有的作用,而是我行我素,恣意妄为,人畜不分,失去了民心和军心,大败于我翟狄之国。此乃卫懿公姬赤莫大之悲哀也'!"

管仲曰："就是这个野蛮的翟狄之王,也能有那忠奸之分啊。"

齐桓公说："这翟王对忠臣弘演十分佩服和怜惜,就令人取来棺椁和寿衣,就地予以厚葬,并立碑一块,上面刻有翟王书写的'忠烈可嘉'四个大字。"

管仲曰："翟王对卫懿公姬赤和忠臣弘演的看法可谓公平。这个卫懿公姬赤真乃害民误国的千古昏君,这个忠臣弘演真是死国死君的千古忠臣。"

齐桓公说："探子还禀报寡人,卫懿公姬赤死后,国人对其愤恨未消,就欲杀死他的太子姬开方。无奈他那作为太子的长子姬开方,早已躲在我们齐国,执意不回他那卫国。卫国的臣民们就杀死了卫懿公的次子,让其次子成了太子姬开方的替死鬼。"

管仲曰:"我早就看出这个卫国太子姬开方很有心计,他宁可冒着弟继兄位的风险,丢弃卫国的太子地位,也不愿意回这个多事之秋的卫国。这不,果然就让他躲过了一劫,免去了一死,占了莫大的便宜。"

齐桓公说:"卫国的臣民们同情和怀念故太子姬伋、公子姬黔牟以及那替太子而死的姬寿,就欲寻找他们的子嗣来接任国君之位。可卫国的臣民们找来找去,也没发现以上三人有适合继位的后代。于是就拥立姬伋和姬黔牟另一同母弟弟昭伯姬顽之子姬申为君,就是现在的卫戴公。现在那戎狄翟国又来侵犯卫国,卫戴公姬申就派人前来向我们大齐再次求救。"

第七十七回　存邻邦兴兵救卫　玄姜女人生传奇

　　却说卫戴公姬申派人前来求救，管仲对齐桓公曰："我知道这次来求救的卫戴公姬申与上次来求救的卫懿公姬赤，在卫国王室中是有生死之争的对立派。可是得道多助，失道寡助，现在正义的一方胜利了，卫国已经实现了拨乱反正。这正义的一方，正是我王的亲戚们啊。"

　　齐桓公说："先前，卫宣公姬晋娶我老姑奶奶夷姜为王后，而他霸占的儿媳妇乃是我的姜姓姑辈。当时，让寡人不知道是该喊他姑爷爷呢，还是该喊他姑父。"

　　管仲曰："这就像当年的鲁惠公姬弗湟霸占那作为宋国公主的儿媳妇一样。他让儿媳妇为自己生了那非儿非孙的'儿孙子'，这在称谓上乱了套，在实际上也就乱了套，造成了那分不清是儿是孙的内部相互残杀。这些，都是不遵守周礼规矩，不讲礼、义、廉、耻这'四维'，不尊重伦理道德所带来的恶果。"

　　齐桓公说："我父王僖公在齐国主政时，夷姜作为他的姑母、作为我的老姑奶奶，被卫宣公的乱伦行为气得上吊自杀后，我父王派人向其提出了严正抗议。卫宣公知道得罪了大齐，对自己十分不利。于是，就答应把他的公主，也就是我的母亲嫁给了我父王。"

　　管仲曰："这样，我王就不用愁着叫卫宣公是姑爷爷呢，还是姑父了。直接喊他外祖父就是了。"

　　齐桓公说："卫宣公的太子姬伋及其作为一任国君的姬黔牟都是我母亲的兄长，卫国的公子昭伯姬顽是姬伋和姬黔牟的同母弟弟，也是我母亲的同母弟弟，他们都是我的舅父。特别是昭伯姬顽，后来又成了我的岳父，他把女儿长卫姬和少卫姬都许配给了我。"

管仲曰："管夷吾只知道我王的岳父是卫国王室的昭伯姬顽，可至今不知道您的岳母是谁。"

齐桓公说："这话实在让我难以启齿。我外祖父卫宣公去世后，他那齐女夫人还很年轻。"

管仲曰："本来是他的儿媳妇，岂有不年轻之理？"

齐桓公说："卫宣公那年轻的齐女夫人守不住独身，就在王室和我的岳父昭伯姬顽有了暧昧之情。"

管仲曰："这个齐女本来就是昭伯姬顽的嫂子，她本应跟的丈夫太子姬伋被害死后，与自己的小叔子相好，这也算不了什么。"

齐桓公说："可是在有些人看来，这是儿子私通了他爹的小老婆，烝淫了自己的庶母。"

管仲曰："儿继父志，子效爹行，有其父必有其子。卫宣公姬晋的儿子昭伯姬顽，这是学习和承袭了他父亲留给后代那烝淫庶母的传统啊。"

齐桓公说："仲父这话，真叫人觉得难堪。"

管仲曰："这有什么难堪的。天下有的诸侯国，就有君侯去世后，他那些年轻姬妾，都留给自己儿子作姬妾用的做法。这比起有的诸侯国君侯去世后，让年轻姬妾都为之殉葬，既文明，又合理。"

齐桓公说："当时卫国有位实权大臣是我们齐国人，是这姜姓齐女的亲戚。他说，'本来我亲戚之女是嫁给卫宣公下一辈太子姬伋的，不想卫宣公却据为己有。这不但乱了伦，而且乱了朝纲，害死了太子姬伋和公子姬寿。今天我就大胆做主，让我们这位齐女公开嫁给昭伯姬顽，让他们以夫妻相称'。"

管仲曰："依我看来，这也是合情合理的嘛。"

齐桓公说："这一下，这位齐女就摇身一变成了我的岳母。她不但为我生下了如夫人长卫姬和少卫姬，而且生下了卫戴公姬申和卫公子姬毁以及宋国宋桓公殷御说的夫人和许国许穆公的夫人。"

管仲曰："我王这位作为齐女的岳母可真够厉害啊。她的曲折经历，实在是传奇和玄乎得很。我看我们可以为此称她为'玄姜'夫人。你看她，先是为您外祖父卫宣公生下了公子姬寿和公子姬朔。公子姬寿成为千古忠义模范，公子姬朔靠阴谋当上了卫惠公。后来，她又为您舅父昭伯姬顽生下了长卫姬和少卫姬这两个女儿，这二女成为我们大齐国君的两位如夫人。她还生下了卫戴公姬申和卫公子姬毁。她生下的另两个女儿，一个成了作为公国的宋国国君宋桓公夫人，一个成了姜姓许国的许穆公夫人。"

齐桓公说："正因如此，我们大齐才和他卫国、宋国和许国都有了亲上加亲的姻亲之好。我这玄姜岳母给我生的小姨子许穆公夫人，还是华夏有名的才女和女诗人呢。"

管仲曰："这一切都很好，只是有一件事让人觉得难办。"

齐桓公问："什么事情难办呢？"

管仲曰："不知那卫惠公姬朔是叫您岳母母亲呢，还是叫嫂子呢？"

齐桓公说："卫惠公姬朔当然应叫我岳母是母亲，他是不会叫嫂子的。"

管仲曰："我王说的这两辈人，都是你这位齐女岳母玄姜所生的，不知她的子女之间是隔辈相称呢，还是同辈相称？"

齐桓公说："这个姬朔乃是谋杀太子姬伋和赶走我母亲同母兄长姬黔牟的凶手。我母亲一家人，既不把他看作长辈，也不把他看作同辈，而是看作仇人。我岳母后来所生的这些孩子，认为和姬朔都是同母所生，更不会把他看作长辈，而是把他看作有世仇的同辈人。"

管仲曰："我王外祖父卫宣公姬晋乱伦，与那鲁惠公姬弗湟乱伦一样，给其后代带来了何等的麻烦和纠结啊！如果后世的文人墨客，写两部书，一部叫作《玄姜传》，一部叫作《宋女传》，以此小说一下这两位女性的跌宕起伏、曲折委婉传奇故事，说不定能广泛传播，流传千古呢！"

齐桓公说："既然是'小说'一下这些故事，我看还不如直接就叫这种文体是小说呢。"

管仲曰："那将是后人必会约定俗成的事。"

齐桓公说："由于以上所说，卫国王室的昭伯姬顽和其玄姜夫人，就既是我的舅父舅母，又是我的姑父姑母，还是我的岳父岳母。卫国新君卫戴公姬申，既是我舅家的表哥，又是我的内兄，是我长卫姬和少卫姬两位如夫人的哥哥。无论从哪个方面说，寡人都是要义不容辞地去救他们卫国的。"

管仲曰："我王曾说要在战争中锻炼将才。今卫国遇到翟狄侵犯，我王可派你的一位公子领兵前去抗击翟狄，保卫卫国，让其在征战中接受锻炼。"

齐桓公说："长卫姬为我生的长子姜无诡，自小娇生惯养，从未上过战场。今他外祖家受到外夷侵犯，我要派其率军前去救援卫国。"

管仲曰："如此甚好。"

齐桓公把长卫姬为其所生的长子姜无诡召来说："你外祖家再次被翟狄侵犯。今我派你率领兵将三千人和战车三百辆，前去救援他们。"

于是，公子姜无诡就率领齐军火速赶往卫国去了。

时隔不久，姜无诡派人送信来向父王齐桓公禀报："我军到了卫国，赶走了那翟狄之兵。但可惜的是，我舅王卫戴公姬申已经在沙场上战死了。卫国的国都濮阳及其周边地区，已被那些如狼似虎的翟狄之兵毁坏殆尽。卫国官民们无法生活，只好四处逃难。"

第二天上朝，齐桓公把姜无诡来信的情况，说给管仲听。两人据此商量对策。

管仲曰："国不可一日无君。当下，我王另一位内兄，卫戴公姬申的弟弟姬毁，为了躲避卫国之乱，不是正待在我们大齐吗？我建议应立即护送姬毁返回卫国继任国君，主持国政。"

齐桓公说："仲父之意也正是寡人的想法。但是，现在卫国的国都已毁坏殆尽，他们的黎民百姓大都流离失所。仲父觉得应该如何处理这一情况呢？"

管仲曰："可以让公子姜无诡协同卫国新君姬毁，在距离濮阳不远的曹邑，暂时修整，把军队驻扎在这里，并寻找和聚集那些失散的卫国官民。然后，我们齐国可以联合鲁国和宋国，共同在卫国的楚丘帮助他们再建一座新的都城。"

齐桓公说："除此之外，我们还要赠予卫国五千名士卒、一千匹战马和五百辆战车,用以抗击翟狄之兵,保卫卫国的家园。同时,我们还要救济他们足够的粮食以及牛、羊、猪、鸡、狗各三百之数,以供应他们臣民的生活。"

管仲曰:"除此之外,我们还要供应他们木材和铁器,用以修缮黎民百姓的家园和恢复他们的生产。同时,还要给姬毁送去国君的坐骑良马和应有的王公服饰。"

就在这时,齐桓公的小姨子、如夫人长卫姬和少卫姬的妹妹、许国许穆公的夫人、才女许穆夫人听说卫国遭受翟狄的侵害,就担心自己娘家人的安危。于是,她不顾路途遥远,一路颠簸,乘车来到了卫国。她看见卫国的国都濮阳城已经是残破不堪,惨不忍睹,悲泣良久。她一时见不到卫国的亲人,就禁不住给在齐国的两位姐姐写信。这位才女是以诗代信的,她写成后派人送去齐国给两位姐姐。

齐桓公下朝回到寝宫,两位如夫人把妹妹的来信拿给他看。齐桓公展信读道:"难忘姐妹当年游,濮水清清都郊幽。阳春三月河边树,万物峥嵘草色青。呼儿唤女民多乐,牡丹开时动京城。今闻国难急返回,满目疮痍刺我睛。风花雪月无处寻,悲心欲裂肝胆碎。吾故因之恨征战,女家粉钗化为零。"

两位如夫人听后,再次痛哭哽咽,怒骂那些翟狄强盗。哭罢,长卫姬忽然想起一事,就对齐桓公说:"妹妹诗的最后一句话倒是提醒了我。你们给我哥哥卫文公姬毁送去了王袍良马,可他的夫人也不能没有国母的行头啊?"

齐桓公说:"我明天上朝,就安排人去卫国,给卫文公姬毁的夫人送去王后应坐的鱼车、应穿的绫罗绸缎和应佩戴的头饰、衣饰等。"

卫文公夫人接到了齐国的这些馈赠,激动地说:"齐桓公真不愧是天下的诸侯之长。他和他的两位如夫人所想到的,比我们自己想得都周到啊!"

随后,姬毁就在齐、鲁、宋三国帮其修建的新国都楚丘王宫中,继任了卫国的君位,是为卫文公。

又过了一段时间,公子姜无诡返朝禀报齐桓公和丞相说:"我舅王卫文公姬毁继位后,谨记父王和管仲丞相对他的嘱咐,励精图治,克己为民。"

齐桓公问:"他是怎样克己为民的呢?"

公子姜无诡回答道:"他为了能与卫国的黎民百姓'打成一片',就不穿王袍、不戴王帽,而是穿那粗布衣服,头戴那葛藤之帽,筚路蓝缕、以启山林,并且不摆酒宴、不吃细粮,每日粗茶淡饭,与黎民百姓同吃同住同劳作。"

齐桓公和管仲闻听,异口同声地说:"这下,我们就都放心了!"

这样,卫国就在大齐和鲁、宋等国的支持下,又发展了起来。卫国的黎民百姓很快过上了丰衣足食的日子。他们非常高兴,似乎忘记了曾经亡国的凄惨。姬毁死后,国人感其恩、怀其德,这才谥其为卫文公。

第七十八回　八面设防安中原　美女息妫遭霸占

　　且说接二连三的战事,使齐桓公深有感触,就对管仲说:"我们主张尊王攘夷。可是这攘夷,如此四面出击,东奔西忙,零打碎敲,总不是个办法啊。最好能有个长久之计。"

　　管仲曰:"为了更有效和长久地抵御戎狄、蛮夷和淮夷之兵的侵犯,保我华夏中原经济文化的巩固与发展,管夷吾研究了一下,我王不妨联合中原四周的相关诸侯国,在这些国家的葵兹、晏邑、负夏、领釜丘、五鹿、中牟、盖与、牡丘这八个地方建立军事据点,以便长久抗夷保夏。"

　　齐桓公连声称善,立即准奏。

　　管仲又劝齐桓公曰:"我王已达到了以德行称伯天下的目的。依我之见,就让当初被我们大齐武力占领的谭国和遂国,也都复国吧。"

　　齐桓公正在高兴之时,欣然准奏。

　　华夏各诸侯国看到了诸侯长齐桓公的大义之举,纷纷说:"齐桓公尊王攘夷,北战犬戎,西抗赤狄、白狄,南御荆蛮和淮夷,并建立了若干保卫华夏的军事据点,以此来捍卫中原经济文化的发展。他诸侯长迁邢,使那邢人如归;存杞,使那杞人忘亡;迁阳,使那阳人得安。又围厉以救徐,灭了英国,帮助曾国,拯救了项国。还主动恢复了被其占领的谭国和遂国。这真乃是大周之幸,我中原各诸侯国之福也!"

　　评注: 当时齐国北战山戎、西伐狄夷、南征蛮夷和淮夷以及服宋、救郑、留燕、定鲁、继邢、存杞、安阳、救徐、灭英、助曾、还项、救卫等尊王攘夷行为,取得了稳定中原的重大效果,保护和促进了华夏经济文化的一体化持续发展和命运共同体的形成,建立了不可磨灭的历史功绩。这就是孔子在时隔百年之后所说"管仲相齐桓公,霸诸侯,一匡天下,民到

【五霸之首　号令天下】

如今受其赐。微管仲,吾其被发左衽矣"的原因。这就是说,如果没有齐桓公和管仲的尊王攘夷,我们恐怕早已成了那些北方戎狄之邦的俘虏,像他们那样披散着头发,左手穿着皮袄的一只袖子,右手挥舞着牧羊的鞭子,为人家所驱使了。孔子还针对此事说:"其匹夫匹妇之不为谅也,自经于沟渎,而莫之知也。"即是说,如果老百姓不体谅尊王攘夷的重要性,就掉入了戎狄之邦的深渊,也不知道自己是怎么掉进去死的。可见孔子对当时大齐称伯天下丰功伟绩的评价是何等之高。

就在这个时候,齐桓公来到了朝堂。他见管仲已把那些青铜编钟悬起,把猩红的地毯铺就,备齐了众多乐童和善舞的美女,为之一怔,管仲曰:"现在,我们可以曼舞再起,钟磬重鸣了。"

齐桓公欣然说:"夷乱罢之,夷平兴之。这要成为惯例,以便使我们警钟长鸣,警戒之心常在,时刻准备保卫华夏!"

却说某日,齐桓公又在朝堂对管仲说:"仲父,我们出兵北伐山戎而救燕国,西平狄夷以救邢国和卫国,南击淮夷以救徐、杞诸国。现在,我们的对手就只剩下这个荆蛮之地的楚国了。"

管仲曰:"楚国本是黄帝轩辕之孙颛顼的后人,姓芈(mǐ),熊氏。当年,他们还不是诸侯国。于是,就多次请求周王室册封其为诸侯国,但遭到了拒绝。他们干脆另起炉灶,自立为国,自称为王,与周室分庭抗礼,实行对垒。在楚国北邻的中原各诸侯国中,以郑国、宋国、陈国、蔡国和息国离其最近。当今,楚国这个当政的楚成王熊恽一反祖上之常态,去巴结大周天子,从周惠王那里获得了独占华夏西南隅的权力。然后他打着周天子的旗号,侵占了周边的若干蛮夷小国,地盘逐渐扩大,势力逐渐增强。可是,等他现在强大了起来,却露出了庐山真面貌,反过身来侵犯中原的诸侯国,尤其是那几个靠近楚国的国家。我王既然作为我们华夏各国的诸侯长,一定要等待机会制服我们大齐这个强大的对手。"

齐桓公对管仲说:"我们君臣分析一下楚国这个当政的楚成王熊恽吧。"

管仲曰:"这话说起来就长了,早在二十多年前,蔡哀侯姬献舞从宋国娶了我王的前妻宋夫人。后来宋夫人徐娘半老,蔡哀侯见她人老珠黄，就另娶了陈国的妫氏公主为夫人，人称其为蔡妫氏。这时，息国国君闻听蔡哀侯那妫氏夫人的妹妹十分貌美，就去陈国求聘，将其迎娶到息国，被称为息妫氏。他们夫妻恩恩爱爱过了一年，息妫氏思念家乡的亲人，就欲回娘家陈国去省亲。息妫氏从息国回娘家陈国，路上必须经过蔡国的地盘。当息妫氏从息国来到蔡国之地时，蔡国的边关将士立即派人把这一消息告诉了蔡哀侯姬献舞。蔡哀侯知道了这一情况，就对来人说，'息妫氏是我的小姨子，你们要给我热情接待。同时还要把她给我请过来，寡人要亲自设宴款待她这位贵客'。"

齐桓公说："这不是很正常的事吗？"

管仲曰："可那蔡哀侯姬献舞把息妫氏请到王宫后，见其容貌如同天仙，身姿楚楚动人，立即就被这位水灵灵的小姨子弄得神魂颠倒了。他克制不住自己，就强行把息妫氏抱进了王宫的寝室，欲行那非礼之事。息妫氏坚决不从，就遭到了蔡哀侯的强暴。事毕，息妫氏披头散发哭着去见姐姐蔡妫氏。蔡妫氏闻听后，大发雷霆，就去找蔡哀侯算账。蔡哀侯受到了蔡妫氏的破口大骂和一顿拳打脚踢，于是他恼羞成怒，干脆把蔡妫氏打入了冷宫，派心腹侍卫看管，让她见不到自己。蔡哀侯又怕息妫氏回去后告诉她的丈夫息侯，带来更大的麻烦，就干脆派人把息妫氏捆绑起来，锁进了自己的寝室。"

齐桓公问："那后来呢？"

管仲曰："蔡哀侯心想，'事到如今，一不做二不休，干脆想办法把这个碍事的息侯弄死吧。若除去了自己的这个心头之患，那美貌的息妫氏不就能留给自己享用了吗？' 他知道蔡国的实力与息国的实力大体相当，要消灭息国和弄死息侯很困难，就想借刀杀人。他给楚文王熊赀写去了一封信，信中说，'息侯自恃我们是姬周同宗，就多次鼓动我，要求我们息、蔡两国联合，共同抵御你们楚国。可我始终希望和你们楚国搞好关系，因此我想让贵国出兵讨伐这个息国。到时候，我蔡国愿意出兵予以协助'。"

齐桓公问："楚文王熊赀相信蔡哀侯姬献舞在信中说的话了吗？他当时出兵讨伐息国了吗？"

管仲曰："楚文王收到蔡哀侯姬献舞的来信，对信中说的话深信不疑，果然亲率大军，前去讨伐息国。"

齐桓公问："息国当时是如何抵抗的呢？"

管仲曰："息国哪里是楚国的对手啊。他们的将士刚刚与那楚国之兵交手，就大败而溃。楚军几乎没费吹灰之力就侵占了息国，俘虏了息侯。楚文王熊赀对被俘的息侯说，'蔡哀侯对我说，你曾多次鼓动他，欲联手共同抵御我楚国。你该当何罪'？息侯说，'这都是蔡哀侯的造谣中伤。我夫人息妫氏容貌姣好，在回娘家陈国的路上，途径蔡国时，不幸被蔡哀侯劫留强暴。据说他现在强行把我的夫人锁在了自己的寝室里。有人给我报了信，我正想兴兵讨伐这个淫贼。不想他恶人先告状，造谣诬陷，挑拨贵国前来伐我息国，夺我之命。他蔡哀侯姬献舞这是为了霸占我的夫人，借刀杀人，借贵国之力灭我息国，谋害我的性命。像他这种人，是多么邪恶和无耻啊'。"

齐桓公问："那楚文王熊赀杀死息侯了吗？"

管仲曰："话不说不明，木不钻不透。楚文王知道了事情的原委后，就留下了息侯的性命，让人把其送去了楚国。楚文王就反手去攻打那蔡国。蔡哀侯姬献舞只好率军抵抗，可他那些兵将不堪楚军一击，很快就被打败了，蔡哀侯姬献舞遂成了楚军的俘虏。这时，楚文王问他，'你小子把人家息国的息侯夫人息妫氏弄到哪里去了？'蔡哀侯此时只好实话实说，告诉楚文王息妫氏已被他锁在了自己的寝室里。"

齐桓公问："楚文王熊赀去救那可怜的息侯夫人息妫氏了吗？"

管仲曰："楚文王闻听到了息妫氏的下落，就带领随从们快步去了蔡哀侯的寝室，找到了息妫氏。这时，息妫氏已经被蔡哀侯囚禁并强暴了很多时日，急切盼望有人前来解救她。今见来人救了自己，自是一阵感激。"

齐桓公问："那息妫氏是如何表示感谢的呢？"

管仲曰："息妫氏问，'敢问救命恩人，您是何人'？楚文王说，'我乃楚文王熊赀也'。息妫氏说道，'原来是楚国大王驾到，妾身这厢有礼了'。息妫氏立即向楚文王跪地叩头。楚文王见状，顺势双手把息妫氏扶

美女息妫氏

【五霸之首　号令天下】⋯

了起来。"

　　齐桓公问："楚文王把息妫氏送还给她的丈夫息侯了吗？"

　　管仲曰："那楚文王熊赀，当时就被息妫氏的绝色容颜降服了，对其也是一见倾心，又见息妫氏在这里受到蔡哀侯如此虐待，更是怜香惜玉。当他双手把跪拜自己的息妫氏扶起来时，不禁产生了一种强烈的冲动。他对息妫氏说出了自己的爱怜之情，提出要与其永结百年之好。"

　　齐桓公问："那息妫氏依从了吗？"

　　管仲曰："息妫氏说道，'妾乃有夫之妇，我已遭蔡哀侯强暴而失贞，岂能再与大王行那苟且之事呢'？楚文王说，'因为蔡哀侯的诬告，我已在不知底细的情况下，兴兵把息国给消灭了。你的丈夫息侯也差点被我杀死，是他对我讲明了事出于你的实情，我才留下了他的性命。现在我已让人把其送去了楚国。你的丈夫现在自身难保，已经无法给你幸福了。你若从了寡人，我会让你的前夫在楚国吃穿不愁，还可以另行娶妻纳妾。我对你不见则罢，见后则爱怜无比，我的心已经被你夺走了。如果你不从寡人，我就只好把息侯这个情敌杀死了'。"

　　齐桓公问："那息妫氏可怎么办呢？"

　　管仲曰："息妫氏闻听楚文王之言，十分担心自己的丈夫因她而被楚文王所杀。她知道胳膊拗不过大腿，就显得像那待宰的羔羊。当楚文王控制不住激情，上前对息妫氏搂抱时，息妫氏也就半推半就地倒在了楚文王的怀里。此刻，女人氤氲香气和柔软温馨带来的一股热流，立即传遍了楚文王的全身。他心猿意马，实在无法把持住自己的荡漾春心。"

　　齐桓公说："光天化日之下，楚文王身后有那么多随从，他就能做出那种如同蔡哀侯一般的肮脏事情来吗？"

　　管仲曰："楚文王抱住息妫氏后，假装怜惜之。他随后就说有机密之事要问息妫氏，把身边的人全部支走了。随从们刚刚退出，楚文王就关上了房门。他一把抱起息妫氏，将其扔在了蔡哀侯寝室的寝床上。然后，二人宽衣解带，颠龙倒凤，翻滚在了一起。"

　　齐桓公问："那后来呢？"

　　管仲曰："楚文王和息妫氏云雨完毕之后，就把她和那个禽兽不如的蔡哀侯一起带回了楚国。楚文王把蔡哀侯囚禁起来,让其与世隔绝,最后不明不白地死在了楚国。"

齐桓公说:"男人胡淫乱搞乃万恶之祸端,漂亮女人就是男人祸端的根源。这个蔡哀侯姬献舞,因为一个漂亮女人而最终葬送了自己的性命,真是让人觉得既可憎、可恨,又可悲、可叹!"

评注:后世对息国的历史不清楚,唯知该国有个美女息妫氏貌若天仙。乃因知息妫之美而传知有个息国也。

第七十九回　楚成王弑兄自代　齐桓公因蔡伐楚

管仲接着上回的话题对齐桓公说:"楚文王在那荆蛮之地,从来没见过比息妫氏更漂亮的女人,干脆把息妫氏立为了自己的正宫夫人。"

齐桓公说:"对于那息妫氏来说,真可谓先遇到个做贼的,后遇到个劫道的。蔡哀侯就是她先遇到的那个贼,楚文王就是她后来所遇到的那个半路劫道的强盗。"

管仲曰:"最可悲的是那位息国之侯,好不容易找了一位称心如意的漂亮媳妇,然而自己却没能守住,先是被那蔡哀侯强暴,后又成了人家楚文王的老婆。"

齐桓公说:"那息国之侯本来是大周的姬姓同宗。堂堂姬周一国之侯的夫人,竟转手就成了荆楚异姓之邦的蛮妇。"

管仲曰:"这就是一个国家或者是一个人奋发图强的重要性。自己的实力不行,就竞争不过人家。如果是一个国家,就会被动挨打;如果是一个人,就会被动挨揍,受到别人各方面的欺负,甚至连自己的老婆也保不住。说不一定哪一天,弱者的老婆就变成了人家强者的老婆。"

齐桓公突然觉得跑了话题,就说:"寡人想与您分析的是楚成王,仲父说这些不沾边的老黄历干什么呢?"

管仲曰:"我王让我分析楚成王,不说这些老黄历,又怎么能知道他的来历呢?"

齐桓公说:"这话倒是。"

管仲曰:"这个息妫氏成了楚文王的老婆,在楚国非同凡响。"

齐桓公说:"一个楚蛮之妇,有什么非同凡响的呢?"

管仲曰:"后来,这个息妫氏为楚文王生下了两个儿子。长子名叫熊嬉,在楚文王死后,继位为楚杜敖王;次子名叫熊恽,熊恽觉得自己能力比熊嬉强、办法比熊嬉多,就欲篡夺杜敖的大权。杜敖知道后,就把熊恽赶出了楚国。谁知那熊恽又借助其他国家的兵力,并联络他在楚国的内线,里应外合,杀了他的哥哥杜敖熊嬉,然后自立为王。"

齐桓公说:"这话说了大半天,我才知道仲父前面讲的故事,都与楚成王熊恽有着密切的关系啊。"

管仲曰:"熊恽篡夺了楚国大权,自称楚成王。息妫氏就从先前的杜敖之母,变成了现在的楚成王王母。这时,楚国的群臣都来为王太后祝贺。息妫氏说,'我在陈国的娘家乃是虞舜后裔,姓妫。周武王时,我们妫氏被大周封于陈地。我身为陈国的千金公主,称心如意嫁给了那姬周同宗息国的息侯后,先是不幸被蔡哀侯强暴,后又被楚文王掳来楚国为姬。身为一女而侍奉三位君侯、三个男人,乃是我人生之莫大屈辱也'。"

齐桓公说:"她的两个儿子都先后成了楚国国王,显贵无比,还有什么屈辱的呢?"

管仲曰:"息妫氏说,'蔡哀侯和楚文王都没把我当人看待,而是作为他们泄欲的工具以及战利品。当时,我虽然不得已从了楚文王熊赀,为他生下了两个儿子,但长子不得善终。这个次子变着法子,弑兄自代,当上了楚成王,我有什么可高兴的呢'?息妫氏激昂陈词后,毅然撇下了前来祝贺的楚国群臣,拂袖凄然而去了。"

齐桓公说:"仲父讲了这么多历史,寡人就对这个楚成王熊恽的来历心中有数了。仲父您曾说我那卫国岳母的故事,可以写成一部《玄姜传》;鲁惠公霸占宋女儿媳妇之事,可以写成一部《宋女传》。我看这个息妫氏的故事,写成一部《息妫传》,怕是更有看头了。"

齐桓公和管仲的对话,就此而结束。

且说过了一段时间,正逢夏季。齐桓公万万没有想到,在陪自己的姬妾、蔡哀侯之女蔡姬去后花园湖中荡舟时,又如出一辙地重演了一遍当年宋夫人荡船的故事。齐桓公又被蔡姬的荡舟恶作剧吓得魂出七窍,惊恐不已,就把隰朋召来,让他把蔡姬也送回娘家蔡国去反省反省,日后再接回来,继续作为自己的姬妾。

　　这时,因蔡哀侯被俘死在了楚国,他的儿子蔡缪侯姬肸(xī)继承了侯位。姬肸见齐桓公派隰朋来把自己的妹妹蔡姬遣返蔡国,就愤怒至极。他为了给齐桓公一点颜色看看,也为了讨好那楚国,就把妹妹蔡姬转嫁给了楚成王熊恽。

　　隰朋回来把此事原原本本地告诉了齐桓公。齐桓公闻听大怒,就差隰朋立即去把管仲召来。隰朋去丞相府通知了管仲后,因刚从蔡国回来,一路劳顿,就回到了自己府上去休息。

　　管仲来见齐桓公。齐桓公对他说:"仲父,蔡缪侯也敢效仿过去那宋夫人之父,又无视寡人夫妻之间的感情,把我未休的蔡姬转嫁给了楚成王熊恽。寡人实在是咽不下这口气,必须立即起兵讨伐这个蔡国。"

　　管仲曰:"先前我王因和宋夫人之间的夫妻床笫之事去讨伐宋国,结果大败而回。今天您又欲以床笫之事去讨伐蔡国,管夷吾以为不妥。自古以来,征伐别国必须要有充分的理由。我们不妨以出兵讨伐楚国的名义,要求蔡国配合。若其不予配合,就以不与我大齐同心,不主持正义的理由,回头再讨伐之。"

　　齐桓公说:"不过,这个新上任的楚成王熊恽,先前倒是很想和我们齐国交好。听楚国人说,楚成王在朝堂宣布,'天下的诸侯,寡人最崇敬的就是齐桓公;天下的臣子,寡人最佩服的就是管仲。如果爱卿们能结交齐国的这两个人,寡人会有重赏'。因此,在我大齐王宫前和丞相府前,携重金而来的楚国士大夫甚多。楚成王如此看重我们,我们一时找不出恰当的理由讨伐之。"

　　管仲曰:"我王可问问大司行隰朋,蔡缪侯把妹妹蔡姬改嫁给楚成王熊恽,他楚成王知道内情吗?他是在知情的情况下娶走的,还是在不知情的情况下娶走的呢?"

　　齐桓公问:"他知情如何,不知情又如何?"

　　管仲曰:"他若知情,明明知道是我王的姬妾,却仍然敢娶,就说明根本没把我王看在眼里。如果他不知内情,那自当别论。"

　　齐桓公就又派人去把隰朋召唤回来,问他:"你听说楚成王熊恽应蔡缪侯之许,去蔡国娶蔡姬时,是否知道蔡姬是我的姬妾呢?"

隰朋道："那蔡缪侯把妹妹蔡姬许配给楚成王，就是为了争口气，要让我王生气和难堪。他就公开对外说，蔡姬原是我王的姬妾，今要改嫁于别人。蔡国和楚国上上下下无人不知，他楚成王熊恽作为当事人，怎么能不知道内情呢？"

管仲接话曰："隰大夫不觉得这个楚成王熊恽根本没把我王放在眼里吗？"

隰朋道："楚成王熊恽若把我王放在眼里，他还敢娶那蔡姬吗？"

齐桓公说："俗话说，'杀父之仇，夺妻之恨'。不报此深仇大恨，枉活在人间。既然楚成王熊恽这小子不把我放在眼里，胆敢玷污我的姬妾，他就是寡人的死敌，就要按仲父的建议先去讨伐他这个楚国。"

管仲曰："这几天，郑国多次派人前来告急。说是楚国为了吞并他们，就派兵入侵郑国，把郑国的都城焚毁，把郑国的民房烧光，使郑国的君臣和黎民百姓都居无定所，有的甚至被迫住在洞穴里。楚国之兵还把郑国那些年轻的女人掳走，让她们或去楚国为奴隶，或去楚国做人家的小妾。楚军还扬言，要使郑国的男人没有女人而绝了后代呢。"

齐桓公说："楚国国王夺了寡人之妻蔡姬，楚国军士夺了郑国的女人。寡人和郑国的黎民百姓就成了同一根草秆儿上的蚂蚱，都成了楚国的受害者。"

管仲曰："我王姬妾成群，少了一个蔡姬，尚且如此难过。郑国的那些黎民百姓，不过是一夫一妻而已，若把他们的女人抢走，男女双方的难过程度还不知要比我王高出多少倍呢。"

隰朋道："那些郑国的黎民百姓真可谓家破人亡啊。"

管仲曰："这还不足以让我们作为诸侯长的大齐兴兵讨伐他楚国吗？"

齐桓公说："寡人不明白，郑国发生了这么大的事，郑文公姬捷为什么不直接向我这个诸侯长求救，而是先派人去告诉丞相呢？"

隰朋道："这是因为上次楚军侵犯郑国时，管仲丞相的空城计救了他们。郑文公姬捷和郑国的臣民们，都认为管仲丞相是姜子牙再世、神仙下凡，是大齐天齐渊内的救世天主，对拯救郑国自会有好办法。这才先来告诉丞相,让丞相想出办法再来禀报我王的。"

管仲曰:"我管夷吾上次只不过是在危机中,被迫让郑文公玩了一点玄,骗走了那些楚军。这是一种反向思维,你越玩玄,敌人就越会信以为真。这种侥幸取胜之心,不可长存。我们这次伐楚,是硬碰硬的军事力量对比和较量,来不得半点玄乎。"

齐桓公说:"仲父只知道郑国的事,还不知道宋国的事呢。宋桓公殷御说刚刚派人来直接向我求救,说是楚军又打进了宋国。楚军把宋国的两条河流都从下游堵塞起来,致使河水无法东泄,淹没了他们宋国的四百里农田,使其无法耕种。因此特来向我这位诸侯长求救。"

隰朋道:"宋桓公殷御说是我王的连襟,他岂能不直接向我王求救呢?"

管仲曰:"这就更是我们大齐主持正义,起兵伐楚,保护中原利益的大好时机和充分理由了。"

齐桓公说:"以我们一国之兵,去救郑国和宋国,抗击和讨伐那楚国,怕是力不从心。"

管仲曰:"我王不妨召集郑国、宋国、鲁国、陈国、卫国、许国、曹国之君,带兵共赴楚地的召陵进行会盟。会盟后,让他们留下将领和军士,组成包括我国在内的新八国联军,由我王率领共同前去讨伐楚国。"齐桓公准奏照办。

派往各国去下会盟通知的使臣们回来后,说他们通知的各诸侯国国君,都答应一定按时带兵前去召陵会盟,让其兵将们参加新八国联军。

第八十回　至召陵八国联军　展兵威屈完议和

　　且说到了上回所说的约定日期,齐桓公让管仲陪同,率领齐国大军赶往楚国的召陵。

　　要到达召陵,必须先经过蔡国。齐军刚到蔡国边境,蔡缪侯姬肸认为,这是因为他赌气改嫁了蔡姬,得罪了齐桓公,齐桓公率军前来讨伐蔡国。齐军还没进入蔡国腹地,并未对其国都用兵,蔡缪侯就先吓得带领蔡国的军队从都城撤了出来,不战而自乱了。齐军趁蔡缪侯率军出城之际,没费吹灰之力就俘虏了他。齐军将士们把蔡缪侯带到了楚国召陵的八国会盟驻地,吓唬了他一番,就把他放了回去。蔡缪侯这时才明白过来,齐国的进军目标不是伐他蔡国,而是要伐那楚国啊。

　　八国在召陵会盟组成的八国联军,于齐桓公二十九年,即公元前657年、周惠王二十年,在齐桓公指挥下翻越了楚国的长城,打过了楚国的汝水,登上了巍伟秀丽的熊山,望见了绵长的汶山和宽阔的长江、汉水。这时,楚国君臣十分惊慌,乱作一团,无计可施。

　　随军的管仲对齐桓公曰:"单靠武力征伐,并不是上策。我们虽然已经打进了楚国,但是还没有进攻楚国的都城郢邑。我们要先礼后兵,通知他楚成王熊恽前来谈判。在谈判中要求他从郑国和宋国撤兵,并要求其日后不得再侵犯郑国和宋国,而且要疏通被楚军堵塞的宋国河流。"齐桓公觉得管仲言之有理,准奏。

　　楚成王接到了齐桓公代表八国联军的谈判通知,就按约定时间来与齐桓公谈判,他说:"大家都知道,我楚国先祖熊丽和你们齐太公姜子牙以及我们的先王熊绎与你们齐国的先侯姜伋,曾共同助周灭商或侍奉周成王与周康王,促进了大周的建立以及'成康之治'的形成。我们两国是有世交之谊的。我熊恽自当政以来,始终高攀着你们大齐,今缘何联合多国之兵前来讨伐我楚国呢?"

齐桓公说:"你们楚国上次侵犯郑国,中了我们管仲丞相的空城计,无功而回。这次你们不接受上次的教训,又胆敢再来侵犯郑国,而且把

郑国糟蹋得不成样子,焚其王宫、烧其民房、掳其妇女、夺其牲畜,致使郑国的黎民百姓生活在水深火热之中。你们又侵犯宋国,从下游堵塞了宋国的两条河流,致使河水倒灌,淹没了宋国的大片土地以及土地上的房屋,使很多宋国人无家可归,流离失所。我作为华夏的诸侯之长,难道没有义务组织中原各诸侯国前来讨伐你们楚国而拯救郑国和宋国吗?"

楚成王道:"我楚国与郑、宋两国有着多年的恩恩怨怨。两国争斗是我们双方的事,何须别国来多管闲事呢?"

谈判陷入了僵局,双方不欢而散。齐桓公只好率八国联军从谈判地退回了召陵,暂时在这里驻扎了下来。楚成王虽然嘴硬,但对八国联军的联合进攻,内心亦是十分害怕。在大兵压境的情况下,楚成王只好悄悄地从郑国和宋国撤回了楚国的军队。

齐桓公问管仲:"楚成王熊恽不答应我们的谈判条件,这便如何是好呢?"

管仲曰:"他嘴上不答应,实际上却撤了兵,这不就是答应了吗?"

齐桓公说:"楚军撤了兵,我们八国联军可怎么办呢?"

管仲曰:"对于郑国,因其国都已经被毁,我们要让八国联军的将士们帮助郑国在其南部建立一座新的都城,可称为新郑,以与原来的郑都相区别,并要帮助郑国的老百姓重建家园,使他们的生活恢复正常。"

齐桓公问:"我们怎么去帮助宋国呢?"

管仲曰:"对于宋国,现在最紧急的事,就是让八国联军的将士们协助宋国的人,掘开被楚国拦截的那两条河流,恢复那些被淹土地的耕种。"

齐桓公说:"仲父的安排正合吾意,寡人这就下令让我们八国联军的将士们照您的建议去办。"

管仲曰:"我们帮助郑国和宋国恢复了正常秩序,但还不是长法。"

齐桓公问:"为什么不是长法呢?"

管仲曰:"因为他们还始终面临着楚国的威胁。待我们八国联军走后,谁也无法保证那楚军不会卷土重来。"

齐桓公又问:"这可如何是好呢?"

管仲曰:"我们要借此机会,约那楚成王熊恽来召陵举行一次会盟。在盟约中要约定,楚国以后不可再侵犯郑国和宋国以及其他中原诸侯国。"

齐桓公说:"那我现在就给楚成王熊恽写封信,派人给他送去,约其来召陵与我们会盟。"

楚成王接到齐桓公的来信,就回了一封信,派丞相屈完持信来见齐桓公和管仲。

屈完来到了八国联军驻扎之地的召陵,见到了齐桓公和管仲,把楚成王的信拿出来,未等他们二人看信,就说道:"我王在信中说,我们楚国地处在华夏的最西南方,你们齐国地处在华夏的东海之滨。两国相隔数千里,就算我们两国的牛和马丢失了,即使乘着风,一口气也跑不到我们对方的国家来。正可谓风马牛不相及也。你们来到我们这里,可以说是多管闲事,表现得很不友好。"

齐桓公说:"我大齐乃是周惠王赐封的中原诸侯国之长,称伯天下。楚国侵犯郑国和宋国这两个中原诸侯国,我大齐就有义务前来拯救他们,是不可以坐视不管的。因此,寡人这才聚集八国之兵,前来讨伐你们楚国。"

屈完道:"我们楚国和王君楚成王本来也是十分尊重大齐和您齐桓公这位诸侯长的。正因为如此,在您诸侯长率领的八国联军到此时,我们楚国并未兴兵予以抵抗。我们楚国不但没有进行抵抗,而且主动从郑国和宋国撤回了军队。你们八国联军去帮助郑国重建了家园、帮助宋国疏通了河道。我们不是也没再出兵进行干预吗?"

管仲对屈完曰:"早在我齐国姜太公之时,当时的周天子周成王就派人给姜太公送来一双鞋,并下旨说,'齐国历代君王,穿上此鞋,就可以代表周天子,征伐东至大海、西至大河、南至穆陵、北至无棣的那些不按周礼行事的五侯九伯们'。"

屈完道:"周王朝从祖上就不承认楚国,所以楚国并不在你们大齐讨伐的范围之内!"

管仲曰:"现今大周的天子周惠王不是已经承认你们楚国了吗?"

屈完道:"可我们并没有对抗周天子周惠王啊?"

管仲曰:"侵犯大周之诸侯国,就是对抗周惠王。况且,早在西周时,周天子周昭王前来安抚楚国,你们却设计让他与随行将士们乘坐用木胶粘合起来的船只。船到江中,木胶遇水分解,把周天子和随行将士全都淹死了。我们八国联军前来伐楚,也是要为此来向你们兴师问罪。"

屈完道:"这都是上百年前的老黄历了。如果要兴师问罪,被问罪的也应该是楚国早已死去的那些祖宗们啊。况且,谁又能保证这不是世人对此事的谣传呢?如果你们要弄清真相,就去周昭王渡江的地方,去问当地人的后代吧。"

管仲无言以对,就又曰:"你们曾向周惠王进贡财宝和滤酒用的楚国特产苞茅,现在为什么中止了呢?这致使周王室的贡品减少,且无法对原酒进行过滤净化,影响了祭祀之用。"

屈完道:"至于这件事情嘛,那确实是我们的过错。今后,我们依照周礼向周天子继续纳贡就是了。"

齐桓公见屈完侃侃而谈,自己和管仲难以用语言将其制服,就转念一想,对屈完说:"屈完大夫难得来到我们八国联军驻地,是不可以不借此机会观看一下这中原八国联军阵容之神威的。"

屈完大大方方地应诺,遂跟随齐桓公和管仲来到了八国联军的营寨之前,但见营寨之内旌旗猎猎、军威森森、杀气逼人。这时,只听齐桓公一声号令,那八国联军的将士们应命,立即身着灰布戎装,手持青铜矛戈,齐刷刷列开了阵势。只见这些兵将们一个个身强力壮、虎背熊腰。他们头颅高扬,双眼圆瞪,齐声喊杀。那杀声惊天动地,震撼鬼神。

齐桓公回头对屈完说:"我华夏中原有这等雄兵悍将,还愁踏不平尔等荆蛮的楚国吗?"

屈完道:"诸侯长只知其一,不知其二。像我们楚国,独占华夏西南一隅，幅员辽阔，地大物博。如果我们楚国以楚长城为城，以汝水、汉水和长江为护城河。这样范围广阔、人员众多的城堡，你们八国联军的将士再多，恐怕也是难以攻克的。"齐桓公见屈完毫无惧色，大气凛然，更觉得对他无可奈何。

管仲曰："既然屈完大夫说到这份上，我管夷吾就代表我王谈谈我们的看法。其实，我们大齐是最不主张动用武力的。因为兵戎相见，会各有所失，甚至两败俱伤。这既损失和消耗了双方的作战人员及其资财，还影响了双方国内的正常生产秩序和黎民百姓的生活安定。可是，如果有的国家无视别国的存在，不顾别国黎民百姓的死活，进行侵犯掠夺，引起了别国的奋起自卫或者是友好国家的出兵相助，那就是迫不得已的事了。"

齐桓公说："我们大齐和楚国本来是友好的。如果不是你们出兵侵犯郑国和宋国，我们又何必兴师动众前来讨伐你们楚国呢？"

屈完道："我们楚国也是不愿意与周惠王封的你们这个诸侯长大齐作对的。你们率兵来后，我们不是为避免冲突，主动撤兵了吗？"

管仲曰："既然楚国和我们大齐都不愿互相作对，那么最好的方式就是双方结盟议和。"

齐桓公说："我给楚成王熊恽写去的信，不就是请他来召陵会盟议和吗？"

屈完道："我王对他上次与诸侯长谈判时的强硬态度，事后也很后悔，因为实际上还是按诸侯长的意见办了。再加上他明知蔡姬原来是诸侯长的姬妾，却把她娶来了我们楚国，觉得丢了颜面，无脸见诸侯长。因此，他就让我屈完来言明其苦衷，让我作为他的全权代表，与你们大齐和八国联军议和。"

管仲曰："双方会盟议和的主旨，其实就是一件事。那就是楚国自此不可再侵犯郑国、宋国等中原诸侯国。"

屈完道："在会盟盟约中，各方的权利和义务应该是对等的。盟约中既要约定我们楚国不再犯那郑国和宋国等，但作为诸侯长的大齐，也不可再动用多国联军来犯我们楚国。"

齐桓公说:"那我们就与你这位楚成王的全权代表,在召陵与联军诸国正式会盟,达成议和盟约,共续百年之好吧。"

随后,齐桓公作为天下诸侯长,代表齐国在楚国的召陵与楚国、郑国、宋国、鲁国、陈国、卫国、许国、曹国举行了九国会盟,达成了著名的《召陵盟约》。

这时,管仲对齐桓公曰:"我王作为诸侯长,兴八国之兵,制服了楚国。这应该是您成为诸侯之伯以来取得的最大胜利!"

第八十一回　郑申侯邀功指路　受封赏虎牢之邑

上回说到,齐桓公在管仲的建议下,联合八国之军,抗击楚国,拯救了郑国和宋国。当时,齐桓公与楚成王熊恽的全权代表、楚国丞相屈完在召陵会盟议和,各方达成了互不侵犯的《召陵盟约》。

这时,管仲建议齐桓公曰:"现在,我王组织的八国联军使命已经完成,参与八国联军的各国军队应该从驻地召陵回他们自己的国家了。这其中,郑国、宋国、陈国、许国都是楚国的周边国家,他们可以就近回国。而我们齐国、鲁国、卫国、曹国这四国之军,可一起北返,免得分散行军,势单力薄,在路上遇到意想不到的麻烦。"

齐桓公说:"寡人也正想和仲父商量撤军返国,不想您却想到了我的前头。"

于是,齐桓公就把郑国、宋国、陈国和许国的军事首领请到自己的帐篷来,对他们说:"你们郑国之军和宋国之军,为了保卫自己的国家和家园参与八国联军,在抗楚保国中立下了功劳。寡人要给郑文公姬捷和宋桓公殷御说分别写信,让你们带回去,我要求这二人要对你们加以表彰奖赏。至于你们陈国和许国的军队,是志愿前来抗楚救援郑国和宋国的。你们为了他人和他国,不惜自我牺牲,其精神可歌可泣,更是值得表彰和奖赏。寡人也要给陈宣公妫杵臼和许穆公写信,让你们带回去,让这二人更要对你们进行表彰和奖赏。"

这四国的领军将帅闻言,齐声说:"诸侯长想得十分周到,我们受之有愧,蒙情不尽了。"

齐桓公说:"我们大齐历来主张举贤尚功。举贤是一种选人用人的手段,让贤人建功立业才是目的。为此,就要及时表彰和奖赏建立功勋的那些有功之士。"

　　四国将领一起跪拜齐桓公,再次感谢诸侯长。第二天,他们带了诸侯长齐桓公写给本国君侯的信,各自回国去了。

　　随后,齐桓公又把鲁国、卫国和曹国的军事首领请到自己的帐篷里来,对他们说:"咱们八国联军中,郑国、宋国、陈国和许国他们这四国之军,寡人已让他们就近回国了。咱们齐、鲁、卫、曹这四国之军都要北返。为了在路上互相有个照应,我们四国之军就一起北上吧。待咱们分别时,我给鲁僖公姬申、卫文公姬毁和曹昭公姬班都写封信,让你们带回去交给各自的国君,寡人要在信中为你们请功邀赏。"

　　鲁、卫、曹三国之军的将领们闻言,如同郑、宋、陈、许四国的将领,亦是一同跪拜齐桓公,表示感谢,并表示在一起北返时愿服从诸侯长的统一调遣。

　　于是,齐桓公就率领这四国之军一起从楚国的召陵向东北方向进发。他们回到了去召陵时必经之路的蔡国。蔡缪侯姬肸得到消息,这时一反常态,率领蔡国的全体文武大臣在蔡国边境等候,将齐桓公及其四国之军迎进蔡国,然后给他们送柴送米,并杀猪宰羊,美酒款待,犒劳这些伐楚的勇士们。蔡缪侯还再一次向诸侯长齐桓公道歉,说自己把妹妹蔡姬改嫁给楚成王熊恽,实在是一气之下的糊涂之举,请求齐桓公原谅自己。

　　四国之军在蔡国休整数日,继续向北进发。再往前行,需要经过陈国,然后再经过郑国的东部地区,才能到达各自归国的目的地。他们转眼来到了陈国的边境。

　　陈国边境有一处十字路口。此时,却见陈国的丞相袁涛涂已乘坐马车来此等候。齐桓公和管仲率四国之军来到袁涛涂的面前,袁涛涂立即下车,跪拜诸侯长。他说道:"在伐楚的八国联军中,我陈国和郑国、宋国、许国四国之军,已经就近回到了自己的国家。虽然您齐桓公作为诸侯之长,率领联军征服了楚国,但是东方靠海边的那些淮夷小国,还没有归服大齐,并经常侵犯中原的诸侯国。以微臣之见,诸侯长不如乘军威正盛、士气正旺,带领齐、鲁、卫、曹四国之军,从东边的沿海北上,以便于在回国的路上顺便征服那些淮夷之贼。"

齐桓公一听,当时未加思索,随口说:"好。"管仲一言未发,陷入了沉思。

袁涛涂辞别齐桓公和管仲,刚刚离开后,郑国的辅臣申侯就又来求见。齐桓公对郑申侯说:"刚才,陈国的丞相袁涛涂来这里见我,他前脚走,你后脚就到了。你从郑国越过陈国而来,找我有什么事吗?"

郑申侯说道:"我家祖上也是姜姓,在你们齐国的祖宗齐太公姜子牙诞生前,我们这支姜姓就被封在了申国。因此,有人说我们申国是殷商的封国,申国人是殷商的遗民。当时,我们申国有位美女公主,被周幽王看中,娶到大周当了王后。我们申国就成了大周的国丈之国。后周幽王无道,以烽火戏弄天下诸侯,又欲废长立庶,废掉申后和太子姬宜臼,立那褒姒和王子姬伯服为王后和太子。这才招来了我申国之侯借那西狄夷兵打进了丰镐,扶正了申后和太子的地位。"

齐桓公说:"我们虽然是同姓,可你们申国当时并不光彩,不能说是我们姜姓的光荣历史。因为大周的西周时期,可以说就是毁在了你们申国手上。"

郑申侯道:"我们的祖宗当时是有自知之明的。他保护周平王姬宜臼平安东迁洛邑后,周平王想把他的侯爵晋升为公爵,我们的祖宗就没敢接受和承当。"

齐桓公说:"当时没追讨申侯的罪责,没把你们申国灭掉,也就算咱们姜姓家族的幸运了。"

郑申侯道:"不管怎么说,在下和您诸侯长齐桓公乃是一个祖先,咱们是自己人。我远道而来,就是为了见见您这位同宗,看看有没有需要我帮助的事。"

齐桓公说:"刚才袁涛涂来向我提出,要让寡人率领四国之军从东方沿海之地北上,以顺便征服那些与中原作对的淮夷小国。不知你郑申侯对此有何看法?"

郑申侯说:"这个袁涛涂让你们东走海边,名为沿途征服淮夷诸国,其实是怕大军经过陈国时,会给他们带来军需供应上的麻烦。你们四国之军南下远征,已经是很疲劳了。那东方沿海之地是水乡泽国,沼泽甚多。你们的大队人马岂能从这里通过呢?袁涛涂这一毒计,会让你们四国之兵陷入泥淖之中而不可自拔。这不是想置你们四国之军于死地吗?"

齐桓公这时才恍然大悟,他愤恨地说:"这样一来,我们四国之军是必走陈国无疑了。因为只有走陈国,寡人才好逮住那袁涛涂,好好教训一下这个奸贼。"

郑申侯道:"诸侯长既然决定率领四国之军走陈国, 向北就要经过我们郑国的东部地区。我这就返回郑国,做好迎接和帮助四国之军顺利通过的准备。"于是,郑申侯告别诸侯长齐桓公和管仲丞相,回郑国去了。

等郑申侯走后,管仲对齐桓公曰:"郑国的这个辅臣申侯,本是申国之君。他们申国与蔡国和息国相邻。蔡哀侯姬献舞强暴了息侯那美貌的夫人息妫氏,造成了蔡国与息国的矛盾。楚文王利用这一矛盾,出兵消灭了息国,俘虏了蔡哀侯,霸占了息妫氏。"

齐桓公问:"这与申国有什么关系呢?"

管仲曰:"当时,息侯就派人向相邻的申国求救。"

齐桓公问:"申国出兵救援息国了吗?"

管仲曰:"谁知这个申侯乃是胆小如鼠之辈。他接到息侯的求救书信后,害怕楚国兵强马壮难以战胜,就作壁上观,对邻国见死不救。"

齐桓公问:"难道申侯就不懂得唇亡齿寒的道理吗?"

管仲曰:"他不是不懂,只是贪生怕死罢了。如果当时他出兵与息国联合,也许就能战胜楚国,拯救息国和自己的申国。但是他失去了联合抗敌的良机,在息国被消灭后,楚文王顺手牵羊,欲夺取他们申国。"

齐桓公问:"楚军入侵申国,申侯率军抵抗了吗?"

管仲曰:"他哪里敢抵抗啊!楚军一进入申国地界,申侯就打着白旗前来投降,表示愿献出申国,随楚文王熊赀到楚国去,拜倒在其身边,甘愿俯首称臣。"

齐桓公说:"他们申国比楚国被册封,不知要早多少辈子。当时申国作为大周的国丈之国,地位不知要比楚国高出多少倍。可是,这个申侯现在却亡了申国,向楚国屈膝投降,甘愿当楚国的奴才,真是窝囊至极。我为我们姜姓有这样的孬种而感到羞愧和耻辱。他现在还有脸面前来和我攀姜姓同宗呢。"

管仲曰:"申侯投降了楚国,在楚文王熊赀身边当了奴才。他会取宠,会办事,但他有个致命的弱点,那就是生性贪婪。"

齐桓公问:"他生性贪婪,楚文王熊赀能容下他吗?"

管仲曰:"楚文王熊赀是个很大度的人,自从得了那美女息妫氏,更是心满意足,对别人就更加宽容。"

齐桓公问:"即使楚文王熊赀能宽容,那楚国王室的人也能容忍他申侯吗?"

管仲曰:"世上有几个能容忍这种贪婪自私之辈的人呢?楚国的王室成员和群臣都对申侯非常反感。"

齐桓公说:"在这种环境下,申侯不成了那孤家寡人吗?"

管仲曰:"俗话说,'知子莫如其父,知臣莫如其君'。楚文王熊赀病重,他在临死前,赐给了申侯很多宝石玉璧,说'趁我还有这口气,你带着你的金银财宝,赶快离开楚国吧。你生性贪婪、视财如命,我活着能容忍你,重用你。但我死后,别的楚国人是不会容下你的。你若留下,必会因贪财而被杀。可你办事有能力,你要去投靠一个大国,在那里才能施展出你的才能来'。申侯想来想去,认为郑国乃是姬周的同宗,且祖辈在周室辅政,曾经辉煌一时,号称小霸天下。于是他就携带财宝投靠了姬姓的郑国,并受到了当时执政的郑厉公之信任,任命申侯成为郑国的辅臣。从此,人们叫他郑申侯。"

齐桓公说:"像郑申侯这样贪婪自私的人,远道越过陈国前来献殷勤,无非就是为了邀赏。"

管仲曰:"这个郑申侯,在其申国灭亡后,先是取宠于楚文王,后又取宠于郑厉公,说明他还真是有两把刷子。"

齐桓公说:"这种唯利是图,到处给别人当走狗的人,即便有能力也让人看不起。"

管仲曰："这个郑申侯祖上就有贪婪的传统。当时的申侯引那狄夷之兵,打进了周都丰镐,他见那些狄夷之兵都在丰镐抢夺财物,也就让自己手下的申国之兵都动了手,抢夺了大周国库的很多财宝。"

齐桓公说："虽是如此,但是他郑申侯有功还是要奖赏的。他这次劝寡人不走海边,不陷于泥淖之地,也算是一件大功。我要派人去郑国,告诉郑文公姬捷,就说刚刚救了他们郑国的诸侯长齐桓公,让他把郑国的虎牢之邑赐给郑国辅臣申侯,以表彰申侯救我大齐等四国之军的功劳。"

这时,管仲对随行在旁的外交大臣曹孙宿说:"这个差事就由曹大夫去办吧。你去向郑文公姬捷传达诸侯长齐桓公的奖赏之命。"曹孙宿遂领命而去。

曹孙宿来到了郑国国都新郑,在新郑朝堂上,当着郑申侯之面,向郑文公姬捷转达了齐桓公的指令。郑文公接到诸侯长齐桓公的旨令,不敢违背。他对曹孙宿说:"诸侯长齐桓公率领八国联军,前来救援我郑国,吓得那楚军撤兵而回。八国联军的将士们又帮助我郑国建立了新的都城,还帮助郑国的老百姓重建了家园,我们郑国世世代代都忘不了齐桓公的救命再生之恩。诸侯长命我把虎牢之邑赐给辅臣郑申侯,我只能垂手听命。"

于是,郑文公姬捷就把郑国的虎牢之邑赏赐给了辅臣郑申侯。

第八十二回　结冤仇因果相报　命不同江存黄亡

上回说到,齐桓公听了郑国辅臣郑申侯的建议,率领四国之军进入了陈国。他们到了陈国的都城,见到了陈宣公妫杵臼,齐桓公遂把袁涛涂的恶行告诉了陈宣公。陈宣公闻听大怒,说:"好个大胆的袁涛涂,竟敢背着我做出这等坑害朋友的事。待我派人去把他抓来,任凭您对其进行惩罚。"

随后,袁涛涂被抓上了朝堂,陈宣公对其大声斥责。袁涛涂分辩道:"这个郑国的辅臣郑申侯也太两面三刀了吧。他如此耍阴谋,实在是卑鄙至极,世上少见。让大齐等四国之军东走沿海的主意,本来就是他怕大军走郑国,给刚刚复国的郑国带来麻烦而出的。他怕自己去说,会有私心之嫌,就来找我,让我把他的主意变成我自己的看法,去劝说诸侯长及其四国之军东走沿海滩涂。可他又反过来出卖我,不让他们东行。以此来向诸侯长邀功请赏。你们说此人之阴毒,该杀不该杀。"

齐桓公闻听袁涛涂之言,对郑申侯十分恼怒,就说:"那我就派人跟随你袁丞相一起去郑国,把这个两面三刀的郑申侯抓来,寡人要问罪于他。他口口声声说与我同宗,难道我们作为炎帝之后的姜家人,能做出这样龌龊的事吗?"

袁涛涂道:"诸侯长率领四国之军北上回国,只是走他郑国的东境,到不了郑国的新国都新郑,用不着麻烦您分心耽误时间了。世人都说恶人自有恶报,我袁涛涂自会有办法,让这个卑鄙小人死无葬身之地。我只恳请诸侯长批准,他郑申侯可以按照诸侯的规格,大规模修建他的虎牢封邑就是了。"

齐桓公说:"虎牢之邑是寡人责令郑文公赐给郑申侯的,怎么修是他自己的事,有什么需要批准的呢?"

袁涛涂应道:"那就好。"

齐桓公率四国之军离开陈国都城后,袁涛涂对陈宣公妫杵臼说:"郑申侯为了阻止诸侯长率领的四国之军经过时,给我们陈国和郑国带来供应粮草和衣物等方面的麻烦,就鼓动我去劝齐桓公率军东走沿海。可他出尔反尔,又窜到齐桓公那里,反劝其北走我们陈国和他们郑国。为此,他得到了诸侯长的恩赐,让郑文公姬捷把郑国的虎牢之邑赐给其作为了封地。我也由此得罪了大齐,这对我国是很不利的。我王见到诸侯长时,曾说您的看法和郑申侯一样,也是主张大齐等四国之军走我陈国和郑国。为了表示对郑申侯正确意见的赞许,我王可拨出两车金币,去奖赏那英雄所见略同的郑申侯。"

陈宣公曰:"这样奖赏也太重了吧,给他的金币也太多了吧?"

袁涛涂说:"这事微臣要特地去走一趟。我要对郑申侯说,'诸侯长齐桓公和你们的国君郑文公赐给您城池,我国的陈宣公就赐给你金币,帮助您大力修缮自己的封邑。只要郑申侯收了这些金币,其后微臣自会有好结果让我王看的。"陈宣公见自己手下的丞相发了狠话,也就不便否决,勉强准奏。

袁涛涂带着这两车金币来到郑国,见到了郑申侯,只字不提他那两面三刀的事,仅说道:"我王陈侯非常赞佩你,特赐给你金币两车,助你在虎牢之邑修建宫殿、兵营和城墙。因你的封邑乃诸侯长指令所封,可比照王侯的规格修筑。这事我已请示诸侯长,齐桓公也批准了。"

郑申侯听此,受宠若惊,立马收下金币。他用这些金币在虎牢之邑大兴土木,修起了豪华的宫殿,盖上了大批的兵营,围起了高高的城墙。他心想:"我本申国之侯,天生诸侯之命。虽然我当初失去了申国,但现今又天赐我虎牢之国,实在是我命该如此也。"

这样一来,短短两年后,虎牢之邑的城市规模,远远超过了郑国的新国都新郑。

这时,袁涛涂又请示陈宣公批准,让其出使郑国。他来到郑国,面见郑文公姬捷说:"陈宣公特意让我来提醒您,那郑申侯大修虎牢之邑,规模和豪华程度远远超过了贵国的新国都新郑。郑申侯原是申国之君,他的复国野心,昭然若揭。郑申侯本性自私,贪得无厌。待他兵强马壮后,必然会先侵占新郑城。那时您丢了国都,郑国就面临亡国的危险了。我王特意派我来,提醒您要伺机除掉这个野心勃勃的郑申侯,以防止尾大不掉,受制于人。"

郑文公闻听,当即吓出了一身冷汗,反拜袁涛涂说:"我也早有觉察,只是没想这么深罢了。请您回去告诉陈宣公,就说我非常感谢他派您袁涛涂丞相前来提醒我。我姬捷心中已经有数,是会自有主张的。"

过了一段时间,郑文公就瞅准郑申侯在虎牢之邑训练封地的将士之机,突然派人将其逮捕,以蓄兵谋逆之罪而杀之。

虽说知子莫如其父,但知父也莫如其子。郑申侯那已被封为郑国之臣的儿子姜文子说:"人道是'山难移,性难改'。人的贪心是永无止境的。我父亲无论走到哪里,都不忘牟取私利,但他最终死在了贪财上!"

过了数年,齐桓公应郑文公姬捷之请,在鲁国宁母之地召集诸侯会盟。郑文公因身体不适等原因,就派太子姬子华代表他前来与会。

在郑国有封地的诸多大夫中,泄氏、孔氏、子人氏对太子姬子华没有好感,对其继任国君之位有不同看法。姬子华想借诸侯长齐桓公之手除掉他继任爵位的障碍,于是就在会盟时私下对齐桓公说道:"在我们郑国有封地的诸大夫中,泄氏、孔氏、子人氏这三家认为,郑国本乃姬姓强国,当年曾出兵救援过你们齐国。于是他们就煽动郑国君臣与大齐相对抗。我看诸侯长不妨兴兵前去讨伐这三氏,我姬子华愿意做你们的内应。"

齐桓公称伯已久,听不得有人反对他,就对姬子华说:"将来的郑国是你这位太子的,你想铲除郑国反对我们大齐的人,寡人当然就要兴兵讨伐之。"姬子华见齐桓公慨然应允,就高兴地走了。

齐桓公把管仲召来,对其说明了姬子华请求齐国讨伐郑三氏的事。

管仲曰:"我看这事没那么简单。我们在上次救了郑国,郑文公姬捷和郑国的人臣无不感激我王。这时难道会有人提出与我们大齐争强吗?

作为将来要继任国君的太子，本身就有权力教训郑国那些反对我们大齐的人，又何必借助我们的力量，去讨伐那几个小小的封邑大夫呢？这一定是姬子华与他们之间有矛盾，想借我们之手除掉他的政敌。对于这件事，我们先不急于兴兵，待将来有机会问问郑文公姬捷不就知道了吗？"齐桓公遂打消了兴兵讨伐郑国三氏的想法。

郑文公姬捷身体康复后，因未能亲自去宁母参加自己要求的会盟，感觉愧对诸侯长齐桓公，遂单独前来访问齐国。当齐桓公问起郑国三氏反对齐国之事时，郑文公大吃一惊，知道这是太子姬子华的阴谋。他面露怒色，愤恨不已地说："哪有这等事啊？这一定是姬子华背着我，欲借诸侯长之手，铲除反对他的势力！"

过了两年，姬子华本性难改，又在国内背着父王挑拨离间，排除异己，并有欲害死父王抢班夺权的迹象。郑文公姬捷只得以谋逆之罪，忍痛将太子姬子华处死了。

事后，郑文公姬捷在国都新郑的朝堂上对群臣说："明辨是非，不听信谗言，诸侯长齐桓公及其丞相管仲，真是忠奸分明的明君和贤相啊！"

齐桓公率八国联军伐楚，救下了郑国和宋国，又明断了袁涛涂和申侯以及姬子华的是非后，在各诸侯国尤其是与楚国相邻的几个诸侯国中引起了轰动。他们纷纷愿意加入以齐桓公为首的天下诸侯联盟。

在这些诸侯国中，有一个离楚国不远的黄国，还有一个江国。黄国想加入诸侯联盟的积极性最高。黄国之侯就去见江国之侯，他对江侯说："眼下，天下诸侯大多加入了以齐桓公为首的诸侯联盟。我们两国都是嬴姓，虽与秦国是一个祖宗，但秦国实力还远不如大齐。我们两国国力弱小，需要有强大的依靠。因此，我想和你共同给齐桓公写封信，派人把我们的入盟意向告诉诸侯长。"江侯听了，立即应允。

齐桓公收到江、黄二侯的来信，甚是高兴。他就为此召集天下诸侯，在宋国"贯"这个地方会盟。此次会盟，所到诸侯人数很多，声势空前浩大。在会盟的盟约中，正式确定了黄、江二国的盟国地位。

这次会盟后，黄国自恃有齐桓公的支持，从此不再向楚成王纳贡。那江国却左右逢源，仍然给楚成王纳贡，并同时向齐国纳贡。

黄国之举,令楚成王大为恼怒,就找辅臣屈完前来商议。屈完曰:"我国与大齐等八国签订了不再侵犯中原的盟约。如果讨伐黄国,违背盟约,恐怕难以向诸侯长齐桓公交代。"

楚成王说:"那盟约上写的是中原各国。但黄国在我楚国与中原的边缘,讨伐黄国也不算违背盟约。何况齐国离黄国甚远,等不到来救援,我们就把其消灭了。"楚成王遂兴兵讨伐黄国,很快就把黄国灭了。

黄国的臣民们说:"眼下唯一能与大齐抗衡的就是逐渐强大起来的楚国。我王不应该顾此失彼,在一棵树上吊死,最终招来了我们黄国的灭国之灾。你看人家那江国之侯,在两强之间左右逢源,咸与亲善,就暂时保住了自己的国家。"

齐桓公知道了这一消息,震怒不已,他对管仲说:"我们上次伐楚救了郑国和宋国,在楚国的召陵与楚成王熊恽的代表屈完大夫签订了《召陵盟约》。可是,现在盟约的墨迹未干,他楚国就出尔反尔,公然违背盟约,又侵犯我诸侯国联盟的成员国。仲父你看我们该怎么办呢?"

管仲曰:"我们在《召陵盟约》的条文中,只说是楚国不得侵犯中原各诸侯国。可那黄国和楚国是近邻,也算是荆蛮之地。这样,楚国去侵占黄国,也不能说楚国违背了盟约。当然,楚国侵犯与我们诸侯长齐国有联盟关系的黄国,也是对天下诸侯国联盟这一组织形式的挑战,我们也可以据此理由前去讨伐楚国,拯救黄国。"

齐桓公说:"仲父所言极是,可我们到底要不要兴兵前去救回黄国,把那楚国之兵赶走呢?"

管仲曰:"上次我王在楚国召陵召集了八国会盟,组成了八国联军,当时制服了楚国,救下了郑国和宋国。若我王再次发兵,单靠我一国之力救回黄国不行,还得再召集一次会盟,再次组成多国联军,才有赶走那楚国之兵的可能。"

齐桓公说:"寡人上次惊动了包括我们大齐在内的中原八个诸侯国,动用了八国的军队。上次兴师动众刚结束不久,再次兴兵,连续征战,乃军事之大忌。这可怎么办是好呢?"

管仲曰:"月有阴晴圆缺,人有祸福轮回,任何事情都没有十全十美的。有人说眼睛里容不下沙子，可是那沙子一时取不出来，也没有好办法。现在楚成王熊恽出兵灭了黄国，就等于给我王的眼里塞进了一粒沙子。我们暂时救不了黄国，也就暂时不能把我王眼里的沙子取出来。依我之见，不如等时机成熟，再动用多国之兵去赶走楚军，救回黄国，把我王眼里的沙子取出来。"

齐桓公闻言，长叹一声说："现在，他楚成王熊恽占领黄国，已是生米做成了熟饭。我虽然是天下诸侯长，中原各诸侯国对我可以说是一呼百应，但是离那荆蛮之地的黄国十分遥远，现在却是鞭长莫及，爱莫能助。寡人现在也就只好望洋兴叹了。"

管仲曰："从长远来看，我们要想阻止楚国的扩张，除了联合上次伐楚的多个国家外，还要联合西北方那国力也正在增强的晋国和秦国。如果有了这么多国家的联合力量，就不怕那楚国嚣张了。"

齐桓公说："仲父的这一战略想法，是很有远见的。"

第八十三回　首止会盟保太子　姬捷逃会怒桓公

话说齐桓公三十一年,即公元前655年,周惠王二十二年的一天,齐桓公与管仲正在朝堂议事,突然听官外传曰:"大周使臣到。"齐桓公立即离开座位,前去迎接。

这位大周使臣说道:"吾乃周太子姬郑所派来的使臣也。他让我向其舅氏齐桓公通报自己的危难处境,寻求诸侯长的帮助。"

齐桓公问:"不知我这位身为大周太子的齐国外甥姬郑有何难处,需要我这位舅氏帮助他什么呢?"

周使道:"太子让我转告诸侯长,在他的齐女母后去世后,周惠王续娶了陈女妫氏为王后,人称惠后。惠后带大了太子。可是后来,周惠王对那位惠后所生的王子姬带十分宠爱,就每每露出欲废太子姬郑而立王子姬带的意思。太子特派我来求助于您这作为诸侯长的舅氏,希望能设法保住他的太子地位。"

齐桓公说:"这只不过是太子的猜测和担忧罢了,周惠王不是还没这样做吗?"

周使道:"非也。因惠后把太子养大有恩,太子既怕惠后,又怕惠后生的这个姬带。这娘俩共同蛊惑周惠王想达到的目的,可以说是事无不成的。"

齐桓公说:"我这个诸侯长,是周惠王赐封的。我怎么敢去管他的家事呢?"

这时,站在一旁的管仲对齐桓公曰:"废长立庶,违背周礼。此事不但是周惠王自己的家事,而且是能否维护周礼的天下大事。我王作为诸侯长,有义务召集天下的诸侯,共同维护周礼,保住大周太子姬郑的地位。"

齐桓公说:"若说维护周礼,那倒是义不容辞的。"

管仲让周使暂到官驿休息,又对齐桓公曰:"保住姬郑的太子地位,他会永远感激我王。若其继位为周天子,对我们大齐是非常有利的。同时,此举也能显示我大齐作为诸侯长的正义与权威,更有利于号令天下诸侯。"

齐桓公问:"仲父可有良策吗?"

管仲曰:"我王不妨召集宋、鲁、陈、卫、郑、许、曹等国诸侯,到卫国首止这个地方进行一次会盟,并专请大周太子姬郑前来参加,让各国在会盟中达成共识,一起承认大周太子姬郑的既定地位。"

齐桓公说:"这不是与周惠王对着干吗?也有点太明目张胆了吧!"

管仲曰:"我们这次会盟,要只字不提维护大周太子的事。把会盟的主题定为'维护周天子,维护周礼,维护天下秩序,维护周室与各诸侯国以及各诸侯国之间的友好亲善与和平共处关系'。但是要把太子姬郑的座位,设为会盟时的主要席位。在会盟达成的盟书中,要写明诸侯长与各国诸侯达成了共识,一致承认并拥护大周太子姬郑。这样顺理成章的事,周惠王知道了也是无可奈何的。他若敢违背各诸侯国共同商定的盟约,难道就不怕诸侯为此造了他的反吗?"

齐桓公说:"这个办法好。这好比是让周惠王含了冰块,没法说凉;吃了黄连,难言其苦;挨了扁担,不敢喊疼。"

于是,齐桓公就把大周的使臣从馆驿叫了回来,对他说明了欲借会盟维护大周太子姬郑地位的事。齐桓公让使臣回去告诉大周太子姬郑,请他务必要按时到会并主持会议。随后,齐桓公又派使者分赴各国,去下达会盟通知。

到了约定的会盟日期,齐桓公让管仲跟随,先期到达了会盟地点卫国的首止。

大周太子姬郑听其派出的使臣回来禀报了诸侯长齐桓公和大齐丞相管仲对维护他太子地位的具体安排,十分高兴。到了会盟之期,太子姬郑也提前到来了。随后,被通知的各国诸侯也全部到会。

且说那王子姬带，听说诸侯长齐桓公召集若干诸侯国的国君在卫国首止举行会盟,特意指名请大周太子姬郑参加并主持会议,就十分嫉妒和关注。他派出心腹亲信来到首止打探消息。

王子姬带派出的心腹以大周王室官员的身份来到首止后,找那几位与大周同宗的诸侯打探消息,很快就摸清了诸侯长齐桓公会盟的真实目的。

王子姬带的心腹回来向其禀报:"依臣下之见,诸侯长齐桓公召集的这次会盟,名义上是维护周礼,实际上是为确保太子姬郑的王储之位。"

王子姬带闻听,十分着急,就立即把此事告诉了父王。周惠王听后,知道了齐桓公乃是声东击西,名为维护自己的统治,实际上却是在和自己对着干,就十分生气。他对姬带说:"齐桓公和管仲打着尊王维礼的旗号,会盟天下这么多的诸侯,不啻于是向我示威。他们人多势众,我不便公开出面制止。你可速去卫国首止,找与会的郑文公姬捷,就说寡人有紧急的姬姓家族事务,命令他速来王室商议家事。"

姬带领了父王周惠王的旨意,立即快马加鞭,赶到会盟之地的首止。他连夜拜见郑文公姬捷,对其传达了周惠王的旨意。

郑文公姬捷对姬带说:"我郑国乃是周王室同宗,又世代赞襄周天子的朝政。周、郑本来就是一家。现在天子周惠王说家中有急事,召我姬捷前去洛邑,作为大周册封的诸侯,我当然要立马前去处理。"

等王子姬带去馆驿休息后,郑文公速召跟随前来参加会盟的王弟姬叔詹共同商议此事。姬叔詹说道:"诸侯长齐桓公召开的这次会盟,乃是天下大事;而我们的姬姓家务,乃是区区小事,王兄不可因私而废公。依小弟之见,这是王子姬带想夺太子之位,见诸侯长借会盟来维护大周太子姬郑的地位,并请太子姬郑主持此次会盟,就内心嫉恨。他打着周惠王说是有家务事的旗号,前来会上捣乱。您若离开盟会,就要和诸侯长齐桓公打招呼,可他怎么能允许你为了家族之事而提前离会呢?你若不请示而私自离开盟会,则既得罪了诸侯长,又失信于与会的各国诸侯。如果他们因为你私自逃会而联合讨伐我郑国,那时周惠王是有心无力,救不了我们的。"

郑文公姬捷说:"他齐桓公这个诸侯长,还是周惠王姬阆所封的呢。现周惠王找我有事,我身为大周封国的诸侯,是必须谨遵王命先去见天子周惠王的。"

姬叔詹道:"我王不听王弟的劝告,到时候会后悔莫及的。"

郑文公不听,遂撇下王弟姬叔詹和随同前来与会的臣子们,不辞而别,逃离了会盟之地,随那王子姬带到洛邑去了。

第二天,会盟继续进行,却不见了郑文公姬捷。齐桓公就派人去郑国与会人员的驻地,询问姬叔詹。姬叔詹只好来到盟会上,对齐桓公以实相告。

齐桓公知道后,不禁勃然大怒,对姬叔詹说:"你这个王兄竟敢背着寡人和这么多国家的诸侯,私自跟随那欲乱大周王室的王子姬带,逃会去洛邑见周惠王。这说明他根本就没把我这个诸侯长和与会的各国诸侯放在眼里。"

姬叔詹答道:"微臣当时苦劝我王兄,万万不可这样做。但是,他说您齐桓公这个诸侯长还是周惠王姬阆赐封的呢。现在天子周惠王有急事召他去洛邑,他不能因小失大,因为怕您诸侯长齐桓公不高兴,就不先去应天子之命见周惠王。他怕请示诸侯长会得不到批准,因此就私自逃会,随同那王子姬带先去洛邑见周惠王了。"

齐桓公说:"不错,我这个诸侯长确实是周惠王赐封的,但是如果没有我这个诸侯长,不是我组织八国联军前去赶走了入侵的楚国之兵,救了郑国,恐怕你们这个诸侯国早已亡国了,甚至连郑文公姬捷这个国君的命也没有了。可是到了现在,他却忘恩负义,不把我这个异姓诸侯长放在眼里,而是先去听命于他这个同姓的天子周惠王姬阆。"

姬叔詹道:"我王兄的这一做法确实是不近人情。他不应该瞒着您诸侯长齐桓公这位救命恩人,因私废公,逃会去见那说有姬姓家事的周惠王。"

这时,正在齐桓公一旁的管仲曰:"郑文公姬捷这无异于是有意与大家作对,此胆大妄为之风不可不刹。我王不妨以诸侯长的名义,派人火速赶去洛邑，叫郑文公立即回来开会。他若回来，万事皆休；他若不回，必须严惩不贷。"

齐桓公立即派人快马加鞭去洛邑催郑文公回来。

很快，派去的人回来向齐桓公禀报："他郑文公一到洛邑，就被周惠王给缠住了。周惠王岂能再让他回来会盟？我看那郑文公，是召而不回了。"

齐桓公闻听后怒上加怒，气愤地说："我齐桓公姜小白竟没有这样一点权威。如果都像郑文公姬捷这样，人人都不听我这个诸侯长的话，而是各自为政，我行我素，我们华夏的天下岂不成了一盘散沙吗？"

管仲曰："事到如今，如果我王这时不给郑文公姬捷一点颜色看看，就会在这些与会的诸侯国甚至天下所有的诸侯国中威望扫地。到那时，不单纯是一个对我王尊重不尊重的事，而是一个关系到我们华夏中原各诸侯国能否围绕一个核心，步调一致，齐心协力，抱成一团，形成一个命运共同体的大事。"

齐桓公问："那依仲父之见，可怎么办呢？"

管仲曰："我王不妨趁此会盟之际，以郑文公姬捷蔑视您这位诸侯长和与会所有国家诸侯的名义，发动和联合与会各国的诸侯，约定日期和地点，共同兴兵讨伐郑国。"

第八十四回　七国联军讨郑邦　委曲求全图生存

上回说到，在郑文公姬捷逃会的情况下，其他与会各诸侯国国君继续会盟。最后，他们共同签订了《卫国首止盟约》。这时，齐桓公向与会各国的诸侯说："郑国之侯郑文公姬捷，无视我们这些与会的各国诸侯而私自逃会。为此，我作为你们的诸侯长，不可坐视不管，不可助长这种有损于华夏各诸侯国形成合力的行为。我准备于明年春天，在他郑国新城那个地方，与你们在座的各国诸侯会盟，共同组成多国联军，一起讨伐郑国这个害群之马。你们回国后，都要积极整饬本国军队，做好明年开春联合伐郑的准备。"

当时，与会各国的诸侯都对郑文公姬捷的私自逃会行为非常气愤，就异口同声地说："我等谨遵诸侯长旨意。"

第二年开春，在充分准备的基础上，齐桓公率领齐国的军队与宋、鲁、卫、陈、曹、许多国军队在郑国的新城之地会师，组成七国联军，随后包围了郑国的首都新郑。

这时，郑文公姬捷后悔不已，认为当时不该不听王弟姬叔詹的话，不自量力，引来了灭国之祸。

可事已至此，郑文公姬捷已经是无可奈何了。他只好急召王弟姬叔詹前来王宫商量对策。姬叔詹道："当下，在七国联军共同伐我郑国，包围了我国国都新郑的情况下，那个去年让你逃会惹祸的周惠王，因手中并没有军事实力，这时也就敢做不敢当，救不了我们郑国了。"

郑文公说："王兄上次私自逃会去见天子周惠王，这无异于去给天神烧香，反而烧出鬼来。现在烧出的鬼来了，我却没法子安了，那烧香供奉的天神也不管我了。这真是我咎由自取啊。"

姬叔詹道："早知今日，何必当初呢？现在木已成舟，后悔也晚了。"

郑文公说："齐桓公率领七国联军讨伐我们郑国，团团围住了国都，把我围困在新郑城内，就如同那瓮中之鳖。眼看就要国破家亡，急得寡人恨不能一头撞死。王弟你足智多谋，这时要想办法救救我们郑国啊。"

姬叔詹建议道："眼下唯一的办法，就是派人去求助于兵强马壮的楚国，要对楚成王说，'郑国若被齐国占领，对他们楚国是大为不利的'。"

郑文公说："楚国前者派兵来侵占我国，把我国上至国都宫殿，下至黎民百姓的家园，破坏得一塌糊涂。楚国是我们不共戴天的仇人，而诸侯长齐桓公与之截然相反，是救我郑国于面临亡国和水深火热之中的救命恩人。我们现在反过来又去请楚国派兵来救援我们，与我们的恩人作战。这对于诸侯长齐桓公来说，我们是恩将仇报，反目为仇；对于楚成王熊恽来说，我们这叫引狼入室，认贼作父。"

姬叔詹道："此一时也，彼一时也。现在我们又一次面临亡国之危，就顾不得那么多了。权且把楚国贼兵引来，抵挡一气再说。"

郑文公姬捷说："事到如今，当王兄的我也就只好昧着良心这样办了。"

于是，郑文公姬捷就违心地给仇人楚成王熊恽写了一封求救信，对手下的一员虎将说："你趁半夜之时，给我冲出七国联军的重围，速去那楚国，把寡人的信送给他楚成王熊恽。"

这员虎将果然不负所望，他身揣郑文公的求救信，乘夜色杀出了七国联军的重重包围，来到了楚国，见到了楚成王。

楚成王熊恽见郑文公姬捷派人前来送信求救，就召集楚国的王公大臣们前来王宫商议对策。有一位大臣出班奏曰："以我一国之军，怎能战胜齐桓公率领的七国联军呢？当年，齐桓公率领八国联军来对抗我们，救那郑国和宋国，我们不是惧怕他的势力，不战而自退了吗？以微臣之见，这个救援我们是办不了的。"

楚成王说："看来，我们楚国去救他这个郑国，是无能为力的了？"

该大臣略一思考，对曰："虽然直接去救郑国我们力不从心，但是微臣有一个间接的法子,可以救那郑国。"

楚成王急问:"爱卿有何良策?"

大臣曰:"我国邻近的许国,乃是华夏炎帝之后裔。他们既是大齐的同姓之国,又是齐国的盟友。那许穆公的夫人,人称许穆夫人,能诗善文,是天下少有的才女,而她正是齐桓公的小姨子。那许国历来唯齐国马首是瞻,凡齐国遇有战事,他们每每出兵相助。我王不妨效仿当年齐桓公的'围厉救徐'之计,兴兵讨伐那许国,包围许国的都城。这时,许国必然向齐桓公求救,他必然会率七国联军前去营救。这样,郑国那国都新郑城,就会不战而解围了。"

楚成王闻计大喜,依计而行,果然取得了"围许救郑"的预期效果。

评注:当年齐桓公曾"围厉救徐",现在楚成王又"围许救郑"。到了数百年后的战国,齐国孙膑"围魏救赵",这只不过是对前辈兵法的传承和运用而已。

却说齐桓公率领七国联军,中了那楚成王"围许救郑"之计,被迫舍弃对郑国国都新郑的围困,前来解救许国。当他们来到许国国都时,楚国军队的将士们早已远远看见,逃之夭夭了。

这时,作为联军一部的一位军事首领对齐桓公说道:"既然我们已经救下了许国,那就再返兵去包围新郑,杀他郑文公一个回马枪吧。"

齐桓公对联军的这位首领说:"我们已经解了对新郑的包围,郑文公姬捷等于死里逃生,难道他现在还能再待在新郑城里,等待我们反手去杀他吗?恐怕他现在早已不知逃到哪里去了。"

这位首领道:"听说当年您诸侯长齐桓公曾经实行过'围厉救徐',大败那侵徐的楚国之军;现在楚成王又来了个'围许救郑',把我军引开,失去了抓住那郑文公的机会。这种计策实在是厉害。"

齐桓公说:"既然我们料定郑文公姬捷已经逃走,就失去了讨伐的对象。再者,久战乃兵家大忌。我们七国联军先是伐郑围了他的国都,后又前来抗楚救许,已是非常疲劳。既然楚军已经从许国退走,那我们七国之军就各回本国,进行休养生息吧。"

楚成王听探马来报,说是齐桓公率领七国联军已经撤走,就大喜说:"趁此大好时机,我们楚军可以杀他个回马枪,再去讨伐那许国。"

随后,楚国之军就又把许国的国都围了个水泄不通。齐桓公率领强大的军事力量已经走了,单靠一个处于弱势的许国,岂是强大楚军的对手?身临这种局面,许穆公走投无路,束手无策,只好在王宫坐以待毙。

这时,许穆夫人对丈夫许穆公说:"大丈夫要能长能短、能上能下、能屈能伸。我看夫王不妨效仿昔年盘庚殷禄父叛周被灭时,殷禄父的大伯微子殷开身穿丧服,让手下人抬着棺材,随其负棺请罪的做法,让人把你捆绑起来,出城去向楚成王请罪。若那楚成王熊恽能受到感动,说不定还能像周成王赦免了殷商后裔之人的罪,让微子殷开继续复国一样,从而保住我们的许国呢。"

许穆公只好照计而行,果然感动了那楚成王。再说,楚成王熊恽也担心日后齐国会为此而报复楚国,也就正好借坡下驴,就此收场。于是,他亲自为许穆公松绑,并解除了他的丧服,烧掉了他的棺材,让他回去继续当许国的国君。

评注: 那殷商后裔的微子殷开和许国国君许穆公"负棺请罪"的做法,为战国时的赵国大将廉颇向赵国丞相蔺相如"负荆请罪"的行为,提供了借鉴之范例。

此事过后不久,齐桓公就在齐国朝堂上收到了小姨子许穆夫人的一封来信和一首诗。他下朝回到寝宫后,就把信和诗念给如夫人长卫姬和少卫姬听。信中,许穆夫人向姐姐和姐夫诉说了因战乱给许国带来的灾难以及翟狄侵犯娘家卫国所带来的不幸。她写来的四言诗,名曰《载驰》。诗中吟咏了其对信中所说受大国欺凌的悲哀感受,吟道:"女子善怀,多感有慨。许邦忧之,众强狂哉。控于大邦,唯忧唯愁。大国之君,常欺我侪(chái)。谁知许人,悬丸是命。如履薄冰,愁虑车载。杞人忧天,谁知其苦。听者无意,说者悲怀。"这首诗说出了弱国在强国争战中所受到的蹂躏、痛苦与无奈。

再说那郑文公姬捷,侥幸被楚兵所救,回想起来亦觉得自己在卫国的首止逃会,于情于理都说不过去,就对王弟姬叔詹说:"我委托你带上礼物,分别去宋国找宋桓公殷御说,去鲁国找鲁僖公姬申,去陈国找陈宣公妫杵曰。你去后就说，我郑文公姬捷自觉对不起诸侯长齐桓公和与会的各国诸侯，请他们原谅并共同向齐桓公讲个人情，我已经知错悔罪，愿意接受这次深刻的教训，从此不但再也不敢违背诸侯长的旨意，而且今后要每年给齐国纳贡。我们甘愿向齐国赔罪，与各国修永世之好。"

姬叔詹道："与诸侯长齐国等各国修永世之好，是件大事情。依王弟之见，不如在我前去游说宋、鲁、陈三国国君给王兄说情的同时，请他们三国国君邀请齐桓公在鲁国的宁母之地再开一次会盟，共同盟定我们五国的百年之好。"

郑文公姬捷听后，欣然准奏。

姬叔詹受命出使以上三国。这三个诸侯国的国君都同意劝齐桓公高抬贵手，放过他们郑国。又听姬叔詹说郑文公要求举行一次会盟，在诸侯长齐桓公的领导下，共修五国永世之好。他们也都纷纷赞成，共同说："我们到时一定会赶赴鲁国的宁母之地。一则签订维护诸侯长领导下的五国永世之好；二则也把上次大家在卫国首止盟会时的不欢而散，画上一个圆满的句号。"

到了这次会盟之日，作为倡导人的郑文公姬捷偶患风寒，又觉得见到齐桓公和各国诸侯脸上无光。于是就派太子姬子华代表自己前去与会，这才出现了前面说的那齐桓公和管仲拒绝郑国太子姬子华耍阴谋的故事。

第八十五回　管仲救周受下礼　姬带奔齐投舅氏

　　却说转眼到了齐桓公三十五年，即公元前 651 年，正逢周惠王和周襄王交替之时，齐桓公和管仲在朝堂，又听宫外有人传曰："大周使臣到。"

　　齐桓公急忙上前迎接大周的使臣。他们互相见面后，却见大周使臣不言不语，一脸沮丧，两腮是泪。他眼观四周，似乎言语不便。齐桓公见状会意，就只留下丞相管仲，命众臣予以回避了。

　　大周使臣这才悄悄地对齐桓公和管仲曰："近日，我们大周天子周惠王因病驾崩了。我主太子姬郑怕王子姬带趁治丧之机捣乱，再演出一场卫国的卫武公姬和趁父王发丧之时，乘机杀死太子姬余的悲剧。因此，就秘不发丧。他派我来请您这位舅氏，以诸侯长的身份，带兵前去协助治丧，以防不测，并主持随后的太子登基大典。"

　　齐桓公和管仲听后，都觉得这是一件大事。管仲曰："此乃大周太子姬郑对我王的莫大信任和倾心依靠。我看我王不妨再通知宋、鲁、郑、陈、卫、许、曹等大国，共同到曹国的洮邑会盟。先拥立大周太子姬郑为天子，然后再讣告天下，为周惠王治丧。这样，生米已成熟饭，王子姬带也就没有辙了。"齐桓公赞许，立即准奏。

　　这样，大周太子姬郑就在这次会盟中被多国诸侯拥立，是为周襄王。周襄王先后两次求救于舅氏的齐国，他是在诸侯长齐桓公扶持下，才顺利登上周天子王位的，对于大齐君侯齐桓公和丞相管仲自是感激涕零，怀恩在心。

　　可是那王子姬带又岂能善罢甘休呢？他一计不成又施一计，就去对母亲惠后说："母后，我父王当时想依靠作为姬周同宗兼王辅的郑国国君郑文公姬捷,实现他那废长立庶的愿望,但是现在被那个强大的齐国制止了。如果在华夏中原不行,我何不去借助西北方狄夷的势力来达到自己的目的呢?"

惠后说道:"那些狄夷外邦之众,能听我儿的调遣吗?"

王子姬带说:"我们大周都城洛邑的西北方不是有阳拒、泉皋、伊洛这三个白狄部落吗?孩儿过去就私下和他们有些交情。我若去和他们联络,以重金作为贿赂和奖赏,让他们出兵帮助我打下王城,赶走新王姬郑这个小子,拥立我为王,就会事有所成。"惠后听后,表示赞成,王子姬带就立即予以实施。

随后,王都洛邑西北方的这三个白狄部落被王子姬带悄悄前去说服了,他们就派夷兵跟随王子姬带前来侵犯大周王都洛邑。周襄王知道了这一消息,立即关闭城门,并派人飞马向诸侯长齐桓公告急求援。

齐桓公接到周襄王的求援,感觉情况紧急,在朝堂紧急把管仲召来,对他说:"仲父,周襄王派人给我送来急信,说是王子姬带引白狄之兵侵犯洛邑,欲夺周襄王之位。周襄王危矣,这便如何是好啊?"

管仲曰:"周襄王姬郑乃我们大齐的外甥,他依仗我王的支持才得以顺利继位为周天子。他历来亲善我们大齐,周襄王现在遭到了劫难,我们大齐必须立即出兵援救他。"

齐桓公说:"在群臣之中,唯独仲父曾多次赴周都觐见周天子,最熟悉去洛邑的道路。此番救驾,最好由您亲自领兵前往。但寡人怕仲父已是年迈之躯,身体会吃不消啊。"

管仲曰:"我管夷吾老当益壮,仍然能担当此次重任。"

齐桓公闻听,对管仲的敬佩之情不禁油然而生,他噙着激动的泪水说:"那就只好有劳仲父了。"

管仲受命后,率领齐国的将士披星戴月、日夜兼程,火速赶到了周都洛邑。

这时,王子姬带引来的白狄夷兵,已经打到了洛邑城的东门。王子姬带见城门紧闭,无法进入,就命令白狄夷兵在城的门口架上柴草,放火予以焚烧。

王子姬带带领西北方的白狄夷兵来大周都城，路上必须要经过秦国和晋国。这两国的国君见此，预感事情不妙，就派兵遣将，远远跟随其后，看这些人要行何等勾当。

当周都洛邑城的东门起火时，管仲率领的齐国之军赶到了。管仲就让齐国之军在前，随后赶来的秦国和晋国军队在后，一起向洛邑城东门杀奔过去。那些白狄之兵抵挡不住，见事不好，只好狼狈逃窜，向西北方向败走。管仲先让士兵们扑灭了洛邑东门的大火，遂又率领三国之军乘胜追击，斩杀那白狄之兵无数，大获全胜而回。

周襄王在王宫召见齐、秦、晋带兵救驾的首领们，对他们说："幸亏你们三位将领带领本国之兵前来援救寡人。尤其是大齐的管仲丞相，已是年过耄耋，还不辞辛苦，千里奔波前来救驾，这使寡人深感不安。过去，我父周惠王在世时，常常提起管仲丞相协助诸侯长齐桓公尊王攘夷、兴国爱民、抗击外夷、保卫大周的不朽功绩。这些，都全亏了管仲丞相的足智多谋。比如那智充我大周国库的神机妙算，让寡人甚是敬佩。今管丞相又受齐桓公委派，前来救我于危难之中，寡人当以上卿之礼相招待。况且，管仲丞相年事已高，就可以免除跪拜谢恩之礼了。"

管仲当即跪拜周襄王曰："大周天子的厚意，管夷吾领情了。但是我既不能受上卿之礼，也不能不下拜天子。"

周襄王问："这却是为何呢？"

管仲对曰："根据周礼，管夷吾当时没有担任齐国上卿的资格。齐国的上卿之位，本来是由大齐的姬姓命卿高奚来担当的。只是为了便于我这个丞相施政，高奚才将上卿之位让给了我管夷吾。管夷吾僭越了周礼规定的上卿资格，已经是罪过了。今天若再接受上卿之礼，将来高奚和国懿仲这两位有资格担任上卿之职的姬姓命卿，来本宗王室觐见您周天子时，天子再用什么样的礼仪来接待他们呢？"

周襄王问："依管仲丞相之意呢？"

管仲曰："管夷吾愿受下卿之礼，且必须跪拜周天子，以谢王恩。"

周襄王感慨地说："真不愧为天下名相，圣人君子也。恭敬不如从命，那就依了管仲丞相之言吧。"管仲遂受下卿之礼，并跪拜了周襄王，

万世管仲

然后率军回国。

隰朋知道了此事，就对齐桓公说："管仲丞相辅佐我王，九合诸侯，匡抚王室，尊王攘夷，保卫华夏，惠及天下。他呕心沥血，南征北战，功莫大焉。但其为人，一生谦恭，拒绝接受周天子的上卿之礼，谦逊地屈尊接受了下卿之礼。在我们华夏的历史上，我看管仲丞相不愧是德才兼备的一代贤相啊。"

再说白狄之兵战败后，王子姬带感觉无路可走，突然想起自己的舅舅田完在齐国担任工正之职，且有自己的封地。姬带就带着亲信向东逃来了大齐，投奔自己的娘舅田完。田完见自己的外甥、大周的王子来投奔于他，岂敢隐瞒？于是他就速去禀报了齐桓公。

齐桓公听后，就召刚刚救周抗狄得胜回来的管仲前来商议此事，说："王子姬带乃陈国之女所生，欲篡我齐国之女所生周襄王姬郑的王位。他勾结那些白狄之兵犯我大周，像这等谋逆之罪，依礼当杀。"

管仲曰："不可。王子姬带毕竟是周惠王的儿子，我等无权擅杀。依我之见，不如将其暂时留在我们齐国，寻找机会让他向周襄王赔个罪，重归他们的兄弟之好。毕竟周襄王姬郑在我齐女生母逝世后，陈女惠后抚养他是有功的。周襄王看在养母的情分上，也不会杀自己这个弟弟姬带的。"齐桓公听后，亦点头赞许。

到了第二年，齐桓公急于让王子姬带回周都洛邑，就对管仲说："我想派分工去周王室方向各诸侯国外交事务的曹孙宿，去一趟洛邑，觐见周襄王，看看能不能调解一下周襄王与其弟姬带之间的关系。"

管仲曰："只不过现在曹孙宿不小心扭伤了脚，不能前往。我看就让仲孙湫代他去吧。"于是，齐桓公遂派仲孙湫前往。

仲孙湫来到洛邑王宫见驾，周襄王知道他的来意，就有意闭口不谈姬带的事，只是对齐桓公和管仲的近况问寒问暖。当仲孙湫欲提王子姬带之事时，王顾左右而言他，回避此事不予回答。

仲孙湫见游说周襄王无法达到目的，就拜别周襄王，失意而回。他去朝堂禀报齐桓公说："周襄王姬郑对王弟姬带的怒气未消，现在看来一时难以让姬带回国。我看还是让他暂住在田完的封邑里，等待以后的时机吧。"

又过了一年，洛邑西北方那些白狄夷族不甘心帮助王子姬带争位失败，又多次兴兵侵犯周都洛邑。

这时，管仲面见齐桓公曰："白狄屡犯大周都城洛邑，王室危矣。当这大周危难之时，我王可召集宋、鲁、郑、卫、陈、曹、许等国的诸侯，同去卫国的咸邑进行一次会盟。会盟的目的，就是要再组成包括我们大齐在内的又一次八国联军，共同兴兵讨伐白狄，对他们予以有力反击，使其日后不敢再侵犯我大周王室以及中原的诸侯国。"

齐桓公立即准奏。

管仲又补充曰："现在我王和管夷吾都已经老了，今后难以带兵打仗。此次会盟后，我看就让年富力强的仲孙湫代表我们大齐，行使我王诸侯长的权利，统率八国联军前去击狄戍周吧。"

齐桓公又一次准奏。

其后，仲孙湫果然不负众望，率领新八国联军对白狄进行了自卫反击，狠狠教训了那些白狄部落。自此，白狄闻风丧胆，望而却步，周王室及中原若干诸侯国得到了一时的安宁。

第八十六回　受赏赐桓公骄矜　管夷吾强拉跪拜

却说齐桓公扶持大周天子周襄王姬郑顺利登上王位后的某日,齐桓公在朝堂对管仲说:"前段时间,周惠王姬阆想违背周礼的规定而废长立庶,由此带来的麻烦,使寡人深有感触。我大齐虽然取得了尊王攘夷方面的若干重大胜利,维护了周王室的存在,保护了中原各诸侯国不受西狄、北戎、南蛮和淮夷之敌的侵犯,但是周王室和中原各诸侯国还没有形成维护周礼秩序的良好风气。在各诸侯国中,宠妾疏妻、废长立庶、弑君自代、不忠不孝、侵民害民等乱象还层出不穷。寡人十分忧心,仲父对此可有良策吗?"

管仲曰:"还是要通过会盟,让大家共立盟约,以此来规范和约束各国的行为。"

齐桓公说:"那寡人作为诸侯长,不妨召集宋襄公殷兹甫、鲁僖公姬申、郑文公姬捷、晋献公姬诡诸、卫文公姬毁、陈宣公妫杵臼、曹共公姬襄以及许穆公那继了许国君侯之位的儿子姜许男,共同举行一次会盟,来统一思想和步调解决这些问题。但不知仲父认为到哪个地方会盟为好呢?"

管仲曰:"那宋国的葵丘之地,距离我王说的这些诸侯国都不算远,去的距离差不了多少,我看可以选在这里举行会盟。"

齐桓公说:"我们齐国有个葵丘,他们宋国也有个葵丘。我国还有个麦丘、贝丘,他们卫国还有个楚丘。天下怎么有这么多叫丘的城邑啊。"

管仲曰:"所谓丘,就是丘陵呗。我们临淄过去不就是叫营丘吗?丘穆公不就是被封在穆丘吗?宋国的国都殷墟,不也是叫商丘吗?所谓葵丘,无非乃长满葵花的丘陵之意。"

【五霸之首　号令天下】

齐桓公说:"我就依仲父之言,把这次会盟的地点定在葵丘吧。这次举行的盛大会盟,要事先奏报大周天子周襄王姬郑。他若能亲自来参加和主持盟会最好,如果他不能亲来,就让他派周王室的大臣作为其代表来参加盟会也行。此次会盟的宗旨,要定为'尊王攘夷,信守周礼法度,维护周天子地位,共同抵御外夷的侵犯,保护华夏中原经济文化的现有成果及其持续发展,保证各诸侯国的安定、团结与文明'。"

管仲闻言,十分赞成。他又补充道:"我们过去与华夏中原多国诸侯的会盟,从来没有约上最西方的秦国和最西北方的晋国。我看这次可以邀请他们一起前来参加。"

齐桓公说:"先前,不是没有派人去通知过他们,而是历任秦国的君侯都说,'我们现在经营的秦国,先后是商朝和西周王朝分封的部落。到了东周之时,才被始封为诸侯国。我们有西周东迁时周平王赐给的大片沃土良田。周平王当时还让我们秦国派兵镇守西周的废都丰镐,这座过去的王城实际上也就成了我们秦国的'。"

管仲曰:"这是他们秦国趁西周之乱,赚了大便宜啊。"

齐桓公说:"秦国对我过去派去邀请他们参加会盟的人还说,'我们过去是没有与中原各诸侯国打交道的对等资格。现在虽然有了诸侯的资格,但我们不习惯也不愿意与你们中原这些诸侯国掺和。这既能避免与你们各国之间的矛盾和摩擦,又能保证我们集中精力建设自己的国家'。"

管仲曰:"看来这个秦国和我们齐国的治国理念不同。我们齐国现在是改革开放的,他们秦国当前是闭关自守的。"

齐桓公说:"等他秦国集中精力把国内的事情办好了,未必不会向中原扩张。若到那时,他就不会闭关自守,而是要开门外侵了。"

管仲曰:"尽管如此,我们此次葵丘会盟还是要去给他们秦国和晋国下邀请书的。如果秦国实在不来参加,那么晋国原来是我齐国太公外甥姬叔虞的封国,现在当政的晋献公姬诡诸又是我王的女婿,是没有理由不来参加这次会盟的。"

于是,齐桓公就派出使臣,去通知要求其参加会盟各国的诸侯,并特意派外交大臣仲孙湫去到大周都城洛邑，禀报周襄王姬郑。

管仲这时候对齐桓公曰："此次葵丘会盟，乃是安邦治天下的大事，意义不同于往常的一般会盟，我要陪同我王一同前往，也好给您当当参谋。"齐桓公准许。

再说周襄王在王宫见到仲孙湫，对他说："前次，你这位大齐的仲孙大夫，秉承诸侯长齐桓公之意，代替他率领八国联军前来保卫我大周都城洛邑，给了那些侵犯我大周的白狄之兵以沉重打击。自此，西狄夷兵不敢再窥视我中原，给中原经济文化的巩固和发展提供了外部条件。你仲孙大夫立的这一大功，将会永垂史册。今天你又来见本王，肯定是有大事相告。"

仲孙湫说道："我王齐桓公看到现在大周天下的有些诸侯国，不信守周礼，不遵循礼义廉耻这国之'四维'。他们君之不君，臣之不臣；父之不父，子之不子；贵之不贵，贱之不贱；妻之不妻，妾之不妾。有的国君偏信姬妾之言，抛妻再娶，废长立庶。还有的君臣乱纲，父子乱伦，无恶不作。更有甚者，臣弑其君、子弑其父、弟弑其兄，篡权自代。这些国家要么盛行宫中斗，窝里杀；要么以邻为壑，损害别国。他们却不能拿出精力、抽出兵力与各诸侯国携手，共同抵御夷族的外侮之侵。"

周襄王问："看来我舅氏诸侯长齐桓公是想召集一次会盟，以盟约形式让这些诸侯国的君臣士民都有所遵循，得以改邪归正啊！"

仲孙湫道："我王正是此意。为了维护您大周天子的核心统治地位，我王请求您周襄王能亲自参加并主持盟会，如果您王事繁忙，也可派一位周室的重臣代表您前去莅临盟会，以便现场予以具体指导。"

周襄王听后，认为这是进一步帮助他安定大周的天下，自然是十分高兴，就说："过去，我舅氏齐桓公为安定大周天下，作出了重大贡献。寡人一直想表彰和赏赐他，可惜还没有找到好机会。我正好可以利用此次会盟这一好时机，派人去实现我的夙愿。"

于是，周襄王就对其辅臣宰孔说："你去筹备祭肉之胙、珍弓雕翎、佳服良袍、龙旗龙幡、豪车骏马，带到会上去。去后，你就说寡人有事不能亲临，特派爱卿去会上把这些珍贵赐品，奖赏给齐桓公，以彰显其功，表示寡人的恩典，也好让他的丰功伟绩能彪炳史册。但是你要记住，我舅氏已年至耄耋，受赐时就不要让他跪拜了。"宰孔立即领命去办。

到了会盟的约定日期，晋献公姬诡诸派人前来告诉诸侯长，说他因患病，可能会晚到几日。宋国那新继位的宋襄公殷兹甫，还没给刚去世的父王宋桓公殷御说服丧完毕，也匆匆忙忙先赶来参加会盟。其他各国诸侯和大周的辅臣宰孔也都提前来到了会盟之地。

待到盟会开始，宰孔在会上宣布了周襄王的王命，并将部分赐品摆放在盟坛的中央。齐桓公欲起身跪拜王恩，只见宰孔疾步向前，按住齐桓公说："周襄王特意对我交代说，'舅氏年事已高，可让他免除跪拜之礼'。"

齐桓公闻言，复又端坐在座位上，脸上露出骄矜之色。他虽然在座位上坐稳，但心中忐忑，拿不定主意，不知如何是好，就目视随同前来赴会的管仲。管仲见状，立即走向前去，对齐桓公附耳小声曰："跪拜天子的王赐，乃周礼规定之大礼也。今虽有周襄王之命不让跪拜，但我王万万不可违背周礼而不去跪拜这样盛大的王恩！"

齐桓公亦小声说："今寡人已是耄耋之年，垂垂老矣，跪而难起。既然周天子有命，免我跪拜之礼，我看不跪也罢。"

管仲曰："不可。这次葵丘会盟，与会各国来的诸侯甚多。如果这种不遵周礼的先例一开，那今后还有什么君臣上下、贵贱尊鄙之分呢？我王如果这样做，岂不与我们这次会盟的宗旨大相径庭吗？"

齐桓公说："寡人若跪拜，跪在地上实在难以再站起来。那样，岂不反而被诸侯耻笑，自找难看吗？"

管仲曰："这倒不妨事。我王称我为仲父，虽然是你的上辈，年龄比您要大十四岁之多，但我经常锻炼拳术，善于滋补养生，因此身体比我王还要健康。待我把您扶至赐品之前，行完那跪拜谢恩之礼后，我再把您拉起来吧。"

于是，管仲不容分说，把齐桓公从座位上强拉起来，搀扶其勉强前去行了那跪拜谢恩之礼。

齐桓公这一不愿跪拜的骄矜表现，被与会的各国诸侯和大周辅臣宰孔看得一清二楚。管仲强让齐桓公跪拜的表现，也被他们看得明明白白。他们对齐桓公投以不屑之眼神，而对管仲投以赞许的目光。

评注：若干古籍中说齐桓公"九合诸侯"。这是汉语的虚指，九者为多也。实际上，齐桓公召集天下诸侯的大小会盟，先后有46次之多。说其"一匡天下"。"一"当"以"讲，并非是一次。史称有三次，实际为多次。

第八十七回　晋献公被劝回国　定五约诸侯对诗

且说就在赏赐齐桓公之后的第二天，大周辅臣宰孔完成了使命，辞别齐桓公和众位与会的诸侯，返程回周都洛邑而去。

那晋献公姬诡诸，病未痊愈就带病赶来参加会盟，稍迟了一步。在路上，他遇见了正要返回周都洛邑的宰孔，赶忙向其解释自己迟到的原因。

谁知宰孔却说："不用解释了，你来晚了正好。在昨天的盟会上，我代表天子周襄王赐给齐桓公赏赐之物时，看见他颇有骄矜之色，又见他不愿意跪谢王恩。是那大齐丞相管仲硬把他拉起来，才成全了此礼。我看这个齐桓公是想仗着自己的势力，欲把齐国和自己凌驾于大周和周天子之上。我觉得说不定哪一天，他就会以大齐取代大周，谋逆篡夺天下大权。因此，你作为姬周的同宗子孙，就不要为虎作伥了。你赶紧回国厉兵秣马，准备为姬周天下平定将来的大齐之乱吧！"

晋献公说："我们晋国在华夏的最西北方，与那最西方的秦国一样，因为路途遥远，过去从来没有参加中原那些诸侯国的会盟。这次是齐桓公邀请我，是对我晋国的看重。再说齐桓公是周惠王赐封的天下诸侯之长、诸侯之伯，又是我的岳父大人。你让我违背齐桓公的意愿，不去参加他召集的会盟，这合适吗？"

宰孔曰："世间亲疏关系之轻重，不能在乎你说的这种裙带关系，而要以家族的血缘关系为重。"

晋献公说："我们唐晋的开国之祖姬叔虞，与周成王姬诵一样，都是大齐开国之君姜太公之女圣母邑姜所生。在我的身上，既流着姬姓家族的血液，也流着姜姓外祖的血液。难道能说我与齐桓公没有血缘关系吗？"

宰孔曰："我让你不去参加会盟的真正原因，其实并不是什么血缘不血缘的。"

晋献公问："那是什么原因呢？"

宰孔曰："我长期观察大周天下大事，认为中原各诸侯国已经没有一个国家能和大齐相抗衡。现在唯一具有发展前景，将来能与大齐相抗衡的国家，就是你们晋国。"

晋献公说："那地处最西边的秦国，其发展潜力也很大，将来也是可以与大齐相抗衡的。"

宰孔曰："眼下秦国的实力还不如你们唐晋。与那大齐相抗衡，最现实的就是你们晋国。"

晋献公说："可现在您宰孔大人刚刚代表周襄王去奖赏了齐桓公，这是周天子对他的肯定。再说齐桓公又没做对不起我们晋国的事，我怎么能出尔反尔，反目为仇，不去参加诸侯长兼我岳父召集的这次会盟呢？"

宰孔曰："我看你还是和这个齐桓公疏远一些好。你想，如果他让大齐取代了大周，还有你们晋国在天下的地位吗？"

晋献公说："可我已经答应齐国来下邀请通知书的使者，一定会去参加此次会盟了啊。"

宰孔曰："俗话说，'世上只有做不到的事情，没有找不到的理由'。你不是已经对下通知的大齐使者说自己有病吗？假设你的病没好，可怎么能去参加会盟呢？齐桓公如果在会后指责你失约，这不就是最好的解释理由吗？"

宰孔不说这话则罢，一说这话，晋献公就来了条件反射，觉得自己身体未曾痊愈，硬撑着带病去参加会盟，身上也确实很难受。于是，他就借坡下驴，返回晋国养病去了。

葵丘的盟会继续进行，与会各诸侯国很快就达成了盟约。盟约达成后，齐桓公让人把盟约之条文用坚硬的金石篆刻在玉片上，并同时复刻在若干册竹简上作为副本，称为《简书》。他又派人在盟坛的正前方，挖出一丈见方的盟池。在盟池之内的北面土壁上挖出一个一尺见方的神龛，用来放置玉质盟书。同时，让各国的诸侯各把一册盟约的竹简副本带回去，以便摆在自己的王案上，随时观看并牢记盟约的条文。

这时，有人按歃（shà）血为盟的要求，牵来一头黄牛。按规定，要把此牛杀死，割下牛的两只耳朵，交给有权"持牛耳"的盟主。由盟主把牛耳的鲜血挤出，滴入酒中。然后，参加会盟的各国诸侯都要饮此血酒，以示血脉同心。这就被称为歃血为盟。

这时，只见管仲来到作为盟主的齐桓公面前，说："依管夷吾之见，能否执行盟书的约定，全在各国诸侯的信用，而不在于歃血起誓。我看此牛十分健壮，杀之可惜，又非为人道之举。我们可以在这次葵丘会盟中做一次改革，不再搞歃血为盟那一套。"

齐桓公亦低声说："各国诸侯能否遵守写有盟约的竹简之书，关键是要看我们大齐有没有底气。底气若存，则不惧怕他们违约；底气若不存，让他们歃血也是无用的。寡人就依了仲父之言，自此不再搞歃血为盟、杀牛执耳那一套。"

随后，齐桓公手执盟书走向盟坛，向诸侯高声宣读道："葵丘会盟各国，达成盟约如下。盟约一，要孝老忠君。百善孝为先，要诛伐不孝之辈。人臣要忠于君主，无使君主废长立庶，违背周礼；无使君主以妾为妻，听任宠姬爱妾蛊惑国政。盟约二，要举贤尚功，提倡尊重贤者，注重培育和选拔人才。要表彰那些有功德的人，从而树立各国的正气，抵制那些不良之风。盟约三，要尊老爱幼。帮助老年人，抚养未成年的孩子，是人们天经地义的责任。要邻里友善，和谐相处，还要善待来客，体现文明。盟约四，要废除世袭制。除周天子所封诸侯和命卿之外，各国都要废除官位的世袭制。官职要和德行相对应；俸禄要和功绩相衔接。要上下和衷相爱，不得结党营私，自树其帜；不可私封诸侯；不能滥杀无辜。盟约五，不得以邻为壑。各国都不得在经过本地的河道上私设堤防、堵截水流、破坏水利；不得擅自提高互相贸易中的关税、歧视外货，闭关自守；不得遏制粮食的自由买卖；不准囤积居奇，唯利是图，坑害别国。"

齐桓公最后提高嗓门说："凡我同盟之国，即盟之后，言归于好。自此再也不得相欺、相伐。尤其是，无论那个国家遇到外夷侵犯时，都要积极出兵相救，以实现我们中原各诸侯国患难与共、祸福同当的命运共同体目标！"

盟约宣读完毕，并将守约的要求提出后，齐桓公命人把玉质盟书放入盟池内的神龛中，然后将原土回填，将盟池垫平。各国诸侯由主持仪式的巫师指挥，跪在盟池四周，一起对盟池行三拜九叩之礼，又互相对拜，以示结盟亲近。礼仪完毕，诸侯各拿着一册自己的盟约竹简副本即《简书》，回到了各自的参盟驻地。

却说葵丘会盟定立五项条约后，按照事先安排好的日程，各国诸侯又来到盟坛，参加诸侯长齐桓公所设的欢庆宴会，一起来庆贺此次顺利签约。

大家来到宴会的席位上坐定后，齐桓公说："今天我们都很高兴。宴会的酒菜还没有上来，闲着也是闲着，我们趁这个时间搞点文字游戏如何？"众位诸侯鼓掌叫好，一致赞成。

大家说道："您是诸侯长，又是此次文字游戏的倡导者，那就请您说说这文字游戏怎么个玩法吧。"

齐桓公说："我们根据甲骨文中的一些字，用分拆字意贴近社会实际来对诗怎么样？"

大家齐声欢呼曰："在座的人多，时间又很短，作拆字对诗的游戏最为合适。那就请您诸侯长出个上句吧。"

齐桓公随口说："王不点头难做主。"

随同齐桓公参加宴会的管仲插话曰："我王的意思是说，王字头上没有那一点，就不是主字。在现实中，如果周襄王不点头，我们对天下的大事就难以定下来。"

刚刚接了君位的宋国太子宋襄公殷兹甫对道："大下无点非太子。"

随同参加宴会的宋国辅臣殷子鱼插话曰："我王的意思是说，大字下面没有那一点，就不是太字。一国之内除了君王外，没有能大过太子的人，因为只有太子才有权接替将来的君位。"

鲁僖公姬申对道："日上无鱼不成鲁。"

随同参加宴会的鲁国辅臣姬季友插话曰："我们之所以叫鲁国，就是说我们这里离日出鱼跃的大海不远。鱼跃到了红日的上面，这是多么浪漫的画面啊。"

鲁僖公姬申又对道："鱼下无日不成鲁。"

众人一阵哄笑，齐声说："这个'鲁'字，正着说鱼在上日在下，与反过来说日在下鱼在上，还不是一回事吗？"

郑文公姬捷对道："耳左无关不是郑。"

随同参加宴会的郑文公王弟姬叔詹插话曰："我王兄的意思是说，在耳朵这个偏旁左边有个关字，就是我们郑国的郑字。这个关字，就是说我们郑国关心天下大事。"

卫文公姬毁对道："白下无王不是皇。"

随同参加宴会的卫国辅臣插话曰："古代三皇五帝中的这个皇，白字下面如果没有王字，就组不成这个皇字了。说不定将来的人还会摘取三皇五帝这四个字中的皇和帝，把君王叫作皇帝呢。"

陈宣公妫杵臼对道："耳右无东不是陈。"

随同参加宴会的陈国辅臣袁涛涂插话曰："我王的意思是说，在耳朵这个偏旁右边有个东，就是我们陈国的陈字。这说明我们这个作为大舜后人的妫姓陈国，最关心的就是东方，始终用耳朵倾听着东方的消息。陈国人最向往的就是东方的大齐，最想施展抱负的地方也是东方的大齐。"

这时，管仲插话曰："当年陈国的先祖大舜，就是在我们东方齐国之地的沶邑带头并倡导天下臣民们勤奋耕作的。因此，陈国人就对这里有了一种特殊的感情。要不，你们原来那陈厉公的太子妫完，为什么跑到我们大齐来了呢？"

齐桓公这时说："在我们齐国的沶邑，至今还有大舜耕作的遗址和大舜使用过的名泉呢。那泉就叫作舜井。"

陈宣公道："听说妫完到了你们齐国，您诸侯长齐桓公想任其为卿士，但被他拒绝了，只是接受了一个工正的职位。诸侯长又赐给他田地，并赐其为田姓。我们陈国的妫完就变成了你们齐国的田完。这个田完，说不定日后在你们齐国会有大的作为呢。"

这时，曹共公姬襄说："光做这种拆字对诗游戏，我看有点乏味了。咱们不再使用拆字，改用一段话来换个对诗的上句怎么样？"

在座的众人齐声回应道："这样也好。那就请你曹共公出个上句吧。"

曹共公喜欢享受，在曹国刚刚落成了一座新王宫，就出了个上句说："盖座漂亮王宫美轮美奂是天天让君侯住着不为请诸位去看。"

这一下把大家给难住了，他们你看我，我看你，互相问道："这个下句可怎么个对法呢？"

正好许国新任国君姜许男来参加会盟前，刚刚娶了一位美貌的王后。姜许男对这位王后由爱怜到放纵，百依百顺，堪称爱老婆的典范。他见刚才的国君们都对了诗，唯独剩下了自己，又见曹共公出的上句难住了大家，就在情急中忘了顾忌，随口对道："娶个温柔老婆娇声娇气乃日日被丈夫搂抱并非叫男人来打。"

众人听后，一阵哄堂大笑，把个姜许男羞得一时面红耳赤，无地自容。

这时，宴会的酒菜已经上齐，大家推杯换盏，轮番敬酒，相互祝贺。一时间，宴会厅内好不热闹。

第八十八回　诸侯长免禅泰山　管丞相辟谣护君

　　却说在葵丘会盟签约庆祝宴会酒足饭饱后，只见卫文公姬毁从座位上站起来，拱手对众位诸侯说："往昔，大凡天下圣人有重大功德者，都要将其事迹镌刻在永不锈蚀的金板上，由当事人带领大家前去藏于泰山之巅，以使山神为证、上天作鉴，永存千古、留芳万世。此等盛事，谓之泰山封禅。当今，齐桓公作为诸侯长、诸侯之伯，实行尊王攘夷，数次匡扶王室，多番抗击外夷，保证了我们华夏中原天下的稳定与平安。他还救死扶伤、存亡继绝，受到了天下万民的爱戴，真可谓德昭日月、功比海岱。依我姬毁之见，可把诸侯长齐桓公的事迹镌刻在金板上，比照过去的做法，前去泰山予以封禅，以昭告天神，让人们永远不忘他的大恩大德，并保佑我们华夏中原的万世兴盛。"

　　待卫文公说完这些话后，只见齐桓公环视四座，目光逼人。众位诸侯知道，齐桓公对此事不否定，那就是同意了。

　　鲁僖公姬申见此，首先接话说："作为邻国，我姬申与卫文公姬毁深有同感。齐桓公的丰功伟绩，不亚于古代的那三皇五帝。他在我们华夏中原已经成为各诸侯国的政治核心，不愧是我们的诸侯长和诸侯之伯。他这个核心可不是自封的，而是在实践中形成的，是大家公认的。这如果是换了别人，说不定早已用自己的实力去改朝换代了。但是人家齐桓公没有这样做，他实行尊王攘夷，仍然维护着大周的一统天下。尤其是那攘夷，他带领大齐之军或多国联军，不断抵御了华夏四周戎狄、荆蛮、淮夷等外邦对中原各诸侯国的侵犯，保护了中原经济文化的文明成果及其发展，形成了中原的经济一体化和命运共同体，避免了黎民百姓被外族的掠夺和奴役。现在我们正在享受着齐桓公给大家带来的恩惠。如果不是这样,说不定我们这些当诸侯的以及我们的臣民,已经被外邦俘虏了过去,像他们那样披散着头发,身穿皮袄的一只袖子,正在戎狄的草原上给人家放羊呢。"

鲁僖公说得很激动,为了稳定情绪,他喝了一口水,接着说:"齐桓公的所作所为,是圣人君子之所为也。他为了保卫我们华夏中原各诸侯国的安全,争取让我们有个持续发展的良好外部环境,南征北战、东讨西伐,鞍马劳顿,一生操劳,真可谓鞠躬尽瘁。他作为华夏中原各诸侯国的实际领导者,我看是应该带领我们一起去泰山封禅的。"

这时,有的诸侯私下低声互相议论道:"当年,齐桓公在伐戎救燕胜利后,不去讨伐背盟的鲁庄公,反而以德报怨,以伐戎的战利品去祭祀周公之庙,才感动得鲁庄公姬同开始亲近大齐;鲁僖公在跟随齐桓公'围厉救徐'回来的路上,因侵犯项国被诸侯长擒拿,后来因其夫人声姜的劝说,他放弃了占领项国,齐桓公就既往不咎并设宴款待,把他放回鲁国继续为君。想不到他现在能知恩图报,为诸侯长表功颂德,大唱赞歌。"

宋襄公殷兹甫,从母亲卫姬方面说是齐桓公的外甥,从上辈宋华子方面说是齐桓公的内侄。齐桓公既是他的姨父,又是他的姑父。他心想:"齐桓公是我的亲戚,齐宋又是多年的盟友和世交之国,我更应该维护这一至亲以及保护伞。"

于是,宋襄公说:"我们宋国作为公国,深受诸侯长之恩。他先是安定过我们宋国;后又伐楚救我们郑、宋二国。齐桓公为人宽宏大度,光明磊落,心底无私。他在国内举贤尚功,礼贤下士,为民造福;对外尊王攘夷,保护中原各诸侯国和黎民百姓。他带领我们去泰山封禅,那是当之无愧的。"

那许国新君姜许男是齐桓公的小姨子所生,他是齐桓公的外甥,齐桓公是他的姨夫。他自然也对齐桓公有了一种特殊的亲情。于是,他说:"卫文公姬毁的倡议以及鲁僖公姬申和宋襄公殷兹甫的看法我是深有同感的,非常赞同诸侯长齐桓公带领我们前去泰山封禅。"

郑文公姬捷道:"诸侯长齐桓公是非分明、奖罚得当。我们齐郑双方是老一辈结成的盟国。现在,我们郑国的郑姬又是齐桓公的如夫人,她为齐桓公生下了公子姜昭。过去,在楚国先后两次侵犯我们郑国时,是诸侯长率领多国之军加上管仲丞相的空城之计,救了我们郑国。后来我恩将仇报,在卫国的首止私自脱离盟会,惹怒了齐桓公和与会的各国诸侯,大家这才一起发兵讨伐我郑国。事后,诸侯长不计我借楚国之兵的倒行逆施罪行,同意我谢罪求和,并在鲁国宁母召集了友好会盟,给我们郑国带来了生路。此恩此德我姬捷和郑国的黎民百姓当永世不忘。诸侯长带领我们前去泰山封禅,乃是天经地义的。"

陈宣公妫杵臼说:"我妫杵臼,是过去在多国诸侯为安宋的甄城会盟中,最先站出来推举齐桓公作为盟主,即霸主的。我的这一友好行为,为齐桓公称伯天下开了个好头。"陈宣公妫杵臼深情地回顾了这段历史,也表示同意诸侯长封禅之事。

曹共公姬襄,见多数与会国的诸侯都已经同意齐桓公带领大家去泰山封禅,也就顺水推舟,表示赞同。

齐桓公见各国的诸侯都没有异议,就想请个周易大师前来占卜,选一个好日子带领大家前去泰山封禅。

这时,却见管仲从陪同诸侯与会的随臣座位上站起来,对齐桓公以及各国的诸侯曰:"各位诸侯,我管夷吾过去有对泰山封禅这件事情的专门研究。昔者泰山封禅,据说有大小七十二次,而史书记载的有十二次。其中大禅有六次,分别在黄帝、尧帝、舜帝、大禹、商汤、周成王之时。但他们都是在受命为帝王之后,才去泰山进行封禅的。我从来没听说有未被封为帝王者,僭越去封禅于泰山的。"

齐桓公说:"寡人一生,北伐山戎,占令支,讨孤竹;西伐赤、白之狄,束马悬车,过太行,涉流沙之河,上卑耳之山,以望华夏辽阔的中原;南伐楚国,至其召陵,逾其方城,登其熊山,以望汶山与大江和汉水。我先后召集天下诸侯,兵车之会三,而乘车之会六,九合诸侯,一匡天下。诸侯无不赞成和拥护我,没有敢违背寡人意志的。就是过去那些受命为帝王的,又有几个人能超过我呢?"

管仲见齐桓公执意要去泰山封禅,一时难以说服和劝止。他转念一想,觉得以条件不成熟为理由,或许可以达到阻止的目的,就又曰:"在古代泰山封禅时,无论是山坡还是平地的庄稼,都长得十分茂盛。大河和淮水之间,一片茅草的叶子能够长出三个脊背,一棵稻谷能够结出三个谷穗。那时,东海跳出了比目之鱼,西海飞来了比翼之鸟,地里长出了并蒂之莲,树上结成了连理之枝。当时凤凰来仪、麒麟献舞、百鸟欢歌,先后有十五种吉祥物不召而至。可现在,凤凰麒麟未来,百鸟无语,佳谷不丰,而田地里鸱枭数至,野草丛生。这时去泰山封禅很不吉利,还不是时候,需要等待时机才行。"

管仲说到这份上,齐桓公一时无语,众诸侯全部哑然。泰山封禅的事情,就只好推到以后再说了。

等回到参与盟会的驻地,齐桓公问管仲:"仲父在会盟成功的庆祝宴席上,竭力劝阻我去泰山封禅,却是为何呢?"

管仲曰:"现大周天子周襄王在位。我们大齐打着他的旗号,实行'尊王攘夷',才能调动天下各国的诸侯。若我王僭越周天子,率领部分诸侯前去泰山封禅,恐怕这些诸侯口是心非,反而会说我王有叛逆之心,以此作为背离我王的借口。我王难道没感觉到吗?这次会盟,晋献公说来没来。秦国接到邀请时,干脆就说不参加。我王不觉得这里面有蹊跷吗?这说明天下诸侯的心,并未全归我王。管夷吾怕我王去泰山封禅,上山容易下山难。如此过分炫耀自己,结果会适得其反的。"

齐桓公说:"仲父的分析和提醒极是,寡人自此不再提泰山封禅的事就是了。"

评注:一百多年后的孔子认为,既然当时周室已经衰微,齐桓公的霸业如日中天,管仲就应该帮助他称王,进行改朝换代。因为管仲当时没有这样做,史记中说孔子"小之",即孔子为此而看不起管仲。但是孔子既忘了他这种看法与自己维护周礼君臣秩序的儒家思想大相径庭,又忘了当时的历史条件也不允许这样做。管仲当时是正确的,其"尊王攘夷"是适应当时形势的伟大创举。对于尊王攘夷,孔子不得不肯定其伟大意义,连称管仲"如其仁,如其仁"!即接连说,"像他这样,那是多么仁义啊,那是多么仁义啊"!

　　再说在葵丘会盟之前，齐桓公的如夫人长卫姬对他说："臣妾作为我王的如夫人，多年为您主持寝宫之内务。我从来不像人家文姜、哀姜、声姜那样，能常随鲁国的夫君到国外去抛头露面。这次去宋国的葵丘之地会盟，我想随同您一起前往。一则我王年事已高，臣妾也好照顾您的身体；二则借此机会见一下我兄卫文公姬毁以及我妹妹宋国夫人所生的外甥宋襄公殷兹甫，还有另一妹妹许国夫人所生的外甥姜许男；三则借此机会见识一下他国的风土人情。"

　　齐桓公听如夫人长卫姬的要求合情合理，并不过分，就一口答应了。

　　可谁也不曾料想，这却在会上引出了绯闻。有的诸侯在会盟住宿的馆驿内，从齐桓公居室的透明玉窗上，看到了齐桓公背负女人的影子。

　　大家就戏曰："齐桓公已过古稀之年，却还要让女人用双乳摩擦他的脊背。"一时被传为诸侯的笑谈。

　　管仲闻听后，认为这有损于齐桓公的霸主形象，就在与大家见面时，向各国的诸侯解释说："我王一生忙于与各国诸侯会盟以及带兵抗击戎狄、荆蛮和淮夷之敌，长年奔波在外，就落下了腰背疼痛的风湿症。我王的如夫人长卫姬为了让其早日康复，就常用体温热敷其后背。我王已是古稀之人，哪还有青春时期的那种浪漫之情呢！"

　　于是，与会各国的诸侯明白了原委，也就停止了议论。

第八十九回　大齐朝堂议秦邦　晋国传统戏君侯

话说葵丘会盟三年之后，是齐桓公三十八年，即公元前 648 年，周襄王四年，齐桓公与管仲和隰朋在朝堂上闲谈。三人不知不觉议论起秦国来。

齐桓公说："上次葵丘会盟，是我当诸侯长以来的最大盛举。我当时派人去邀请秦国参加会盟，可他们不但直接说不参加，而且连个祝贺的说法都没有。"

管仲曰："他们秦国的先祖名叫大业。大业之妻生子叫大费。虞舜之时，大费为舜帝管理五畜，又辅佐大禹治水有功，就被舜帝赐为嬴姓，封于秦地，称为嬴秦。嬴秦传至嬴造父时，嬴造父担任周穆王的御手，他当时为周穆王觅得了一批良马。周穆王就用其中的八匹骏马套车，前去西巡狩猎，还异想天开地欲去西方拜见西王母。"

齐桓公说："周穆王这不是痴心妄想吗？所谓西王母，不过是神话中的人物罢了。他怎么能见得到呢？"

管仲曰："周穆王一路观光，见西域土地宽广、物产丰富、景色壮美，于是就乐而忘返，在半路上遇见了强盗，眼看就要被强盗夺去性命。在这万分危机之时，嬴造父驾驭马车，一日千里，救驾而还。周穆王因其救驾有功，就把赵城这个地方封给了嬴造父，并恩赐他们这一族人为赵氏，遂被人们称为赵秦。后来，周都丰镐被犬戎攻占，杀周幽王于骊山之下，虏走了周幽王的爱姬褒姒和王子姬伯服。赵秦的首领赵代，带兵赶到丰镐，与郑国、卫国和晋国的兵力联合，击退了犬戎，救下了王太子姬宜臼，立其为周平王。周平王见丰镐因战乱已是破败不堪，残垣断壁，目不忍睹，又离那西狄、北戎不远，有再次被他们侵犯的危险，就决定东迁

【五霸之首　号令天下】

陪都洛邑。因赵氏救驾并护驾东迁有功,周平王这时才封了他们赵秦为诸侯国,并封赵代为秦国之君,是为秦襄公。"

隰朋说道:"为感谢周平王的封侯之恩,秦襄公赵代就把自己的妹妹赵缪嬴嫁给周平王为王后,使他们更有了仗势。"

齐桓公说:"秦国现在已传至秦穆公赵任好。赵任好娶晋献公姬诡诸与我女儿齐姜所生之女为夫人,成为天作之合、秦晋之好。因之,现在秦国和晋国都与我们大齐有了姻亲关系。尽管他们没有参加上次的葵丘会盟,我们还是要与之搞好关系,要无私地关心和帮助他们。"

隰朋道:"这个秦穆公赵任好非常重视人才。当时晋献公姬诡诸借虞国的道路,前去消灭西虢国。待他消灭了西虢国,又回头消灭了那虞国,成为人们所说的'假虞灭虢'故事。晋献公俘虏了虞国的谋臣百里奚,在其公主也就是我王的外孙女嫁给秦穆公时,让百里奚作为了陪奴。百里奚受朋友的暗中指点,在陪嫁的路上逃走,到了楚国北境的宛城,以贩牛为生,被楚国的边民怀疑为奸细而将其抓获。等婚嫁队伍来到了秦国,单单不见了百里奚。听说他逃到了楚国,就引起了秦穆公的关注。秦穆公听有人对其说了百里奚阻止虞国之侯借道给晋国之军的远见卓识,就非常佩服他,必欲得到此人才。有人建议派大臣带重礼前去楚国,赎回那百里奚。"

齐桓公问:"他们去楚国赎回百里奚成功了吗?"

隰朋道:"秦穆公非常聪明。他担心用重礼去赎,会让楚国人知道其价值,反而不给,就对出使的人说,'你带上五张廉价的羊皮,去楚国换回百里奚,就说他是我夫人陪嫁来的老奴,赎回来也好让他为我们干活'。"

齐桓公说:"拿区区五张羊皮,去换一个经天纬地的人才,这也太搞笑了吧。"

隰朋道:"楚国人见来人不拿百里奚当回事,就说,'用一个七十岁的老奴才,换来五张羊皮,也值了'。于是,他们就把百里奚捆住,交给了秦国的来使。百里奚被捆来秦国,秦穆公即刻亲自为他松绑,与其交谈了三天三夜。百里奚说,'在下乃亡国之奴,何堪君王如此看重呢'?秦穆公说,'亡国非你之过。虞国之侯正因为不听您的忠告,才自取灭亡。有乡下故事说,某人见有火灾危险,就提出让主人把烟囱由直变曲,把炉灶旁的木柴搬走,曲突徙薪,以防患于未然。主人不听,果然失火。火被扑灭后,主人答谢救火者,却把预警之人推为了首席,就是这个道理,说明了先见之明的重要性。您百里奚是具有远见卓识的人,这正是寡人看重的,因此我想请您来做我们秦国的丞相'。"

齐桓公问:"百里奚接受了吗?"

这时,管仲曰:"就像鲍叔牙当年不接受相位而是推荐了我那样,百里奚当时也没有接受丞相之位,而是推荐了他的好友蹇叔。"

齐桓公问:"这却是为何呢?"

隰朋道:"百里奚说,'君王让臣下担任丞相,不如让我的挚友蹇叔来担任。蹇叔之贤能,不为世人所知,唯臣深知之。先前,我因贫穷到齐国去乞讨,正在齐国的蹇叔收留了我。齐国的公孙无知弑杀齐襄公姜诸儿后,自立为君。我想趁此机会去找新君谋个差事,却被蹇叔阻止了。这使我避免了与那公孙无知一同受死的厄运。当年,王子姬颓赶走了周惠王,自立为王。王子姬颓喜欢斗牛,我就投其所好,去为他养牛。我因养牛有功,王子姬颓就欲重用我。我找蹇叔商量此事,蹇叔又劝止了我。我这才没跟王子姬颓一起被诛杀。我后来又求职于虞国之侯,蹇叔又劝阻我。我虽然知道虞侯不成器,但为了俸禄和官爵,就没听蹇叔的话。虞侯不采纳忠言而被灭国,我也因之而被擒。我在当陪奴的半路上逃走,也是蹇叔暗中传书告诉我的计策,以此来引起君王您的重视'。"

管仲曰:"秦穆公听后,对蹇叔的大智大勇肃然起敬,大为叹服。他遂听百里奚之言,把蹇叔请来,拜为上卿,让其担任左丞相;把百里奚也拜为上卿,让其担任右丞相。秦国遂有了这两个共同辅佐国政的圣贤之士。"

隰朋道:"人们知道百里奚是秦穆公用五张羊皮换来的,就戏称其为'五羊大夫'。百里奚担任秦国的右丞相后,克勤克俭,勤政为民,提倡文明和谐,改变了秦国的社会风气,深受秦国臣民的爱戴。他还为秦穆公出了很多施政的好主意。百里奚还是个重情义的有德之士,身居高位不忘本,认下了丞相府洗衣婆中那位几十年没有见面,不远千里前来寻夫的妻子杜氏。他那'相堂认妻'的故事,脍炙人口,感动人心,被天下仕民们广泛传播和颂扬。这才有了'糟糠之妻不下堂'的说法。"

又过了一些时日,隰朋来到朝堂,对齐桓公和丞相道:"我听说晋国现在发生了很严重的内乱。微臣特来禀报我王与丞相,以商量我们大齐的对策。"

齐桓公说:"晋国的封君姬叔虞,乃是我姜姓圣母邑姜所生,是周武王之子、周成王之弟。周武王驾崩后,周成王姬诵年少,姬叔虞尚幼。北方的唐国作乱,周公姬旦率军灭之。周成王把桐叶削成唐国版图模样,授予同母幼弟姬叔虞说,'以此封尔'。随后,晋国的大臣们就为姬叔虞举行封唐大典。周成王着急地说,'吾乃与幼弟戏耍耳'。可晋国的史官说,'君无戏言,言出载史,史载必行'。史官请周成王为其赐个国名,周成王说,'幼弟去那唐国之地,要不断回来晋见我啊。这样也好解除为兄的思念之情。我看就把王弟的这一封地叫作晋国吧'。史官又请周成王为晋国之侯起个官方之名,周成王说,'我王弟名叔虞,被封在唐国,可称其为唐叔虞。加上封国之名,全名也可叫晋唐叔虞,或干脆简称叫唐虞'。就这样,大周王朝演出了一场'戏桐叶,成王封唐虞'的历史故事。"

管仲曰:"这个唐虞晋国,不光是戏封的,而且从来都拿自己的国君当作儿戏,视作手中的玩意儿来玩耍。"

齐桓公问:"仲父为什么这么说呢?"

管仲曰:"昔日,晋穆侯娶我大齐公主为夫人,生了太子,戏取其名为姬仇;又生少子,取名曰姬成师。有的晋臣说,'太子叫姬(记)仇,少子叫姬(即)成师(事),若姬成师随即成了事,则晋国必乱矣。到那时,太子就是记仇也没有什么用了'!"

齐桓公说:"仲父也相信这一套牵强附会的话吗?"

管仲曰:"此话虽是牵强附会,但后来的事实确是如此。晋穆公死后,太子姬仇不得继位,被其叔叔夺了权。后来,姬仇率领自己的家兵造了他叔叔的反,报了其篡位之仇,夺回了君位,是为晋文侯。"

齐桓公说:"记(姬)仇报仇,真是名副其实啊。"

隰朋道："在西周丰镐之乱时，就是这个晋文侯姬仇率军前去会同郑、卫、秦三国之兵，共同击退了狄夷，保护周平王姬宜臼顺利东迁的。周平王东迁后，念晋文侯姬仇救驾有功，就把他的侯爵之位晋升成了公爵之位。因此，这位晋文侯就变成了当时的晋文公。"

管仲曰："姬仇病死后，他的儿子姬伯继立为君，是为晋昭侯。晋昭侯姬伯把他的叔父姬成师封在了曲沃，号称曲沃伯桓叔。那曲沃城规模大于晋国国都翼城。姬成师在封地勤政敬业，爱护黎民，百姓拥护。又有的晋臣说，'本末倒置啊。末大于本，且得民心，后必取而代之，成为晋国之君'。"

齐桓公问："后来的结果呢？"

管仲曰："后来晋国的一个乱臣贼子弑杀了晋昭侯姬伯，欲迎那曲沃伯姬成师回翼城担任晋国国君。这被晋国的臣民们群起而攻之，也就未能形成事实。在姬成师死后，他的儿子姬鳝继承了曲沃伯之职。姬鳝又弑杀了晋昭侯姬伯之子晋孝侯姬平。姬鳝死后，其子姬称继为曲沃伯。姬称又连弑了晋哀侯姬光、哀侯之子姬小子和哀侯之弟姬缗这样三位晋国的国君。"

齐桓公说："这样一来，就先后有五位晋国的国君都被人弑杀。晋国人不拿国君当回事儿，真是闻所未闻的天大儿戏啊。"

第九十回　戎狄之女乱晋国　里克报怨杀骊姬

　　且说齐桓公和管仲、隰朋继续在朝堂谈论晋国之事。

　　隰朋道："后来曲沃日渐强盛，曲沃伯姬称就侵占了晋国的首都翼城。他搜罗翼城的奇珍异宝，贿赂当时在大周执政的周僖王姬胡齐。周僖王喜欢消费，手中缺钱，见曲沃伯姬称给自己送来了这么多财宝，就收下贿赂之财，把姬称封成了晋武公。"

　　齐桓公说："姬称当时为了与我大齐拉近关系，就派人来聘寡人与已故夫人徐姬所生的女儿齐姜为妻。好在这个岁数比我还要大的老女婿，不久就离世了。晋武公的太子姬诡诸继承了君位，就是现在的这位晋献公。因我女儿当时尚且年轻，又没给晋武公姬称生下一男半女，再加我女儿贤惠貌美，就被晋献公姬诡诸收为夫人，并为晋献公生下了太子申生和公主穆姬。"

　　管仲曰："按当下惯例，年迈的诸侯去世后，没给他生儿育女的少夫人或姬妾，是可以被继位的新国君据为己有，并且予以宠幸的。"

　　隰朋道："早年，翟狄之臣狐突前来投奔晋国，被晋武公姬称委以重任。狐突见晋献公姬诡诸当时一表人才，又是太子，就把自己的两个女儿都嫁给了他。其长女为晋献公生下了公子姬重耳，次女为晋献公生下了公子姬夷吾。可晋献公始终未立这两个翟狄之女为夫人。等我王之女齐姜正式嫁给他后，姬诡诸看中我大齐的实力，就把我王之女齐姜立为了正夫人。齐姜为其生下了公子申生，因申生是正夫人嫡出，就被确立为太子。狐氏二女所生的公子，因非正夫人所出，皆为庶出，就无法按长幼之序被立为太子了。"

　　齐桓公说："因西虢国国君姬仲的父辈和他本人，曾先后两次奉周天子之命，征伐过欲反晋国的曲沃伯，就埋下了仇恨的种子。晋献公姬诡诸继位后，为了替上辈的先人报仇，就两次侵犯西虢国。他侵犯西虢国，必须经过虞国之地。晋国第一次越过虞国侵犯西虢国时，遭到了西虢国军民的奋力抵抗，无功而返。第二次借道虞国侵犯西虢国时，虞国大臣百里奚以'唇亡齿寒'的道理劝说虞国之侯，虞侯不听。结果，晋国灭了已无力抵抗的西虢国后，在返回的路上，乘军之勇，顺手牵羊，灭了他们虞国。虞国之侯被俘虏后，大哭曰，'农人不可怜悯于毒蛇，羔羊又岂能与豺狼共舞呢？我当时万不该不听百里奚的话，借道给晋国这个豺狼之邦。不想我这颗善良的心，却办出了引狼入室自取灭亡的蠢事'。"

管仲曰："这个'假虞灭虢'，或叫'假途灭虢''借道灭虢'，致使'唇亡齿寒'的故事，将会永启后人。这件事还引出了上次隰朋说的那秦穆公为得到百里奚而发生的'五羊大夫'故事。"

齐桓公又说："后来，晋献公又征伐北边的骊戎部落，得到了美女骊姬和骊姬之妹。骊姬生子曰姬奚齐，其妹生子曰姬悼子。这时候，我女儿齐姜不幸病死。母以子为贵，子以母为荣，晋献公姬诡诸因宠爱骊姬，就想废长立庶。他把我的外孙姬申生发配去守曲沃，又把另外两个有能力的儿子姬重耳和姬夷吾发配去分守蒲、屈二城。此时，晋献公已把晋国的国都从翼城迁移到了绛城。他与两位骊姬，携两个少子居住在新国都绛城。骊姬暗地使人去劝晋献公废长立庶，可她又怕舆论于己不利，就假装慈悲，夸赞太子姬申生。但她两面三刀，暗藏杀机。"

管仲曰："我管夷吾听人说，骊姬假托说，'贱妾夜梦太子已死的母亲齐姜，要求儿子在曲沃祭奠她'。太子姬申生在祭奠母亲后，按照周礼之规定，派人把祭母所用的烤肉给父亲送去一块。不巧正值晋献公外出打猎，派去的人就把烤肉放在了王官。于是骊姬就趁机派人在肉里放了剧毒之药。晋献公打猎回来后，欲食这些烤肉。"

隰朋问："那怎么没把晋献公毒死呢？"

管仲曰："晋献公将欲食肉，却被骊姬当即制止。她说，'远道而来的食品，要先试后吃'。骊姬让宫人食之，宫人死；让狗食之，狗死；把肉放在地上，毒性使地面隆起。骊姬就自演自导，她立即跪在晋献公面前，哭诉说，'贱妾常常夸赞太子，万没想到他这么狠心，竟欲毒死生身父亲取而代之。如果我王百年之后，太子姬申生继承了君位，我们母子肯定是死无葬身之地的。肯请我王把我和我的妹妹以及两个幼小的儿子，安置到别的国家去吧，以免将来被姬申生这个恶狼害死'。晋献公不知是计，就气得暴跳如雷，声言要除掉太子姬申生。"

隰朋问："晋献公杀死太子姬申生了吗？"

管仲曰："姬申生闻知此情，吓得从曲沃逃到了晋国的边陲之地新城。有人劝太子姬申生向晋献公辩明真伪，可那姬申生乃仁孝之子，他觉得父王宠爱骊姬，若辩明了是非，必然将骊姬处死，父亲就会寝不安席、食不甘味。于是，他不忍心这样做。有人劝姬申生逃到齐国去，投靠外祖父齐桓公。但是姬申生说，'骊姬一手制造了我弑君弑父的恶名，我哪还有颜面去见我的外祖父啊'。随后，他就声言要自杀。姬申生派亲信到乡下的木匠那里，买来了一口棺材。第二天一早，只听他的随从亲信们嚎哭，连称道，'我主死得真是冤枉啊'。于是，他们把棺材埋在了晋国边陲新城城外的荒野里。"

隰朋道："我王这个外甥也太迂腐了。他若跑来我们齐国，我王作为他的外祖父，还能不相信和保护自己的外孙吗？"

评注：其实，埋葬姬申生的棺材是空的。后来有人在外地发现了他，见其和亲信们成了巨商。他是有意制造假象，躲开了可怕的争斗漩涡。

管仲曰："姬申生的两位异母弟弟姬重耳和姬夷吾，皆有贤能，均可继位。骊姬即便是害死了姬申生，也达不到让其子继位的目的。她就又在朝堂对晋献公诬陷这两个人是姬申生的同谋，求晋献公斩杀他们。有位正直的宫中之人听到了这番话，就急忙赶出王宫，欲将骊姬之言告知公子姬重耳和姬夷吾。正巧，这二人欲到王宫觐见父王，闻听宫人之言，吓得分别逃回了蒲城和屈城，采取了守城不出的办法。"

隰朋问："这两位公子跑了，骊姬能善罢甘休吗？"

管仲曰："骊姬见两位公子逃回所守之城，守城不出，就大作文章。她又对晋献公说，'他们逃走并守城不出，更说明其心中有鬼、做贼心虚。他们这是不打自招，作为害父的同谋就更是无疑的了。若留下他们，仍然是会后患无穷的啊'。于是,骊姬就唆使晋献公派宦官履鞮(dī)潜入蒲城,去刺杀姬重耳。有人向姬重耳报了信,吓得他急欲跳墙而逃。履鞮赶到,见姬重耳正骑在墙上,就上前扯住其裤腿,挥剑砍去。姬重耳屈腿躲避,裤腿的一角被砍了下来。姬重耳翻墙落荒而逃,投奔了母亲的娘家西狄翟国。骊姬又唆使晋献公派人去刺杀姬夷吾。姬夷吾知道后,本也想投奔母亲的娘家翟狄之国,但其臣子劝曰,'你们兄弟二人都跑到翟国,目标太大,怕是会引来晋国的讨伐。我看还是再另选个投奔的去处吧'。姬夷吾就只好向西逃到了嬴姓梁氏的梁国。"

隰朋问:"骊姬的目的达到了吗？"

管仲曰:"晋献公死后,骊姬那十一岁的儿子姬奚齐继承了君位。太子姬申生的辅臣里克不服骊姬的所作所为,就设法把姬奚齐杀死了。骊姬在悲痛之余, 又立她妹妹那更幼小的儿子姬悼子为君。仅仅一个月后,姬悼子亦被里克杀死了。骊姬见此,气得歇斯底里大发作。只见她衣冠不整、披头散发,手持一把剪刀,像个疯婆一样,去找里克算账,并欲刺死他。可她怎是里克的对手呢？未等其接近里克,早被里克那些手下的人擒拿住了。里克遂将骊姬绑赴刑场的断头台。此刻,来刑场观看骊姬的黎民百姓乃是人山人海。当里克把骊姬的阴谋公之于众时,断头台下一片高呼,'应该把这个恶毒的妇人千刀万剐'！"

齐桓公说:"这个骊姬罪该凌迟处死。"

管仲曰:"里克为了解恨,在刑场上亲手挥舞皮鞭,把骊姬活活鞭杀了。这个刑罚也不亚于那凌迟处死。"

隰朋道:"骊姬机关算尽太聪明,聪明反被聪明误,反算了自己和姬奚齐以及姬悼子的性命。真让人既恨之,又怜之。"

管仲曰:"有人说,'晋国用男人征服了骊戎;骊戎用女人搞乱了晋国。真是一报还一报啊'！"

齐桓公插话说:"隰朋爱卿来通报晋国的近况, 提这些过去的事儿做啥呢？"

隰朋道:"鉴于以上情况,现在晋国无君。我王作为天下诸侯之长、诸侯之伯,应该帮助姬重耳或者姬夷吾返回晋国继任国君之位才是。

第九十一回　齐隰朋联秦安晋　晋惠公背信弃义

却说为了安定晋国,扶立新君,齐桓公就派仲孙湫去西狄的翟国联系姬重耳。

过了一段时间,仲孙湫回来之后说:"我在翟国见到了姬重耳,对他说明了扶其为君的来意。但他认为,晋国内部前段争杀不断,现在乱局未息,此时贸然回国,恐有生命危险。他遂以时机尚不成熟为理由,谢绝了我王欲让他回国为君的美意。"

齐桓公只好又派隰朋去梁国见姬重耳的弟弟姬夷吾。隰朋见到姬夷吾,对其说明了来意。姬夷吾当即欣然接受,对隰朋说:"既然诸侯长齐桓公欲让我回国担任国君,我不妨先暂时去邻近晋国的秦国。秦穆公赵任好娶了我们晋国的公主,即我的异母妹妹为夫人。我这个妹妹乃是齐桓公之女齐姜王后所生的。这样,秦穆公就是我的妹夫。我到他那里暂避一时,待诸侯长派兵前来送我回国为君时,也好让秦穆公赵任好派出兵力相助。你们两国合兵一处,再送我回国为君,就更加有把握了。"

隰朋回国后,向齐桓公和管仲禀报:"我看那姬夷吾是觉得我们大齐远水难解近渴,就欲同时借助近邻秦国的力量。我听人说,'姬夷吾到了秦国,对秦穆公赵任好承诺,你若派兵和诸侯长大齐之军合力送我回国为君,事成之后我将割让晋国的一块土地给你们秦国'。姬夷吾还派人回国联系了国内的重臣里克,让他作为其回国为君的内应,并说,'事成之后,我要把晋国的汾阳之地赐给您这位功臣'。"

齐桓公说:"这个姬夷吾想当国君,孤注一掷、迫不及待。他甘愿献地赐邑,真是不惜一切代价呀。他明明知道自己的兄长姬重耳避难在西狄翟国,他却无视其兄的存在,竟如此急于要僭越自己的哥哥。看来这小子算不上是个好鸟。尽管如此，我们为了晋国的安定，还是要出兵帮助他回国继任国君才是。"

隰朋道："我听说姬夷吾在晋国内的敌对势力很强大，抵制他回国为君的臣民那是大有人在。我们要想达到目的，最好由我王亲率重兵前去才好。"

管仲曰："我管夷吾也有同感。我看就请大司马王子城父调集重兵，跟随我王前去帮助姬夷吾回国为君吧。"

齐桓公说："寡人还没有来得及告诉仲父和隰大夫。王子城父在周都洛邑的母亲太王后，早已超过百岁，近日仙逝了。他向我告假，给他母亲奔丧去了。"

隰朋道："怪不得大司马王子城父身体这样健壮呢。原来他的生母竟活到一百多岁，这就给王子城父传下了健康的基础。"

管仲曰："既然如此，那就只好请我王亲自调集重兵前往了。"

隰朋道："我建议，丞相和微臣也都陪同我王一起前去。"

齐桓公赞成管仲和隰朋的建议，就在管仲和隰朋的陪同下，带领齐国的众多兵将一路向晋国进发。他们来到了晋国高粱这个地方，不想齐桓公和管仲都受了风寒，身体不适。

齐桓公对隰朋说："现在，寡人和仲父都染上了风寒之疾。我看就有劳隰朋大夫，替我们带兵前去帮助那个姬夷吾吧。"

隰朋道："微臣谨遵王命，我目前尚且身强力壮，可自己一人带兵前往。"

齐桓公嘱咐说："帮助姬夷吾，隰爱卿要先去秦国。因为当事人姬夷吾现就在秦国。秦穆公赵任好这个晋国夫人，乃是寡人的女儿齐姜所生之女穆姬。这个秦穆公也就成了我的外孙女婿。你去了，除帮助姬夷吾外，也要代我向秦穆公他们夫妻问个好。我们齐国先是与晋国有了姻亲关系，现在又与秦国有了隔辈的姻亲关系。因此，齐、晋、秦三国都增加了一条友好的纽带。你去告诉秦穆公，我们齐、秦应亲如一家，共同携手帮助姬夷吾回国为君，以安定他们晋国。"

于是，隰朋就奉命率军先来到了秦国。他面见秦穆公道："我王诸侯

【五霸之首 号令天下】

长齐桓公和大齐丞相管仲,本已亲率大军到了晋国的高粱之地。但是他们年事已高,经不住路上的折腾,因偶染风寒而身体不适,不能继续前行,就派我这个下臣代他们率军先来秦国。这一则是为了与贵国共同帮助姬夷吾返回晋国为君,以安定晋国。二则受我王的委托,让我向你们这对秦晋之好、天作之合的夫妇祝贺和问好。"

秦穆公说:"感谢诸侯长和管仲丞相派隰大夫千里迢迢率兵前来与我们秦国联合行动。诸侯长是我夫人的外祖父,也就是我的外祖父。他和管仲丞相这两位老人家,委托您隰大夫向我和我的新婚夫人问好,我赵任好实在不敢当。隰大夫回国后,一定要代我向齐桓公和管仲丞相转达我的谢意及对他们的问候。秦国乃大周东迁之后的始封之国,比大齐被封为诸侯国晚了数百年之多。日后,还望诸侯长和管仲丞相以及您隰朋大夫多加提携。"

隰朋道:"我来到贵国见到您,才知道您秦穆公如此年轻力壮,且头脑精明,思路有绪,办事有条不紊。听您的手下人说,'秦穆公礼贤下士,重视人才,重用蹇叔和百里奚。他无论对朝臣还是对黎民百姓都十分宽厚,而对自己的要求却很严格'。这使我看到了你们大秦为政的崭新风貌和国家的良好发展前景。"

隰朋和秦穆公赵任好共同商定了出兵帮助姬夷吾回国为君的方法和步骤。于是,秦穆公派右丞相百里奚率领秦国之军与隰朋率领的齐国之军合兵一处,共同护送姬夷吾,好让他返回晋国。

再说在晋国国内,重臣里克自从接到姬夷吾拜托自己作为其回国为君内应的请求后,就在群臣中,尤其那些对此事持反对态度的大臣中,积极进行游说。他说:"现在,我们晋国虽是公子姬重耳为兄,但是听说他却无意回国为君。眼下,我们就只好迎接姬重耳的弟弟姬夷吾回国为君了。"

有的老臣说道:"我作为先王晋献公当年的臣子,对他的几位公子有着长期的观察。姬重耳和姬夷吾虽然同为翟国人狐突的两个女儿所生,但是为人处世有天壤之别。姬重耳为人宽容大度,言而有信,胸怀大志。要不为什么有那么多有才干的臣子,都心甘情愿跟随他前去逃难

大司行隰朋

呢？可姬夷吾的为人正好相反，他小肚鸡肠，言而无信，目光短浅。我看还是要想方设法请姬重耳回国为君，则晋国万民之福也。如若让姬夷吾回来当了国君，则会对晋国贻害无穷。"

里克说："姬重耳虽然贤明，可何时能请回来还很难说，但是国不可一日无君啊。因此，我们就只能把姬夷吾迎回来了。"群臣闻此，也就无话可说了。

齐国和秦国两国之军联手送姬夷吾回国时，到了秦晋两国交界之处，只见里克早已率领晋国的文武群臣在其边境迎接。随后，大家共同进入了晋国的新国都绛城。

大周天子周襄王姬郑闻知，立即派出大臣前来传达王命，恩准姬夷吾为晋国的新国君。大家遂让姬夷吾登基，是为晋惠公。

登基礼仪结束后，隰朋和百里奚向大周使臣和晋惠公姬夷吾拱手告别，各领本部之兵回自己的国家去了。

过了一些时日，齐桓公派驻晋国的探子回到齐国，在朝堂上对君主和管仲丞相禀报说："晋惠公姬夷吾继位后，违背了自己先前的诺言。他给秦穆公赢任好写去一封信说，'我姬夷吾回国登基后，群臣都反对割让土地给你们秦国。他们认为，我在逃难的危困中，对您的承诺是迫不得已而为之。他们还说，当时我还不是晋国的君主，无权决定割让国家土地这样的大事。因此，我现在已经无能为力，没法兑现先前对您的承诺了'。秦穆公见信，大怒曰，'当年，诸侯长齐桓公和管仲丞相，哪怕是柯地的刀下之盟，都能信守。尔小小姬夷吾竟如此背信弃义，岂能得以长久呢'！"

齐桓公听探子禀报后，点头赞同秦穆公的说法。他问："晋惠公姬夷吾对功臣里克的承诺兑现了吗？"

探子报曰："姬夷吾当政后，认为里克居功专权。他非但没有兑现承诺，而且反过来把里克给杀死了。里克临死前责问，'没有我替你除去奚齐和悼子，鞭杀骊姬，当了你的内应，你又怎么能返回晋国为君呢'？姬夷吾无言以对，只好说，'正因为你连弑二君，我怕日后也被你杀死，这才不得不杀你，以绝我日后之患'。"

齐桓公说:"寡人还从来未见世上有这等背信弃义、恩将仇报的小人呢。"

探子又曰:"里克死前说,'你姬夷吾这种小人,后世是不会有好结果的。你当年在梁国生了儿子,取名叫作姬子圉。圉者,就是伺人之马、败人手下之兆。你给女儿取名叫姬子妾。妾者,就只能是终身为妾为奴'!说罢,里克扬天长叹,让老天爷明鉴他的预言,然后拔剑自杀了。"

齐桓公说:"老天爷就是我们大齐天齐渊的天主,这不光要让天主明鉴里克的预言,而且我们这些凡人也都要看看里克临死前的预言能否应验。人们常说,'恶有恶报,善有善报。不是不报,时候未到。时候一到,一切都报'嘛!"

第九十二回　齐桓公选定太子　管仲谏郑姬转正

且说隰朋率军安晋回来后，立即去看望兵至晋国高粱时因病先回国的齐桓公和管仲。隰朋先来到齐国王宫，见齐桓公身体基本痊愈，并无大碍。他又到丞相府去看望管仲，见丞相管仲的病情却没有好转。在见到齐桓公和管仲时，隰朋分别向他们汇报了前去安晋的情况。

隰朋对齐桓公说道："晋国的乱局，归根到底是因为晋献公生前没有选好接班人才造成的。这个教训很深刻，值得引起我们大齐的重视。因为当下我王年事已高，管仲丞相更是沉疴在身，可我们齐国至今也没有定下我王百年之后接替君位的太子人选。"

齐桓公说："隰爱卿的这个提醒十分重要。现丞相管仲重病在家，待我抽个时间到丞相府和仲父商量一下，尽早定下这个关系到我们齐国将来前途命运的大事。"

第二天，齐桓公去看望管仲，对管仲说："仲父，隰朋大夫这次安晋回来后，认为晋国的乱局皆因晋献公姬诡诸生前没有安排好接班人。他建议我们要吸取晋国的教训，尽快安排好我们齐国君位将来的继承人。"

管仲在病榻上对曰："这是关系到我们大齐能否保持现在的兴盛，继续称伯天下的大事。对此，我为我王也早就有所考虑。"

齐桓公问："在我的众多公子中，仲父认为哪个公子最有能力呢？"

管仲曰："经过长年的观察，我认为我王如夫人郑姬所生之子姜昭能力最为出众。"

齐桓公说："寡人亦有同感。可是根据周礼和我们在葵丘会盟时盟约中所约定的条文，君王是不能废长立庶的。姜昭是我的第三个儿子，在他的前面还有长卫姬为我所生的长子姜无诡，少卫姬为我所生的次子姜元。我如果不立长子和次子，而是直接立第三子为太子，不但违背了周礼和葵丘会盟的约定，而且长卫姬和少卫姬又岂肯依从呢？就是那些群臣也不会服气啊！"

管仲曰："我王的正夫人王姬不是刚刚因病去世了吗？"

齐桓公问："我的正夫人王姬去世，与立太子有什么关系呢？"

管仲曰："按周礼规定，诸侯只能有一妻八妾。只有您的妻子也就是正夫人王姬所生之子才能叫作嫡出，才有资格被立为太子。在我们齐国，我王那八妾当中，只有为您生了儿子的才被定为了如夫人。可即便是如夫人生的儿子，也是叫作庶出的。"

齐桓公说："王姬没有为我生下嫡子，难道就无人被立为太子了吗？"

管仲曰："按周礼规定，在诸侯的妻子即正夫人未能生子的情况下，可从庶子中按照长幼之序，立最长的庶子为太子。"

齐桓公说："按照这个规定，我只能是立姜无诡为太子。如果姜无诡有意外，则应立我的第二子姜元为太子。无论如何也轮不到他姜昭啊。"

管仲曰："这就是我王的妻子，正夫人王姬去世与立太子的关系。"

齐桓公问："这个关系在何处呢？"

管仲曰："当王姬在世时，她生的儿子即使岁数再小，也是应被立为太子的。在她未生儿子之前，太子之位只能空置，不能去立任何一位庶子为太子。可王姬现在已经去世，就不存在这个问题了。这样我王就可以续妻再立一位正夫人了。不知我王想将哪一位如夫人转为正夫人呢？"

齐桓公说："按照先后之序，寡人是想让为我多年来主内的如夫人长卫姬转作正夫人。"

管仲曰："不知我王想过没有，那周礼为什么规定君侯可以有九个女人，但只能有一位妻子，即一位正夫人呢？这里面是很有道理的。规定只有这一妻所生的儿子才叫作嫡出，就限定了确定太子之位的唯一资格。试想，如果那八妾所生之子都叫作嫡出，没了尊卑主次，岂不乱了套吗？"

齐桓公说："寡人多年来犹豫不决。正如仲父所说,王姬没有为寡人生下儿子,就没了嫡出的太子。若是按庶子的长幼之序来确立太子,我前头的这两个庶子都在依礼窥视着太子之位,这可怎么办呢？"

管仲曰："老臣想了一个办法,可从根本上解决这个问题。"

齐桓公问："仲父有何良法呢？

管仲曰："虽说子以母为荣,但是那母以子为贵更为重要。天下有很多诸侯国的君侯,都是因为先看中了自己的某个儿子,认为其有接班的能力,这才把他的母亲转为正夫人的。我王若想将来让姜昭继承王位,只有把他的生母郑姬转为正夫人才行。这样,她所生的儿子姜昭就成了嫡出,被立为太子就是顺理成章、名正言顺的了。俗话说,'名不正则言不顺,言不顺则事不行'嘛。"

齐桓公问："仲父觉得此法行得通吗？"

管仲曰："我王虽然不能违背周礼和葵丘盟约的规定,选择自己可心的儿子立为太子,但是我王有权力选择自己的正妻,可以决定让您的任何一位姬妾转为正夫人。如果我王把如夫人郑姬转为正夫人,这个问题不就迎刃而解了吗？"

齐桓公说："寡人不是不想这样做,只是害怕那长卫姬和少卫姬不服郑姬为正夫人。如果我这样做,她们是会为此和我闹翻了天的。"

管仲曰："立郑姬作为正夫人这件事,我王可以用周礼的规定来压服长卫姬和少卫姬,强调自己的权力。难道她们这两个女人,身为姬妾,还有权剥夺我王做主的权力不成？"

齐桓公说："我想选谁为妻,让谁作为正夫人,那倒是周礼授予寡人无可置疑的权力。"

管仲曰："正因为如此,我才给我王出了从根本上解决立姜昭为太子的法子。除了这个法子外,我王是无法让姜昭名正言顺地成为太子的。"

齐桓公说："长卫姬常年在宫中为我主持寝宫内务。她会办事,又善待下人,就拉拢了不少亲信,在朝中的势力很大。我怕即便是把郑姬立为正夫人，也无法扭转长卫姬这帮人立姜无诡为太子的意图。"

管仲曰："老臣的看法与我王一样。即便是我们把姜昭立为了太子，我王百年之后轮到他继位时，宫内的支持者也不会多。这很难说我王和微臣的想法及最终目的能不能达到。"

齐桓公问："这可如何是好呢？"

管仲曰："当年，先王齐僖公的做法是值得我王借鉴的。"

齐桓公问："借鉴先王的什么呢？"

管仲曰："当时，先王在国内旨令命卿高奚和国懿仲作为您的内辅，在国外拜托莒国国君作为您的外辅。我王正是得益于此，才在内辅和外辅的合力帮助下，登上了王位。"

齐桓公说："您给我当了一辈子的仲父。您想让我怎么做，那就直说好了，无须用这些老黄历来启发我。"

管仲曰："依老臣之见，您可效仿先王，在国内选择两位重臣做姜昭的内辅。"

齐桓公说："眼下，我们大齐的两位姬姓命卿高奚和国懿仲都已经过世了。他们的世袭人在朝内没有威望。若选两位朝廷重臣，则非仲父和隰朋不可了。"

管仲曰："我管夷吾已经老了。前段，我的爱妻崔婧不幸病逝，我的身心健康为此受到了严重的影响，怕是活不到我王百年之后，难以辅佐姜昭，无法保证他日后能否继承君位了。"

齐桓公说："现在只要说仲父是姜昭的内辅，则别人自会刮目相看。至于将来万一有变化，为姜昭随时递补内辅就是了。"

管仲曰："不光我管夷吾老了，就是他隰朋也已经不是年轻人了。我担心他这个内辅和我一样，怕是也不能长久。"

齐桓公说："这好办。等我选到了合适的大臣后，再把你们这两位老臣都换下来就是了。"

管仲曰："我王这是想借用我和隰朋这两个老骨头，来震慑朝内那些对此事有异议的反对者啊。"

齐桓公说："俗话说，'为了打鬼，借助天魁'嘛。"

【五霸之首 号令天下】

管仲曰："那就权且如此吧。"

齐桓公问："仲父对姜昭外辅国的选择,有什么看法呢？"

管仲曰："宋国乃是天下的公国,又与我们大齐世代友好,而且现在当政的宋襄公殷兹甫就是我王的外甥。上次我王召集葵丘会盟时,宋襄公还没有来得及为死去的父亲宋桓公殷御说之棺木入土为安,就先来参加您召集的会盟。这足以说明他对我王的忠诚。我看我王不妨写一封亲笔信,派仲孙湫去宋国送给宋襄公,正式委托他为姜昭的外辅。"

于是,齐桓公就写了一封亲笔信,派外交大臣仲孙湫送到宋国的都城商丘,把信当面交给了宋襄公殷兹甫。

宋襄公见齐桓公在信中委托他作为姜昭的外辅,一时间受宠若惊。于是他欣然答应,并说："请您仲孙湫大夫回去告诉我那姨父加姑父的诸侯长,他让我作为太子姜昭的外辅,我是一百个答应,他也可以一百个放心。只是有一条,待我日后辅佐姜昭登上君位,他要善待我那作为齐桓公如夫人的姑姑宋华子,并要照顾好我姑姑那年轻的儿子,即我的表弟公子姜雍。"仲孙湫回来后,把宋襄公的话禀报给了齐桓公。

事后,齐桓公不顾长卫姬和少卫姬以及朝中部分大臣的反对,按照管仲的建议,把如夫人郑姬转为了正夫人,同时把郑姬生的儿子姜昭立为了太子。齐桓公又正式下诏,委任管仲和隰朋作为太子姜昭的内辅,并声明已经委托宋襄公殷兹甫当了太子的外辅。就这样,齐桓公的第三个儿子姜昭就子以母为荣,成为嫡出,超越了他的两位兄长姜无诡和姜元,成为大齐的太子。

第九十三回　哭叔牙管鲍之交　留遗言与世长辞

话说齐桓公四十一年,即公元前 645 年,周襄王七年的某日,隰朋来到丞相府,对管仲道:"我特来告诉丞相,与您一生风雨同舟、患难与共的老同僚鲍叔牙,今天生了重病,在家卧床不起了。"

管仲闻之,尽管自己也已年老体弱,身体欠佳,但仍然向齐桓公告假,暂时搁置政务,去守候在鲍叔牙的床边。他给病榻上的鲍叔牙喂汤喂药,进行精心照料。可那自然规律是无情的,尽管管仲请来了岐黄高手、通国名医,但仍未能留住鲍叔牙的性命。已是九十三岁的鲍叔牙,最终还是驾鹤西去了。

这时,只见管仲不顾年迈之躯,以自己的长袖掩盖在鲍叔牙的面孔上,附尸大哭,泪如泉涌。隰朋上前拉扶丞相,劝其节哀。但管仲不起,仍然悲泪不止。

闻讯前来帮助治丧的东郭牙见状,就硬把管仲拉了起来,劝说道:"请丞相节哀。就算是自己的亲生父母年已九十三岁,不幸因病去世,也用不着如此悲痛啊？有的地方不是把耄耋之年的老人去世,称为喜丧吗？在老人死后,他们不但不哭,而且要雇请吹鼓手,吹奏乐曲,以示庆贺呢。"

管仲哭曰:"管夷吾与鲍叔牙的亲密程度,已经超过了父母以及兄弟之间的亲情。我与他既是老乡,又是同窗,自小一起长大,十分相知、相惜和相爱。那时我管夷吾家道贫寒,是鲍叔牙一家全力资助了我。"

东郭牙说:"就算鲍叔牙在你小时候帮助了您,这说明他家有这个条件,也用不着如此感激啊。"

管仲哭曰:"我和鲍叔牙共同学有所成后,结伴去那家乡西方的南

【五霸之首　号令天下】

阳经商。在南阳，我曾三次受到那里的刁民欺侮，本来想打退堂鼓，是鲍叔牙开导和保护了我，让我坚持了下来。在分配我俩经商所赚之钱财时，我总是想占便宜、多分一些。但是鲍叔牙不以我为贪，知道是因为我家中贫穷。"

东郭牙说："您那时是穷怕了，就是多分一点钱财，又算得了什么呢？也用不着这样悲痛啊。"

管仲哭曰："后来我们经商发了点财，就放弃了来回奔波于南阳的辛苦。这时，鲍叔牙家里让我在他们鲍家当管家。我三次为他家出谋划策，却三次败坏了他们的家财。但是鲍叔牙不以我为愚蠢，知道这是为他们家谋财而未逢时机。"

东郭牙说："你们是老同学、老朋友，就是一时时机不顺，为他家理财不善，也用不着如此愧疚啊。"

管仲哭曰："我管夷吾曾同鲍叔牙一起去当兵，参与诸侯之间的混战。鲍叔牙三战三勇，而我却三战三逃。鲍叔牙不以我为怯懦，知道我家中有无人侍养的老母。"

东郭牙说："您当时怕战死后老母无人侍奉，乃是一片孝心也。没有人会说你是为了自己活命的逃兵。"

管仲哭曰："我管夷吾与鲍叔牙共同教授先王齐僖公的三位公子，姜诸儿设计让我三仕三免。但是鲍叔牙不以我为不屑，知道我还没有遇到明主。"

东郭牙说："您管仲丞相后来的才能，不是事实胜于雄辩地认定当时是没有遇到明主吗？鲍叔牙对您非常佩服，他不会认为您当时是不屑的呀。"

管仲哭曰："我管夷吾辅佐公子纠遭到了失败，导致了公子纠和辅臣召忽的死亡。但是鲍叔牙不以我为无能，知道这是天命。"

东郭牙说："既然知道这是天命，又何必为此而自责呢？"

管仲哭曰："当时鲁国人把我捆绑起来，打入了囚车，使我偷生回到了齐国。但是鲍叔牙不以我为不忠不耻，还把丞相之位让给了我，他知道我管夷吾谋在大齐的千秋霸业而不拘泥于小节。"

贤臣鲍叔牙

东郭牙说:"事实证明您管仲丞相是有雄才大略的,帮助我王齐桓公实现了称伯天下的目标。您当时不去为那不得臣心的公子纠殉葬,就做对了。"

管仲哭曰:"我管夷吾先是阻止我王齐桓公不要动用武力去讨伐宋夫人的娘家宋国,后又两次劝止我王不要动用武力去讨伐鲁国,但这些劝谏都未被我王采纳,导致了这三次出师都损兵折将、劳民伤财、无功而返。但是鲍叔牙不认为我劝谏君王的口才欠佳,知道必须等待君王的自我反省。"

东郭牙说:"丞相说到这份上,那鲍叔牙对你的知遇之恩,也真算是深厚啊。"

管仲哭曰:"生我者父母,知我者鲍叔牙也!"

东郭牙说:"人生能遇上这样一个知己的朋友,也就应该满足了。丞相也用不着这样痛苦啊。"

管仲哭曰:"士可为知己者死,又何况是为之悲泣呢?"

隰朋和东郭牙等人,闻听管仲之言,无不为之动容,感动得热泪盈眶。人们纷纷赞曰:"管鲍之交,真乃千古挚友之榜样,万世知心之典范啊!"

失去老朋友的哀伤,进一步损毁了管仲丞相年迈的身体。等鲍叔牙出殡后,他不久也病倒了。

却说东郭牙在朝堂提醒齐桓公说:"微臣劝我王趁丞相尚在,应该去问一下他对其百年之后人事安排的想法了。"

齐桓公猛然觉醒,就急忙去探视丞相。他对病榻上的管仲说:"寡人希望仲父能万寿无疆,可龙龟虽寿,亦有终年。我们不得不面对生老病死的现实。请问仲父,在您百年之后,何人可接替丞相之位呢?"

管仲曰:"知子莫如其父,知臣莫如其君。谁来承接丞相之职,我王心中还没有数吗?"

齐桓公问:"宁戚可以接任吗?"

管仲曰:"宁戚管理农业和城乡建设,是把好手。但是担任丞相,治国理政,掌管全局,他尚且欠缺。"

齐桓公问："宾胥无可以接任吗？"

管仲曰："宾胥无执法析狱、管理社会治安是把好手，但仍算不上全局之才。"

齐桓公说："东郭牙身为大谏官，常在寡人身边谏事和辅佐国政，可让他承接丞相之位乎？"

管仲曰："不可。东郭牙刚愎而上悍。刚则易犯民，从而不得人心；愎则易自负，从而不能善用贤人；悍则容易动怒，听不进他人意见，从而不能圆满处理问题，就连我王他都敢经常顶撞，何况是其他人呢？他虽然是位忠直敢言的忠良之臣，却没有'宰相肚里可撑船'的素养。"

齐桓公说："竖刁为了进宫服侍寡人，宁可阉割了自己，又常在我身边，熟知国政，可接任丞相之职吗？"

管仲曰："一个为了权势连自己身体都不爱惜的人，怎么能指望他爱惜我们大齐国的臣民呢？此人不可重用。"

齐桓公说："易牙为寡人掌厨，听说我遍食天下之肉，唯独没有尝过人肉的滋味，就杀死了自己那四岁的儿子，烹亲子之肉以啖君。其为厨也，能适万民之口，又常在宫中，略知国政，可继为丞相吗？"

管仲曰："一个为了讨好君王，不顾骨肉之情，连亲生儿子都能杀死去烹了的人，还有什么坏事做不出来呢？这样的人更是不可重用。"

齐桓公说："姬开方本来是卫国的太子，他受其父卫懿公派遣，来与我大齐修好。谁知他宁可放弃太子之位，心甘情愿地留在我们大齐，精心服侍于我。十五年来，他不离我的左右，就连其父卫懿公战死后，他都没有去奔丧。他也从来不去看望尚在卫国的老母亲。姬开方常年在我大齐为臣，又是两位卫姬如夫人的娘家人。他可继为丞相吗？"

管仲曰："人往高处走，水向低处流。姬开方宁可放弃太子可以接替的卫国国君之位，而屈身服侍我王，必然有更高的谋求。俗话说，'尺蠖之屈，以求伸也；龙蛇之蛰，以求春也'。卫懿公姬赤被翟狄所杀，国人又欲杀他的儿子。姬开方若留在卫国，自是难免一死。他留在了我们大齐，就保住了性命，这说明他是有先见之明和存有心机的。当卫懿公在战场上被杀时，他竟然怕死不敢去为生父奔丧。他为了讨好我王，竟然忍心十五年不去看望自己的老母亲。这样一个连亲生父母都不顾惜的人,又怎么能顾惜我们大齐的事业呢? 此人更是万万不可重用的。"

齐桓公说:"仲父的提醒极是, 但不知要怎样防范和处置这几个小人? "

管仲曰:"我王必须立即把这些有祸国殃民隐患的佞臣贼子赶出王宫,永不录用。否则,我们大齐将会祸乱在他们的手上,毁了我王一生辛勤之成果,毁了我们大齐称伯天下之宏伟事业。"齐桓公听后,连连点头称是。

齐桓公说:"我说了这么多人,丞相都认为不合适。不知仲父认为,谁可接任您的丞相之职呢? "

管仲曰:"自我管夷吾担任丞相以来,隰朋大夫始终协助我处理政务,我深知之也。此人既忠直,又善于应变,且善谋而务实。人曰,'政之所为,眼必观之,手必行之'。一直以来,他隰朋就像我管夷吾的眼和手,始终得心应手地辅助我的政务。眼下,我看只有他才堪当丞相之职。"

齐桓公说:"隰朋虽然好,但是他年龄大了点。"

管仲曰:"我王与我这一生最大的失误, 就是没有提前选拔好年轻的接班人。我管夷吾悔之晚矣,还望我王能够补救我们的这一缺憾。"齐桓公点头应诺。

过了数日,九十一岁的管仲与世长辞了。齐桓公与群臣无不号啕大哭,痛别管仲丞相。齐桓公依照管仲遗言的嘱咐,下旨让隰朋继任了丞相之位。

第九十四回　葬牛山留下典籍　违遗言奸佞回朝

却说管仲仙逝后,齐桓公在其灵堂内,对隰朋和众臣说:"寡人的仲父,不但是我们大齐的贤相,而且是被周天子和各国诸侯公认的先哲先圣。我们要为他选择一处上好的墓地,将其予以厚葬。"

隰朋曰:"我大齐之所以称为齐国, 盖因临淄东南的牛山之下有天齐渊也。天齐渊者,乃天、地、兵、阴、阳、月、日、时这八神之首的天主所居之处。天主有调动其他七主和众神的权力,人称老天爷,也就是天下万物的主宰。牛山者,远观似卧牛,就有人生似耕牛之意。管仲丞相一生运筹帷幄,神机妙算,纵横捭阖,不战而屈人之兵,助我王在天下首次成为诸侯长或叫诸侯之伯。他常年操劳,就像那孺子之牛,谦虚谨慎,严以律己,只知道为国为民埋头苦干,却从来不图虚名,就连周天子赐予的上卿之礼都推却,甘受下卿之礼。以微臣之见,可在天齐渊之上、牛山北侧的半山腰安葬管仲丞相,以便让其能永远北视大齐,关注天下大事。"

齐桓公当即赞同, 并对东郭牙说:"东郭爱卿的刚直以及忠君爱民情操和察言观色能力,仲父生前十分推崇。现在隰朋爱卿就任了丞相,国事繁忙。安葬管仲丞相的事,就由你来具体操办好吗?"东郭牙当即领命,遂精心前去办理。

回到朝堂,齐桓公对新上任的丞相隰朋说:"仲父临终前,力劝我要疏远竖刁、易牙、姬开方这三个佞臣。依爱卿之见,应该如何处置他们才好呢？"

隰朋曰:"微臣恳请我王下旨,着令这三个人即刻离开王城,到大齐的边陲城邑去居住,并永远不让他们回朝再行使用。"齐桓公准奏,立即下旨照办,把这三个佞臣赶出了临淄城。

齐桓公召集群臣来朝堂议事，说："就连周天子都说管仲丞相是千古贤相、旷世圣人，寡人就更有同感了。今我责令你们，配合我们大齐宫中的史官，参照宫廷之记录，加上尔等的回忆，详细记录下丞相一生的言行。书成之后，就定名为宫廷《管子》，以便流传后世，让后人传承他的那些创新精神和治国理念。"

齐国宫内的群臣听了齐桓公这一旨令，齐声应诺，皆予赞成。于是，大家集思广益，夜以继日，共同完成了官方《管子》这一巨著。

评注： 待到齐国又一次出现文化盛世的田齐齐宣王稷下学宫时期，稷下先生和学者们根据齐国官方的《管子》，并搜罗周王室和各诸侯国史官有关管仲言行的记录，对《管子》一书进行了大刀阔斧的增删，形成了《管子》五百六十四篇的恢弘规模，后又被人删改出精作八十六篇。现在，仍有《管子》精作七十六篇存世。其中共分八大部分，分别为经言、外言、内言、短语、区言、杂篇、管子解、轻重篇等。在《史记·管晏列传》中，太史公司马迁曰："吾读管子《牧民》《山高》《乘马》《轻重》《九府》……详哉其言也。既见其著书，欲观其行事，故写其传。至于其书，世多有之，是以不论，论其轶事。"可见，世世代代关于管仲的书籍和言行传播甚广，无人不知，影响巨大。事过百年后，鲁国的孔子曾带领他的学生，来齐国进行考察学习。孔子来后，对齐国的称伯历史进行了研究。他对记载和阐述管仲治国理念的《管子》一书，十分推崇，以致使他流连忘返。孔子还十分欣赏齐国用编钟等乐器演奏的韶乐，以致使他"闻韶乐，三月不知肉味"，陶醉在齐文化的浓厚氛围中。孔子和学生们在这里，一待就是三个年头。孔子逝世后，他的学生们借鉴齐国官方《管子》的成书做法，也记叙了自己老师孔子生前的言行，写出了《论语》一书。不过，《管子》是以记叙管仲的治国理念为主，而《论语》则是以记叙孔子的为人规范为主。《管子》是注重实践，而《论语》是注重理性。《管子》主张依法治理国家和天下，乃为法家思想之祖。《论语》主张以礼治理天下，乃为儒家思想之宗。孔子在生前，对管仲顶礼膜拜，赞不绝口，连称管仲是自己的圣人先师。

却说隰朋接任丞相之职后，未及一年，就因操劳过度，患病而逝了。

齐桓公十分痛心,亲自为其主丧,含泪去送辅佐自己多年的叔侄隰朋。

在隰朋的灵堂,齐桓公对参与治丧的群臣说:"隰朋丞相之贤能,可以与周后稷、皋陶氏、伊尹、我齐太公姜尚、周公姬旦、管仲、百里奚、蹇叔等名君名臣相媲美。"

安葬隰朋后,齐桓公回到朝堂,觉得鲍叔牙、管仲、隰朋、高奚、国懿仲等亲密辅臣都离他而去,十分伤心,不禁悲泪不止。他一时间六神无主,不知所措,恍恍度日。长卫姬知道了此事,就欲起用自己的亲信竖刁。齐桓公晚上回到寝宫时,没等来到正夫人郑姬的房间,就见长卫姬在宫门口等他。

长卫姬对齐桓公说:"既然我王的若干大臣都已经去世,暂时找不到合适的辅臣人选,我看不如把竖刁召回来,让他临时代为辅政。"

齐桓公说:"我们是老夫老妻,上次我没有把你的如夫人名分转为正夫人,已经是很对不起你了。今天你提的这个建议,我这个当夫君的自当考虑。"

却原来,竖刁和易牙长期服侍齐桓公和长卫姬,这两人又善于讨好主子,深得长卫姬宠爱。长卫姬就想利用一切机会,将其二人召回。

齐桓公上朝,把长卫姬的这一建议告诉了群臣。只见大司马王子城父出班奏曰:"请我王勿忘管仲丞相临终的遗言,不要违背隰朋丞相在世时的果断所为。竖刁乃是宦官,按照周礼,不可用此等贱人辅政。"群臣亦纷纷出班劝阻。

晚上回到寝宫,齐桓公把群臣反对起用竖刁的情况告诉了长卫姬。

长卫姬说:"宦官不能重用,那么易牙并非宦官,我王是可以起用他的。"

第二天,齐桓公又在朝堂提出让易牙回临淄辅政。王子城父又奏曰:"易牙虽非宦官,但身为一介庖厨,又怎能辅政呢?"

齐桓公说:"若照大司马之言,那伊尹本来是商汤的厨师奴仆,难道后来就不能担任相当于丞相的令尹了吗?我祖姜太公曾做过庖厨和屠夫,难道就不能辅佐周文王了吗?百里奚讨过饭、放过牛,难道就不能辅佐秦穆公了吗?"

齐桓公这样一说，王子城父和群臣都无言以对，只好听任君主自便。

就这样，易牙被召了回来，在朝堂辅佐国政。他接受上次被赶走的教训，倒也十分谨慎小心，精心调理齐桓公和长卫姬等人的口味，以取悦于他们。

那长卫姬和齐桓公长子姜无诡及其亲信竖刁、易牙，一直对齐桓公不立长子，而是设法立第三子姜昭为太子的事，耿耿于怀，怀恨在心。

在卫国，长卫姬与姬开方两家是冤家对头。因此，长卫姬是排斥姬开方的，所以就始终不建议让姬开方回宫。对此，姬开方心中十分明白，知道长卫姬不会改变对他的仇视。于是，他在避居地转念一想，就对手下的亲信们说："我在长卫姬那里，是永远不会有进身之路的。那郑姬现在作为齐桓公的正妻和正夫人，地位比长卫姬高。她的儿子姜昭现在已经被立为太子，将来就要继承君位。我若投靠他们这娘俩，日后必会得到重用。你们这些追随我的，也就有了出头之日了。"

于是，姬开方就暗地让人给太子姜昭之母郑姬送去了一份厚礼。

郑姬受了姬开方的贿赂，某日对齐桓公说道："您当时让丞相管仲和隰朋作为太子姜昭的内辅，可他们二人都先后去世了。现在太子无人辅佐，这怎么能行呢？不知我王想再委任哪两位臣子作为太子的内辅？"

齐桓公说："眼下，我还没有找到合适的人选。实在不行，就让老臣宁戚和宾胥无来接替担任太子姜昭的内辅吧。"

郑姬道："老臣们虽然是好，但年龄大了，恐怕他们的寿命难以等到太子姜昭继承君位的时候。您前者让丞相管仲和隰朋给太子姜昭作内辅，结果他们都已经去世了。这个教训还不值得吸取吗？怎么能还派这些老臣们给太子姜昭当内辅呢？"

齐桓公问："爱妻你是怎么想的呢？"

郑姬道："那原卫国太子姬开方，宁可舍弃继承卫国的君位，心甘情愿留在齐国服侍我王，对我王忠心不二。他年轻有为，在我们齐国已经待了十六年了。他长年跟随在我王身边，对齐国的大政方针都有所了解。我看让他作为太子姜昭的内辅最为合适。可我王听信了那管仲临死前的片面之词,把这样一个忠贞的臣子赶出了临淄城。"

齐桓公问:"爱妻是想让我下旨把那姬开方召回来,做太子姜昭的内辅吗?"

郑姬道:"臣妾正是这个意思。"

齐桓公说:"那我明天上朝后,就派人去把姬开方召回来,做太子姜昭的内辅吧。"

郑姬道:"为妻替太子姜昭谢谢我王了。"

于是,齐桓公就在朝堂下旨,派人去把姬开方召回来,当了太子姜昭的内辅。

第九十五回 姬重耳乐不思晋 齐桓公病重被困

且说晋国的晋惠公姬夷吾上台后，担心他的兄长姬重耳回国争夺王位，就想方设法欲根除这一后患。

就在齐桓公临终的前一年，晋惠公让其父晋献公生前曾派去刺杀姬重耳的宦官履鞮，再次到翟国对姬重耳进行刺杀。姬夷吾限其三天赶到，履鞮快马加鞭，仅用一日便赶到了。

幸亏姬重耳正好陪翟王在外打猎，这才免于一死。姬重耳听人说晋惠公派履鞮前来对他施行刺杀，就感觉此处危险，但不知道再逃到哪个国家为好。

跟随姬重耳的辅臣赵衰对其曰："东方的大齐，作为诸侯之长、诸侯之伯，国力强大。那齐桓公为人，胸怀宽大，忠信好义，礼贤下士。现在他的两位丞相管仲和隰朋相继去世，国内暂无合适的辅政人选。我们不妨到齐国去，也许能有用武之地呢。"

当初，赵衰随姬重耳来翟国避难。翟国之王见他俩非同凡人，就把作为征伐战利品的一对美女姐妹分别嫁给了他们。其中妹妹名叫季隗，嫁给了姬重耳，生下了两个儿子；姐姐名叫叔隗，嫁给了赵衰，生下了一个儿子，取名叫赵盾。

这时，姬重耳听了赵衰的话，就说："我与你是连襟，情同手足，政见相同。咱们当初来翟国，只是为了就近避难于我母亲的娘家，寻求庇护。翟乃西狄之国，我们在这里只能是养精蓄锐，不是长久之计。我同意你的看法，咱们去到大齐，说不定能施展我等之才能呢。齐桓公女儿齐姜，虽然不是我的生母，却是我父王的王后，也就等同于我的母亲。我们到齐国去，齐桓公作为我的外公，是不会亏待我们的。"

赵衰曰："我们去齐国,并不是为了寻求这些亲情照顾,而是为了借助大齐的力量,早日实现我主回国为君振兴我们晋国的历史使命。"

姬重耳说："前者,诸侯长齐桓公不就是派大齐的外交使臣仲孙湫大夫来劝说,让我回国为君的吗?只是当时我前怕狼后怕虎,畏缩不前,错失了良机,才让这个欲害死我的豺狼兄弟姬夷吾得了逞。我们到齐国后,诸侯长齐桓公扶持我的初衷是不会改变的。"

于是,姬重耳和赵衰一拍即合,遂决定奔向东方的大齐。

商量好后,他们各自回家,告别自己的家室。姬重耳对妻子季隗说:"我这次去齐国,吉凶未卜,若二十五年不回来,你就可以改嫁他人了。"

季隗笑曰:"夫君已年过半百,若二十五年以后回来,贱妾坟上的松柏,怕是早已成材了。您作为男子汉大丈夫,尽管去实现自己的抱负,不必拘泥于儿女之情。"

姬重耳走后不久,季隗就不幸因病去世了。他们的两个儿子在翟国无亲无故、无依无靠,只好以流浪为生,后来竟不知去向。人们打听不到这两个孩子的下落了。

那赵衰之妻叔隗,为防止被人谋害,就带着儿子赵盾躲到了翟狄的某个部落之中。后来,赵衰随姬重耳回国受封,把他们母子俩接到了自己的身边。再后来,赵盾接替赵衰成为晋国的丞相。

书归正传。且说姬重耳带着他的连襟赵衰和自己的舅舅狐偃(字咎犯)以及介子推、贾佗、先轸、魏武子等数十位矢志不移、死心塌地的随臣,向东往齐国而行。从翟国去齐国必经卫国。他们途经卫国的都城时,因卫国与翟狄之国是世代仇敌,且姬重耳自翟国而来,又是翟国的外甥。卫文公姬毁不但不予接见,而且也不让人为他们提供饮食和住宿。

姬重耳一行人只好忍饥受饿,继续向东朝齐国的方向走。他们来到了卫国东部边境一个名叫五鹿的地方,众人饥渴难忍,步履蹒跚。姬重耳欲派人去乡间购买点食物,却不见了保管盘缠的随臣里凫须,估计是他携带钱财逃走了。

因无钱买食物,姬重耳饿极了,晕倒在路边,奄奄一息。情急之下,一向忠勇的介子推毅然抽刀割下了自己大腿上的一块肉,忍痛用路边的干草点火烧熟,喂进姬重耳的嘴里,救了主公一命。

当地一位老百姓偶然从此经过,可怜他们这伙人,就回到自己的家中,用夹生的土制陶釜煮了点饭,然后盛在土钵里给大伙送来充饥。这样才最终救了姬重耳等人的性命。

事后,姬重耳对众位随臣说:"在我就要饿死的时候,介子推割股以啖君,救了我的性命。这样的大恩大义,我姬重耳当永世不忘。"众人也都为此而赞叹不已。

姬重耳又说:"只是当时五鹿之地的土人,用土制陶器盛着水煮稀饭让我们充饥,那饭里夹杂着一股土腥味。想来令人恶心。"

赵衰曰:"我主差矣。土人用土器,救我等之性命。我主因土而得活,这预示着必会得土而成君,这岂非祥兆?"姬重耳闻言乃喜。

不几日,他们就来到了齐国的境内。早有边关守将派人急去禀报了齐桓公。齐桓公闻之大悦,说:"晋国的始祖姬叔虞,乃我齐女圣母邑姜所生。姬重耳虽非我女儿齐姜亲生,却是我女儿的庶子。今他来投奔我大齐,是投靠其外祖之家也。寡人必当热情收留,并给他们以优厚待遇。若日后看看姬重耳成器,可以寻找机会将其送回晋国担当国君,代替姬夷吾那个小人。"

姬重耳一行来到了齐国王宫,他们一起跪拜诸侯长。齐桓公一一将他们扶起,问长问短,并立即派人说:"你们去为我外甥选择一处好府邸,再送给他二十辆马车和衣食之物,并要保证他和随从们的生活,为他们提供在我们齐国考察学习的机会。你们还要从我姜姓王室的齐女中,挑选一位才貌双全的姑娘,嫁给姬重耳为妻。"姬重耳率领随臣们再拜齐桓公,然后去了自己的府邸。

且说齐桓公赐嫁给姬重耳的这位姑娘,名叫季姜。她不但十分美貌,而且自小知书达理,深明大义。待出嫁后,她和姬重耳恩爱有加,对他十分体贴,这使他姬重耳"乐不思晋",陶醉在齐国的温柔乡里。同时,姬重耳利用这一有利环境,考察学习了齐国的治国之道和经济文化发展经验,包括先进的技术。

评注:三国刘禅刘阿斗的乐不思蜀,不过是欺骗司马昭的韬晦之计,并非真乐,况且此为文艺的虚构。那早于刘禅近千年的晋文公姬重耳,在大齐"乐不思晋",却是在多种史书中记载的真实故事和真实之乐。

就在齐桓公执政的第四十三年,即公元前 643 年、周襄王九年,年已七十九岁的齐桓公,因一生尊王攘夷、纵横捭阖、积劳成疾,病倒在了寝宫的寝床上。

长卫姬最先知道了这一情况,就立即把在朝辅政的易牙召来身边,悄悄对他说:"齐桓公当年既偏心,又违礼。他为了废长立庶,故意把本是归我所管的郑姬,转为正妻和正夫人。他这是无视姜无诡的长子地位,变着法子立郑姬所生之子姜昭为太子。我作为为齐桓公多年主内的如夫人,始终对这件事耿耿于怀,愤恨不已。现在他重病不起,我是定要把这件事变过来的。"

易牙说道:"眼下,我虽然在朝辅政,却孤掌难鸣,因为群臣都不宾服我。我看不如趁齐桓公病卧在床,假借他的名义矫诏让竖刁回来。这样,我们遇事也好有个知己人商量一下,增加个共同举事的帮手啊。"长卫姬立即应允并照办。

竖刁在齐国边陲的避居地收到了矫诏,就立即返回了王宫。竖刁问辅臣易牙说:"管仲和隰朋不是让齐桓公永不启用我们的吗?今天怎么又下诏把我召回来呢?"

易牙道:"这不是齐桓公亲自下的旨,而是我与长卫姬矫诏让你回来的。"

竖刁说:"那我就感谢你这位老同事和我们的主子长卫姬了。"

就在他们三人密谋如何达到废掉太子姜昭,立姜无诡将来为君时,竖刁献计说:"既然咱们可以矫诏让我再回王宫,那么我们也不妨再次矫诏。"

易牙道:"我们再矫诏什么呢?"

竖刁说:"现在齐桓公病卧在床,除了长卫姬外还无人知晓。可是如果有除我们三人之外的王公臣子来见齐桓公,不但会向外透露齐桓公病危的状况,而且也会把让我回来的矫诏欺君大罪公之于众。到那时,

555

我们就都活不成了。"

易牙道："事到如今,我们都没了退路。竖刁公公你足智多谋,打算怎么办呢?怎么个再次矫诏法呢?"

竖刁说："我们可以在齐桓公寝宫的外门口,张贴齐桓公的假旨意,就说齐桓公正在身心烦躁,他不让包括太子姜昭在内的任何人进来觐见。"

易牙说："在门外贴上矫召旨意,离齐桓公的病榻太近。为了不让外面的人听见齐桓公在病中的呻吟声,我们不妨在寝宫外,临时搭建一圈围墙,并派人把守,把这道假旨意贴于围墙之外。这样,针插不入,水泼不进,任何人就都别想听到齐桓公的呻吟声了。这个秘密我们也就保住了。"

却说太子姜昭,见齐桓公数日不上朝,就十分担心父王的身体,想去寝宫予以请安探视。他来到寝宫前,却见父王的寝宫被人临时围上了屏障,不让任何人入内。

姜昭见此,以太子的口吻说："吾乃当朝太子,难道就不能觐见我的父王了吗?"

守卫之人只好带太子去看齐桓公的"告示"。姜昭见是父王的旨意,觉得王命难违,也就只好悻悻而回了。

第九十六回　晏娥殉王霸主死　易牙逃鲁成厨祖

却说齐桓公被囚禁在寝宫的病榻上，无人给他送水送饭，饥渴难忍，就呼唤身边服侍之人，命令他们送水送饭，但他身边的人已经全部被太监竖刁赶走了。寝宫外、围墙内的守护人员们听到齐桓公的呼叫声，亦十分同情这位振兴了大齐的君侯，就去报告了长卫姬。毕竟是夫妻一场，长卫姬就想去给齐桓公送水送饭。

竖刁见此，劝阻说："我们先后两次矫诏，已经是死罪。若是齐桓公延长了寿命，万一日后康复，对我们是十分不利的。以在下之见，不如早点把他渴死、饿死。"

长卫姬闻言，也觉得日后齐桓公若是康复，会危及自己的性命，就打消了给齐桓公送水送饭的念头。

齐桓公饥渴至极，呼喊声更高，传至了围墙之外。齐桓公有一使女，名叫晏娥，过去很受齐桓公的爱怜。她在墙外隐约听见了齐桓公的呼喊声，就十分悲怜这位作为一世英雄的主人。她于心不忍，就在夜间偷偷从围墙和寝宫留出的狗洞之中爬入了寝宫，去探视可怜的齐桓公。但是使女无权出入厨房，晏娥是无法给齐桓公送来解渴、充饥之物的。

晏娥见齐桓公已是奄奄一息，就跪拜君主说："我主乃亘古枭雄，晏娥多年在您身边，十分崇拜您。可贱婢现在无法拯救我主，深愧于心。在君主百年之后，晏娥唯一能让您宽慰的，就只能是我以身殉主了。"

齐桓公闻晏娥之言，悲泪上涌，断断续续地说："世间知人知面难知心啊。竖刁、易牙和长卫姬过去是多么巴结我啊，可是现在他们却连口喂狗的饭食都不送给我吃。我万万想不到世间还有你这等忠烈之女。早知如此，寡人就应该纳你为正妻才是。但现在，此情此憾，只能留于地下

五霸之首　号令天下

了。"

齐桓公被饥渴折磨得奄奄一息，自觉大限已到，就老泪横流、断断续续地说："悔不听仲父前年之言！今寡人被佞臣和毒妇们饿死，还有何面目到地下去见仲父呢？"齐桓公遂以衣角掩面，饿死在寝宫的床榻上。

晏娥见状，悲愤无比，心血上涌，就一头触撞齐桓公的床角而死。

后人有诗曰："如同夫人长卫姬，不如桓公一使婢。竖刁毁身侍主上，到此断其水和粮。易牙烹子媚君王，这时不送半口汤。知人知面不知心，临死才见真心肠。"

长卫姬进到寝宫，见齐桓公已经饿死在床上，又见使女晏娥殉王而死，就急召易牙和竖刁前来商议对策。

竖刁说："不如暂且秘不发丧，待我们拥立姜无诡为君后，再发丧也不迟。"长卫姬和易牙都认同这一做法。

于是，易牙和竖刁来到朝堂，矫诏以齐桓公的名义说道："我王有旨。他说'按照周礼规定和葵丘会盟的约定，任何诸侯国的国君都不可废长立庶。前番寡人让郑姬成为正夫人，就是一种变着法子废长立庶的行为。今天寡人让易牙和竖刁向你们群臣宣布，废掉我第三子姜昭的太子之位，改立我的长子姜无诡为太子'。"

有的大臣闻言，就说："更换太子乃是关系到社稷存亡的一件大事，必须由我王亲自下旨才行。"

易牙道："我王现在有要事。他临时无法上朝亲自来下旨。"

大臣说："我王若实在不能亲来朝堂，也必须有他的亲笔手谕才行啊。"

这时，许多大臣也都附和这一说法。易牙和竖刁见众臣不服，就互相对视一下，交换了一个眼色，然后双双拂袖而去。

他们急奔姜无诡的住处。见面后，竖刁对姜无诡说："现在，我们同你母亲共同商定用矫诏的办法更立我主为太子，但是在宫中遇到了众多大臣的阻碍。现在只有请我主速派私家军士随我俩进宫，杀尽那些敢于反对的臣子，才能办成此事。我俩在朝堂矫诏欺君的行为已经形成，不杀他们也没有别的好办法了。"

姜无诡听他们这样一说，觉得也没了退路，当时就带领家兵包围了王宫，朝堂内那些持异议的大臣们，还没有来得及弄明白是怎么回事，就都被易牙、竖刁引那姜无诡带来的武士们杀死了。随后，易牙和竖刁又遣散了宫廷内所有的宦官和使女。这样，就为姜无诡继任国君之位扫除了障碍。

这时，正在大司马府的王子城父听人向他急报了宫廷之变的情况。他仰天长叹："祸乱之根，全在于齐桓公本人。他一生十分惧内，先是委托如夫人长卫姬为其主持内宫事务，也曾私下许诺立她生的长子姜无诡为太子；后又觉得其第三子姜昭有能力，于是就变着法子废长立庶，让郑姬做了正妻、正夫人，立其所生之子姜昭为太子。这样，糊涂的齐桓公就'一女二嫁'，一个槽上栓了两头公驴。他们在君位上互不相让，不能相容，怎能不互相撕咬和厮杀呢？再加上佞臣们的利用和推波助澜，就难免出现这种流血之惨局。"

王子城父这番话，就把齐桓公儿子们在父王死后争夺君位的原因，进行了中肯的诠释。

再说在齐桓公生前，对他六个儿子的母亲皆有宠爱。齐桓公死后，竖刁和易牙让秘不发丧。除长卫姬外，其余五位如夫人都被蒙在鼓里。她们久不见齐桓公的面，又闻听宫中之变，就猜测齐桓公已经死亡。于是，她们各自找自己的儿子或其辅臣前来商量对策。除如夫人宋华子生的公子姜雍尚未成年，又是老小，不便争夺君位外，其余四家也都是由齐桓公的儿子率领，尽发所属家兵，先后打进了王宫内，欲夺取君位，且都效仿长卫姬矫诏的做法，说是父王有诏，令他们继承君位。

这四家的争位之兵，先后都被长卫姬和竖刁、易牙派人率兵予以击退了。

这样混战了两个多月，那前来争位的四家均已无力反击。于是，长卫姬一伙才在王宫为姜无诡举行了继位大典，让他接任了齐国第十七任君侯。

姜无诡登上君位上朝时，在朝堂的龙案上发现了蛆虫，就责怪宫人。宫人们不知虫从何出，就顺着蛆虫的爬痕寻出宫外，却发现后继之虫越来越多。他们寻迹探源,一直寻到了齐桓公的寝宫内,才发现齐桓公的尸体已经在寝床上腐烂生蛆,尸蛆们爬满了整个寝床。

官人们急报新君姜无诡。姜无诡知道后,亦觉得父王死得凄惨,就叫来母亲长卫姬和易牙、竖刁,共同商量为父王出丧。

竖刁说:"我们应该接受卫武公姬和趁父丧杀死太子姬余的教训,现在还不能大张旗鼓地出丧殡殓。"

易牙问:"那用什么法子好呢?"

竖刁说:"不妨把齐桓公的尸体暂时装殓在棺椁之内。待时机成熟后,再予以出殡入土。"

易牙又问长卫姬:"这个方法能行吗?"

长卫姬道:"为了安全和保险起见,也只能采取这个法子了。"

于是,他们匆匆派人去抬来一口棺材,连夜把齐桓公的尸骨装殓进去,暂时停放在别的房间中。他们又见齐桓公床边有一具女尸,也被尸虫所蠹,就猜测这个使女是为齐桓公殉了葬。于是,又让人去抬来一口棺材,把这个殉女的尸骨也装殓了,停放在齐桓公棺椁一侧。屈指算来,齐桓公的尸体已经在床上待了六十七天了。

可怜生前叱咤风云的一代霸主,却落得如此下场。后人有诗曰:"一代枭雄齐桓公,错用佞臣谙不明。饿死床上尸虫出,愧对管仲遗言警。"

这时,那位名正言顺的既定太子姜昭,岂肯罢休呢?他见依靠国内的势力不行,就在姬开方的保护下,乘夜出走,直奔宋国,去找外辅宋襄公殷兹甫。

宋襄公早就有等齐桓公去世后,代替他作为诸侯长、成为天下之伯的意图。他见此大好时机,怎可放过呢?于是,他就以伐齐安君的借口,联合鲁国、郑国、陈国,各派出兵将,组成四国之军,护送齐国太子姜昭回国继承君位。

就在蒙受外部压力,大敌当前时,姜无诡又与另外的三位公子合兵联手,共同抵御宋襄公率领的四国之军。他们这四家之兵,怎能挡得了四国之军呢?当四国之军打进齐国时,刚一交手,四家之兵觉得不是对手,就四散而逃了。

宋襄公遂送太子姜昭进到齐国王宫,立其为齐国第十八任君侯,是为齐孝公。

齐孝公当时在朝堂任命姬开方为丞相,实现了姬开方这个奸贼梦寐以求的夙愿。

宋襄公殷兹甫让齐孝公姜昭派人去把他的姑姑宋华子和表弟姜雍召进了朝堂。他们姑侄见面,自是十分亲切。宋襄公说:"侄儿我受姑父齐桓公生前所托,成了太子姜昭的外辅。这次我不负先人所望,辅助太子姜昭登上了君位,大齐已成了姜昭的天下。不知姑姑和我表弟对新君可有什么要求的吗?"

宋华子说道:"在你姑父齐桓公如夫人所生的六个儿子中,姜雍乃是老小,继承君位轮不到他。我唯一的愿望就是你让齐孝公姜昭赐给姜雍一块封地,我们娘们到那儿去,过点与世无争的日子,永不参与王室抢夺君位之斗。"

于是,宋襄公就让齐孝公下旨,把齐国的一个城邑封给了姜雍,让宋华子和姜雍到自己的封地去,避开了你死我活的争斗,过起了悠然自得的生活。

直到这时,齐孝公姜昭才为父王齐桓公予以发丧下葬。下葬时,姬开方对殉女晏娥是否陪葬持有异议。

齐孝公就去问母亲郑姬,说:"晏娥为我父王殉情,母后以为她该陪葬在我父王的墓中吗?"

郑姬曰:"你父王生前信任长卫姬,让她主持寝宫内事。但是,她却容忍佞臣们饿死自己的亲夫,她哪里还能比得上晏娥呢?母后的看法,宁可让晏娥之尸陪葬在你父王的墓中,也不能让长卫姬死后陪葬。"齐孝公姜昭谨遵母命,照此办理。

给自己的父王及晏娥下葬之后,齐孝公姜昭趁宋襄公尚且留在齐国,就召集众臣,对他们说:"长卫姬乃此次谋反的首要人物,论罪当斩,但念其为我父王主持内事有功,就赦其不死,派车将她送回卫国的娘家吧。姜无诡是这次谋逆作乱的祸根所在,但念他是寡人的兄长,且年龄已大,那就恩赐其自缢吧。这件事情就由丞相姬开方前去传达和办理。

至于那竖刁和易牙,乃是此次政变的主谋,要速将这二人捉拿归案,立即予以处死。"

王命一下,已是白发苍苍的长卫姬,上车被遣返卫国娘家时,少卫姬亦带着儿子姜元乘车赶来。她对姐姐说:"姜元长于姜昭,乃君位的隐患所在。姐姐走后,姜昭岂能容下我们母子?我带着姜元,随姐姐一同回卫国。到了咱哥哥卫文公姬毁那里,他既会保证我们的安全,又不会难为我们。"于是,姐妹二人含泪驱车,离开生活了大半辈子的齐国。

且说姬开方领了齐孝公姜昭的旨意,去见姜无诡,让他自缢。姜无诡哪能接受呢?姬开方见他不从,就凶相毕露,拔剑将其刺死了。在姜无诡死后,竟始终无人给其以谥号。

再说那易牙,听说齐孝公要处死自己,就越过齐鲁边界,逃到了鲁国东北边境一个八面陡坡的地方。他凭着一手烹调的好手艺,在此传徒授众,成就了一方独特菜系,在众徒弟的掩护下,逃过了一劫。他在这里创造了齐鲁菜系中善于煎炸、蒸闷、包馅、调味、用汤等特色,譬如他发明了"易牙十三香"。他的名菜"鱼腹藏羊"就是"鲜"字的来源。他独创的这一菜系名扬天下,后来传至其他诸侯国,甚至还传至西域各国。天下人遂尊易牙为华夏厨师界的祖师,并得到了后代厨师们的祭祀。

竖刁的下场就不同了。他是阉人之身,并无特长,无处躲藏,就被齐孝公的手下捉拿归案了。齐孝公下旨将其处以凌迟极刑。行刑前,竖刁哀求刽子手们给自己留个全尸。刽子手们说:"大家本来戏称你为除屌,后取其谐音,尊尔叫作竖刁。既然你已经阉割自残,哪里还有什么全尸呢?"于是,刽子手们就零割竖刁的肉,将他凌迟处死了。

第九十七回　孝公伐鲁中途返　秀儿采桑闻晋乱

话说齐孝公姜昭当政后,很想继承父业,继续作为诸侯长,称伯天下。这时,鲁国人见齐国的公子们争权内乱,就不再把齐国放在眼里,不再向齐国称臣纳贡,还不断挑起事端。

齐孝公在朝堂对群臣说:"我看这个鲁国历来不吃好饭食。寡人想让大司马王子城父陪同我率军前去讨伐鲁国,不知众卿意下如何?"

姬开方以丞相的身份答道:"鲁国自恃姬周的同宗之国,从来也没有把我们这个异姓的齐国放在眼里。只是我们齐国的实力强大,让他不得不被迫屈服就是了。依微臣之见,我王若想重振当年齐桓公之雄风,不教训教训这个鲁国是不行的。"

于是,齐孝公就整饬军队,在大司马王子城父的陪同下,兴师讨伐鲁国。

在齐国的军队临近鲁国边境时,就见鲁国的新任辅臣展喜在齐鲁边境迎接齐孝公。齐孝公说:"寡人正要去讨伐你们鲁国,你展喜丞相前来迎接我,就不怕被我杀死吗?"

展喜对曰:"我认为您不会杀我。"

齐孝公说:"你们鲁国的实力如果和我们大齐的实力相比,就像一只钟磬空悬在房间里,孤零零地任凭别人前来击打。难道你们这样一个室如悬磬的鲁国,就不害怕我们大齐来消灭你们吗?"

展喜曰:"鲁国的庸人们害怕您齐孝公伐鲁斩杀他们,可我展喜不怕。因为我知道您齐孝公是不会杀死我的。所以,在鲁国国君鲁僖公派我来迎接您时,我就毫无顾忌地来了。"

齐孝公说:"照这么说,你们鲁国的君臣包括你展喜丞相,就都不惧怕我们齐国之军了吗？"

展喜曰："早在齐鲁封国之初，我鲁国的开国之君周公姬旦就曾和你们大齐的开国之君齐太公姜子牙共同发下了誓言，说齐鲁要世代友好，永世不得相互征伐。当年你的父王齐桓公两次征伐我国，都没有占到便宜。后来，他对我们鲁国采取了以德报怨的怀柔政策，这却使得我们鲁国对其感恩戴德，表示愿意臣服于大齐，并向你们大齐进贡纳币。"

齐孝公说："可现在你们却一反常态，不再给我们大齐纳币进贡了啊。"

展喜曰："您齐孝公是个仁义之君，我认为您必然会继承诸侯长齐桓公的传统，对我们鲁国实行怀柔政策。如果您在我的劝说下，就此罢休，撤兵回国。我展喜愿意回国劝说我王，恢复对大齐的敬重和进贡纳币。如果您不听我的劝告，执意要伐鲁国，我们鲁国人也不是好惹的。鲁国人必然会同仇敌忾，奋起反抗，来个鱼死网破、你死我活。到那时，齐国又怎么在鲁国和天下的诸侯国中建立威望呢？我想您是会接受您父王齐桓公前期的教训，继承您父亲后来的经验做法，对我们这个大周同宗的邻国表示友好的。"

齐孝公听展喜之言，就对他说："哪个国家不希望和邻国友好相处呢？既然你展喜丞相说可以回去劝说你们的君王继续对我大齐俯首称臣，纳币进贡，那我姜昭又何必带领大司马王子城父向你们兴师问罪呢？"

展喜曰："既然如此，那就请您齐孝公和齐国大司马王子城父带领齐国之军，体面地回你们的大齐去吧。"

齐孝公这时无话可说，就只好同王子城父一起把齐军撤了回来。

却说这事过了若干年，齐孝公姜昭因病而亡，其太子准备继位。姬开方就以丞相的身份，试探着问姜昭的太子说："微臣不知道太子继位之后，打算任命谁为丞相呢？"

太子说："我觉得您是两朝元老，现在年事已高，久居相位，日理万机，怕是会损毁您那已经年迈的身体。我看不如让相对年轻的大臣来担任丞相，也好让您颐养天年。"

姬开方闻此，立即露出了狰狞的逆臣贼子面目。他秘密到齐桓公如夫人葛嬴所生的儿子姜潘那里，对其说："我姬开方仰慕公子久矣，现欲帮助您登上君位。公子可率领你的家兵前去王宫，我愿作为内应，里应外合，杀死姜昭那个不成器的太子。到时，按照周礼国君无嗣，可以兄逝弟继的规定，您就可以名正言顺地当上齐国的国君了。"

姜潘听后，说："即便杀了姜昭的太子，兄弟们可以继位为国君，那么我的二兄姜元现在卫国，按照长幼之序，也是应该先把他接回来为君的呀。"

姬开方说："老臣在卫国的家族和长卫姬、少卫姬的家族是死对头。我说什么也不会去把姜元接回来继位的，只会拥立您为君。"

姜潘闻听，知道丞相姬开方蓄意想让自己继为国君，自是高兴。他就率领自己的家兵家将们杀奔王宫。姬开方提前回到了王宫，他听到姜潘率领的兵将已到，乘姜昭的太子没有防备，就突然拔出腰间的宝剑，一剑刺去，将太子杀死了。姜潘顺利入宫，当上了齐国第十九任君侯，是为齐昭公。

姬开方这一刺杀太子恶行，又使他如愿以偿地再次当上了大齐的丞相。姬开方作为大齐的两任丞相，其辉煌程度超过了他在弱势的卫国接任国君之位。

再说当年，齐女季姜受齐桓公之命嫁给了投奔齐国而来的姬重耳。她十分贤惠，自己在家养蚕缫丝，自织绸缎。

某日，她派使女秀儿去桑园采摘桑叶。秀儿正在一棵枝叶茂密的桑树上采桑，却在高处隐约看见姬重耳的随臣赵衰和狐偃来到该树下，坐在地上促膝而谈。

赵衰说："我看，现在是让公子姬重耳借助齐国之力，返回晋国为君的时候了。有晋国的朋友来齐国经商，他告诉我，'三年之前，我们晋国大旱，粮食欠收，黎民百姓陷入了水深火热之中。他姬夷吾只好为此求救于秦国。有秦国的大臣主张不予救援，劝秦穆公乘机攻占我国，以报当年姬夷吾的背约之仇。但秦国的辅臣百里奚却说，人在做，天在看。姬夷吾违背承诺，自然会有报应，但晋国的黎民百姓是无罪的。看在晋国

齐女季姜和秀儿

千千万万生灵的分上,我们必须援救他们'。"

狐偃问:"那秦国救我们晋国了吗?"

赵衰说:"秦穆公乃仁慈之君。他听从百里奚之言,就下旨送粮食给晋国,救了我们无数的黎民百姓。"

狐偃曰:"现在的秦国真乃仁义之邦啊。"

赵衰说:"可是到了前年,他们秦国也遭受了旱灾,粮食歉收,其民众被饿死者甚多。秦穆公只好写信求救于我国。但姬夷吾这个背信弃义的贼子,却想乘机侵占秦国。有的大臣对其谏曰,'去年,秦国不计我王违背割让土地的承诺之嫌,送粮食救济了我们,对我们晋国乃是功德无量。我们必须知恩图报,反过来救恩人秦国才是。哪能乘恩人之危反而侵占之呢?此等恩将仇报之举,是天理所不容的'。"

狐偃问:"这位大臣的建议被姬夷吾采纳了吗?"

赵衰说:"可是有的大臣却对这个大臣反讥说,'去年我国受灾,乃是秦国伐我晋国的大好时机。上天要把晋国赐给他秦国,可他秦国却不要。现在秦国受灾,乃是上天要把秦国赐给我们晋国,我们怎么能不接受呢?常言道,机不可失,失不再来啊。我们必须趁机出兵占领他们秦国,以顺上天之意'。这正合姬夷吾这个小人的意图,于是他就兴兵伐秦。"

狐偃曰:"姬夷吾如此违背天理,逆天而行,上天怎么能容忍他呢?"

赵衰说:"见姬夷吾乘人之危,落井下石,秦穆公非常气愤。秦国的黎民百姓知道这一情况后,更是群情激昂,震怒无比。秦国君民上下一心,勒紧腰带,兵民携手,同仇敌忾,与晋军死战到底,反而打败了晋军。"

狐偃曰:"这真是上天有眼啊。"

赵衰说:"去年秦国风调雨顺,粮食丰收,百姓们丰衣足食。秦穆公欲报姬夷吾背信弃义、恩将仇报之恨,就亲率大军讨伐晋国。姬夷吾率军迎敌,两军在韩原这地方展开了大战。先是晋军占了上风,包围了秦穆公。就在秦穆公命悬一线、危在旦夕之时,却见有三百多名土人,不顾生死存亡,齐声呐喊,挥舞刀戈杀入了重围。他们人人奋进,个个勇猛,一如那敢死队，威不可敌、势不可挡。来者大呼，'恩公莫急，吾侪前来救驾也'。这些土人，不但一举救下了秦穆公，而且生擒了姬夷吾，把他绑至了秦穆公马前，并让他跪地磕头。"

狐偃曰："听你这一说，莫不是当时半路杀出了天兵天将吗？"

赵衰说："听来人说，这些土人曾偷过秦穆公的良马，回去宰杀后生食其肉。相关有司派出军士将他们擒获，意欲斩杀之。对这些人行刑前，有军士去请示秦穆公。谁料秦穆公却说，'盗食我马，不足以定为死罪，寡人要赦免他们。我听说生吃马肉，必须以烈酒相佐，否则会有生命危险。你去传我的旨意，派人速送数坛烈酒，赐予这些土人喝上，以拯救他们的性命'。军士们遵旨照办。这些土人知道这一情况后，齐刷刷往秦穆公王宫的方向跪拜，说道，'吾等必会知恩图报，寻找机会，以报我王以德报怨，不杀再生之恩'。于是，就出现了在秦穆公命如悬丸的关键时刻，土人们救下了他，并生擒了姬夷吾的这件泣动鬼神、惊天动地的壮烈之举。"

狐偃曰："人们说得好，'不刮春风，哪来得秋雨呢'？此乃是世间因果报应，天道轮回的真理啊。但不知秦穆公怎么处置姬夷吾这个小人。"

赵衰说："秦穆公差点死于姬夷吾之手，就说，'寡人必须杀他姬夷吾，以祭奠天地，伸张世间的正义'。可是就在这个时候，秦穆公那作为晋国公主的夫人，也就是诸侯长齐桓公的外孙女，匆匆来见夫君。她身穿丧服，痛哭流涕地对秦穆公说，'臣妾必须要与我的娘家哥哥同死'。秦穆公知道爱妻以死救兄的心意已决。他本来十分疼爱自己的夫人，事到如今觉得无可奈何。再加秦穆公知道他夫人的外祖父是诸侯长齐桓公，就不敢违背她的意志，又觉得晋国乃周王室的姬姓同宗，也就只好把姬夷吾予以释放，让其回了国。但是，秦穆公当时要求姬夷吾把其太子姬子圉送来秦国，作为人质。"

狐偃曰："秦穆公这是放了老狼，却扣住了狼崽子啊。"

赵衰说："现我晋国上下都对姬夷吾怨声载道，臣心民心皆与他相背离。来人说，'晋国上下都盼望公子重耳回国，担任本来就应该属于他的国君之位呢'。"

狐偃曰:"可眼下,我主在大齐'乐不思晋',这可怎样是好呢?"

赵衰说:"我等必须力谏之。"二人说到此处,就各回住处而去了。

这时,采桑女秀儿悄悄从密叶深处爬下桑树,急速赶回府中,见到了季姜,将她听到的这二人之言告诉了主人。季姜感觉事关重大,就对秀儿说:"我暂时把你藏于府内,以妨走漏风声。待我与夫君的随臣们,设法将其劝回晋国时,一并把你带走。现在对外就说,你突患重病而亡故了。"

评注:当时,世人不明真相,还以为是季姜为了保密,杀人灭口了呢。司马迁在《史记》中,因错就错,实为不近情理。秀儿报信有功,怎能反遭明主季姜的杀害呢?

第九十八回 季姜女醉夫西行 走列国遭遇不同

却说季姜听了秀儿的通报后，迅速召来丈夫姬重耳的随臣赵衰和狐偃，说明自己已经知道了晋国的情况。

赵衰说："夫人是怎么知道这些情况的呢？"

季姜曰："你们两个躲进桑园，议论晋国的近况，被上天听到了。是天神告诉了我季姜。"

狐偃道："这真是隔墙有耳，对机密事项的泄露防不胜防啊。"

季姜曰："你们对别人保密，对我这个公子的夫人还用保密吗？"

赵衰说："晋国的事，就是公子重耳的事。公子重耳的事，也就是夫人的事。我们是不会对夫人保密的，只是还没来得及禀报罢了。"

为此，三人共同商议对策。季姜曰："我们必须共同劝谏我的夫君，让他尽快行动，莫失良机。"

于是三人就一起去面见姬重耳，轮番劝说他早日回国，满足晋国臣民们的愿望，取代小人姬夷吾，承继本来就应该由他担任的国君之位。

姬重耳却说："我姬重耳多年四处流浪、漂泊半生，难得今日在外祖父之国享受几天安逸和清福。我在这里衣食丰足，又有贤妻相伴、良臣相佐，还回那晋国做什么呢？我已经下定决心，要老死在大齐之邦，这样就无愧此生了。要走你们走，反正我是誓死不离开齐国的。"

季姜曰："夫君辗转半生，却为何来？随臣们舍家撇业，冒死追随你近二十年，又为何来？你今留恋于儿女情长、温柔之乡，丧失志气、忘记初心。贱妾都替你害臊和脸红！"大家苦苦相劝，重耳只是不听。季姜只好与赵衰、狐偃再做商议，另想办法。

此时，狐偃道："可设下一桌酒席，就说我这个当舅舅的要与重耳共饮佳酿。席间,我们可甜言蜜语,极尽恭维,轮番为重耳把盏进酒,直到将他灌得酩酊大醉,不省人事。然后,我们把重耳抬上马车,由夫人随车护理。我等众臣带上秀儿,分乘马车,向西驰离临淄。如此,生米就做成了熟饭。"

季姜和赵衰二人赞同,他们依计而行。姬重耳听说自己的舅舅狐偃欲请他这个当外甥的喝酒,也就只好应允。席间,姬重耳被季姜和赵衰、狐偃灌得酩酊大醉。他们照计把姬重耳抬上马车,向西驶去。直至马车快出齐国之境时,姬重耳方才酒醒。

姬重耳问:"我现是在何处啊?"众人遂以实相告。

姬重耳闻听大怒。他夺下随车卫士手中的铜戈,举手就欲刺狐偃,并怒骂道:"万万想不到你这个当舅舅的,竟然这样骗我。你把我当成了你掌中的玩物,吾必当杀死你。"

狐偃道:"若我这个当舅舅的,能帮助你回国为君,成就百年大业,就算你这个当外甥的杀死舅舅,我也虽死无憾了。"随行的众人一起跪拜姬重耳,为狐偃求情。

姬重耳说:"你们毁我安乐之窝,绑架我返国。若目的能成,则遂了尔等之愿;若目的不成,我就要生啖舅氏之肉。"

狐偃曰:"如果我的外甥不嫌舅氏之肉腥臊,尽可啖之。"

姬重耳见大家去意已决,也就只好离开齐国而去。返回晋国本来要经过卫国,但因有上次之教训,他们就绕开卫国,改走曹国。

他们一行来到曹国的都城,只听大街上车马喧嚣,声乐齐鸣。原来是曹共公姬襄正与他的三百名美女姬妾乘轩车游玩归来。他见姬重耳过访,就乘着游兴说:"寡人听说你姬重耳胸有骈胁,与众不同,乃圣人帝王之相也。不知道你能否解开上衣,让我等一观奇特,搏这些美女一笑耳?"

随行一旁的曹国大夫厘负羁急忙劝曰:"姬重耳乃是晋国公子,难得来到我们曹国。我王与他又是同姓,都是周文王的后裔,是断断不可无礼的!"

曹共公不听,众美女起哄,遂强行观之。曹共公见姬重耳面有怒容,就下令不让人给他们一行提供食宿。

大夫厘负羁十分无奈，就只好私下安排了姬重耳一行的食宿，并赠给姬重耳一块宝玉，让其变卖作为归国的盘缠。姬重耳只收下了食物，却拒收宝玉。

翌日，姬重耳一行又西走宋国。

却说这个诸侯长齐桓公外甥兼内侄的宋襄公殷兹甫，其实是个迂腐之辈。他只知道满口的仁义道德，却不懂得兵不厌诈的道理。当楚国为扩大自己的地盘再次侵犯宋国时，宋襄公率领宋国军队举着"仁义道德"的大旗，在泓水这个地方应战。

随行的老臣殷子鱼建议说："彼众我寡、敌强我弱。我们要趁其远道而来，立足未稳，尚没列成阵式，突袭而击之。"

宋襄公却说："君子不乘人之危，不困人于厄，不在战场上杀'二毛'之人，不在敌人未列成阵势之前而突袭之。"

等楚军站稳了脚跟，列成阵式后，两军进行交战。结果，宋国之军大败而溃，宋襄公的大腿也被楚军的刀剑严重刺伤了。

殷子鱼事后曰："用兵讲究多变，要不择手段，以胜为功。既然你宋襄公在战场上讲究仁义道德，还不如干脆束手就擒，向楚国投降称臣算了。"

宋襄公殷兹甫听说姬重耳一行来到了宋国，内心为之一振。他对手下人说："若能借此机会，结交上他们晋国，将来我也好借助晋国的强大力量，携手共同讨伐楚国，报我此次被伤股之仇。"

等姬生耳一行进了宋国国都商丘的王宫，与宋襄公互相参拜并寒暄后，宋襄公说："我们宋国要盛情款待你们这一行。我也要效仿大齐，赠送给你们二十辆马车和衣食之物。"

姬重耳一行闻听，立即一起拜谢宋襄公。随后，他们去受领了马车和衣食之物。

在宋国休整数日后，姬重耳一行辞别宋襄公，继续向西而行，来到了郑国。

郑文公姬捷听说姬重耳一行到了郑国，他自恃祖上是大周的辅臣，就没把姬重耳这个诸侯国的公子看在眼里,没有准备以礼相待。

这时,郑国的王弟姬叔詹劝曰:"姬重耳乃是天下闻名的贤明公子,他的追随者皆为治国的栋梁之才,且姬重耳与我们又是同姓。我们郑国是周厉王之后,他们晋国乃周武王之裔。我们应该以礼接待才是。"

郑文公却说:"各诸侯国逃亡的公子,经过我郑国者甚多。我们怎么能每个人都以礼接待呢?"

姬叔詹曰:"王兄如果对其不礼,不如斩杀之,以绝我郑国的后患。"郑文公犹豫不决。

有位郑国朝臣的母亲是晋国人,他母亲与姬重耳乃是同母所生,姬重耳是他的舅舅。当他听到郑文公和其王弟的谈话后,立即去通报了姬重耳。

姬重耳他们一行闻言,立即逃离了郑国这个有生命危险的是非之地。逃出郑国后,姬重耳他们再往前不知走何处为好。

赵衰向姬重耳建议说:"我们与其向北直接回国,还不如先往南行,去结交楚国。若能借助强楚的力量帮助公子归国为君,我主的基业就算定下了。"姬重耳依其言,率众人转往楚国方向而去。

姬重耳一行来到了楚国。楚成王熊恽闻听十分高兴,他很愿意借此机会结交姬重耳,就对手下的大臣们说:"现在晋国的国君姬夷吾对邻近的秦国不守信用,又恩将仇报,引起了秦国人的愤恨,被秦穆公出兵打得一塌糊涂。姬夷吾在国内的威望也丧失殆尽。听说晋国人都盼望公子姬重耳回国为君。现在,姬重耳来到我国,肯定是为了向我们表示友好,想借助我们楚国的力量达到他回国为君的目的。我们若帮助他实现了这一目的,日后可通过他再来达到我们控制晋国的目的。"

楚成王遂以诸侯之礼接待姬重耳,姬重耳当时表示不敢承当。

赵衰对其劝曰:"我们在外流亡,尚且受到小国的轻视,况且是大国?强楚乃是大国,楚成王却要用诸侯之礼接待公子,此乃天助我主成功也。时机难得,我主断断不可推辞。"姬重耳遂接受了诸侯之礼。

楚成王熊恽对姬重耳一行礼遇超常,每每宴请他们。这使姬重耳一行在楚国得到了休养生息。

　　且说诸侯长齐桓公的一生,姬妾如云,儿子共有十多个。在参与齐国内乱的五位公子之外,也还有若干个公子。这其中就有他的七位公子为躲避齐国之乱,相约奔来了强大的楚国。楚成王熊恽念他们的父亲是诸侯长齐桓公,就全部封他们为大夫,并在楚国给予封地,作为他们的食邑。

　　来楚国的这七位姜姓大夫,闻听姬重耳自齐国而来,就纷纷前来拜访他。无非是谈谈对齐国现状的看法,一叙表兄弟之间的情谊。

　　在这七位大夫中, 有一位的生母是晋国之女, 他在拜访姬重耳时说:"因为我母亲是晋国人,就对晋国有一种特殊的感情。晋国的现状,我也感同身受。听人说晋国的臣民们都认为,在骊姬之乱使晋国无嫡出之君时,您公子姬重耳作为先王晋献公的庶出长子,就应该从翟狄回国为君。我不明白您当时为什么不回去。"

　　姬重耳曰:"当时晋国的内部争斗,可谓刀光剑影,你死我活。在您的父王诸侯长齐桓公派仲孙湫大夫前去劝说我归国为君时,我担心自己的生命没有保障,随时会面临危险,因此才没有回去。"

　　这位姜姓大夫说:"现在,由于晋惠公姬夷吾的倒行逆施,使他在外国丢了颜面,在国内丧失了民心。所以晋国的臣民们都翘首以待,盼望公子回国取代那昏君姬夷吾,给晋国带来国家强盛和黎民百姓的幸福呢。"

　　姬重耳曰:"我和随臣们之所以要回国, 正是为了顺应民意回去为君,把晋国治理得强大起来,给黎民百姓带来幸福。我要学习你的父王齐桓公,接过他那尊王攘夷的大旗,一展晋国之雄风。我要争取继你父王之后,成为天下的诸侯长、诸侯之伯。"

　　某日,姬重耳听从夫人季姜和赵衰、狐偃等人的建议,反过来宴请楚成王和这姜姓七大夫。姬重耳当众对楚成王说:"我姬重耳永远难忘您对我们的恩情,他日自当报答您的礼遇之恩。"

　　楚成王问:"贤公子若回国为君后,打算怎样报答我呢? "

　　姬重耳曰:"您楚成王不缺金银财宝和美女佳丽,真一时不知如何报答您。"

楚成王说："能否报恩，全在其心。你若真想报恩，总会找到机会和办法的。"

姬重耳说："我日后能报答您恩情的机会和办法，只有一件事。"

楚成王问："这一件事是什么呢？"

姬重耳曰："假若日后我当了晋国的国君，楚晋两国因摩擦不得不交兵鏖战于中原时，吾当为君退避三舍。"

陪楚成王来赴宴的一位楚国辅臣闻听此言，就悄悄对楚成王说道："姬重耳此番出言既不谦逊，又不吉利。依微臣之见，不如将其斩杀。"

楚成王说："姬重耳之贤，名于天下，跟随他的人都是治国大才。天助其为君，岂可杀之？吾听其言非虚，哪来的不逊、不吉呢？"

此事过了一段时间，不想秦穆公赵任好派来了特使，邀请姬重耳一行速去他们秦国。姬重耳就与随行者商量是否成行。

赵衰说："他们秦国是我们晋国的邻邦，且秦穆公赵任好死烦了那姬夷吾。在秦穆公举兵伐晋时，俘虏了姬夷吾，本欲杀死他以祭天理。但我主那作为秦穆公夫人的妹妹，死死保住了姬夷吾的性命。姬夷吾没被杀死，更不能泯灭秦穆公对他的仇恨。秦穆公请我主去秦国，肯定是为了兴兵送我主回国为君，把姬夷吾赶下台去。"

姬重耳曰："我与你亦有同感。"

于是，姬重耳一行就向楚成王辞行。

楚成王知道秦穆公派人来请姬重耳，就对姬重耳一行说："我们楚国与你们晋国相距甚远，远水难解近渴。秦国与晋国乃是相邻之邦，秦穆公又是个贤德之君。秦穆公请你们去，你们就就近有了依靠，寡人也就放心了。"

楚成王言罢，让手下人去取来了若干块楚国特产的璧玉，赠送给姬重耳一行每人一块，随后送姬重耳等人驱车赴秦国而去。

第九十九回　秦穆公乱配鸳鸯　姬子圉残杀外祖

　　且说姬重耳一行来到秦国,秦穆公赵任好效仿楚成王,亦以诸侯之礼相迎,待为上宾。秦穆公还效仿齐桓公,给姬重耳安排了府邸,并赠送马车二十辆和衣食之物。这样,齐桓公和宋襄公以及秦穆公就先后送给了姬重耳六十辆马车。

　　秦穆公在王宫设宴招待姬重耳一行。席间,只见秦穆公既带喜色,又含怒容。他对姬重耳说:"当年,寡人生擒了姬夷吾,本欲用他的性命来祭奠天理。但因我的夫人也就是你们的妹妹,身穿丧服,号啕大哭,要与哥哥同死。迫于无奈,我只好将姬夷吾放回,但让他把其太子姬子圉送来秦国为人质。我认为父辈的怨恨与后辈无关,就看重和相信姬子圉,把王室之女怀嬴嫁给他为妻。"

　　姬重耳曰:"您秦穆公对我的侄儿真是够好的。"

　　秦穆公又说:"可谁知龙生龙,凤生凤,老鼠生儿打地洞。这小子一如其父,也是个背信弃义之徒。他听说自己的父亲病重,濒临死亡,怕王位被人夺走,就对怀嬴说,'我父惠公,当年逃至嬴姓的梁国。梁侯把自己的公主嫁给了我父亲,生下我取名叫子圉,生下我妹妹取名叫子妾'。"

　　姬重耳插话曰:"子圉和子妾是我的侄子和侄女。我当初就认为这两个名字起得不吉利。"

　　秦穆公说:"姬子圉对怀嬴还说,'因我的外祖父梁侯在梁国大兴土木修缮都城,劳民伤财失去了民心,于是国内哗然。你们秦国乘机讨伐梁国,梁国的臣民们不但不随梁侯去抗敌,反而大声喊道,秦穆公率领秦国的精兵强将前来讨伐梁侯了。我们不能无端为这个昏君而死,赶快逃命啊。这样,梁国就被秦国消灭了,我的外祖父也被秦军杀死了。现在,我姬子圉是既无外祖之援,又无内应之助,必须立即赶回晋国。否则,我作为太子继承君位就难以实现了'。于是,他撇下了怀嬴,对我这个君王不辞而别,潜回了晋国。姬夷吾死后,他继承了君位。"

姬重耳曰:"我先前远在东方的齐国,后又西行周游了若干国家,消息闭塞,对晋国的近况不甚了解。我以为姬夷吾还活着呢,不想他现在已经死了。他当年派杀手去翟国刺杀我,想让我死在他的前头。结果上天自有报应,让他死在了我的前头。"

秦穆公说:"恶人自有恶报,善人自有善报。这是亘古不变的天理。"

姬重耳曰:"姬子圉继承了君位,我就用不着回去和自己的侄儿争夺君位了。我还是回我那在大齐的安乐窝,去享受我已经受用了多年的清福吧。"

秦穆公说:"作为邻国之君,我是必须要让您回去夺回这个君位的。"

姬重耳问:"这却是为何呢?"

秦穆公说:"姬子圉这个贼子继承了君位,现在身边美女如云。他另有所爱,溺于新欢,根本就没打算来接他的妻子怀嬴去晋国,想任由她老死在我们秦国的娘家。怀嬴因此而绝望,意欲寻死。她现在独居无主,我想把她嫁给您这位贤公子为妻。因此,我才把您从楚国请了来。"

姬重耳闻言即刻离席,拜谢秦穆公并推辞曰:"您秦穆公的心意我领了。但是人世间,兄弟媳妇嫁给大伯哥,会让人耻笑,天下哪有侄媳妇嫁给她大爷的呢?怀嬴乃是我的侄媳妇,岂能再嫁给我这个当大伯的呢?此事有悖人伦,是万万不可的。"

这时,却见狐偃亦离开席位,对姬重耳说:"怀嬴被姬子圉这个贼子抛弃,已经不再是他的妻子了。姬子圉沿袭其父,行为不端。我主正要借助秦穆公之力,夺回国君之位。其国且伐,况其故妻乎?我主不可拘泥于小节,因小而失大,违背秦穆公之美意。"众随臣也都离席,上前规劝。秦穆公向随臣们投以赞许的目光。

散席回来,姬重耳与妻子季姜言明了此事。

季姜说:"夫君若要成就大事,就必须得到秦国的支持。你不但要答应秦穆公这门亲事,而且要许诺立怀嬴为夫人。"

姬重耳曰:"周礼规定,诸侯只能有一妻,即一位正夫人。如果许诺让怀嬴为夫人,我妻的夫人之位可怎么办呢?"

季姜说:"那为妻的就让给她呗。"

姬重耳曰:"我妻不愧是大齐之女,有大国的风度。为了我的事业,不记名分,宁可屈尊,甘居人下,重耳深受感动。我内心有你,不在虚名,而在其实也。唯愿今生执尔之手,与尔偕老;生则同衾,死则同穴。"

为了得到秦穆公的支持,姬重耳只好违心地同意接纳怀嬴为自己的夫人。在他们举行婚礼时,群臣前去祝贺。季姜不便亲自出面,怕惊了他们的巫山之梦,就派自己的贴身知己秀儿代表自己前去祝贺。

姬重耳在婚后方知,秦女怀嬴也是位知书达理的贤惠女子。怀嬴对姬重耳说:"贱妾心中明白,无论秦穆公让我嫁给姬子圉,还是嫁给你这个姬子圉的大爷,无非都是把我当成政治交易的筹码。我也明白,你娶我为妻,且还要超越你原来的妻子季姜,让我名为正夫人。这也不过是你姬重耳为了取悦秦穆公,让他送你返国为君的政治需要而已。我听说你那齐国夫人季姜,聪颖异常、胆识过人、贤惠无比。她屈尊把夫人之位让给我,也是为了支持你。为此,你和群臣会更加尊重季姜。我不过是名分上的夫人,季姜却仍是你实际上的夫人。"

怀嬴的这番话,让姬重耳不得不佩服。他对怀嬴曰:"听了你这番论断,那真是入木三分。我这才知道你怀嬴乃是世间少有的女中豪杰、巾帼英雄。我姬重耳先前得到了季姜,现在又得了你怀嬴,真是三生有幸啊。"

事后,季姜的地位不但在姬重耳的心目中更高,而且群臣无一不说:"在我们心中,只有季姜才是晋国真正的国母。"

再说那继了国君之位的姬子圉,听说秦穆公赵任好为了报复自己,蓄意把侄媳妇嫁给了大爷。俗话说:"得到的不以为然,失去了才觉珍贵。"姬子圉妒心似火、恨意如灼、贼心悠悠,就图谋报复自己的大爷。

姬子圉在朝堂让人把姬重耳随臣们的家人召来,对他们说:"寡人给你们十日之限,派人去秦国把追随姬重耳的亲人叫回来。我要给他们封官晋爵,让你们世代显荣。如果他们不能按时返回,那就将尔等家人全部杀死。"

这时,追随姬重耳的狐偃和狐毛之父狐突顶撞姬子圉道:"我狐突作为晋国的三世老臣,既是你大伯姬重耳的姥爷,也是你父亲姬夷吾的姥爷,还是你这位新君的老姥爷。我长年侍奉晋献公和晋惠公,始终忠于我主。但我的儿子长大了,各有其志,不由父命。狐偃和狐毛追随姬重耳,乃是侍奉自己的主上。你让我这样做,是教子背主,乃不忠不义之举也。同样道理,你作为我的重外孙,难道希望我当年背叛你祖父和你父亲,现在又背叛你这个新主吗?"

邪恶小人怎听进这一套。姬子圉闻言,气急败坏,暴跳如雷,哪管你什么老姥爷不老姥爷的呢。他就叱令刽子手,将自己白发苍苍的曾外祖父、三世老臣狐突推出去斩首了。

其余各家之人见状,只好在朝堂上违心地答应下来。姬子圉派人将他们看守在家中,防止逃走。可那些看守之人,无不觉得姬子圉心狠手毒,连三世老臣的老姥爷都狠心杀死。他们都急切地盼望姬重耳早日回国匡扶国祚,就故意疏于职守,放任这些家人们逃走了。有的看守之人,甚至还跟随他们,一起逃到了秦国。

狐偃、狐毛在秦国闻听父亲惨死,痛不欲生,双双发誓曰:"不杀姬子圉这个小贼,我们这两个给他当舅姥爷的死不瞑目。我们是必须置其于死地而报仇雪恨的。"

姬重耳遂将此事告诉了秦穆公。秦穆公大为恼火,说:"姬子圉这个贼子,是冲着寡人来的。他这是逼我尽快发兵,去取他的狗命。既然他活得不耐烦了,寡人就去成全他,让其早点去见阎王爷和他的老子姬夷吾。"

于是,秦穆公亲点精兵五万、骠骑军两千、战车五百,浩浩荡荡送姬重耳回国为君。

当秦穆公派大军送姬重耳一行回国乘坐的船只渡过界河时,姬重耳和随臣们把在逃难中使用的简陋铺盖和物品,全部抛入了河中。狐偃见状，想起十九年追随姬重耳逃亡的艰辛和磨难，不禁失声痛哭。

这却也就罢了，可狐偃竟然把楚成王赠送给他的那块碧玉交给了姬重耳，说："自逃亡以来，狐偃得罪我主之处甚多。今我把这唯一的财产交出来，独善其身。待我主登基为君后，还望准许我能隐居乡野，以避免引来杀身之祸。"

姬重耳闻言，就说："我重耳怎么能忘记舅舅您对我的忠心呢？是您设计将我灌醉回国，这才有了我们的今天。您对我那是恩重如山，我岂能忘怀，又怎么能去斩杀您这位大功臣呢？"

于是，姬重耳慨然拿起狐偃交给他的那块宝玉，毅然抛入河中说："若我登基后，不能与舅氏共荣华，誓同此玉，沉入河底。"

介子推在船上，附耳对姬重耳曰："此乃狐偃为邀功而激我主之计也。我主兄弟九人，死的死、亡的亡，唯独剩下您得为君王。这既是上天之赐，又是众人合力相助之功。贪人之物，谓之贼子；贪天之功，谓之奸佞。像你们这样臣邀君功、君轻许臣，后世必会臣大于君，祸乱晋国。我介子推羞于与这等臣子共事！"

待姬重耳一行渡过了界河，介子推乘人不防，只身离去，不知去向。

姬重耳登基后，大封跟随他的群臣，把晋国多数地盘分给了赵衰、狐偃、贾佗、先轸、魏武子这五位随臣，号称晋国的五大夫。

后来，这五位大夫及其后人，在晋国的朝堂轮流辅政。他们各自树党立派，为扩大自己的地盘，互相排挤。最后剩下了赵衰的后人赵氏，魏武子的后人魏氏以及韩原大夫的后人韩氏。由于他们占有了晋国的大部分土地，就三家分晋，并分别发展成了国中之国的赵、魏、韩三国。再后来，这三国进入了继齐威王之后的战国七雄之列。这些都是当年晋文公不听介子推忠言，轻易许臣，给晋国带来的分裂后果！

第一百回　文公效仿齐桓公　子推避居行隐谏

却说待到姬重耳一行渡过秦晋界河，有晋惠公生前的少数亲信将领略加抵挡就撤兵而去。姬重耳他们进入晋国境内不远，就见有几位晋国的大臣，率领自己的家兵前来迎接。众人簇拥姬重耳先到了自己的营寨内，共同商量让姬重耳取代姬子圉为君的步骤。

有位晋臣说："现姬子圉坐镇在绛城。若想取而代之，必须先打下曲沃。"

于是，大军直逼曲沃。曲沃守将早已盼望姬重耳回国为君，见护送和迎接重耳的军队到来，就急切地打开城门，并让军民们列队欢迎。

大军在此休整数日，随后就去包围了绛城。绛城之内的臣民们在夜间悄悄打开城门，迎接姬重耳他们进入国都。姬子圉见事不好，只好逃到了晋国东境的高梁之邑。

众人进得王宫，拥立姬重耳为君，是为晋文公。

晋文公上朝，只见舅舅狐偃和狐毛共同奏曰："请我王拨兵，让我兄弟二人前去擒杀姬子圉这个恶贼，以报我们的杀父之仇。"晋文公立即准奏。

过了数日，狐偃和狐毛回来交差说："我二人率军围了高梁之城。城内之人知道了姬子圉的恶行后，群起而攻之，将其杀死，并把首级割下来，交给了我们。"

晋文公说："我这个侄儿姬子圉，多行不义必自毙。还未等到你们两位舅氏去杀他，老百姓就自发将其杀死了。"

回到寝宫后，晋文公将此事告诉了怀嬴。怀嬴说："贱妾与那姬子圉，毕竟夫妻一场。还请夫君看在我的面上，开恩赐他一个谥号。我名叫怀嬴,过去曾是他的妻子,就谥其为怀公吧。其谐音,也可让人们听其为'坏公'。"晋文公当即恩准了。

姬重耳登基为君后,意欲取代大齐称伯天下,就效仿齐桓公,礼贤下士。他也在晋国的王宫设下庭燎之礼,以招揽天下的人才。晋文公姬重耳一生漂泊,深知人生的磨难、民间的疾苦,就励精图治、勤政爱民,因此深得民心。

重耳一行还把大齐的冶铁、用煤和风箱等技术带来了晋国,大大促进了晋国的经济发展。为此,晋国的文人墨客作了记述此事的《铁赋》,用以颂扬晋文公传播大齐先进技术的不朽功绩。

晋文公姬重耳还效仿齐桓公的宽宏大度,不计前嫌,善于启用那些反对过自己的人。

某日,当年在途经卫国五鹿时,偷走了所有盘缠的随臣里凫须来王宫觐见晋文公。

晋文公对他说:"当年,你在卫国偷走了我们在逃难途中的所有盘缠,差点把我饿死在路上。我在路上饿晕时,幸亏那介子推割下自己大腿上的肉,烤熟喂进我的口中,这才活到了今天。你现在还有何颜面来见寡人呢?"

里凫须曰:"现在,那些曾反对过我王的人,都惶惶不可终日。他们害怕受到您的追究,以致臣心、民心不稳。国人都知道我里凫须罪孽深重,我王登基后,必会杀我无疑。但我王若能恕臣之罪,并封我以官职,他们就会觉得像里凫须这等死罪之人,都能宽恕,我们还怕什么呢?讨官邀封,实非我意。然而我可以替我王安定人心,立功赎罪。"

晋文公听后,觉得有理,就宽恕了里凫须,并封其官职,让他乘王宫马车在王城的大街上兜风,以便让世人皆知。果然,取得了里凫须所言之效果。

这时,躲避在寺庙的宦官履鞮,偶然听到晋怀公姬子圉生前的两位心腹之臣在寺内密谋,欲要乘夜火焚王宫,烧死姬重耳。履鞮心想,晋文公宽宏大量,既然能宽恕差点置其于死地的里凫须,难道就不能宽恕我吗?国人称其为明君,我不能眼看着他被人烧死。履鞮急来王宫门前,欲见晋文公。

晋文公闻报,气愤地说:"此人曾两次行刺于我。今来见我,就不怕被我杀了吗?"官人就传话给履鞮。

履鞮对传话人曰:"你去回禀晋文公,就说他欲效仿齐桓公称伯天下,就要学一学人家的心胸。"

官人遂将此话回禀进去,晋文公不知深浅,就让履鞮进宫来见。

履鞮进宫,晋文公对他说:"当年在蒲城,你去刺杀寡人。幸亏有人向我通风报信,我才翻墙而逃。但你竟乘我骑墙之危,差点砍掉我的一条腿。幸亏我及时躲闪,只被你砍去了裤腿的一角。后来,你又受姬夷吾的派遣,去到翟国刺杀我。他让你三天赶到,你竟快马加鞭一日便到。现在,寡人不派人去搜杀你,你竟敢自己送上门来。"

履鞮曰:"当年,履鞮以残缺之身,前后侍奉两代君王。受君王的指使去刺杀你,乃是受命于君王。我的行为是因忠于君王之致。今您为君王,怎么知道我不忠于新王?齐桓公当年差点被管仲一箭射死,却不计那一箭之仇,反而重用管仲,方才得以称伯天下。今我王若赦免我的罪过,又安知我不能立管仲之功呢?"

晋文公说:"你乃宦官之辈,又怎么能去立管仲之功呢?"

履鞮答曰:"虽不能立管仲之大功,但可以立救我王性命之小功。"

晋文公急问:"此话怎么讲?"

履鞮把在寺庙听到的机密告诉了晋文公,并建议说:"这两个逆臣,在国内的势力很大。我王不可急于制裁之,以防发生内乱。您可以换上老百姓的便服,悄悄去到秦国暂避一时。然后借助秦穆公之力,设法除掉这两个奸贼。"

晋文公闻听,即刻惊出一身冷汗。他这时反而感谢履鞮的救命之恩。然后,晋文公依履鞮的计谋而行。果然,这两个反臣趁夜色潜入王宫,从四面放火,欲烧死晋文公。这把大火整整烧了一夜。第二天,两个贼子去找晋文公的尸体,却怎么也没有找到。他们猜想晋文公早有防备,还活在人间,就吓得逃出都城,躲进了自己的封地。

过了几天,秦穆公派使者分别去到这二人的封地,给他们下书说:

"寡人久慕贵大夫之为人，我想把您招到秦国来，拜为上卿，辅我之政。还望莫加推辞！届时，吾将派人在秦晋的界河边迎接你。"

二人正逢走投无路，见信后聚在一起商量说："这种好事是真则好，如若是计，我们去到界河时，先不要急于过河，观察一下对方的动静，再作打算也为时不晚。"

于是，二人相约来到界河，却见对岸并无接应。他们正在犹豫之时，只听身后杀声震天，秦兵从身后的三面围杀过来。却原来是秦穆公早已在界河之北的晋国境内设下了埋伏。二人仓促迎敌，背河抵抗。可他们怎能是众多秦军的对手呢，瞬间就被杀死于界河的北岸了。

这时，为了确保晋文公的安全，秦穆公就派三千士兵护送他回到了晋国之都，并让士兵们留守在绛城，以防不测。

后人赞曰："晋文公效仿齐桓公的宽宏大量。齐桓公饶了管仲一命，成就了亘古之霸业；晋文公饶了履鞮一命，却救下了自己的性命。这真是一报还一报，一命还一命啊。"

话说烧宫事件平复后，晋文公又让人很快修复了宫殿。他某日上朝，在朝堂门口见有人张贴了一张字条，上面写道："龙欲升天，众蛇辅之。龙已腾云，众蛇安居。一蛇独失，居无定所。我王疏忽，悲莫大焉。"

晋文公进得朝堂，对群臣说："朝堂门外的纸条，所言岂非介子推乎？因我国事繁忙，乃忘记介子推。这实为寡人之过也。"他遂诏令全国，寻找介子推。

时隔不久，有人进宫禀报说："现在介子推就隐居于我的家中。"晋文公闻听大喜，就厚赏来者，命大臣们随自己火速去见介子推。

却说介子推，闻听到晋文公的诏令后，又见自己隐居之处的房东数日不见了踪影，就猜到他前去禀报晋文公。一则是为了对房客好，二则也是为了邀功请赏。

介子推回到他租住的房间，对母亲曰："孩儿不愿与那些邀功请赏的臣子共事。我带着母亲您在此处隐居，其本意是为了激起晋文公对他轻许臣下和面临失权的觉醒。今天我若应诏前去王宫任职，就实现不了我的初衷，达不到我这种独特劝谏方式之目的了。"

介子推的母亲说："你劝谏的方式，母亲赞成。我儿若想继续隐而不出，老母情愿随你隐居到别处去。"

于是，母子二人收拾行李，离开了隐居的寓所，就近隐居到了挠上山中。当地人寻找他们的踪迹，探知介子推携老母上了挠上山，就又报知了晋文公。

晋文公闻听，又喜出望外。他迅速乘车，带领全体文武大臣，来到挠上山之中，找到了介子推母子二人。晋文公责怪介子推说："你当年救了我的性命，我此生怎么能忘记你呢？可你不该弃我而隐居，让寡人苦苦想念你啊。"

介子推曰："对君主的劝谏有多种方式。那当将军的有武谏，可介子推没有兵权，不能武谏；那当臣子的有文谏，可我王不听。在下就只好用隐居的方法来惊醒我王了，这可称之为隐谏。"

晋文公十分感叹。他遂把挠上山附近的土地封给了介子推，并说："从此把挠上山改名为介山，以戒寡人不听忠谏之过也。"

评注：现在有一出京剧，名叫《焚锦山》。剧中说介子推隐居在了锦山。晋文公为了逼他出山，就在山之三面放火，独留一面让其出来。狐偃暗地派人在四面放火，把介子推母子烧死了。晋文公恼悔无比，就让臣民们每年在这一天，禁止炊火，只准'寒食'，并定为节日。然而，晋文公乃聪明君主，他怎能办出烧山的蠢事呢？狐偃与介子推无仇，又怎会忍心将其烧死呢？此时，晋文公已六十多岁，戏中却把其扮为奶油小生。这些，岂不谬哉？

第一百零一回　　话归在恩怨情仇　齐司马百岁擒敌

　　诗曰:"恩怨情仇终有结,因果报应不可脱。"

　　却说晋文公姬重耳继承了齐桓公尊王攘夷的政策,南服楚蛮、北攘狄戎。先是为抗击楚国,解救宋邦,作出了贡献。

　　当时,楚国为了扩大自己的疆域,趁大齐公子们内乱,无暇顾及别国,楚成王熊恽就选派一员主将,率领楚国之军又一次侵犯宋国,包围了宋国的都城商丘。

　　这时,宋襄公殷兹甫因与楚军作战的股伤恶化而死。他的儿子殷王臣继位,是为宋成公。宋成公殷王臣被包围在商丘城内,在夜间派一员虎将冲出包围圈,火速去求救于晋国。

　　当时的天下局势是齐国、晋国、楚国三强并立。那曹共公姬襄见大齐因公子们内乱,诸侯长的地位日益衰竭,又知道自己得罪过晋文公,就只好一心投靠楚国。那卫文公姬毁也知道大齐的霸主地位已经不稳,又知道晋文公逃难经过卫国时,自己差点让他饿死在五鹿之地,也认为晋文公迟早会报复自己,恩怨无法调和。为了投靠强国,他就想出了一个更绝的法子,干脆把自己的公主嫁给楚成王为妻,与楚国有了姻亲之好。

　　晋文公见宋成公姬王臣派人前来求救,本欲兴兵救宋,又念楚成王对自己有恩,就不愿与之正面冲突。于是他将晋军编成了上、中、下三支军队,借鉴当年齐桓公"围厉救徐"和楚成王"围许救郑"的做法,演出了一场"围曹、卫而救宋"的老戏。这个永远管用的战法,迫使楚军回头来救曹、卫两国,也就自然解救了对他们宋国的围困。

　　事后,为报当年过卫国时卫文公姬毁对自己的敌视之仇,晋文公又带兵打下了卫国的新国都楚丘，扣押了卫文公，并占领了卫国的五鹿，得到了其土地。这正应了昔年当地百姓以土器进食于晋文公的吉兆。

这时，齐孝公姜昭不幸病故，佞臣姬开方杀死他应继位的太子，立公子姜潘为君。姜潘继位，是为齐昭公，乃齐国第十九任君侯。

齐昭公姜潘邀请晋文公姬重耳到卫国的敛盂之地会盟，替卫文公姬毁讲情说："卫文公姬毁是我父王两位如夫人长卫姬和少卫姬的哥哥，又是您晋文公的姬姓同宗。当年我父王齐桓公组织八国联军抗楚救徐时，因鲁僖公在回来的路上侵占项国，被我父王抓获，后来把他放回了鲁国。他感激不杀之恩，葵丘会盟时就站出来为我父王歌功颂德。在又一次八国联军伐楚救郑国和宋国，路过蔡国时，抓获了蔡缪侯姬肸，不是也把他放回去了吗？因为我父王的宽容，在八国联军伐楚归来的路上，就受到了蔡缪侯的热情接待和慰问。他们和我父王都是异姓之人，何况您抓走的卫文公姬毁和您晋文公姬重耳是同姓同宗呢。冤仇宜解不宜结，我劝您还是学学我父王诸侯长齐桓公，把卫文公姬毁放回去，以德报怨，化敌为友。这样，您既给了我姜潘面子，他卫文公姬毁又会对您感恩戴德，何乐而不为呢？"

晋文公听了齐昭公这番话，立即就释放了卫文公姬毁。

为了报曹共公姬襄当年的侮辱之仇，晋文公遂率领他的三军讨伐曹国。那曹国不堪一击，曹共公姬襄很快就被晋文公俘虏并扣押了。晋文公谴责曹共公当年的不尊不敬之罪。

曹共公只好跪地求饶说："我当时和姬妾们外出游玩，在郊外野炊时喝醉了酒，这才做出了荒唐之事，因醉得罪了您。您和我是同宗同姓，老一辈都是一家人。您晋文公就看在列祖列宗的份上，饶恕了我吧。"晋文公听他这么一说，也就放过了他。

这时，晋文公责令三军，不可侵扰恩人厘负羁的封地，并厚赏给厘负羁金银布帛，以报答他当年的救助之恩。

再说楚国不甘心上次侵犯宋国的失败，又卷土重来，再次伐宋。晋文公就联合齐、宋、秦三国，组成四国联军，与楚军进行了正面交锋，大战于城濮之地，史称城濮大战。

在交战中，晋文公履行了对楚成王"退避三舍"的诺言后，这才指挥四国联军对楚军进行了反击，结果大获全胜。四国联军焚烧楚军败走后的营寨，大火竟然三天三夜不熄。

晋文公见此，黯然神伤，面带忧色。有臣子问："获胜乃为大喜，我王为何不高兴呢？"

晋文公曰："一则楚国过去对寡人有恩，我不忍心让楚国惨败成这般模样。二则败阵的楚国主将未死，说不定哪一天他就会东山再起、卷土重来。因此我感觉忧愁和不快。"

过了一段时间，有晋国的探子来向晋文公禀报那败阵楚国主将的消息，说："楚成王熊恽因楚军主将作战不利，让楚国遭受了重大损失，就始终对其耿耿于怀。这位主将又不从自己的身上找原因，而是强调客观理由。他还趾高气昂，不以为耻反以为荣，并顶撞楚成王。这把楚成王给气坏了，为了杀一儆百，就将其处死了。"

晋文公曰："寡人在外面打他楚军，楚成王在内部杀他的主将。这个楚成王真是初心不改，至今仍在暗地里帮助着我姬重耳啊。"

为报郑文公姬捷当年不礼和郑国王弟姬叔詹欲杀自己一行的仇恨，晋文公又率领四国联军打入了郑国，扬言要取郑文公之心和姬叔詹之命。郑文公姬捷闻此，吓得狼狈逃窜，去了秦国。他采用反间之计，对秦穆公说："您不要助纣为虐帮助晋文公消灭我们郑国。否则，对你们秦国是大为不利的。等到晋国的地盘进一步扩大，更加兵强马壮后，说不定就会回头消灭你们秦国。"

秦穆公一听，觉得从战略上不无道理，就下令撤回了参与四国联军的秦国军队。

晋文公见秦穆公命秦国的军队撤出了四国联军，就知道是郑文公姬捷老奸巨猾，去向秦穆公施行了反间之计。这更激起了晋文公的愤怒，他说："你郑文公姬捷逃到了秦国，我不便去秦国杀你，但是你的王弟姬叔詹现在就在他的封地。当年就是他姬叔詹建议杀死我，寡人今天必须率领目前剩下的三国之军，前去围了他的封地，斩杀这个贼子。"

姬叔詹在其封地，见四面突然被晋文公姬重耳率领的军队包围，就叹曰:"我姬叔詹这一生,可谓是郑国的缩影,既辉煌又窝囊。我辉煌的是,在这个郑庄公曾小霸一时的郑国当君侯王弟和辅臣,受人尊崇。窝囊的是,郑国实力渐衰,先后因救纪国和首止逃会而得罪了齐国。大齐曾乘我访齐之时,把我扣押了起来,欲置我于死地。幸亏我乘人不防,急中生智,从齐国逃了回来。后来因姬重耳过郑时我建议杀他,又得罪了晋国。今晋文公围了我的封地,欲取我的性命。当年我兄郑文公若听从我言,杀了他姬重耳,岂会有今日之祸呢?当初不听我言,不但使郑国遭到侵犯,当国君的出逃秦国,而且断送了我的宝贵性命。"言罢,他含泪拔剑刎颈自杀。

后来,晋文公又邀请齐昭公姜潘等人,共同出资为周襄王姬郑重修了王宫,并联合各诸侯国,进行了尊王的"践土之盟"。

就在周襄王十二年,王子姬带从齐国回到了周王室。但他恶性不改,与周襄王废弃了的翟女王后私通,又引翟狄之兵赶走了周襄王。周襄王求救,晋文公又联合齐昭公等共同兴兵,击败了翟狄之兵,杀死了王子姬带,让周襄王恢复了王位。

这时,周襄王姬郑下旨,命晋文公接替齐桓公,作为诸侯之长、诸侯之伯,并赐予他与当年齐桓公在葵丘会盟时受到的同样馈赠和礼遇。

却说齐国的齐昭公姜潘执政十多年后,也因病而亡了。他的太子姜舍继了君位,是为齐国第二十任君侯。

这时,齐桓公如夫人密姬所生之子姜商人,见三位哥哥都先后相继为君,就想效仿他们。他趁姜舍为其父齐昭公姜潘下葬之机,演出了一场当年卫武公姬和乘丧事杀死卫国太子姬余而自代的惨剧。姜商人弑杀姜舍于墓地,自立为君,是为齐懿公。齐懿公是齐国的第二十一任君侯。

这个齐懿公姜商人上台后,骄奢淫逸、祸国殃民,且昏庸无智。他在作为公子时,让家臣随其打猎。因一只可心的猎物乃家臣射杀,家臣曾与之争执猎物的归属,姜商人就怀恨在心。他篡权后,一旦得了势,便把令来行。他下旨刹去了该家臣的双足,可他又愚蠢地让断足者之子丙戎作为他的随身奴仆。他见自己的马车御手庸职之妻长的十分美貌,就设法把庸职之妻骗至内宫,强行霸占,据为己有,可他却愚蠢地让庸职仍然为自己驾车。齐懿公名为商人,可实在是没有半点的智商。

一个夏天的上午,齐懿公姜商人带领丙戎和庸职驾车外出打猎,来到了临淄城西一处叫申池的湖边。随行的二人请齐懿公下湖游泳,姜商人不敢,但准许这二人下湖去游。他二人游至申池湖的彼岸,离齐懿公已经很远。

庸职见四周无人,就讥讽丙戎说:"你是断足人之子!"

丙戎反讥庸职曰:"尔乃被夺妻之夫!"

庸职说:"咱俩都是受人作践的窝囊废。"

这时,丙戎正色对庸职曰:"我的父仇岂可不报?"

庸职遽然说:"夺妻之恨,岂可休之?"

于是,二人定下计策,上岸后将齐懿公引入湖边竹林深处,突然袭击,将其弑杀。然后,他们把齐懿公尸体抛弃于竹林深处而逃之夭夭了。齐国人知道此事后,都说:"这是对齐懿公姜商人这个昏君弑杀前任国君姜舍的报应啊。"

这时齐国国内无君。有的大臣就说:"先王齐桓公如夫人所生的第六个公子姜雍,不就在我们齐国他那封地上吗?我们把他请进王宫,让其继承王位不是很好吗?"

又有大臣说:"当年姜雍之母、先王的如夫人宋华子向齐孝公姜昭给公子姜雍讨那块封地的时候,说是日后不参与君位的继承。再说按照周礼,齐懿公姜商人无嗣,他的兄弟们继位,也是要按照长幼之序进行的啊。先王如夫人少卫姬所生公子姜元,乃是齐桓公的次子,君位要请他来继任才行。我们要派人去卫国,将他们母子二人接回来。"

大臣们把少卫姬和姜元接回了齐国,拥立姜元为国君,是为齐惠公。齐惠公是齐国第二十二任君侯。

当时齐国人都说:"退一步,天地宽。当其乱时,不争是争。姜元乃齐桓公的次子,他不与众位弟弟争抢君位,而是避居于他国。可他反而在众位弟弟先后相争而死后,被立为了国君,并传之后世。这实在是他们母子的远见卓识和巨大智慧。"

话说齐惠公姜元继位后，那西狄翟国趁齐国之乱，兴兵来犯大齐，包围了临淄城。翟狄将领在临淄城墙下对齐国守城的将士们喊话道："我们此次兴兵伐齐，一是为报你们齐国当年拯救卫国，抗击我翟国的仇恨；二是为消灭卫国的外甥齐惠公姜元。"

守城将士把翟狄将领的意图告诉了齐惠公。齐惠公知道翟狄之兵异常彪悍，齐国之军难以抵挡，就吓得面色蜡黄，冷汗直冒，一时急得束手无策。

这时有大臣向齐惠公奏曰："我们的大司马王子城父，虽然已年逾百岁，但他体格尤健，精神矍铄。我王不妨召其进宫，同他商量一下对策。"于是齐惠公急召王子城父。

王子城父应召来到了王宫。他了解了情况后，就对齐惠公说："这些翟狄虎狼之徒，见我国公子们争权内乱，又认为齐桓公和管仲、隰朋都已相继离世，就欺我大齐无人。待俺老夫跃马挺枪，擒那翟军之将来见我王。"

齐惠公闻此十分振奋，就立即离开自己的座位，亲自为老将军披衣挂甲，送至宫廷之外。

只见王子城父让人送来一坛烈酒，一饮而尽。随后他毅然翻身上马，手持丈八铜戈，带领大齐精锐骑兵杀出了临淄城门之外。

不过一个时辰，就见老将军跨在飞马之上，昂首挺胸，白发飘逸，一手举戈，一手生擒那翟军之将，把其横置于自己的马背上，回到了临淄王宫之外。他下马弃戈，提着那翟军之将，入宫来见齐惠公。齐惠公见此十分惊喜，群臣见此亦高声欢呼。

王子城父把翟狄之将掷于齐惠公面前，对翟将说："这就是大齐新君齐惠公，我主在这里专等着你来杀他呢。"

翟狄之将早已吓得浑身瘫软，就如同那一滩烂泥。老将军复又把他提起，出宫跨马，奔到都城北门，予以斩首示众，并将其尸首埋于临淄城城墙之外。这时，老将军骑在马上，面不改色、气不虚喘、精神抖擞，率领齐军凯旋回到了临淄城内。

是时，万民欢呼，空巷而出。他们沿街跪拜王子城父，观瞻大司马的

大司马王子城父

皓首神威。

后人有诗赞曰："姬周王子号城父,为避内乱奔山东。豪杰被封掌军权,协助首霸创奇功。人生全仗精气神,百岁老将逞英雄。若说齐鲁出好汉,可称司马第一翁!"

真乃:数代天骄降大齐,前赴后继强国力。终成霸主威天下,尊王攘夷护华裔。号令中原不称王,恩施诸侯皆归依。欲说当年辉煌事,醉墨淋漓不自已!